# LA VIDA ME PROVOCA

# LA VIDA ME PROVOCA

## *La Forte*

Papel certificado por el Forest Stewardship Council®

Primera edición: septiembre de 2022

© 2022, Alma Andreu
© 2022, Penguin Random House Grupo Editorial, S. A. U.
Travessera de Gràcia, 47-49. 08021 Barcelona

*Printed in Spain* – Impreso en España

ISBN: 978-84-666-7255-9
Depósito legal: B-11.892-2022

Compuesto en Llibresimes

Impreso en Rotativas de Estella, S. L.
Villatuerta (Navarra)

BS 7 2 5 5 9

*Para mi madre, porque «nos querremos
más allá de este y otros mundos».
Para Enric, porque desde que te vi, te quise*

## 2016

## Se preguntarán ustedes cómo he llegado hasta aquí

Siempre había querido decir esta frase, como Rosa Benito en *Supervivientes*: «ahora es mi momento y voy a vivirlo».

Sí, había llegado mi momento. Por fin, después de siete años desde que publiqué el primer libro, me sentaba otra vez a contar mis (nuevas) catastróficas desdichas. Porque a medida que me hago mayor, me doy cuenta de que tengo muy pocas cosas claras en esta vida, pero si algo sé es que he venido aquí a comunicar y a entretener. Y si comunico, comunico bien, contando mis memorias en cómodos plazos, como cuando pagas un robot de cocina en Galería del Coleccionista.

Dicen que de pequeña no callaba ni debajo del agua, que siempre leía los viernes en la misa de mi colegio y que me montaba programas de entrevistas poniéndole el micro a las Barbies. El *leit motiv* constante de mi vida ha sido contar historias y, aunque las Barbies nunca respondían, tampoco me importaba mucho, porque ya me encargaba yo de inventarles un presente y un pasado en el que algunas eran cantantes y venían a mi *show* a presentar su último tema y otras eran actrices que estaban «encantadas de estar en mi programa» para hablar de su nueva peli. La vocación, la devoción, la formación y la herencia fueron el cóctel mólotov para que mi ofrenda en esta vida sea entretener.

Bukowski decía que si no salía de tu alma «como un cohete», era mejor no hacerlo. Yo no sé si tengo cohetes, pero sí sé que chorreo historias. Que mi vida es un sainete digno de ser contado porque todas las situaciones, vivencias, viajes y aprendizajes tienen forma de relato. La diarrea verbal se acrecienta a medida que te vas haciendo mayor y acumulas años, daños, kilos y batallitas. Y eso que algunas pelis de esta historia son inventadas, por supuesto. Mi cabeza se monta cada largometraje que ni el mejor guion adaptado. Pero la autoficción es lo que tiene, que a veces eres Antoñita la Fantástica y otras veces te conviertes en Fernando León filmando la más cruda realidad.

He de decir que los siete años entre un libro y otro no han sido «siete años de silencio», como lo titularía el *Lecturas*. Dios me libre. Yo normalmente callada, lo que se dice callada, no estoy y es difícil que me pillen en un mutis. Me gusta muchísimo el silencio, eso sí. Me carga la batería, me da una calma y una paz interior que ríete tú de Buda, pero lo de callar, pues mucho no lo practico. Digamos que me gusta el silencio *pa* fuera. Por eso digo que los siete años de diferencia entre publicar *La vida de las cosas pequeñas* y *La vida me provoca* tampoco es que hayan sido de introspección, vida retirada, monacal y de pocas palabras. No han sido *Siete años en el Tíbet*. Me he dedicado, básicamente, a contar mi vida (como Gabo, pero sin ser Gabo) en todos los canales habidos y por haber. Y es que las cosas han cambiado mucho. La ola tecnológica ha sido un revulsivo para ~~la Forte~~ todo el mundo y ahora también incordio en la radio, en pódcast, en Instagram, TikTok, en los directos... Madre mía. Lo cierto es que casi me pilla el toro con esto de la comunicación, fíjate tú. A veces creo que me he subido al tren por los pelos. Yo, que empecé haciendo notas de prensa y llamando al periódico de turno para que me las publicase y ahora me enchufo al micro desde casa, comparto con decenas de miles de personas mis charlas con invitados, publico vídeos que ven *cienes* de *fanses*... Es bastante increíble, la verdad. Espero que en las aulas de Periodismo ya estén hablando de Ibai Llanos, ese chaval que no llega a los treinta y que él solo tiene más audiencia que la suma de todos los periódicos nacionales más importantes.

Así que sí, a principios de 2022 me encuentro dándole a las teclas de nuevo, con el pavor del folio en blanco, con el tsunami de pensamientos inconexos escupidos desde mi cabeza hasta mis dedos y tratando de ordenar (¡ay!) en un discurso coherente (introducción, nudo y desenlace) todo lo que he vivido en estos últimos siete años. Además, no es por nada, pero escribir era mucho más fácil en esa época. No quiero ser una quejica porque todo eso de las teorías del victimismo y tal me lo sé muy bien, pero antes mis circunstancias eran otras. El primer libro lo escribí cuando vivía sola en Barcelona. Vivir sola, obvio, tiene sus pros y sus contras, como todo. Pero entre las ventajas está que nadie te distrae, nadie te saca de tus pensamientos; estás tú sola con tus pajas mentales. Cuando logras introducir cuerpo y alma en el fluir del relato, solo tú misma te sacarás de él. Ahora mismo, sin embargo, tengo un perro (que luego presentaré a mi queridísimo público, por si todavía queda alguien sobre la faz de la Tierra que no conozca al Bacon) que hace ruiditos, te mira, te toca y te pide mimos y también tengo un novio, el ser más maravilloso del mundo y con el que más me distraigo porque, para todo lo bueno y para todo lo malo, nos dedicamos ambos a la fantasía de la comunicación. (Y también hace ruiditos, te mira, te toca y te pide mimos).

Por otro lado, a la Forte de ahora le resulta mucho más complicado escribir porque la magia de las redes sociales se ha convertido en un agujero negro en el que perder el tiempo, la cabeza y la vida. Es como la peluquería: sabes cuándo entras, pero no cuándo sales. Además ni siquiera eres consciente del *mood* con el que vas a volver al mundo analógico. Tú puedes entrar en Instagram *happy flower* y a los veinte minutos estar angustiada, odiando tu existencia y planteándote hasta si el queso rallado que tienes en la nevera es verdaderamente comida o tiene más de cinco ingredientes y hay que condenarlo porque eso es veneno que no sirve ni para las ratas. Porque otra cosa no, pero las redes sociales tienen el poder de hacerte creer que eres un ser de luz llegado a este planeta para bendecir al prójimo (gracias, *coaches* de palo que llenáis el muro de Instagram de frases hechas. Dadme unos capítulos, que tengo unas palabras para vosotros) o de hacerte creer que eres el último vómito nauseabundo porque no eres vegana, ni reciclas, ni usas la copa menstrual, ni meditas cada día, ni entrenas fuerza durante una hora, ni lees, ni cocinas, ni publicas un libro, ni tienes un armario en Vinted. Mira, de verdad, una cosita te voy a decir: no soy perfecta y bastantes dineros me gasto en la psicóloga para quererme un mínimo. Ya no te digo ser la diosa de la autoestima, porque esa batalla me da en la nariz que no la voy a ganar en la vida, pero si abro Instagram no es para ver que todo el mundo es mejor que yo. Es para entretenerme. Y hay gente brillante, talentosa y divertidísima. Pero también hay una cantidad de humo, charlatanes y brasas que, de repente, te caes sin darte cuenta en las garras de la máquina de la frustración y te ha dejado el ánimo por los suelos. Hay días que me llega la notificación esa que te resume cuántos ~~minutos~~ horas has pasado delante del móvil y se me cae la cara de vergüenza. Intento venderme la moto de: «Bueno, es que lo uso para trabajar». Pero ni por esas se sostiene mi teoría. Tengo un don bastante fuerte para establecer teorías absurdas que se caen a la mínima de cambio, eso es así.

Pero en fin, volvamos si les parece (mis disculpas, querido lector, los viajes en el tiempo van a ser constantes en este libro, abróchense los cinturones) al punto en el que nos quedamos unos párrafos más arriba. En episodios anteriores de «El diario de la Forte», servidora se hallaba en el impás entre Barcelona y Valencia, dejando la primera para instalarse de nuevo en la segunda, necesitada de Terreta más que nunca y buscando el nido y el amparo de la agradable (y con tan mala fama) zona de confort. La zona de confort no sé a santo de qué tiene tantos detractores, con lo calentito y cómodo que se vive en ella. Yo he salido y entrado bastantes veces y si te soy sincera, cuando salgo lo hago porque soy kamikaze.

El ser humano hace cosas para complicarse la existencia y es algo que nunca entenderé (¿ves?, otra de mis teorías absurdas). Creo que hacerse mayor es eso: complicarse la vida. Complicarse la vida yéndote a Indonesia a hacer pulseras de cuero, complicarse la vida teniendo 187 hijos, complicarse la vida haciéndote mechas y quemándote el pelo hasta que se queda como una escoba o complicarse la vida teniendo una pareja *happy* de la vida que te diga: «Vamos a entrar en *La Isla de las Tentacio-*

*nes* a ver si aguantamos fieles contra viento y marea, aunque te plantifiquen un culo en la cara, a ver qué pasa». Como decimos en Valencia: *serà precís?* ¿Será necesario que nos compliquemos la existencia? ¿Acaso tenemos tanto miedo de conectar con nosotros mismos en la quietud y en la calma que necesitamos ruido, circunstancias y pajareo que nos distraiga todo el tiempo? Nuestros abuelos no se complicaban la vida. Cuidaban del campo, de su familia y en Navidad polvorones para todes. Y ni ansiedades ni leches. Nuestros *iaios* no sabían de debilidades de espíritu. Tiraban *p'alante* y sin rechistar. Pero yo he salido flojeras. Mucha Forte mucha Forte... pero en Barcelona, por aquella época, yo estaba hecha un lío, harta de intentar remontar y quería volver a casa, a Valencia, a la horchata, al olor a mar, a las palmeras, a mi abuelo, a mi madre, a mis fallas y a mi sempiterno «*ye nano, bon día!*».

Qué le vamos a hacer, la vida es así.

Como decía, allá por el año 2015 intenté la aventura catalana por segunda vez en mi vida y de nuevo salió mal. Bueno, no diremos «mal», que después mi psicóloga me lee y dice que «mejor si evitamos los conceptos categóricos... No hay bien ni mal, son vicisitudes que superar con actitud». Así que no seré tan tajante y diremos que *no supe hacerlo*. Ni me adapté a la ciudad ni al ambiente ni al «mar y montaña». Y después de probar suerte un año y pico, llega un momento en el que ya una se agota y dice: «Vamos a ver, que a tope con lo de la adaptación y aceptar y toda esa movida, pero yo me vuelvo a mi casa». Y fin. Con esas cinco palabras (me-vuelvo-a-mi-casa) comenzó mi segunda huida de Barcelona. La primera fue alrededor de los veinticuatro años, cuando me empeñé en estudiar parte de mi carrera de Periodismo en la Universitat Autònoma y pedí el traslado de expediente del CEU de Valencia a Bellaterra. Qué desastre. De verdad, es que ahora lo pienso y soy imbécil. Si yo era feliz en mi CEU de Moncada, ese pueblo valenciano donde viven cuatro y dos son primos. Mi universidad tenía su Mercadona delante para comprarnos *curasanes* (sin relleno) y barritas de chocolate Kinder de postre. Todo era perfecto. Yo tenía en clase a mi Cari, a mis amigos de siempre, esos que me salvaron de las garras de la infancia chusta que viví en ese colegio al que no volvería ni loca... ¿Y ves? Decidí complicarme la existencia. Es que el ser humano es así. Absurdo y contradictorio. No hay más tutía.

Por aquella época salía tan ricamente los jueves universitarios al Salamandra y al Rumbo, me ponía unos aros más grandes que mi cabeza, conducía mi Toyota Yaris color dorado que tenía ranura para meter la cinta de casete de *Pobre Diabla* y ojo, servidora siempre sin comerse ni un *torrao*. En mi vida siempre he sido señora de ligar poco (y de zampar mucho). Vayamos de cara. Los *curasanes*, por ejemplo, nunca me fallaron. Me los comía de cinco en cinco. Para amortiguar la falta de lo otro, supongo. Lo de comer para tapar me viene de hace años. Menos mal que no me dio por pimplar en los botellones... Al menos con mis Bollycaos podía conducir sin peligro. Como fui abstemia hasta los treinta, no probé ni gotica de alcohol durante toda mi juventud y siempre era la *pringuer* que cogía el coche. Siempre era la primera en irse porque no era muy fiestera ni me gustaba trasnochar. Primero porque el pelo me olía a tabaco que daba un asco que no veas y al llegar a casa tenía que dejar toda mi ropa en la terraza porque aquello apestaba. Y segundo porque las señoras bailamos todo lo que haya que bailar y luego iniciamos el éxodo, la retirada digna, la recogida triunfal. Enganchaba mi coche, despachaba a sus casas a las 187 amigas que sí habían bebido y luego me iba caminito a casapadres mientras escuchaba *Hablar por hablar*. Recuerdo que, en cada semáforo, me iba quitando algún complemento extraño del modelito que me oprimía un poco. En uno me quitaba los pendientes. En otro me hacía una coleta. En otro me cambiaba los tacones por las pantuflas. Y así hasta que casi llegaba a casa lista para la ducha. A veces fantaseaba con que en algún semáforo se parase un coche a mi lado con un buenorro de ojos verdes y me dijera: «Párate ahí un momentito». Y nos besásemos en el capó del coche con el frenesí típico de los veintipocos. Pero nunca pasó. Ni frenesí, ni buenorro, ni leches en vinagre.

Además, una cosita te voy a decir: yo sin ir duchada me habría dado un poco de asquete lo que es el *morrear-seyloquesurja*. Porque si algo sabe Dios y mi queridísimo público es que aquí somos de ducha nocturna. Ya pueden ser las tres de la mañana, ya puede estar durmiendo mi familia o el papa de Roma, que yo antes de insertar en la cama, me ducho. Caiga quien caiga. No puedo ni describir el ascazo supino que me produciría ponerme el pijama sin estar recién salida de la ducha. Como dijo Isabel Pantoja: «Que lo sepa Andalucía, que lo sepa España entera». Yo si no me ducho, no fornico, eso es así «*aquí y en la China popular*», como dijo Carod-Rovira. (Como veis tengo multitud de citas célebres en mi sabiduría popular. Y si no las tengo me las invento, como mi amiga Laura, que siempre empezaba sus trabajos con la cita no real de algún famoso. «Como dijo Nino Bravo: "Valencia, gran tierra, grandes artistas"». Ahora vete tú y comprueba si Nino Bravo dijo eso o no. ¡Ja!). Pero no me negaréis que no queda como muy de libro serio ir acoplando frases célebres cuando te viene en gana. Ya lo dijo Andy Warhol: «Ande yo caliente y ríase la gente».

En fin, que ya no sé ni por dónde iba. Creo que básicamente contaba que mi primera huida de Barcelona fue después de matricularme en la Universitat Autònoma y la segunda fue en 2015, justo al publicar mi primer libro. En esa ocasión enganché el petate y regresé henchida de gozo a Valencia en pleno mes de marzo, oliendo a pólvora y explotando en flores. Uno se da cuenta de que hace casa allá donde va, pero las raíces son insustituibles. Tus orígenes son implacables y cuando vuelves adonde naciste, algo se te mueve dentro. Los cinco sentidos atacan al cerebro y te traen esa amarga y dulce sensación de pertenencia al pasado. Nada ha cambiado, yo he cambiado, todo ha cambiado. En aquel momento Valencia me repuso y recompuso después de mi ¿fracaso? catalán y yo aproveché para alquilarme un piso lo más cerquita del Cari que pude. El Cari, mi muy mejor amigo desde segundo de carrera. El Cari no se llama así por Caridad ni nada por el estilo. El Cari es Carles, pero como es el novio de todas, pues todas le llamamos Cari. Me acordaré toda la vida de la primera vez que hablamos. Fue en los pasillos del CEU. Él me dijo que le gustaba mucho mi rebeca blanca y yo le fui a enseñar con (demasiado) ímpetu los botones rojos en forma de corazón. Siempre fui muy pesada y él muy paciente, así que escuchó con detalle toda la explicación que le hice acerca de mis botones de fantasía. A día de hoy escucha notas de voz de hasta treinta y siete minutos sin inmutarse. Y me contesta. A todo. Si eso no es amor, que baje Dios y lo vea.

Por supuesto que, después de año y medio (tan) separados, en cuanto volví a Valencia me instalé en el edificio frente al suyo. Y no me fui a vivir con él porque no ha querido nunca que vivamos juntos, pero esa es una espinita que se me queda a mí en esta vida. Pasaríamos horas y horas pegados en el sofá mirando cada uno su móvil, sin necesidad de decir nada. Porque muchas veces no necesitamos hablar, ni rellenar silencios, ni hacer cosas por quedar bien. El Cari es ~~de esas personas~~ esa persona que lo sabe todo, absolutamente todo, de mí y aun así me quiere. ¿No es la leche? Yo, como siempre, lo quiero hacer todo pegada a su vera como si fuéramos un Twix; hasta me apunté con él al gimnasio de ricos que teníamos cerca de casa. Era el típico gimnasio con pantallita en las bicis, spa, báscula, nutricionista por si decidía dejar los Phoskitos, entrenador personal por si sonaba la flauta y teníamos un *amor fou*, tienda sana de esas que venden proteínas y hierbas para hacer infusiones que huelen a pedo y saben a coliflor, mogollón de secadores GHD en el vestuario... Aunque mira, sinceramente a mí la mitad de esas cosas no me hacían papel, esa es la verdad. Sobre todo el entrenador personal, porque todos sabemos que no me lo iba a ligar..., pero los 187 secadores que había en el vestuario tampoco tenían razón de ser para mí, porque yo soy de las gorrinas que se duchan en su casa. Lo digo alto y claro. Ducharse en el gimnasio es *pa* quien lo quiera, para mí no. No me juzguéis, pero utilizo tantos potingues que tendría que ir con una *trolley* tamaño reglamentario apto para viajar en cabina. Ojalá ser más operativa y usar un par de cositas. Pero haciendo inventario me sale una media de catorce productos por ducha (con pelo): desodorante (si estamos en época de estrés, de esos que te cierran el poro del sobaco hasta que se te queda la piel encogida para dentro), crema hidratante para el cuerpo (Mustela *4eva*. Nací oliendo a Mustela y moriré oliendo a Mustela), gel para la cara, tónico 1, tónico 2, sérum hidratante, crema con protección solar, contorno de ojos, gel, champú, mascarilla, *antifrizz* (Valencia y sus humedades, no veas) y toda la retahíla de maquillaje si es que tienes que salir del gimnasio lista para desfilar en Cibeles.

## Peso 50 kilos. Autoestima 70 %. Introspección/ mundo interior 75 %

En aquel tiempo mi cuerpo joven y lozano todavía guardaba el recuerdo de mi última época fit. Y donde digo «última» no quiero decir que después vinieran unas cuantas más. Quiero decir que fue la última de la última. Vamos, que para de contar. *C'est fini.* La etapa de vigoréxica que experimenté en 2014 fue uno de los mejores momentos de mi vida. No solo físicamente, sino también psicológicamente. Cuerpo y alma se alinearon, los chakras se pusieron a tocar las maracas de Machín y mi vida experimentó un salto cualitativo a tal nivel que la autoestima se me disparó hasta un 70 %. No está nada mal, ¿eh? La Forte fit hacía dos horas de deporte cada día, de las cuales una era cardio y la otra fuerza. Entrenaba tanto que fácilmente podría haberme presentado a los certámenes de Bikini Fitness de mi pueblo. Fijo que llena de engrudo marrón y con tacones transparentes habría conseguido algún título. Pero no me presenté porque yo soy una tía humilde y tampoco necesito reconocimientos a gran escala. Con un Goya a la Mejor Actriz Revelación me conformaría, la verdad.

El caso es que, afortunadamente, todo lo que trabajé en 2014 mi cuerpo no lo echó a perder durante los dos años siguientes y aquellos 50 kilos de señora valenciana eran el compendio perfecto entre buen rollo, espíritu festivo y la estima justa y necesaria para que me iniciase en el apasionante mundo de Snapchat. Estas cosas parecen muy sencillas, pero cuando te pasas el día entero mirándote a través de un objetivo (y con filtros) acabas por verte absolutamente todos los defectos (reales o no). Y mi cabeza repleta de creencias y prejuicios automáticamente ~~relacionaba~~ relaciona la cifra de la báscula con la capacidad de quererse a una misma. Esta es una distorsión cognitiva que tengo desde pequeña y de la que, a día de hoy, todavía no he conseguido liberarme. Mi trabajito me está costando esta batalla, que tanto me hace «de sufrir».

Sin embargo, recuerdo aquella época de virginidad tecnológica como un experimento muy divertido. Snapchat era un campo desierto donde hacer el gili sin que nadie te juzgase. Básicamente porque a) éramos pocos y b) nadie sabía usarlo. Creíamos que la app estaba habitada por adolescentes con filtro de cervatillo y así era. Pero los echamos. Como haríamos más tarde con TikTok y quién sabe si haremos lo propio con Twitch. Los puretas, los de *treintaitantos*, esos que convivimos con demonios de la infancia y libros de desarrollo personal en la mesilla de noche, nos caracterizamos por no tener miedo a probar nuevas vías de comunicación, aunque para ello tengamos que grabarnos bailando el *challenge* de turno. Yo, sin ir más lejos, pasé un verano entero compartiendo vídeos de quince segundos contando lo poco que se podía contar en esos clips e inventando historietas absurdas. Básicamente como ahora, pero en aquel momento era solo por diversión. Ahora se me ha complicado un poco la cosa porque la pasión se ha convertido en trabajo y, cuando empiezas a hacer algo por obligación, muchas veces se pervierte hasta tal punto que podrías cogerle manía. En ese momento no fue mi caso; de hecho, me divertía tanto que casi no entraba en Instagram. Me parecía el sitio más aburrido del mundo. Atardeceres, fotos de frutas, pies y gin-tonics. Soporífero. De repente, ¡huy! notificación. «Enric Sánchez te ha dado a seguir». ¿Y este? ¿Quién es? «Locutor en Los 40». ¡Vaya, pero si es monísimo! ¡Y a lo mejor me puede ayudar a mover mi libro por la radio! ¡Voy a darle a seguir!

Unos meses después de ese *follow back* me acordé de que aquel chico que vivía en Madrid y trabajaba en *¡Anda ya!* quizá podría ayudarme con la promoción de *La vida de las cosas pequeñas*. Así que decidí escribirle:

«Hola, ¿qué tal? Soy Alma, no nos conocemos, pero nos seguimos en Instagram. Te escribo porque hace unos meses publiqué un libro y tal vez...».

A ese correo electrónico le siguió una rápida respuesta por parte de Enric. Fue el mail más bonito que he recibido en mi vida.

«Te voy a ayudar como me gustaría que me ayudaran a mí...».

# 2017

## ¿Puede un mail cambiarte la vida?

Dicen que lo divertido de la vida es el constante cambio y el vaivén de la incertidumbre. Los sabios milenarios llevan años divulgando su conocimiento y aseguran que lo único que hace falta para ser feliz es la aceptación y la confianza en el devenir de los acontecimientos. «Todo saldrá bien», aseguran. «Nada es eterno». «Esto también pasará». «El universo tiene sus planes». Chist, *respect*. A tope con el universo. A mí a *universer* no me gana nadie. A mí a «rarita que cree en los chakras, la kinesiología, la numerología y las reencarnaciones» no me gana nadie. Yo he sido de las que cargaba las piedras en el balcón las noches de luna llena y de las que hacía conjuros con azúcar moreno, velas rojas, incienso y aguarrás cuando ~~lo dejé con~~ me dejó mi primer novio. Así que ya te digo yo que si me tengo que plantificar la túnica de Odamae

Brown, me la planto. Si me tengo que comer siete aguacates a la pata coja mirando un punto fijo del atardecer para que la vida me sonría, yo lo hago. Aquí una servidora se ha leído cerca de 187 libros de autoayuda, desarrollo personal y autoconocimiento y la teoría se la sabe de rechupete. Eckhart Tolle, Louise L. Hay, Deepak Chopra y Borja Vilaseca durmieron conmigo diecinueve días y quinientas noches en mi «época oscura». Porque todos los artistas tenemos una «época oscura» en nuestro currículum y si no la tenemos, la forzamos, que para eso somos artistas. Como la famosa poesía lúgubre de Bécquer o las pinturas negras de Goya. Cuando se publique mi biografía no autorizada podremos decir que la Forte también tuvo su «época oscura» y se ayudó de grandes mentes de la espiritualidad para no caer en un pozo de mierda. *(Nota de la autora: «pozo de mierda» se puede sustituir por alguna expresión menos vulgar, pero no nos olvidemos del lenguaje inclusivo, ese que integra a las personas que decimos palabrotas todo el rato, joder).*

Pero retomemos la movida. Como decía arriba, no me gustan las sorpresas. Llevo muy mal aceptar que la incertidumbre es dueña y señora de mi futuro. Lo que es el «abandónate y suéltate las cadenas» no va conmigo. Me agobio. Me entran los siete males. Si tú quieres verme nerviosa de verdad, contéstame un: «sobre la marcha». Y voy más allá. Subida en el púlpito como me hallo en este preciso instante, me aventuro a decir que esta es una condición bastante femenina. Cientos de discusiones de pareja (cishetero) se han dado por culpa de la frase «sobre-la-marcha». Porque, por ejemplo, tú a una mujer le dices que «cariño, esta noche vienen a cenar a casa Fulanito y Menganito» y a esa mujer le suben pulsaciones, comienza una sudoración nerviosa y se activa con un petardo en el culo poniendo los ojos en blanco y abriendo las pupilas muy grandes, como si tuviera delante una aparición mariana, y automáticamente su cabeza empieza a elaborar una rigurosa *to do list* que hay que ejecutar con una perfección militar antes de que se produzca dicha cena.

— Quitar el tendedero del medio del salón (y las bragas tendidas en el radiador de la salita).
— Tirar la basura del papel, que esta mañana se me ha olvidado.
— Lavarme el pelo. Mierda, me lo iba a lavar mañana porque tengo una reunión importante. Ya me han *descuadrao*.
— Hacer hueco en la nevera (y tirar el tupper de ensaladilla, que lleva ahí tres días y vamos a pillar salmonelosis).
— Comprar Fanta (Menganito solo bebe Fanta).
— Planchar el mantel.
— Ir al Ahorramas a por tostaditas, fuet, cacahuetes fritos con miel y aceitunas.
— Sacar aceite del bueno.
— Pasear al perro antes de que lleguen.

– Doblar las mantitas del sofá y esconderlas porque Fulanito fuma y luego huele toda la casa a Marlboro.

Y así, acople usted la lista a sus particulares circunstancias. Bienaventuradas sean las controladoras, porque de ellas será el Reino de los Cielos. Cuando hay un «sobre la marcha», yo estoy al borde del Prozac, cascándome los Lexatines de tres en tres mientras la cabeza del hombre fluye en un prado verde y armonioso, lleno de flores silvestres de lindos colores, poblado de alegres pajarillos que revolotean y canturrean ajenos a cualquier tempestad venidera. Eso es fluir y lo demás son, como diría la Moderna de Pueblo, «coñodramas». Así que, amigos de la vida que amáis que cada día sea de una manera... *mis dieses.* Al cielo con vosotros. Yo soy *fans* de las rutinas porque me dan seguridad. Como mi amiga Azu, que tiene una alarma en el móvil para saber que el jueves toca sepia y los viernes bocata de tortilla. Saber que después de A va a venir B y luego C a mí me destensa. Pero todo esto a la vida le chupa un pie, porque tú un día estás tan ricamente en tu casa y recibes un mail que zasca, girito de guion. *Plot twist.* ¿Tenías unos planes? Pues el futuro los coge y se los pasa por el forro de la entrepierna. En el sentido literal y en el literario. Aunque te resistas. Aunque te empeñes en mirar hacia otro lado. Aunque no quieras improvisar. En un segundo todo cambia.

«Te voy a ayudar como me gustaría que me ayudaran a mí». Semejante declaración de intenciones fue la carta de presentación de Enric Sánchez. (Así le grabé en mi agenda de contactos y así sigue, porque soy ese tipo de personas que pasan los años y sigue teniendo a su mejor amiga como «Ana Natación»).

Enric respondió a mi correo ofreciendo ayuda. Cosa que, como pude comprobar años después en mis propias carnes, no es muy habitual en el mundillo de la comunicación. ¿Que es la profesión más bonita del mundo? Sin duda. ¿Que tampoco soy gilipollas y aquí hemos venido como al polígrafo de Conchita a contar la verdad, toda la verdad y nada más que la verdad? Por supuesto. Trabajar en los medios de comunicación (digitales o tradicionales) es una dulce locura en la que te metes sin conocer las reglas, muy virgen, muy inocente, pensando que la gente te brinda su mano, te pasa contactos, te avisa de oportunidades... Pero luego descubres que a Madrid se viene a luchar y, como decía Leroy Johnson en *Fama*: «La fama cuesta y aquí es donde vais a empezar a pagar». Lo habitual es, básicamente, que no te ayude ni Cristo... y dentro de unos pocos capítulos descubriréis el porqué. Por eso, que Enric se ofreciera a echarme un cable fue algo que no olvidaré jamás. Le envié mi libro y él inmediatamente se lo pasó a Roberto Sánchez, subdirector de *La Ventana*, uno de los programas de radio más escuchados de toda España. A los pocos días recibí una llamada de parte de Roberto diciendo que me quería entrevistar para hablar sobre cómo era eso de «publicar un libro viniendo de las redes».

De aquella entrevista lo que más recuerdo es que nadie me apeló correctamente. Escuché decir «Soylaforte», «Laforte», «Alma Forte», «Alma Andreu Forte»... Parecía el gag de Martes y Trece con la empanadilla. En cualquier momento iba a escuchar a Roberto Sánchez hablando de mi libro haciendo la mili y la Forte en Móstoles friendo las empanadillas. Desde aquel entonces y hasta hoy, sigo empeñada en ser *conocía* mundial», como la Veneno, y dejar bien claro que soy la-Forte. Separado. Como la-Jurado, la-Pantoja y la-Rosalía.

## Peso 50 kilos. Autoestima 90 %. Introspección/ mundo interior 50 %

Como buena pardilla que soy, la novedad de haber publicado un libro me daba hasta dolor de estómago. Había noches que no podía dormir pensando en que a lo mejor yo era como Bridget Jones, una joven periodista con el culo un poco gordo y la falda un poco corta que iba a conseguir todo lo que se propusiera. Por el momento no me iba a vestir de conejita en la fiesta de «curas y putas», pero ¡joder, era una escritora novel! Tenía mi propio libro y me llamaban de radios y periódicos porque se interesaban por él. Mi entorno me felicitaba por la hazaña y algunos, como mi padre, reaccionaban flipando un poco: «¿Todo eso lo has escrito tú?». No, mi negro, no te digo. A veces da gusto lo supermotivadoras que son las familias, ¿eh? Menos mal que a mí me daba igual porque yo estaba en ese momento de mi vida en el que todo me venía bien. La vida me sonreía. Tanto que fui a la boda de mi amiga Tamara y ligué con el guapo de turno. Era una especie de Quim Gutiérrez de ojos claros que después tuvo 187 taras, pero ¿y qué? La vida me sonreía. Volví a las andadas y empecé a comerme los Filipinos de diez en diez, pero ¿y qué? La vida me sonreía. Y yo le sonreía a ella y todo eran mariposas y jajás por doquier. Me pasé el verano en la playa de la Patacona. Cada mañana enganchaba mi Toyota Yaris dorado, el Isdin, las gafas de sol de palo y allí que me tiraba un par de horas. Yo sola, un rato al sol y otro rato en el chiringuito Patasur, tomándome un café con leche y hielo. A la sombra del cañizo, escuchando música y viendo cómo la brisa marina hacía bailar los farolillos que colgaban de las sombrillas sentía una paz de otro planeta. Hacer la comunión con el sol, relajarte, descansar, oler a mar, saber a sal..., pocas cosas me resultan más maravillosas que tumbarme en la arena. Justo justo justo lo contrario que Enric, que si por él fuera, no pisaría la playa ni por todo el oro del mundo. Volvamos a Enric.

Los meses posteriores al famoso mail (al que llamaremos «mail amoroso»), cada uno estuvo a sus cosas. Nos seguíamos en Instagram y Snapchat, pero no hubo ningún tipo de cruce de mensajes ni intereses particulares.

Y no es que me estuviera haciendo la guay, lo juro. En otro momento puede que sí habría hecho el indio en plan «no le voy a contestar aún el mensaje para que no piense que estoy desesperada». Pero eso de las estrategias absurdas cuando estás conociendo a alguien lo abandoné al entrar en los treinta. Hay que ver la de estupideces que hace una cuando es ~~más~~ joven. Yo tuve una época en la que me dio por contarles a mis ligues que era una *runner* empedernida que si no hacía sus diez kilómetros diarios no era persona. Creía que aquello me hacía molar más o ser mejor, quién sabe. También hice circular el rumor de que tocaba el violín nivel Dios. Rollito Ara Malikian. Me sentía mazo interesante sabiendo leer pentagramas y componiendo melodías como si fuera la nueva Johann Sebastian Bach. A puntito estuve de tatuarme la clave de fa. ¿Me sirvió de algo todo eso? De nada. ¿Me siguieron dando calabazas? Todo el rato. Por eso te digo que la memez de las estrategias cuando estás conociendo a alguien afortunadamente ya la pasé y dejé de jugar a las adivinanzas. De hecho, creo que pasé de las estrategias sutiles en las que cualquier movimiento estaba perfectamente milimetrado al *sincericidio* total en el que todo me daba igual y si algo no me gustaba, pues iba y lo decía sin más. ¿Que tenía que montar un pollo? Pues iba y lo montaba. Pero a lo grande, que se note que una bebe del brilli brilli de las tonadilleras de los 90. A los veinte era una estratega; a los treinta, una kamikaze. El Consejo de Sabias que he llegado a montar cuando he estado tonteando con algún chico sí que ha sido relevante y no los del Club Bildelberg. Anda que no nos hemos pasado pantallazos y conversaciones íntegras en el chat de amigas. Anda que no hemos redactado mensajes entre todas. «A esta respuesta la llamaremos wasap a ocho manos». Menudas coreografías estilísticas hemos montado las chicas cuando una conversación requería de gracejo verbal.

En fin, el caso es que después de intercambiar el mail amoroso con Enric yo andaba por Valencia tan pichi, a mis cosillas, pero ligeramente seducida ya en la distancia por el mundo madrileño. Tanto era así que cada oportunidad que tenía de viajar a Madrid, yo la cogía. Como por ejemplo, cuando llegó la nominación a los Premios Bitácora. Yo no sabía ni lo que era aquello, pero cualquier tipo de promoción posible me parecía una buena manera de mover mi libro, así que me planté allí en hora y media de AVE.

Nunca me gustó viajar, esa es la realidad. Nunca me gustó moverme mucho. (Ya os he comentado que en la zona de confort tampoco se está tan mal). De pequeña solo fui a dos campamentos y de los dos me marché antes de tiempo porque les monté a mis padres semejante teatrito que o me sacaban de allí o ingresaba derechita en Soto del Real por mal comportamiento. Con diez años más o menos me metieron en El Rebollar, una especie de casa rural para niños en medio del monte donde hacíamos actividades de todo tipo. A mí todas me daban miedo. Salir a buscar caracoles, hacer gincanas por toda la parcela o jugar al pañuelo, daba igual. Quería irme a mi casa. No entendía cuál era el problema de tirarme todo el verano tumbada en el suelo mirando *Punky Brewster*, *Las Gemelas de Sweet Valley* o *Los Rompecorazones*. Qué maravilla de series, ahora que lo pienso. *El Príncipe de Bel Air* y *Salvados por la Campana*, eso sí que era entretenimiento y no los *Élite* de ahora que «nacen ya resabiaos», como diría mi abuelo. Por no hablar de las sobremesas españolas con joyitas como *Nada es para siempre* o *Al salir de clase*. Así he salido yo, peliculera perdida. ¿Cómo pretende la sociedad que me convierta en una adulta sensata, hecha y derecha si he crecido entre taquillas de institutos estadounidenses? Para mí estar mirando la tele desde los diez años hasta los quince era el *fokin* mejor plan del mundo. Y ya cuando me dejaron ver *Sensación de Vivir*, ni te cuento.

Ni por todo el oro del mundo quería irme yo al English Summer School, aquel campamento chusta de verano en el que encima (es que apaga y vámonos) tenía que estar hablando en inglés todo el santo mes. ¿Estamos *crazy* o qué? El English Summer School sirvió para que mis padres soltaran una leña de billetes y que yo quisiera irme huyendo el primer fin de semana que tuve «permiso de libre circulación». A la que pude montar mi numerito de *drama queen* abandonada por su familia, lo monté con primero, segundo y tercer acto. Lloraba cada mañana, usaba la llamada diaria para decir que no estaba aprendiendo nada de inglés y —comodín bonus extra—

mentía contando que la comida era literalmente vomitiva. Una madre puede pasar por que te hagan limpiar tu cabaña o que te hagan hacer algo de ejercicio. Pero con la comida no se juega y si tú a tu madre le dices que te están dando de comer mal, se arma la marimorena. Así que, la arriba firmante, la que montó el Belén diciendo que de ninguna manera iba a permanecer más días en aquel ~~campamento~~ infierno, consiguió que por la puerta aparecieran sus padres con un bocadillo de pamplonés bajo el brazo y hablando español, nada de inglés de Oxford. «*Your attention, please. Miss Alma Andreu please go to the main door*». Cuando escuché aquellas palabras por megafonía, cogí mi maletilla y enfilé rapidito para mi casa. Con mi almohadita, mi madre y mis series adolescentes de verano. ~~Home sweet home~~. Hogar dulce hogar.

Ahora mismo, ya mayor, o sea, conocer nuevos lugares y tal claro que me resulta apasionante, pero el hecho de viajar, desplazarme, moverme, me resulta un coñazo. Puede que haya personas que disfrutan del viaje en sí, de las horas de coche, de avión, de barco o de patinete. Yo no. Desde bien pequeña me mareo infinito en cualquier medio de transporte. Me mareaba cuando mis padres me llevaban en coche desde Valencia hasta Viella o desde Valencia hasta Benifaió. Daba igual ocho que ochenta. Es poner un pie en el coche y una servidora empieza a vomitar. He probado remedios químicos, de abuelas y esotéricos. Y ninguno funciona. Me he puesto una aspirina en el ombligo, una ramita de perejil en la oreja, me he presionado en la muñeca, he ido con el estómago vacío, lleno y bocabajo. No hay truco que valga. Si no conduzco yo, vomito. Soy así de impertinente. Una joyita para viajar, oigan. Así que cada trayecto de AVE Valencia-Madrid aquí la menda se enchufaba una Biodramina tamaño camión y a otra cosa mariposa. Lo bueno de aquella ocasión es que, además de los Premios Bitácora, mataba dos pájaros de un tiro porque también me propusieron salir en la revista *Harper's Bazaar*. ¿Cómo te quedas? Muerta, yo muerta. Resulta que Paloma Abad, una señora muy maja y más gallega que las meigas y el queso de tetilla juntos, era muy *fans* mía y me seguía en Instagram desde hacía mucho tiempo. Sabía de mi libro y estaba haciendo un reportaje de autoras noveles. Música, interpretación, ilustración, texto... Y ahí estaba yo, entre Elena Rivero y Zahara, con un vestido de Cortana que no podría pagar ni en media vida. Parecía un ángel dorado entre gasas y rasos rosas, maquillada por Iván Gómez y sin disimular ni un ápice la ilusión que me hacía todo aquello. O sea, me veía más guapa que nunca. Pese a que hice un ligero intento de controlar la situación pidiendo que me maquillasen con un gran eyeliner negro y los labios rojos, pronto tuve que desistir y dejar que el *savoir faire* de Iván hiciera su magia. Y sí, ahí estaba la Forte, *from la Terreta to Madrid*, rodeada de focos y cámaras, sintiéndose misteriosamente como un pez en el agua. Y como una es *prin-*

*guer* pero muy agradecida, de repente recordé que muchos meses atrás había recibido una inestimable ayuda por parte de Enric Sánchez («el del mail amoroso») y que estaría muy bien invitarle a un café y desvirtualizarlo para agradecerle el favor. Especialmente el día en el que mejor maquillada he ido de toda mi vida. Dicho y hecho.

—Señor, ¿a las 11h en Gran Vía?

Años después, rememorando aquella primera vez que nos vimos, Enric me confesó que estuvo un rato esperando en la puerta de la radio a que yo apareciese. Mientras tanto, yo hacía lo propio en la puerta del H&M de Gran Vía porque, si la memoria no me falla, habíamos quedado justo ahí. (Pero los hombres nunca se enteran de nada).

Me acordaré toda la vida de ese momento. Chispeaba un poco y el cielo de Madrid estaba blanco, como si de pronto fuera a nevar. No sé cómo lo hace Madrid, pero siempre está bonita y siempre acompaña. Siempre es un escenario perfecto y, la verdad, en mi Gran Historia de Amor podría ser actriz de reparto, pero casi siempre acaba siendo protagonista. Yo estaba subida en el escalón de la puerta de la tienda y vi llegar a Enric a lo lejos. Llevaba un abrigo *azuloscurocasinegro* y el momento en el que nuestras miradas se cruzaron sentí un chispazo. Un chispazo real. Como si hubiera caído un rayo. Juro por Dios que en este párrafo no estoy sumando absolutamente ni un 1 % de literatura. Crucé mis ojos con los de Enric y un escalofrío recorrió mi espalda, como cuando suenan los primeros acordes de guitarra de *Sweet Child O'mine* de Guns N' Roses. Si hubiera podido ver a cámara rápida la vida tan bonita que se nos venía por delante, le habría besado allí mismo, sin saber absolutamente nada más de él. Pero afortunadamente no soy una descerebrada y lo único que hice fue bajar del escalón para lamentar que, jo-der, ¡mide por lo menos un metro noventa! ¡Y yo casi no paso del metro y medio!

«¡Qué bajita es!», pensó Enric.

—¿Quieres venir a ver la radio?

Y allá que nos fuimos, a la planta 8 de Gran Vía, 32. Prometo que yo me estaba comportando como una persona normal y traté de disimular la ilusión que me hacía pisar aquellos pasillos. Palabrita que no hice ni un vídeo ni medio. Eso sí, el gozo y la alegría me invadieron al llegar al estudio principal de la SER, donde no pude evitar sacar el móvil. ¡Ese estudio era un templo para mí! Ese estudio en el que, meses más tarde, estaría yo sentada como colaboradora. Quién me iba a decir a mí... La de veces que en mi casa se había sintonizado la 100.4 de FM y había escuchado los pitos horarios, *El Carrusel deportivo*, *El larguero*, el *Hoy por hoy*... La radio ha formado parte de mi vida casi sin saberlo hasta que yo he formado parte de la suya. Todas, absolutamente todas las noches que mis padres me enchufaban a dormir con mi abuelo, entre su cabeza y la mía, había un transistor a pilas con una antena que si te descuidabas te sacaba un ojo; de noche aflojaba el ritmo hasta la mañana, cuando poco a poco empezaba a despertar a los oyentes tocando la sintonía del cupón de la ONCE para ver si «usted ha sido agraciado». Y agraciada en el juego nunca fui, pero joder, puedo decir que en el amor me tocó el Premio Gordo. Allí le tenía, a escasos metros de mí, caminando hacia un Starbucks para tomar el consabido café conmigo, café que le dije que le debía —por las molestias y la ayuda desinteresada—. Pero cuál fue mi sorpresa al ver que Enric Sánchez no toma café, sino chocolate, y que tenía un hambre que se moría y pidió, además, un *curasan* para acompañar. Le vi ~~sucar~~ mojar el *curasan* en su tazón de chocolate tan feliz al tiempo que me escupía sin pudor un: «¿Y tú de qué vives?». Me alucinó la nobleza, pureza y bondad que había en aquel ser humano. Al acabar nuestra ~~cita~~ quedada, yo le envié un mensaje al Cari y solo pude decir: «Este lo quiero para mí».

## «La Madrileña»

Pasaron unos cuantos meses, cumplí treinta y tres años y acabé absolutamente enamorada de Enric. Aquel mes de marzo, contra todo pronóstico, me mudé a Madrid. Empezaba un nuevo viaje. Y otra vez las cajas y otra vez las maletas. Hacía justo un año que llegaba de Barcelona a Valencia y ahora empaquetaba mi vida de nuevo y ponía rumbo a la capital. Jamás de los jamases habría dicho que acabaría viviendo en Madrid. Pero, ay, el amor. El amor es el motor más grande que existe para empujarte a hacer algo. Cualquier cosa. El amor es causa y consecuencia, es el germen del cambio, del movimiento. Y a mí me sacó de la Terreta, como los ganchos de esas máquinas de los recreativos que cogen un peluche y lo transportan hacia la parte exterior de la máquina para que te lleves el premio a tu casa. Pues así me sentía yo: flotando en el aire y cambiando de escenario. De las tracas y el Mediterráneo a los churros y la Puerta del Sol.

Como todo, no podemos decir que fuera un camino de rosas. Primero porque de la noche a la mañana pasé de vivir en mi cuquipiso valenciano con conserje veinticuatro horas, piscina interior y exterior, garaje, trastero y terraza (todo por quinientos euros, flipas) a compartir piso en una habitación de un metro cuadrado donde me atrincheré y organicé mi ropa como pude colgada en burros cojos de Ikea. Si prestabas atención, el panorama era bastante desolador. La habitación era una especie de zulo interior con una ventana que daba miedo abrir por si entraban —con suerte— moscas o —con menos suerte— ratas. No había armario, no había mesilla de noche. Solo un camastro de muelles niquelados que te dejaba la espalda como el escudo del Rayo Vallecano. Pero el amor todo lo podía. A mí me daba igual haber dejado atrás mi cocina con barra americana y mis acabados casi a estrenar. Me daba igual compartir el lavabo con tres chicas más (de las cuales una dejaba todas-las-mañanas sus largos pelos rubios en la bañera). Me daba igual que otra siempre caminase descalza por casa y luego subiera los pies llenos de mierda al sofá. Me daba igual que no hubiera televisor y disponer únicamente de una balda de la nevera. Me daba igual todo. Porque, como dijo Menchu del Valle, la abuela de doña Letizia en la boda de su nieta con el príncipe Felipe: «Si no tengo amor, no soy nada. Podría repartir en limosnas todo lo que tengo y aún dejarme quemar vivo, si no tengo amor, de nada me sirve. El amor no pasa nunca». (Vale, que igual no es para tanto y san Pablo en su Carta a los Corintios quizá debería haber hecho hincapié en el autoamor, porque puntualizar que el amor propio es la casilla de salida nos habría ahorrado bastantes horas de terapia).

El caso es que yo me alimentaba del aire. Era esa clase de persona enamorada que vive levitando, que no respira, solo ama. Y además de todo este romanticismo, *cuidao*, era la protagonista indiscutible de las *Cincuenta sombras de Forte*. Todo Madrid se enteró de que la pepita me palpita y de que, cuando se unen un catalán y una valenciana, la traca y el *pà amb tomàquet* hacen una mezcla explosiva. Tenía, como diríamos en Valencia, «*el cos encés en flama*» (el cuerpo en llamas) y como vivíamos celebrando el amor, todo era comer y beber y jajá y jujú y descubrir sitios nuevos y venga restaurantes y venga copichuelas. Porque sí, yo fui abstemia hasta los treinta, pero a los treinta y uno pensé que un vinito de vez en cuando no estaba nada mal y me duró unos cuantos años, hasta los treinta y siete concretamente, en los que me emborraché dos veces y dije: «Pues hasta aquí hemos *llegao*, amigas». Y nunca más ingerí ni gotica de alcohol. Madre del amor hermoso, ahora pienso en esos botellones de la juventud en los que solo miraba y comía chuches... Anda que no me he ahorrado sufrimientos en esta vida. Mis ojos han visto cosas que no creeríais. Estómagos ardiendo más allá de Orion. Vodka piruleta con Coca-Cola. Blue Tropic con ron. Seven Up con Puerto de Indias. Un sinfín de mezclas que aquello no eran botellones, eran las pócimas de Panoramix. Menudas alquimias se montaban los jueves universitarios. Y yo ahí con mis dulcipicas y mis regalices. Ahora en serio, ¿no os duele la tripa hasta morir cuando bebéis alcohol?

Yo solo he cogido dos cogorzas en mi vida. La primera llegué a casa y pensaba que estaba absolutamente sobria. Eran las once de la noche, temprano, porque un adulto de casi cuarenta años puede pillar el punto y lo de estar de fiesta a las tres de la madrugada le sobra. Mi cabeza me decía que estaba absolutamente digna y capaz de ejecutar cualquier tarea. Hablé por teléfono con Enric una media hora y días después me dijo que le solté una chapa de padre y muy señor mío. Pero cuando me acosté..., ay, amiga. Ay, cuando me acosté. Apagué la luz. Cerré los ojos. Y todo empezó a dar vueltas. Algo no iba bien. Ave María purísima, el colocón que llevaba. Todo giraba a mi alrededor, era peor que el Saltamontes de la feria de verano de mi pueblo. Encendí la luz, me incorporé y pensé: «Va a ser que no estoy tan tiesa como pensaba». Pero soy mazo desgraciada porque lo tengo facilísimo para vomitar cuando voy de copiloto en un coche, pero no me resulta tan sencillo cuando me gustaría hacerlo *motu proprio*. No hay forma. No me sale. Es como que mi cuerpo hace justo lo contrario a lo deseado. Y cuando tú quieres que vaya *pa* fuera, la tripa dice *pa* dentro. Y ahí estaba yo, con una ansiedad de narices, creyendo que me estaba dando un ataque supino al corazón, sudando pero con frío, temblando pero temblando y al borde del desmayo. En cuanto dieron las ocho de la mañana me plantifiqué como un clavo delante de mi médica de cabecera y, con el rabo entre las piernas, le expliqué lo que había pasado. Verá usted, doctora, es que ayer me sentó mal la cena... Y la buena mujer me dijo: «No se te ocurra comer nada y toma paracetamol, anda, ignorante de la vida».

Y aquella fue mi primera —que no última— borrachera indigna. Unos meses después, como soy lela, estando con Enric en una fiesta de cumpleaños, aquí servidora se pimpló una (¡¡UNA!!) copa de vino. Y en esa copa de vino me planté. Horas después estábamos en un restaurante y mi estómago empezó a tocar las maracas de Machín. Tenía una centrifugadora y un tornero fresador juntos en mi tripa. Los dos dando vueltas. Yo creía que me caía allí mismo. Y solo le dije a Enric:

—~~Creo que~~ voy a vomitar.

—¿Aquí? ¿Ahora?

Enric, como si fuera un ninja samurái moviéndose a velocidad supersónica, enganchó una bolsa de papel que teníamos encima de la mesa (cosas de la vida, al menos el *atrezzo* estaba dispuesto para mi *show*) y lo puso a mi derecha, justo debajo de la mesa. Sincronización nivel *Matrix;* nadie veía nada. Y en ese escenario de hiperrealismo mágico, sucedió. Vomité. Sé que puede parecer asqueroso, pero fue lo más maravilloso que me pudo pasar aquella noche. Fueron cincuenta segundos tan angustiosos como liberadores. Como el final de las pelis de Tarantino, que ya se descara y empieza a salir sangre a borbotones por todas partes. Como cuando en las *mascletàs* disparan los *masclets* finales y todo el mundo aplaude a la vez. Como un orgasmo. Fue el final perfecto.

Al menos así lo viví yo, que recuperaba mi color de piel, mis pulsaciones habituales y mis ganas de vivir. Sin embargo, a mi izquierda estaba Enric, sosteniendo la bolsa con una mano, disimulando con la otra y mirando a todas partes, totalmente presa del pánico al darse cuenta de que sí, amigas, la bolsa era de papel. Esto quería decir que, en cualquier momento, aquello podía reventar y deshacerse allí mismo.

Enric se levantó con esos andares típicos de cuando te haces caca, que aprietas el culo pero vas recto para que no se note. Como cuando intentas caminar rápido pero acompasado, haciendo de tus nalgas un puto bloque de mármol. Pues de esa guisa salió Enric del restaurante, abriendo las puertas con las dos manos, como cuando entran los médicos al quirófano, con la bolsa de papel de mi P. I. B (producto interior bruto) directo al contenedor que teníamos en la acera de enfrente. Sí, a veces la vida es como un baile perfectamente orquestado. Todo era sincronía y belleza. Yo me recuperaba, la bolsa llegó a su destino y nadie vio nada. Nadie... salvo un camarero, que se acercó discreto y sigiloso a Enric para comentarle: «¿Está su mujer embarazada?». A lo que Enric espetó: «Espero que no, está borracha». Y el señor, ante tal sentencia, no pudo más que echarse atrás haciendo un mutis por el foro digno de lady Macbeth.

Y así fue como, colorín colorado, la Forte pilló su segunda cogorza (y última, palabrita). Ahí decidí que no tengo yo necesidad ninguna de volver a sentir en mis carnes lo que significa que el alcohol corra por mis venas (y mis tripas). Ay, qué malita estaba, Jesús, María y José. Además, en una de esas que estaba en la calle Lagasca de Madrid (porque una si se emborracha, se emborracha en el barrio de Salamanca, por qué no) tomando el aire y ventilándome hasta los sesos, se me acerca una chica y dice: «¡Ahí va! ¡Soylaforte!». Yo la miré sonriente pensando: «A tope con tu afecto, pero no se dice "soylaforte" todo junto. "La" es el artículo. Va separado». Lo que pasa es que no tenía yo la noche como para andarme con concreciones. Así es Madrid, que aunque Díaz Ayuso diga que aquí no te encontrarías a tu exnovio, aquí te encuentra hasta tu prima Conchi la de Portugalete, porque si algo pasa en Madrid es que todo pasa. Todo acontece y todo fluye, siempre ocurre algo, siempre hay reuniones, gente, bares, oportunidades. Madrid es vida. Madrid es casa. Nunca imaginé tal sentimiento de pertenencia en una ciudad que no fuera la que me vio nacer. Porque Madrid acoge a todos y los hace de aquí, cada rincón castizo te recuerda que, si tú quieres, este es tu sitio, tu nido. A mí Madrid me salvó y me dio amor y un sentido para mi vida. Por eso desde entonces soy «la madrileña».

# Adiós, Vicente

## «La nieta del comadrón»

Sí, esa soy yo. Nieta y bisnieta de comadrones, obstetras y ginecólogos. Don Vicente, mi abuelo, y don *Fransisco* (dicho así, con ese), mi bisabuelo. Al segundo no le conocí, pero el primero..., ay, el primero me ha enseñado algunas de las grandes lecciones de la vida. Como en el libro de los Simpson que teníamos de pequeños *(Guía para la vida de los Simpson)*, pues igual. Yo sé que soy bastante ignorante y bastante polluela, que no me aclaro muy bien con la economía familiar y no tengo un plan infalible derechito y en línea recta hacia el éxito. Pero de las cuatro o cinco cosas que tengo claras en esta vida, un par me las ha enseñado mi abuelo. Ojo, Vicente no era un señor chapas ni iba de predicador por el mundo, por eso tenías que estar muy atento, porque a la mínima de cambio te había soltado una perlita que debías guardar como un tesoro que seguro que podría serte de utilidad de un momento a otro. Como aquella frase que me dijo un día: «Del dinero que ganes, Almita, gasta siete y guarda tres. Vive feliz y disfruta. Gózatelo. Pero guarda tres, que nunca se sabe». Y a día de hoy así sigo. Cada vez que abro mi Excel de los números oigo su voz: «Gasta siete y guarda tres...». Y eso que he tenido momentos en mi vida en los que no podía ni gastar siete ni guardar tres ni leches en vinagre.

Siempre he sido la pobre de mi grupo de amigas. De hecho, cuando ~~lo dejé con~~ me dejó mi primer novio, empecé a visitar a un kinesiólogo de Valencia que era mazo famoso y también tenía consulta en Manhattan (real, así de ecléctico era el hombre, que lo mismo te atendía en Bétera que en el edificio Dakota de Manhattan) y no podía pagarle. A ver, resulta que me quedé más loca que todas la cosas y decidí visitar a este señor para que me enderezara un poco los chakras, el eneatipo y la fase lunar. Y fueron Carles (el Cari) y Ana (Ana) quienes me estuvieron pagando la consulta durante un buen tiempo. Y a) ya te digo yo que barato no era. Y b) no fueron pocas las sesiones porque mi nivel de *zumberismo* era exacerbado. Hiperbólico. Superlativo. «Tan *loquer* y tan pobre», decía. Abordemos este tema de una vez: no he tenido un duro jamás. Porque no olvidemos que, mientras la gente de mi alrededor empezaba la universidad al acabar BUP y COU, yo elegí el artisteo y me fui rapidito a estudiar Arte Dramático. (O lo que mi padre llamaba: la «loca academia del actor»). Esa escuela donde aprendía esgrima, danza e interpretación y en la que fui Blanche, de *Un tranvía llamado Deseo,* y Angustias, de *La Casa de Bernarda Alba.* Que ya os adelanto yo que mal no se me daba, porque peliculera soy un rato y lo del folklore y el séptimo arte me va que ni *pintao.*

Eso sí, después de mi *amor fou* con la purpurina y las tablas, me vino el ramalazo «plumilla» y entré en el CEU a estudiar Periodismo. Una de las mejores decisiones de mi vida, por otro lado. Porque fue una etapa maravillosa, porque me trajo a los mejores amigos del mundo y porque, aunque no pudiera pagar ni las cenas de los juernes universitarios, entre mis padres y mi abuelo afrontaron la universidad más privada y cara de toda Valencia porque Ciencias de la Comunicación no se podía estudiar en ningún sitio más. Yo era pobre pero *honrá* y miraba que el bono metro de diez viajes con carnet universitario estuviera absolutamente medido para no saltarme ni un trayecto porque se me descuadraba la economía doméstica que llevaba a mis veintipocos. Así que con estos años de retraso que llevaba, todo el mundo empezó a currar y a ganar sus dineros mucho antes que yo. Por eso me convertí en la típica amiga que siempre acudía al café para no gastar en la cena. O iba a la discoteca solo si el relaciones de turno me había apuntado en la puerta. Conseguía entradas gratis para ir al cine en la radio, iba al gimnasio de oferta y con el coche siempre en reserva. Mis padres trabajaron durante años y todo iba bien.

La pobre era yo, que salvo las *promosions* que hacía para Campofrío y leche Lactogal en el Carrefour, no tenía ni *pa* pipas. Me acuerdo de que me pagaban cincuenta euros por trabajar toda la tarde del viernes y el sábado a jornada completa. Pero a lo mejor me llamaban un fin de semana cada mes y pico porque normalmente querían a las chicas flacas y delgadas, así que ya me dirás. Yo en cuanto había *promosió* me plantificaba en el hipermercado que fuera con el uniforme que fuera a publicitar el producto que fuera. He hecho hasta de la tarjeta American Express en el Zara Kids. Y, por supuesto he estado en Pull&Bear doblando ropa en los probadores (menos mal que no me pusieron en la caja, por razones obvias descritas unos párrafos más abajo). Misteriosamente en mi tienda nadie quería estar «en el proba» y a mí me encantaba. Primero porque me estaba quietecita en una esquina sin ir pajareando de un lado para otro. Y segundo porque mientras doblaba prendas yo ponía el automático y ya me podían decir misa que a mí plin. Tenía una montaña de ropa para doblar, perchar y clasificar más grande que las pirámides de Egipto, pero chist, ¿será por tiempo? ¡Si tengo toda la tarde!

Eso sí, a las diez de la noche se bajaba la persiana del centro comercial y ahí tú ya dejabas de cobrar. Si la tienda estaba patas arriba y tardabas hora y media en dejarla lista, pues de diez a once y media estabas trabajando gratis. Todo muy bien. Por no decir que el sueldo te lo ibas gastando en ropa de la propia tienda, así que el escrutinio de las gallinas que entran por las que salen no arrojaba datos muy a favor de mi cuenta corriente. De todas formas, yo era feliz. Estaba ahí en mi probador maloliente y cada media hora sacaba un *flusflus* disparador de ambientador y empezaba a fumigar a todo Cristo. Recogía las pelusas, perchaba la ropa y hale. «¿Cuántas prendas lleva? Pase al fondo, que hay uno libre». Y eso por trescientos euricos al mes.

Como comprenderá mi queridísimo público, a día de hoy, cuando he podido comprarme un *Luisvi* es un orgullazo como la copa de un pino. Y no vacilo ni presumo, pero chica, me lo he *ganao* y tampoco lo tengo que esconder (¡justo lo contrario!). Hace diez años me comía los mojones de cuatro en cuatro. Pero la vida son etapas y en la noria a veces te toca arriba y unos meses después te toca abajo. La cosa es no apegarse ni creer que todas las fases van a durar eternamente. Por eso las enseñanzas de mi abuelo eran tan valiosas, porque tenías que estar ojo avizor y escucharle bien, ya que en algún momento podías necesitar su sabiduría y tenías que tirar de archivo, como en el Telediario.

Mi abuelo Vicente vino a este mundo para traer niños al mundo. «Unos seis o siete mil, más o menos», me decía siempre. Estoy segura de que no exageraba al hacer sus cálculos porque, si algo era mi abuelo, era cabal. Justo. De palabra. Y era muy bueno con los números. Tanto que se pasó media vida haciéndoles la declaración de la Renta a mi padre, a mi madre, a mis tías... Y nunca se equivocó y nunca puso un cero de más (ni de menos). ¿Ves? Eso yo no lo he sacado de él. Soy muy muy negada con los números. También con la geografía y la historia, pero ese es otro cantar. Seamos sinceras: solo soy buena con la literatura. Pero a ver, es que lo queremos todo. No se puede tener un carisma arrollador y hacer raíces cuadradas perfectas, igual que no se puede estar en misa y repicando.

De verdad, lo de los números es que es una cosa que quita el *sentío*. Me acuerdo de que en el colegio me suspendían matemáticas por sistema una-y-otra-vez. Siempre. Y a mi madre le daba mucha rabia porque yo me indignaba si me daban por malo un resultado. Por ejemplo: $4 \times 2 = 8$. Pues yo a lo mejor ponía 9. Y claro, el ejercicio no era correcto. Y aún tenía el santo pepe de ir y quejarme porque «¡Casi! ¡Casi acierto! ¡Total, por uno!». Y mi madre ponía el grito en el cielo al ver que me iban a timar con el cambio en cualquier establecimiento durante el resto de mi vida. A veces timaba yo, ¿eh? Ojo. Lo que pasa es que no lo sabía. Yo timaba por ignorante. Como aquella vez en Formentera, que estaba de viaje con mis amigas y solo teníamos que pagar un bus de cinco euros. Cinco. Número redondito, mágico, maravilloso, con rima. Pues no me preguntes cómo, pero acabé encargándome yo de la tesorería general del viaje y la lie pardísima. Al final faltaba dinero, alguien nos estafaba. Hacienda somos todos, marca la cruz de la Iglesia, y yo viví seis meses en un paraíso fiscal, como Urdangarín.

En fin, decía que mi abuelo, que era muy bueno con los números, nació en 1932 en lo que podemos llamar «una familia bien». «Una familia bien» es «una familia holgada». «Holgada» es un adjetivo que me gusta mucho utilizar para apelar a esas personas que observas desde fuera y dices: «Tú estás viviendo bastante tranquila». O sea, no seamos ignorantes, obvio que todo el mundo tiene sus pormenores y sus tomas y dacas, pero ¿no os habéis dado cuenta de que hay personas que tienen un aura de «holgura»? Es esa manera de hablar, de relacionarse, de acontecer sus días... Tienen la piel supersana, les brilla el pelo, llevan las uñas perfectas y cuidan su alimentación pero a la vez saben darse un caprichito de vez en cuando. Tienen ayuda en casa, un buen trabajo, una familia que baila en Nochebuena y van todos con corbata... Y quieras que no, la vida les sonríe. Eso es para mí alguien «holgado». Seguro que ahora mismo tienes a alguien en la cabeza que huele bien, es educada, nunca pone el coche a más de cien y siempre saca el ticket de la zona azul. La gente «holgada» si quiere un pintaúñas bueno, pues va y se lo compra y si se le ha *pochao* un poco un plátano, lo tira en vez de intentar recuperar hasta la puntita como hago yo, que me acabo comiendo los plátanos negros cuando todo su ser es azúcar y ya ni fibras ni mierdas. Pero bueno, los Dinosaurus también me los como de quince en quince y no me quejo de sus azúcares. Así que chitón.

El abuelo de mi abuelo fue alcalde de mi pueblo y ahí acabó la carrera política de los Andreu. A mí todo eso de la diplomacia se me hace un mundo. Básicamente porque yo vivo en la anarquía absoluta y la ciclotimia impera en mi vida. Unas veces pienso blanco y otras, negro (nunca gris). Y eso es algo que tengo que trabajar porque los extremos no son buenos y mi psicóloga me dice que «los nuncas y los siempres» los elimine de mi enciclopedia. Pero yo soy volátil, rotunda y me cuesta horrores tomar decisiones. Parezco libra siendo yo sagitario. Estoy como para ordenar un pueblo. ¡Si tengo mi propia vida del revés, oiga!

En mi familia —esa que al principio de los tiempos podía haber desempeñado una carrera política sin precedentes y luego lo mismo pero en medicina y al final nos quedamos en dos generaciones de periodistas— fue muy sonada la anécdota de cuando los tres Reyes Magos aparecieron un 6 de enero montados a caballo en el corral de la casa de mi abuelo. Todos los niños del pueblo perseguían a los caballos y pedían caramelos a sus Majestades, pero solo los tres hermanos Andreu recibieron los regalitos recién llegados de Oriente. De los tres chiquillos ninguno salió rubio, y aquello hundió bastante en la miseria a mi bisabuela Enriqueta. Así que ni corta ni perezosa, la buena señora se tiró mazo de años tiñendo los rizos negros de mi abuelo color amarillo pollo. Como veis, la frustración aceptada nunca fue un concepto muy popular en mi familia. ¿Que quiero un hijo rubio pero no me sale? Pues lo tiño, a tomar por saco. Y esa es la actitud de los Andreu. Tirar *p'alante* como se pueda.

El caso es que mi abuelo creció (rubio Pantone escandinavo pero en la Terreta y diciendo «che»), hizo la mili en Cádiz, conoció allí a mi abuela Melu y luego nunca supe si se puso a asistir partos por devoción o por obligación, pero sí sé que lo hizo prácticamente hasta que se murió. Y durante su vida casi se muere muchas veces, vaya el dato por delante, porque mi abuelo tuvo varios accidentes de tráfico que casi le dejan más allí que aquí. Por poco tenemos que citar a Anne Germain en numerosas ocasiones porque a punto estuvo de estirar la pata. Él conducía un Mustang color turquesa que era la envidia del vecindario. A mí de pequeña me sentaban encima del coche y me hacían bastantes fotos posando con vestiditos, porque se ve que con mi melena *extra large* de la *Mare de Déu dels Desemparats* quedaba aparente en el capó y porque yo nací objetivo de los focos; eso una lo lleva dentro y lo asume.

Desde que tenía un año mi madre me llevaba a los platós donde ella estudiaba Imagen y Sonido y me utilizaban de modelo para hacer sus proyectos de fotografía. Allí hacía mis posturitas o jugaba mientras disparaban *flashes* o, como pasó más adelante, cogía la escoba y fingía que daba conciertos de Xuxa. ¿Que la cámara me ama desde entonces? Evidentemente. Pero no era este el pasaje que quería desarrollar, sino el del Mustang y los coches de choque de mi abuelo. Porque él le quitaba hierro al asunto, pero mi padre por detrás me decía que hubo una vez que «casi se queda con el cuello colgandero» por culpa de un golpe que tuvo. No le juzgo al hombre. Yo le vi conducir y a la que te habías *descuidao*, mi abuelo iba a cincuenta por la autovía. Y claro, armaba unas colas de agárrate y no te menees. Lógico que alguna vez se fuera la maniobra a tomar viento y se le quedara la espalda como la camiseta del Rayo Vallecano.

Mi abuelo tenía sus cosillas y se pasó años coleccionando de to-do. Guardaba monedas de agujerito de cinco duros. Guardaba gorras de Caja Rural, del Valencia o de esas que tienen un ventilador y una placa solar. Guardaba llaveros, sellos, mecheros, bolis, pilas y hasta platos de cerámica. Porque ¿qué clase de casa de abuelo es si no tiene platos de cerámica colgados en la pared? Las casas de tus abuelos siempre son como el periódico *El Trajín*, que cabe de todo. Lo mismo en el cuarto de baño hay un termómetro viejo que no funciona, tres despertadores cada uno con una hora diferente (y no es porque a nadie le interese la hora de Moscú o de Tokio) y cinco botes de Farala que huelen a rayos y truenos. Mi abuelo vivía en el primer piso de una finca que era ~~de la familia~~ suya. El primer piso era conocido como «el primer piso» y el segundo, como «el segundo piso». El tercero era «el tercero» y el cuarto era «el cuarto». En «el primer piso» había dos terrazas. La primera era «la primera terraza» y la segunda, «la segunda terraza». También había dos cuartitos. A uno le llamábamos «el primer cuartito» y al otro, «el segundo cuartito». Y lo propio con las dos salitas: «la primera» y «la segunda».

En el segundo cuartito de la segunda terraza del primer piso de mi abuelo estaba su grandísima colección de cosas. Aquello parecía el Thyssen. Como si de un museo se tratara, Vicente había montado allí un altar de reliquias organizadas por temáticas. Había forrado las paredes de murales y cada uno era un menester. En uno colgaba los llaveritos de marcas (Fanta, Audi, Bar El Marisquero...). En otro, temática Disney (Dumbo, Mickey, Chip y Chop...). Otro mural para miscelánea (castañuelas, bota de vino, botijo, torero, Franco...). Aquel cuartito era un compendio del folklore y la idiosincrasia de los años 60-90 que si lo llega a ver el CaixaForum, a mi abuelo le montan una expo fijo. Y entre todos aquellos ~~objetos~~ cachivaches también iba coleccionando monedas de dos euros (pero solo si brillaban y tenían poco uso). Como habréis adivinado, el orden intrínseco y la organización extrema que corre por mis venas viene dada única y exclusivamente por mi abuelo. Porque mis padres siempre fueron un poco a la virulé y yo, sin embargo, de bien pequeña ya me dejaba preparado el pijama para después de la ducha dispuesto encima de la cama en el orden en el que me lo iba a poner: primero las bragas, luego camiseta interior (por dentro del pantalón, para que no se enfríe el riñonar), luego la parte de abajo, la parte de arriba y por último los calcetines (por encima del pantalón, para que no quede ni un milímetro de piel sin cubrir).

Esta operación militar desarrollada con una precisión exacta no la podría realizar cualquier persona si no es ordenada como lo soy yo y como lo era mi abuelo. El hombre separaba hasta las monedas en el monedero (un departamento para cada valor), una carterita diminuta de piel marrón pelada y con una cremallera desgastada de tanto ric-rac, y hacía ruidito con ellas al caminar.

Lo abría unas 187 veces al día, porque se tomaba unos 154 cortados descafeinados de máquina con un sobre de azúcar cada mañana. Todos en bares de servilletas transparentes en dispensadores de Marlboro y con sillas de plástico rojo descoloridas por el sol, por supuesto. Cuando terminaba su consulta en el ambulatorio y en el hospital Virgen del Consuelo, hacía tiempo hasta que le tocaba atender a los pacientes en la clínica privada que tenía en mi pueblo. Debajo de su casa, concretamente. Allí iban cada tarde decenas de mujeres a mirarse los ovarios, las mamas..., básicamente a inspeccionarse los bajos íntimos. Y mi abuelo les hacía ecografías, mamografías, cultivos, citologías... Don Vicente, el comadrón, siempre decía: «Yo trabajo donde otros disfrutan». Este dicho no lo entendí hasta que me hice mayor. Y mientras él pasaba consulta, yo le miraba de lejos en la salita de espera haciendo los deberes, al calor del brasero de la mesa camilla, tapada con las faldas marrones de aquella tela que picaba una barbaridad. ¿Qué será de aquella mesa camilla? ¿Por qué Ikea no tiene de esas? ¿Alguien usa hoy en día el concepto «mesa camilla»? Con mi abuelo empleábamos unas palabras que se fueron con él y con su casa, que ya no existe. Cuando una persona desaparece, se lleva hasta su vocabulario. La mesa camilla, el brasero, la piñita, la cama niquelada, la moqueta, la cornucopia, el transistor... ¿Adónde van las palabras cuando se mueren?

Siempre fui su nieta favorita, vayamos con la verdad por delante. Hasta que nació mi hermano, que es el único que va a continuar el apellido Andreu, sé a ciencia cierta que yo era su nieta favorita. Después ~~creo que~~ Guillermo me quitó el trono, pero mi abuelo nunca confirmó dicha sospecha, así que como este libro es mío seguiremos expandiendo el rumor de que la nieta favorita de don Vicente era Alma.

Algunas tardes, al salir del cole, me llevaba a Helados Tomás y nos aplicábamos juntos una horchata mediana mixta con rosquilletas. Y luego parábamos en la farmacia y en la papelería, que eran los recados que más nos gustaban. Yo siempre pescaba algo por mi cara bonita. Un día un lápiz rosa, otro día un típex de pincel, otro día un estuche de esos de latón que luego hacía un ruido de narices cada vez que lo sacabas en clase... Mi abuelo me lo consentía todo y yo a él le tenía en un pedestal, aunque olía a tabaco lo más grande, eso también. Mi abuelo fumaba Lucky Strike corto desboquillado. Tenía el dedo índice de la mano derecha amarillento y de joven llegó a fumar dos paquetes diarios. Después la cosa se calmó un poco, pero la visita «al estanco de Marisa» era diaria (y allí yo también pescaba algo por mi cara bonita: unas Juanolas, unos Ricola... lo que fuera). Tal era su amor por el Lucky que, durante años, me repetía sin cesar que «el día que yo me muera, Almita, como tú eres la única centrada en esta familia, me pones en el ataúd un paquetito de Lucky corto desboquillado». Y después de una pausa dramática —y una calada— continuaba: «Y un mecherito, por si en el otro barrio no hay fuego». Así somos en mi familia: dramas, del teatro y de ideas fijas.

Vicente, como todos los abuelos, adoraba hablar del día que se muriese. Tanto era así que diría que era su conversación favorita. A la mínima de cambio salía con el sempiterno: «El día que yo me muera...». Y yo ya le pegaba una miradita asesina y solo le pedía, por favor, que siempre me esperase para morirse, que no se le ocurriera morirse sin mí, a ver si estamos tontos o qué. Eso sí, cuando me repetía lo de: «Tú eres la única centrada en esta familia», yo daba palmas con las orejas porque por algo soy Monica Geller y si no soy la más eficaz, reviento.

Pero volvamos a cuando era pequeña y mis padres salían. Esos viernes yo cenaba una tortilla de dos huevos y me dejaban quedarme en su casa a dormir con él. Yo me insertaba en su cama a leer *El Pequeño País* o los *Leo Leo* y, cuando ya me estaba quedando frita, apagaba la luz y le escuchaba roncar con la radio encendida toda la noche. Casi nunca llegaba despierto a José María García ni a *El larguero*, pero el ansias a las seis de la mañana ya estaba en el cuarto de baño afeitándose (a cuchilla) y escuchando a Federico Jiménez Losantos. Mi padre le ha tenido toda la vida mucha manía a ese señor y siempre le gritaba: «Papá, por favor, ¿quieres no escuchar eso?». Pero mi abuelo ya tenía muchas canas, y las canas te dan el superpoder de los oídos sordos y de hacer lo que te da la gana en cada momento. Mi abuelo era el mejor. En mi época del CEU, a veces yo salía a las dos y cuarto de clase y llegaba a las tres a su casa. Siempre siempre siempre me habían dejado un plato encima de la mesa (muchas veces de macarrones melosos con tomate y atún), pan crujiente del día, agua y la caja del fiambre por si veía que solo un plato se me quedaba corto. Yo llegaba con más hambre que Dios talento, y comer en la segunda salita mientras veía *Friends* en Canal+ era lo puto mejor de la tarde. Él se echaba la siesta antes de bajar a la consulta a verle el pepe a las señoras, así que yo no entraba a despertarle ni nada. Pero cuando se levantaba, siempre me pillaba rebañando el plato y engullendo alguna galleta de chocolate de postre.

Cuando fui más mayor, a veces subía a su casa solo para verle, llevarle unos gusanitos y dejarle una notita en el mueble de la entrada. Siempre pensaba que nadie le dejaba notitas y ese es un detalle de amor que cuesta muy poco y llena mucho. Él me compraba marineta (la mejor sobrasada del mundo) y yo le sintonizaba el Canal+ unas quince veces al mes porque no sé qué botón tocaba que se le iba todo al garete y el domingo no podía ver el fútbol. Y además de los paseos y de sintonizar el plus, otra cosa que nos gustaba hacer juntos era, cuando ya estaba «*jubilat*», ir a almorzar pan con tomate al bar de turno y comprar la prensa del día. «*Levante, Mundo* y *Provincias*, por favor». Todas las mañanas el mismo ritual, la misma lectura. Éramos felices y no lo sabíamos.

Mi abuelo fue un señor de costumbres, de los que aman la rutina y de los cabezotas maniáticos. Estuvo unos cincuenta años jugando la misma lotería y haciendo la misma ruta cada Navidad. Jugaba a mil números, pero siempre de los mismos locales. Bimbi, Aquarium y Austria eran sus restaurantes favoritos. Ahí hacíamos parada obligatoria cada mes de noviembre. Y bueno, pues ya que estábamos, su poquito de sepia con mayonesa y sus chipirones con limón. Sinceramente no me acuerdo de qué hablábamos porque siempre nos interrumpían personajes fijos de esos bares. Cada restaurante tenía su fauna habitual y todos ~~conocían~~ querían a mi abuelo. Pepín, el Limpiabotas y «el Orejas» eran algunos de ellos. Supongo que todos habrán muerto ya. Supongo que ahora estarán con mi abuelo en la barra de un bar pidiendo una cerveza y una tapa de *all-i-pebre* para picar. Lo raro será que mi abuelo les llame por su nombre, porque llegó a una edad en la que ya se descaró. Por ejemplo, en los bancos, él pasaba olímpicamente de hacer cola. A mí me daba una vergüenza horrible, pero él iba y venía de la caja al despacho del director y de ahí al mostrador y *«señorita, acompáñeme al cajero»* y tiro porque me toca sin hacer cola ni guardar turno ni nada de nada. Por algo se había *descarao*. Además, ir a los bancos estaba en su *top five* en cosas favoritas. Si viera que ahora todo se hace con QR, con la app y con el DNI digital, estaría perdidísimo el pobre. Él era de los que madrugaba (ma-dru-ga-ba) para ir al banco a llevar la cartilla y actualizarla. Los últimos años iba caminando con una muleta y a veces la empuñaba para dirigir el tráfico, a los peatones, a la chica del mostrador de Bankia o a mí. Mi abuelo era una *majorette*. Una *majorette* que, en cuanto llegaba a casa, se enchufaba un batín color burdeos que duró un aproximado de sesenta y siete años. Que aprenda Zara ahora mismo de esos tejidos y esos materiales irrompibles que aguantaban una Nochevieja tras otra intactos, indestructibles.

El batín burdeos era acolchado, olía a tabaco aunque lo lavaras con Ariel Nenuco y le tapaba justo hasta el culo. Tenía un cordón para anudar a la cintura, 327 quemaduras de cigarro y tres bolsillos que hacían las delicias de Vicente. En uno: «el tabaquito». En otro: cartas de los bancos que abría con un sable abrecartas de Albacete y analizaba de pe a pa para su posterior almacenaje por orden alfabético en un acordeón (que ahora yo también tengo). Y en el otro: el transistor con antena. Todo el día, todo el tiempo, a todas horas. Yo he escuchado el «doinggg» del muelle de la SER más veces que mi nombre. Y el anuncio de la ONCE de cada noche: «Buenas noches, el número premiado en el sorteo de la ONCE celebrado esta noche ha sido el 29745. Mañana, tiene una nueva oportunidad para ser millonario. Buenas noches y mucha suerte».

## El Cari de mi vida

El mes de abril siempre ha sido uno de mis favoritos. Será porque la Semana Santa casi siempre ronda esa fecha, porque es el cumpleaños de Guille y el 7 de abril me parece uno de los días más bonitos del año, o será porque es el cumpleaños del Cari y el Cari es, desde el día en que le conocí, una de mis personas favoritas de esta vida. Espero que en las siguientes también nos encontremos porque le quiero con todo mi corazón y porque sabe tantas cosas de mí que prefiero tenerle como amigo que como enemigo.

El Cari, mi Carles, el Cari de mi vida, se empeñó en empezar los estudios de Industriales cuando todos sabemos que su talento está en los medios de comunicación. Fue una de esas cosas de juventud que parece que te esté dando un chungo mientras tomas la decisión, pero tú, como si fueras un kamikaze, aun así continúas y vas con todo y si la cagas, pues que sea a lo grande. Como yo cuando me metí en el Foro Universitario de Debate solo porque me gustaba un chico que se parecía a *los Andy-Lucas* y después estuve meses liando la troca asistiendo a debates que no me interesaban lo más mínimo. Qué ridícula, por Dios. Un día me observé a mí misma desde fuera escuchando a dos señoras debatir acerca de *nose-qué* legislación de la Unión Europea y me dije: «Pero ¿yo qué narices hago aquí?». Cuando encima, dato determinante: *el AndyLucas* no me hizo caso ni supo de mí jamás. Yo era como una farola. Como una máquina de *vending*. Un cero a la izquierda. Y mira, los debates no eran *pa* mí. Siendo honestas, soy mucho más lela que todo eso. No entiendo nada ni me interesa en absoluto la legislación del Parlamento, el BOE, el artículo 7.7/83 de la Constitución y las últimas noticias sobre los fondos indexados. No lo entiendo, soy torpe. Fin. *Caput. C'est fini.* Me interesaba más conocer al Cari, que después de ver que en Industriales no pintaba ni la mona, por fin se decidió a hacer Periodismo y ahí nos encontramos. Desde aquel momento Carles se convirtió en una muleta en la que apoyarme. Entre micrófonos, cables, cámaras y estudios de radio y tele, viviera lo que viviera, el primero en saber todo siempre era él.

Nunca le he preguntado si quería ser mi amigo, pero yo hice de mi capa un sayo y decidí sin someter a referéndum que él sería mi Rupert Everett y yo su Julia Roberts. Y que algún día bailaríamos *I say a little prayer* juntos, ya que en la actualidad podríamos interpretar a la perfección los diálogos de *La boda de mi mejor amigo*. Porque el Cari es, exactamente, como dice el guion: «elegante, con estilo... radiante de carisma». Y juntos hemos visto a Isabel Pantoja recién salida de la cárcel dando un ~~concierto~~ conciertazo en el WiZink de Madrid y hemos bailado *Francisco Alegre y Olé* con las señoras que le gritaban: «¡Guapa, guapa!». También hemos estado en el Pachá de Ibiza, en el de Barcelona y en Jávea y Dénia comiendo paella. Hemos llorado cantando por Leiva. Hemos jugado a las azafatas del *1,2,3* haciendo *home tours* en hoteles donde hemos dormido por la patilla, hemos visto a Shakira, a Pablo Alborán y 348 películas de Almodóvar. Aunque yo vaya al cine y me duerma cuando la peli es de más de una hora, porque con esto de las redes sociales y que estoy enferma de los nervios, estoy desarrollando un TDA que me hace mantener la atención en algo/alguien muy poco rato, así que si un día te encuentras conmigo por la calle sé directa, sé breve y ve al grano. O no te haré caso. Pero no será mi culpa, será que ya no sé atender más de los quince segundos que dura un *story*, así de gili me estoy quedando. Suerte que el Cari y yo no necesitamos estar hablando todo el rato. A veces nos cansamos el uno del otro y solo perdemos el tiempo, pero juntos.

El Cari me ha aguantado tanto que hasta vino «de

acompañante suplente» a una boda a la que en un principio no tenía que venir. Y es que cuando ~~lo dejé con~~ me dejó mi primer novio, resulta que yo al día siguiente tenía una boda. (Qué *hijoputesca* la vida y sus *timings*, ¿eh?). En pocas horas pasé de ir con mi chico en plan parejita del año a ir más sola que las ratas. Así que la noche anterior, el Cari me cogió de la mano y, al ver el pozo de mierda en el que estaba naufragando, me dijo: «Yo iré contigo mañana». Y ahí que se plantó. Se puso sus mejores galas (porque una cosa es ir «de suplente» y otra es ir zarrapastroso) y se vino a aguantar mis penas, yo vestida de amarillo (que dicen que da mala suerte, pero en fin, ya qué más daba) y él fingiendo que aquella boda le importaba un mínimo cuando hoy, ya más de doce años después, el tema ha prescrito y podemos decir alto y claro que aquella boda le chupaba un pie. Aunque ya que estamos, lo contamos todo: al Cari tampoco le costó mucho venir porque al Cari le gustan las bodas, los saraos, los eventos, mover el bigote sentado en una mesa con mantel de hilo y luego echarse unos bailes por Maluma y el *Sarandonga*. A Carles es que te lo puedes llevar a cualquier parte. Es como un bolso caro, que siempre queda bien. ¿Te vas a la playa a sudar, a comer arena y a quedarte pegajosa de bronceador? Carles pega. ¿Te vas de gala a un evento de Tom Ford donde acuden *celebrities* como Gigi Hadid o Carlota de Mónaco? Carles pega. Mi Cari es camaleónico, queda aparente le lleves adonde le lleves. Si tiene que comer ensaladilla rusa de pie en la barra de un bar con servilletas por el suelo y palillos, se acopla. Si hay que montar a caballo, hacer tirolina, gincana de *Humor Amarillo* (verídico) o pasear por la Albufera (aunque no soporte las aglomeraciones de agua estancada tipo pantanos porque le dan entre asco y miedo), él va. Se calla, pone su mejor sonrisa y encima te hace quedar bien porque interactúa con todo el mundo y, si no, cierra el pico y se pone a comer anacardos en una esquina de la fiesta sin protestar. Como aquella Nochevieja que no sé dónde narices estaba, pero se pasó el 31 de diciembre mandándome wasaps presa del tedio porque nadie le hacía caso y todo el mundo iba más ciego que un ladrillo, y mi pobre se aisló en un rincón y se puso a mirar Twitter mientras se inflaba a almendras garrapiñadas. Dime tú si no es *pa* comérselo.

Además, por si fuera poco, la víspera de la boda esa chunga a la que yo iba a ir como si fuera Chenoa al principio de *OT* y acabé yendo como Chenoa con el chándal gris en la puerta de su casa, el Cari tuvo que venir ~~a ayudarme~~ a vaciar la casa en la que yo vivía porque ~~me iba~~ me habían echado. A las siete de la mañana, Carles Navarro, el de la tele, el Cari de mi vida, apareció por la puerta con dos maletas tamaño cinco meses en Alaska y cuando su padre le preguntó que adónde iba, no se le ocurrió otra cosa que decir: «Es que mi amiga Alma se va a vivir a Moscú». A Moscú. ¿¿¡¡A Moscú!!?? ¿No podía haber dicho que estaba a punto de saltar por el balcón porque me habían roto el corazón y teníamos que hacer una mudanza? Digo yo que era bastante más creíble...

A día de hoy todavía nos reímos al recordar aquel capítulo. Por qué el Cari dijo semejante estupidez es algo que no sabremos jamás. Lo que sí sabemos es que el Cari nunca ha querido ni vivir conmigo ni verme desnuda. Lo primero tiene un pase, pero lo segundo... ¿Lo segundo? No entiendo los motivos por los que no quiere ver mi cuerpecillo de alhelí. (Dios le da pan a quien no tiene dientes, amigo, porque muchos perderían los vientos por verme sin ropa en una cama de seda, sí lo digo). Pero como a mí me da tanta rabia que Carles gire la cabeza cada vez que me tengo que desnudar delante de él, más de una vez le he mandado sin avisar fotos de algún grano comprometido que me ha salido en mis partes, por ejemplo. Porque otra cosa no, pero Carles está al corriente de cistitis, candidiasis o alteraciones varias que una pueda sufrir y/o/u padecer en lo más íntimo de su flor. No me verá desnuda, de acuerdo, pero si tengo el pepe herido, me escuchas y aguantas la chapa, porque como dijo Rupert Everett: «Quizá no habrá matrimonio, quizá no habrá sexo, pero por Dios..., seguro que habrá baile».


Mi abuelo tenía una obsesión: no molestar mucho antes de morirse. Según él, había rellenado una instancia con san Pedro para irse al otro barrio sin incordiar mucho. No quería «quedarse tonto» y dar faena; él necesitaba tener controlado hasta su último viaje. Se negaba en rotundo a ir en silla de ruedas, a que le tuvieran que asear, a ir perdiendo el norte sin darse cuenta... Quería irse por la puerta grande, como Ponce, el Litri y todos esos que echaban por la tele los domingos por la tarde cuando yo era pequeña.

Un par de meses antes de abril, mi abuelo empezó a decir tonterías. No se acordaba de dónde había dejado las cosas, compraba la prensa y acto seguido la tiraba a la basura, te preguntaba qué día era y se desorientaba sin saber dónde estaba. A veces iba a «la primera salita» cuando quería ir a la segunda. O le dabas tortilla de habas pero te decía que había cenado col con embutido. Se despertaba en medio de la noche y, en vez de fumarse un Lucky como había hecho tantos y tantos años, se asustaba y despertaba a grito *pelao* a todo quisqui. En su casa dormía una chica que si os digo la verdad, ya no sé cómo se llamaba. Pero no es mi culpa, *cuidao*, es que mi abuelo en su etapa del descaro (como «la época del destape», pero intelectualmente) le cambió el nombre 187 veces y estas son las horas que aún me planteo cuál era el nombre real de aquella buena mujer. Mira que se lo apunté *cienes* y *cienes* de veces por toda la casa, junto con los teléfonos de toda la familia, pero ahora mismo desde mi atril pido disculpas a la joven supercariñosa que vivió con mi abuelo una temporada, porque no recuerdo su nombre. Mi abuelo la llamó Zulma, Zulea, Lucía, Zuluma, Zulema, Zulaika, Luzu y Zulú. Aunque en resumidas cuentas, a lo mejor la chica se llamaba Laura y estamos todos aquí haciendo el idiota. Pero vaya, sirva el ejemplo para contar que mi abuelo a principios de 2017 empezó con «sus cositas» de las que ya no se recuperó. Todo comenzó con una rotura de cadera; que yo no soy médico, pero parece ser que en muchísimas ocasiones es el principio del fin para los *iaios* porque se vuelven un poco del revés. Luego siguió con dificultad para salir solo a la calle y con problemas para dormir... y entonces lo llevaron al hospital. A «su» hospital. Mi abuelo pasó las últimas horas en Virgen del Consuelo, el hospital del que fue socio fundador y en el que nació mi hermano, nacieron mis primos y nací yo. Y así cerró el círculo.

Don Vicente, el comadrón, una de las personas más justas que he conocido nunca, cumplió su palabra hasta el final y me esperó para morirse. El 21 de abril de 2017, el día del cumpleaños del Cari, yo estaba dejando mi piso de Valencia y empaquetando mi vida en cajas, lista para mudarme a Madrid, enamorada hasta las trancas y dispuesta a cambiar la Terreta por la Gran Vía madrileña. Al bajar de mi casa, paré en un estanco y compré un paquete de Lucky Strike desboquillado corto. Y un mechero. Y cuando llegué al hospital, mi abuelo estaba dormido, rodeado de mis tías y mi padre, con los calcetines puestos. Yo le cogí de la mano y me puse a hablarle al oído. Le dije: «Ya estamos todos, ya puedes morirte». Le di muchos besos y me fui.

Dos horas después sonaba el timbre de mi casa a la vez que llegaba un wasap a mi móvil: «Almita, Vicente ya se ha ido». Abrí la puerta y ahí estaba mi Cari, el Cari de mi vida. Una vez más, perfecto para sostenerme.

## De vedete a *celebrity*

## Os quiero, tías

Unos días después de acabar con las cajas y de cerrar mi ~~piso~~ vida en Valencia, aterricé en Madrid con diecisiete bultos (numerados y perfectamente señalizados, por quién me tomas, soy Monica Geller) y una habitación alquilada en el barrio de Manuel Becerra. Atrás quedaba mi casita en la que hacía lo que me daba la gana y cuando me daba la gana sin pedir permiso ni perdón, porque para eso vivía sola. Atrás quedaba también mi *otra vida*, la de mi pueblo de siempre, la que olía a pino y a madera de naranjo, como huelen todos los pueblos de Valencia.

Yo es que siempre he sido muy de olores. De todos los sentidos, es el que más hiperdesarrollado tengo. El olfato es ese estímulo cabrón que te penetra por la nariz y pasa del cerebro al corazón en décimas de segundo. Te puede llenar de amor y te puede sumir en la tristeza más absoluta. Y a veces las dos cosas a la vez. En mi caso siempre he pensado que «la culpa» de todo esto la tienen mis padres, que me dieron una almohadita de recién nacida y hasta los treinta y siete años dormí con ella cada-noche. Repito: cada-noche. Y eso son muchas noches. Concretamente 13.505. Diferentes camas, casas, ciudades, pijamas y acompañantes han visto la mágica estampa de una señora de treinta y siete años (yo) que ~~duerme~~ dormía abrazada a su almohadita. Ese es uno de los olores más primarios que conozco. Después llegaron otros tantos para llenar «el catálogo de olores de la Forte», donde ahora mismo todavía no he enfrentado el momento de acercarme a alguien que huela a Samsara, de Guerlain, porque es uno de los perfumes que usaba mi madre y solo de pensarlo ya me entra tembleque.

Sí me he atrevido, por ejemplo, y lo hago a menudo cerrando los ojos muy fuerte, a abrir la funda de las gafas de mi abuelo. La guardo en el segundo cajón de mi despacho y todavía conserva el aroma a su piel. Mi abuelo tenía la piel muy seca ya y a veces le salían rojeces y eczemas que le picaban un poco. Se le irritaban las manos, las patillas y la calva. Por eso el último invierno se lo pasó enfundado en un gorrete de lana, para no coger frío en la cabeza, y como ya le daba todo igual, recuerdo que se zampaba los polvorones de cinco en cinco. Gorro puesto y polvorones. Las sentadas que nos pegamos esa Navidad a ponernos tibios a mazapanes y mantecados fueron mininas. Porque yo le acompañaba, por supuesto, no iba a dejarle comer solo, que eso está muy mal visto. Como dijo Mario Vaquerizo: «Ir a una fiesta y no emborracharse es de mala educación». Pues dejar a tu abuelo atascarse a polvorones él solo, lo mismo.

El olor de la casa de mi abuelo era una mezcla de tabaco, moqueta, madera antigua y Nenuco, porque en mi familia hemos sido siempre muy de darle al Nenuco. De pequeños lo usamos todos y cuando mi abuelo se hizo mayor, también empezamos a ambientar cuerpo, ropa y casa con esa colonia. Y yo de toda la vida, antes de meterme en la cama recién duchada, me pimplo buena cosa de Nenuco sobre el pijama. Abramos este melón, por cierto, y perdonen ustedes el inciso que ya sutilmente dejé caer en el primer capítulo. Ducharse por la noche es de vital importancia. Te diré más: ducharse por la mañana es un poco de guarros. Mejor dicho: no ducharse por la noche es de puto guarro. Así sí.

No puedo concebir que una persona pasee su cuerpo serrano durante doce horas por la calle, el tren, el coche, los bares, las tiendas... y al llegar a casa se inserte en las sábanas limpias y el pijama oliendo a Colón Nenuco sin haberse dado un agua. O sea, qué ascazo. Te duchas, te lavas la cara bien, te pones tus cremas, y con cuerpo, pijama, sábanas y espíritu limpio, ya te vas a dormir. Todo lo contrario es una cerdada y no aceptaré debate al respecto.

Dicho lo cual, en mi casa somos adictos al Nenuco y a la Mustela de toda la vida de Dios. Tengas la edad que tengas, son nuestras marcas de confianza. A veces pienso que todavía hoy me agarro a ellas como un hilillo de apego al pasado que ya nunca volverá. Como si mi mente *hijoputesca* dijera: «Si hueles igual, será que algo de aquello aún queda». Pero lo cierto es que cuando alguna vez he echado un vistazo al pasado y he sido plenamente consciente de que aquellos macarrones melosos con tomate y atún ya no volverán, ni las noches de cenar dos huevos pasados por agua con pavo, ni la cortina de cuerdas de la cocina para que no entrasen moscas, ni las Nocheviejas comiendo langostinos cocidos con mi abuelo..., el nudo en la garganta es tan grande que tengo que parar de escribir.

La no existencia, el *horror vacui...* son conceptos para mí tan complicados de digerir... Ahora mismo mi abuelo ya no es. Ni siquiera lo que fue su casa existe. El reloj de pared que tocaba todas las horas y por la noche daba un miedo que te cagas, ya no está. Ni su sillón con la funda llena de quemaduras de cigarro. Ni la lámpara de flecos. Ni los armarios forrados con el típico papel brillante de flores satinadas. Tampoco existen los *papanoeles* cutres que compraba en el chino cuando se acercaba la Navidad. (Por un suceso paranormal sin explicación lógica, siempre cogía lo más feo de toda la tienda. Tienda que ya no existe, por cierto). De hecho, cada visita que hago a Valencia veo que más sitios que «eran míos» ya no están. Ahora mismo los viajes a mi pueblo son una sucesión de sentimientos que se me cruzan en la boca del estómago y a la vez me estimulan para contar historias, pero no dejan de ser un poco dolorosos, la verdad. Es como que todo sigue igual pero distinto. Como si antes fuera la actriz de una peli de Fernando León y ahora fuera una peli de Almodóvar. Ha cambiado el decorado, la dirección y el papel que interpreto. Pero siempre soy yo. De nuevo: nada ha cambiado, yo he cambiado, todo ha cambiado.

## Peso 53 kilos. Autoestima 80 %. Sexo 200 %. Mundo interior 45 %

El piso compartido en el que inicié mi aventura madrileña era una aberración y un atentado contra el sentido estético de la vida. Paredes de gotelé, parquet cruzado del año 1847, la cocina de Herminia la de *Cuéntame,* un balcón sin reformar por el que entraba todo el viruji madrileño... Vamos, en Idealista se lo habrían *rifao.* Mi amiga Ana siempre me ha dicho que yo «necesito» que las cosas a mi alrededor sean bonitas. Y creo que tiene mucha razón. Obvio que a nadie le apetece (ni elegiría *motu proprio*) trabajar en una estancia fea o tener una casa horrible. Pero es cierto que yo siempre me he preocupado mucho por embellecer los entornos en los que me muevo. Por muy terrible que sea una habitación, trato de ponerle un par de velitas, un par de fotos y un par de flores para que la cosa me resulte un poco más agradable. Y en aquel piso de Manuel Becerra hice lo propio (aunque me costó un sobreesfuerzo porque la base con la que jugaba era un verdadero drama).

Digamos que yo entré a regañadientes en aquella habitación porque a) era fea y b) era muy fea. Pero como estaba enamorada y vivía del aire, todo me daba igual. Los 246 bultos que traje de mi casa anterior tuve que recolocarlos entre un trastero de esos que alquilas por metro cuadrado y dos burros a la vista que tenía en mi ~~cuarto~~ zulito de Manuel Becerra. Pasé a vivir entre cajas, con dos personas desconocidas que no tenían el mismo criterio de la limpieza y el orden que yo y a disponer únicamente de una balda de la nevera, una balda de la despensa y una balda de la repisa del lavabo. ~~No fue para tanto.~~ Dilo: fue una mierda. En el mundo hay gente maravillosa, resiliente y flexible que se adapta a las situaciones en las que tiene que convivir con otras personas. Yo no. Y me acepto así y punto pelota. Llevaba casi cinco años viviendo sola y, de repente, verme con dos chicas que compraban flexos en Wallapop, dejaban restos de comida en el fregadero, no tiraban la basura y llenaban la casa de gente a todas horas fue la otra cara de la moneda. Por la cara: Enric y Madrid. Por la cruz: compartir piso. Durante mucho tiempo creí que dejar la Terreta así había sido un paso en falso muy muy gordo. No sabía de qué iba a ingresar dinero, ni en qué momento podría progresar, ni cómo iba a salir mi, por cierto, recién estrenada relación con Enric. Lo único que tenía a mil por hora era la libido y los índices de serotonina, que estaban disparados a causa de mi nuevo papel de *femme fatale* que la vida me había regalado. En esta ocasión, la peli era de Bigas Luna, que siempre fue un poco más subidito de tono. Yo era una diosa del Olimpo siempre depilada, siempre con ropa interior de esa que pica un poco y siempre lista para un nuevo episodio eroticofestivo. En aquella época confirmé mis sospechas y comprendí por qué toda la vida había estado pidiéndole al universo «un marido catalán».

Mis padres, que me tuvieron a los veintiún años cuando eran dos *hippies* de llevar ponchos, pelo muy largo y hacerse la gira española entera de los Rolling Stones varias veces, eran *fanses* de la cultura catalana y de todo lo bohemio que representaba Barcelona y su idiosincrasia artística y cosmopolita. Mi padre, culé hasta la médula, siempre miraba TV3 en casa y me llevaba a Mestalla a ver los partidos de liga del Valencia contra el Barça. Yo, a fuerza de integrarme en la familia y ganarme el cariño y el amor paterno, pedía por mi cumpleaños la equipación de Kappa y los autógrafos de Guardiola (el 3 por aquel entonces), Stoichkov, Koeman, Laudrup (vendido) y más tarde Romario, Guillermo Amor, Zubizarreta... Los lunes por la noche siempre miraba el *Força Barça* y en mi habitación tenía postales de la Sagrada Familia y Santa María del Mar. La Ciudad Condal era para mi familia un equivalente de modernidad, avance y cultura.

Un día, en la comunión de mi prima Cristina, entre que me comía unos gusanitos y bailaba los Backstreet Boys, escuché a una mujer decirle a otra: «Es que mi marido es catalán». Y esa frase, nadie sabe a santo de qué, se me quedó grabada como una señal. Dicen que siempre escuchamos y vemos lo que necesitamos para avanzar. Pues yo a partir de ese mismo instante, a mis trece años, empecé a pedirle al universo un marido catalán. Hasta que llegó Enric. Quien no sabía que le esperaba una valenciana era él. Menuda sorpresita maja se llevaría. Lo cierto es que me río cuando lo pienso. Una valenciana irremediablemente harta de Barcelona, vecina de Rafa Mora (literal, yo vivía en la puerta 21 y él, en la 17) y bastante fan de la horchata y los petardos. Porque una lleva sus raíces muy orgullosa allá donde vaya..., sobre todo si se ha alejado de ellas.

Menuda paradoja. Nada más eficaz para amar tu tierra como salir de ella. Es irte a vivir a trescientos kilómetros de *casapadres* y que todo lo anterior te parezca un maravilloso cuento de hadas. Entonces empiezas a apreciar el acento de tus «pueblerinos», el carácter (abierto o cerrado, según dónde te haya tocado nacer, porque coincidiremos todos en que un cántabro y un sevillano solo se parecen en que respiran) y hasta las fiestas populares y tradiciones te parecen lo más. Yo me di cuenta el año que me tuve que poner el delantal (*mandil*, como decía mi madre) y hacerme a mí misma en mi intimidad las torrijas de Semana Santa. Me daba congoja, pena y tristeza a la vez. Es que soy muy de la autocompasión, también te digo. Verme ahí batiendo los huevos, solica, cortando los chuscos de pan a rodajas de dos dedos y *sucándolos* en canela... Pensaba: «Joder, joder, que ya estoy en primera línea de batalla... Si no me cocino yo las torrijas o el bacalao..., ya no me lo hace nadie». Y zasca, *epic* bajona.

Es como la primera Navidad que celebras en tu casa. Te observas desde fuera comprobando si el mantel de Nochebuena está planchado y ya no hay vuelta atrás. Tus padres se han hecho mayores, a lo mejor, o ya ni están, a lo peor. Y eres tú quien compra los regalos para todos, se pone el peor trozo del pastel («Ya me cojo yo este, que se ha roto y ha *quedao* más feo») y tienes en cuenta si la cuñada está embarazada y hay que congelarle el embutido previamente o si el abuelo solo come turrón de yema porque los otros tienen demasiado azúcar. Vamos, que todo lo que hacían tus padres ya no es su competencia sino la tuya. Y todo eso es lo que echas de menos única y exclusivamente cuando ya ha pasado. Porque cuando es verano te molesta el calor pegajoso y los mosquitos, pero llega el invierno y solo recuerdas que en julio ibas en tirantes, que los días eran más largos y que comías helado por la noche. Sí, esa soy yo. El inconformismo hecho persona. La que cuando vivía en Valencia soñaba con vivir en Barcelona y la que en Barcelona huyó de nuevo a Valencia para poder vivir en Madrid y ¿por fin quedarse?

Pues en este punto de la historia parecía que sí, que la calle Alcalá, el Oso y el Madroño y el canal de Isabel II iban a ser testigos *in eternum* de la historia de amor de la arriba firmante y Enric Sánchez. Y digo «parecía» porque de aquí a que acabe este libro todavía quedan algunas mudanzas que describirte a ti, querido lector, lectora o lectore. Pero las cajas y los camiones llegaron mucho después de que una servidora, la que de momento seguía soportando en un piso compartido a dos seres infames que dejaban pelos largos y rubios en la bañera, recibiera ese verano de 2017 (en el que aún pesaba 53 kilos porque vivía del amor y el ansia viva no le hacía amorrarse a los Donetes) una llamada de Roberto Sánchez, subdirector de *La Ventana,* el magacín de tarde más escuchado en España. Mi cara de lela fue un poema. Yo, que siempre había trabajado en agencias de comunicación y me había dedicado (poco y mal) al periodismo ~~tradicional~~ del paleolítico, el de enviar notas de prensa al redactor de turno y cruzar los dedos para que te la publicara. Yo, que no había hecho radio en mi vida, que no había locutado por un micrófono jamás... me vi de la noche a la mañana en el estudio de la SER, ese que Enric me había enseñado cuando nos conocimos, hablándole a mi queridísimo público desde el otro lado de las ondas. ¿Mi fan más incondicional? Mi madre, por supuesto. ¿O no lo era acaso Margarita Seisdedos de Tamara/Yurena/Ámbar? ¿O no lo era acaso doña Ana de Isabel Pantoja? Pues aquí lo mismo. Las grandes vedetes muchas veces tenemos detrás el apoyo de una progenitora de armas tomar, de esas que la lían a menudo, de esas que casi mejor que continúen en la sombra porque si salen a la luz, igual las sonrisas se convierten en lágrimas... Las madres son así. *Fanses* e inoportunas a partes iguales.

Se puede decir que mi actuación estelar en *La Ventana* fue el pistoletazo de salida de «mis felices años locos». Porque lo que dicen por ahí de que «la radio engancha», pues va a ser verdad. Y le puedes llamar «radio», «tele», «cámara», «pódcast» o como quieras, pero lo que corroboré en aquel momento era que mi hábitat natural era comunicar. Algo que ya intuía desde pequeña, cuando creé *The Soulita's Newspaper (El periódico de Almita),* una publicación semanal donde contaba la actualidad de mi familia. Desde el nuevo color de uñas de mi madre hasta la paella que habíamos comido el domingo en casa de mi abuelo. Una especie de *Pronto* casero. Del pueblo y para el pueblo. Todo maquetado en el típico ordenador armatoste color hueso, con un módem que hacía ruiditos cada vez que alguien llamaba por teléfono y una alfombrilla de Kellogg's debajo del ratón. Digamos que sí, cuando hacía esos periódicos caseros, ya intuía que mi sino era comunicar. Y cuando participaba en el taller de radio de mi colegio y preparaba un programa con recetas de cocina (menos mal que lo primero se me dio mejor que lo segundo). Y cuando abría el teletexto en la tele del salón y, como si fuera un *prompter*, leía las noticias con voz de Matías Prats, fingiendo que era la presentadora del informativo.

Quizá fue todo eso lo que vio Roberto Sánchez para darme una silla en *La Ventana*, quién sabe, pero me pasé todo el verano de 2017 bajo los 40 grados de la Gran Vía madrileña yendo cada tarde a darle voz a la Forte. Y eso se ve que gustó, porque por esa época comenzaba «el boom de los influencers», saco en el que sin comerlo ni beberlo la industria de las marcas y las agencias me incluyó por el mero hecho de tener seguidores en Instagram. Ardua tarea tuve que aprender a desempeñar porque, como dijo Spiderman: «Un gran poder conlleva una gran responsabilidad». Y de aquel *negosi* no teníamos ni idea nadie.

A partir de aquel momento, empezaron a llegar mails proponiendo campañas de publicidad en Instagram: «Tú subes una foto con mis infusiones y yo te regalo un cheque de cien euros de El Corte Inglés». Básicamente ese era el *bussiness*. Todo se apañaba con un único mail y con un bono regalo para canjear en *El Corty*. Hoy en día todo este tejemaneje se ha convertido en un gremio, en un canal más para promocionar empresas, productos y servicios y es un mundo que mueve millones de euros y reporta infinidad de beneficios. Pero en aquel entonces, en los inicios, la movida era tan simplona que intercambiabas tres líneas y conjetura resuelta. Qué maravilla, por otra parte, porque hay gente que tiene reunionitis, que manda wasaps impertinentes, que no es resolutiva y que podría evitar dos de cada tres mails. Pero yo tampoco soy muestra de nada ni objetiva para estas cosas, porque ya os he contado que tengo saciedad social y que mi puntito de antisocial me hace cansarme pronto de la cháchara.

Enric, sin embargo, empalmaría una actividad con otra, como si fuera un monitor de tiempo libre que atiende a grupos de diversas edades en un hotel de Benidorm. Enric tendría un acto después de una reunión después de dos llamadas después de una comida después de ir al cine después de salir a cenar después de pasar un finde por ahí. Y aún con todo ese cansancio de ir de un lado para otro todo el día, le costaría dormirse por la noche. Impertinente que es, pobre mío. Yo, sin embargo, con un par de cositas que tenga al día, ya me basta y me sobra; me agobia, incluso. Como decía hace unos capítulos: a mí lo que me devuelve la alegría de vivir es el silencio, no el chapas de la agencia de turno contándome su vida en 187 correos electrónicos hablándome de *nosequé* almohadilla eléctrica que quiere que anuncie en mi Instagram porque es muy buena para las cervicales. A ver, Manolo, a tope con tu esterilla, pero ve al grano, vida mía, no me tengas aquí a tu vera de campo y playa, que no tengo todo el día.

El caso es que la Forte, anteriormente conocida como «vedete», se había convertido en una *celebrity* y ya no había vuelta atrás. Cerca de cien mil personas me seguían y «se comían» de vez en cuando algún anuncio nefasto promocionando un yogur o un Daniel Wellington. Porque al principio todo el monte era orgasmo. Y ni #ad ni leches en vinagre. Tú enchufabas la foto con el producto de turno y sálvese quien pueda. Entre todos fuimos construyendo camino y, afortunadamente, poco a poco todo se reguló y se legisló hasta tal punto que hoy en día las colaboraciones tienen su contrato, su *brief*, su *check*, su *insight*, su *engagement*, su *funnel* y su *own media* particular. La verdad es que a ciencia cierta no sé cómo empecé en ese mundillo peculiar, pero nunca me ha molestado.

Sé que hay gente que no se siente cómoda con la palabra «influencer», pero a mí me da un poco igual. No dejo de ser comunicadora por hacer un anuncio, igual que Jorge Javier no deja de ser el presentador estrella de Telecinco por hacer un *spot* de Lo Mónaco. Ni Coronado por anunciar chocolates Valor, Matías Prats con la Cuenta Naranja, Nuria Roca con pastas Gallo, Silvia Abril con Bio de Danone, Belén Cuesta chica Tampax y así hasta el infinito. Tampoco me siento menos periodista por hacer vídeos de humor en Instagram. Ni menos artista en la radio por escribir un libro. Ni menos escritora por tener un pódcast. La Faraona ni cantaba ni bailaba y nadie se la perdía. Así que... ¿a quién le importan las etiquetas? Además, gracias a todo aquello llegó, por fin, en marzo de 2018, mi mudanza junto al catalán a un pisito de ensueño en Arturo Soria, una de mis zonas favoritas de Madrid, que tenía una terraza preciosa y que me permitió sacar todas mis pertenencias del trastero inmundo que olía a humedad.

Nuestra nueva casa tenía solo una habitación, pero como antes venía de una habitación sin casa, el salto de calidad ya era significativo. Además, Enric y yo nos encargamos de que la terraza quedase más bonita que los Jardines del Botánico de la Comunidad de Madrid y, para ello, le puse 293 guirnaldas de luces. Se nos veía desde Torrespaña. Y yo feliz. Lo más pequeño era la cocina, pero daba igual porque en esta casa nadie tiene ni idea de cocinar ni quiere aprender ni le dedica el más mínimo interés a la causa. Seríamos capaces de alquilar una vivienda sin cocina. Ni nos enteraríamos. De hecho, cada piso que visitábamos Enric y yo jugábamos a «la palabra secreta». Como el Scrabble y el Wordle pero en analógico, en la vida real. Antes de llegar a la visita acordábamos una palabra que fuera contraseña para «luz verde, el piso me mola» y otra que fuera para «luz roja, esto es un truño, vámonos». La cosa era que como en esta familia nadie toma en serio nada y siempre va la comedia antes que todo, decidíamos palabras tan absurdas que luego era imposible meterlas en la conversación cuando el comercial de la inmobiliaria estaba delante. Así que los diálogos cuando mirábamos pisos eran tan chorras como:

(El comercial): ... y tiene mucha luz porque da el sol de tarde orientación sur...

(Enric): ¿Y las persianas son automáticas?

(Alma): ¿Y cree usted que hay ORNITORRINCOS por la zona?

Un desastre. Enric y yo acabábamos muertos de la risa aguantando la carcajada en cualquier esquina de la casa y el comercial nos tomaba por idiotas perdidos. Que es lo que somos. Pero oye, con nuestro código secreto de detectives profesionales nadie entendía lo que queríamos decir, a veces ni siquiera Enric, que es la persona con menos memoria que he conocido en mi vida. Cuando empezamos de novios me hizo prometerle que nunca me podría enfadar si un día se olvidaba de algo... porque es 100 % real que le dices: «El sábado tenemos entradas para el teatro», y a los diez minutos te pregunta: «¿Qué teníamos el sábado?». Y es que se ha *olvidao*. Se ha olvidado sin maldad ni mal rollo, es que tiene una retentiva de corto plazo. Ya ves, no se puede tener todo.

Es como cuando de pequeña era buenísima con las redacciones y los comentarios de texto, pero para las matemáticas era una negada total, hasta que me llevaron «al repaso de Rosa» y ahí mi vida cambió. Dio un giro de 180 grados. Los días eran más alegres, la contaminación mundial había bajado, los pantanos habían subido y la gente solo compraba huevos ecológicos de gallinas criadas en libertad. Siempre recordaré a Rosa la del repaso, *always in my heart*. ¿La mujer con más paciencia del universo? Sí era. Ella acogía a todos los *tolays* de las matemáticas y los enderezaba que daba gloria. Y a los *des-*

*graciaos* como yo que también dábamos física y quími-ca, ya ni te cuento. No me preguntes por qué, si yo estaba en letras dando Unamuno y Valle Inclán, también tenía problemas de esos de poleas y fórmulas químicas, porque a día de hoy todavía no lo sé. Solo sé que santa Rosa me salvó de la quiebra absoluta y me explicó las pa-rábolas, la estadística y el cloruro potásico, porque esa señora sabía de todo. Y pasaba horas sentada en la silla central de la mesa de su salón, rodeada de sus alumnos de mente no muy ágil, como yo. Parecíamos sus discípu-los. Ella era el Jesucristo de los repasos y con sus rizos teñidos de negro carbón pasaba las tardes merendando galletas danesas de mantequilla.

Eso sí me jodía; al César lo que es del César. Porque yo con el azúcar refinado no puedo. Es que tengo debili-dad, es que yo veo un ultraprocesado y se me van los ojos, lo digo ahora que Carlos Ríos no se entera. Pero era bastante cruel y muy difícil concentrarse en los con-juntos conjuntos y los conjuntos disjuntos si toda la sa-lita olía a mantequilla y a conservantes. Y por si fuera poco, también me gustaban dos chicos que venían «al repaso». Uno se llamaba Javi y su amigo, no me acuerdo, pero le llamaremos «el otro». Si me estáis leyendo, que sepáis que me gustabais los dos. Un poco más Javi, pero por si Javi pasaba de mí (como todos), pues yo tenía en la recámara un plan B («el otro»). Porque chica precavida vale por dos y si me apuras, podía tener plan hasta la Z. Pero vaya, que ni uno ni «el otro» me hicieron caso, y eso que intentaba coincidir con ellos en «el repaso». Pero creo que eran de ciencias y más listos que yo, porque a mí Rosa me citaba también los sábados por la mañana para hacer hincapié en los conceptos que no se hubieran entendido mucho. Una pena, *che*. Porque «el repaso» era un buen sitio para ligotear un poco. Conocías a gente de otros colegios y cambiabas de mercado, para variar.

Un verano también fui a un repaso de inglés, pero este no era con Rosa porque ella sabía mazo de matemáticas y de galletas de mantequilla, pero de inglés, *nothing*. Mis padres me llevaron a María Jesús, que me explicaba los *irregular verbs* como si le fuera la vida en ello y yo, sin embargo, solo tenía ojos para Rubén, su sobrino. Que yo *falling in love* mogollón y él años más tarde resultó ser costalero de la Hermandad de Cristo de Medinaceli de mi pueblo, que es la única hermandad hasta la fecha que lleva su paso a hombros en Semana Santa. Eso ya me mató. Verle de costalero fue *too strong*. Medio pueblo enamorado hasta las trancas «del costalero». Qué porte, qué planta, qué saber estar. Con el paso al hombro subiendo por la calle del Convento... Qué maravilla.

Pues tampoco me hizo ni caso.

Y eso que ese verano llegué morena color wengué, porque yo cuando hace sol y voy a la playa no tengo conocimiento y «cuando llega el calor los chicos se enamoran», como decían Sonia y Selena. Pero no solo eso: llegué al repaso de inglés (que no «repaso de ingles») color azabache cual diosa de ébano y, además, me cascaba cada mañana antes «del repaso» mis lentillas verdes para parecer más atractiva. Joder, morenaza con ojos verdes, menudo caramelito.

Pues tampoco me hizo ni caso.

A todos siempre les gustaban mis amigas. Pero chist, no se lo tengo en cuenta, que tengo amigas muy monas. Precisamente por eso iba siempre con un plan B, porque si no colaba con el titular, quizá el del banquillo podría ser que cayese rendido a mis encantos. Y por eso más de una vez años después, cuando tampoco ligaba mucho pero ya un poco más sí, tuve algún que otro percance con las amistades de mis rolletes. Porque a veces «la noche me confundía», como a Dinio, y a lo mejor me equivocaba y no me gustaba uno, sino el otro. ¿A quién no le ha pasado alguna vez?

## Mi muy amiga Ansi

## De noche no hay nada bueno

A veces ocurren cosas en la vida que, cuando están pasando, no sabes que van a ser un punto de inflexión, pero con el tiempo miras atrás y todos los puntos encajan. Hacerse mayor tiene ese doble rasero: que vas entendiendo más... o menos, según se mire. A medida que pasan los años, lejos de creerme más sabia, me siento justo todo lo contrario: una ignorante de la vida. Lo único que sí tengo claro es que esa frase que todos hemos escuchado de pequeños («cuando tengas mi edad, lo entenderás») llega un momento en que se vuelve una realidad aplastante. Un día, sin comerlo ni beberlo, te sorprendes poniendo en tu boca reflexiones que escuchabas a tus padres, a tus abuelos o a tus profesores, y entonces te das cuenta de que ha pasado el tiempo y que, efectivamente, solo somos capaces de comprender al de enfrente cuando estamos caminando con sus zapatos.

Y sí, en todas estas cosas pensaba yo aquel «día D» y «hora H».

Fue allá por 2019 cuando la vida decidió enseñarme una cara de la moneda que habría preferido no conocer jamás. Siempre lo recordaré. Era una noche de jueves, Telecinco estrenaba una nueva edición de *Supervivientes* y, aunque Enric no es nada fan de la factoría Mediaset, pusimos un rato la tele para ver al gran fichaje estrella de la temporada. Ni más ni menos que Isabel, Isabel Pantoja, la del *Marinero de Luces*, la de Francisco Rivera *Paquirri*, la que dijo que en Telecinco «no había ceros» para ficharla... y Paolo Vasile le demostró que sí que había. Esa noche la tonadillera luciría un bañador de lunares y cubierta con un pareo se reuniría en la palapa con Chelo García Cortés, Chelito, la de José Manuel Parada, la que vivió «una noche de amor» con Bárbara Rey. Como para perdérselo. Aquello era historia de la televisión. Como cuando Chábeli dejó colgado a Ximo Rovira en el primer programa de *Tómbola* o Lola Flores perdió su pendiente y paró la actuación en el Florida de Madrid para decirle a Íñigo: «El pendiente no lo quiero perder, ¿ein? Que mis dineritos me ha *costao*».

Al escribir esto me doy cuenta de que tengo una vasta culturilla popular la mar de maja, de esa que en un examen del colegio de los que había que averiguar qué iba después de palito-cuadrado-palito en una serie de visión espacial, no habría servido para nada. Sí, justo de esa. Quizá mi cociente intelectual según aquellos tests de ~~inteligencia~~ mierda que me hacían en el colegio no fuera para tirar cohetes, pero todas estas referencias televisivas que acabo de comentar solo te las da la universidad de la vida, eso es así. Como habréis intuido, nunca fui muy *fans* de los tests. De los de inteligencia en particular y de los de la vida en general. Primero porque en el colegio, cada primer lunes de mes nos arreaban unas fotocopias que había que rellenar con lápiz haciendo una cruz y no un círculo y casi siempre eran de completar series supercomplicadas que yo nunca sabía hacer. «Cuando vean los resultados van a pensar que soy imbécil», le decía a mi madre. Pero es que de verdad, era muy muy *complicao*.

Ya nos podían haber enseñado inteligencia emocional, a gestionar las vicisitudes de la vida, a dominar impulsos y emociones, a reconocer sentimientos, a no menospreciar nuestras virtudes y a querernos, coño, a querernos. Ya nos podían haber enseñado a meditar, a respirar, a amar el silencio, a aprender a estar solos... y no tanto triángulo equilátero, triángulo isósceles y triángulo escaleno. Ya nos podían haber enseñado educación sexual en condiciones y contarnos todo sobre los genitales femeninos, que parecía que las mujeres solo servíamos para reproducirnos y no teníamos más que un orificio de salida, el de dar a luz a un bebé, y no había ni clítoris ni mamas ni pezones ni nada más allá que traer al mundo una nueva vida.

Y en segundo lugar tampoco era fan del *fokin* test de Cooper de la clase de gimnasia. Recordará mi queridísimo público la batalla con los pitiditos de turno. Las carreras arriba y abajo, la chusta de tocar la pared antes de que aquella sirena del demonio volviera a sonar. Madre mía la autoestima, madre mía la autoestima. Cada vez que teníamos educación física, mi cabeza cortocircuitaba. No podía odiar más los lunes y los viernes. Primero porque me tenía que poner el chándal y yo no he llevado pantalón desde los dieciocho hasta los treinta y seis de purito trauma que cogí. Y segundo porque a mí Dios no me ha dado una condición física tipo Ussain Bolt; más bien me dio la de Falete y oiga, acepto y asumo, porque una ya procura ser zen (siempre que se acuerda). Pero a los trece años en octavo de EGB, a mí se me llevaban los demonios cada vez que tenía que plantificarme el pantalón de educación física y forzar la maquinaria para no ser la última en el test de Cooper. Que con ser la última cuando había que elegir equipos porque nadie me quería ya tuve bastante. Seguramente me quedaba para el final porque los pantalones me apretaban los muslos y me rozaban y aquello era un fantoche. Será por eso, sí.

Veintipico años de mi vida sin plantarme un solo pantalón, viviendo de las medias, la prenda más incómoda del universo, por cierto, que no hay una sobre la faz de la Tierra que no pique, que no apriete o que no se caiga. Llevo una dinámica mazo divertida. Poner media-romper media. Y así paso mi existencia. Me duran exactamente ocho horas. No las lavo, las tiro. Da igual que compre Filodoro, Marie Claire o las de Tex del Carrefour. Llegan a casa todas rotas. Es la magia de utilizar una tela infinitamente débil y no un pantalón, pero, en honor a la verdad, tampoco un pantalón es lo que más me favorece. Que yo no he hecho ningún estudio de morfología ni colorimetría ni nada de nada, pero me miro en el espejo y ~~creo que~~ sé ver si me sienta mejor una faldita ceñida a la cintura que un pantalón que además suelen fabricarlos como si todas las señoras del mundo midiésemos una media de metro setenta y cinco. Y por si fuera poco, tipifican las colecciones con nombres estúpidos como «*petite*», «*plus*», «*curvy*» o «*tall*». A ver, señores y señoras de marketing, no hace falta cambiar el nombre a la ropa. Con que hagáis prendas para todos los cuerpos y tamaños, ya nosotras vemos si hay más o menos tela, que os creéis que somos imbéciles (y sí, yo en el test de palito-triángulo-palito lo era, pero en el resto de las facetas intento que no se note tanto).

El caso es que a mí en esta vida el único test que me ha convencido era el de la *Super Pop*, revista que compraba todas las semanas en la *paraeta* de Paco. *Paraeta* es una valencianada y lo descubrí muchos años después, cuando vi que fuera de Valencia las *paraetas* se llaman quioscos. Hoy en día ya casi no quedan porque la lectura en papel es un poco para los románticos, pero cuando era pequeña, en mi pueblo había una plaga. En cada esquina había una *paraeta* y casi todas las regentaba un señor llamado Paco. Quién sabe si por tener ese nombre te daban beneficios fiscales al montar ese negocio de dulcipicas, moras, chicles kilométricos de Boomer y regalices. A lo mejor en mi pueblo si te llamabas Paco, no te dejaban ser zapatero o trabajar en Mercadona. Si tu DNI rezaba «Paco» o «Francisco», ibas a vender caramelos Drácula de cabeza. Y «pistolines», que decía mi abuelo. Esos caramelos terribles que picaban casi tanto como las medias del párrafo de arriba.

El caso es que había tantos *Pacos* y tantas *paraetas* que para diferenciarlos, a uno le llamábamos Paco y al otro Paquete. También estaba don Ángel, pero como ya conté su historia en el primer libro, en este no vamos a darle protagonismo. Además, don Ángel también era videoclub, así que es otro *holding* del que no pienso hablar porque ahora es el turno de los *Pacos* y las pymes *paraeta*. Los *Pacos* ya eran mayores cuando yo era pequeña, así que ahora mismo deben de estar criando malvas en el otro barrio y vendiendo chuches de un duro y gusanitos de cinco. Menudas cábalas tenía que apañarme yo para elegir cada tarde la bolsita de chuches. «¿Hoy cuántas puedo?», le preguntaba a mi madre. Y ella, según me había portado, me dejaba dos o cinco duros. Y como yo no me aclaraba, los *Pacos* me iban haciendo la cuenta de la vieja: «Te queda una chuche de diez pesetas o dos de un duro». Y yo entraba en shock supersónico porque las dentaduras me gustaban mucho, pero los ladrillos también. Y así durante años, hasta que a mi bolsa de chuches le empezamos a añadir la lectura semanal obligatoria, que no era *Cien años de soledad* ni Pablo Neruda; era la sempiterna *Super Pop* y sus consabidos tests engañabobos. Ois..., eso sí que era psicología y no lo de la Patri Psicóloga. Eso sí que eran fuentes médicas fiables y no la Boticaria. Bibliografía contrastada. Canelita en rama. «¿Sois compatibles? ¡Zodíaco Edition!». «Consejos para que te inviten a salir». «¿Le gustas en serio o solo eres su rollete?». Podía pasar horas y horas leyendo reportajes sobre los Hanson, Mark Owen y John Stamos, el «tío Jesse» de *Padres Forzosos*. A este señor llegué a mandarle cartas a su casa (sí, la de Mississippi o Iowa o Phoenix, no sé dónde carajo vivía). El reclamo de la revista esa semana era «las direcciones de los famosos» y yo me encargué de escribir al tío Jesse para decirle que estaba enamorada de él y que «*in Spain you have a house for sleep in a little town*, mi pueblo, *but my house is very big and you can stay in* la salita, que ahí hay *a comfortable* sofá cama plegatín». Y muchos labios pintados estampados en el sobre y mucho mensaje amenazante al cartero: «Dese prisa, señor cartero, que esta carta es para la persona que yo más quiero». Como si así Correos fuera a funcionar ~~mejor~~. (Ilusa que es una).

Con todo el dolor de mi corazón, mis cartas fueron devueltas y mis plegarias para que el tío Jesse durmiera en mi casa no fueron escuchadas. Insisto: teníamos una salita bastante apañada (a la que mis padres llamaban «la leonera») que daba a un patio interior y estaba forrada de libros y cuadros, muy *cooltureta* todo. Ahí habría estado el tío Jesse la mar de bien. Luego le habría llevado a desayunar ensaimadas a La Foieta (mi horno de referencia) y de paseíto por mi pueblo a regodearnos en nuestra fortuna por habernos encontrado. Maldigo al que se inventó la dirección de mi amor platónico por jugar tan vilmente con mis sentimientos. Menos mal que la semana siguiente regalaban el anillo de Robbie Williams y mi ánimo mejoró sustancialmente. Madre del amor hermoso... lo que ha cambiado el cuento. Ahora le dices estas chorradas a una adolescente de diecinueve y te manda a pastar.

Afortunadamente en 2022 cuesta un poco más tomarle el pelo a las mujeres y los medios se han puesto un poco las pilas con la normalización que había instaurada en según qué discursos hipersexualizados. A Dios gracias que las chiquillas de hoy en día «saben latín» y cada vez están más alerta para descubrir el machismo entreverado que hay en algunas publicaciones. Pero cuando yo era pequeña era otro cantar. De hecho, *demasiao* bien ha salido mi generación, la que creció con «maricón» como insulto y normalizando la gordofobia a tutiplén. Me parece inimaginable que titulares como los que yo leía a escondidas de mi madre en la *Nuevo Vale* («Cinco posturas cómodas para cuando a él le apetece hacerlo y a ti no») estuvieran hoy en día en los titulares de cualquier revista. Vamos haciendo camino, tías.

A punto de tirarse del helicóptero. Así estaba Isabel Pantoja aquel jueves de 2019 en *prime time*, con media España viéndola y España entera juzgándola. Una de las voces más impresionantes de este país siendo un engranaje clave en la fábrica Mediaset, poniendo su vida al servicio de un *reality* de supervivencia y repartiendo juego como la que más, dispuesta a pescar con una caña y a hacer fuego con dos piedras. Y al otro lado del televisor, una servidora, bata mediante y camiseta interior de las de blonda y lacito con perla, porque todo el mundo sabe que si no, no calientan (y por eso las madres nos las plantaban el día de la comunión y ya no nos la quitaban hasta cumplir los dieciocho años). Te diré también que menos mal que llega un punto en la vida en el que ya vas eligiendo tu estilo y tu madre deja de jugar a ser la *personal shopper stylist* de tu armario. Porque las madres de los 90 nos vestían a todas en Kiabi y se creían el jurado de *Cámbiame* y si no te gustaba, pues dos faenas tenías. Se acabó lo que se daba. Y lo que se daba era el chándal de tactel y los zapatos de charol. De eso no nos hemos librado ninguna, porque íbamos todas iguales. Lo mismo que hoy en día las *celebrities* se están pidiendo todas la misma nariz tipo Michael Jackson y cuando ya llevas un rato mirando Instagram no sabes quién es quién. Entre todas se han montado un *Buscando a Wally* la mar de simpático. Tampoco perdono ni olvido el típico vestido que te llegaba por los tobillos y parecías, literal, una seta. Y de la coleta a un lado. Y de las camisetas Fruit of the Loom y las zapatillas

Victoria (antes de que fueran objeto de deseo de los modernos). Y claro, después de tanta tendencia, puedes ser Anne Wintour o quedarte medio atrapada buscando tu tribu urbana como si no estuvieras bien de la cabeza. A mí me pasó lo segundo (por eso firmo este libro y no la Vogue estadounidense, es de cajón).

Me acuerdo de que yo fui hippy con todo el *starter pack* y llevé 187 collares de imperdibles, 250 brujitas de arcilla colgadas del cuello y 20 anillos de plata (de la que caga la rata). Fui tan hippy que me entretenía haciendo pulseritas de lana de colores, trenzas en el pelo con hilos y chapas colgando y también quise llevar toda la cabeza en plan rastas, pero la peluquera me dijo que si me cansaba me tenía que rapar entera y dije: «Bueno, igual tan hippy no quiero ser. Que Bob Marley me gusta, pero mi melena más». Además, tampoco me duró mucho el rollo paz y amor. Meses después me cansé del atrapasueños, tiré todos mis pantalones *cagaos*, me deshice de las flautas y di un giro de 180 grados a mis *outfits*. Ahora era lo que en Valencia se llamaba «una mascachapas»... sin mascar chapas. Una mascachapas de palo que llegaba a casa y se cenaba un ColaCao. En definitiva, había logrado muy bien el *look* de teta valenciana con plataformas Alpestar y bomber de Alpha Industries, pero la esencia era de pringada que no se aclaraba con su identidad. Intenté mejorar el atuendo (porque más es más) y ponerme collares de bolas de plástico y el pantalón de Adidas de botones, pero ni aun así se me iba el careto de lela.

Recuerdo que mi careto de lela y yo fuimos un par de veces al Banana's, una discoteca de las afueras de Valencia que, como buena discoteca, tenía el genitivo sajón en el nombre (Banana's) y el apellido «Maxi Disco» detrás para que no hubiera confusión y no te pensaras que era una biblioteca. El Banana's estaba en un pueblo a tomar por saco de mi casa y, para que la gente pudiera acabar más ciega que un ladrillo, daban el servicio gratuito de «discotren». Ahora mismo tú me dices si prefiero subir al discotren para ir al Banana's Maxi Disco o cortarme un dedo del pie y te digo que el meñique derecho, que casi no lo uso. Pues por aquel entonces casi igual. Ni me gustaba ir de mascachapas, ni me gustaba el Banana's, ni mucho menos el «Besódromo». Sí, amigas, habéis leído bien. El Besódromo era, como su propio nombre indica, una tarima llena de gogós (ellos y ellas) que daban chupito+morreo+magreo a todo aquel que se acercase por la zona. Colas de horas había, no te digo más. Y en medio de todo aquel circo, yo. Que lo único que hacía era bailar Shakira y vigilar para no partirme un tobillo caminando con las plataformas de XTi. Menos mal que un tiempo después abandoné el lado oscuro *bakalaero* valenciano para reformarme y hacerme una pija de Ralph Lauren y Liberto. Casi trece mil pesetas le costó a mi madre el jersey de la banderita de Tommy Hilfiger. Por no hablar de las perlas tamaño pelota de tenis y las Adidas Stan Smith con el talón verde. Mi vida cambió por completo porque pasé de los maromos con pelo cenicero y aros en la ceja a chavales que cantaban «no quiero volver a hablar de princesas que buscan tipos que coleccionar a los pies de su cama...» mientras abrían su paquete de Marlboro Light con la mano derecha y se atusaban el tupé con la mano izquierda. Porque si algo he aprendido con el tiempo, es que los pijos tienen pelazo. Eso es así te pongas como te pongas. No conozco a nadie catalogado bajo la etiqueta de «pijales» que no tenga una melena mejor que la de Luis Cobos y el Puma juntos. Debe de ir en el ADN o algo así.

El caso es que en el circo de los horrores que protagonicé de los catorce a los veinticuatro, fui hippy, pija, mascachapas, *sporty* y un poco rapera también. Me faltaron los emos, que llegaron más tarde y ya me pillaron con menos chorradas en la cabeza. Pero ten por seguro que si me hago emo, empiezo a declamar versos de Edgar Allan Poe y cosas así, que a mí a puesta en escena no me gana nadie y si tengo que tatuarme una lágrima cayendo del ojo izquierdo para darle más realismo a la cosa, me la tatúo y se ha *acabao* la tontería.

## Peso 57 kilos. Autoestima 60 %. Introspección/ mundo interior 40 %

Tontería la que me entró viendo a I. P. tirarse del helicóptero y naufragar en Cayo Paloma, amarrada al chaleco salvavidas y tragando más agua que yo cuando me río en la piscina abriendo la boca nivel foca monje. De repente, tumbada en el sofá tranquila como una sepia, empecé a sentir temblores en las piernas, sudor en las manos y un cosquilleo a la altura del pecho que ríete tú del capitán del Titanic cuando avista a lo lejos un iceberg. No sabía lo que me pasaba, pero me pasaba. Y muy fuerte. La glotis cerrada, tráquea atascada. «Me está dando un infarto, cariño, me está dando un infarto». Enric no sabía dónde meterse porque yo no podía parar quieta ni un segundo. Me abrochaba la bata, me desabrochaba la bata. Me abrochaba la bata, me desabrochaba la bata. «No sé qué es, pero es como si tuviera una piedra en mi pecho. Me cuesta respirar, ¿qué hacemos?». Y Enric, que horas después me confesó que él ya era un pro de la ansiedad, diagnosticó que «cariño, esto es un cuadro de ansiedad de manual, vas a tener que tranquilizarte y surfear la ola como se pueda». Hoy en día ya surfeo, buceo, hago apnea y remo con un brazo si hace falta. He cogido un dominio de la ansiedad nivel Buda, pero aquella noche (y muchas más que le siguieron), lo pasé tan mal que creía que no lo contaba.

Cuando la ansiedad aparece en tu vida, llega como cuando estás arreglando un ramo de rosas y, sin darte cuenta, una de ellas te da un pinchacito en el dedo. No es excesivamente molesto, pero te sale un puntito de sangre y te quedas amarga un buen rato. Sobre todo porque piensas: «Joé, con lo tranquilita que estaba yo a mis cosas... y de repente este traspiés». A partir de ese «traspiés», cada vez que ves una rosa, te acuerdas de que puedes pincharte y el puro miedo de hacerte daño ya te pone tan en alerta que te olvidas de que un ramo de flores es bonito, tenerlas en casa es agradable y huelen tan rico que te hacen sentir bien.

Pues con la vida pasa lo mismo. Tú estás viviendo tranquila y a tu aire, pero de repente la ansiedad te va poniendo palos en las ruedas. Al principio pocos, pero a la que te descuidas ~~la muy perra~~ te ha ahogado y te has olvidado de vivir. Y un día te percatas de que tu muy amiga Ansi te ha limitado tanto que ya no eres capaz de conducir. O de viajar sola. O de ducharte sin temer un desmayo. O de que te duela el esternón y pensar sencillamente: «Será tensión muscular». Porque si algo tiene la ansiedad, es que debuta con un síntoma, pero a lo largo de su actuación estelar aparecen 187 más. Su poquito de mareo, angustia, dolor de estómago, extremidades paralizadas, pensamientos catastrofistas, ojos secos, mandíbula dura nivel roca... o, en mi caso, una costocondritis de aquí a Perú. Acompáñenme en esta triste historia...

*Érase una vez, una joven valenciana esbelta y alta —a ver, es mi cuento, ¿vale?— que pasaba sus días y sus noches acompañada de su muy amiga Ansi. Ansi la escoltaba a todas partes. Si iba al cine a ver las* Madres paralelas *de Almodóvar, de repente Ansi disparaba la sensación de ahogo y la presión en el pecho y olvídate ya de ver la peli. Si iba de tiendas a pescar algo del Zara, Ansi activaba los mareíllos y, madre mía, que me voy a desplomar aquí mismo. Unas veces estaba muy quietecita, casi muda, imperceptible, pero otras veces era más bestia que Xena, la princesa guerrera. Un buen día, la joven valenciana de cuerpo escultural y sinuosas caderas de latina, notóse un pinchazo debajo de la teta izquierda. A su vez, como si de los Reyes Católicos se tratara, el apuesto caballero con el que compartía vida y milagros notóse el mismo desagradable síntoma. Tanto monta, monta tanto. Ambos enamorados se apresuraron en medio de la noche hacia las Urgencias del hospital más cercano y abrieron las puertas del mismo al grito de: «¡Dos infartos, tenemos dos infartos!». El chico de recepción no levantó ni un palmo la vista de su ordenador y me atrevo a suponer que, quizá, envió un wasap al chat de grupo «Turno de noche», que rezaba: «Ya tenemos aquí a los dos pringaos de hoy». El apuesto caballero y la joven valenciana de piel tersa y melena hidratada se hicieron sendos electros inmediatamente y respiraron al escuchar al médico argentino que les espetó, con mucha chirigota: «Ustedes no tienen un infarto... ¿O acaso creen que se sincronizan?». La pareja que tiene infartos unida, permanece unida. Y aunque la Forte se sentía muy avergonzada, y también muy capaz de estirar un poco más la cuerda, insistió y le dijo: «Doctor, a mí es que me duele mucho debajo de la teta, yo creo que es el corazón». A lo que el de Buenos Aires, enrollando su fonendo senten-*

ció: «Señorita…, usted lo que tiene es una costocondritis. Y márchense, márchense, pelotudos, hagan el favor».

Costocondritis… Cos-to-con-dri-tis. Mira que en el cole cuando tuve que aprenderme el jónico, dórico y corintio era la más torpe de España…, pero con las enfermedades no se juega… y cuando se trata de memorizar cualquier tipo de enfermedad, mi cabeza despierta un sexto sentido que habitualmente solo utiliza para avivar la hipocondría y para ver el más mínimo pelo incipiente que me pueda salir en las cejas y descuadrar la perfecta cuadratura que llevo en cada una de ellas. Como en aquel momento lucía tan bien las cejas que podría haber desfilado en la Madrid Fashion Week, supe que mi sexto sentido tenía que estar preparado para recordar el nombre de una nueva enfermedad que podía acecharme. Costocondritis… Costillas inflamadas… «Poco peligroso, desaparece por sí solo al cabo de unas semanas»… Ajá… «Ver más», (¡sí, claro!). «Quizá quiso decir cáncer de…». ¡No, no, no, no, no! ¡Mierda, cierra el Google! Ya había tenido bastante. Lo que esa noche me dijo el médico argentino fue que mi muy amiga Ansi había provocado, desde la cabeza, un malestar físico. Concretamente la costocondritis. Es decir, por culpa de la tensión, el estrés, la presión y el apretón del pecho, había contraído tanto la zona que los cartílagos que rodean a las costillas se me habían inflamado. En teoría, nada era preocupante, nada era grave y la mayoría de los traumatólogos y fisioterapeutas confirmaban que la costocondritis desaparecía sola. Pues mierda *pa* mí. Porque cuál fue mi sorpresa al comprobar que, año y medio después, seguía maldiciendo el dolor debajo de la teta izquierda que tenía de forma intermitente, a veces sí, a veces no. Y era tan desconcertante sentir las costillas doloridas que cada vez que comenzaba el malestar, a mí me entraba una mala leche y un carácter agrio que se enquistaba y me enredaba en una espiral de pensamientos catastrofistas que no hacían más que aumentar mi nivel de ansiedad. Y en aquellos momentos me acordaba de los mantras que tantas veces había leído, de las frases tranquilizadoras que necesitaba repetirme una y otra vez para calmar mi mente, incapaz de distraerse con otra cosa que no fueran los síntomas que yo sola me estaba provocando. «No te mata ni te vuelve loca, no te mata ni te vuelve loca...».

Pero en lo más profundo de mi ser, más de una vez sí creí que me estaba volviendo loca. Me preguntaba por qué yo. Por qué a mí. Cómo era posible que, teniendo una pareja maravillosa, una familia sana y una situación tan afortunada en general, hubiera «caído» en las garras de mi muy amiga Ansi. Me culpaba (¡más jarana!) por sentir lo que sentía y me lamentaba creyendo que mi vida nunca más iba a ser como antes. Y nunca lo fue. Aquella noche Isabel y yo bailamos con la más fea.

## Las cosas siempre son lo que parecen

¿A que no sabes dónde he vuelto hoy?

La casa donde nací era un cuarto piso sin ascensor, sin mucha luz, con poco espacio y que mantenía una inexplicable temperatura de 58 grados centígrados durante los doce meses del año. Pese a todo, mis padres, jóvenes como eran, no se lamentaban por el piso caluroso nivel islas Mauricio, sino que celebraban su nidito de amor día sí, día también. Tal júbilo y despiporre se debía a que, al ser un piso de la familia de mi madre, a mis padres aquella casa de gotelé y baldosas grises no les costaba ni una peseta. Cuando una es pequeña vive en el mundo de la ignorancia y la felicidad y mira a los adultos de su alrededor pensando que lo tienen todo *under control,* perfectamente planeado y organizado al milímetro. Cuando tu única preocupación es jugar, tienes la certeza de que tus padres no tienen miedo, no tienen dudas y no les gustaría tirar la toalla 187 veces cada día. Sin embargo, cuando las tornas se giran y eres tú quien «se ha hecho mayor», te das cuenta de que, como decía Goytisolo: «Otros esperan que resistas, que les ayude tu alegría». Cuando eres pequeño, descansas porque toda preocupación reposa sobre otros hombros. Cuando eres mayor, acoges el insomnio, el dolor de espalda, el *horror vacui* y la duda por sistema. No queda más remedio que pasar los días sabiendo que no sabes nada y viviendo sin dar nada por sentado. Yo creo que lo que quería decir José Agustín en aquellas *Palabras para Julia* (puede que el poema más bonito del mundo) es que normalmente uno se hace el duro y se viene arriba cuando tiene alrededor a otro alguien del que cuidar. Y estoy segura de que eso es lo que ~~hacían mis padres~~ hacen casi todos los padres.

En el piso del calor infernal fuimos bastante felices. Viví allí como hija única, porque cuando nació Guille justo nos mudamos a un chalet y ya éramos cuatro y ya no hacía tanto calor. No voy a decir que me gustase más o menos que naciese Guillermo porque esas declaraciones son tan jugosas que me las guardo para el *Lecturas*, pero en honor a la verdad, aunque la vida moló más cuando llegó él, a mí me hacían más caso cuando estaba sola. En el piso tuve la enorme suerte de que cada noche mi padre o mi madre me leía un cuento. Normalmente yo prefería a mi madre porque en verdad la prefería a ella para casi todo, pero a veces le dejaba a mi padre que me leyese «el de la Lunita» o el de *Corre, conejo, corre,* pero nunca, bajo ningún concepto, el de *Dónde está mi mamá.* Ese, por razones obvias, estaba reservado en exclusiva para mi madre, que además lo contaba con una actuación digna de Óscar, poniendo vocecitas y dándole énfasis a cada personaje, fuera gallina, pollito, conejo, oveja o vaca. Cada noche. Absolutamente cada noche, pasara lo que pasara por la cabeza de mis padres, allí estaban ellos, a la izquierda de mi cama, leyendo mi *top five* de cuentos para dormir. Entre ellos estaba el de *Daesplendor,* la familia numerosa que limpiaba de todo. Ya sé que puede parecer, *a priori,* una sinopsis simplona y sin mucho jugo, pero *cuidao,* a lo largo de la trama, la familia Daesplendor comenzaba dando esplendor a ropa, perros, coches..., pero acababa por fregotear también a gatos, *iaios,* bebés... Cuando todo el pueblo *daesplendorino* pensaba que los de la tintorería no podían superarse, llegaban ellos y limpiaban algo todavía más sucio y grande que lo anterior. Joder, era una delicia para mí. Imaginarse, yo, que nací con el toc de la hiperlimpieza y moriré con él, veía a todos los integrantes de una familia desvivirse por conseguir que todo quedase reluciente. Era una especie de Villarriba pero en familiar. Buf es que lo recuerdo y se me pone la piel de gallina. ¡Qué historiaca! He visto guiones de Amenábar mucho menos elaborados que el cuento de la familia Daesplendor. Así salí yo, amante de la lejía y el KH-7.

Desde luego, si hay algo que siempre siempre siempre

voy a recordar, es el ratito de los cuentos con mis padres antes de dormir. Mi madre eligiendo *Las tres mellizas* y yo diciendo que no y que no, que otra vez el de la tintorería. Y la pobre, tuviera dolor de cabeza o dolor de espíritu, tuviera problemas en el trabajo o la plancha por hacer, me volvía a contar la historia de aquellos *pesaos* que no podían ver ni una mota de polvo. Y aunque yo me sabía cada punto y coma y podría relatar los diálogos de memoria, no podía soportar que mi madre se durmiera. Si veía que mi historia se quedaba sin intérprete, le daba un codazo para que siguiera por donde se había quedado. Aunque, en honor a la verdad, casi siempre era yo la primera en caer. Muchas veces no aguantaba despierta ni tres páginas y enseguida mi madre salía de la habitación y me dejaba allí tirada. Sí, he dicho ti-ra-da. Tirada como una colilla. Porque si algo me daba rabia era acostarme con ella, cogerla del brazo bien fuerte apretando con toda mi alma, siendo consciente de que cada noche se me escapaba y a la mañana siguiente despertarme más sola que la una. Os juro que no sabía qué misterio, qué hechizo y qué brujería hacía mi madre para desencadenarse de mi brazo y largarse por la puerta tan fresca mientras yo roncaba. Queridísimo público que me estáis leyendo...: contad muchos cuentos a vuestros hijos e hijas, os prometo que no se olvida nunca. Pero no desaparezcáis cuando se duerman. Nos sienta fatal.

En mi época sin hermanos yo dormía en una cama diminuta, en una habitación diminuta, con un armario diminuto y una ventana diminuta. Recuerdo que dormía toda la noche con la luz encendida. La del techo. A *full*. Ya os he dicho que a mí me cuestan mucho los grises, que soy más del todo o nada. Y con la luz era «todo». Como he sido siempre más miedosa que Scooby-Doo, me acostumbré a dormir con la luz encendida y a desarrollar un olfato infalible si detectaba que mis padres osaban apagarla en algún momento de la noche. Todavía me oigo gritar: «¡¡¡La luuuzzz!!!». De hecho, quizá hasta tú, querido lector, me hayas oído gritar desde tu casa. ¡Qué le vamos a hacer si la oscuridad me hacía *panicar* y me despertaba de un bote! Angelico... Será por eso por lo que ahora ~~casi casi~~ vivo con una lucecilla quitamiedos en cada habitación, diga lo que diga mi amiga Laura, que siempre insiste en que el cambio climático y el gasto de luz y bla bla... A ver, Laura, tía, que son bombillas led de esas que gastan un euro cada diez años. Y si no las encuentro en el Leroy Merlin, plantifico velas directamente, que cualquier día salimos todos por los aires de tantas velas que enciendo en mi casa. Porque también te digo, desde que me hice una chica mayor ~~y lista~~, aparco mis miedos y me voy a dormir bajando la persiana hasta el final porque un solo fotón de luz que entre por la mañana ya me despierta. Soy la clásica plasta que en los hoteles blinda las cortinas esas grises de mierda que no tapan nada apoyando maletas, sillas y taburetes para evitar que a las seis de la madrugada se cuele Lorenzo y me despierte como una gallina que soy.

Yo es que nací gallina, matutina, productiva de 11 a 17 horas y luego a dormir, no como esa gente que son búho nocturno y a la una de la mañana serían capaces de escribir un libro, hacer un pollo al chilindrón, sacarse unas oposiciones y construir el puente de Brooklyn. En mi familia éramos tan de irnos a dormir lo antes posible que estuvimos bastantes años cenando a la vez que Guille. Y eso era pronto. Muy pronto. Concretamente a la hora del *Pasapalabra*. Y a las nueve todo el mundo a su nido, a descansar y a leer un rato bajo el edredón. Porque hubo una época en la que leía que flipas; lo leía todo. Cada finde se me acumulaban en la mesilla de noche dos o tres dominicales (*El País Semanal,* el *YoDona,* el *XL Semanal...*) y aparte, mis padres y yo nos íbamos rulando libros. Cuando uno lo había terminado, se lo pasaba al otro. Y así me ventilaba un par de títulos al mes, sin despeinarme. En verano me daban las dos de la mañana con la luz encendida y el Fogo antimosquitos *enchufao,* oyendo grillos y escuchando a lo lejos «las fiestas de la Cabra», que hacían a dos calles de mi casa a primeros de agosto y que yo nunca entendí ni visité, porque ya he contado que yo he sido poco fiestera y entre estar en mi hogar dulce hogar a gusto sin padecer por el modelito de turno, espatarrada en mi cama con una camiseta larga de la *Volta a Peu* y con cien cremas repartidas por todo el cuerpo o estar en una verbena fingiendo que bebía y que me gustaba *La fiesta pagana* de Mago de Oz, pues chica, para mí no hay color. Yo con escuchar cada noche *Chi-*

*quilla* y *El Venao* a lo lejos ya tenía suficiente. Prefería aquello de: «Un capítulo más y a dormir».

Pero los maravillosos años de ávida lectora ya pasaron. Se los comió el móvil. Concretamente, las redes sociales y WhatsApp. (¡Claro! ¿Qué, si no? ¿La aplicación del tiempo?). Que no soy yo muy de lanzar balones fuera, pero sí. Acostarme con el teléfono echando fuego, con la luz blanca a diez centímetros de mi cara y viendo a todo el mundo *cabreao* en Twitter no tiene mucho de halagüeño y sano si lo comparas con meterte en la cama mientras degustas *La sombra del viento* o *El camino*. ¡Qué desazón me genera la dependencia del móvil! A veces me sorprendo a mí misma de stories a la lupa, de la lupa a TikTok, de ahí a Twitter, hago *scroll* y me quedo diez minutos ~~mirando~~ envidiando la vida de Fulanita de Tal; no me interesa ni me aporta en absoluto, pero ahí sigo, perdiendo minutos. ¡Ufff! La pescadilla que se muerde la cola. ¿Tan incapaces somos de retomar ese hábito que nos sentaba que te mueres? Llegados a este punto de escarnio público, solo me queda, querido lector, darte las gracias. Darte las gracias por haber llegado hasta aquí, por haber escogido este título entre tantos otros y por invertir tu dinero en leerme. Espero no defraudarte.

En mi casa éramos cuatro lectores empedernidos y de aquellas lecturas, estos lodos. Mis padres me regalaban cada noche un cuento y yo salí perioartista. ¿Casualidad? No lo creo. Pasados unos años, la arriba firmante decidió que *first things first* y primero su pasión por la farándula y segundo, su pasión por la comunicación. Por eso cuando aquel día de 2018 a Enric se le encendió la bombilla y decidió que iniciásemos un programa juntos, todas las piezas encajaron. Un programa y hacer el indio. Blanco y en botella. En la terracita de Arturo Soria concebimos a nuestro primer hijo, *¡Sí es lo que parece!*, un pódcast que nació cuando nadie sabía lo que era un pódcast. «¿Un qué?», era la respuesta que obteníamos cada vez que contábamos a alguien que teníamos juntos un programa de audio a la carta. «Es como Netflix, pero de audio», explicábamos. Y entonces ya nos daban un *desganao*: «Aaah, bueno...», como para callarnos y dejarnos contentos, pero sin quedarse mucho con la copla. Yo esto lo notaba porque soy maestra Jedi en dar la razón a la gente y que me dejen en paz.

Tengo la mecha muy corta y me agobia que me rayen la cabeza, así que a la mínima de cambio, te doy la razón, tú te vas contento, no me das la chapa, y yo más contenta todavía. En definitiva, *¡Sí es lo que parece!* Pareciera que llegó de penalti a un mundo nada preparado para el pódcast, pero, por el contrario, llegó como un hijo muy deseado. Tan deseado que en vez de darnos dinero, nos costaba. Y en vez de ser un paseo en barca, fue una currada de tres pares de narices. Porque en esta casa si algo nos gusta, nos apasiona. Y nuestro trabajo nos apasiona tanto que empezamos a obsesionarnos con el programa. Día y noche hablábamos de temas que tocar, invitados que traer, juegos que preparar... Empezamos grabando en un local de Ciudad Lineal que olía a tabaco lo más grande. Íbamos con la motillo cargados con los trajes, los maquillajes y los guiones y, al llegar allí, nos acicalábamos bien cucos para nuestra gran audiencia. Si alguien piensa que nos han regalado algo, que venga, que se lo voy a explicar. En aquel estudio, por no haber no había ni operadores de cámara. Una única cámara robotizada nos daba «un churro» de programa realizado automáticamente y con su pan se lo coma. Pero nos lo pasábamos superbién, yo pesaba 57 kilos y... uy, ¡perdón!

## Peso 57 kilos. Autoestima 60 %. Introspección/mundo interior 40 %

Así, sí. Decía que yo pesaba 57 kilillos *de ná* y tenía una prenda de lunares para cada día de la semana. Pero lo más ~~curioso~~ lamentable de aquel momento era que con todo y con eso, me veía fatal. Yo siempre me he visto mal. Y aunque cuando empezamos el programa estaba más que estupenda, lo que veía en el espejo seguía sin encajarme. Porque por lo visto lo único que aceptaba (¿acepta?) mi cerebro es una delgadez extrema que yo seguramente jamás conseguiré porque me encanta comer azúcar y porque el metabolismo, los genes y la constitución, pues también juegan un papel importante y decisivo en tu silueta. Pero aparte de eso, chist, empezamos a disfrutar de lo lindo entrevistando a Fran Perea, Cristóbal Garrido, Álex Pinacho..., y la gente se lo pasaba pipa escuchando y viendo el programa. Lo que comenzó siendo un programa en el que Enric y yo charlábamos diez minutillos sobre nuestras cosas de pareja y luego entrevistábamos a un invitado durante casi treinta y cinco minutos, acabó por convertirse en diez minutos de invitado y treinta y cinco minutos de cháchara de pareja. Y al final, directamente sin invitado. Porque el público es soberano y el tiempo en el que Fulanito de Tal nos hablaba de su libro, su disco o lo que narices tuviera en *promosió*, les daba exactamente igual. Preferían que Enric y yo comentásemos aquella vez que fui a comprar lencería y a mi señor le entraron «las ternuritas».

## «El Ternuritas»

Resulta que, durante mucho tiempo, una quiso mantener la llama del amor y la pasión siempre viva y fogosa. No concebía que la llama unos días se enciende y otros se apaga y aquí no ha pasado nada, todos contentos y felices. Pero como he dicho varias veces, yo soy de blancos o negros y los grises me cuesta asimilarlos; así que si la llama se apaga, a mí me saltan las alarmas, las bocinas y hasta el teléfono rojo. Pero bueno, a lo que iba, resulta que durante mucho tiempo una quiso que la libido y el *sex appeal* fueran santo y seña de su día a día y decidió dar una sorpresa a su querido y apuesto Enric Sánchez. Recuerdo que muy gata y muy picarona, me fui al chino a comprar 187 velas de té, de esas blancas pequeñitas que te crees que van a durar mucho. Pero esas son las del Natura, que son más caras y te aseguran que duran más. Las del chino son una chusta y se apagan a los diez minutos, pero bien, mi intención no era estar mirando las velas durante horas para hacer un estudio de mercado sobre velas, mechas y tipos de cera. Mi intención era llenar la habitación de velitas y a los dos minutos estar haciendo el salto del tigre, el helicóptero y la gincana del amor en tres actos.

Lo que pasó a continuación te sorprenderá. Resulta que, minutos antes de que Enric entrase a la habitación, yo me había dedicado a encender todos los cirios pascuales que había comprado y en mi favor diré que no fue tarea fácil. Primero porque no traje un mechero largo de esos que se usan para los fogones de la cocina y me tocó arrodillarme y empezar a destrozarme el riñonar antes de lo deseado. Y segundo porque mientras iba encendiendo unas, o me quemaba los pelos del brazo encendiendo otras o se iban apagando las primeras cuando llegaba a las últimas. Era como las velas esas de cumpleaños que son de broma y nunca se apagan..., pero al revés. A todo esto, súmale que me había comprado un equipito lencero *ex profeso* para la noche N y se me estaban clavando los encajes en las costillas. Tanto aro repujado y tanta leche, es que mira que son incómodos, *joer*. Muy monos para el maniquí, que no siente ni padece ni tiene alegría de vivir, pero tú, si quieres continuar respirando, te plantificas esos camisones y esos sujetadores del diablo y solo quieres arrancarte el sostén y la piel, las dos cosas.

Como veis, dentro de aquella habitación, cuando estaba yo sola, las cosas no pintaban muy a favor, pero ya cuando llegó Enric empezaron a pintar más negras todavía. A su frase: «Cariño, hay fuego por todas partes», yo respondí un absurdo: «No es fuego, son velas». Su actitud era una mezcla de incredulidad, asombro y descontento que yo no entendía. ¡Pero por favor, si solo me faltó hacerle los cisnes con las toallas encima de la cama para que el escenario fuera perfecto! ¿Por qué no le gustaba? Siempre he pensado que padecía por si se incendiaban las cortinas o las sábanas o algo así. Quizá la cabeza de Enric localizó discretamente el extintor más cercano por si lo pudiésemos necesitar. Por si acaso, empezamos a soplar y a apagarlas todas y yo me mareé un ~~poco~~ mazo de tanto humo que se creó en la habitación. Enric llamó a recepción para avisar de que si saltaba la alarma antiincendios que no se preocupasen, que su señora es idiota y había decidido darle una sorpresa. «¿Es su cumpleaños, señor?», le dijo el amable caballero de recepción. «No, eso me faltaba, gracias», respondió Enric.

En ese impás de tiempo en el que la habitación parecía una hoguera de san Juan y yo salía de entre el humo blanco como si fuera María Isabel en *Lluvia de Estrellas,* decidí intentar retomar mi plan «Resurgir de la llama» haciendo uso de mis infalibles armas de seducción masiva. Para algo estrenaba conjuntito lencero, que no se os olvide. Sin embargo, cuál fue mi sorpresa cuando tampoco por esos derroteros subidos de tono logré engatusar a mi señor. Como dice Bibiana Fernández, Enric estaba *«estupefaciente».* Fui a abrazarle y solo se dio cuenta de que mi parte de arriba llevaba todavía colgando el hilito ese de plástico de la etiqueta porque no se lo había podido cortar y, por si fuera poco, mi dedo pulgar, de tanto frotar la piedra del mechero, estaba más negro que el carbón.

Y con esa pérdida de dignidad, me di por vencida y dimos por finalizada la noche N de «El resurgir de la llama». A todo esto, yo entendí la movida muchos meses después, concretamente mientras grabábamos un capítulo de *¡Sí es lo que parece!,* cuando Enric contó que para él era inevitable imaginarme yendo al Oysho la tarde anterior a la noche N, eligiendo un conjuntito, probándomelo, diciendo: «Ay, este no me gusta, voy a coger otro color», yendo a la caja, pagando, guardando el tíquet... y luego yendo al chino, comprando las velas, encendiéndolas, quemándome porque soy lela... Y que todo eso le daba mucha ternura, que era imposible concentrarse y que de ningún modo su cabeza asocia ese tipo de entramados eroticofestivos a su novia. Que «eso tiene que ser con una aventura, con una amiga con derecho a roce, pero con tu novia..., es que me da ternura». Y así fue como yo nunca más sufrí por los picardías y ~~Enric no tuvo que pasar nunca más vergüenza ajena.~~

## «¡Hola, tías! ¿Qué tal?»

Pasado casi un año desde que estrenamos *¡Sí es lo que parece!*, el éxito dormía con nosotros cada noche y nuestro primogénito ganaba más y más adeptos en cada capítulo. *Cienes* y *cienes* de comentarios en YouTube nos adulaban y nos regalaban los oídos como si fuésemos Jimmy Fallon y Oprah Winfrey o Joaquín Prat y Ana Rosa Quintana. «¡Qué graciosa es ella! ¡Qué simpático es él! ¡Qué follables los dos!». Los *fanses* nos esperaban a la puerta de casa, los *paparazzis* a la salida del estudio y cada día nos llovían diez ofertas de trabajo que teníamos que estudiar detenidamente. Bueno, quizá no era para tanto. La realidad era que el programa no nos daba ni un duro..., pero qué felices éramos con nuestra particular versión de un *late night*.

Aprendí poco a poco lo que significaba ponerse delante de un micro y una cámara, básicamente porque no lo había hecho nunca y hacerlo con Enric me pareció bastante buena idea. Podía hacer el burro todo lo que quisiera, que nadie se iba a asustar. Podía dar rienda suelta a mis ínfulas de vedete. Podía preguntar a todos los invitados si llevaban los pies presentables. Y así es como me convertí en Estela Reynols. Cada día un poquito más artista, cada día un poquito más hiperbólica. Solo me faltaba bajar las escaleras del revés. Tanto fue así que un buen día, casi a punto de ser mi treinta y seis cumpleaños, al salir de la ducha (nocturna) me iluminé. Sentí «la llamada», como Macarena con los Javis. Sentí la llamada de la cháchara particular, de hacer las cosas con la perspectiva de la Forte y de nadie más. Fue una llamada en forma de pálpito, de ilusión por algo que aún no existía. Así que después de ponerme el pijama y la Mustela, anudándome el batín, salí al salón y le dije a Enric: «Cariño, voy a hacer un pódcast yo sola». Di una vuelta de melena, clavé las pantuflas en el suelo y los focos a mi persona. Y a partir de ese momento, pues una tía chula que fui, las cosas como son. Vaya por delante por si no lo he dicho ya: nunca me he sentido emprendedora ni empresaria ni mujer de negocios. Siempre he querido que me empleen, que me digan: «Haz esto y lo otro» y complicarme la vida lo menos posible. El gen del «móntatelo por tu cuenta» lo tengo atrofiado, no me interesa, *ciao*. Sin embargo, mucha gente me dice que, sin darme cuenta, ya he aprendido a orquestármelo todo *my way*, porque con la tontería llevo desde 2015 como autónoma y aquí sigo, vivita y coleando (y pagando las cuotas sangrantes cada mes).

Supongo que lanzar mi propio pódcast (y tener otro

con mi pareja, totalmente autoproducidos en sus inicios sin ayuda de nadie) y no haber tenido jefes desde hace tantos años sí que implica ser bastante independiente y autónoma en lo que a trabajo se refiere. Porque aquella noche empecé *Mi Patio de Vecinas* sin tener ni idea de nada. Ni de cómo se hacía, ni de la industria del pódcast, ni quiénes eran los referentes, ni nada de nada. Más sola que la una, como me he sentido tantas y tantas veces en esta profesión, que me llena de incongruencias porque a veces me entra la gentitis y no soporto a ningún ser humano cárnico sobre la faz de la Tierra y otras, me gustaría trabajar con más personas, tener ayuda, ser más equipo y que cada mochuelo se dedique a su olivo. Porque no hay nada más bonito que respetar el *expertise* de cada uno, su profesión, su formación, su bagaje. Y los que trabajamos en las redes hemos tejido un nuevo entorno laboral que no existía y que no tenía normas. Por eso nos hemos (mal)acostumbrado a que uno mismo se grabe, se autoedite, se publique, sepa de gestión de redes, de comunicación, de realización, grafismo, diseño, mesa de sonido, contratación, negociación con proveedores y marcas, representación de talento... y no. Yo de todo eso no sé de casi nada. Y lo poco que sé, me lo he tenido que aprender yo solita, prueba-error todo el tiempo. Y la verdad..., no veas las ganas que tengo de vez en cuando de descansar y ocuparme solo de lo mío.

Afortunadamente todos tenemos un don y el mío pasa por jugar con las palabras. Ya sea por escrito, hablando en un escenario o delante de una cámara. Pero con todo y con ello, una nunca confía al 100 % que algo de cosecha propia vaya a resultar tan atractivo para el público. ¿Tienes miedo? Claro. Todo el del mundo. Y cuando lancé *Mi Patio de Vecinas* estaba tan contenta como acojonada. ¿Y si a la gente le parezco una flipada? ¿Y si a Susana, natural de Granada, no le gusta mi pódcast? ¿Y si su prima la de Portugalete opina que el programa es una chusta? Lo ~~difícil~~ casi imposible que es que las críticas —malas— te resbalen. Y mira que la teoría me la sé, que todo es neutro, los comentarios positivos son neutros; los negativos, son neutros: la vida solo es. Soy yo quien la lee..., pero, ay, la aprobación ajena para reafirmarse una misma es el pan de cada día. Suerte que al final salió bien. Salió muy bien. Conocí a un montón de gente guay como Anne Igartiburu, Santi Millán, Samanta Villar o Toni Acosta. Charlé a lo largo de 127 capítulos con personas tan interesantes como El Comidista y Borja Vilaseca y descubrí a joyitas de la Terreta valenciana como Jau Fornés, al que adoro y venero con la fuerza de los mares.

También viví uno de los momentos más *fan girl* de mi existencia cuando invité a Santi Balmes y va y me dijo que sí. A ver, las cosas como son, yo creo que el hecho de proponerle nuestra charla en medio de una pandemia, confinado totalmente en su casa y sin tener mucha más alternativa, inclinó la balanza a mi favor. Pero eso lo sé yo y ahora también tú. Sin embargo, antes de que yo confesara, nadie habría intuido que quizá *Mi Patio de Vecinas* para Santi Balmes no era *El Hormiguero*. Vamos, que tampoco le quitaba el sueño. Para las que todavía no amen a Santi Balmes, les diré que es el cantante de Love of Lesbian, banda que me descubrió Enric y que al principio no me gustó mucho. Supongo que pensé lo mismo que piensan todos cuando escuchan a Santi Balmes por primera vez: «¡Hostias, qué voz más rara!». Y después de haberles visto en más de diez o doce ocasiones tocar en directo, ahora ya soy «otra fan de John Boy». Enric me explicó toda su discografía, todos los videoclips dirigidos por Lyona, toda la simbología de sus canciones. Todo. Hemos escuchado juntos *Incendios de nieve*, *Allí donde solíamos gritar* y *Seres únicos* unas 324.000 veces. Justamente por eso, el día de nuestra entrevista por videollamada, aquí la menda estaba especialmente nerviosa. Y por si fuera poco, las inclemencias meteorológicas no ayudaron lo más mínimo. El buen señor tuvo la genial idea de atender mi charla en su terraza. Era magnfífica y tenía una casa divina y todo bien si no llega a ser por el viento huracanado que había esa mañana. Un tifón, una borrasca, cumulonimbos, la DANA, la Gloria y todos los fenómenos atmosféricos de «Tu Tiempo Brasero» que se te ocurran aparecieron aquella media hora. Al Balmes se le despeinaban los pelos cada cinco segundos y en el micro me estaba entrando más aire que voz. Una maravilla, oiga. Yo, paleta cagona, no me atreví a decirle: «Esto..., perdona, cantas como los ángeles, pero necesito de necesidad que te metas dentro para hablar, por Dios te lo pido, porque no se escucha una mierda». Así que de esa guisa grabamos todo el capítulo. Os ruego que no lo escuchéis. No vayáis a humillarme. Tened compasión.

Aunque una cosita te voy a decir...: contra viento y marea, nunca mejor dicho, el año 2020 me llegó una sorpresita en forma de medalla de plata. Y es que, según Spotify, *Mi Patio de Vecinas* tocó podio y fue el segundo pódcast de España más escuchado creado por una mujer. ¿Cómo te quedas? Muerta, yo muerta. No lo habría dicho jamás. Y la verdad es que este tipo de cosas molan, sobre todo porque al dimensionar tu trabajo, te das cuenta de la envergadura que ha tomado el proyecto. Si no se hicieran esos rankings, no tendrías apenas perspectiva de si tienes muchos o pocos consumidores, así que bienvenidas sean estas varas medidoras... y lo que vino después. A raíz de aquello me entrevistaron en *Cosmopolitan, Elle, El País* y *La Vanguardia*. Y si te estás preguntando si conservé los recortes de prensa..., te diré que todos y cada uno de ellos. No me avergüenzo, amigas, en todas las casas cuecen habas. Y si no que se lo digan a Isabel Preysler, que muy exmujer de Julito Iglesias y muy novia de Vargas Llosa, pero madre no hay más que una y la tía ha confesado más de una vez que lleva años almacenando en álbumes de fotos todos los reportajes que *¡Hola!* ha ido haciendo de su familia. Pues mi madre igual. Compraba dos revistas *Elle*, por ejemplo, y una la guardaba entera y la otra la recortaba para colgarla en la nevera, con los imanes de Pollos Planes y Seguros Santa Lucía. Ya lo decía yo: mi familia y la familia de Isabel, dos gotas de agua.

# El Búho

## Tenemos que hablar

¿Hay alguna frase más terrorífica que esa? ¿Hay alguna sentencia más taxativa que esa? ¿Hay algún eufemismo que esconda más malas noticias que ese? Yo creo que no. Y en noviembre de 2019, casi a punto de cumplir treinta y seis años, la frasecita de turno me cayó como una losa. Como no podía ser de otra manera, porque esas tres palabras han matado más ilusiones que el final de *Los Serrano*. Esas tres palabras que comienzan una conversación casi siempre son el fin de algo. El fin de una era, en mi caso. O la pausa de la misma, al menos. Pero os contaré esta historia por el principio de los tiempos, al más puro estilo Lady Whistledown en *Los Bridgerton*: «Querido lector...».

Aquella tarde de invierno hacía unos cuatro grados en Madrid. Yo, que como dijo Serrat: «nací en el Mediterráneo», misteriosamente no tardé mucho en acostumbrarme al clima más agresivo y no tan suave de la meseta castellana. En Valencia el verano es liviano y el invierno, también. Sin embargo, en Madrid te chupas los dedos en pleno diciembre y te levantas por la mañana a dos grados bajo cero y, en agosto, el termómetro alcanza los 43 grados y se queda tan ancho. Pero con todo y con eso, por alguna extraña razón, no tardé en acostumbrarme al frío de la capital. Ya llevaba dos cumpleaños fuera de Valencia y cada vez me gustaba más el cielo blanco de Madrid, de esos que parecen que anuncian nieve y hacen que te salga el vaho por la boca cuando hablas. Esos días apetece entrar en los bares y quitarse la trenca frotándose las manos, sonándose el moquillo y pidiendo un café con leche muy caliente. Pero sin pasarse, que con esto del café ya se sabe, somos todos un poco Ferran Adrià. En mis años mozos trabajé en una cafetería y no he visto producto más *delicao* que el café. Café con leche, café de sobre, cortado manchado, cappuccino con sirope, tocado, sin tocar, con una nube de leche, sin espuma, con crema, con leche del tiempo, con avena, con stevia, con eritritol, muy largo de café, americano, *espresso*, café con hielo, café con leche condensada, café con aroma de mujer...

Un desastre.

Por eso, el mejor café que tomo cada día es el que me hago yo misma para mi uso y disfrute en la cafetera de mi casa. Yo sé cuánta leche, cuántos segundos en el microondas y cuál es ~~la mejor taza~~ el mejor tazón para beber la cantidad exacta. Con el café pasa como con el sexo, que a veces tú sola te apañas a tu gusto y en paz. Ahora concretamente lo estoy pasando fatal (hablo del café) porque desde hace unos días he empezado un tratamiento para blanquear los dientes y me lleva por la calle de la amargura. Sigo una dieta blanca donde están prohibidos temporalmente todos los alimentos que tiñen. Concretamente las espinacas, zanahorias, acelgas, tomates, sandía, fresas, Coca-Cola, vino tinto, remolacha, chorizo, chocolate... y, por supuesto, el café. Ando por las esquinas lloriqueando y bebiendo el café con pajita y diciendo a los camareros que «es por una cirugía, casi no puedo abrir la boca», porque paso de dar más explicaciones, pero yo les entiendo, porque ver a una señora de casi cuarenta añazos pedir una pajita para el café, pues cuando menos, algo de curiosidad despierta. Pero ya querrían ellos tener la dentadura que me está quedando. Ahora mismo abro la boca y soy como Ross en *Friends* en el capítulo en el que tiene unos piños blanco nuclear. Solo me falta que los colmillos sean color neón y que brillen en la oscuridad, como cuando de joven te ponían el sello de la discoteca para que pudieras entrar y salir varias veces y enseñabas la muñeca ultravioleta en la puerta. Anda que no me he frotado yo los domingos el dorso de la mano para que la gorrinada esa se fuera. Y eso que, como ya he *contao*, yo no fui muy fiestera en mis años mozos, pero chica, quieras que no, su poquito de baileteo en la Joy sí que me di. Y no hablo de la Joy Eslava, *summum* del moderneo madrileño, hablo de la Joy de Albal, pueblo de al lado de mi pueblo donde están empadronados tres gatos y medio y que solo tiene dos calles y un polígono, pero, ay, amiga, qué bien lo pasamos.

La Joy era la típica macrodiscoteca en medio de la carretera que tenía tres salas. La pachanga, la máquina y la de las bodas. La primera era mi prefe porque igual sonaba el *Pobre Diabla* que *The world is mine*, de David Guetta, pero en algún momento de la noche era imperativo darse una *putivuelta* por la tercera sala porque oye, quieras que no, en las bodas siempre hay solteros y de una boda sale otra boda. Pero nada, el panorama de ver a diez señores con la corbata anudada en la cabeza, la camisa desabrochada rollo Bisbal en *OT* y los ojos vidriosos porque iban más ciegos que un ladrillo, era bastante desolador. Y ahí sí que hasta yo podría haber ligado a cholón, pero solo tenía ojos para uno de los camareros, el que llevaba una camiseta negra que le apretaba el bíceps, el que bailaba como Dios, el que si te enganchaba por banda y te daba tres meneos te hacía sentir como Baby en *Dirty Dancing*. Aquel camarero era un artista de la pista. Y en mi favor diré que fui la elegida y tuve tres o cuatro citas con él y hasta al Cari le encantó, para variar, porque al Cari siempre le gustan los mismos que a mí. Pero al final nuestros bailes no cuajaron y cada mochuelo se fue a su olivo. Yo le seguí viendo en la Joy y él siguió invitándome a botellas de agua y zumos de piña, pero ya en plan *friend zone,* porque además, en aquella época, mis amigas en la Joy eran un poco drama (no tanto como los señores de la sala de las bodas, pero competían duro).

La cosa es que éramos un cuadrete porque siempre nos dio todo igual y cada sábado nos dedicábamos a ponernos todos los complementos disponibles en diez metros a la redonda. Si en la entrada había una promotora de Ron Barceló que regalaba sombreros de paja, pues sombreros de paja para todas. Si una había traído collares de esos del chino que brillan en la oscuridad, adelante con los collares. Si había abanicos de papel propaganda de «Si te pasas, te lo pierdes; controla lo que bebes», ahí te quiero ver yo también con el abanico... Éramos un poco «más es más». Entrábamos dignas y salíamos que parecíamos un bazar con patas. He visto vendedores ambulantes más minimalistas que nosotras. De todas maneras, desde aquí le mando un saludo afectuoso al camarero bailarín. Gracias por participar, fuiste un gran candidato, que lo sepas.

Bastante mejor que aquel gemelo que me ligué porque era amigo de un amigo y yo siempre creí que me había equivocado de gemelo, porque en realidad con el que quedé tenía mazo de taras y el otro no. Y total, eran iguales. Podía haber elegido mejor..., pero ya era tarde para hacer el *change.* No era plan de decirle al mío: «Oye, gemelo, ¿te parece si cambiamos y me voy con el otro? Es que me he equivocado». No era plan, no. Pero cien por cien que el bueno era el que descarté. Primero porque hablaba menos, que a mí me tocó el típico abuelo que cascaba más que respiraba. Jesucristo. Quedamos para un café y acabamos cenando. Y entre una cosa y otra le dio tiempo a contarme 187 anécdotas. La parte buena es que era bastante cocinillas y con la tontería me habría quitado yo dolores de cabeza futuros. La parte mala era que hablaba como Leticia Sabater en *Desayuna con alegría*. Cada dos por tres soltaba un «guay de Banday» que me dejaba el ojo parpadeando y el ovario seco. Flipas pipas. Digamelón. Era como volver a 1991. Muy guapo, pero quizá para tenerlo en una vitrina, mirarle y decir: «Qué piel te gastas y qué clavícula y qué venas más marcadas en el brazo». Pero ya. Cierra la boca, *parfavar* te lo pido, que me has contado ya hasta el parto gemelar de tu madre. En fin. El día que escriba mi biografía no autorizada contaré más detalles, porque hoy hasta aquí puedo leer.

De todas formas hago un inciso en mi propio libro para romper una lanza en favor de las equivocaciones. Porque como decía en capítulos anteriores..., ¿quién no ha tenido un *affaire* con alguien y al tiempo ha dicho: «Vaya por Dios, creo que habría estado más fina si hubiera elegido al otro»? Eso es por culpa de los fetiches, que nos traen por la calle de la amargura y nos quitan *to el sentío*. Uno de mis fetiches, por ejemplo, es el bigote. Yo es ver a un tipo con bigote y no respondo. Enric a día de hoy me hace la payasada esa que hacen todos los hombres cuando se están afeitando, y ahora se deja bigote de Luis XV, ahora bigote de Dalí, ahora de José María Aznar, ahora de Chaplin... Pero el que a mí me gusta, el de tío buenorro de verdad, ese no hay forma de que se lo deje quieto. Es como las patillas, que en mi *top five* de fetiches son inexplicablemente determinantes. En realidad, a los fetiches no hay que pedirles razonamiento alguno. Solo están ahí y ya. A mí me gustan las patillas, la nariz grande, las Wayfarer, las manos venosas y el pantalón de chándal gris. Pero esto último ~~creo que~~ es culpa de Paco León, que un buen día dejó de ser el Luisma delgadito de *Aída* para ser Paco León y entonces todas flipamos al verle con su chándal gris bailando por C. Tangana.

Pero volviendo a mis piños blanco nuclear, estaba yo diciendo que ahora cada noche aplico religiosamente en mi ortodoncia retenedora la jeringuilla esa para que los dientes pasen de Pantone marfil a Pantone blanco nieve, preparando mi sonrisa deslumbrante para el día que recoja mi Goya de la Academia. He pensado bastantes veces en ese momento, no te creas. Concretamente cada día desde que a los catorce años escribí el discurso de agradecimiento. Este ha ido sufriendo modificaciones, como los términos y condiciones y las *cookies* que nos clavan cuando abrimos una página web y los van adaptando según sus necesidades; pues esto lo mismo. Yo empecé a los catorce años con un discurso equis y me reservo el derecho de ir cambiando hasta que ahora ya vamos por la versión 15.3. Como cuando guardas un archivo en una carpeta y vas cambiando de nombre a las siguientes versiones: Discurso. DiscursoOk. Discurso_OkV2. DiscursoRetoque. Discurso_ok_ok. Discurso-Defi. DiscursoFinal.

Pues yo ando ya por una versión renovada. De mí misma y del discurso, que hay que explicarlo todo. Porque en esta vida voy aprendiendo sobre la marcha, pocas cosas y selectas, pero algunas de una utilidad pasmosa. Como el Cari, que sabe algo tan importante como que la tarta favorita de Isabel Preysler es la de melocotón. Ese tipo de cosas de utilidad mundana son las que mis amigos y yo vamos atesorando con el paso del tiempo. Me las guardo en la mente como en la película *Del Revés,* que enseñan que en el cerebro hay un apartado de la memoria y ahí tienes un cajón absurdo para el anuncio de Carglass cambia, Carglass repara. O el de 902 20 21 22. O el de «Hola soy Edu, feliz Navidad». Feliz Jagulin, grupo. O todos y cada uno de los capítulos de *Los Simpson.* Al final, memorizas mazo de información cero relevante y después te preguntas: ¿y esto yo por qué lo recuerdo?

Otra cosa que he aprendido a medida que me hago mayor es que la gente viene y va, que a veces están unos y, a veces, otros. Y claro, yo no me la juego en los Goya dando un discurso de agradecimiento hablando de Pepita y Fulanito que hace mil años que ya no forman parte de mi vida. Que oiga, a tope con ellos y gracias por participar, pero por razones obvias, si hace diez años que no hablamos, no te voy a mencionar el día más importante de mi vida mientras recojo el cabezón. Esto es como las bodas: no me invites si no hemos quedado unas cuatro o cinco veces en el último año. Porque entonces no es una boda, es una multa. Porque de un tiempo a esta parte yo tengo amigas que hacen pedida, predespedida, despedida, preboda, boda y posboda. Oye, vamos a ver una cosita, a mí me parece una fantasía que te cases y toda la mandanga, pero no puede ser que nos sangres a todos para celebrar tu amor y tu regocijo a base de billetera. No lo llaméis bodas, son entradas. Porque cada vez que una pareja se casa, eso parece el Mad Cool, que tienes que comprar pulserita y abonarte a unos días u otros según precio y calendario.

Hay que ver cómo se ha subido a la parra el mercado de las bodas, especialmente con la puesta en escena, que es algo que a mí me nubla el cerebro. Qué *show*, qué *entertainment*, qué capacidad de hilar unas secciones con otras. Ahora la entrada de los novios que llegan con bengalas de humo de colores, ahora la tarta y el sable, ahora un baile sorpresa de las amigas de la novia... Madre del amor hermoso, eso parece *El Hormiguero*. En cualquier momento entra la ciencia de Marron y nos enseña a todos cómo abrir la botella de cava para brindar con ácido sulfúrico sin abrasarnos los ojos. De verdad, amiguis amantes de los bodorrios, relajarse un poco. Este mensaje es sin acritud, pero estamos volviéndonos un poco *zumbers* con el *storytelling* casamentero. Tampoco te digo que te metas en un bar y pidas una paella de pollo y conejo (*cuidao*, que lo visualizo y no suena mal del todo), pero de ahí a creer que estás organizando un evento de Red Bull en la plaza de Colón de Madrid, hay un trecho. Forteconsejito que te llevas.

## Peso 60 kilos. Autoestima 40 % (tengo pelazo. Madrid *goals*)

Retomemos el árido día de noviembre, cercano a mi cumpleaños, en el que de repente me llevé un gran jarro de agua fría sin haberlo visto venir. Resulta que por aquella época, Enric y yo éramos pobres como las ratas, así, a calzón *quitao* lo digo. Vale que yo había dejado de compartir piso en aquella habitación que olía a ciénaga, pero por mucha terraza en Arturo Soria que tuviera, mi cuenta corriente bajaba y bajaba. No sé si lo he dicho ya, pero Madrid o te la comes o te come. Es la ciudad más cara de España y está montada alrededor del consumismo, el hedonismo y la *joie de vivre* siempre y cuando tengas su poquito de *billets* en el monedero. Y esa no era mi tesitura. Yo había pasado unas pocas mañanas llevando las redes sociales de un señor bastante ~~popular~~ imbécil cuyo nombre no puedo desvelar y que además me trataba como si fuera la última mierda. Pero para bien y para mal, el karma es un *boomerang* y todo lo que va, vuelve y, en poco tiempo, el señor desalmado e insolente tuvo un problema fiscal con sus cuentas y en dos telediarios le habían chapado el chiringuito. Así que a él se le acabó el chollo... y a mí lo poquito que ingresaba de forma fija y regular.

Pese a esta debacle económica, *Mi Patio de Vecinas* y *¡Sí es lo que parece!* seguían viento en popa ganando adeptos, *fanses*, oyentes y *oyentas*, pero como el mundo del *podcasting* era tan nuevo, no había ni un alma que estuviera monetizando y rentabilizando su trabajo. Porque hoy en día tiene un pódcast hasta mi abuela, pero en su momento los pioneros fuimos nosotros. Sí lo digo. Así que (bajo mi punto de vista) «solo» quedaba esperar, confiar y seguir haciéndolo lo mejor posible. Pero en este contexto en el que trabajar por al amor al arte era más literal que nunca, mi actitud era la misma que en todas las situaciones de la vida: nada de enfrentar, nada de tomar decisiones y «algo pasará, *tira p'alante*». La psicóloga siempre me dice que por miedo al rechazo no enfrento las situaciones en las que creo que puede haber conflicto, así que me dedico a dejar que pase el tiempo temiendo una posible discusión en la que tenga que elegir blanco o negro y decidir. Y exactamente esto es lo que ocurrió. Que yo era consciente de que no tenía ni una peseta, pero no decidía para dónde tirar. Hasta que llegó El Búho.

A la hora de cenar me citó Enric en uno de los bares más míticos de Madrid, El Búho, hermano de La Búha, conocidos ambos por su típica tortilla de patatas-con-algo-más. Tortilla con chorizo, con cebolla, con foie, con atún, con pimientos, con brie, con camembert, con sobrasada, con lomo... A la que te descuidas, aparece el camarero con una tortilla de ciento veinte huevos y ochenta kilos de patatas y por dos duros has comido. Y eso fue lo que pasó. Allí que estaba yo, *happy* de la vida con mis huevos y mis patatas hasta que Enric, que no le tiene miedo a enfrentar y por eso está mucho más cuerdo que yo, decidió coger las riendas de la situación y apostar por un cambio de rumbo.

—Yo creo que podríamos irnos a probar a Barcelona.

Bar-ce-lo-na. Ahí estaba otra vez. Taquicardia. Sudores fríos. Neblina en los ojos. Lo que pasa dos veces, siempre pasa tres, y de nuevo la ciudad de la Sagrada Familia se colaba en mi vida. No podía ser, yo no quería irme de mi Madrid. ¿Tan incapaz era de proponer una alternativa que nos arrojara un poco de luz? ¿Tan poca visión de futuro tenía? Sí, la respuesta es sí. Yo soy buena en la técnica, en el *tikitaka*, en el día a día, en el *jogo bonito*. Y Enric es bueno en la vista de pájaro, en la estrategia. Así que, sin muchas más opciones que poner encima de la mesa, me rendí. No podíamos seguir así. Y en poco menos de dos semanas, nuestra terraza de Madrid quedaba vacía, mis días por Fuencarral, Gran Vía, Serrano y Arturo Soria se esfumaban y un camión volvía a empaquetar todas mis cosas en unas cajas listas para ser almacenadas en un trastero de Barcelona. Cambié el «ejjjque» por el «¿oi, que sí?» y la z de Madriz por la ç de Barcelona. Casi con lo puesto, nos instalamos tres meses en casa de los padres de Enric mientras buscábamos nuestro nuevo piso y por un tiempo pasamos del bullicio frenético de la capital a la tranquilidad y los 20 grados idílicos de la Navidad de Vilassar de Mar.

No podía creer que, una vez más, estuviera viviendo en Barcelona. Me miraba desde fuera y decía: o-tra-vez. Los Barcelona *lovers* me dirán que si el mar, que si el *trencadís* y que si el carácter mediterráneo. A tope, vengo de Valencia y sé lo que es la amable vida marítima. Pero yo ya me había hecho a la meseta, a la Puerta del Sol y a los callos a la madrileña. Mi (pesada y asfixiante) tendencia al apego con Madrid me impedía disfrutar de todo lo bueno que Barcelona podía ofrecerme. «Esta vez puede ser diferente —me repetía—, vienes con pareja y familia. Deja de ser tan testaruda y ábrete a la vida». Ábrete a la vida mis cojones treinta y tres. ¿A quién quería engañar con frasecitas de Jorge Bucay? La huida a la fuerza de Madrid me sumió en una espiral de queja, malestar y congoja que afortunadamente amortiguaba el hecho de tener a Enric cada noche conmigo (al que, obviamente, puse la cabeza como un tambor veinticuatro horas, siete días a la semana. Cariño, si me estás leyendo, gracias y *besis* de amor y felicidad para ti. *Samanté* en tu cara).

Pese a todo, los tres meses en Vilassar de Mar tampoco fueron tan terroríficos y cada noche la Espe, madre de Enric, buena cocinera y mejor persona y también viceversa, nos hacía unos fideítos de puchero que ríete tú del Can Roca. Su poquito de comida de cuchara, pepino con aguacate (del bueno, del que vas a la frutería de turno porque sabes que tienen género de calidad), pan del día, fresas que no están pochas... En fin, las madres es que tienen un máster en cuidar y mimar a todo el que se siente alrededor de una mesa y, por eso, de ellas es el Reino de los Cielos. Pero del Reino de los Cielos al Reino de las Suegras hay una delgada y peligrosa línea roja así que, afortunadamente, después de dar muchas vueltas y de abrir Idealista 187 veces al día, encontramos nuestro piso en Sant Antoni, uno de los barrios más cuquis y modernos de Barcelona.

Era 1 de marzo de 2020.

Trece días después aparecía Pedro Sánchez, presidente del Gobierno de España, decretando el Estado de Alarma y obligando a que toda la ciudadanía salvo algunas excepciones se confinara en su santa casa. Enric y yo escuchamos al presidente por la radio, porque la antena de la tele no funcionaba y, como acabábamos de instalarnos en el piso nuevo, no habíamos tenido un momento para arreglarla. Tampoco habíamos colgado cuadros, ni puesto cortinas. Casi tenía hasta los vasos y los platos por colocar. Pero a partir de ese momento, tiempo para estar en casa, lo que se dice tiempo, íbamos a tener todo el del mundo.

Del confinamiento de los meses de marzo, abril y mayo no guardo un recuerdo especialmente amargo. Fuera de nuestras cuatro paredes, el mundo se desmoronaba y la humanidad vivía una de las situaciones más atípicas y complicadas de la historia. Pero por suerte, en el carrer Entença, 28, tomamos la firme decisión, consciente y deliberada, de aislarnos por completo de las noticias que tuvieran que ver con el coronavirus. La antena nunca se reparó y nosotros utilizamos el televisor como un monitor reproductor de televisión a la carta. Solo veíamos plataformas bajo demanda: Netflix, HBO, Prime, Atresmedia, Movistar... Todas fueron nuestras aliadas y nos ayudaron a mantener la cabeza en órbita.

Si te descuidabas, por aquel entonces, te metías en un bucle de información catastrofista, sucesos, desgracias, estadísticas... Vamos, era lo que nos faltaba. Su poquito de sensacionalismo. Nos dedicamos a mirar *Válidas, La Casa de Papel* y *Vivir sin permiso*. También vimos *Toy Boy* y *Élite*. Enric y yo decretamos que el confinamiento iba a ser una etapa positiva de nuestra vida que recordaríamos siempre y así fue. No nos exigimos en exceso. No fuimos de los que se marcaron una rutina para hacer deporte, yoga, lectura y macramé. Nos levantábamos sin despertador y nos acostábamos cuando teníamos sueño. No le podíamos pedir peras al olmo, no era momento para más agobios. ¿Medio mundo yéndose al carajo y yo autoimponiéndome rutinas? ¿Estamos locos o qué? Matábamos el tiempo con la creatividad y nos pasábamos horas haciendo vídeos. Tanto fue así que uno de ellos se viralizó a tal nivel que sacaron a Enric haciendo el indio en *Espejo Público, Zapeando* y el Arús. Empezamos a grabar *¡Sí es lo que parece!* desde casa y nuestro humor fue un salvavidas para muchas personas que se dedicaban a la salud y pasaban horas y horas viviendo momentos durísimos en el trabajo. Y como no sabemos tomarnos la vida (y la muerte) de otra manera, Enric y yo nos sentábamos delante del micro para hacer chistes y al otro lado había celadores, forenses, enfermeros, médicos, fisioterapeutas, auxiliares, farmacéuticos, conductores de ambulancia y otros tantos profesionales deseando que estrenásemos nuevo capítulo para desconectar de tanta tristeza y tanta enfermedad.

Yo empecé a charlar con los invitados de *Mi Patio de Vecinas* a través de videollamada y, aunque el audio nunca fue mi punto fuerte, a partir de ese momento aún lo fue menos. Corina Randazzo abrió la veda del Zoom y a ella le siguieron «los Santis» (Millán y Balmes) y otros tantos que estaban encerrados en sus casas, como yo, como todos, buscando ocupaciones con las que matar el tiempo y con las que, sobre todo, dejar de pensar en la que estaba cayendo. Hice la intentona de fingir que me subía al carro de la gente *fit* viendo 245 directos de entrenamientos al día, pero un mojón para mí, que siempre acababa sin hacer ni el huevo. Tenía amigas que caminaban dentro de casa sus doce mil pasos al día. Mi contador de pasos del iPhone marcaba 250. Había gente que seguía comiendo sano pese a estar desquiciados dentro de casa. Yo fui de las que hizo pan a diario. Y torrijas. Y una paella en la vitrocerámica que fue un auténtico drama. La primera y única que he hecho hasta la fecha. Enric se vino arriba haciendo *curasanes*, un solomillo Wellington y una tarta san Marcos. Cocinamos por stories, le rapé la cabeza y conectamos por las noches con Malasmadres y Fabián León como si tuviéramos una lanzadera y una unidad móvil como las que pone RTVE para cubrir el desfile de las Fuerzas Armadas el 12 de diciembre. Nos curramos una parrilla de programación que ríete tú de la carta de ajuste de Telecinco. Instagram se convirtió en un hervidero de directos, sobre todo a las siete de la tarde, hora punta en la que Ana Milán y Anabel Pantoja eran las reinas de las redes. A veces subíamos a caminar a la azotea y nos poníamos a escuchar en bucle a Laín García Calvo, porque nos reconfortaba cuerpo y mente y nos ayudaba a mantener la vista puesta en el futuro y no en el *merder* que estábamos viviendo. Así pasamos los meses. Videollamando a nuestras familias, grabando pódcast y creando contenido sin fin.

Justo cuando comenzaba la famosa «desescalada» en la que, por turnos y poco a poco, las autoridades nos iban a dejar salir de casa, Enric y yo recibimos un correo electrónico de una plataforma reproductora de pódcast que quería explotar nuestros programas en exclusiva. ¿Cómo? ¿Pagarnos por hacer nuestro trabajo? ¡Aquello era de ciencia ficción! Después de tanto tiempo entreteniendo por amor al arte, no podíamos ni creer que unos señores daneses *fanses* del *porrity* (mezcla de pódcast y *reality*) estuvieran interesados en comprar el contenido que estábamos creando desde hacía alrededor de dos años. Ese mismo verano fuimos a celebrar nuestro triunfo a Ibiza, en cuanto el derecho a la libre circulación se pudo volver a ejercer y dejamos de estar confinados en casa. Llegar a Ibiza fue, como había sido siempre, una liberación, un remanso de paz, un desbloqueo energético y un sentimiento de expansión y libertad alucinante.

No sé qué tienen las islas, cuál es su aura y su atmósfera que hacen que nada más poner un pie en ellas, me baje la tensión, desaparezca mi Ansi y me quede floja y blanda como una pluma. Si no fuera porque a mi lado viajaba un señor que odia la playa, no soporta el calor y le salen ronchas de pensar en la arena y la sal, todo sería maravilloso. Pero Enric no es marinero, qué le vamos a hacer. Él eso de hacer la comunión con el sol y de disfrutar la brisa marina no lo concibe, se pone enfermo. En el sentido literal y en el literario. Una vez pasamos el día en un barco con amigos y a los dos minutos de travesía se puso blanco como la leche. Dos Biodraminas se enchufó para recuperar. el color (y la vida). Nadie sabe por qué, pero no quería bañarse en el mar y el calor ibicenco de agosto le estaba desintegrando. Al final, gracias al cielo, consintió darse un agua con la manguera y aquello le fue ~~refrescando~~ reviviendo poco a poco. Es que os informaré de que mi señor se quema en la sombra, se quema dentro de casa, se quema hasta debajo del chiringuito. Aunque los chiringuitos de Ibiza tampoco le parecieron tan mal, también te digo; que es clarito de piel, pero tiene buen gusto y alma de rico. Aunque queda claro que su viaje ideal no es estar pringado de bronceador buceando entre corales.

Desde que vi el viaje de novios de María Pombo y Pablis solo deseo en esta vida irme a Bora Bora a dormir en las cabañas esas que están en medio del agua y que debajo de la cama tienes una claraboya para ver los peces. Pero Enric es como el López, el *westie* que le regalamos a mi hermano cuando hizo la primera comunión y que vivió con nosotros durante trece años. López se quemaba si pasaba muchas horas al sol, porque como era blanquito, le salían pecas y la piel se le ponía roja. Me acuerdo de que los días de poniente que cascaba mucho solano mi madre siempre me gritaba: «¡¡Alma, guarda al perro que se nos quema!!». Porque el López era muy guapo, pero no era muy listo y nunca entendí por qué si se quemaba, siempre absolutamente siempre dejaba caer sus posaderas en la parte de la casa en que más sol daba. El López fue un perrete muy particular, no dio faena, solo quería estar con mi madre y el resto tampoco le importábamos mucho. Nunca supimos cuánto comía, nunca supimos cuánto pesaba; él solo existía y daba cariño y amor. Se acoplaba a todo. Si había orugas en el pino del jardín, lo guardábamos en casa y él tan fresco en el sofá.

Si tenía que quedarse solo, se quedaba. No sabía de apegos. El único que no le caía bien era el cartero. Con ese señor sí que no podía. Era superior a él. No le transmitía buen *feeling* y cada vez que llamaba al timbre, le cantaba las cuarenta. No fue el perro mejor controlado ni educado del mundo, pero sí el más mimado. Cuando mi madre se iba a la cama solo decía: «¡López, a la cama!», y el chuchi se iba *escopetao* detrás de ella, no fuera a ser que se quedase durmiendo solo en el salón. Eso nunca. La cama o la vida.

Al final, después de trece años de cama, como es ley de vida, el perrete se despidió de nosotros y se fue al cielo de los chuchis. Ahora me lo imagino *despeluchao*, porque no había forma humana de que López llevara los flecos peinados, pero feliz y contento, moviendo la cola si alguien se le acerca a darle pavo.

Ay. Qué jodido el *tempus irreparable fugit,* ¿eh? Soy horrible con la gestión del paso del tiempo. Me cuesta un mundo centrarme en el presente, aceptar, valorar, agradecer..., vivir. Qué difícil vivir. Llega un punto (los *trentaitantos,* supongo) en el que miras atrás y ves que aquello de antes ya no vuelve. Miras hacia delante y dices: «La Virgen, todo lo que me queda por construir aún». Vamos, que mires donde mires, te vas directita al Ansiomed.

# Bacon, el perro que no tenía enemigos

## Forte Rodríguez de la Fuente

En esta vida mi relación con los animales siempre ha sido cuando menos variopinta. Mi casa nunca fue ni por asomo una granja y mi familia no es que fuera el típico clan de telenovela venezolana donde todos viven entre cafetales y cuidan caballos, gallinas y ovejas. Sin embargo, de pequeña sí tuve la ocasión de ser la consabida niña plasta que pedía un perro día sí, día también. Además, como buena artista, con el tiempo tuve la oportunidad de mejorar ese teatrito para, llegados los *treintaipico*, hacer una segunda parte (la secuela que desarrollaré a lo largo de este capítulo).

Cuando tenía edad de dar la turra con los animales, lo primero que conseguí fue una pareja de hámsteres. Recuerdo que un viernes por la tarde, al salir del colegio (sucia, con tiritas en las rodillas y despeinada, como sale una de allí cuando es pequeña), mis padres me llevaron a la típica tienda de animales de pueblo donde igual tenían heno para conejos que conejos. Igual tenían sepias para periquitos que periquitos (y sepias). Y del mismo modo, podías encontrar gambitas para tortugas, tortugas y hasta peces de esos que se comen entre ellos y casi que en la bolsa de la tienda ya te los estás llevando con la pata tiesa.

Lo de los peces es otro melón que ~~no~~ pienso abrir porque paso de que Greenpeace me lleve a los tribunales («tribunales» siempre en plural, como «abogados»). Pero ojo, que el *negosi* de los peces siempre sale a pagar. Tú te crees moderna y en un arrebato decorativo quieres un acuario cuqui con neones y un barco pirata hundido con el típico pez Nemo, la Dory, el globo, el caballito de mar y la estrella. Pero en cuanto vas a una tienda y te pillas un pez de esos con la cola de colores que parece un plumero, la has liado. La has liado porque nada más meterlo en la bolsica de plástico, zas, el anfibio está para echar por el váter. En el sentido literal y en el literario. Anda que no se me han muerto peces a mí. Me cago en la leche, si todo ese dinero lo hubiese guardado en un calcetín, ahora me estaría comprando un velero más grande que el Mata Múa de Tita Thyssen. Tengo una teoría, y es que creo que los peces de exposición que hay en las tiendas son de goma. Son falsos, tienen un motorcito o algo. Si no, no me lo explico. ¿Por qué a ellos les duran vivos y a mí no? ¿Es porque tienen depuradora, filtros, agua templada, termostato, un cloro específico y mil pijadas más? Ojo, porque después cualquier fuente chunga de cualquier pueblo chungo tiene 187 carpas naranjas que sobreviven inclemencias meteorológicas dignas de una peli de Bayona. Pero los pececillos esos de las tiendas son más *delicaos* que una florecilla de alhelí. No los compréis nunca. Compraos unos boquerones en vinagre con aceitunas y os los apretáis a media tarde. Saldréis ganando.

En fin, que la fauna marina no es lo mío ni quiero que lo sea, también te digo. Ni que fuera yo Jacques Cousteau. Yo soy la Forte y el tema de los hámsteres sí me molaba. Mis padres me llevaron el ya mencionado viernes a la ya mencionada tienda de animales y allí un todavía no mencionado señor nos vendió un par de ratones con su correspondiente *starter pack*, a saber: jaula de dos pisos, dos ruedas, dos bebederos, dos cajitas expendedoras de pipas, pipas, maíz y algún que otro tobogán. Total: casi 3.000 pesetas. Mi madre estaba contenta: «Ya me dirás tú, José, qué necesidad tenemos de llevarnos a casa dos ratas». Este tipo de frases son memorables porque, como dice Enric, hay contextos dialécticos en los que puedes insertar el nombre en cualquier parte de la oración. No importa el orden. «José, ya me dirás tú qué necesidad tenemos de llevarnos a casa dos ratas» o «Ya me dirás tú qué necesidad tenemos de llevarnos a casa dos ratas, José» o «Ya me dirás tú qué necesidad tenemos, José, de llevarnos a casa dos ratas». ¿Ves? Estas cosicas del léxico y la gramática me dan a mí la vida. Con qué poquito me conformo.

Debates estilísticos aparte, ~~los hámsteres~~ las ratas se vinieron a casa y todos juntos formamos una gran familia. Sobre todo «gran», porque cuál fue nuestra sorpresa al ver que aquel par también era pareja y habíamos comprado a Señor y Señora Hámster.

Señor y Señora Hámster eran bastante aburridos, las cosas como son. Su único numerito era un poco de buche con las pipas, un par de vueltitas en la rueda, mover el bigotillo... y para de contar. Su *show* no era la alegría de la huerta, no tenían mucho que ofrecer y en el *Scattergories* no los habrían aceptado como animal de compañía porque ni siquiera se alegraban cuando te asomabas a la jaula de dos pisos. Yo creo que se aburrían hasta ellos. Me los imagino de noche preparando las camas esas de algodón *deshilachao* murmurando: «Qué tediosa la vida, ¿eh?», y Señora Hámster respondiendo: «Ya lo creo, todos los días son iguales. Parece que viva en una rueda de rutina». De hecho, tal era su rutina y su aburrimiento que «se vieron obligados» a buscar otro tipo de distracción... así que no tardaron en alegrar nuestras vidas con júbilo y gozo trayendo al mundo unos quince ratones más. De la noche a la mañana, el piso de abajo de la jaula de dos pisos era la unidad de neonatos del Gregorio Marañón. Era un capítulo de la *Tribu de los Brady*. Eran *Ana y los siete*. Esa planta infantil se vio repleta de ratones diminutos que parecían gominolas Haribo. Eran como chuches que se movían rapidísimo de un lado para otro buscando a la Señora Hámster para cobijarse debajo de su tripa. No veían, tenían los ojos cerrados, pero las gominolas no veas cómo se las apañaban para ir de aquí para allá. Como supondrá mi queridísimo público, llegados a este punto, en mi casa se declaró un Estado de Excepción y se convocó una Junta Extraordinaria de miembros de la familia para debatir sobre la situación inaudita que se estaba viviendo en Villa Ratones.

—Que qué hacemos, José.

—Pues no lo sé, habrá que esperar a que las ratas crezcan, digo yo. Tampoco vamos a separarlas de la madre tan pequeñas.

—¿Y cuánto tiempo quieres esperar? ¿Hasta que sean mayores de edad y se independicen? ¡Algo hay que hacer, José, algo hay que hacer!

No me imagino qué habría pasado si llegamos a esperar a que las gominolas hubieran alcanzado la mayoría de edad. A lo mejor una gominola habría salido megaempollona y habría querido ir a la Universidad de Oxford para seguir su vocación y su propósito de vida, y otra habría salido un poco rebelde y habría pasado las horas de botellón y fumando con sus amigos en el parking del Pryca. En fin, esta imaginación absurda es la que Dios me ha dado y en la que he basado toda mi carrera profesional. Ahí es nada.

Mientras mi cabeza inventaba un final alternativo para las gominolas, mis padres ya habían empaquetado en una caja de zapatos a los ratones hijos que ya pesaban quinientos gramos cada uno y los habían llevado a la ya mencionada tienda de animales del ya mencionado pueblo. Se los llevaron a todos menos a uno, que misteriosamente nació con tres patas en vez de cuatro y a mis padres les dio pena y decidieron no separarlo de Señor y Señora Hámster.

—Manda narices, ¿eh? Vine con dos ratas, luego tuve diecisiete y ahora me han quedado dos y media.

—Carmen, que tiene taras el ratón, no seas cruel.

—¡Lo que me faltaba, tener hámsteres cojos!

—No es cojo, es manco.

—¡Eso, tú encima defiéndele! ¡Cualquier día cojo la puerta y me largo!

Por el momento, no se largó, pero como el hombre no es el único animal que tropieza dos veces con la misma piedra, sino que la mujer también, al cabo del tiempo mi madre tropezó de nuevo. Y es que unos años después la arriba firmante logró engañar otra vez a su familia para tener, no un hámster, sino un pájaro al que nadie había invitado a la fiesta, pero él mismo decidió que iba a instalarse con nosotros.

Tico, que así le llamamos, apareció un día en la galería del cuarto piso sin ascensor en el que vivíamos. Este hito ya tenía un componente extraño y paranormal digno de *Cuarto Milenio* porque, insisto, vivíamos en un cuarto piso y como su propio nombre indica, era un cuarto. O sea, ¿me explicas cómo era posible que un pájaro al que tildamos de «herido» y asumimos que «no sabía volar» había aparecido misteriosamente «a cuatro pisos sobre el cielo»? ¿Quién era acaso, Mario Casas? ¿Y entonces yo era María Valverde? ¡Venga ya! El pajarraco era superastuto y con todo su morro aprendió a la velocidad de la luz que cuando alguien decía: «¡Tico!», tenía que venir volando a por su ración de pan ~~sucado~~ mojado en leche. Entre chusco y chusco, el gorrión se dedicó a defecar en ciento cincuenta puntos diferentes de la galería y, en una de esas, un día se hartó y se fue. Así, sin decir esta boca es mía. Nos dio pena, pero muy poca, la verdad, básicamente porque un pájaro tampoco es que te dé muchas alegrías. O sea que a tope con los *pajarolovers*, pero yo las aves ni fu ni fa. Nunca he visto un canario traerte la pelota de vuelta como hacen los perros. Tampoco he visto a un agapornis ronronear como hacen los gatos. Eso sí, Elena, la *estetecién* de mi pueblo, me calló la boca porque durante un tiempo estuvo criando periquitos papilleros y siempre que iba a las cejas me contaba que la papilleros *full experience* era mazo intensa y que se sentía superrealizada cuidando de sus pájaros. Yo le decía a todo que sí, aunque estaba más pendiente de mis cejas que de sus aves, pero que no conste en acta porque mi *dramedia* con las cejas es archiconocida por esta mi comunidad y entenderán que yo haya sufrido lo mío durante años teniendo las cejas de un palmo de ancho.

Del zoo de la Forte nunca se escribirán novelas ni titulares en el papel *couché*, pero con la tontería entre hámsteres, pájaros y la gata Raquel que mi hermano y yo nos empeñamos en adoptar, ya habíamos rellenado la casilla de roedores, la de aves y ahora también la de felinos. Éramos cada día un poquito más granja escuela. Porque la historia con Raquel empezó el día que Guille y yo nos inflamos a poner carteles por todo mi pueblo gritando a los cuatro vientos que si alguien tenía una gata blanca y nos la quería regalar, que adelante con ello. Y como dijo Isabel Pantoja: «Así fue». A los pocos días de empapelar farolas y máquinas de tabaco, nos llamó una señora y, junto a su nieto, vino a nuestro encuentro en la terraza de un bar de la Avenida. Los dos aparecieron ataviados con una jaula inmensa y una gata diminuta, blanca y con un ojo de cada color, como la Nathy Peluso. La verdad es que en ese mismo instante mi hermano estuvo más listo que yo y gritó: «¡La llamaremos Raquel!», a lo que yo ya no pude ~~imponer mis ideas~~ defenderme y decir que ese nombre para una gata no entraba en mis planes (ni en los de la gata, seguramente). Guille quiso que la gatita blanca se llamara Raquel porque una niña de su clase de parvulitos se llamaba así y le vino a la cabeza en ese momento. Así que sí, durante un tiempo fuimos esa clase de familia que tiene una mascota con nombre de persona. Menos mal que no le vino a la cabeza «botijo» o «corneta», porque así funcionamos en mi familia, usando reglas mnemotécnicas absolutamente estúpidas. Como Enric, que pone las contraseñas según lo que tiene delante en ese momento. Por ejemplo, si entra en una web y se quiere registrar, levanta la vista del ordenador y si ve un estuche, pone de contraseña «e s t u c h e». Si ve un tomate, «t o m a t e». Y así hasta el infinito. Y si tiene que añadir letras u otros caracteres, ya flipas. «Chiringuito3_» o «PapelHigienico24» son algunos de los nominados a contraseña.

Pero volvamos a la Raquel. La gata que tenía nombre de niña vivía tranquila y feliz en nuestro chalet. Tenía todas sus necesidades cubiertas: mimos, un sofá para monopolizar, unas cortinas para arañar, latitas de Whiskas de arroz y buey a demanda…, pero cuál fue nuestra sorpresa cuando, de buenas a primeras, una mañana se levantó en plena adolescencia y decidió que conocer mundo era mucho más atractivo que quedarse en la terraza tomando el sol y comiendo el mismo pienso de siempre. La Raquel se quitó el cascabel y empezó a cogerle el gusto a la calle. Yo me la imagino lamiéndose entera al son de Gloria Trevi y su *Todos me miran* y pensando: «Ahora me toca a mí». En mi casa empezamos a sospechar que la Raquel nos estaba siendo infiel y que tanto acicalarse y tantas horas *de pendoneo* solo podían significar una cosa: tenía dos familias. ¡Sonaba tan cruel! ¡Solo de pensarlo me estremecía! ¿Por qué? ¿Por qué mi gata? Aquella que yo había alimentado desde que llegó famélica en una jaula de conejos, con los bigotes rojos porque le habían dado de comer macarrones con tomate... ¿Y ahora nos lo pagaba así? ¿Yéndose al sol que más calienta? No te lo perdonaré jamás, Raquel. No te lo perdonaré jamás.

Por suerte, al cabo de unos años pasamos de la ingratitud de la Raquel (nunca os fieis de una gata blanca con un ojo de cada color que se llame Raquel) a la bondad absoluta y el amor infinito del López. El López llegó el día que Guille hizo la primera comunión y vivió con ~~nosotros~~ mi madre (era su líder indiscutible) durante más de trece años. López nos vio discutir en manada (en mi familia somos muy de la bronca conjunta, nada de gresca en *petit comité*), pasó con nosotros Navidades felices, Navidades tristes, durmió con mi abuelo, me acompañó en noches interminables después de que me rompieran el corazón en las que me tragaba *Gran Hermano* y cientos de galletas danesas de mantequilla, hizo de mi madre su Diosa en la Tierra y veneró a Guille por encima de todas las cosas. El López fue el mejor *westie* de la historia, un perro bueno y fiel que se ganó nuestro amor eterno (y un capítulo entero en mi primer libro, ahí es nada).


## Un salchicha de barbas para la Forte, ya

De entre mis múltiples cualidades podría destacar, entre otras, una cabezonería exacerbada que únicamente cesa cuando consigo aquello que se me mete entre ceja y ceja. Desde pequeña, que me empeñaba en que mi padre me hiciese dos coletas altas para ir al cole y hasta que el pobre señor no aprendió, no paré, hasta que me hice adulta y, aunque pudiera parecer que encontré la calma de espíritu y la paz mental, nada más lejos de la realidad. Con los años en vez de conformarme con lo que la vida me ofrece, he mutado en justo lo contrario: una señora coñazo que se obsesiona con algo y no para hasta que lo consigue.

Una de mis últimas insistencias vitales dio la cara a finales de 2020. El año en que el COVID (o «la COVID» o como diantres se diga) nos encerró a todas las personas cárnicas en nuestras casas, el año en que los que vivían solos echaron de menos a alguien y los que vivían acompañados los echaron de más, ese año, el año en que más horas pasamos entre cuatro paredes, yo inicié la OPA hostil más hostil que se ha vivido en todos los tiempos. Resulta que llevaba mucho caminando por las calles y observando que se me iban los ojos con los perros salchicha. Era ver un diablillo de esos de pelo duro con barbas tiesas y rabo empinado y se me encogía el corazón. Empecé a obsesionarme, como cuando te rompes una pierna y no paras de ver señores con la pata chula, pues igual. Yo tenía en mi mente al perrete imaginario de bigotes rubios y la vida no paraba de ponerme delante a decenas de salchichas. «Cree y crearás», decía el primer tatuaje que me hice. Y así fue. Mi día a día era como la lupa de Instagram, que cuanto más miras un vídeo, más de lo mismo te enseña. Qué locura esto, ¿eh? Si por ejemplo un día se te ocurre mirar manicuras, vas a tener manicuras en la lupa hasta el día del Juicio Final. Si un día miras gatetes, gatetes hasta la extenuación. Y si eres de las locas que mira vídeos de limpiezas de cara y le encanta ver cómo explotan granos con pus, enhorabuena, con dos que mires en la lupa de Instagram, el algoritmo va a decidir que tu sino en esta vida es ver espinillas reventando 24/7.

Y sí, así funcionaba mi cabeza. Yo tenía el runrún del perro y en cada esquina veía a un chuchi haciendo sus cosas de chuchi y viviendo su vida de chuchi. No sabía qué maquinar para conseguir que mi señor, *a. k. a.* el catalán más guapo de la Tierra, consintiera la aparición estelar de un peludo en nuestra ~~casa~~ vida. Y como a humana pesada no me gana nadie, me hice fuerte gracias al *lobby* de presión más fuerte que conozco: mi patio de vecinas de Instagram. ¡Qué maravilla! ¿Cómo no se me había ocurrido antes? Yo sabía que esta mi comunidad no iba a dejarme en la estacada y ese mismo día orquesté una campaña pasivo-agresiva bajo el brillante lema: «Un salchicha de barbas para la Forte, ya». ¿Cómo es? ¿Cómo es mi pedazo de eslogan? Cientos de partidos políticos de todo el mundo ya habrían querido para sí mismos un *claim* tan potente, directo y a la vez simpático y amable como el mío. Solo faltaba por ver si resultaba eficaz, pero ese es otro cantar. A partir de ese momento, de cada cinco stories que publicaba, al menos uno de ellos era un vídeo de salchichas que iba encontrando por la calle. Me convertí en *cazasalchichas*. Era una señora loca perdida sacando el móvil a hurtadillas para grabar a perretes desconocidos y subirlos a Instagram bajo el pretexto soterrado e implícito: «pobre joven amante de los animales, que todavía no tiene a un salchicha de barbas». Queridos lectores, desde aquí hago un llamamiento a todos vosotros que tenéis un *teckel* de pelo duro. Es muy posible que mientras paseabais por las calles de Barcelona durante el último trimestre de 2020, yo haya hecho un pequeño reportaje fotográfico de tu perrete. Que sepas que lo llevabas muy guapo y muy aseado. Enhorabuena.

Y entre foto y foto, el último día del año, la vida me sorprendió. Cuando estaba en nuestro minipiso catalán del encantador barri de Sant Antoni, escuché la puerta de casa. Era Enric al grito de: «¡Cariño, sal un momento!». Yo andaba luchando con las humedades del cuarto de baño, que en ese momento me llevaban por la calle de la amargura y no tenía el chichi para farolillos. Salí hacia la entrada pensando que Enric vendría cargado con bolsas de la compra (sin acordarme de que Enric nunca hace la compra) y resultó ser que no eran patatas lo que cargaba, sino... ¡un cachorro de perro salchicha de barbas! Empecé a llorar lo más grande, vi que detrás de él estaba Judith, su mejor amiga, grabándolo todo («la vida en directo», ya sabes) y me acerqué a ver al perrito más guapo y más maloliente jamás contado. ¿Cómo se podía ser tan bonito? ¿Cómo se podía ser tan diminuto? ¿Y cómo un cuerpo de un kilo podía oler tan semejantemente mal? ¡Pero este perro viene de una pocilga! ¡Madre de mi vida y de mi corazón! ¡Qué pestuncio! Era una mezcla entre ciénaga adorable y camión cisterna con barbas. Pese a todo, no podía parar de abrazarle y de llorar. ¡Era mi perro! ¡Nuestro perro! Había llegado el Bacon... y ahora nos íbamos a enterar de lo que es bueno.

Inmediatamente después del *show* lacrimógeno y de enterarme de toda la película que Judith y Enric habían montado a mis espaldas para ir a recoger al Bacon, iniciamos un contingente de habilitación de la casa digna del cuerpo militar de las Fuerzas Armadas. Con una rapidez pasmosa y una precisión milimétrica, Enric y yo desalojamos el salón y la cocina y lo dejamos prácticamente diáfano, sobre todo porque el Bacon era tan tan tan tan pequeño que no paramos de darle patadas hasta que aprendió, a base de pisotones, a no enredarse en los pies y a separarse un poco de nosotros. Tuvimos que quitar ~~una~~ la única planta natural que teníamos, porque a la que te descuidabas estaba haciendo el péndulo rollo Tarzán *colgao* en sus ramas (venenosas, por cierto). Tuvimos que quitar velitas, bombillitas, enchufes y todo-lo-que-estuviera-a-su-alcance. Por supuesto, a los pocos días nos deshicimos de la alfombra, su váter particular, porque había decidido el buen señorito que mear en los empapadores era para pobres, que él tenía el culo fino y que se orinaba mejor y más mullidito sobre alfombra.

Digamos que a partir de ese instante, nuestra vida empezó a girar primero lentamente y luego a la velocidad de la luz y acabamos sufriendo una serie de cambios ¿inesperados? a raíz de la incorporación a la familia del Bacon Fortez.

El salchichita era como una especie de bola peluda con rizos extrañamente suaves que te seguía a todas partes. Digo «extrañamente suaves» porque, como os he contado varias veces, el Bacon es un *teckel* de pelo duro. Y donde digo «duro» digo «áspero». Su pelo debería ser como el de una moqueta. Rudo, incómodo. Pero cuál fue nuestra sorpresa al ver que el chuchi nos había salido suave como la seda, a pesar de hacerle el *stripping* y todas las técnicas de belleza recomendadas por las peluqueras caninas, expertos en belleza, Llongueras y la OMS. El Bacon nació con las pelambreras dignas de L'Oréal, porque yo lo valgo, y su aspecto delicado y elegante chocaba brutalmente con su carácter salvaje y *destroyer*. El veterinario nos explicó varias cosas: la primera, que el *teckel* es uno de los perros más valientes que existen. Nos contó que son capaces de atacar a los jabalís porque le llegan justo a la altura de los huevos y si les tocan los ídem, pues allá que van como si fuera una lucha de igual a igual (cuando en realidad el Bacon pesa once kilos y el jabalí debe de pesar cien). La segunda es que en los cursos de adiestramiento se tipifican los perros según categorías y los *teckel* son unos perretes tan *sui generis* que se clasifican directamente en una categoría aparte. Y la tercera nos la dijo Lidia, una cuidadora que tuvo el Bacon cuando nosotros empezamos a viajar de Barcelona a Madrid para buscar piso, porque yo ya estaba que se me llevaban los demonios y cogíamos un AVE día sí día también, y el chuchi se quedaba con su cuidadora y su galga tan contentos los tres: «El Bacon es un loco que no mira para atrás». Zasca. Es, posiblemente, la mejor definición que he oído jamás del Bacon. «Un loco que no mira para atrás». Este perro es valiente, tozudo, silvestre, *echao p'alante*. Le da igual ocho que ochenta; si tiras un trozo de pavo a lo lejos, se lanzará a por él caiga quien caiga. Haya una montaña de almohadas o un precipicio rocoso. No mira para atrás. Es apasionado, amoroso y es capaz de escupir las bolitas de pienso y quedarse solo con el paté.

Cuando llegó pesaba un kilo y en dos días le dio tiempo a destrozar el elefantito azul de peluche que le compramos pensando que sería «su juguete para toda la vida». Una mierda *pa* mí. A las cuarenta y ocho horas el elefantito estaba sin oreja, sin trompa y con la espuma de la tripa despendolada por toda la casa. Te digo que hubo un tiempo que me pasaba la vida en el Kiwoko comprando empapadores, mordedores, juguetes interactivos, mantitas, toallitas... No veas el dineral. Los perros no vienen con un pan debajo del brazo, ¿eh? Sobre todo los dos primeros meses que tuvimos al Bacon de rehén en casa, sin poder salir, totalmente enclaustrado en aquellas cuatro paredes de Sant Antoni... Eso sí que se hizo duro.

Teníamos un perrete con más ganas de desfogar que yo cuando llega el primer día de playa del año y, sin embargo, hasta que no le pusieran 187 vacunas, no podía pisar el suelo de la calle. Pero a grandes males, grandes remedios. Y una puede ser muy mona y tener una melena super hidratada, pero además es ingeniosa y se le ocurren unas soluciones maravillosas. ¿Que qué hice? Enchufar al Bacon en una mochila de Nike y a la calle zumbando. Solo se le veía la cabeza, estaba graciosísimo y todo el mundo nos paraba para decirle alguna chuminada. Rellenábamos la mochila con un par de mantas, el Bacon se ~~meaba~~ sentaba encima y hale, a dar vueltas por ahí. La verdad es que se entretenía bastante. Olía el viento, le daba el sol, miraba las palomas, los *iaios* le acariciaban los bigotes...

Digamos que el Bacon ha sido un perro que nació entre borreguitos y mantitas y así ha seguido hasta ahora mismo mientras escribo esto, que me mira levantando una ceja con desdén desde el sofá. Hay que ver lo que le gustan los cojines y todo lo mullidito. El Bacon ama la vida, todo el mundo le ha tratado bien, no ha tenido traumas, el ser humano es maravilloso y aquí estamos todos para agacharnos a recoger su caca cuando termina y echa a correr sonriendo de felicidad. Porque coincidiremos todos en que un perro cuando ~~caga~~ defeca, sonríe. Fijo que si hablara, me diría algo así como: «Ya la recoges tú, teta». Porque él ha venido al mundo para entregarse al amor. Al que da y al que recibe. Va por casa y todos le andamos haciendo moñadas y él mismo se ha trabajado tanto la cara de actor lastimero que consigue todo lo que quiere. Os juro que este perro es Javier Bardem. Tiene ensayadísimo el rictus penoso y a la que te descuidas, te está mirando desde abajo, como subiendo los ojillos y enseñando la parte blanca del ojo. Este truco lo usó, por ejemplo, cuando de bebé quiso empezar a subir al sofá. Enric y yo habíamos hecho la firme promesa de que el perro podría subir al sofá, pero a la cama nunca. Era un trato férreo e inamovible. Nos pusimos manos a la obra para acondicionarlo. De hecho, como los salchichas pueden sufrir problemas de espalda porque son muy largos, le compramos una rampa para que pudiera subir sin saltar. Pero atención, *spoiler*, en esta casa nada sale bien y... por supuesto el Bacon usó la rampa como le dio la gana y la convirtió en un tobogán por el que se deslizaba como una bailarina del Royal Albert Hall de Londres.

Nunca entendí cuál era el mecanismo por el que el Bacon decidió que dejarse caer como si llevara mantequilla en la tripa era mucho mejor que bajar moviendo las patitas como un perro normal. Pero el caso es que el salchicha llegó a casa para poner nuestra vida (y nuestro orden) patas arriba. ¡Era tan pequeño y daba tanta faena! Yo no daba crédito y no entendí que aquel ser diminuto que dormía con el culo o el cuello colgandero fuera capaz de dar tanto trabajo. Nuestro salón se convirtió en un campo de minas. Tenías que ir levitando como los fantasmas para no dar un traspiés y comerte una mierda (en el sentido literal y en el literario). Y por si fuera poco, este perro ha *llegao* con una tara en el estómago, igual que su dueña, que somos los dos *too much* delicados de la tripa. Si existe la posibilidad de que el Bacon pille un virus, un bichito, una bacteria o un *loqueseaqueleindigeste*, lo pilla. Y entonces empieza el *show* del vómito, que une dos categorías: repelús+lástima. Repelús porque no veas qué gustera recoger la vomitera, que suele ser naranja. Y lástima porque el teatrito que precede al vómito da más pena que la muerte de la madre de Bambi. Es un teatrito en tres actos: primero hay arrastre de culo sobre suelo. El arrastre de culo da paso a arcadas y espasmos en el estómago. Y por último, el brillante tercer acto del perriartista: apertura de hocico y a soltarlo todo como un aspersor. Que no se te quede nada dentro Bacon, di que sí. Y sobre todo, *bonus track:* siempre-sobre-la-alfombra.

Es increíble el sexto sentido que tiene para vomitar en la alfombra de borrego del Ikea que ya he tenido que renovar tres veces porque me la deja fina filipina. Yo, aunque tengo pena y estoy en la sección «lástima», también siento pena de mí misma y ligeramente le ~~desplazo~~ ayudo hacia el suelo para que vomite f u e r a de la alfombra. Pero no hay manera. «Déjale, pobre, que quiere blandito», me dice Enric, que es un flojo y el Bacon es su talón de Aquiles. Así que unos por otros, el perro acaba vomitando e n c i m a de la alfombra y servidora después rasca que te rasca con un cepillo de cerdas, amoníaco,

Fairy y absorbe olores. Bacon, empatizo, que sepas que empatizo con tus dolores de tripa; justo yo empatizo porque soy paralítica digestiva, pero una cosita te voy a decir... es que te lo buscas tú.

No es normal que este perro haya intentado suicidarse 187 veces... al día. Es increíble, sobre todo porque estamos encima de él todo el tiempo. No hay nada a su alcance que pueda coger; hemos aprendido a vivir poniendo las cosas en alto porque su misión en la vida es robar cosas: un calcetín, un cinturón, un sujetador... y las zapatillas, que durante unos meses fueron su objeto de deseo. Yo tenía las clásicas de Oysho tipo zueco de invierno y acabaron siendo chanclas para ir a la playa. Fíjate si el perriartista tuvo opción de destrozarlas y de innovar con el diseño que les arrancó la hebilla, la solapa, la plantilla... Con decirte que un día le vi morder la nevera..., apaga y vámonos. ¡¡La esquina de la nevera!! ¡Ni que fuera un filete, por Dios! Pues eso, que el de las barbas llegó asilvestrado, hecho un toro sin conocimiento y nos dio unos primeros meses de agárrate y no te menees. Suerte que luego le mirabas y le veías con esa tripa redonda, rosa, con manchitas y una pilila que era todo pelito y se te reblandecía el corazón. Por unos instantes dejabas de pensar en que justo hacía unas horas que habías tenido que salir urgente de casa hacia el veterinario a todo correr porque se había comido un sobre con antipolillas. Y otro día se había comido unos imperdibles. Una chincheta. Unos paracetamoles con su amigo el

Luka. Y hasta una chapa de Coca-Cola que —afortunadamente— encontramos cuando hizo caca.

Pese a que viví doce o trece años con el López, no recordaba que tener un perro fuera tan sacrificado. Seguramente porque ~~yo era una insensata~~ el López era el perro familiar, el perro que vivía en el chalet y el perro que siempre tenía compañía. Siempre había alguien que se preocupaba de ponerle agua. Pero esta vez, desde que el 31 de diciembre de 2020 el Bacon apareció en mi vida, ha sido distinto. Me he sentido, como diría Laura Baena, un poco «malasdueñas», porque reconozco que en más de una ocasión me ducho muy lento para que el Bacon me deje tranquila en el lavabo. O me como rápido el yogur si no quiero que venga a pedir lamer el botecito porque luego le sienta mal. O sea, es como un amor que da tanta faena que dices: ¿pero cómo me he metido yo en este *fregao*? Y luego le quieres y le quieres y le quieres. Sobre todo cuando te da sustos de madrugada —porque nunca se pone malo a las diez de la mañana, siempre es de madrugada y si puede ser, festivo, que puntúa doble y te pegan hachazo doble en el veterinario—. Pero, ay, qué mal se pasa, por ejemplo con la primera pentavacuna en Barcelona que casi estira la pata y se nos muere. Madre mía qué susto.

Como es un salchicha *flojer*, resulta que la vacuna le dio alergia y se empezó a hinchar como un globo. Los ojos inflados, la lengua, la tráquea..., todo se le estaba hinchando *in extremis*. El pobre perro solo daba saltitos y chillidos dentro de su tipi (una tienda de campaña en forma de tipi india llena de estrellitas que brillaban en la oscuridad y que me costó una leña). Enric me miró y me dijo*:* «Estos gritos dentro de la tipi no son normales». Y yo pensé: «Estará jugando a asustar, como hace siempre». Porque al Bacon le flipa hacer ruiditos para asustar. Finge que se atraganta, finge que tira eructos, finge que estornuda..., cualquier día le dan el Óscar, de verdad. Nosotros vamos corriendo como dos *tolays* al mínimo ruidito y afortunadamente casi siempre son sus actuaciones estelares, pero el caso es que aquel día no fue un *show* y cuando nos dimos cuenta, Enric me dijo: «Algo no va bien». Los Fortez salimos zumbando de nuestro acogedor pisito de Sant Antoni dirección Balmes con un perro moribundo en los brazos y un taxista que se tomó muy en serio lo de que estábamos ante una situación de emergencia. Nunca he hecho un Rally Dakar y, sin embargo, ya sé lo que se siente. Aquel día el taxista derrapó, hizo trombos, marcha atrás y casi hasta se mete en una calle en contradirección y todo por que llegásemos lo antes posible al veterinario. Entramos con nuestras mascarillas al box, dejamos al perro colgandero en la mesa de exploración, le pincharon Urbason y el pobre mío empezó a vomitar lo más grande.

Esto del vómito ya te digo yo que tampoco nos pilló por sorpresa, porque aparte de ser *flojer*, es que el perro nació gocho y morirá gocho (también como yo). Y es que ya de recién llegado a casa tuvimos que comprarle lo que se llama «el platito para tragones» para intentar que comiese un poquiiito más despacio y que no ingiriese toda la comida del bol en cinco segundos. Hasta que descubrimos que teníamos que a) machacarle el pienso con la batidora para hacerle las bolitas más pequeñas, b) ponerle la comida en el platito para tragones y c) darle cada comida en dos raciones... No veas la de indigestiones que se cogió el pobre. Encima de zampón, alérgico. Porque recordemos que en este preciso instante estábamos en el veterinario, al borde de un ataque de nervios, viendo al Bacon hinchado como un pez globo y asustados sin saber qué le iba a pasar. «¡¡Que solo tiene dos meses!! ¡Hagan algo!», gritaba yo. «¡Cariño por favor cálmate y deja trabajar a los profesionales!», dijo «el otro». Porque claro, no os lo había contado, pero para el Bacon, Enric es «el otro». Parece ser que el salchicha decidió que yo soy su líder y su diosa suprema y su guía espiritual y a día de hoy, exactamente igual que cuando se presentó en casa por primera vez, sigue detrás de mí, pegado sin guardar el consabido metro de distancia de seguridad. Si yo me levanto, él se levanta. Si yo me acuesto, él se acuesta. Si yo voy al baño, él viene a mirar. Pocas o ninguna otra demostración de lealtad, fidelidad, nobleza y amor encontraré en esta vida. Bacon, no has salido rubio..., pero cuánto te quiero.

## Más allá de este y otros mundos

## Vuelta a casa

Como todo lo que pasa dos veces en la vida, pasa tres —y eso es una ley que debería salir en el Boletín Oficial del Estado y que nadie se atreverá a rebatirme—, allá por enero de 2021 una servidora estrenó el año haciendo cajas y empaquetando —otra vez— su vida en 187 maletas. No es que me pongan cachonda las mudanzas, pero un poco sí. Y la verdad es que si el traslado es para ~~volver a salir~~ huir de Barcelona, me sienta un poco mejor. Me van a disculpar los amantes de la Ciudad Condal por mi animadversión hacia la capital catalana, pero bastante me trabajo ya con la psicóloga (¡Sara, un beso!) como para no sentirme libre y fuerte para decir la verdad en mi propio libro. Y en fin, si tantas personas hacen su vida allí, será porque la rara soy yo y aquí paz y después gloria. Cada mochuelo a su olivo.

El caso es que para mí, después de haberme asentado dos veces entre sardanas, *galets* y canelones de *carn d'olla*, esta tercera ocasión en Barna no fue muy diferente. (Lo que pasa dos veces, pasa tres, ya os lo decía unas líneas más arriba). También es cierto que no le di la oportunidad a la ciudad, vaya por delante el *mea culpa*. No le di la oportunidad a la Barcelona que Enric me quería enseñar (el año de pandemia, tócate las narices) porque yo iba ya con la escopeta cargada y *desganá*. Pero es que estaba harta. Cansadísima de intentarlo, de poner buena cara, de quejarme, de quejarme poniendo buena cara y de calentarle la cabeza a Enric. Así que un buen día me planté y dije: «Cariño yo es que no puedo más». Y en un —momentáneo— acto de valentía e independencia me alquilé —durante unas horas— un minipiso en Juan Bravo, mi calle favoritísima de Madrid. ¡Cuántas veces he fantaseado con vivir en un superático de esa calle! Me gustan los edificios, el ambiente de las tiendas... y siempre tengo la sensación de que la gente habla bajito.

Como cuando Enric y yo fuimos a Berlín y en el metro los dos españoles éramos los únicos que hablábamos ~~a grito pelao~~. Es que los alemanes ni siquiera susurraban. Directamente iban en un silencio monacal, como si abrir la boca fuera pecado. Imaginarse el cuadrete: nosotros dos yendo de la Puerta de Brandeburgo al East Side Gallery comentando la jugada, contando los pasos que habíamos dado ese día, hablando del próximo *Brat-*

*wurst* que nos íbamos a zampar... y los berlineses levantando una ceja pensando que ole ole los españoles por el mundo lo que gritan y palmean.

También una vez de pequeña estuve palmeando de viajera en otro sitio mazo silencioso que se llama Toulouse y estaba lleno de franceses que me dejaron loca perdida con lo bajito que hablaban en ese pueblo. Mucha mantequilla y mucho *croissant,* pero cuando hablaban no los oía ni el cuello de su camisa. Recuerdo que a ese viaje fui con los del Cucurucú Teatre, una compañía de teatro *amateur* que había en mi pueblo y al que yo me apunté porque yo siempre he tenido muchos delirios de grandeza y quería recorrer mundo con mi espectáculo, como Arévalo y Bertín con *¡Vaya par de gemelos!* Cucurucú Teatre era tan *sui generis* que representaba obras en castellano aunque estuviésemos en Francia. A ellos eso de que la gente nos entendiera por lo visto les chupaba un pie. «Los idiomas están sobrevalorados, lo importante es el arte», parecían pensar. Así que yo chitón porque soy una grandísima actriz y remuevo conciencias y almas a base de conectar con mi talentosa puesta en el escenario, sin importar el idioma. Stanislavsky y yo somos uno, no necesito que el público comprenda mis palabras, les toco el intelecto con la interpretación. Y oye, no me toméis a chirigota porque mi papel de criada embarazada lo clavé y eché el llorete en el escenario y todo. Los franceses silenciosos de Toulouse aplaudían a rabiar y cuando se cruzaban conmigo por los pasillos, me para-ban y me decían: «*Ça va très bien*» todo el rato. No me quedé con nada de su idioma (*mayormente* porque ellos también representaban sus obras de teatro en un francés de toda la vida y yo en el colegio di clases de inglés y suspendí), pero sí que hice de «pueblerinos por Toulouse» y cuando veía a alguien exótico, le pedía una foto, como si yo viniera de fotoperiodista del *National Geographic* o algo así. No sé cómo no me partieron la cara pidiendo fotitos por ahí con mi cámara desechable. Pero algo me dice que les gustó tanto mi interpretación de doncella embarazada que no quisieron atacar a la próxima Carmen Maura de la Terreta. Me hice fotos con dos chicos del Líbano, uno de Casablanca, dos chicas de Mónaco... Ahora lo pienso y parecía idiota. Pero en su momento, mi candidez y mi ignorancia movían montañas.

Por aquel entonces, en Barcelona, cuando servidora preparaba maletas y cajas para establecer un puente entre el pan con tomate y el cocido madrileño, hicimos en casa una Cumbre Familiar de los tres miembros integrantes (Enric, el Bacon y yo) y los tres estábamos de acuerdo en que intentar mantener el contingente de los Fortez entre Madrid y Barcelona no parecía una idea tan descabellada. Lo malo era que donde dije digo, digo Diego y a las veinticuatro horas de aquel *tinglao* me vine abajo, me entró un *canguele* fuerte y dije: «Ay, madre; ay, madre, yo sola no me voy, que esto es una locura». Me vi —a punto de que nos volvieran a confinar debido a la ola número 287 de COVID— (com)partiendo mi vida entre estaciones de tren y AVE y me pareció bastante mala idea. «¿Y si ahora nos encierran por comunidades autónomas y no nos vemos en dos meses?», me repetía mi Pepito Grillo. Sinceramente, no me apetecía pagar dos pisos, dos suministros de agua, luz, internet, gas... Dos vidas separadas, en definitiva, porque yo me quería volver a Madrid fuera como fuera. Pensé: «Hay gente que se tiene que distanciar a causa de fuerzas mayores y yo estoy provocando la tierra de por medio y poniendo todo patas arriba porque prefiero Callao antes que Portal de l'Àngel». De repente, mi cabeza vio todas las cajas hechas y me observé como una caprichosa que no sabía gestionar su propia vida. Su poquito de culpa y látigo que nunca falte, por Dios. Menos mal que ante mis demonios, la mano izquierda de Enric, quien días después de aquella mudanza *fake* no tardó en sentarme en el sillón de pensar y me dijo la frase mágica: «Te voy a ayudar como me gustaría que me ayudaran a mí. Si tú estás bien, yo estoy bien. Volvemos a Madrid».

## El monstruo vino a verme

A partir de ese preciso instante, allá por febrero de 2021, mi mente activó su hemisferio de CEO familiar y comenzó la planificación exhaustiva y milimétrica de nuestra mudanza. Para mí era la mudanza número ocho y para Enric, la número diez más o menos, así que puede que de física cuántica o de geografía no sepa mucho y te coloque León donde va Burgos y viceversa, ¿pero de mudanzas? De mudanzas sé un rato y logré organizar el cambio de una ciudad a otra en un tiempo récord. Batí mi propia marca. En una semana y pico teníamos la casa de Madrid elegida, el traslado programado y los papeles firmados. Toda mi vida parecía ordenarse de tal forma que la felicidad tocaba a mi puerta. Pero como en tantas otras ocasiones, a una no le quedan más narices que aceptar las cosas tal y como vienen y ser ya no fuerte como un roble, sino flexible como un junco. Las adversidades te tambalean y tú solo puedes mecerte con el viento, tratar de no romperte y seguir creciendo. Y eso fue lo que hice cuando, preparando cajas en Barcelona recibí la llamada para la que llevaba preparándome toda mi vida.

Recuerdo ese momento como si fuera ahora, y sé que no lo olvidaré nunca jamás. Estaba comiendo arroz con longanizas sumida en un decorado en el que, a mi alrededor, solo veía cajas de cartón y bolsas rojas de esas de rafia a cuadritos que valen 90 céntimos en el chino. Enric me cogía de la mano y me gritaba: «Tranquila, tranquila», pero yo solo lloraba y oía llorar a mi padre al otro lado del teléfono. No podía creer que mi madre se hubiera ido. Que no hubiera preparado un final con despedida y cierre. Alguien que venía del mundo de la tele, de trabajar veinticinco años en Canal 9, no podía dejar que la película de su vida acabase sin un final. Yo necesitaba un final con palabras de aliento, donde me dijera cómo narices tenía que continuar ahora sin ella, ahora que, esta vez sí, el cordón umbilical se había roto para siempre.

Colgué el teléfono y dejé a mi padre al otro lado roto en mil pedazos. Me levanté, recogí la mesa y de forma automática, como actúas cuando algo muy gordo ha pasado pero tu cerebro todavía no ha asimilado la información, vacié los platos temblando (y con una mano). Sí, encima iba medio manca... porque, a todo esto, a finales de 2019, servidora tuvo a bien resbalarse en la ducha y romperse el radio de la muñeca izquierda, todo muy rudimentario y poco glamuroso, qué le vamos a hacer (si una es torpe). Y mira que yo soy de ducha nocturna, pero aquel 16 de noviembre de 2019 decidí lavarme el pelo por la mañana porque estaba esperando con ansia una plancha de GHD.

Las GHD son las planchas de pelo más top que existen. Aquella mañana me llegaba a casa la plancha esa que se calienta en cinco segundos y no te quema el pelo porque es porcelánica y te hace unas ondas que pareces Rapunzel. Pues yo me estaba lavando la cabeza de buena mañana justo por eso. Por las ganas de ser Rapunzel. Lo que pasa es que Rapunzel también tropieza, ¿sabes? También se pega guarrazos contra el suelo y casi se parte la crisma. Madre del amor hermoso, menudo resbalón.

Suena el timbre. Yo en la ducha. Vuelve a sonar. Yo en la ducha. Pelo mojado, en pleno enjuague. Decido salir chorreando sin ponerme las zapatillas (¡brillante idea!). Dos pasos. Lo justo para salir del lavabo al pasillo. Dos-pa-sos. Hostiazo. Parada en boxes. Culo al suelo. Mano izquierda que soporta mis 62 kilos (¿acaso importa?). Timbre sonando. Me levanto llorando. Desnuda. Pelo a chorro limpio. Mano *tolay*. Lloro que flipas. Abro la puerta escondiendo mi cuerpo como puedo y el repartidor de MRW hace como que no ve lo que está pasando (¡con lo que está pasando!). Cierro. Estampo la plancha encima de la mesa y voy hacia el baño murmurando: «Por favor que no se haya roto, por favor que no se haya roto». Pero me duele a un nivel que lo raro es que no se haya roto. Me desenredo y seco el pelo como puedo, me pongo las zapatillas sin atarme los cordones, bajo pitando a la calle y engancho un taxi. «A la clínica Corachán, por favor». Y el taxista y yo enfilamos para Urgencias. Enric no estaba y yo no podía conducir, así que llegué al hospital con el brazo colgandero, más sola que la una y dando mucha pena. Un rato después, el traumatólogo, al ver la radiografía, sentenció: «Pues te lo has roto, maja». Y yo, llorando lo más grande, le dije: «¿Y ahora qué?». Y me dijo: «Pues ahora te colocamos el hueso en su sitio, te ponemos una escayola y *apa noia, pa* tu casa. —Pausa dramática—. Eso sí, te va a doler».

No veas. No veas si me dolió. La anestesia que me pincharon en la muñeca fue de lo más doloroso que he sentido en mi vida. Eso y cuando me quemaron con láser un granito que me salió en mis partes nobles, que támbién es alegría *pa* tu cuerpo Macarena lo de que te anestesien la zona íntima. Mis *dieses* para todas las señoras que paren, porque a mí solo me abrieron un granito una vez y a la pobre ginecóloga le lloré como si estuviese dando a luz a las trillizas de Julio Iglesias. Pero en fin, volvamos a la Corachán, Urgencias, box 3. Dos enfermeras, un auxiliar, un residente y un traumatólogo, todos allí oyendo cómo servidora mentaba a la Virgen de Regla y a la Virgen de la Cabeza de purito dolor que tenía. El pobre señor traumatólogo debió de pensar que su trabajo no estaba *pagao*, que vaya mañanita le estaba dando, y en una de esas cogió mi muñeca y empezó a manipularla como si fuera blandiblú y de repente dijo: «¡*Colocao!*». (Como Amador en *La que se avecina*). Y me aplicaron una capa de yeso hasta casi el sobaco y me fui *pa* mi casa con lo puesto. Así durante cuarenta y dos días. Cuando llegó Enric a casa y me vio en el sofá con la mano *monguer*, no daba crédito.

Mi madre se casó muy joven con mi padre, cuando eran dos muchachos de veintiún años, *hippies* y *fanses* de los Rolling Stones, Bob Dylan, Led Zeppelin y Supertramp. Se querían tanto que estaban deseando tener una niña y convertir su pareja en familia. Desde luego, los 80 eran otros tiempos porque yo me visualizo a los veintiún años y estaba totalmente por criar y por civilizar. Recién inaugurada la veintena, la menda lerenda estaba empezando primero de Periodismo y llevaba el pelo por el culo como Lola la de UPA Dance y unos polos de Tommy Hilfiger con la bandera americana más grande que mi cabeza. Sin embargo, mis padres a esa edad le pedían constantemente a la vida que les regalase una niña y tuvieron tanta suerte que en noviembre de 1983 nací yo. Me tocaba nacer más tarde, allá por el 5 de diciembre, pero *ansier* se nace, no se hace, y si una tiene prisa, la tiene hasta para llegar al mundo. Me imagino naciendo y gritando a los cuatro vientos: «¡Hola, tías! ¿Qué tal?», porque las artistas somos así, nos gustan las apariciones estelares y que nos presenten antes de que se levante el telón.

De hecho, mi entrada triunfal a este mundo fue a manos de mi abuelo, posiblemente la primera persona que me vio y la que me ayudó a nacer. Fue muy bonito empezar la vida gracias a mi madre que empujaba y a mi abuelo que estiraba. Estén donde estén, les doy las gracias, por majos y por quererme tanto (aunque casi cuando nací no sabían ni cómo me iba a llamar). Resulta que hasta pocos días antes de aquel 27 de noviembre, yo iba a ser Mafalda. Pero cuál fue la sorpresa y el girito de guion cuando días antes en el *Un, Dos, Tres...* salió una concursanta llamada Alma y a mis padres les vino mejor este nombre que el otro. Así que eligieron Alma y con Alma me quedé. Fíjate que en el embarazo mi madre siempre se quejaba de acidez, porque como yo tenía mucho pelo, por lo visto la hice inflarse a Almax Forte, lo cual fue, quién sabe, un peculiar guiño al apellido que años después se iba a convertir en mi *alter ego*. El futuro siempre adelantándose.

## Todo sobre mi madre

Mi madre se pasó toda la vida preparándome para su muerte. Quizá ella no lo sabía o quizá sí, porque las madres siempre lo saben todo. Y si no lo saben, se lo inventan, que para eso se comen siempre el trozo de comida que se ha quemado o que se ha *quedao* más feo. Mi madre se encargó desde que yo era pequeña de llenarme de muestras de cariño y hoy soy el resultado de todo lo que he absorbido desde que nací. Ella era detallista por todos los poros de su cuerpo. Al Cari le compraba siempre longaniza de pascua y le hacía caracoles con tomate y hierbabuena. A mi abuelo le llevaba puchero; a mi hermano, macarrones con roquefort y a mí me dejaba en la mesilla de noche un vasito con agua y un ramito de jazmín que había recortado del jardín de la vecina. Del nuestro no, porque a la pobre nunca le agarró el jazminero y qué coraje le daba. «No hay manera de que me sobreviva el jazmín, me cago en la leche, me voy a robarle un ramito a la vecina». Y se iba a casa de María José y la pelaba de flores. Y luego toda la habitación olía a jazmín.

En mi casa siempre fuimos muy «*pa* fuera», muy de demostrar (lo bueno y lo malo) y muy de cuidarnos, sobre todo mi madre y yo, que teníamos una relación *más allá de este y otros mundos*. En mi época discotequera (corta y a regañadientes) yo llegaba a casa a eso de las dos o las tres de la mañana y, como me daba miedo aparcar en la calle, le hacía una llamada perdida a mi madre y la pobre se despertaba, se levantaba, se plantificaba el sempiterno y horrible batín rojo y negro de cuadros que le llegaba hasta los pies y salía a la calle a esperarme para que no aparcase sola. Si tenía guasa, me preguntaba que qué tal y si tenía que sacarme un yogur o unas cerezas de la nevera, iba y lo hacía y nunca se quejaba. Eso cuando estábamos a buenas.

Pero ojo, que también discutimos lo más grande, como está *mandao* en los cánones de madres e hijas. Nos pasábamos días sin hablarnos, nos decíamos burradas y después nos arrepentíamos (yo más que ella, las cosas como son, que la tía era orgullosa de aquí a la luna). Yo siempre siempre siempre supe que el amor más grande que nadie iba a sentir por mí y que yo iba a sentir por alguien era ella. Y mi madre se encargó durante años de dejarme cien mil notitas, carteles, dibujitos, Post-it y papeles varios, como si supiera que así el día de mañana (que ya es hoy) siempre podría aferrarme a esos mensajes que tantos días encontraba en el almuerzo antes de ir al cole. Mi familia fue una familia de mensajitos, sí lo digo. Familia de comunicadores, familia de no callarse nada.

Entre mis padres, mi hermano y yo, nos hemos dejado cientos de notas por toda la casa día sí, día también, diciéndonos chorradas (como aquella vez que Guille me dibujó como si yo fuera Meg, la hermana invisible de *Padre de Familia,* engullendo galletas de mantequilla y prohibiendo que me acercase a su parte de la caja) y también diciéndonos cosas importantes (como pedirnos perdón si habíamos discutido o simplemente deseándonos un buen día).

Algo en mi interior me hizo, durante años, guardar y conservar todas-y-cada-una-de-aquellas-notitas. Y efectivamente, ahora las atesoro en una carpeta amarilla, que abro ~~a menudo~~ cuando quiero sentir cerca a los que ya están lejos. Tengo notitas de mi abuelo que huelen a él. Y notitas en las que siento que mi madre me habla. Mi madre me habla, eso es así, digámoslo *a calzón quitao.* Mi madre vive con nosotros y hasta Enric a veces me dice: «Vaya tela, es que no puede enviarnos señales más claras». Como la noche que hizo un año desde que se murió y de madrugada, saltó de repente la radio sonando a toda leche el *Back to Black,* de Amy Winehouse. Sonreí por dentro y pensé: «Ok, te pillo. Gracias, mamá». O aquella vez que le decía a una amiga que mi madre se había ido sin darme la receta de su flan de coco y días después, encontré su recetario abierto justo por la página del flan de coco. O que justo el día del cumple de mi hermano vendiésemos su piso. O ir al cementerio bastante hecha polvo y al entrar por la puerta pensar:

*«Mamá, mándame una señal, que esto es muy jodido»*. Y justo al girar la esquina, ver la única escalera del cementerio plantificada delante de su lápida, más tiesa que un ocho, disponible para que yo me siente y la mire un rato.

Han sido tantas las señales que me ha tocado decirle alto y claro que, por favor, no se me aparezca. Por favor, mamá, por favor te lo pido: ni se te ocurra aparecer, que me cago viva y sabes que siempre he sido una miedosa. Que toda la vida me ha dado pánico hasta el viento. ¡El viento! ¡Imagínate si te apareces! No, ¿eh? No. Señales, las que quieras, pero halo de luz blanca, melena al viento y música celestial en medio de la oscuridad no, que me da un telele. La pobre señora atiende mis peticiones desde el Más Allá porque sabe que yo con leer todas las notitas que me dejaba ya la siento conmigo. Y cuando llevo sus pendientes. Y cuando veo a «la Marilón Montero» y a «la Makoki». Y cuando digo alguna de sus frases. Porque otra cosa no, pero cuando te haces mayor te das cuenta de que tienes de ella más de lo que creías (incluso más de lo que desearías cuando eres adolescente y todo te parece mal). Pero, como decía Antonio Orozco, «estoy hecha de pedacitos de ti», y vaya si tenía razón el chico.

A la que me descuido, me sorprendo guardando los platos en el lavavajillas igual que hacía ella. O abrigándome el cuello porque enseguida me pongo mala de la garganta. O con expresiones que me salen de dentro, del estómago, de donde ni yo sabía que estaban, pero que no eran mías y ahora sí. Con los padres ocurre que, conforme pasa el tiempo y tú también te conviertes en adulta, te das cuenta de que han sido los grandes desconocidos para ti. Tus padres *solo* han sido padres y bajo ese rol y esa etiqueta se convierten en personas sin anhelos, sin aspiraciones, sin miedos. ¿Qué le habría gustado conseguir en la vida a mi madre y no consiguió? ¿Cuál fue su gran logro? ¿Y su peor decepción? ¿A qué le tenía miedo? ¿Nos ocultaba inseguridades para evitarnos sufrimiento? Es flipante, porque tus padres son, durante un tiempo, las personas que más te conocen. Pero tú nunca llegas a conocerlos a ellos. Y a veces es imposible verlos como seres humanos, como individuos ajenos a ti que también tienen necesidades, filias y fobias. La relación paternofilial es posiblemente la más visceral, ingrata e injusta que existe.

Aquel día que pasará a la mi historia (el día de las longanizas y la llamada), encargué a Ana y el Cari que se ocupasen absolutamente de todo y que nadie nadie nadie me llamase. Cuando se muere alguien de tu entorno, sueles estar hecho un Cristo veintitrés horas al día. La hora veinticuatro es la que remontas y si justo en ese momento te llaman por teléfono, la poca integridad física y moral que te queda se vuelve a derrumbar y tienes que empezar de nuevo a recomponerte. Además, esta era la primera muerte en mi familia que «era de mi competencia». Mayormente porque siempre había tenido a alguien por delante de mí que me cubriese las espaldas y que tuviera que dar el callo antes de que las balas me despeinasen. Sin embargo, esta vez era diferente. Esta vez la fallecida era mi madre. La mía. No me lo podía creer. Suerte que en momentos así tienes tantas gestiones que atender que hasta que no transcurren unos días no eres muy consciente de lo que está pasando. Porque la verdad es que la burocracia en tu vida normal ya es tediosa, pero en un entierro, apaga y vámonos. El momento en el que llega la amable señorita de la funeraria y abre delante de ti un catálogo de féretros de todos los colores, tamaños y materiales es, cuando menos, peculiar. Tú estás allí que quieres que se te lleve el diablo y la pobre chica tiene que hacer su trabajo, hay que entenderlo, pero la miras y te miras desde fuera y piensas: «A ver, alma cándida, no sé ni cómo me tengo en pie en este momento, elige lo que tengas que elegir, con la tela y la madera de pino que te dé la gana y acabemos con esto, por favor». Pero esta muerte la quise firmar yo. Era *mi* competencia. Quería estar en primera línea de guerra, como si le diera la mano hasta el final. Queriendo que esa unión durase un poquito más.

Es impresionante cuando adquieres consciencia de todo lo que hace una madre por ti. Casi es mejor vivir en la ignorancia, porque cuando verdaderamente haces cuentas, es como Hacienda: siempre sale a pagar, nunca a devolver. Definitivamente, la madre es el animal más salvaje que existe. Mi madre no me vio mudarme de Barcelona a Madrid, pero creo que se fue ya tranquila sabiendo que yo «volvía a casa». La otra noche soñé con ella y me dijo: «Has sido la gran historia de amor de mi vida». Y creo que es lo más bonito que me ha dicho jamás. Seguramente porque nunca nadie en mi vida podrá quererme como lo hizo ella, que me tuvo dentro, que salí de sus entrañas, que respiré de ella y me alimenté de ella. Me desperté llorando y sonriendo. Y queriendo volver a dormirme para pasar un rato más con ella. «Tenemos toda la eternidad», me decía a menudo. «Ha sido un placer coincidir, nos vemos en la siguiente vida. Nos querremos más allá de este y otros mundos», decían sus notitas. Y eso fue lo que le puse en la lápida, en mi última notita, para que no se nos olvide, porque da igual dónde estemos cada una, quién seamos cada una y cómo nos llamemos cada una. Su alma y la mía siempre se amarán.

# Fallerita de lunares

## Reír es la única salida

La pena de que mi madre no me viese dejar atrás Barcelona por tercera vez se acabó el día en el que la chica de la inmobiliaria nos acompañó a visitar la casa de Boadilla/Majadahonda. Y digo Boadilla/Majadahonda porque la casa está exactamente en la frontera entre un pueblo y otro, así que nunca sé dónde decir que vivo. Aquí no somos como Villarriba y Villabajo, que en el anuncio del Fairy se ve bien claro cuál es cada pueblo, quiénes son los guarros y tacaños que no limpian y quiénes son los *cracks* que dejan los platos brillantes y que serían de mi equipo. Siempre Monica Geller, nunca inMonica Geller. En esta zona de Madrid estamos todos mezclados entre un bosque de encinas y por eso a veces digo que vivo en Boadilla, a veces Majadahonda; a veces, cuando estamos Enric y yo juntos en el Ikea y nos preguntan la dirección, uno dice un sitio, otro dice otro y entonces quedamos como dos lelos que no saben ni dónde viven ni dónde tienen la cabeza. Pero como esto último es un poco cierto, pues una se calla y mira *pa* otro lado.

El caso es que a estas alturas de 2021, el partido iba de la siguiente manera: mi madre fuera de la ecuación, el Bacon entraba como joven promesa de la cantera y Enric, después de haber calentado en la banda y de verme hacer el imbécil con las cajas y las maletas arriba y abajo, se coronó con su manifiesto: «Volvemos a Madrid». Si mi vida fuera como *La Llamada,* de los Javis, todos cantaríamos el himno «Volvemos a Madrid» rollito musical de campamento y habría un cameo de la Jedet. Si fuera como una peli de Álex de la Iglesia, en el mismo plano saldríamos unas quince personas, rollo secuencia coral, donde todos hablan a la vez y ha habido un asesinato y un tonto millonario. Y si fuera *Aída,* estaría en el bar de la plaza tomando un carajillo de Baileys mientras le cuento a mi vecina la choni que me mudo a Madrid. En fin, peliculitas aparte, a partir de ese instante, una servidora se dedicó a hacer viajecitos Sants-Atocha como si no estuviera bien de la cabeza porque buscar piso es difícil, pero buscar piso en otra ciudad ya es la leche en vinagre. Qué maravilla lo de las inmobiliarias, ¿eh? Qué gustito y qué alegría de vivir te da visitar inmuebles en los que los propietarios te piden tres meses de fianza, mes en curso, mes de agencia, contrato indefinido como médico adjunto anestesista jefe de planta desde hace dieciocho años, un aval bancario, uno personal, tres nóminas de tu abuelo jubilado, cinco bitcoins, un gazpacho sin pepino que no repita y dos tréboles de tres hojas.

Pero como la vida provoca pero no ahoga, Madrid me recibió con los brazos tan abiertos que no fue la primera, pero sí la segunda casa que vimos la que nos enamoró. Madrid no se hizo de rogar mucho. Madrid no falla. Pim, pam, en un abrir y cerrar de ojos estábamos flipando con la casa de Boadilla/Majadahonda y sonriendo sin parar porque todo el mundo sabe que reír es la única salida y que si sonríes mucho, le caes mejor a los propietarios. Y es que ojísimo la movida de los castings para alquilar un piso. Ríete tú de la *Spartan Race*. Ríete tú de los castings de *OT*. Ríete tú de los de Playa Parásito y la Palapa de *Supervivientes*. Las pruebas que te hace un propietario antes de alquilarte su casa son peor que una oposición a Juez del Estado. Que si tienes hijos. Que si quieres tenerlos. Que si tienes perro. Que si cuánto pesa (el perro, no tú). Que si el trabajo es estable. A ver, amigo propietario, eso quisiéramos saber todos. Si vamos a tener estabilidad en el trabajo, en la salud, en el amor y en la vida. Yo es que flipo. Una vez un propietario nos dijo que el anterior inquilino le había compuesto una canción. Pero un momento. ¿Esto qué es? ¿*Mask Singer*? ¿Estamos locos o qué? ¿Acaso soy yo Los Morancos y estoy actuando delante de Àngel Llàcer como jurado? En serio, lo de los pisos se nos ha ido de las manos. Suerte que esta vez fue fácil porque ya lo decía Paulo Coelho: «Cuando deseas algo, el universo entero conspira para que lo consigas». Y el universo conspiró mazo y nada más salir al jardín de la casa de Boadilla/Majadahonda, el propietario nos dijo: «Nada agarra en esta tierra salvo el jazminero de esa esquina. Es fuerte como un roble, aguanta viento y marea, cuidadlo mucho». Yo me giré y vi un jazminero enorme que cubría toda una pared. Guiñé un ojo al cielo y pensé: «Aquí es».

Y ahí fue. Ahí entendí que mi madre no se había perdido mi vuelta a casa.

Inmediatamente Enric y yo activamos el modo mudanza (otra vez) y le pagamos una leña a unos señores la mar de majos que empaquetaron hasta mis bragas. Mis amigas me preguntaron cien veces que si no me daba vergüenza que dos amables caballeros metieran mi ropa interior en cajas y luego las transportaran *from Barcelona to Madriz with love*. Y yo les dije que no, que a mí mientras no me tocara desriñonarme otra vez montando cajas de la panadería del Consum y haciendo maletas como si estuviera loca, que esos señores podían guardar mis bragas y hasta hacerse una foto con ellas si querían. Ahora, también te digo, con la matada que se pegaron, estoy segura de que Manolo y Benito sudaban de mí y de mis bragas de lunares, porque aquella mudanza no se la deseo yo ni a mi peor enemigo. Además, yo tenía mucha pena y mucha lástima porque uno de los señores llevaba una muñequera y un cinturón tipo faja que le cubría el riñonar, porque vi que ese hombre estaba *regulero* de las lumbares y pese a todo trabajó las 187 horas con una sonrisa de oreja a oreja, haciendo unos chistes y unos chascarrillos dignos de un personaje de *Torrente*.

También te digo que en esta vida o vives así o no vale la pena, en esta casa somos muy *fanses* de esa filosofía, **y** por eso nuestro salón lo preside una lámina de Andreu Buenafuente que reza: «Reír es la única salida». Porque efectivamente, no hay otra. Es la única. Y así es como nos tomamos cualquier circunstancia: con humor. Igualito que el *mudancer* que vino a casa para dejarse la piel y las lumbares mientras contaba chistes y sacaba la cinta de carrocero con su muñeca vendada y su faja en el riñonar. Qué pena daba, por Dios bendito. Pero yo es que tengo pena de todo el mundo. Por ejemplo, no puedo ver a una persona comiendo sola. Madre mía, se me parte el alma. Y eso que a mí me encanta comer a mi aire y estar sola pensando en mi mundo interior, que es muy vasto y rico, y montándome mis pelis. Pero si paso por un bar y hay alguien solo en una mesa, siempre pienso que igual le va fatal en la vida, que a lo mejor está rumiando sus problemas, que igual su hijo ha suspendido tres esta evaluación o que su mujer tiene ciática o que se le han *reventao* los faros antiniebla del coche y en el mecánico le han pasado un presupuesto superalto y se le ha descuadrado el mes. En fin, si un día estáis comiendo solas y paso por delante, por favor, sonreíd mucho para que vea que sois felices y que no estáis pensando en quitaros la vida en cuanto os acabéis la pechuga Villaroy.

## Vivo en una peli

El desembarco en Boadilla/Majadahonda fue una fiesta y una alegría tan grande que hasta Enric tenía el corazón contento, como Karina, y me decía a menudo que estaba superfeliz de haber dado el paso y de haber dejado atrás el carrer Entença. La verdad es que no era para menos. La comunidad de vecinos madrileños era tan acogedora que solo les faltó recibirnos con unos torreznos, unos churros y unas tejas de almendra cantando el *Himno de la Alegría*. Lo que pasa es que la cabra tira al monte y un buen día Enric se encargó de pasearse por la urbanización con la camiseta del Barça y aquí eso está un poco feo, las cosas como son. Porque a partir de ahí ya nos tomaron por culés y fuimos los notas desde el principio. Es que aquí son más de chalecos acolchados, no de camisetas de Piqué, pero bueno, yo se lo perdoné a Enric porque luego se apuntó al pádel y rápidamente se hizo amigo de otros señores que hicieron la vista gorda con lo de la camiseta del Barça. Porque otra cosa no, pero nuestros vecinos de arriba, al centro y *pa* dentro no pueden ser más educados y amables.

Como buena vedete tengo de vecinos a un matrimonio de conocidos artistas de la revista española. Doña J. y don J. coinciden conmigo todos los días de verano a las tres de la tarde en la piscina. Porque yo tendré vecinos muy amorosos, pero sigo siendo antisocial y voy a la piscina a la hora que todos los dermatólogos no recomiendan: a las tres de la tarde. Aclararé antes de que la doctora dermatóloga Ana Molina venga a por mí con un cuchillo entre los dientes y un factor 50 entre las manos, que *piscineo* en esa franja horaria porque es la hora en la que todo el mundo come o duerme. Y hace tanto calor que no hay ni niños, ni adultos, ni lagartos, ni vida. Solo estamos doña J., don J. y yo. Los tres echados al sol bajo la mirada atenta de Dios y de la socorrista. Para finalizar esta idílica estampa, solo necesitaría que reinara un silencio sepulcral, pero eso ya son palabras mayores. Sobre todo al compartir espacio-tiempo con doña J. y don J., que son amantes de la verborrea, discípulos de la dialéctica y fanáticos de la palabra. En resumen: que no callan. Les gusta hablar por encima de cualquier cosa. Por mucho que tú tengas un mal día. Por mucho que tú estés gozando de la quietud y la calma de un martes de agosto a las tres de la tarde. Todo-eso-da-igual. Si aparece don J. y cruzáis miradas una milésima de segundo, te engancha para abrir fuego y comienza el debate sobre el estado de la nación.

Como ~~es tan mayor~~ ha vivido tanto, ha hecho tantas pelis, tanto teatro, tantas series de televisión y ha trabajado con lo más granado del *star system* español, tiene batallitas para dar y regalar, así que escucharle no es ni mucho menos desagradable. Pero claro, don J. no es conocedor de mi apatía general por la cháchara y las conversaciones, así que el hombre suelta la lengua y ya tú te apañas si quieres frenarle un poco. El Cari siempre me dice que soy boba, que debería aprovechar más los ratos de piscina a solas con doña J. y don J. para hacerme una *sitcom* diaria y que así por fin mi sueño de recuperar las míticas series de los 90 como *¡Ay, señor, señor!*, *Hostal Royal Manzanares* y *Ana y los siete* se haría realidad.

En fin, quién sabe. Fue llegar a Madrid y vivir en una peli de *Cine de Barrio*. Porque en esta comunidad la ~~excéntrica~~ rara soy yo. Aquí son todos rubios y delgados. Y los niños hablan inglés porque estamos rodeados de colegios americanos, ingleses, alemanes y rusos. Gritan un poco, pero poco porque gritar no es fino. Además gritan con acento de Canadá, porque son muy listos y hablan mazo de idiomas. Cuando te ven, tienen tantas ganas de interactuar y de hablar contigo que te cuentan que los sábados van a misa y a la hípica. Y yo les cuento que tengo una lavadora de color para tender y la terraza de delante por fregar. Pero no pasa nada porque lo digo sonriendo y todo en esta vida, si se dice sonriendo, parece que entra mejor. Los niños no entienden mucho y las madres creen que soy supergraciosa y que todo lo que sale por mi boca es un chiste. Somos como en *Ocho apellidos vascos,* pero de una puerta a otra. Las mujeres de otros pisos hablan un idioma, el de la gente bien. Y yo hablo otro: el del pueblo. Las mujeres de otros pisos se alimentan como se alimenta la gente bien: con brócoli y mucha fruta. Yo me alimento con su poquito de Filipinos y su poquito de Dinosaurus. Por lo visto, en este lugar soy superexótica haciendo comedia con cada frase que intercambio con los vecinos. Y a mí me renta porque así acabo las conversaciones rematando rápidamente con el chistecito de turno y aquí paz y después gloria.

El otro día le dije a las señoras que venía del mercadito de comprar kimonos veraniegos porque los del Zara valían 90 euros y todas se reían bajito y con educación, como si me estuviera marcando un *show* de *stand up* improvisado. Y yo erre que erre que no y que no, que el mercadito muy bien. Y ellas jajá, jujú y al final las di por imposible. Porque, sinceramente, yo en mi fuero interno creo que esta comunidad vive como en *La purga*. Yo es que soy más de cine español y de *Primos*, con sus sobaos de Comillas y sus verbenas de pueblo, pero estoy segura de que mis vecinos viven en *La purga* y son todos tan hiperamables porque saben que hay un día al año en el que puedes cargarte a quien quieras y estarás legitimado y sin penalización ninguna. Quizá nosotros tenemos papeletas para que venga alguien y nos infle a hostias. Primero porque a veces no saludamos. Lo confieso, me escaqueo. Me tienen un poquito hasta la nariz con tanto saludo y tanta chirigota, que no hace falta que seamos tan brasas, por Dios, con un «hola» es suficiente. Y segundo, porque a menudo el Bacon la lía en el descansillo y se pone a ladrar lo más grande. Así que ahí seguro que dejamos de hacer gracia en *pack*. Y es que el Bacon piensa que su casa llega hasta el portal, porque no puede soportar que la gente coja el ascensor y suba y baje y vaya a los buzones y entre y salga... En definitiva, que viva.

El Bacon cree que la gente debería ser más silenciosa y levitar por el mundo. Y yo le apoyo porque yo tengo una gentitis que no me aguanto y ~~hasta cuando~~ sobre todo cuando voy en tren, necesito que el personal vaya en modo silencio, porque la gente es muy maleducada y se puede tirar un viaje de dos horas de AVE cascando con su prima la de Portugalete sin parar. Y por ahí sí que no paso. A mí que tu prima la de Portugalete no pueda celebrar su cumpleaños porque coincide con la boda de su cuñada, sinceramente, cariño mío, me chupa un pie. Por eso siempre, y digo siempre, viajo en vagón silencio. Es mi primera excentricidad como la estrella que soy. Yo viajo en vagón silencio para poder llamar la atención si alguien habla, tose, respira o vive.

Así que bueno, entre tanto vecino amable y entre tanto conserje solícito y dadivoso, mi vida en Madrid a partir de marzo de 2021 fue cogiendo el rumbo que me merezco: el de la fama, el éxito fulgurante y la carrera rectilínea e inequívoca hacia el triunfo. *Mi Patio de Vecinas* aterriza en la gran ciudad y se posiciona segundo en la lista de éxitos de Apple Podcasts. Continúo como colaboradora en *La Ventana,* de Roberto Sánchez. Me entrevistan en *Forbes* y en *Vogue.* Penguin Random House me propone contar la historia de mi vida y escribir un libro. Alberto Caballero comienza a seguirme en Instagram. Vendo mi propia colección cápsula de camisetas LaFortexPitita y las *zumbers* se plantifican mis frases en la pechera: «El triunfo de una es el triunfo de todas». Me reconocen por la calle.

Y cuidado, porque eso justamente es lo que yo quería: una calle en mi pueblo con mi nombre. No me servía una rotonda ni un polideportivo. Ni una calle sin salida. Yo quería una avenida. O una plaza. O una fuente, como la Fuente de las Ranas de mi pueblo, que lleva toda la vida llamándose igual. Pues yo propongo una pequeñita revisión al *naming* para pasarse a llamar la Fuente de la Forte, que para eso soy la Forte. Esto lo digo sin pudor ninguno ni falsa humildad, no porque me crea Rocío Jurado, como dice Enric, sino porque bastante me trabajo mi autoestima con la ayuda de Sara, mi nueva psicóloga. La pobre que tuvo que enseñarme a aceptar que mi muy amiga Ansi solo desaparecería si asumía que estaba ahí. Qué lástima, Sara. La que le ha caído. Me la imagino abriendo su agenda por la mañana y arrepintiéndose muy fuerte de haber estudiado psicología y pensando: «¿Por qué no me hice maestra de infantil? *solloza* No es tan difícil, Forte, la clave es que hagas lo que te dé la gana y que te la sude todo bastante». Ciertamente, el *soplapollismo* es una actitud y adoptarla te puede llevar años y años.

De hecho, si las señoras sabias que superan los cincuenta te dicen que a medida que se hacen mayores es cuando más se quieren y más a gusto están, será por algo. Porque cuando estás en los veinte prácticamente lo tienes todo (amistades, rolletes, un culo duro, una vida por hacer, la universidad...) y aun así tus problemas te parecen los más graves del mundo y te da tiempo a montarte una peli que ni *A tres metros sobre el cielo* mientras lloras desconsolada en tu habitación con pósteres de Álex Ubago. Luego llegas a los treinta y sigues sin quererte, te miras al espejo y no te gustas y, si no has seguido religiosamente los cánones normativos que la sociedad espera de ti (no te has casado, no has tenido un hijo y no has comprado una casa), empiezas a tener la mosca detrás de la oreja. A los treinta tu ~~peli~~ vida parece *Tres bodas de más* porque empalmas una despedida con otra y cada finde tienes una multa que pagar con tanta ~~invitación~~ entrada a boda de Fulanita y Menganita. Y después llegas a los cuarenta, el párpado se cae, buscas en Google qué son los hilos tensores y lo único que quieres es ir *Mar Adentro*. Porque si los cuarenta años fueran una peli, sería de Amenábar y tendría muchos momentos en silencio, con planos muy abiertos y solitarios, donde te toca reconocerte, hacer balance de tu vida y analizar si está valiendo la pena o no. Entonces un día ves fotos tuyas de cuando tenías veinte y piensas: «Pero si estaba buenísima». Y te das cuenta de que efectivamente, la clave no estaba en el DNI, la clave estaba en quererse.

Y esa es una de las grandes enseñanzas que me regaló mi psicóloga de la Terreta: «Relativiza, y cuanto menos te importe todo..., mejor». Porque nada es tan importante, nada es tan grave, nada es tan inasumible... De hecho, se murió mi madre y lo superé. ¿Acaso no podré superar todo lo que me echen por delante?

En todo esto pensaba cuando me dirigía a mi primera clase de yoga, un martes a las ocho de la tarde, porque una tiene tanto mundo interior que abruma. Tanta conversación intrínseca a su ser que necesita callar las voces y centrarse en el presente, en el ahora. Porque no se puede ser graciosa, tener pelazo y una cabeza ordenada, que lo queréis todo y no se puede.

Añadiré también que para mí, simplemente, el acto de buena voluntad de plantificarme las mallas, coger el coche y salir de casa a las ocho de la tarde era un logro francamente a valorar por mi psicóloga. Le dije: «Sara, que me hago yogui». Y eso hice: agarré la esterilla, los bloques y el agua y me presenté en el centro de yoga de Boadilla/Majadahonda dispuesta a convertirme en Buda conforme entrase por la puerta. «Yo de aquí salgo en paz, como que me llamo Alma», me repetía. Porque el éxito profesional y el subidón laboral no era garantía ninguna de tener la cabeza en su sitio. Los triunfos jamás son sinónimo de cordura y, aunque por fuera mucho jajás, por dentro un poquito cucú. Así que buscando la paz interior me coloqué al final del aula, que es donde se ponen las personas que a) acaban de empezar y les da vergüenza que las vean sufriendo con las posturitas o b) las que no hacen ni el huevo y cuando la profesora dice: «Estira un poco más», no se mueven ni un centímetro ni medio. En mi caso eran las dos cosas, pero yo era optimista y quería estar como dice la gente de Instagram: «En el mejor momento de mi vida». Aunque llores cuando apagas la luz de la mesilla de noche. Aunque te quieras arrancar los pelos del bigote de uno en uno porque tienes una ansiedad de caballo. Aunque sonrías en digital y llores en analógico. Ya lo dice María Pombo: «Nunca te compares ni te creas las redes sociales».

Yo quería estar *mens sana in corpore sano,* como Ernesto Alterio en el taxi de *Días de fútbol,* que busca la calma respirando y leyendo a Eckhart Tolle, pues igual. Pero llegué al centro de yoga siendo presa del Lexatin y musa de la Dormidina, desesperada ya por encontrar una solución para mi falta de autoestima (30 % y bajando) y mi sobrepeso (65 kilos). Afortunadamente, allí me esperaba Leyre, profesora de Nidra, una variedad de yoga suave que consiste en llegar al subconsciente casi cuando estás dormida, en un sueño semiprofundo. A Leyre la podemos llamar a partir de ahora «Virgen de Lourdes» porque obra el milagro de la relajación. Qué maravilla multisensorial. Qué mujer, qué paz, qué calma. Lo que viví durante esas dos horas en mi primer contacto con el yoga fue de otro planeta. Solo quería llorar y descansar, se me había removido todo. La voz suave de la Virgen de Lourdes, los instrumentos que tocaba, los sonidos, el olor a azahar y naranja... Tenía los cinco sentidos tocando las maracas de Machín. Es cierto que la Virgen de Lourdes se lo curra un montón y te hace el *storytelling* completo del yogui amateur. Lee unas oraciones, canta, toca la guitarra, reza unos mantras, hacemos *mudras, asanas, pranayamas...* La Virgen de Lourdes te hace el *starter pack* completo de iniciación al yoga. Y tú empiezas poco a poco a sentir una calma y una paz que no sabías ni que existe. Y eso que aquí una servidora iba con reticencias a la clase de yoga.

El miedo a la incertidumbre es lo que tiene, que si no controlas lo que va a pasar en cada momento, te entra el canguele y tienes esa extraña sensación de libre albedrío tan jodida. Y con el yoga no iba a ser menos. Iba temblorosa pensando que el resto de los compañeros me juzgarían por ser mi primera vez y poco menos que se reirían de mí al ver las pintas con las que iba y la poca capacidad que tenía para realizar *asanas* y posturitas varias. Pero nada más lejos de la realidad. El entorno yogui silencioso y respetuoso lleno de velas, incienso y lámparas de sal era tan acogedor que las buenas vibraciones te rodean y tú poco a poco empiezas a relajarte y a soltar tensiones. Mi escasa elasticidad pronto hizo acto de aparición y, dado que parezco un tronco tieso y hierático, tuve que esforzarme mucho en realizar según qué ejercicios.

Me acordé mucho de las clases de ballet que recibía cuando tenía siete u ocho años. Mis padres me apuntaron a gimnasia rítmica y también a ballet porque ni canto ni bailo (pero no se la pierdan). En mi casa siempre notaron que el artisteo corría por mis venas y se me dio abiertamente la oportunidad de petarlo en el mundo de la danza. Sin embargo, a mis padres les salió el tiro por la culata porque mi entrenadora, Geles, y su hija, Geletes, me intentaron lanzar al estrellato en un par de festivales de ballet haciendo de «payaso bajito» y después del debut nunca más se supo de mi extraordinaria carrera como primera bailarina del ballet de mi colegio. Mi personaje de «payaso bajito» absolutamente irrelevante solo hizo las delicias de mi familia, que vino a verme a las gradas del polideportivo mientras me hacían fotos y vídeos sin fin. Mi madre se curraba mazo tres cosas: el estilismo —era el «payaso bajito», pero llevaba un *outfit* infinitamente mejor que el «payaso alto»—, el *make up & hair* —mi madre tenía un rollazo que flipas peinando, era una especie de Loreto Valverde de la época con el mítico flequillo palmera— y, por último, la edición de los vídeos. Trabajar en Canal 9 tenía sus ventajas y mi madre era la más pro montando vídeos caseros. Todas nuestras vacaciones, cumpleaños, bodas, bautizos, comuniones y eventos varios estaban editados con una calidad que ni los *Vídeos de primera*, de Televisión Española.

Pero, como decía, mi caracterización de «payaso bajito» pasó absolutamente desapercibida para el público asistente y, qué quieres que te diga, a mí la indiferencia del auditorio me jodía un poco, seamos honestas. Sobre todo porque yo siempre he querido sentir el calor de mi público y en aquella situación me vi un poco abandonada por todos los presentes. Una nació vedete y morirá vedete y le duele sobremanera no ser profeta en su tierra. Las grandes siempre hemos sido unas incomprendidas.

Y si no, que se lo digan a la Jurado, la Pantoja o la Rosalía. Todas sufrieron en sus inicios porque la gran masa no entendía su arte. Compañeras, *I feel you*. «Payaso bajito» no era un producto para el *mainstream*. Menos mal que el tiempo (y el público) nos acaba dando la razón.

## El humor de mi vida

A medida que pasaban los días (y las terapias) en Madrid, servidora iba encontrándose mejor y las taquicardias iban menguando. La psicóloga me iba echando los puros pertinentes por mis taritas de siempre, la Virgen de Lourdes me daba sus clases de yoga y enderezaba mis chakras, y yo pues hacía lo que podía manteniendo a mis demonios a raya, que bastante trabajito costaba. Diré también que la gozadera interior por haber dejado atrás Barcelona iba *in crescendo* y que no solo me ocupé del contenido, sino también del continente. De hecho, fue por aquel entonces cuando conocí a la doctora Paula Rosso, una argentina rubia y esbelta que pinchaba mejor que David Guetta y Eric Morillo juntos. Y no es porque fuera DJ por lo que me enamoré de ella, sino porque su buen hacer era pinchando el maravilloso ácido hialurónico y el consabido bótox, dupla capaz de ponerte la cara tiesa como un folio y el espíritu alegre como un cervatillo corriendo por el bosque una mañana de sol y rocío entre los árboles.

La primera vez que vi a Paula yo estaba cagada de miedo pidiéndole más labio y a la vez rogándole al Señor que no se notase apenas. Era todo una incongruencia: que se note pero que no se note. Y la pobre, acostumbrada a que lelas como yo le hagamos la vida imposible, me decía: «Cuando se te baje la inflamación, vendrás a pedirme más». Y así hasta hoy. Cada día le he ido pidiendo más y más labio, siempre y cuando no me convirtiese en Carmen de Mairena, musa de *Crónicas Marcianas* pero no de mi imaginario estético. Yo necesitaba salir de su clínica viéndome más guapa pero sin llevar dos chorizos en la boca, que a veces hay morros que brillan tanto que parece que acabas de comer jamón serrano. Menos mal que Paula llega un punto en el que te frena y te para los pies y te dice: «Mira, Alma, si quieres venir tomamos un café y despachamos, pero no te voy a pinchar nada más». Y yo, que cuando tenga sesenta y siete años voy a tener la piel marrón y el pelo violeta, pienso ponerme de todo, hacerme de todo y probar de todo. Salvo el brillo de los ojos, que eso no se opera.

Yo mimitos y cremitas a cholón. Pero lo de sudar..., ay, amiga, eso de sudar ya lo llevaba peor. Me apunté al gimnasio motivada por el ímpetu de ser una mejor versión de mí misma: una Forte sin ansiedad, sin ojeras y sin dramas. Y además: sin celulitis. Pero todo fueron buenas intenciones y donde dije digo, digo Diego. Dos semanas duré en el gimnasio. Donde hace años (¡muchos!) pasaba horas piponeando de jajá, jujú, haciendo elíptica, abdominales, *crunches* y *burpees*, ahora me mareaba y tenía miedo de que me diera un chungo y me quedase allí más tiesa que la mojama. De hecho, vendí en Wallapop el iWatch, cansada de mirar constantemente las pulsaciones en la aplicación del electrocardiograma. Si ya tenía yo bastante hipocondría y pensamientos catastrofistas y obsesivos pensando que con cada ejercicio que hacía me iba a dar el ictus, me faltaba mirar el relojito de turno y ver que estaba en 180 pulsaciones por minuto. No, mira, no. Además entrenaba con un chiquillo estupendo de veintipocos (años) más majo que un sol, pero más terco que una mula. Cada entrenamiento me traía una tabla de ejercicios que si aquello llega a ser una película de Santiago Segura, yo acabo con una cinta en la cabeza, unas mallas color flúor y a mi lado una octogenaria fumando mientras hace *spinning* tirándole los trastos al monitor de turno. Y es que por mucho que se empeñara mi entrenador, mi motivación no era desfilar en Cibeles, porque yo ni mido 90-60-90 ni he vuelto a pesar en mi vida los 52 kilos de cuando tenía veintisiete años. Y lo que es más importante: afortunadamente, mi ¿gloriosa? carrera como perioartista de éxito la he basado en mi cerebro y no en mis tetas.

Y en mis tetas precisamente se fijaba Enric, que por suerte o por desgracia cada día tenía más Almi donde agarrar. Él, que me ha visto delgada como un palo y redonda como un balón, siempre dispuesto a subirme la moral, siempre a punto para hacerme reír, encima tenía la santa guasa de decirme: «Pues yo te veo igual que antes». Y acto seguido preparaba dos sándwiches de Nutella. Uno para él y otro para mí. Y yo me comía el mío, faltaría más, y dejaba el cuchillo encima del banco de la cocina por si aún me animaba y preparábamos otro; pero además, le daba gracias a la vida por haberme puesto de compañero a alguien como Enric, sensato, honesto, sensible y, por encima de todas las cosas, divertido y cariñoso.

No hay nadie en la faz de la Tierra más cariñoso que Enric, que necesita ~~tocar~~ echarse encima de ti por las noches. A veces se me duermen las extremidades y se me empiezan a gangrenar las piernas, porque tú imagínate semejante catalán de casi dos metros *echao* encima como un peso muerto. Por eso, a las dos horas de acostarnos, yo empiezo a sentir que me hormiguean desde los dedos de los pies hasta el remolino de la cabeza. Y entonces me toca moverle como si yo fuera una grúa y él una morsa en coma. Él se excusa y dice que a veces soy yo quien da la serenata nocturna y me pongo a roncar «como un jabalí herido». Durísimas declaraciones. Pese a todo, Enric y mi madre son las personas que me han dicho las cosas más bonitas que me ha dicho nadie jamás. Y eso que Enric es brasitas, ¿eh? *Cuidao*. Te descuidas y te ha secuestrado mientras divaga sobre lo humano y lo divino.

Tú dale a Enric un aforismo, una reflexión, una pregunta sin resolver... y ya lo tienes feliz y contento toda la tarde. Él está en las ideas y yo en el pueblo llano. Somos el yin y el yang. Porque su sino es pensar, crear... y hacerme reír. Siempre con el chiste en la boca, como Chandler Bing, el personaje que más me recuerda y me recordará siempre a él. Ya puedes estar en la situación más embarazosa del mundo, que si tiene un chiste en la boca, ~~tiene que~~ necesita expulsarlo. Y así hemos vivido los últimos cinco años: más ricos, más pobres, más gordos, más flacos..., pero siempre riendo. Porque con Enric es muy fácil, ya que es la persona con la autoestima más estable que he conocido nunca. No se quiere ni por exceso ni por defecto, Enric se mira al espejo y sabe lo que hay: ni más, ni menos. Y por eso mola tanto cuando me anima a llevar a cabo algún proyecto, porque él me ve cristalino, tal y como soy, ni más, ni menos. Me ve cuando yo no me veo.

Como aquella vez en que me animó a producir mi propio *reality*. Yo, que soy la persona más torpe sobre la faz de la Tierra con la empresa y el negocio, imagíname organizando partidas presupuestarias para grabar cinco capítulos de *La Forte - El Reality*. Es que yo me pasaba la vida diciendo: «Ojalá viniera una plataforma y me montase un programita»... y Enric un día, cansado de verme en el papel de plañidera, me dijo: «Háztelo tú. A tu gusto. Como tú quieras, sin censura, sin nadie por encima que te diga esto sí o esto no. Sin nadie que te corte las alas y le ponga límites a tu instinto». Y eso hice. Como si fuera Javier Bardem en *El buen patrón*, recluté a un escuadrón de profesionales del guion, la realización y la dirección y dividimos mi vida en una *sitcom* de cinco capítulos. En el primero iríamos a la Semana Santa de mi pueblo, que para eso soy nazarena de la Muy Ilustre Hermandad de la Virgen de los Dolores y me hago las procesiones cada año religiosamente. No veas la emoción. Llorando a todo lo que da cada vez que veía a la Virgen vestida con su capa morada, como la mía. A ver a la Dolorosa me acompañaron Ana y el Cari y nos grababamos comiendo monas y longaniza de pascua de Ricardet, la mejor carnicería de mi pueblo. Porque si una es abanderada de su gastronomía, pues lo hace saber y punto. Además, la sobrasada marineta de Ricardet debería ser patrimonio de la humanidad. Ojalá con este libro pudiera regalaros una marineta debajo del brazo a cada una, como cuando la *Glamour* regala un champú o la *Telva* «tu neceser para la playa».

En el segundo capítulo me llevé a Henry, el director del *reality* a comprar bragas al mercadillo de Boadilla/Majadahonda porque las buenas costumbres no se deben perder, por mucho que una toque los *billets* y se pueda comprar «su primer Luisvi». Como decía mi abuelo: «Es que Almita si ve unas bragas, se las compra». Eso es así. A mí el tema braga me sobrecoge, es una pasión oculta que tengo: los refajos. Me gusta lo que es hablar largo y tendido sobre la ropa interior y coincidiremos todas en que el mercadillo es uno de los templos de las bragas. Las tienen pequeñas, grandes, gigantes, de licra, de encaje, tanga, brasileña, braga alta, bragafaga, efecto *push up*, efecto reductor, efecto no hay braga, con pernera, bragas donde el toto va cómodo, bragas donde el toto no cabe... Es todo un mundo y en mi *reality* el universo braga estaba pidiendo a gritos un espacio en común.

El tercer capítulo puede que fuera uno de mis favoritos, ya que por fin cumplí mi sueño de vestirme de flamenca. Absolutamente toda mi vida, desde que tengo uso de razón, he querido enchufarme una bata de cola. Y para aprender que lo que se lleva en abril en Sevilla no es exactamente una bata de cola, tuve que hacer un curso acelerado de Feria/Forte-Forte/Feria porque yo a todo lo llamaba igual y, madre mía, hay 187 códigos de conducta, tradiciones y vestimenta que cumplir si quieres vestirte de flamenca. Que si la flor en el centro, que si las cuñas de esparto, que si en el Pescaíto se va de gala... Aquellos días en el Real de los Remedios yo era Dani Rovira en *Ocho apellidos vascos*. Me faltaron Los del Río y montar en calesa.

Guapa lo que se dice guapa no estaba en el capítulo cuatro. La humillación completa llegó al grabarme en el gimnasio, entrenando con Diego, el de veintipocos, mientras me ahogaba en la elíptica y le contaba que había comido lentejas con chorizo.

Y por fin llegó el capítulo final, «*Love of Forte*», donde viajaba a París con Enric para ver el mejor concierto de la historia de Love of Lesbian en un cabaret para cien personas y además, la gran sorpresa... conocimos a la banda y yo abracé a Santi Balmes durante un minuto como si fuera una señora que no está bien de la cabeza.

## ¡Pedrooo!

Durante todos estos meses en la nueva «época de Madrid», la ansiedad, el amor y la ambición profesional convivían felices y contentas dándose la mano y jugando al mus cada noche. Mi muy amiga Ansi aparecía de vez en cuando para recordarme que *elfuturoesincierto, elfuturoesincierto, elfuturoesincierto*, así con voz muy machacona y con ojos saltones. No veas la matraca y el desgaste emocional y físico que supone tratar de continuar con tu vida normal mientras la Ansi está ahí «dale don dale pa que se mueva la yale». A veces me la imagino subida a mi chepa como un mono, soplando un matasuegras y tirando confeti por detrás de mi cogote, con un megáfono de esos que se utilizan en las despedidas de soltera para gritarle a la novia: «¡Piénsatelo, no te cases, mañana estarás lavando gayumbos!». Como véis, mi muy amiga Ansi es igual de peliculera que yo y se monta unas escenitas que ríete tú de *Resacón en las Vegas*. Menos mal que la vida provoca pero no ahoga, y si logras aunque sea por una vez en tu vida fluir y dejarte llevar, pasan las mejores cosas...

Aquella tarde habíamos quedado con Jau, *amic* de la Terreta, director, personaje y *showman* a partes iguales, para ver el estreno de *La Gran Depresión* en Gran Vía. Al evento acudiría lo más granado del cine español, no era para menos, porque la obra está dirigida por Félix Sabroso y porque la protagonizaban Antonia San Juan y Nuria Roca.

Por supuesto, a media tarde servidora ya estaba nerviosa pensando «el *modelet*» y ensayando las poses del *photocall*, cosa que puede resultar un tanto patética *a priori,* pero os aseguro que lo hace absolutamente todo el mundo (sobre todo si el *outfit* es complicado de llevar porque es muy estrecho, tiene cola, lleva mucho escote o lo que sea en cada caso). Además, he aprendido que esas cosas se ensayan, por eso la vez que nos invitaron a la primera edición de los Premios Ondas del Podcast yo iba con mis pasos/poses absolutamente preparados: ahora pie delante, ahora pie detrás, mano en la cintura, giro, «un Pataky» y guiñito a cámara. Es todo un arte, ojo, porque luego te pilla el toro. Y quien dice 'toro' dice 'imprevistos', y si no que se lo digan a Inés Sastre en aquella boda de Plasencia donde hacía un viento de mil demonios y la pobre chica tuvo que elegir entre sujetarse la pamela o esconderse la teta que le sobresalía por encima de la americana, de forma orgullosa y buscando su momento de gloria.

El caso es que, como decía, estaba yo por casa con mis caritas delante del espejo pensando que esa noche me iba a comer el *photocall*, aunque nadie estuviese fuera del teatro coreando mi nombre como pasa con los jovenzuelos de *Élite*; que hay que ver, estos críos es que nacen siendo estrellas, la Virgen. Saben posar, seducir, ser simpáticos, universales, poner caras de gente interesante y triunfadora en la vida... Y no como yo, que me falta hacer el gestito de la victoria con la mano derecha porque (en los *photocalles*) nunca sé dónde meterme los dedos. Suerte que, aquella tarde, al llegar al teatro, una chica nos guio hasta el *photocall* y gritó fuertemente nuestros nombres para que los medios supieran que éramos «¡Enric Sánchez y la Forte!». Yo la oí y pensé que ok, que el *photocall* estaba genial, pero que algún día me gustaría bajar las escaleras de un plató de televisión como cuando se hacía *Noche de Fiesta* y plantificarme una boa de plumas plateada, con un *body* de lentejuelas, pedrería, perlitas y brillantes de Swarovsky. Ese sería mi sueño: dar las campanadas desde un balcón para una cadena nacional, bajar unas escaleras como si fuera Norma Duval o Lola Flores y, por supuesto, ganar un Goya. Esto último, vamos a afrontarlo, soy consciente de que provoca cierta risilla a mi alrededor cada vez que lo digo, pero es que si no me atrevo ni a decirlo... ¿cómo lo voy a ganar? Ya lo dijo Isabel Pantoja en *Bravo por la Tarde*...: «¡Que lo sepa Andalucía, que lo sepa España entera...!» (y ahora ya sigo yo) ¡quiero ganar un Goya!

Y mirad, tías, llegados a este punto, necesito que me importen un pimiento las opiniones de todo el mundo.

Necesito vivir conmigo, recuperar a la niña pequeña que bailaba delante del espejo y cantaba «algo se muere en el Alma» mientras movía las manos así y así. Necesito decirle al mundo que lloro cuando escucho el *Valerie* de Amy Winehouse y que la vulnerabilidad me hace libre, real e igual que las demás. Que las inseguridades de una son las inseguridades de todas. ¡Si hasta Jennifer López se hunde en su documental al leer las críticas de la prensa! ¡Por Dios Santo, la reina JLO! La cercanía (que no la perfección) te convierte en referente. Y aunque yo siempre he tenido muchos cojones... para mostrarse, para exponerse y para desnudarse vestida hay que tener mucho más que cojones. Hay que tener ovarios. Y yo no puedo dejar de hacer lo que me hace feliz. Supongo que será esto aceptar quién soy. Supongo que este será el primer paso para pasarme por la entrepierna las opiniones de los que dicen que si el Goya esto o el Goya lo otro. Pues amigues, después de ver a María del Monte e Isabel Pantoja salir del armario la misma semana, sabed que todo es posible. Sobre todo porque el Gran Maestro ya me ha conocido... y no estoy loca, yo diría que algo brilló entre nosotros.

Después de aquel *photocall* fugaz y coreografiado en el que hice pasito-pasito-giro-sonrisa, Enric y yo nos apartamos a un lado donde estaba toda la gente VIP. Natalia Verbeke, Pablo Motos, Arturo Valls, Cayetana

Guillén, Javier Cámara... y, de repente, Él. Escuché un peculiar: «¡Forte, ven!» de parte de Jau y me giré inmediatamente. Se abrió la multitud. Se hizo un pequeño corrillo. Parecía iluminado por el foco de la gracia de Dios. Vi su pelo blanco, brillante e inexplicablemente siempre tieso. Inconfundible. Y a lo lejos, nuestras miradas se cruzaron. Él con sus gafas compradas en París. Yo con mi flequillo domado gracias a la queratina. Él con su característico cuello alto. Yo apretándole muy fuerte la mano a Enric porque *joderjoderjoder*. Ahí estaba Él. Y su carisma. Y sus Óscar, sus Globos de Oro y sus Goyas. Y se acercaba lentamente hacia mí (con Jau al lado gritando como una posesa).

—Forte, te presento a Pedro Almodóvar.

—Pedro, ella es la Forte.

Pedro puso cara de: «¿Laforte? ¿Todo junto?». Pero yo pensé que no era momento de explicarle que «la» es el artículo y que va separado y que básicamente Él puede cambiarme el nombre y llamarme como le dé la gana. Primero porque real que me estaba dando un infarto (y eso que mi muy amiga Ansi estaba inexplicablemente desaparecida en combate) y segundo porque lo que Pedro no sabe es que en mi casa también le habíamos cambiado el nombre a él. Y es que mi madre, mi santa madre, ya en el año 2002, cuando se estrenó *Hable con ella,* tuvo a bien recortar el titular de un periódico que rezaba: «Almadóvar» porque intuyó que el manchego y yo podíamos vivir un *amor fou.* Con toda su maña y dos pedazos de celo lo pegó en el armario de mi habitación y al lado me dejó una notita que decía: «Tú triunfarás, que yo lo sé». Y ¿sabes una cosa? Las madres siempre tienen razón. Así que desde ese momento, Pedro, para todos nosotros, se convirtió en Pedro AlmaDóvar.

«Quiero agradecer este Premio...».

# Agradecimientos

A Manuel, por guiarme.
Al Cari, por sostenerme.
A Enric, por elegirme.
Y a *Mi Patio de Vecinas*, por apoyarme.

528128008800203

## Praise for *The Address Book*

"A radical treatise on class divisions in a nation that too often insists none exist."    —Bethanne Patrick, *The Washington Post*

"Mask populates her daunting inquiries with a cast of stirring meddlers whose curiosity, outrage and ambition inspire them to confront problems ignored by indifferent bureaucracies."
—Sarah Vowell, *The New York Times Book Review*

"Read Mask's fascinating deep dive into the world of Mill Lane and Martin Luther King Street and you will begin to realize just how important these geographical markers are, how pregnant with meaning, and what a difference they make to everything from the proper functioning of society to questions of wealth, poverty and democracy. . . . Highly entertaining."
—Andrew Holgate, *The Sunday Times* (UK)

"Mask combines deep research with skillfully written, memorable anecdotes to illuminate the vast influence of street addresses as well as the negative consequences of not having a fixed address. . . . [An] eye-opening book."
—*Kirkus Reviews* (starred)

"An entertaining and wide-ranging debut."
—*Publishers Weekly* (starred)

"Engaging, illuminating, and with highly relevant current subject matter, this book is recommended for all readers, especially fans of popular history and politics."    —*Library Journal* (starred)

"Mask's book was just up my strasse, alley, avenue and boulevard. A classic history of nomenclature—loaded, complex and absorbing."    —Simon Garfield, author of *On the Map: A Mind-Expanding Exploration of the Way the World Looks*

"The story of our streets is the history of our cities. Mask reveals how the tales secreted within a street name can be as mesmerizing and mystifying as the city itself—and the people who call that place home." —Janette Sadik-Khan, Bloomberg Associates, former NYC Department of Transportation commissioner

"I had hoped *The Address Book* would change the way I think about an oft-overlooked, seemingly banal bit of everyday life. I had no idea it would so change the way I think about life itself." —Tom Vanderbilt, author of *Traffic* and *You May Also Like*

"*The Address Book* is a deeply researched dive into the surprising histories and meanings that lie behind the seemingly mundane way we name our streets and number our houses and buildings. . . . A must-read for urbanists and all those interested in cities and modern economic and social life." —Richard Florida, author of *The Rise of the Creative Class*

"It is no accident that, in suburban sprawl, most people live on streets that go nowhere, or on parking lots with no proper street addresses at all. In this lively and eye-opening book, Deirdre Mask unearths the many layers of meaning hiding just below the surface of the ways we place ourselves and others in our communities." —Jeff Speck, urban planner and author of *Walkable City: How Downtown Can Save America, One Step at a Time*

DEIRDRE MASK

# *The*
# ADDRESS
# BOOK

## What Street
## Addresses Reveal
## About Identity,
## Race, Wealth,
## and Power

ST. MARTIN'S GRIFFIN
NEW YORK

First published in the United States by St. Martin's Griffin, an imprint of St. Martin's
Publishing Group

THE ADDRESS BOOK. Copyright © 2020 by Deirdre Mask. All rights reserved.
Printed in the United States of America. For information, address St. Martin's
Publishing Group, 120 Broadway, New York, NY 10271.

www.stmartins.com

Portions of this book originally appeared, in slightly different form,
in *The Guardian, The Atlantic,* and *The New York Times.*

Illustrations in this book are public domain except for Maria Theresa (p. 93):
Gabriel de Saint-Aubin, les roues á bulletins in Guillaute Mémoire sur la
Réformation de la Police de France, 1749, Waddesdon (National Trust) Bequest of
James de Rothschild, 1957, acc no: 5443; Guillauté's filing cabinet (p. 102): photo credit
Waddesdon Image Library, Mike Fear; Anne Vanderbilt and Martha Bacon (p. 234):
Courtesy of Library of Congress Prints & Photographs Division, LC-B2-3805-13;
Martha Bacon's house (p. 238): Courtesy of the Office for Metropolitan History

Design by Jonathan Bennett

The Library of Congress has cataloged the hardcover edition as follows:

Names: Mask, Deirdre, author.
Title: The address book : what street addresses reveal about identity, race, wealth,
and power / Deirdre Mask.
Description: First edition. | New York : St. Martin's Press, 2020. | Includes
bibliographical references and index.
Identifiers: LCCN 2019048694 | ISBN 9781250134769 (hardcover) |
ISBN 9781250134783 (ebook)
Subjects: LCSH: Street addresses—Social aspects. | Street names—Social aspects.
Classification: LCC HE336.S77 M37 2020 | DDC 388.1—dc23
LC record available at https://lccn.loc.gov/2019048694

ISBN 978-1-250-13479-0 (trade paperback)

Our books may be purchased in bulk for promotional, educational, or business
use. Please contact your local bookseller or the Macmillan Corporate and
Premium Sales Department at 1-800-221-7945, extension 5442, or by email at
MacmillanSpecialMarkets@macmillan.com.

First St. Martin's Griffin Edition: 2021

10   9   8   7   6   5   4   3   2   1

For Paul, as he well knows

"In Lübeck, on 20 March (1933), a large number of people were taken into so-called protective custody. Soon after began the renaming of streets."

—WILLY BRANDT, *Links und frei. Mein Weg 1930–1950*
*(Left and Free: My Path 1930–1950)*

# CONTENTS

## POLITICS

## RACE

## CLASS AND STATUS

## *Introduction*

### NEW YORK, WEST VIRGINIA, AND LONDON

In some years, more than 40 percent of all local laws passed by the New York City Council have been street name changes. Let me give you a moment to think about that. The city council is congress to the mayor's president. Its fifty-one members monitor the country's largest school system and police force, and decide land use for one of the most densely populated places on earth. Its budget is larger than most states', its population bigger than all but eleven states'. On top of that, New York's streets have largely been named or numbered since the nineteenth century with some street names, like Stuyvesant and the Bowery, dating from when Manhattan was little more than a Dutch trading station.

And yet, I'll say it again: in some years, more than 40 percent of all local laws passed by the New York City Council have been street name changes.

The city council often focuses on honorary street names layered on top of the regular map. So when you walk through the city, you may look up and see that while you are on West 103rd Street, you are also on Humphrey Bogart Place. Or you might be on Broadway and West 65th Street (Leonard Bernstein Place), West 84th (Edgar Allan Poe Street), or East 43rd (David Ben-Gurion Place). Recently, the city council approved the Wu-Tang Clan

1

District in Staten Island, Christopher Wallace Way (after the Notorious B.I.G.) in Brooklyn, and Ramones Way in Queens. The city council co-named 164 streets in 2018 alone.

But in 2007, when the city council rejected a proposal to rename a street for Sonny Carson, a militant black activist, demonstrators took to the streets. Carson had formed the Black Men's Movement Against Crack, organized marches against police brutality, and pushed for community control of schools. But he also advocated violence and espoused unapologetically racist ideas. When a Haitian woman accused a Korean shop owner of assault, Carson organized a boycott of all Korean grocery stores, where protesters urged blacks not to give their money to "people who don't look like us." Asked if he was anti-Semitic, Carson responded that he was "antiwhite. Don't limit my antis to just one group of people." Mayor Bloomberg said, "there's probably nobody whose name I can come up with who less should have a street named after him in this city than Sonny Carson."

But supporters of the naming proposal argued that Sonny Carson vigorously organized his Brooklyn community long before anyone cared about Brooklyn. Councilman Charles Barron, a former Black Panther, said that Carson, a Korean War veteran, closed more crack houses than the New York Police Department. Don't judge his life on his most provocative statements, his supporters asked. Still, Carson was controversial in the African American community as well. When black councilman Leroy Comrie abstained from the street name vote, Barron's aide Viola Plummer suggested that his political career was over, even if it took an "assassination." Comrie was assigned police protection. (Plummer insists she meant a career assassination rather than a literal one.)

When the council finally refused the Carson-naming proposal (while accepting designations for *Law & Order* actor Jerry Orbach and choreographer Alvin Ailey), a few hundred Brook-

lyn residents flooded into Bedford-Stuyvesant and put up their own Sonny Abubadika Carson Avenue sign on Gates Avenue. Councilman Barron pointed out that New York had long honored flawed men, including Thomas Jefferson, a slave-owning "pedophile." "We might go street-name-changing crazy around here to get rid of the names of these slave owners," he called out to the angry crowd.

"Why are leaders of the community spending time worrying about the naming of a street?" Theodore Miraldi of the Bronx wrote to the *New York Post*. Excellent question, Mr. Miraldi. Why do we care this much about any street name at all?

I'll get to that. But first, another story.

I did not, at first, plan to write an entire book about street addresses. Instead, I set out to write a letter. I was living in the west of Ireland, and I had sent a birthday card to my father in North Carolina. I pressed a stamp on the envelope, and just four days later the card appeared in my parents' mailbox. I thought, not particularly originally, that this should have been much more expensive than it was. And how did Ireland and the United States share the proceeds? Is there some accountant in a windowless back room of the post office, dividing each penny between the two countries?

Answering that question led me to the Universal Postal Union. Founded in 1874, the Universal Postal Union, based in Bern, Switzerland, is the world's second-oldest international organization. The UPU coordinates the worldwide postal system. I was soon lost in its website, which is surprisingly engrossing, explaining debates about e-banking and postal policing of illegal narcotics, mixed with lighter posts on World Post Day and international letter-writing competitions.

After I answered my own question—the UPU has a complex system for deciding the fees countries charge each other

for handling international mail—I came across an initiative
called Addressing the World, An Address for Everyone. Here,
I learned for the first time that billions of people don't have
reliable addresses. Addresses, the UPU argues, are one of the
cheapest ways to lift people out of poverty, facilitating access to
credit, voting rights, and worldwide markets. But this is not just
a problem in the developing world. Soon, I learned that parts
of the rural United States don't have street addresses either. On
my next visit home, I borrowed my dad's car, and drove to West
Virginia to see for myself.

The first problem I had was finding Alan Johnston. Johnston
was a friend of a friend who had petitioned the county government for a street address. The street he lives on had never had
a name, and he had never had a house number. Like most residents of McDowell County, he had to pick up his mail at the
post office. When he first tried to order a computer, the woman
from Gateway asked him for his address. "You have to live on
a street," she told him. "You have to be somewhere." She called
the power company and put a representative on a three-way call
to confirm Johnston's location. Sometimes deliverymen found
him, but sometimes they didn't. He often had to drive to Welch
(pop. 1,715), about four miles away, to meet a new UPS driver.
　　The directions Alan had given me to his home filled half a
page, but I was lost from the first turn. I then found out that West
Virginia has some of the world's most exuberant direction givers.
A man working shirtless on his lawn darted across a busy lane
to advise me to make a left at the community hospital. Somehow I made a right instead and ended up on a road overgrown
with kudzu. The road seemed to grow narrower with every mile.
Winding back the way I'd come, I saw a man leaning against his
pickup truck in the damp heat. I rolled down my window.
　　"I'm looking for Premier," I told him, the tiny unincorpo-

rated village where Johnston lives. He eyed me and my dad's long black car. "You done lost," he noted correctly. I asked for directions, but he shook his head. "I'll have to take you there, or you'll never find it." Against my protests, this stranger stubbed out his cigarette, got in his truck, and led me a mile down to a bigger road where I saw the old radio station Johnston had told me to look out for. The man honked and drove away, and I waved until he couldn't see me anymore.

Now I knew I was close. Johnston told me that if I went past B&K Trucking, I'd gone too far. I passed B&K Trucking and turned around. Two city workers were raking at the side of the road when I stopped to confirm I was headed in the right direction.

"Which B&K Trucking did he mean?" they asked me, mopping their brows. "There are two B&K Trucking companies on this road." I thought they must be joking, but their faces betrayed nothing.

Next, I came across a red pickup truck on the side of the road. An elderly pastor with a trucker cap perched on his head sat in the cab. I tried to describe where I was going, and then, hopefully, told him I was going to see Alan Johnston. "Oh, Alan," he said, nodding. "I know where he lives." He paused, trying to direct me. Finally, he asked, "Do you know where *my* house is?"

I didn't.

Eventually I found the sharp, unmarked turn that led to Alan Johnston's gravel road, and parked next to a pale blue bus he and his wife had fixed up. Alan, whose friends call him Cathead after a kind of enormous West Virginia biscuit, had a good life back in the winding rocky roads locals call the hollows. He had a warm, sturdy wood house in the thick woods, the walls covered in studio pictures of his wife and children. His father had worked in the coal mines nearby, and his family had never left.

Strumming his guitar while we talked, he wore denim overalls and his graying hair tied in a ponytail.

Clearly he needs a street name. Does he have anything in mind?

"Years ago, back when I went to grade school," he told me, "there were a whole lot of Stacys lived up in this hollow. Ever since, locals have called it Stacy Hollow."

West Virginia has tackled a decades-long project to name and number its streets. Until 1991, few people outside of West Virginia's small cities had any street address at all. Then the state caught Verizon inflating its rates, and as part of an unusual settlement, the company agreed to pay $15 million to, quite literally, put West Virginians on the map.

For generations, people had navigated West Virginia in creative ways. Directions are delivered in paragraphs. Look for the white church, the stone church, the brick church, the old elementary school, the old post office, the old sewing factory, the wide turn, the big mural, the tattoo parlor, the drive-in restaurant, the dumpster painted like a cow, the pickup truck in the middle of the field. But, of course, if you live here, you probably don't need directions; along the dirt lanes that wind through valleys and dry riverbeds, everyone knows everyone else anyway.

Emergency services have rallied for more formal ways of finding people. Close your eyes and try to explain where your house is without using your address. Now try it again, but this time pretend you're having a stroke. Paramedics rushed to a house in West Virginia described as having chickens out front, only to see that every house had chickens out front. Along those lanes, I was told, people come out on their porches and wave at strangers, so paramedics couldn't tell who was being friendly and who was flagging them down. Ron Serino, a copper-skinned firefighter in Northfork (pop. 429) explained how he

would tell frantic callers to listen for the blare of the truck's siren. A game of hide-and-seek would then wind its way through the serpentine hollows. "Getting hotter?" he would ask over the phone. "Getting closer?"

Many streets in rural West Virginia have rural route numbers assigned by the post office, but those numbers aren't on any map. As one 911 official has said, "We don't know where that stuff is at."

Naming one street is hardly a challenge, but how do you go about naming thousands? When I met him, Nick Keller was the soft-spoken addressing coordinator for McDowell County. His office had initially hired a contractor in Vermont to do the addressing, but that effort collapsed and the company left behind hundreds of yellow slips of paper assigning addresses that Keller couldn't connect to actual houses. (I heard that West Virginia residents, with coal as their primary livelihood, wouldn't answer a call from a Vermont area code, fearing environmentalists.)

Keller was personally in charge of naming a thousand streets in the county. He searched online for ideas, poaching names from faraway places. He tried to match places with historical names. He ran out of trees and flowers. "For generations people will be cussing my road names," he told me. Keller ordered street signs and personally installed them with a sledgehammer, his body trained for the job from years of chopping wood as a child.

Each West Virginia county cultivated its own naming strategy. Some took an academic approach, reading local history books to find appropriate names. Phone books borrowed from Charleston and Morgantown were brought to the office. When one addresser was looking for short names that would fit on the map, his secretary scoured Scrabble websites. Things got creative. One employee told me that a widow, "a pretty hot lady,"

found herself living on Cougar Lane. Addressers came across the remnants of a party at the end of another street. Bingo: Beer Can Hollow.

Another addressing coordinator told me he would sometimes sit for forty-five minutes at the end of the road, his head in his hands, trying to think of a name.

"It's like trying to name a baby, isn't it?" I asked him.

"Except that you don't have nine months to do it in," he said with a sigh.

Not that there hadn't been citizen input. Raleigh County required that residents on a street agree on its name. Residents in other counties took a more, let's say, eclectic approach. Someone, apparently, really wanted to live on Crunchy Granola Road. Another community fought to keep their street's local name: Booger Hollow. And when neighbors can't agree? "I threaten them with Chrysanthemum," one addressing coordinator told me, with a wicked grin.

One homeowner tried to call her street "Stupid Way." Why? "Because this whole street name stuff is stupid," she declared proudly.

Which leads me to a broader point. Many people in West Virginia really didn't want addresses. Sometimes, they just didn't like their new street name. (A farmer in neighboring Virginia was enraged after his street was named after the banker who denied his grandfather a loan in the Depression.) But often it's not the particular name, but the naming itself. Everyone knows everyone else, the protesters said again and again. When a thirty-three-year-old man died of an asthma attack after the ambulance got lost, his mother told the newspaper, "All they had to do was stop and ask somebody where we lived." (Her directions to outsiders? "Coopers ball field, first road on the left, take a sharp right hand turn up the mountain.")

But as Keller told me, "You'd be surprised at how many

people don't know you at three in the morning." A paramedic who turns up at the wrong house in the middle of the night might be met with a pistol in the face.

One 911 official told me how she tried to talk up the project with McDowell County's elderly community, a growing percentage of the population now that young people are moving to places with more work. "Some people say, I don't want an address," she told me. "I say, what if you need an ambulance?"

Their answer? "We don't need ambulances. We take care of ourselves."

"Addressing isn't for sissies," an addressing coordinator once told a national convention. Employees sent out to name the streets in West Virginia have been greeted by men with four-wheelers and shotguns. One city employee came across a man with a machete stuck in his back pocket. "How bad did he need that address?"

Some people I spoke to saw the area's lack of addresses as emblematic of a backward rural community, but I didn't see it that way. McDowell County struggles as one of the poorest counties in the country, but it's a tight-knit community, where residents know both their neighbors and the rich history of their land. They see things outsiders don't see. In Bartley (pop. 224), for example, residents pivot directions around the old Bartley School, which burned down twenty years ago. I, on the other hand, now use GPS to navigate the town I grew up in. I wondered whether we might see our spaces differently if we didn't have addresses.

And far from being outlandish, the residents' fears turn out to be justifiable, even reasonable. Addresses aren't just for emergency services. They also exist so people can find you, police you, tax you, and try to sell you things you don't need through the mail. West Virginians' suspicions about the addressing project were remarkably similar to those of eighteenth-century

Europeans who rebelled when governments slapped numbers on their doors—a story this book will tell.

But many West Virginians, like Alan Johnston, also quite reasonably saw the benefits of being found on Google Maps, just as those same eighteenth-century Europeans learned to love the pleasing thud of mail pushed through a slot in the door. I spoke to Alan a few weeks after I left West Virginia. He had called the 911 office and described his house to an employee, who had found his new address on the map.

Alan now lives on Stacy Hollow Road.

One last story for now. Not long after I wrote about West Virginia, I was house-hunting in Tottenham, a largely working-class area in north London. My husband and I had recently moved to the city but we couldn't find much we liked in our budget. Tottenham is a lively, diverse place, where Caribbean takeaways, kosher shops, and halal butchers line the same streets. Around 78 percent of its residents are minorities, with more than 113 ethnic groups crammed in a space 3 percent the size of Brooklyn.

Tottenham's fortunes have often wavered. In August 2011, riots which killed five and spread through England started in Tottenham, triggered by the police-shooting of a twenty-nine-year-old man. Carpet shops, supermarkets, and furniture stores were set on fire, and police arrested more than four thousand people for looting, arson, and assaults. Today, unemployment and crime in Tottenham are still disproportionately high. But when we visited friends who had just moved there, their neighborhood was full of young families from around the world. Soon after, I went to see a two-bedroom terraced house that had just come on the market.

The street was tidy, and I saw potential neighbors clipping hedges and planting flowers in their front yards. At one end of

the road was a friendly looking pub; on the other end, a grand-looking state school with a garden classroom and swimming pool. A grassy park with a small playground, tennis courts, and paths shaded with plane trees was just five minutes' walk away. The house sat squarely in the most diverse postcode in the United Kingdom, and probably all of Europe.

The agent, Laurinda, let me in and the house was as lovely as she said it was on the phone—stripped wood floors, bay windows, and a fireplace in every room, including the bathroom. She swept me through quickly; there were offers on the house already, so we would have to move fast.

I did really like it. But I had a nagging problem: could I really live on Black Boy Lane?

Nobody really knows how Black Boy Lane got its name. Though the biggest waves of black immigration in the UK occurred after World War II, Britain had a black population long before that. Shakespeare wrote two black characters, and Elizabeth I had black servants and musicians. Among the upper classes, it was apparently fashionable to acquire a black child. Often they were mere "human ornaments," serving the same decorative function as tapestries, wallpaper, and poodles.

The British were among the most prominent slave traders in the world, but the vast majority of British-trafficked Africans did not end up in England. (British Africans were servants, England deemed to have "too pure an Air for Slaves to breathe in.") Instead, British slave ships left from ports like Bristol and Liverpool full of British goods to buy African slaves. Crammed with men and women, the ship would then travel to the Americas, and swap the human cargo for sugar, tobacco, rum, and other New World goods to bring to Europe. By some estimates, the British carried 3.1 million people in this way across the ocean.

The abolitionist movement included former slaves like Olaudah Equiano, whose 1789 bestselling autobiography about his capture from Nigeria was one of the earliest books by an African printed in England. But easily the most visible leader of the antislavery movement was politician William Wilberforce, the wealthy son of a wool merchant. Wilberforce, whose self-described "intense religious conversion" inspired his abolitionism, was only five foot four, but he found other ways to boost his stature. "I saw what seemed a mere shrimp mount upon the table," James Boswell, Samuel Johnson's biographer, wrote. "But as I listened, he grew, and grew, until the shrimp became a whale." For eighteen years, Wilberforce introduced bill after bill eradicating the slave trade, before it was finally passed in 1807. The House of Commons gave him a standing ovation. Twenty-six years later, he learned that a law freeing all slaves in the British Empire had been passed as well.

Wilberforce was then on his deathbed, drifting in and out of consciousness. At one point, he woke up briefly. "I am in a very distressed state," he told his son, Henry. "Yes," Henry apparently answered, "But you have your feet on the Rock." "I do not venture to speak so positively," Wilberforce replied, "But I hope I have." Wilberforce died the next morning, and was buried in Westminster Abbey.

We didn't put an offer on the house on Black Boy Lane. Maybe it was the dated kitchen, maybe we just weren't ready to commit, or maybe it was the street name, after all. I'm African American; my ancestors were in the bellies of those ships. And the street's name conjured up a time in America not so long ago when every black man, no matter how old, was known as "boy." (I mean "not so long ago" literally. "That boy's finger does not need to be on the button," Kentucky representative Geoff Davis

said, in 2008, about America's nuclear arsenal. "That boy" was Barack Obama.)

But others have argued that the name has nothing to do with the slave trade, that it was actually just a nickname for the dark-skinned King Charles II. And no one I ran into who lived along the street seemed particularly uncomfortable with the name. When I mentioned it to an elderly man tending his front garden, he just laughed and said the name was a frequent conversation starter.

All the same, I was delighted when we finally bought a flat one postcode away in Hackney, another diverse area in north London, near a different leafy park, with a kitchen just as dated. But this time the street name only sealed the deal: Wilberforce Road.

After I wrote about West Virginia in *The Atlantic*, people began to share their own addressing stories—a street in Budapest that changed names with the political winds, the hazards of navigating without addresses in Costa Rica, a petition for a street name change in their town. I wanted to know why people cared so much, and why it made me so happy that Alan Johnston got to live on Stacy Hollow Road, a name that had meaning for him.

This leads me back to the question I opened with. "Why are leaders of the community spending time worrying about the naming of a street?" Mr. Miraldi had asked about Sonny Carson Avenue. I suppose I wrote this book to find out. Street names, I learned, are about identity, wealth, and, as in the Sonny Carson street example, race. But most of all they are about power—the power to name, the power to shape history, the power to decide who counts, who doesn't, and why.

Some books are about how one small thing changed the world—the pencil or the toothpick, for example. This is not that kind of book. Instead, it is a complex story of how the

Enlightenment project to name and number our streets has co-incided with a revolution in how we lead our lives and how we shape our societies. We think of street addresses as purely functional and administrative tools, but they tell a grander narrative of how power has shifted and stretched over the centuries.

I make this argument through stories, for example, of streets named after Martin Luther King Jr., the way-finding methods of ancient Romans, and Nazi ghosts on the streets of Berlin. This book travels to Manhattan in the Gilded Age, London during the reign of Victoria, and Paris during the Revolution. But to understand what addresses mean, I first had to learn what it means not to have one.

So, let's start in India, in the slums of Kolkata.

# DEVELOPMENT

# 1

## *Kolkata*

HOW CAN STREET ADDRESSES TRANSFORM THE SLUMS?

O n a hot, fragrant February morning in Kolkata (formerly Calcutta), I took a walk with Subhashis Nath, a social worker, to the Bank of Baroda in Kalighat, one of the city's oldest neighborhoods. We dodged vendors hawking cauldrons of steaming chai and cones of jhal muri—a snack mix of puffed rice, lentils, nuts, and some unidentified tasty bits. A few barefoot rickshaw drivers ate their breakfasts on the sidewalk, while commuters rushed past them.

Inside the cool bank, Subhashis bypassed crowds sitting patiently in metal chairs and made a beeline for the bank's assistant manager, who wore a pristine white sari and a smudge of vermillion along her hair parting. Smiling at Subhashis, she handed him a stack of forms for new accounts that had been filled out by residents of Chetla, one of the city's slums. Each form was missing information, like a signature or a mother's maiden name. The forms looked like ones I'd filled out to open accounts myself—name, phone number, income—with the addition of space for a fingerprint and a small, square passport-size picture in the corner of the application. And of course, a blank line for the applicant's address.

Subhashis is a project manager for Addressing the Unaddressed, an NGO whose sole mission is to give street addresses

to every slum in India, starting in Kolkata. In his thirties, he looks more like a tech entrepreneur than a social worker. That morning, he wore a thin white T-shirt and dark well-cut jeans, and his hair was streaked light brown. He always seemed cool and collected, as if he strolled around the frantic streets in an air-conditioned balloon. Subhashis put the bank forms in his backpack and thanked the manager.

Subhashis's work is not in the more affluent parts of Kolkata, amid the city's jazz clubs, shopping malls, and crumbling Raj-era mansions. Addressing the Unaddressed does have a small, spotless office in the city, with a stack of shoes at the front door, a Western-style bathroom, and a row of new computers. But Subhashis's days are largely spent in the city's slums, like Chetla—which was where we were headed next.

The traffic in Kolkata is so terrible that the government recently started an initiative to play calming music, blasted so loudly over speakers that you can apparently hear it from inside an air-conditioned car. On the way from the airport, I counted nine different forms of transportation, including a horse. A carved figurine of the elephant-headed god Ganesha, the remover of obstacles, bounces on the dashboard of every yellow taxi. Subhashis's staff, who often travel to slums miles away, told me they often simply used "elevens," their legs, to get around.

But walking to Chetla from the bank would have taken more time than we had. So we first hailed a tuk tuk, a three-wheeled auto rickshaw, where we sardined with our fellow sweaty travelers, and then climbed on a bicycle rickshaw. Finally, our elevens got us to the front gate of Chetla, where we heard children chanting in unison from a schoolroom.

Chetla is an old slum squeezed in between a canal and a railroad. Ananya Roy, an Urban Studies professor who wrote an ethnography of development in Kolkata, described how children in Chetla played amid rotting animal carcasses that sprung up

from the canal. "I had to muster up every strength in my body to stop myself from throwing up," she wrote. But in some ways, I found Chetla a bit of a relief from the city. The slum is densely packed (in most Kolkata slums, there are about thirteen people for every 450 square feet—about 100 feet smaller than the average Manhattan studio), but, perhaps because its residents have often come from villages, it felt oddly rural. Roosters crowed, hens pecked, women fried onions outside, and children played makeshift musical instruments on the railroad tracks, scrambling when the trains flew by.

As soon as Subhashis and I arrived, residents dropped their cooking and washing to crowd around his laptop. He and his team had spent weeks there giving each home a GO Code, a nine-digit string of numbers and letters linked to the site's GPS location. The string of numbers was a bit unwieldy, but naming the streets—or, even deciding what passed as a street in the serpentine and often dead-end lanes of the slums—was time-consuming and fraught with politics. For now, the number would have to do. The code was then printed on a blue and white placard and nailed to the front of each hut. By then, more than 2,300 houses in Chetla had been assigned GO Codes, which meant that nearly 8,000 people now had formal addresses.

The slums seemed to have more serious needs than addresses—sanitation, sources of clean water, healthcare, even roofs to protect them from the monsoon. But the lack of addresses was depriving those living in the slums a chance to get out of them. Without an address, it's nearly impossible to get a bank account. And without a bank account, you can't save money, borrow money, or receive a state pension. Scandals had exposed moneylenders and scam banks operating throughout Kolkata's slums, with some residents reportedly committing suicide after losing their life savings to a crook. With their new addresses, more residents of Chetla can now have their own ATM cards,

with accounts Subhashis and his staff helped to open at the Bank of Baroda.

More important, addresses are essential for your identity. Every Indian resident should have an Aadhaar card, a biometric, government-issued ID that gives everyone a unique twelve-digit number. Without the card, it is often impossible to get access to services like pregnancy support, pension provision, or even schooling for children. (A woman in Kolkata sued after she was denied a card for lack of fingerprints, which she had lost in a fire.) Without an Aadhaar card, you can't get food subsidies; activists blame starvation deaths throughout India on the lack of the cards. It's not impossible to get an Aadhaar card in the slums, but not having an address makes it difficult. The government allows for "introducers" to facilitate an Aadhaar card if someone has no proof of address—but the introducer has to have an Aadhaar card already. As of 2015, the government revealed that only .03 percent of Aadhaar numbers had been issued this way.

Subhashis and I hurried around the mazes of Chetla, searching for the owners of the incomplete bank forms to finish them. We found one man just awoken from his afternoon nap, holding a loose cloth around his waist. Subhashis scrounged around his bag for an ink pad to take the man's fingerprint. A woman with a gold nose ring and a baby on her hip demanded to know why her husband hadn't received his bank details yet. (Give it another week.) A man leaped up from a game of carrom, and followed Subhashis to find out why his account had been closed. (You have to deposit money in the first few months or the account goes inactive.) One man leaning out of his doorway asked Subhashis a particularly tricky question about his new account. Subhashis searched for an answer but found none. "But we thought you knew everything!" The man laughed.

*   *   *

Nearly three hundred years ago, Job Charnock, an agent for the East India Company, decided to set up an outpost in what he called Calcutta. (Charnock was an unusual man, a Brit who adopted Indian ways, allegedly marrying a fifteen-year-old princess about to throw herself on her husband's pyre.) At the time, Calcutta was a collection of villages along a malarial swamp, but it had a deep port along the Hooghly River, perfect for exporting opium, indigo, and cotton. Calcutta soon became the capital of British India.

As far as the British were concerned, the native Indians were there to serve. In the late eighteenth century Alexander Macrabie, the sheriff of Calcutta, described the staff his home required, including a steward; 2 running footmen; 11 household servants; an ironing man for each person; and 8 men to carry his palanquin, a kind of covered bed, through the streets of the city. He also listed 4 Peons, 4 Hircarahs, 2 Chubdars, and 2 Jemmadars, whose roles I can only guess. Overall, he had 110 servants for four Englishmen.

The British divided the city into the Black Town and the White Town. The White Town, where they lived, had European architecture and boasted the same kind of town planning as London. Houses often resembled palaces or Greek temples, with imposing colonnades. In the Black Town, there were no colonnades. The population of Calcutta had increased by fifty times over two hundred years—but housing had only grown eleven times. Unsurprisingly, slums exploded.

Every ten years, the British colonial government took a census of India. And every ten years, the government decided, the houses of Indians would have to be numbered, to ensure no one was counted twice. But permanent numbering of Calcutta proved nearly impossible. Part of the problem was that no one could agree on what a "house" was. What constituted a

home in Britain—a house or self-contained apartment—simply
did not translate in India. Each room might contain a different family, and so would be given a different number. But what
about a room divided by a rush mat between two families? The
Indian census workers panicked at their house numbering instructions. "I do not understand these papers. What can I do?"
one cried out. The project failed.

Perhaps the British could not understand the workings of the
Indian city; more likely, they did not want to. Richard Harris
and Robert Lewis, who painstakingly analyzed the records of
colonial street numbering in Calcutta, suggested that for the
British, India "did not simply resist comprehension; it was in
principle unknowable." They refused to learn how Indians
navigated their cities or to understand how the native Indians actually lived. (The places the British colonials wanted to
go—business offices, hotels—they knew how to find already.)
As Harris and Lewis point out, the British relied on their loyal
local leaders to lead, rather than actually going into the neighborhoods themselves. If an address is an identity, the British
simply did not care who its Indian subjects were.

In theory, postcolonial Kolkata, which has rejected the British legacy through its very name, changing it from Calcutta to
reflect the Bengali pronunciation, would be better at giving its
citizens addresses. The city has long been committed to left-
wing politics. But the Indian government hasn't necessarily
been much more interested than the British in addressing the
slum dwellers. In the early 2000s, Ananya Roy discovered that
the Calcutta Metropolitan Development Authority was conducting a survey of twenty thousand households for a scheme
to give poor Kolkatans food. Great! But when she interviewed
the head of the department, he admitted that the study deliberately excluded all squatter settlements. "We are concerned that

studying squatters will give them a false sense of legitimacy," he told her. "We cannot acknowledge their presence."

The British occasionally razed slums, but they did so to make way for a road, for example, or to clear more land for colonists. They showed little concern for the welfare of the displaced, but they never really believed that getting rid of the slums was possible. But the West Bengal government (until 2011, ruled by the longest-governing democratically elected Communist Party in the world) appeared to believe in a slum-free India and made it easier to justify clearing slums legally as getting rid of a "nuisance." Why count a slum that should not—will not—be there? Mapping, addressing, and counting the slum dwellers was, to some, tantamount to giving them permission to stay.

I went to see Paulami De Sarkar, then the head of programming for The Hope Foundation, an Irish charity that promotes the protection of street children in Kolkata. The papers piled on her desk had a Sisyphean air about them. We drank hot, sweet coffee, carried in on a neat tray, as the office hummed around us. The government had been demolishing more and more slums. But, she told me wearily, "the slums will always be there."

But counting and naming the residents could shine a spotlight on the slums and allow them to get needed help. Using the new addresses that Addressing the Unaddressed had assigned, De Sarkar told me, the charity had taken censuses and they could now target their services. One of Hope's employees, for example, had correlated the number of boys in a family with household income and school dropouts, to search out areas of high child labor. And the addresses had helped children get birth certificates—without which they could not go to school.

After we left, Subhashis and I had lunch at the Hope Café, a restaurant that trains people who live in the slums to work in

hospitality. We ordered the traditional thali, scooping the sauce and rice with our hands. Subhashis understood that sometimes the government didn't want to do the addressing itself. "It's like two children," he told me, between dishes. "An ignorant one and a curious one. The curious child asks questions, but the ignorant one just doesn't want to know."

Mother Teresa's legacy is complicated in Kolkata, with many arguing she prioritized Catholic deaths over Hindu lives. But she did succeed in enshrining Kolkata as a place of despair. I failed to find words to describe the poverty, but other Westerners have seemingly had more success. "The most wicked place in the universe," "an abomination," "the city of dreadful night," a place whose weather, Mark Twain wrote, is "enough to make the brass doorknob mushy." Or, as Winston Churchill pithily put it in a letter to his mother: "I shall always be glad to have seen it—for the same reason Papa gave for being glad to have seen Lisbon—namely, that it will be unnecessary to see it again."

But today many visitors, including this one, have embraced its exuberant charm. Kolkata's nickname, the City of Joy, is not ironic. Every Kolkatan I met spoke of their pride in the city's soulful, intellectual reputation—its film schools, salon-like cafés, lively politics, and well-regarded universities. Subhashis himself is absorbed in Bengali music and literature. One morning he brought me a wood engraving of Kolkatan Rabindranath Tagore, who wrote the collection of poems, the *Gitanjali*. (Tagore won the Nobel Prize for Literature in 1913.) Another day, Subhashis took me on a tour of Kolkata's rambling mile-long book market, where he selected a slim translation of Bengali poetry for me to bring home. (He also lingered long over a book of Bob Dylan's lyrics, quickly putting it away when he saw its 2,000 rupee price.)

And even the slums themselves differ dramatically. "Slum" is

an umbrella term for a wide range of settlements. Most slums, arising along canals, roadsides, or vacant land are illegal—the inhabitants are squatters, living without permission on someone else's land. Others are "bustees," legal slums, often with higher quality housing, where the tenants lease their land.

Still, the slums often have much in common: poor ventilation, limited clean water supplies, and a scarcity of toilets and sewage systems. One government definition describes a slum's structures as "huddled together," a term I thought more literary than technical until I saw shacks literally leaning on each other for support. The estimated three million Kolkatans who live in the city's five thousand slums are often the luckier ones; at least they have some shelter. The poorest, the sidewalk dwellers, sleep on the streets, babies pressed carefully between couples on the sidewalks. Even though rickshaws are technically banned, near-naked men in bare feet still jog their charges along the filthy streets.

Some slums are nicer than others. The ones closer to the city, like Chetla, are often hundreds of years old, with pukka houses made of concrete, tin roofs, and real floors. In Panchanantala, a name I find excuses to keep saying, about twenty teenage girls sat in bright saris in the middle of what seemed to be the main street, singing joyfully to a Hindu shrine, while people milled around, buying fruit and vegetables from local vendors. I didn't have a meaningful way to assess the quality of life—I didn't see the toilets, for example—but at the very least it had the cheerful buzz of a bustling community, and I felt entirely safe and welcome. I wasn't surprised later to read that when the hospital next door caught fire, eventually killing eighty-eight people, Panchanantala residents rushed to help; when the guards turned them away, they hoisted bamboo ladders and tied ropes made from saris and bedsheets to ferry patients out of windows.

But then Subhashis and his colleague Romio took me to

Bhagar, where skyscrapers of trash greet you at the entrance. Women and children scrambled over the heaps of garbage, rooting out anything valuable, while trucks lined up to add to the towers of trash. The hogs that rooted along the lanes were a source of extra income for their families. (Makeshift butchers hung slabs of bloody pork from the ceilings of their shacks, swarms of flies buzzing.) I watched a girl bathe carefully in an inky black lake that I was told sometimes spontaneously catches fire because of the chemicals from the dump. And yet, even those in Bhagar were better off than many, Subhashis told me. At least the dump gave them an income.

In Bhagar, Subhashis pulled out his computer and wiped his face, staining his T-shirt black with soot from the smoke. The team had already given Bhagar addresses, but he and Romio had come to update the addresses of new, makeshift structures that had been built in the meantime. Slums are always shifting and changing; houses are razed and rise again; families come from the village and return again. Some new families now lived on the verandas of the homes, sleeping next to chained-up goats. Subhashis and Romio assigned each an address, constantly comparing their records to the new structures in front of them. So much had changed since the last time they had been there. I had a feeling they would be back soon.

In the 1980s, the World Bank was zeroing in on one of the driving forces behind poor economic growth in the developing world: insecure land ownership. In other words, there was no centralized database of who owned any given property, which made it difficult to buy or sell land, or use it to get credit. And it's hard to tax land when you don't know who owns it. Ideally, countries would have cadastres, public databases that register the location, ownership, and value of land. A good cadastral system makes the buying and selling of land, as well as the col-

lection of taxes, easy. When you buy a piece of land, you (and the government's tax offices) can be sure that you—and you alone—own it.

But the cadastral projects run by the World Bank frequently failed. Poor countries didn't have the resources to keep up the databases. A cadastre could be corrupt, too, if officials put in the wrong information, stripping rightful owners of their titles. And instead of creating a simple registry, highly paid consultants designed high-tech, computerized systems that became overly complex to manage. Millions of dollars were sunk into never-ending projects that didn't go anywhere.

Organizations like the World Bank and the Universal Postal Union struck on an easier way. It wasn't just that developing countries lacked cadastres—they also lacked street addresses. Addresses allowed cities to "begin at the beginning." With street addresses, you could find residents, collect information, maintain infrastructure, and create maps of the city that everyone could use.

Experts began to train administrators intensively in how to address their cities. Chad, Burkina Faso, Guinea, and Mali all became early adopters. World Bank specialists wrote books, designed an online course for street addressing, and even sponsored a competition to come up with a board game to advertise the benefits of addressing. (Bureaucrats sat in board rooms judging the thirty-five games entered into the competition. "I need a sign" and "Urbs and Civitas" were the winners.)

The benefits were almost immediately obvious. Street addresses boosted democracy, allowing for easier voter registration and mapping of voting districts. They strengthened security, as unaddressed territories make it easy for crime to flourish. (On a less positive note, they also make it easy to find political dissidents.) Water and electric companies had been forced to create their own systems for collecting bills and maintaining infrastructure—a

street addressing system made that task far easier. Governments could more easily identify taxpayers and collect what they were owed. Researchers found a positive correlation between street addresses and income, and places with street addresses had lower levels of income inequality than places that did not. All this, for pennies a person.

These are all the reasons why Addressing the Unaddressed, which is based in Ireland, sees its work as so important. Months before I arrived in Kolkata, I met Alex Pigot, the charismatic co-founder of Addressing the Unaddressed, five thousand miles away. We met on the edge of Dublin at the kind of Thai restaurant that serves curries with a wedge of Irish soda bread and apple crumble for dessert. Alex is a businessman, with distinguished white hair, a salt-and-paprika beard, and an elegantly rumpled linen jacket. He started out as a Christmas postman in Ireland in the 1970s, and later began a mailing business in the 1980s. Mailing services only work with accurate street addresses, so he quickly became an expert.

At a meeting, Alex happened to run into an Irishwoman named Maureen Forrest who had started a foundation called Hope Kolkata, whose offices I would later visit. Forrest told him she was looking for help to do a census of the slums the charity served. Alex offered the only real expertise he had: addresses.

It wasn't as easy as he thought it would be. In Kolkata, the houses in many slums were no bigger than the restaurant booth we were sitting in, so he had to tweak the technology. He had to scrap the original plastic placards for the addresses because residents worried they would fall off their doors and cows would eat them. Originally, the team had printed maps of the slums, complete with each home's new GO Code, on large plastic sheets so people could find their way around. But they soon disappeared, as residents used the sheets to plug holes in their

roofs during the monsoons. But slowly Alex and the Addressing the Unaddressed team began to develop systems that worked.

One day in Kolkata, I went with Subhashis and his colleagues to Sicklane, a slum near Kolkata's port, where trucks flying by stir up dust all day, every day. In an alley so narrow two people could not stand side by side, one of Subhashis's crew held a computer in one arm, with a map of the slum on the screen. He pinpointed on the map where the house was, clicked on it, and a GO Code appeared. He read the number out to another employee, who wrote it neatly on the door of the home, which had once been, by all appearances, the entrance to a ladies' room. They would return and install the official numbers—thick blue placards, the length of my forearm—above the doors. (Soon after I left Kolkata, Google partnered with Addressing the Unaddressed, and together, they are now using the company's Plus Codes addressing system.)

In another part of the slums, two Addressing the Unaddressed interns, volunteer law students in Western clothing and tennis shoes, went around taking a census. The college students were native Kolkatans, but they were middle-class and had never been in the slums before their internships. They giggled like the teenagers they were, but they moved around the slum with confidence. Even the elderly people in the slums deferred to them as they asked their questions. The census questionnaire was a single sheet and asked about the IDs the residents had, their sanitation systems, where they got their water. The students went door to door, sometimes gently waking men napping outside before work.

Soon a woman in a billowing purple sari beckoned the team. She wanted a number, too, she said, but they had somehow missed her. She led us to her part of the slum, tucked away behind a few other huts. The room could only fit a large bed and

some cooking pots stacked neatly. Two people slept on top of the bed, and another was asleep underneath it on the dirt floor. With little meaningful roof, it was open to the elements.

A boy with fresh comb marks in his hair came to the door, buttoning up his shirt. He answered the questions calmly for his mother. No, they had no ID. No, they had no Aadhaar cards. Like almost everyone we met, he did have a cell phone and he gave the number to Subhashis slowly and clearly. His mother, whom I now realized was pregnant under her draping sari, did not speak, but she smiled and nodded at me in a universal gesture of goodbye. What could the address possibly do for her? Would she ever have money to put in a bank account? But, if nothing else, I thought, it might make her and her family feel included.

And inclusion is one of the secret weapons of street addresses. Employees at the World Bank soon found that addresses were helping to empower the people who lived there by helping them to feel a part of society. This is particularly true in slum areas. "A citizen is not an anonymous entity lost in the urban jungle and known only by his relatives and co-workers; he has an established identity," a group of experts wrote in a book on street addressing. Citizens should have a way to "reach and be reached by associations and government agencies," and to be reached by fellow citizens, even ones they didn't know before. In other words, without an address, you are limited to communicating only with people who know you. And it's often people who don't know you who can most help you.

This sense of civic identity is particularly important in slum areas, where people are, by definition, living on the edge of society. It's also why there's reason to be skeptical of organizations like Addressing the Unaddressed. Rather than incorporating the slums into the existing address system in Kolkata, Addressing the Unaddressed was assigning a new kind of address, reserved for the slums alone. They weren't incorpo-

rating the slums into the rest of the city; you might argue they were doing the opposite.

In a way, I agree with that critique. It would be so much better if the address system could unite these two Kolkatas living side by side. I liked the thought that the people in the slums would belong to the rest of the city, not just to each other. But, as I write, the city government seems unwilling or unable to include them. So, for now, they have Subhashis.

At around ten o'clock one evening, Subhashis and I took a yellow Ambassador cab to the end of a long, dark road. We walked slowly down the streets of Koley market, where the streetlights were blue and white, the colors of Kolkata. The vendors spread their produce on colorful mats. I had never seen many of the vegetables before; I felt like a toddler, pointing at the fruits and vegetables and asking Subhashis their names. Some sellers illuminated their wares with lamps with colored bulbs, red to make tomatoes look juicier, purple to make eggplants brighter. Fish flapped on blankets as a few elderly women poked them with a stick.

There we were met by Salil Dhara. He is handsome in a hippieish way, with a short Afro and thick-framed black glasses. He was wearing flip-flops and a T-shirt with "More Than Words" printed under a picture of clasped hands. Salil had originally studied optometry. When he was a student, he was sent into rural villages to fit people with glasses. He had never before seen such poverty. Patients with basic myopia had been badly burned in fires because they couldn't see properly. They paid him in pumpkins. He came home, quit optometry, and trained to be a social worker. Quickly, he became the head of an orphanage, where boys not much younger than him called him Papa. Now he lives near the slums and works for Hope Kolkata.

We walked about a mile to a squat cement hut. Subhashis and Salil were there to ask the local representative's permission

to address a slum in her district. This was the first step in any new addressing project. (Later, they would organize meetings with the residents, consult with the elders, and explain the addresses to the residents.) But now, inside the hut, the councillor was seeing her constituents. She had worked all day in the city center and was back doing her homework, taking requests from those lined up to see her. We waited outside for almost an hour, listening to the crowd gathered around us in the starless night. A girl with curly eyelashes strode over and bravely shook my hand. Babies cried, the hawkers from the market echoed distantly, and everyone clutched sheaves of papers.

Finally, we were invited inside, and we sat on metal chairs warmed by the many who came before us. The councillor wore a simple sari and glasses. A man dressed in white from hat to shoes assisted her. Her constituents streamed in. Papers were produced, papers were stamped, the bureaucracy churned.

Salil stood up nervously, holding a red binder. Inside were letters from other councillors approving of the addressing program in wards all over the city. Through her small, square glasses, the councillor watched him seriously and asked several questions. After only a few minutes' conversation, she signed the forms approving the project.

But then she asked to speak to me. Flustered, I stood and asked what she thought of street addresses, pinching myself for not preparing a better question. "There are a lot of criminals in that area," she replied quickly. "This way we can find them." She said nothing about bank accounts or identity cards.

Outside, it was nearing eleven. Subhashis showed me the motorcycle that would take me away from this place. I refused to get on. I thought of my two daughters, probably playing in our quiet flat on a leafy street in north London. The youngest was not even a year old yet, still breastfed, and I had been sneaking away to "pump and dump" milk in every bathroom,

no matter how basic, I could find around the city. (When my pump broke, Subhashis had unembarrassedly taken me to a pharmacy packed so densely with pill bottles, bedpans, bandages, and crutches that you could barely see the pharmacist's bespectacled face peeking out between his pillars of medical supplies. I had told Subhashis we'd never find a breast pump on a random street in Kolkata, that we should take a yellow taxi to the expensive, Western mall farther away. But the pharmacist, without the briefest pause, gracefully plucked a perfect pump from the top of his towering wares. It wasn't the first time I'd underestimated Kolkata.)

I did not want to get on that motorcycle without a helmet; I wanted to make it home to my family alive. But, Subhashis insisted firmly, no cab would ever come down here in the pitch black and it was far too late to walk. So I found myself straddling a motorcycle, without a helmet, squeezed between two wiry men, together playing our part in the frantic jazz of Kolkata traffic.

We finally made it to a point where we could get a cab. The driver took us first to a local train station, where Subhashis could race to catch a late train and meet his wife and young son. But only after he hopped out did I realize that I had forgotten the address of the hotel. I didn't have the card with the hotel address on it that I'd been given for just this purpose. (I didn't have my room keys either, it turned out.) I didn't have a working cell phone. I had no choice but to get out and find the nearest police station to ask for help, crossing six lanes of traffic to do so.

The police officers looked intimidating in their army camouflage. Luckily, one officer, who looked like a general with his neat beret and bushy mustache, spoke English well. (I had been relying on Subhashis to translate Bengali for me.) After examining my passport, he flipped around in a large directory until he came to the hotel name. At first, he began to give me directions by

landmark—pass this restaurant, turn at that shoe store. I paid close attention. But by the time he told me to look for the dialysis center, I was freaking out. I knew I would never find it. I pictured myself wandering the streets of Kolkata forever, endlessly searching for the Bengali word for "dialysis center."

Taking pity on me, the officer called me a motorcycle escort. I thought I'd have my second helmet-less motorcycle ride in one night. But it was worse than that. There was no room for me on the motorcycle, on which two enormous police officers already sat. So instead, I jogged alongside them at the edge of traffic, dodging bicycle rickshaws and tuk tuks and yellow cabs as they zigzagged ahead. Finally, I recognized the hotel in the distance. Panting, I sped up, waving at them frantically in mute thanks as I overtook them, hoping to slip inside and hide my embarrassment from the friendly hotel staff.

But instead, the officers zoomed ahead and greeted the porter first. They told him in rapid Bengali my pathetic story, how I didn't know the address, how I ended up at the police station, how I had run along next to them through the streets of Kolkata. The doorman looked at me in amazement, and then back at the policemen. Together, they began to laugh, one of the officers bent over double, resting his hands on his knees in the faint glow of the hotel lights.

*Imagine that!* I thought to myself crossly. *Lost in Kolkata!*

But, of course, inside my hotel room, I realized I was never really lost. I was going to a place that had an address, a hotel that existed in the police officer's directory, and I had an American passport to show him that I was, in fact, who I said I was. Those in the slums did not. (Slum dwellers struggle to get even an Indian passport—you need an address for that, too.) Addresslessness was a fact, not just for those I met in Kolkata but for the billion people living in slums all over the world.

This happened soon after I had been to Bhagar, the slum that

coexisted with the towering, smoking dump. As we had walked on the dusty road out of the slum, Subhashis told me that Bhagar's main problem was that it didn't have proper communication with the rest of the city. I didn't understand what he meant until l realized that he was probably using the word "communication" where I would have said "transportation." Reaching the slum had required taking four different forms of transport over the Hooghly River, including a kind of open-air vehicle like the ones you ride on in airports. An estimated 150,000 pedestrians (and 100,000 cars) cross the cantilever bridge each day, and the steel joints are wearing out, in part because of the collective tobacco-like gutka chewed and spat on the bridge. We were lucky to be riding in a taxi most of the way, but we still had to get out and walk when it refused to take us any closer to the slum.

Now I thought maybe "communication" was the right word, after all. Bhagar was cut off physically from the rest of Kolkata, but the rest of the world was also cut off from it. Nobody besides the dump truck drivers ever had to see how its residents lived. Addresses, it seemed, might offer one way to tell them.

# 2

## *Haiti*

O n the first day of his epidemiology course at the London School of Hygiene & Tropical Medicine, Professor Paul Fine tells the story of John Snow. Snow was a doctor in Victorian London, and he was a man, people say, as pure as his name—a vegetarian, a teetotaler, and a bachelor. The son of a coal yard laborer, Snow didn't have an auspicious beginning, but his mother used a small inheritance to pay for his private schooling, and later, an apprenticeship to a doctor in Newcastle. From there, Snow walked a few hundred miles to London to attend medical school.

It wasn't long before he was a renowned and trusted doctor. After he witnessed the first use of ether in England in a dentist's office, Snow became one of the first anesthesiologists in England. When Queen Victoria went into labor with her eighth child, Prince Leopold, John Snow was by her side. The "blessed chloroform," as the queen called it, "was soothing, quieting, and delightful beyond measure," and sparked a new vogue for pain relief during childbirth. Three years later, he returned for the birth of her daughter, Princess Beatrice.

But Snow led a double life. Far from Buckingham Palace, he trawled the streets and slums of Victorian London on an extra-curricular mission, trying to figure out how cholera was spreading throughout London. Cholera is a messy, brutal disease. You

can wake up in the morning spry and be dead by bedtime. The symptoms start with a queasy feeling. Next, you begin to vomit and emit diarrhea, often simultaneously, as your body flushes all its water out. Your blood thickens and can't circulate; your organs begin to shut down; your skin turns gray. During outbreaks, hospitals put patients in "cholera beds"—long cots with ominous holes cut out two-thirds of the way down, strategically placed so that the diarrhea can run freely into buckets beneath. As Richard Barnett, a medical historian, has said, "victims had roughly a one in two chance of fitting themselves to death in their own watery shit, within a day or even half a day of infection."

JOHN SNOW

Cholera probably originated in India, before spreading through the Middle East and Russia, but it only arrived in England in 1831. At the time, there was no real understanding that germs, or microorganisms, spread disease. Instead, the "miasma theory"—the belief that disease came from vapors, or smells, arising from decay—dominated among medical experts. (Hence "malaria" means "bad air" rather than "bad mosquitos.") Smells, in other words, weren't just signs of disease; they *were* the disease itself.

Snow, who had treated coal miners struck with the disease as a doctor's apprentice in Newcastle, knew that cholera symptoms started in the stomach, not the nose. He hypothesized correctly that the disease was actually spread through drinking polluted water and eating with unclean hands. (The cholera bacteria, *Vibrio cholerae,* was discovered by Filippo Pacini in

1854. But his discovery was ignored for more than thirty years, when Robert Koch discovered the organism independently in 1884—long after Snow's investigations.)

Snow's evidence was circumstantial. One clue was the lodger who became sick after using the same bedsheets as a previous cholera-afflicted tenant. In another outbreak, one row of houses in London was struck with cholera while others around it were spared. A surveyor discovered that the water supply to the unlucky homes—and only the unlucky homes—was contaminated with sewage. Taking a look for himself at the putrid water from the well, Snow found "various substances which had passed through the alimentary canal, having escaped digestion, as the stones and husks of currants and grapes, and portions of the thin epidermis of other fruits and vegetables." The sample also smelled of "privy water." The residents of Albion Terrace were drinking their own excrement.

Snow knew something else about his neighbors struck down by cholera, something he didn't learn in medical school. As Steven Johnson points out in his engrossing book, *The Ghost Map*, Snow was not just a public health tourist, "goggling at all the despair and death, and then retreating back to the safety of Westminster or Kensington." He lived only a few streets away from Broad Street, the center of the epidemic. And while Snow was now a doctor who attended the queen, he had grown up poor. So unlike many doctors from more privileged families, he didn't blame disease on the bad habits of the lowest classes. "The poor were dying in disproportionate numbers not because they suffered from moral failings," Johnson writes. "They were dying because they were being poisoned."

I met Professor Fine—a Snow-flake, as uberfans are called—in London. The London School of Hygiene & Tropical Medicine was established to train doctors to treat diseases in the British

colonies, and thereby, as the British Colonial Secretary declared at the time, "make the tropics livable for white men." Today, it is a world-class research university specializing in public health. Fine, a professor at the university, is American. He dropped out of Princeton to become one of the first Peace Corps volunteers in Morocco, later returning to school. In his office, just a few blocks from John Snow's old home on Sackville Street, Fine told me how Snow had become the father of epidemiology, the study of disease and of the factors that contribute to disease. Epidemiologists are, like Snow, "disease detectives," working out how, why, and where diseases are spreading, and using this information to improve public health.

At the time, the medical establishment rejected Snow's arguments outright, but he persevered with his claim that cholera was spread through contaminated water. In Snow's day, excrement was often stored in cesspits, little more than basements, or sometimes in storage tanks outside. By design, the liquid would leak out, and eventually night-soil men would come to collect the solid waste and sell it to farmers as fertilizer. (The seventeenth-century diarist Samuel Pepys complained of a neighbor's cellar overflowing into his with "a great heap of turds.") Other cesspits were attached to sewers that went directly into the Thames, then London's main source of drinking water, clogging it with raw sewage.

Soho was particularly shitty. It had once been a desirable part of London. But the rich slowly moved farther away from places like Soho to set up homes away from the filth of the city. By the 1850s, Soho was a slum, full of tailors, bakers, grocers, nuns, and prostitutes, and, as Richard Bennett points out, "exiled dissidents like Karl Marx." (Marx, a contemporary of Snow, wrote *Das Kapital* a few streets away.) With little available housing, people often slept in shifts, two or three in a bed. A parish priest asked a woman in one home how everyone managed to live

so closely packed together. "Well, sir," she apparently told him, "we was comfortable enough till the gentleman come in the middle." In the center of the room was a circle etched in chalk, the man's home.

So when cholera struck Soho in 1854, it spread quickly. "The most terrible outbreak of cholera which ever occurred in this kingdom, is probably that which took place in Broad Street, Golden Square," Snow began in his book on cholera. The outbreak would ultimately kill more than six hundred people. Snow was already in the middle of another cholera investigation, examining the relationship between the source of water supply and the disease, but this case, just a few blocks from his home, would soon take over his life.

Luckily for Snow, he lived in a time when another, quiet new revolution had taken place in England. In 1837, the General Register Office started to record births and deaths. Parliament had created the system largely to facilitate the transfer of inherited wealth between generations, but it had an unintentional, and far more meaningful purpose. Establishing a centralized place to register births and deaths would dramatically improve the public health of the nation.

William Farr, now responsible for organizing the new data, had trained as a doctor. He wasn't a particularly successful one, however, and his mind roamed in more academic directions. Soon he began to write a series of articles about a new area of medicine: vital statistics. In 1837, as the compiler of abstracts for the Register Office, Farr strayed beyond his job duties, asking physicians to record careful descriptions of each patient's cause of death. He had become obsessed with the ways the English were living and dying, compiling data on causes of death and occupation to search for patterns that might improve the public's health.

For the first time, anyone could know exactly how people died in London. Without the how, Farr knew very well, you couldn't investigate the why. "Diseases are more easily prevented than cured," he wrote, "and the first step to their prevention is the discovery of their causes."

These fine-grained statistics were possible because of street addresses. London had long been carefully mapped, but regular house numbers were still fairly new. In 1765, parliament had ordered that all houses be numbered, and the numbers painted conspicuously on the doors. So Farr's General Register Office didn't just know who had died; they knew *where*, as well. And it's hard to emphasize enough just how important the "where" would become for public health. Addresses made pinpointing disease possible.

It was on a Tuesday that Snow went to the Register Office to collect the death certificates for the Golden Square outbreak. Each certificate had the date, cause of death, and crucially, the address of the victim. He realized quickly that almost all the deaths had taken place within a short distance from Broad Street.

While everyone else fled Soho—three-quarters of the residents had emptied out in six days—Snow dove into his investigation, asking where the dead had gotten their water. In homes of victims that were farther away from Broad Street, their families said that they had gone out of their way to drink from the pump because it was believed to have cleaner water. Some unlucky children had died after taking a drink on their way to school. Other victims drank the water without knowing it: in neighborhood pubs, bartenders diluted spirits with water from the pump, and coffee shops sold pump water with a teaspoon of sherbet powder to make a fizzy drink.

But if cholera was in the pump water, why didn't *everyone* who lived near the pump get cholera? Snow had an answer for

that, too. On Poland Street a workhouse where women wove and knit stockings and the men carded wool was nearly surrounded by homes of cholera victims. But only five had succumbed to cholera. As Snow pointed out, "If the mortality in the workhouse had been equal to that in the streets immediately surrounding it on three sides, upwards of one hundred persons would have died." On closer investigation, Snow learned the workhouse had its own pump. And workers at a brewery nearby had also managed to evade the disease. The brewery boss told Snow that they had their own well, and, besides, the men didn't drink much water: they preferred malt liquor.

Snow found victims further afield. One doctor told Snow of a man from Brighton—about sixty miles south of London—who had come to Broad Street to visit his cholera-stricken brother. Arriving shortly after his brother died, he shoveled down a quick meal of rump steak with brandy and washed it down with water from the Broad Street pump. He left twenty minutes after he first walked in the door—and died just days later. Similarly, Snow heard the news of the cholera death of the widow Susannah Eley, in Hampstead, many miles away from Broad Street. Her sons told Snow that their mother had liked the water at Broad Street, where her husband had owned a percussion-cap factory; a cart brought water from the well to her home daily. Her niece, visiting her from Islington, also drank the water and died shortly afterward.

On Thursday, just two days after he started his investigation, Snow visited a meeting of a special committee set up to investigate the epidemic, and asked for the pump handle to be removed. The residents weren't happy; the pump's reputation was that good. But they agreed to take the pump handle off anyway. The epidemic, which had already been waning, soon ceased.

Henry Whitehead, a gentle twenty-nine-year-old Anglican curate in his very first post, didn't believe Snow's theory either.

Like Snow, he was no outsider to Soho, and his daily life as a minister had regularly seen him on the streets of Soho, tending to his parish. He thought Snow was exaggerating. So he set out to conduct even more exhaustive interviews, visiting the same homes again and again to gather yet more information, intending to disprove Snow's theory.

But, to his dismay, his research only seemed to prove Snow's hypothesis. All but two of the fifty-six people who had died in the early days of the outbreak had drunk the pump's water. The cleanest houses were worse affected than the filthiest ones, so it wasn't about hygiene. The elderly had surprisingly suffered fewer cholera outbreaks, but probably only because they had no one to fetch water for them. Those living on the ground floor—in theory, closer to the drains and bad air—suffered no worse than those on the upper floors.

Toward the end of his investigation, Whitehead noticed a death he had overlooked: "At 40, Broad Street, 2nd September, a daughter, aged five months, exhaustion after an attack of diarrhea four days previous to death." The certificate did not list cholera, but the date of death was just before the epidemic began. The house was right next to the pump.

On the very day he was supposed to present his report to the special committee, Whitehead instead went to visit Sarah Lewis, the mother of the little girl, Frances, at 40 Broad Street. She had lost both her daughter and her husband, a police officer, to cholera. When poor Frances was sick, her mother had soaked her daughter's diapers and emptied the water into a sewage tank in front of the house. An inspector, the wonderfully named Johosephat York, excavated the pump and found that the waste from the tank was seeping into the pump water.

"Slowly, and may I add, reluctantly," Whitehead later wrote, he concluded that "the use of this water was connected with the commencement and continuance of the outburst."

The first cholera patient, the source of the Broad Street epidemic, was a baby.

After Professor Fine finished telling me John Snow's story, he pulled out his copy of Snow's book, *On the Mode of Communication of Cholera.* (The publication cost Snow over £200; it only sold fifty-six copies.) He gently unfolded a well-worn map, which had been repaired with clear tape, from the middle of the book. It was a map of the Broad Street epidemic. The map had been developed for other purposes, but Snow had adapted it for his own use, carefully marking each death with a thick black line. Most of the foreboding black lines were stacked like checkers around the pump. The map made a spectacularly compelling argument for the pump as the source of the epidemic.

"Maps are how we organize our data," Tom Koch, a world expert on disease mapping, told me from his study in Ontario. "They are how we take our ideas and place them in a workable argument." Koch's books have described the history of mapping from the Middle Ages to the cancer spot maps of today. In one book, he explains how researchers used spatial epidemiology to find the source of salmonella in cream custards at a bakery in Canada. "But maps aren't magic," he continued. "They are tools by which we locate a series

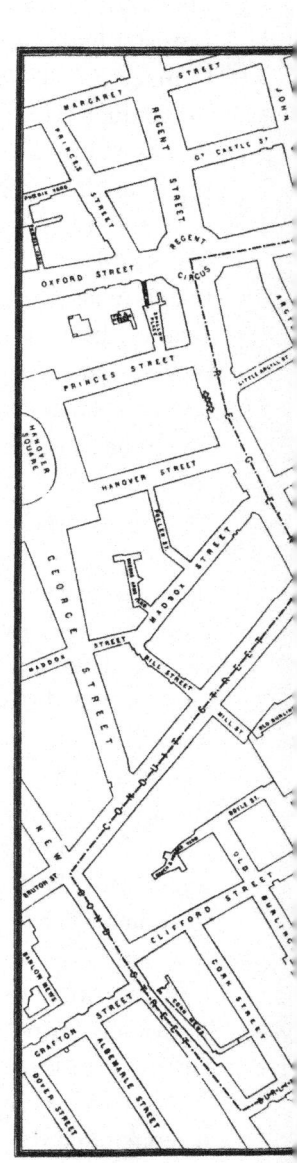

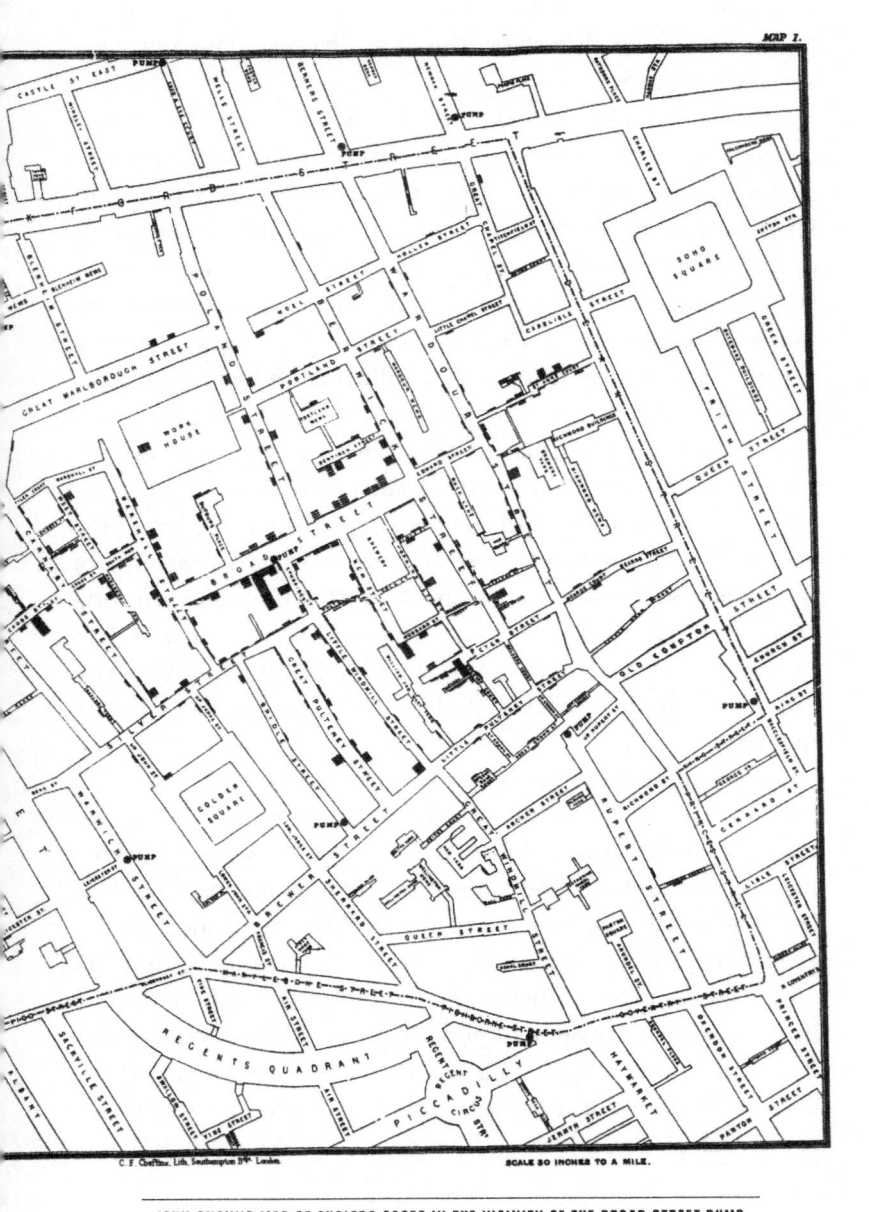

JOHN SNOW'S MAP OF CHOLERA CASES IN THE VICINITY OF THE BROAD STREET PUMP

of discrete events and make them into a class, and then make arguments about that class. The more data we have the more specific we can be."

Snow, Koch told me, was hardly the first to use maps to study disease. In 1795, Valentine Seaman, who helped introduce smallpox vaccination to America, marked all cases of yellow fever in New York City on one map, then plotted the locations of waste sites, and drew the conclusion that the two were linked. (Unfortunately, the map did not reveal the disease's connection with mosquitoes.) To pass the time, inmates at a mental asylum in Glasgow mapped the influenza epidemic of 1832. But cholera, which some have called the first truly global disease, seemed to particularly inspire disease mappers, eager to tackle the greatest public health issue of the time. The *Lancet*, the renowned British medical journal, published a "Map of the Progress of Cholera" in 1831, which presented the occurrence of the disease across several continents, with red lines connecting travel routes with outbreaks of disease. Death certificates had previously listed more than fifteen different kinds of "cholera." The *Lancet* map presented cholera as a single disease for the first time.

As an epidemiologist himself, Professor Fine has done his fair share of mapping disease. He spent dozens of years, for example, tracking leprosy in Africa. From a row of shiny red file cabinets, he pulled out enormous aerial photographs of Malawi and spread them on the table. Without street addresses or proper maps of the area, these were all he had to rely on to get around. I asked him whether he thought I was right about the link between addresses and public health. "It's just so obvious," he told me, carefully rolling up his maps. There was nothing original in my idea. Location and disease are inseparable for epidemiologists.

I filled out a form (name and address, of course), handed over £15, and Fine officially enrolled me in the John Snow Society. Included in the membership was an elegant mug printed with a sober face of the Victorian doctor. Then Fine taught me the Snow Society's secret handshake (I won't tell, but it involves a pumping action), and we took a long, leisurely walk through Soho to the John Snow Pub, located right next to where the Broad Street pump once stood. (Broad Street is now Broadwick Street.) A visit to the pub is the final requirement of joining the society.

We strolled past cocktail bars and boutiques, just as what seemed like London's entire workforce was racing out for a drink at the pub. (Soho is no longer a slum, nor the center of London's sex industry, as it became later; you're more likely to find a vegan restaurant or boutique hotel than a peep show there today.) Freed from their desks, city revelers had loosened their ties, rolled up their sleeves, and balled thin cardigans up into handbags. Inside, the pub was so crammed that people had spilled outside, smoking and sloshing pints on the cobblestones. Carving a path between them, Fine and I squatted down and seriously examined the spot where the pump once stood. Sarah Lewis's baby, Frances, had died just steps away.

Inside the pub, we went upstairs to where exhibits on John Snow and his life had been placed above some cozy booths. Fine grabbed the guest book of the John Snow Society, stashed behind the bar. Many who had made the pilgrimage were epidemiologists ("I didn't realize there was a place for us!" one doctor had written), but some were *Game of Thrones* fans, sending heartfelt love to another, very different, Jon Snow.

We didn't mind. Neither Fine nor I could stop talking about *our* John Snow. "He cracked the case in two days. Two days!" Professor Fine told me, as he tucked into his sausages and

mashed potatoes. "It could hardly be done more quickly today," he said with a flourish of his fork, as if it were the punch line of a joke. But it turns out Fine wasn't kidding at all.

More than 150 years after John Snow solved the case of the Broad Street pump, Ivan Gayton, a logistician for Doctors Without Borders, received a phone call from a nun in Haiti. The 2010 earthquake had struck just a few months before. "People forget the scale of that disaster," Ivan told me. Lasting just thirty-five seconds, the earthquake had killed, by some accounts, more people than the bombs of Hiroshima, Nagasaki, and Dresden combined, just eight hundred miles from the coast of Florida.

Ivan didn't know how the nun had gotten his number. But she told him that people were dying rapidly in this village and that she needed some help. But Ivan wasn't even sure exactly where she was. Several nurses set out with a crude map. Every so often they would stop and ask someone: Is this it? Is this where the nun is? Finally, they got to the point where there was no more road: just water. "Rent a fucking fishing boat," Ivan told them. Finally, from the boat they saw that they had arrived. Hundreds of people crawled out of the bush, dying. Cholera had struck Haiti.

As a kid, Ivan had gone looking for adventure, but he was too late to be a pirate, too young to go to Mars, and there wasn't a war he was willing to kill for. Instead, he organized massive tree-planting teams in his native Canada. Eventually, he applied for a job as a logistician at Doctors Without Borders, and it turned out that he was pretty good at doing everything the doctors themselves could not do: getting hospitals built, housing organized, and clinics run. But in a lot of ways, he still felt that he was just a guy from Saskatchewan who could speak French. Now, in Haiti, he was in charge of the logistics for one of the

largest humanitarian interventions Doctors Without Borders had ever attempted.

In Haiti, cholera had spread quickly. Cholera lives in water, but it is also spread through contaminated hands and bed linens, and through sewage that leaks into drinking water. Sanitation in 2010 Haiti wasn't so different from that in 1854 Soho. Open fields were often the only toilets. Those lucky enough had cesspits as well. Men called *bayakou* would come to scoop out the waste, with one man going down the hole, and others waiting at the top with buckets. Often they dumped the excrement in rivers or over open land.

Ivan and his team of doctors and nurses were able to treat most of the cholera victims they found that day. (Today, we know that treatment of cholera is straightforward, and primarily consists of rehydration and in some cases, antibiotics.) "Great, I win!" Ivan thought. But then he got a call like that every single week.

The trouble was that Ivan didn't know where his patients were. Even before the earthquake, good maps of Haiti were hard to find. Haiti is not alone. Today, huge swaths of the world are insufficiently mapped, including many cities with more than a million people. It's no surprise that these places happen to be the poorest places on earth. When asked about snakebite statistics in Brazil, scientist Maurício Rocha e Silva once said there were none. "Where there are snakes, there are no statistics; and where there are statistics, there are no snakes." Often where epidemics break out, there are no maps either.

As doctors usually do, Doctors Without Borders tried to keep track of its patients. When patients arrived, they were handed an intake form. They filled out their names, their dates of birth. And they also filled out a section labeled "Patient Origin" or "Address." Ivan calls it the "Random Syllable" column.

Ivan gave me an example: "'A block from the mango tree.' That's just not very useful."

So he called Google, and asked if the company would donate the time of some of its employees. One of them went to Best Buy in Brooklyn, opened his bag, and asked the store clerk to fill it with GPS devices. Back in Haiti, the Google team helped to do the on-the-ground mapping. Another employee put together a rough map so that Ivan could input patient data by neighborhood, making a bigger or smaller dot depending on the number of cases.

Ivan's mission was to combine private patient records with neighborhood names to stop the cholera spreading from person to person. He was helping treat patients, not searching for the source. That task fell to Renaud Piarroux instead.

Dr. Renaud Piarroux is a professor of parasitology at the Sorbonne University in Paris. As a pediatrician, he left his own three children at home in France to treat 2,500 orphans struck with cholera in Goma (what is now the Democratic Republic of Congo), who had fled the war in Rwanda. After that, he spent years traveling the world investigating and treating epidemics in many African countries. When cholera broke out in Haiti, the Haitian government invited Piarroux to come and investigate. Like any good epidemiologist, he began to look for the source. And all fingers were pointing to a suprising culprit: the United Nations.

The United Nations forces, known in Haiti as MINUSTAH, had been established in 2004 as a measure to preserve peace on the island after the reinstatement of Jean-Bertrand Aristide, who had been forced out of office twice. MINUSTAH was not popular with Haitians. Just a few months before the earthquake, a young Haitian man was found hanging from a tree inside a MINUSTAH base in the north of the country. The death was ruled a suicide, but many locals thought otherwise. Other

rumors, some later substantiated, had floated around Haiti about the troops, who come from dozens of different countries. These rumors included allegations that the troops raped women, boys, and girls, luring them with offers of food or mobile phones. The alleged rapists were often just sent home to be dealt with by their own countries.

So when the first reports of cholera occurred, rumors flew that the UN troops had somehow poisoned the river, perhaps by pouring a black powder into it from helicopters. This was fantastical, but the suspicion that something was wrong with the UN base near Mirebalais was not. The soldiers stationed in the camp were from Nepal, and Nepal was in the middle of a major cholera outbreak. Immediately, the UN denied that the cholera now spreading in Haiti had come from the camp, citing in detail the measures taken to adequately contain and dispose of the camp's sewage.

Rough maps of where victims were located were being drawn up by international organizations. Piarroux had created maps of cholera cases across Haiti and used them at meetings with representatives from any organization he thought could help— the Haitian government, the World Health Organization, the Cuban ambassador to Haiti, and various NGOs. But, like Snow and Whitehead, Piarroux also relied on groundwork. Teaming up with Haitian epidemiologists, he decided to go and see the base himself. He stayed in the car while his Haitian colleagues spoke to the locals so they would feel more comfortable talking about the peacekeepers. In the village of Meille, where the base was located, residents told them that the UN's pipes had leaked into a tributary of the Artibonite River, the main water source for hundreds of thousands of people.

Associated Press journalist Jonathan Katz found his own damning evidence. A UN press release had claimed that seven septic tanks serviced the base and were emptied by a private contractor. But when Katz arrived at the camp, locals took him to

see the reeking tanks. Katz saw a broken PVC pipe coming from inside the camp that was leaking black fluids toward the river.

A farmer tapped him on the shoulder, and took him across the road to where he lived with his family in a concrete house. Pits nearby had been filled with "shining pools of feces," where, he told Katz, the UN would leave their "kaka." The truck would take the waste from the septic tanks, drive it over a hilltop, and dump it into the pools.

Having traveled to the place where the earliest cholera cases were reported, Piarroux knew the likelihood of the base being the source of the cholera was high. Throwing a stick into the water, Piarroux saw how fast the cholera could have traveled downriver. Calculations later revealed, Piarroux wrote, that an enormous amount of fecal matter had leached into the water.

"What was very, very amazing," he told me in a rich French accent, "was the fact that so many people explained that it was not important to find the source." A spokesperson for a branch of the World Health Organization told the media that they were "focused on treating people, getting a handle on this, and saving lives." An epidemiologist from the Centers for Disease Control told *The New York Times* that he did not think a huge effort to find the source was "a good use of resources." In Yemen, which is, at the time of this writing, still suffering a brutal cholera outbreak, Piarroux had never heard anyone say the source was irrelevant. "That was not normal, something was wrong," he told me.

No one except UN military staff was allowed to take any testing samples from the base. And at a presentation, Piarroux noticed that their maps made it appear as if the first cases started down the river far away from the base, rather than from Meille. One map simply left off the cases that were closest to the base. It was misleading, at best.

At the same time, Piarroux also found himself dealing with a

kind of miasma theory of his own in Haiti. There are two theories of how cholera had arrived in Haiti. The most obvious became Piarroux's theory—it had come from outside Haiti. But some epidemiologists promoted another idea: that cholera was already in the water around Haiti, dormant, and the earthquake had unleashed its superhero powers, transforming it into an epidemic.

But cholera hadn't appeared in Haiti for at least a hundred years, if ever. And this strain of cholera was closely related to those found in Asia. Mirebalais, the site of the early cases, was at least sixty miles from the center of the earthquake. If the earthquake had somehow reactivated cholera, the epidemic wouldn't have started there.

The fear of tarnishing the UN's already precarious reputation in Haiti had muzzled the epidemiological community. Piarroux struggled to publish his findings. The *Lancet* rejected his article without explanation, at the same time publishing an editorial entitled "As Cholera Returns to Haiti, Blame Is Unhelpful." The *Emerging Infectious Disease Journal* eventually accepted the paper but had five reviewers—rather than the usual two or three—confirm its accuracy. The UN only accepted blame grudgingly in 2016, more than six years after the first victims died. Genetic testing has confirmed that the disease found in Haiti was the same strain of cholera seen in South Asia.

Cholera ravaged Haiti until February 4, 2019, the date the last case was diagnosed. Piarroux and the cholera response teams he helped set up with the Ministry of Health, UNICEF, and several NGOs had to struggle for more than eight years to conquer the epidemic. Piarroux moved on to the next outbreak.

In 1874, Henry Whitehead decided to leave the rough streets of London to take a position with his wife and two daughters in a quiet country town. His many friends bought him a gift, and presented it to him at a special dinner at the Rainbow Tavern, after which Whitehead gave an after-dinner speech on his

twenty years as an inner London curate. Of course, Whitehead discussed the cholera investigations, and the conversations he had with John Snow, who had become his friend. The "time will arrive," Whitehead recounted Snow saying, "when great outbreaks of cholera will be things of the past; and it is the knowledge of the way in which the disease is propagated which will cause them to disappear." Haiti proved that, in perhaps this respect alone, John Snow got something wrong about cholera.

John Snow didn't receive much recognition during his lifetime. The medical profession rejected his meticulous research. In the end, London's cholera epidemics stopped not because of his work, but, ironically, because those who believed smell was disease just got tired of the smell. They built elaborate sewers and cleaned up the Thames.

When Snow died in 1858, at just forty-five, the *Lancet* wrote only: "This well-known physician died at noon, on the 16th instant, at his house in Sackville Street, from an attack of apoplexy. His researches on chloroform and other anaesthetics were appreciated by the profession." The obituary mentioned nothing about cholera. Snow's map, however, now lives on in epidemiology textbooks. Piarroux, initially shunned by the medical community, has had a different fate. In 2017, he was made a chevalier in the French Legion of Honor.

After Ivan Gayton left Haiti, the idea of how maps could save lives followed him. Ivan had spent time working in Sierra Leone during the Ebola outbreak. He found himself sending teams out on motorbikes, without much more than a vague idea of what would meet them. Tracking the disease was a miserable task. "I actually make the bold claim, but I stand by it," Ivan told me. "If we had a gazetteer for Sierra Leone and Liberia, we could have stopped Ebola cold." By now, I believed him.

He banded together with organizations like the British and

American Red Cross, and Humanitarian OpenStreetMap. Soon Missing Maps was founded. The organization enlists volunteers from all over the world to use satellite images from their homes to trace roads and buildings of unmapped places. "Many people want to help, hands on, not just donating," he has said. "They offer to knit socks for the kiddies and so on. But I tell them no, don't knit socks for the kiddies—the cost of getting those socks out there and distributing them just isn't worth the potential benefit. But with Missing Maps, they can actually participate in real, genuine fieldwork. That's huge."

After the volunteers draw the roads and the buildings, locals and volunteers on the ground set out with paper and pencils to write down the street names and verify the maps, often on motorcycles. They ask the people themselves exactly what they call their streets and neighborhoods. With this process in place, Missing Maps had decided not to wait until the next crisis— they were going to map ahead of it.

I decided to attend a Missing Maps party close to home in London. In the halls of the headquarters of the Royal Geographical Society in South Kensington, one of the most handsome Victorian buildings in the city, volunteer mappers sat around folding tables in what I imagined was once a ballroom. Missing Maps now coordinates mapping parties all over the world, and this was one of many that will take place in London every year.

At my table was a Finnish developmental economist, a Croatian mapping expert, and a recent English graduate (now simply unemployed, she told me cheerfully) who had heard about the event from her parents. The other tables were filled with a mishmash of volunteers of all ages, from all over the world. (The party, which was free to attend, was overbooked.) At the appointed time, we opened our laptops.

On my screen was a satellite image of Niger, divided into five-kilometer squares. The instructions were simple. You had

to start at a corner, and then slowly look for roads, buildings, paths. Buildings had shadows or roof peaks. With a mouse, you traced the road onto the screen. You circled anything that looked like it might be a house. The work wasn't difficult, but it required a certain kind of meditative focus I have not exercised since I bought my first smartphone. Experienced mappers swung by to answer my questions. "Is that a tree or a house?" I asked, as we squinted at the screen. "A street or a river?"

During a break, the Royal Geographic Society served pizza topped with bits of greenery and glasses of sweet elderflower cordial. Strangers chatted in clumps around the tables in a stately, high-ceilinged room. The atmosphere was festive—it was a mapping "party," after all.

But my own mood turned grim, as I clicked and wiggled my mouse to follow the roads in my small corner of rural Niger. Who lived here? What did they do? Were they eating their dinner now or tilling their land? Or had they spent the day, as I had, tending a sick child?

But above all else, I worried about what epidemic might bring Ivan's team there, what new and awful catastrophe they might one day be riding toward.

# ORIGINS

# 3

*Rome*

HOW DID THE ANCIENT ROMANS NAVIGATE?

**T**he Romans gave us aqueducts and toilets and underfloor
heating and smooth, concrete roads. But they probably
did not give us street addresses. The main arterial roads
out of the city were often named after those who built them—
the Via Appia, for example. But while we know some streets
had names—like Vicus Unguentarius (Perfume Street); Vicus
Frumentarius (Grain Street); and my favorite, Vicus Sobrius
(Sober Street), where milk offerings to Apollo flowed down
the road, classical scholars have still largely concluded that the
majority of Rome's sixty miles of streets had no names.

Instead, Roman directions sound uncannily similar to those
I heard in West Virginia. A note on a slave's collar directs the
reader to return him to a barber's shop near the Temple of Flora.
An official refers to the "road from the alley of the temple of
Juno Lucina as far as the temple of Matuta, and the incline . . .
from the Janus Arch to the coaching-station at the Porta Stella-
tina." A legal document describes "the street which is connected
to the forum, linking the two arches." "If any street should have
a name," Professor Roger Ling has written, "this one should!"

Roman streets may not have had names, but Romans had
many names for street. In English, we have avenues, boulevards,
ways, and lanes, but I have only a hazy idea of how much they
differ, if at all. How is a road really different from a street in

the average American town? But the wonderfully fertile Latin vocabulary is much more specific. A *pons*—or bridge—was for traveling over water, yes, but archaeologist Alan Kaiser points out that it was also an appropriate spot for begging, fishing, and religious ceremonies. A *forum* was an open space suitable for trials, elections, political campaigns, banking, and street performances. A *gradus,* or flight of stairs, was an excellent spot for displaying an executed criminal's body. An *angiportum* backed onto the rear entrances of houses and, as Kaiser suggests, would have been the perfect place for, say, abandoning a baby or committing a murder.

Prostitutes worked on *viae,* but aging, low-class ones could also be found on *angiporta.* When Catullus, a famously raunchy first-century poet, told his lover that she now hangs out in *angiporta,* he may, Kaiser points out, "have been suggesting she is not behaving as just a prostitute, but as an old broken-down prostitute." And it's no accident that "fornication" comes from *fornix*—the Latin word for "arch." Even without a name to distinguish each one, it was useful to know your *viae* from your *fora.*

Romans were known for their gridded provincial towns, but as Claire Holleran describes, the layout of much of Rome itself was more organic, with a mishmash of alleyways, lanes, and streets, some so narrow that neighbors on opposite sides could touch hands. The upper classes lived in grand villas, but most Romans lived in apartments just about big enough to sleep in. Because of fire hazards, cooking inside came at risk of being punished with a whipping, so the working classes mostly dined out, probably at street food vendors. Ordinary people would have had to use the streets as their kitchens, living rooms, offices, and often their bathrooms and dumpsters, too. Ancient Rome had little meaningful zoning; shops,

houses, gardens, and workshops would have hummed along next to each other.

So for many Romans, getting around wasn't the most important function of streets. (For some roads blocked to traffic, getting around wasn't a function at all.) Still, at its peak, Rome had about a million people, most living within about two miles of the city center. They had to orient themselves some way. But how?

In September of 1952, Kevin Lynch, a professor of urban planning at MIT, set out on a fellowship to Europe. He was interested in a question: What makes certain cities pleasurable? In Florence, he wandered aimlessly, his eyes reading the landscape. He scribbled maps and jotted down aspects of the city that made it inviting—the Duomo, visible from so much of the city, the piazzas, the surrounding hills, the dividing line of the Arno River. Florence could be confusing, but there were so many distinctive buildings and roads and landmarks that you could get a good sense of the city even without a map. It felt coherent. And it just felt good to be there. "There seems to be a simple and automatic pleasure, a feeling of satisfaction, presence and rightness," he declared, "which arises from the mere sight of the city or the chance to walk through its streets."

Lynch called cities like Florence "imageable." A highly imageable city, Lynch wrote in *The Image of The City*, "would seem well formed, distinct, remarkable; it would invite the eye and the ear to greater attention and participation." Imageable places are hard to get truly lost in. Think about Hansel and Gretel. Alone in the woods, where all the trees looked the same, they were hopelessly lost without their trail of bread crumbs. But if the trees had been different colors and sizes, if the siblings had passed a winding stream, an old campfire, or a beaver's dam,

they might not have needed the bread crumbs to find their way out; they could have navigated back by landmarks. But the blank, unbroken line of trees didn't make an impression, didn't wedge itself in the mind, and so they were lost. And lost, with its overtones of anxiety and terror, "reveals to us how closely it is linked to our sense of balance and well-being."

But not every city can be Florence. So Lynch sent volunteers out into three cities—Boston, Jersey City, and Los Angeles—to study how ordinary people saw their city. The researchers interviewed residents, who described their city's distinctive aspects and drew their own mental maps. In Boston, Lynch walked the streets with volunteers. "We are standing at the corner of Berkeley and Boylston streets in Boston," he later wrote, "with an ill-assorted group of some twenty-seven sightseers, old and young, male and female, some of them strangers and some who have gone past this corner daily for years." Lynch asked them to walk the city and describe what they heard and smelled, and to "talk about these things as the spirit moves them."

The volunteers' Boston maps were robust; the organized patrician architecture of Beacon Hill, the gold dome of the State House, the long Charles River, the spread of the Common, and the mix of Colonial and modern architecture all made strong impressions. "Boston," Lynch wrote, "is a city of distinctive districts, and in most parts of the central area one knows where one is simply by the general character of the surrounding area." It's not always easy, of course, to mark a straight path between two places in the city. ("We say the cows laid out Boston," Ralph Waldo Emerson wrote in 1860. "Well there are worse surveyors.") But at least it is possible to understand how the different parts of the city connect in a meaningful way.

Jersey City, on the other hand, was so boring that volunteers had little to sketch on their maps, except, perhaps, its awe-

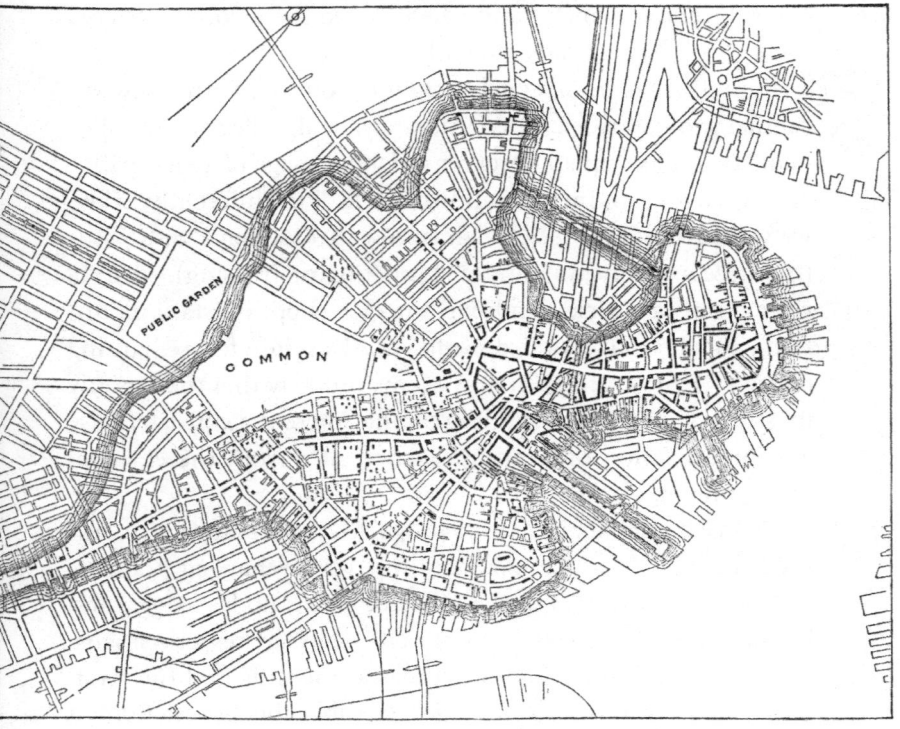

BOSTON IN 1772.

From a map of The Town of Boston, in New England, by Capt. John Bonner.

THE FAINTER LINES SHOW STREETS OF 1880.

THE LAYOUT OF BOSTON STREETS IN 1772

some view of New York's skyline. When residents were asked what was special about their city, a question Bostonians had answered so vividly, most Jersey City residents couldn't think of anything. One resident said, "This is really one of the most pitiful things about Jersey City. There isn't anything if someone came here from a far place that I could say, 'Oh I want you to see this, this is so beautiful.'" Los Angeles interviewees described

their city as "spread out," "spacious," "formless," and "without centers." "It's as if you were going somewhere for a long time," one subject told Lynch," and when you go there you discovered there was nothing there, after all."

From this research, Lynch sought to come up with a new vocabulary to describe cities. Ultimately, he distilled five components that make up an observer's mental image of a city: paths; nodes; edges; landmarks; and districts. Put differently, when we walk around the city, we draw our mental maps with paths (the streets, walkways), nodes (a junction or crossing), edges (a river, a railway track), landmarks (a taco shop, a distant mountain), and districts (Soho, downtown). "Despite a few remaining puzzles," Lynch wrote, "it now seems unlikely that there is any mystic 'instinct' of way-finding. Rather there is a consistent use and organization of definite sensory cues from the external environment."

Classical scholars have mined Lynch's vocabulary for understanding ancient Rome. Like any city, Rome changed dramatically over its history, but the kinds of paths, nodes, edges, and landmarks remained constant: the city walls, arches, crossroads, and fora; the fountains and gymnasia; the hills and the river. Districts, too, were distinct. *Vici,* possibly the closest Roman equivalent of neighborhoods, each had a crossroads and shrine in the middle to two spirits, the lares. Each *vicus* also had police and fire services and a kind of neighborhood-improvement club. People loved their *vici,* and some residents had their neighborhood names engraved on their coffins.

Nothing was neutral; everything in Rome seemed to mean *something.* "Ancient patrons sought maximum return on their investments by using each structure to convey a desired meaning, as well as serve a specific function," classicist Diane Favro writes. "Buildings were tools of self-aggrandizement, political

competition and State glorification." This was true in other parts of the ancient world as well. An ancient novelist, Achilles Tatius, described being utterly overwhelmed as he wandered around Alexandria. "I explored therefore every street," he wrote, "and at last, my vision unsatisfied, exclaimed in weariness, 'Ah, my eyes, we are beaten.'"

But Rome wasn't just "imageable;" to use Kevin Lynch's word, it was positively synesthetic. Life in Rome assaulted the senses. Ancient ruins are so quiet, the structures so scrubbed white by time that we forget statues were once garishly painted and the streets mobbed with crowds. When I visited Pompeii, the ancient city sealed in volcanic ash, I noticed the atmosphere was often hushed, as if we were walking over a graveyard. In a sense, of course, we were. But Pompeii once teemed with people, people with emotions, appetites, and regrets. We forget that life was inside every grave, though now we only see death.

And Rome, too, was full of life. Picture the street entertainers, jugglers and sword swallowers, gamblers playing dice on boards carved into steps, the elderly resting on benches, hawkers selling their wares in markets. And so many animals—pigs rooting around the garbage, goats prepped for slaughter, and packs of semiferal dogs.

To find your way, you could follow your nose. First, the bad smells: excrement dumped on the sidewalks; urine in fountains; funky bodies, fish markets, animal dung, carcasses, and intestines left to rot in the streets. But then there would be pleasant smells, too—perfume made from suet steeped in petals and herbs, piping hot loaves of bread, plumes of burning incense, a side of meat roasting over a fire. The smell of freshly oiled bodies might lead you to a public bath.

Or you could navigate by ear. Rome was a symphony of sound. The shouts of street vendors, children playing gladiator games, dallying couples, the crackle of fire, the clanging of a blacksmith, slaves heaving their masters on couches above the crowds, a soothsayer expounding prophecies—all would have helped guide you through the city. There would have been little escaping the clamor, even in your own home. Seneca, the stoic philosopher, describes the noise from the public baths above his rooms, like the screams of a customer as a hair plucker attacks his armpit hairs. ("Who but the wealthy get sleep in Rome?" the satirist Juvenal complained about second-century Rome.) Classicist Eleanor Betts imagines a multisensory map for "a hot summer afternoon, when sounds of game-playing (voices, thrown dice, movement of counters), the stench of the Cloaca Maxima, the salt taste of sweat, and the hum of insects locate the wanderer turning a corner of the Basilica Iulia and heading into the Vicus Tuscus."

And multisensory maps would have been the only maps many Romans would ever know. "To most Romans it was probably inconceivable to use a map, both because they could not have afforded it, and if they could, they probably would not have understood it," archaeologist Simon Malmberg, who has applied Lynch's ideas to Rome, points out. "Their mental map," he adds, "belonged to the streets where they grew up."

But what exactly are "mental maps"? And what is actually happening in our brains when we use them? In the 1970s, scientist John O'Keefe wasn't even searching for maps when he found them buried in the brain. He had, instead, been investigating how the brain forms and shapes memories. Scientists didn't know much about memory. "When a representation is activated, in recalling a memory for instance, what do neurons actually do?" asks neuroscientist Kate Jeffery, whose lab exploring the brain's cognitive map is steps away from O'Keefe's in

London's Bloomsbury. "The brain is just a lump of flesh and blood, and yet our memories feel like replayed movies, very graphic and dynamic. We clearly don't have tiny movies playing in our brains when we think or remember, so how could this actually work, and whereabouts in the brain does it happen?" Finding the answer, she explained, had become the "Holy Grail" for neuroscientists.

Scientists had long hypothesized that memory had something to do with the hippocampus, a seahorse-shaped piece of brain tissue. (Humans have two hippocampi.) In a 1957 paper, neurosurgeon William Beecher Scoville and psychologist Brenda Milner wrote about the case of HM, at Hartford Hospital, in Connecticut, who suffered from severe epileptic seizures. Scoville performed experimental brain surgery to cure the epilepsy, removing parts of HM's hippocampus along with other parts of his brain. The seizures stopped, but HM developed severe amnesia, remembering his childhood but virtually nothing after his surgery. His life was eternally "like waking from a dream," each day isolated from the others. Scoville and Milner suggested that the damage to the hippocampus was responsible for HM's amnesia.

O'Keefe decided to see if he could test Scoville and Milner's hypothesis by trying to record the firing of single neurons in the hippocampus. First, O'Keefe and his student, Jonathan Dostrovsky, implanted tiny electrodes into the brains of rats. Then, they watched a normal rat wander around in a ratlike way and listened to the electrical noise of neurons in the rat's hippocampus. That was how they discovered that some neurons—they called them "place neurons"—only fired when a rat was in a particular place. O'Keefe had discovered the "place neuron"; humans have them, too.

Other neuroscientists found related kinds of cells that also help us to navigate without signposts. James D. Ranck discovered

"head direction" cells when he showed that some cells fired only when a rat's head was pointing in a particular direction. May-Britt Moser and Edvard I. Moser (Norwegian scientists, with whom O'Keefe would share the 2014 Nobel Prize in Physiology or Medicine) discovered grid neurons, which form locational coordinates in our brains. Each of us has our own internal GPS navigation system.

Neurophysicist Mayank Mehta told me over email how at a lab at UCLA, he and his fellow scientists decided to put rats in a virtual reality, built at a cost of a half-million dollars. The rats, wearing little tuxedo-like vests, navigated both a real-life environment and an identical virtual world, where anything nonvisual was irrelevant for behavior. The rats were able to navigate both worlds well. But, surprisingly, when the rats were navigating the clean, virtual reality world, about 60 percent of neurons simply shut down in the hippocampus. Further, the remaining 40 percent of neurons that were still active in the virtual world seemed to fire "completely randomly" and their mental map of space disappeared.

So were the Romans—in their noisy, smelly, vivid, addressless environments—using more of their brains than we do? It's hard to know. But there is evidence that our hippocampi are being hurt by the new digital technology. Neuroscientist Eleanor Maguire found that London taxi drivers who have to memorize the layout of 25,000 roads called "the Knowledge" developed more gray matter in their hippocampi. And a few studies have suggested that the opposite might be happening to us in a GPS generation. People retracing routes they'd walked in London, for example, didn't engage their brain's navigation systems when they simply followed GPS instructions. "If you think about the brain as a muscle, then certain activities, like learning maps of London's streets, are like bodybuilding," one of the main

authors of the paper, Hugo Spiers, has said, "and all we can really say from our new findings is that you're not working out these particular bits of the brain when you're relying on SatNav."

Letting the hippocampus go flabby may not be such a problem if navigation was only about getting to a specific place—GPS systems aren't going away. But the hippocampus isn't just a GPS. There's also increasing evidence that O'Keefe, who was first searching for our memory stores in the hippocampus, was right to look for it there. "For some reason," Jeffery writes, "nature long ago decided that a map was a handy way to organise life's experiences." Place and memory are deeply connected. Think of the montage scene of a romantic comedy where the bereft party returns to the sites of the courtship: we ate spaghetti in that booth; we spilled cocktails on that sofa; my bridesmaid's dress ripped right on that bench. "We may grimace when we hear people talk of 'finding themselves,'" Nicholas Carr has explained in his book *The Glass Cage*. "But the figure of speech, however vain and shopworn, acknowledges our deeply held sense that *who we are* is tangled up in *where we are*."

The Romans understood this connection between memory and place long before modern scientists began to test it. In *De Oratore*, a dialogue on the art of speechmaking, Cicero discussed the "method of loci." When memorizing a speech, imagine walking through a familiar building, for example, assigning parts of the speech to different locations on an imaginary walk around it. The first sentence of your speech might belong by a coat hook, the anecdote about your childhood in the hallway closet. "To recall the text," Diane Favro writes, "an orator simply imagined walking through the constructed mental environment 'reading' the content-bearing images." All upperclass Roman men would have received this kind of education in rhetoric,

which Favro has called "specific training in the reading of physical environment." Thousands of years before place neurons
were discovered, the ancient Romans seemed to know by instinct that visually distinctive spaces and memory were deeply
intertwined.

Designing an imageable city, Lynch admitted, is hard. Perhaps
great cities can't even be designed; perhaps they just have to be
born and nurtured like a child. "A beautiful and delightful city
environment is an oddity, some would say an impossibility," he
wrote. Few American cities could claim to be of such high quality. Americans "have little sense of what a setting can mean in
terms of daily delight, or as a continuous anchor for their lives,
or as an extension of the meaningfulness and richness of the
world."

Ancient Rome was chaotic, but it was a chaos the Romans
could understand and, despite ancient authors' complaints about
the madness and the filth, perhaps even love. That's not to say
that the same problems I faced in street-nameless West Virginia
didn't affect the common Roman. Being able to produce a clear
mental map of a city is not the same as being able to find someone in particular. The comic playwright Terence was the Jerry
Seinfeld of his generation, an astute observer of the absurdity of
everyday life. Here's one direction-giving conversation between
two men from his farce *The Brothers*:

>—Do you know the portico by the Macellum, down
> that way?
>
>—Of course I do.
>
>—Go that way straight up the street. When you get
> there the Slope is right down in front of you: up
> it you go. At the end there's a shrine on this side.
> Just by the side of it there's an alley.

—Which?

—There where the great wild-fig-tree is.

—I know it.

—Take that way.

—That's a blind alley.

—So it is, by Hercules! You must think me a fool, I
made a mistake. Come back to the portico: that's
a much nearer way and much less chance of missing it. Do you know Cratinus's house?

—Yes.

—When you are past it, turn to your left, go straight
along the street and when you come to the temple
of Diana turn to the right. Before you come to the
town-gate, close by the fountain there's a baker's
shop and opposite it a carpenter's workshop.
That's where he is.


There's no ta-da! punch line here. The audience laughs
because it's true. Fig trees, shrines, hills, gates, temples, bak-
eries, a carpenter's workshop—how wonderful! Ancient Rome
was a town Kevin Lynch would have loved, too.

# 4

## *London*

**N**igel Baker is a professional freelance archaeologist and sometime academic at the University of Birmingham in England's Midlands. Today, he spends much of his time assessing historic buildings, organizing excavations, and leading archaeological tours of the River Severn in a canoe. But in the late 1980s, he spent a lot of time in the university's staff bar. "Most staff went and had a proper lunch in the canteen-like facility on the top floor," he told me, "but there was a regular subgroup who preferred a pint-and-a-sandwich type lunch." Such a lunch was available in the bar, a "slightly seedy, 1970s peeling lime-green-decor, not-quite-approved-of-by-serious-scholars kind of joint."

Baker had joined the university as a young research fellow to work on a project on English medieval towns and the church. Soon after he arrived he became friends with historian Richard Holt, who also liked the convivial atmosphere of the grimy bar. "Looking over Richard's shoulder once at the file directory on his Amstrad computer," Baker told me, "I saw he had a folder called Deathshit, which impressed me deeply." The file collected information that would, Baker said, nowadays be described as "horrible history"—"stuff about plague, pollution, miserable accidents." Baker and Holt were kindred spirits.

Over a pint, they began to talk about Baker's hometown, Shrewsbury, a medieval town in the west of England rich in

fifteenth- and sixteenth-century Tudor buildings. It has exactly the kind of cobbled streets and timber-framed houses that American tourists call quaint. (It is also the kind of storied place where it is possible to make a living as a freelance archaeologist.) Holt mentioned Grope Lane, in the center of the town, and Baker was astonished to learn for the first time that Grope Lane used to be Gropecunt Lane. He was even more surprised to find out that it wasn't the only Gropecunt Lane in England.

Street names weren't really in Baker's field of interest. ("Really, I'm just a Gropecunt Lane dilettante," he told me.) But he couldn't stop thinking about the Gropecunt Lane project as he went about his day jobs and academic work. Soon, Baker and Holt were scouring old maps and atlases for other streets once named Gropecunt (or sometimes Gropekunt or Gropekunte) across the country. Eventually, they found more than a dozen.

Early street names were practical. In medieval England, names developed gradually, drawn from a nearby tree or river, the farm at the end of the road, the inn on the corner. Streets might be named for what happened there—Gropecunt Lane, for example—but also what you could find—the butcher, the blacksmith, the produce market. Other streets were helpfully named for where they led to—take the London Road to London, for example. Street names became official only after long use and the rise of street signs. Unsurprisingly, dull names like Church Street, Mill Lane, and Station Road are still among the most common street names in England.

And yet this haphazard approach also bequeathed us Britain's most ear-pleasing names. Reading the streets of English towns and cities is a delightful exercise in time travel. In London, names like Honey Lane, Bread Street and Poultry conjure the food markets that once lived there. Fish Street Hill, where a thriving fish market once stood, was once called New Fish Market to avoid confusion with Old Fish Street, the site of another

market. Pudding Lane, where the great Fire of London began in 1666, probably referred not to a sweet dessert, but to animal guts, or "offal pudding."

Names could tell a visitor where to find an ironmonger (Frying Pan Alley) or a haberdasher (er, Haberdasher Street). Amen Corner, the story goes, is the point where the priests processing around St. Paul's Cathedral would reach "Amen" in the Lord's Prayer. Or names might point to medieval gallantry. Knightrider Street in central London is apparently where knights would cross on their way to jousts. Birdcage Walk housed the Royal Menagerie, and the king's men practiced their archery and musketry on Artillery Lane. (If nothing of importance happened on that street, the street name could reflect nothingness, too—as in the Whip-Ma-Whop-Ma-Gate in York, meaning "Neither one thing nor the other.") Seven Sisters Road, just a block and a half from my house, is now dotted with pawnshops, newsagents, and fried chicken joints. But if I squint, I can almost see the circle of seven elm trees, now gone, that gave the street its lovely name.

When Baker and Holt did the same kind of squinting, they discovered that the history of Gropecunt Lane disrupted prevailing ideas about how the medieval English dealt with prostitution. In theory, prostitution had to take place outside the city walls. In London, in 1310, prostitutes were formally banished to the outskirts of the city. But the Gropecunt Lanes challenged this version of England's sexual history. To their surprise, Baker and Holt noticed that Gropecunt Lanes were hardly in the suburbs; in fact, they couldn't have been more central, near the main markets. To put it Britishly, as English historian Derek Keene has, "In shops, perhaps, it was customary to agree, or to force, assignations which were consummated nearby." The Gropecunt Lane name wasn't just descriptive; it was also infor-

mative. The streets were often serving demands from outsiders—countrymen and farmers in market towns, sailors in port towns, and priests in episcopal towns. So their central locations made perfect sense. You don't need a guide when you have a street name like Gropecunt.

The British often celebrate their rude street names, though understanding why they're rude requires a schoolboy's knowledge of slang. For a people considered demure, their vocabulary of filthy words is truly impressive. In 2016, the UK's Office of Communications, a government agency that regulates offensive language on radio and television, published the results of a survey asking British people which words they considered the most offensive. The study only confirmed that British and American English are two different languages. I could hardly understand why many of the words were dirty at all, from the mild ("git"?) to the medium (what are "bint" and "munter," and why are they about the same level of rudeness as "tits"?). But I could see why busloads of tourists detoured to take pictures in front of signs for Cracknuts Lane, St. Gregory's Back Alley, Slutshole Road, and Cockshut Lane. An Oxford resident complained that he finds his street name most awkward when he is sitting with "official people," and they ask, "you know, where do you live?" His answer? "Crotch Crescent."

But unlike Gropecunt Lane, most of England's rude street names are only accidentally raunchy. Rob Bailey and Ed Hurst's book *Rude Britain,* a pirate's chest of filthy place names, tells me that Butthole Road was named after a water butt and that Booty Lane is named either after bootmakers, Viking booty, or the Booty family. East Breast Street probably comes from the word for hill and Backside Lane is so called because it is at the rear of the village. Upperthong Street is on a narrow strip of lane. Little Bushey Lane is derived from the Old English for

"enclosure near a thicket." Cumloden Court is probably from Gaelic words meaning "the pool that retains water." Ass House Lane? Your guess is as good as mine.

But boring names, so often duplicated, are far more confusing for a city government than ridiculous ones. London in 1800 was the world's biggest city—ever. The City of London itself, bound by its old Roman walls, is actually only one square mile, but greater London had embraced the once-bucolic surrounding villages into its dirty and swirling mess. In just the 1840s alone, London added two hundred miles of streets to the city.

London long lacked a central body to assign street names, leaving the task to private developers who didn't have much imagination. As Judith Flanders, a biographer of Dickensian London, recounts, "In 1853, London had twenty-five Albert and twenty-five Victoria Streets, thirty-seven King and twenty-seven Queen Streets, twenty-two Princess, seventeen Dukes, thirty-four Yorks, and twenty-three Gloucesters—and that was without counting the similarly named Places, Roads, Squares, Courts, Alleys or Mews."

"Do all builders name streets after their wives, or in compliment to their sons and daughters?" the *Spectator* magazine asked its readers wearily in 1869, a few years later. "And are there 35 builders with wives named Mary, and 13 with daughters named Mary Ann spelt so? There are 7 places, roads, and streets called Emily, 4 Emma, 7 Ellen, 10 Eliza, 58 Elizabeth—23 of them being called Elizabeth Place,—13 Jane, 53 Ann and so on and on." Add to that "64 Charles Streets, 37 Edward Streets, 47 James Streets, besides 27 James Places, 24 Frederick Places, and 36 Henry Streets." Other streets were named "for nearly every fruit, and for every flower we have been able to think of in five minutes." But the "climax of imbecility" was New Street—fifty-two of them in all.

Prudish Victorians cleaned up some of the less tasteful

names; there are no more Gropecunt Lanes in England. There was, of course, some irony in providing respectable street names in a city where turds piled up on the riverbanks and the curtains of parliament were soaked in lime to disguise the stench. The satirical magazine *Punch* had enough of John, Peter, and Wellington Streets. "Let the streets be called by their proper names," or, in other words, "the various nuisances or diseases which infest or pollute them respectively." Their suggestions include: Open Sewer Street, Gully Hole Court, Slaughter House Buildings, Grave Yard Crescent, Typhus Terrace, Scarlatine Rents, Consumption Alley, and Scrofula Lane. Let us keep these street names, they wrote, "till this filthy capital shall have been properly drained and watered; shall have had its churchyards closed, its atmosphere disinfected, and plague and pestilence expelled from its habitations."

Duplicate street names were simply disastrous for the postal service. And in the days of high literacy but low technology, the post was the essential means of communication. In the early days of the English postal system, the recipient, not the sender, paid for postage, often at extraordinary costs to the working classes. Prices varied according to distance and how many sheets of paper the letter used. Even the rich used a system of writing both horizontally and vertically on a single page to save paper. (Jane Austen was one such cross-writer.) The poor often relied on travelers or word of mouth to send news.

But then came Rowland Hill. He was an eccentric man from an eccentric family, a teacher who had helped establish a progressive school where the pupils governed themselves, played cricket and football on neighboring fields (unusual for the time), and never feared the cane. Yet by the time he was in his forties, he considered himself a failure, as Duncan Campbell-Smith has chronicled. Hill had wanted to study at Cambridge,

but had no money. His dreams of a glittering life in public service had dimmed, despite purporting to be able to rid the world of poverty and crime. He had several inventions and prototypes under his belt, including one for a clever new printing press, but here he was, a grown man, still a headmaster at his family's school. Hill was, in Campbell-Smith's words, "someone convinced that a vocation lay in wait for him, but who had not yet found it."

Somehow, he stumbled on postal reform. As a child, Hill had seen the panic his parents felt when the postman came knocking, and his mother sent him to sell the rags she had collected to pay for the postage. In 1837, he circulated a pamphlet, "Post Office Reform: Its Importance and Practicability," and submitted it to the chancellor of the exchequer. Hill reasoned that the cost of postage was so high in part because of the labor it took to deliver the letter and collect the fee, with a postman having to visit a house several times to find someone home.

ROWLAND HILL

Analyzing reams of official post office documents, Hill found the postal system rampant with fraud and corruption. Parliamentarians were allowed to send mail to recipients for free, and rich people were more likely to have access—and to abuse—these free postal services. In their own way, the poor, too, could thwart the system by drawing a symbol on the outside of a letter so that the recipient could glance at the letter

in the postman's hand, understand the message, and refuse to pay the postage. (When I was a child, I used a similar strategy to avoid having to deposit a quarter in a pay phone: I'd call collect, and instead of saying my name at the beep, I'd blurt out "Come pick me up!") But many poor people never wrote letters at all.

Hill's simple plan offered what now seems an obvious solution: a flat rate for mail delivered anywhere in the country, payable by the sender. William Dockwra, a private merchant, had established a flat-rate post in London in 1680, where letters could be sent within London for a mere penny. But the government, which had a monopoly on the mail, saw this as a threat and absorbed it into the General Post Office. Now Hill offered the idea of a nationwide post where each letter's postage, no matter how far it was to be sent, cost a single penny.

Hill, always a teacher, emphasized the moral and intellectual advantages of cheap mail, calling for the Post Office to become "the new and important character of a powerful engine of civilization." William Henry Ashurst, an activist lawyer, wrote an 1838 pamphlet supporting Hill's proposal. For poor men's children, he argued, who were required to travel far from home to work, the cost of post amounted to a "sentence of banishment." "If a law were passed forbidding parents to speak to their children, till they had paid sixpence to government for permission," he wrote, "the wickedness would be so palpable, that there would be an end to the tax, in that form of exaction, in twenty-four hours."

What had begun as an economic cause was now a deeply political one. Could the penny post help Britain avoid the revolutions of France and America? Catherine Golden, who has elegantly chronicled the rise of the penny post, writes that postal reformers "recognized that small measures of progress might ease the political unrest between the 'the masters

and the men,' quelling political revolt, which never came to pass in England." Together with lectures, pamphlets, and advertisements (one published in the latest Dickens sensation, *Nicholas Nickleby*), the public forced a recalcitrant parliament to accept a measure many thought would bankrupt the nation.

So the nationwide penny post was born in 1840, and not long after, Hill invented the postage stamp. On the first day of the penny post, so many people wanted to mail letters that police stood guard outside the General Post Office. "Every mother in the kingdom who has children earning their bread at a distance, lays her head on the pillow at night with a feeling of gratitude for this blessing," travel writer Samuel Laing wrote in 1842.

But Hill's penny post was hardly charitable; money poured into the exchequer. The Royal Mail soon became one of the largest and most efficient bureaucracies in the world. In central London, you could write to invite a friend to dinner in the morning and have the reply well in time to order an extra joint of beef. In 1844, a travel guide advised the times you would have to send a letter to have it delivered:

**FOR DELIVERY IN TOWN,**

Over night by eight o'clock, for the first delivery.

Morning by eight o'clock, for the second delivery.

Morning by ten o'clock, for the third delivery.

Morning by twelve o'clock, for the fourth delivery.

Afternoon by two o'clock, for the fifth delivery.

Afternoon by four o'clock, for the sixth delivery.

Afternoon by six o'clock, for the seventh delivery.

**FOR DELIVERY IN THE COUNTRY,**

The preceding evening by six o'clock, for the first delivery,

Morning by eight o'clock, for the second delivery.

Morning by twelve o'clock, for the third delivery.

Afternoon by two o'clock, for the fourth delivery.

By the early 1900s, the post was being delivered in parts of London twelve times a day.

But a successful post needed an effective addressing system. And duplicate names, poorly numbered streets, and a public unfamiliar with what an address should even look like made the job of a delivery man harder than it had to be. In 1884, James Wilson Hyde had worked in the post office for twenty-five years, "the best, perhaps of his life," he wrote. In his history of the Royal Mail, he described some badly addressed letters. Here's one: "My dear Ant Sue as lives in the Cottage by the Wood near the New Forest." And another: "This for the young girl that wears spectacles, who minds two babies." And my favorite:

To my sister Jean,

Up the Canongate,

Down a Close,

Edinburgh.

She has a wooden leg.

Letters with indecipherable addresses were forwarded to what was known as the Dead Letter Office, where "blind officers" (so called, apparently, because the addresses were "blind" to them) would work out the sender's intent. The blind officers

would study maps and lists of farm names around the country to direct the letter to the right place. One useful technique required saying the addresses out loud, just as a child does when learning how to read. (A letter to Mr. Owl O'Neill was actually sent on to Rowland Hill.) Even today, more than three hundred postal workers in a giant Belfast warehouse (in an "aircraft hangar-sized room") spend their days decoding addresses.

Clever senders like to play games with the Dead Letter Office. When Queen Victoria's private secretary, Sir Henry Ponsonby, wrote to his sons at Eton, he hid the addresses in intricate drawings. His great-great-great-granddaughter, the artist Harriet Russell, carried on the trick, sending herself and friends 130 letters from Glasgow with addresses hidden in recipes, hand-drawn cartoons, a color-blindness test, an eye chart, and connect the dots puzzles. One letter required postal workers to solve a crossword; another puzzle was delivered to the correct address with the message "Solved by the Glasgow Mail Centre." One hundred twenty out of the 130 letters she sent arrived safely.

In the United States, the Dead Letter Office, which opened in 1825, manages misaddressed letters. It soon processed about seven million items a year. In the early days, the Dead Letter Office was often staffed by retired clergymen, because they could be trusted with the money often found in the undelivered mail. The post office also hired women, apparently believing that they had superior analytical talent and could therefore decipher addresses more easily.

The most talented letter detective was Patti Lyle Collins, who could decode almost a thousand addresses a day. Collins had been born wealthy and traveled extensively, but her husband died when her children were young and her widowed mother old. In the Dead Letter Office, she found the perfect career. She apparently knew every post office and city in the

United States, as well as cities' street names, corporations, colleges, lumber camps, mining settlements, and other private institutions. She even knew the handwriting style associated with different languages—which made it easier to decode their addresses.

Was anyone so well suited to her profession? As Bess Lovejoy has described, Collins sent one envelope, addressed to "Isabel Marbury" at "Stock" to Stockbridge, Massachusetts, because she knew Marbury was a common name there. Another letter, addressed to "Island," was forwarded to West Virginia, where a part of the state was known as "the Island." According to the 1893 issue of *Ladies Home Journal,* Mrs. Collins could pick up an envelope addressed to 3133 East Maryland Street and know that "while many cities had 'Maryland' streets, only in Indianapolis did they go as high as 3133." Mrs. Collins correctly sent a letter addressed to "Jerry Rescue Block, NY" to Syracuse because she knew that was the site of the 1851 rescue of a fugitive slave who called himself Jerry.

But sorting through badly addressed envelopes frankly takes a lot of work. Wouldn't it be easier if addresses were standardized—and people learned how to use them? In England, Rowland Hill wrote passionately that "a reform of the street nomenclature of London" would be "of great importance to the Post Office Service." Recognizing that London had spread beyond its early city walls, the Metropolitan Board of Works (and later the London County Council) was tasked with ironing out the names of the greater city area.

It was a thankless job. No one "knows how dullwitted the majority of human beings are till the name of his street has been suddenly changed," the *Spectator* wrote in 1869. "An alteration of numbers is bad enough, but if the name of the street goes too, everybody's identity is temporarily lost, postmen sink back into second childhood, tradesmen send everything to the

wrong house, and one's cousins gleefully protest that they could not find the way."

Across London, the director of town planning had to reassure residents that he was not acting out of "sheer wantonness." Despite resistance, by 1871, 4,800 street names had been changed and 100,000 houses renumbered. Later, some accused the London County Council, which was dominated by socialists, of taking "special egalitarian glee" in removing names like King Street. In the twentieth century, the work continued, and the council strived to organize the street names in the run-up to the Second World War.

Yet changing street names right before the Germans began bombing turned out to be a terrible idea. The Blitz, which began in 1940 and killed more than forty thousand civilians in just eight months, made London virtually unnavigable, even without the confusion of changed street names. The people of Britain turned out their lights—all of them—to avoid attracting bombers. Streetlights were snuffed, cars limited to dim side lights, blackout blinds and brown paper covered every window. (Carry a white handkerchief to avoid being knocked down, the government helpfully advised pedestrians. Thousands were killed by drivers anyway.)

New street names were all the more confusing because street signs were taken down and booksellers burned city maps as a precaution in case of a German invasion. (Nor did people like giving directions to outsiders; Englishwoman Jean Crossley wrote in her war memoir that "if anyone asked the way one wondered whether one ought, as a patriotic duty, to misdirect them.") But the list would need updating entirely after the war; German bombs destroyed many London streets, erasing their names from the map.

Street names and numbers, however, weren't enough to direct the mail efficiently. In 1857 Rowland Hill split London into

eight districts giving each a code. (Later, two were dropped at the suggestion of post office surveyor Anthony Trollope.) In the United States, the zip code was invented by Robert Moon, a Philadelphia postal employee. (Zip stands for "zoning improvement plan.") Moon first submitted the idea to his bosses in 1944, then lobbied for almost twenty years before his idea was finally adopted. His wife, who wore a gold pendant emblazoned with "Mrs. Zip," told newspapers that it took so long because Moon was Republican and his bosses were Democrats.

MR. ZIP

To encourage the use of zip codes, the postal service ran public service announcements with a dapper cartoon character, Mr. Zip. The Swinging Six, a Broadway/folk band sang a promotional song about the codes on national television. Opening lines: "Zip! Zip! Well, hello, my friend. How do you do? We hope you have a moment or two / to listen to what we have to say to each and every one of you. / It concerns our postal system."

Today, the post office estimates that the zip code saves over $9 billion a year by allowing for more accurate and efficient mailing services. The Swinging Six should demand their cut.

Has our modern, bureaucratic way of addressing deprived us of valuable information? We no longer name streets, for the most part, Shopping Street or School Street. (I was delighted, however, to read of a street in Scotland with a Costco

and an Ikea recently named Costkea Way.) When I went to West Virginia, I remembered talking to the woman behind the counter at Tudor's Biscuit World when I ordered my Tootie biscuit (ham and cheese on a cloud of flour). "I live on Grapevine Avenue," she told me with a sigh. "And there's not a grapevine in sight."

Of course, if the official name does not suit the street, one can always call it something else. The name does not have to match the birth certificate. Streets in Chinatown in San Francisco were often renamed by the locals. Wentworth Place, in the 1940s a fragrant street where tons of tasty salt fish were dried on gravel roofs and hung for sale, was instead called by locals "Street of Virtue and Harmony." Waverly Place, with its congested tenement housing, was known as Fifteen Cents—the cost of a haircut, ear cleaning, and queue rebraiding. Beckett Street became the Street of Plain Language John. John was, a 1943 article describes, an "American" who was called Plain Language because he spoke Cantonese so fluently. He spent so much time with the courtesans of Beckett Street that, when he was needed to interpret, he could be found there more often than his own home. And so the street took his name.

I had thought this a romantic story from the past, but informal renaming happens today, too. Aaron Reiss had lived in China for several years; when he moved to New York, he decided to move in with some elderly immigrants to keep up his language skills. He quickly noticed that he didn't recognize the street names they talked about. Mulberry Street, with its many funeral homes, had turned into Dead Person Street. To his neighbors, Division Street was Hatsellers Street, Rutgers Street was Garbage Street, and Kosciuszko Bridge, named after a Polish leader who fought in the American Revolutionary War, somehow became "the Japanese guy bridge." Immigrants from

different regions in China have their own Manhattan street names for the same street according to region and dialect.

But maybe even our official street names describe us better than we think they do. Economist Daniel Oto-Peralías examined street name data in Spain and in Great Britain. In Spain, he found that people who lived in towns with many religious streets really were more religious. In Great Britain, people who lived in areas with a larger percentage of streets containing the word "church" or "chapel" in the name were more likely to identify as Christian. And in Scotland, he found that people who live in places with street names like "London Road" or "Royal Street" felt less Scottish.

We can only speculate as to causation: Do you live on Church Street because you are religious and want to live near a church? Or do you become more religious because you live on Church Street? Perhaps we make the street names, and then the street names help make us.

Needless to say, I don't mourn Gropecunt Lane.

Fashions in street names change. For a long time in the United States, nature names were in vogue. (The same is true in Poland, where the five most popular names are Forest, Field, Sunny, Short, and Garden.) Several streets recently named by the public in Belgium celebrate the nation's culinary history: Passage of Cuberdon (a cone-shaped Belgian candy), Passage of the Speculoos (a cookie), Passage of the Chicon (a cheese and endive dish). New streets in modern Britain often have multicultural names. ("Karma Way," and "Masjid Lane," which means "mosque," are some examples.) And, as one scholar told me, "The future of street names is women." Feminist organization Osez le Féminisme has been plastering Paris with new unofficial street names (Quai de Nina Simone, for example). Only 2.6 percent of street names in Paris commemorate women.

Meanwhile, London is embracing its historical names. I visited a friend who lived in an ultramodern apartment building in a formerly gritty neighborhood in east London. I did a double take at the name of the building: Bootmakers Court. Bootmakers Court? I suspect none of the young, white-collar residents walking out with their carbon-frame bikes were engaged in the manufacture of footwear.

Doreen Massey, a brilliant English geographer, saw this, too, in the Docklands, a formerly working-class neighborhood that has rapidly gentrified. "For self-conscious long-time locals the names of streets have been used to evoke a romance of its working-class past: all pubs and football, hard work and community," she wrote. "The use of the same street names today, and the careful naming and renaming of warehouses-converted-into-apartments is also an attempt to evoke a connection with a past, equally romanticised but this time in a different version." Bootmakers Court is too expensive for the old working-class residents of East London—one-bedroom flats go for about £400,000—but the name helps affluent Londoners feel connected to a more romantic kind of neighborhood, even if it was one that they probably wouldn't have ever wanted to live in.

There is even nostalgia for old Gropecunt Lane. In 2012, an anonymous petition "Reinstate Gropecunt Lanes" was sent to parliament. "It would be a wonderfully patriotic gesture to reinstate this extinct relic of our cultural heritage," it read. (Parliament rejected the petition outright, because, it stated drolly, only local government has control over street names.) But not everyone wants to keep rude street names. After a successful campaign in 2009, the residents of Butt Hole Road now live on Archers Way.

And in 2018, a local business owner in Rowley Regis in the West Midlands of England pushed flyers through house doors supporting a street name change, claiming that it would raise

property prices by £60,000. The name of the road was more rude slang I wasn't familiar with: Bell End. I thought it sounded elegant—the light trill of the word Bell paired with the serious and solid End. But in British, it apparently means the end of the penis. According to the local petition, children living on the road had been bullied because of their street name.

Linda George was furious when she heard about the plan to rename Bell End. Her family was from the village, and she had wriggled in the pew at a nearby church, a strict Baptist congregation where no one was allowed to read any book besides the Bible. If kids were being bullied, the problem was the bullies, not the street name. She decided to start her own petition to keep Bell End. To her surprise, almost five thousand people signed it in just a few days.

Rowley Regis, the home of Bell End, was once the king's hunting ground. It is also in the part of England known as the Black Country, named for its deep coal seam. It began as a village and then became an industrial town, where ordinary people sometimes built a small forge instead of a washroom in the backyard to make nails. (Children, with their tiny, nimble fingers, were particularly well-suited to this work.) An enormous quarry supplied rock for Britain's roads. Over the years, after Margaret Thatcher broke the coal mines and the industry disappeared, Rowley Regis lost many of its jobs. Many old buildings were demolished rather than repaired, roads were widened, and unimaginative modern estates built. Much of the town Linda had known as a child is now unrecognizable.

I asked Linda why she thought her petition to preserve Bell End had struck such a nerve. "It was the last straw," she told me with a sigh, "of people with common sense." And it was about more than the street name. The name "Bell End" is a link to a proud and colorful past, and (architecturally speaking, at least) a more romantic time.

And Bell End turned out to be a name that tied Rowley Regis to its medieval roots. While the local council suggested the name came from a local mine, a Bell End resident born in 1919 supplied another reason, sent via her daughter's Facebook account. One of King John's lodges at the end of the road, she wrote, had a bell-shaped knocker on the door. So: Bell End. King John, signer of the Magna Carta, began his reign in 1199, more than eight hundred years before I spoke with Linda.

"The buildings are gone," she told me, "but the names will stay forever."

# 5

*Vienna*

On a snowy February morning, I met Anton Tantner in Vienna, near the chancellor's house in the center of the city. Tantner, who is in his forties, wore a puffy ski coat and a gray scarf, with a black hat pulled tight over his ears, framing a perfectly round, red-cheeked face. He looked like a boy sprung from a Frans Hals painting. A sharp wind tore around the corners of the stark buildings on the square. It was the three hundredth anniversary of Maria Theresa's birth, and posters of the stout, silver-haired empress were plastered throughout the city.

Tantner is perhaps the world's leading expert on house numbers. A historian at the University of Vienna, he researches house numbers, conducts tours of house numbers in Vienna for crowds of sixty, and has curated an exhibit on house number photography. I first came across Tantner after I read his slim book with a simple title: *House Numbers*. At first I thought he seemed excessively preoccupied with what seemed like the most mundane feature of our street addresses.

But he changed my mind. "The great enterprise of numbering the houses," Tantner writes, "is characteristic of the eighteenth century. Without any trace of irony, the house number can be considered one of the most important innovations of the Age of Enlightenment, of that century obsessed, as it was, with order and classification." House numbers were not invented

to help you navigate the city or receive your mail, though they perform these two functions admirably. Instead, they were designed to make you easier to tax, imprison, and police. House numbers exist not to help you find your way, but rather to help the government find you.

The invention of the house number is not a footnote to history, Tantner tells his readers, but a whole chapter within it. For him, that chapter begins in Vienna.

In 1740, during one of the coldest and wettest Octobers in memory, Charles VI, the Holy Roman Emperor, went hunting. He soon fell seriously ill and died, perhaps from eating a meal of poisonous mushrooms. Twenty-three-year-old Maria Theresa, his oldest daughter, was suddenly the empress of the Habsburg Empire. Her parents had still thought they might have a son, and they had educated her mostly in "courtly deportment," like dancing and music. A Prussian emissary in 1746 described her heaps of pale blond hair, round face, small nose that was "neither curved nor turned upwards," large mouth, well-formed neck and throat. Her figure, he wrote, was by then ruined by childbirth—Maria Theresa would give birth to sixteen children in nineteen years—but, "arms and hands wonderful."

Life was not easy. She had inherited a debt-ridden patchwork of lands that included Austria, Hungary, Croatia, Bohemia, Transylvania, and parts of Italy, and she spent years successfully fighting off her rivals. Maria Theresa's husband, Francis I, collapsed and died suddenly during the wedding celebrations of their son. Maria Theresa sewed his shroud, sheared her hair off, and painted her rooms black. On top of that, smallpox killed three of her sixteen children, including sixteen-year-old Maria Josepha right before she was to have left Vienna to marry a Neapolitan prince, and permanently scarred another, Maria Elisabeth, rendering her unmarriageable. (Maria Theresa

named all eleven daughters Maria, George Foreman–style.) Because Maria Theresa equated marriage with diplomacy, Maria Elisabeth, considered her most beautiful daughter, might as well have died, too, as far as the empire itself was concerned.

In 1763, Maria Theresa and her son Joseph II, who would become her co-regent, lost the Seven Years War, which involved every kingdom of Europe. This time weddings could not fasten the empire together. Maria Theresa tried to win back the rich province of Silesia—today, a region of Poland—from her archenemy, Frederick II of Prussia. But her exhausted troops came home empty-handed. Maria Theresa was devastated. If she hadn't always been pregnant, she said—she had eight children during her wars with Prussia alone—she would have joined in the battle herself.

MARIA THERESA

She needed more soldiers. The Habsburg Empire was still governed by a feudal system. Landlords, who controlled the families who worked on their land, were largely responsible for military recruitment. Unsurprisingly, they held back the strong and hardworking for themselves, and sent the rest to fight. In theory, Maria Theresa reigned over an empire full of hearty young men, but what use were they if she had no way to find them?

So, in 1770, the same year her youngest daughter Marie Antoinette was married at Versailles, Maria Theresa ordered a

"conscription of souls," an accounting of all military-eligible men in her territories. But soon she discovered another problem: she had no real way of counting people in the warrens of the villages. There was no way to distinguish between the homes.

She struck on an answer: house numbers. By numbering each door and listing its occupants, the military could strip away the house's anonymity and discover the men of fighting age inside. In March of 1770, Maria Theresa issued the order. More than 1,700 officers and civil servants fanned out across the empire. A professional painter, entering a village, would inscribe a number on each wall in a thick, black paint made from oil and boiled bones. On preprinted forms, scribes recorded each man and his fitness to serve. In deep winter, they trudged between villages and towns, rain blurring the cheap ink. In the end, they numbered more than seven million "souls"—1,100,399 house numbers in all. Over budget and out of time, the house numberers sent so many scrolls back to Vienna that there wasn't space to fit them in the palace.

Together, Anton Tantner and I set off across the snowy city to look for some of Maria Theresa's numbers in Vienna. We searched for the original conscription numbers—the spindly, elegant numerals painted against a white background. We ducked under arches, craned our necks up at the grand stone buildings, and squeezed around alleys to find old numbers etched all over the city. Tantner was born in Vienna, and he strode the frozen, winding alleys and boulevards with long-legged confidence, stopping only to pick up his mother's tailoring from a cheerful seamstress, her shop crowded with mannequins.

We turned on to a wide boulevard lined with shop windows filled with fur coats and pearl necklaces, to the sound of street accordions. In front of an elegant shoe shop, Tantner raised a pink, gloveless hand to a red house number painted on the white face of the building. Maria Theresa's orders had been spe-

cific; red numbers for Vienna, black for everywhere else. The numbers must be Arabic numerals—1, 2, 3, rather than the Roman i, ii, iii. Only the homes of Jewish people, whom Maria Theresa despised, were assigned Roman numerals.

Maria Theresa's order had also specifically instructed that each house number have the prefix "No."—"Number"—before it: No. 1, No. 2, for example. The prefix could just have been a way to distinguish the house number from the year the structure was built, which is often marked on buildings in Vienna. But one of Tantner's colleagues offered a more satisfying guess. "If you are talking to a person you don't call him only by his name but as Mr. So-and-So," he told me, smiling. "So 'No.' has the same function as Mr.; you have to be polite to the number as well."

Tantner told me that the Habsburg Empire wasn't the only, or even the first, government to hit on the idea of numbering houses. Independently and seemingly simultaneously, houses around the world—in Paris, Berlin, London, New York, as well as in rural towns and hamlets—began to sport new numbers. This house numbering story could have started instead with Paris in the sixteenth century, where officials numbered sixty-eight houses on the Pont Notre-Dame, to identify city property. Or when King Louis XV numbered houses in 1768 to track soldiers lodged with civilians. Or we could start in 1779 when a publisher, Marin Kreenfelt, decided to number lampposts, and then doors, up one side of the street and down the other, for his directory of Paris.

You could instead start the history of house numbers in London. Before street names and numbers, businesses announced themselves with illustrated signs above their doors. The wordless signs used their own language, such as a dragon for an apothecary or a sugarloaf for a grocer. (Sometimes, as businesses changed hands, the signs became more arcane. The

symbol of three caskets and a sugarloaf was James Olaves's sign for his coffin business; the building had formerly been a grocer.) The heavy signs, often embellished with ironwork, creaked and groaned in the wind. In 1718, a sign pulled down the side of a building, killing four unlucky shoppers passing under it. House numbers absolved shops of the need for these signs. The new London house numbers, together with the rise of street signs, revolutionized the job description for footmen who, for the first time, had to be literate and numerate to deliver a message.

But even then, it took a while for the idea to sink in. Rowland Hill, regarded as the founder of the modern postal service (find him in chapter 4), wrote that "On arriving at a house in the middle of a street, I observed a brass number 95 on the door, the houses on each side being numbered respectively 14 and 16. A woman came to the door, when I requested to be informed why 95 should appear between 14 and 16; she said it was the number of a house she formerly lived at in another street, and it (meaning the brass plate) being a very good one, she thought it would do for her present residence as well as any other."

In America, the British first began to number Manhattan to keep track of revolutionaries. And in 1845, at a time when children could still gather blackberries along Madison Avenue, Manhattan house numbers were, as one city directory described, "in a regular state of beautiful confusion." The city wasn't renumbered and officially divided between East and West at Fifth Avenue until 1838. And even after that, many businesses were slow to display their numbers. In 1954, a reporter for *The New York Times* asked a doorman the building number of the theater he stood in front of. "I don't know, I only work here," he replied. "How long?" "Fifteen years."

Mark Twain loved almost everything about late-nineteenth-century Berlin, which he called the Chicago of Europe. It was, in his eyes, "the best governed city in the world." He admired

its courteous police, its electric wires buried underground rather than tangled above, its streets cleaned with scrapers and brooms, rather than with the "prayer and talk" they used to clean them in New York. But, oh, the house numbering! "There has never been anything like it since the original chaos," Twain wrote. "At first one thinks it was done by an idiot; but there is too much variety about it for that; an idiot could not think of so many different ways of making confusion and propagating blasphemy." The numbers seemed randomly chosen. "They often use one number for three or four houses—and sometimes they put the number on only one of the houses and let you guess at the others."

Berlin was hardly alone in its confusion. Initially in Vienna, each new building got the lowest available number, no matter where it was. So when a new house was built, number 1521 could sit (un)comfortably next to, say, number 12. You could number houses around a city block, but then you have to know the street name, the number, *and* the block to find someone; it's a bit too much to ask. (Venice has a similarly maddening system, the city divided into districts, or *sestieri,* and the numbers distributed almost randomly within them. But Venice can, of course, get away with anything.) In the Czech Republic, each house has two numbers, one for directional purposes, and one for government registration. In Florence, houses have different numbers for residential and business purposes.

But what *is* the right way to number houses? Enter the Philadelphia system: odd numbers on one side of a street, even numbers on the other. An adviser to George Washington, Clement Biddle, devised this system in 1790 when Philadelphia was conducting a census. Odds on one side, evens on the other takes much of the guesswork out of knowing how far a number is along a street. In Philadelphia, this system was revised in the nineteenth century to make house numbering even more logical,

assigning one hundred numbers to each block, with the numbers shifting to the next hundred at the next block. Today, modern planners use careful calculations to ensure that our house numbers are rational—so rational that we barely even notice they are there.

But why did the house number, which mankind had done without for thousands of years, suddenly become so indispensable?

In the 1990s, James Scott, a professor at Yale, sat down to write a book addressing a puzzling question: Why does the state hate people who move around? Nomads, gypsies, Irish Travelers, Bedouins, vagrants, homeless people, runaway slaves, all had been considered "a thorn in the side of states" who have tried and failed to pin them down. But the more Scott tried to write that book, the more he realized he should be writing a different one, about how the state came to nail down its people in the first place.

"The premodern state," he found, "was in many crucial respects, partially blind; it knew precious little about its subjects, their wealth, their landholdings and yields, their location, their very identity." In Maria Theresa's day, the eighteenth-century European state was, in Scott's words, "largely a machine for extraction." Monarchs had become increasingly more successful at squeezing more revenue and trade from their kingdoms. But, he writes, "there was more than a little irony in their claim to absolute rule." They could hardly control anything on the local level, or as Scott put it, "undertake more intrusive experiments in social engineering. To give their growing ambitions full rein, they required a far greater hubris, a state machinery that was equal to the task, and a society they could master."

But to master a society, they first had to discover who was in

it. The state "had to create citizens with identities," Scott wrote. "It had to create citizens with names that could be recorded, with matching addresses, put down in cadastral surveys." State-making in early modern Europe required a "legible" society; the state had to understand itself before it could do anything. "And in the process of making society legible," Scott says, "it changed it radically."

Most Europeans, for example, didn't have permanent last names before the fourteenth century. (China's Qin Dynasty had, however, been requiring last names since the fourth century B.C. "for the purposes of taxation, forced labor, and conscription.") But in Europe, as Scott has described, people had a first name, and if something else was needed, they might add their occupation (Miller, Baker, Smith), where they lived (Hill, Brook), or perhaps the father's given name or clan name (Johnson, Richardson).

But these names weren't systematically passed down. And you couldn't find someone by first name alone; in England in the 1700s, for example, 90 percent of men had one of only eight names: John, Edward, William, Henry, Charles, James, Richard, Robert. What use was that to an outside policeman or a tax collector? Locals might know how to find Henry son of William, but they have their reasons not to tell you. So rulers began to demand permanent last names, yet another sign of the lengthening reach of the state.

House numbering was one part of this larger modern project. The Romans, as I now knew, didn't have street names or house numbers, and the people could find their way around just fine. But perhaps the Roman authorities didn't really need an addressing system because they didn't have the same compelling need to find any citizen in particular. For one thing, Roman government was decentralized, which meant that the local administrators probably knew everyone they had to know.

More fundamentally, the Roman state did not have the kind of involvement in their citizens' lives—no public schools, for example—to which modern governments aspire.

The medieval European state similarly lacked precise methods for tracking its citizens. Historian Daniel Lord Smail spent years examining notarial records in Marseilles. Here are some examples he found from 1407, recording the identities of citizens fined for criminal activity:

> Ysabella, a fallen woman
>
> Symonet Drapier
>
> Argentina, wife of Symonet
>
> Picardello
>
> Johan Le Bus, baker of Marseille.

But in 1907, five hundred years later, he writes, they start to look like this:

> Serny, Agnès Célerine Joséphine, 32 years old, teacher, born in Roquefeuil (Aude), residing in Marseille in the street of St. Gilles, no. 10
>
> Castellotti, Joseph Louis, 18 years old, seaman, born in Bastia (Corsica), residing in Marseille in the street of Figuier de Cassis, no. 8
>
> Peyron, Berthe Jeanne Albine Joséphine, 28 years old, born in Marseille (Bouches-du-Rhône), living there in the avenue of the Prado, no. 68.

"There was no template in 1407," Smail writes in his brilliant book, *Imaginary Cartographies*. "If we learned that Johan Le

Bus was a baker, it was surely because Johan just happened to mention this fact to the official who kept the record. In contrast, by 1907 the template is preprinted on the form: name, age, profession, birthplace, and—most important as far as this book is concerned—address, or place of domicile." Notaries in fifteenth-century Marseilles simply devised their own ways to describe the identities of the people they recorded. "The use of the address, the practice of attaching identity to residence is," he concludes, "a condition of modernity."

The state had to understand its society, to identify its subjects, before it could do anything to shape it. Before house numbers, the dark, shuttered houses and the unmapped streets hid the population away. In books, we read words; in cities, we read street names and house numbers. Before they addressed houses, governments were blind to who their people were. House numbers gave them eyes.

But what would happen when the state could finally see?

In eighteenth-century Paris, a French police officer, Jacques François Guillauté, set about describing a policeman's utopia. In an expensively bound and lavishly illustrated book, *Mémoire sur la réformation de la police de France,* Guillauté outlined a radical plan to keep tabs on every citizen of Paris, a plan that would compile detailed files on every man, woman, and child in the city. The papers would be kept in a kind of spinning, mechanical filing cabinet, a series of giant wheels thirty-six feet in circumference that would not only hold the files but also allow clerks to access the information quickly. (Picture, as philosopher Grégoire Chamayou has suggested, an enormous Rolodex). Operated by foot pedals, the Paperholder, as Chamayou called it, would make it easy to store the lives of the city in a room the size of an auditorium. It was, quite literally, Big Data.

But the plan would require a radical rethinking of Paris, then teeming with people, often crammed in serpentine slums. For how can a Rolodex work without a number on each card? Guillauté's plan divided Paris into numbered quartiers, eradicated duplicate street names, and required street names to be prominently displayed on stone plaques. Every street, every house, every stairwell, every floor, every flat, and every horse would be numbered.

This, in itself, does not seem so outrageous. But Guillauté took it a step further. He also proposed that a special kind of police officer would track the people on his beat in "minute, maniacal" detail, as architectural historian Cesare Birignani has written. Age, class, occupation, whereabouts, trips in and out of the city, rent—the cop would know everything. The information would be "uploaded" into the Paperholder, where with a few quick foot presses, you could withdraw information on any resident of Paris. In this way, the police, Guillauté wrote, would know more about ordinary citizens than their own neighbors did. Even the churches and hospitals could not hide anyone behind their doors. "It will be possible," Guillauté wrote, "to know what becomes of each individual from his birth to his last breath."

GUILLAUTÉ'S FILING CABINET

We don't know much about Guillauté's life. We know he was an officer and that he was sometimes asked to trail or spy on Pa-

risians around the city. He was a landlord to Denis Diderot, the founder of the famous *Encyclopédie,* the jewel of the Enlightenment, a book that sought to gather and organize all the world's knowledge in one place. Guillauté's acquaintance with Diderot was perhaps coincidental, but perhaps it was not; Guillauté had high ambitions for himself, energetically devising outrageous plans to solve the world's problems. (He also won a prize for designing a pontoon bridge that would allow 36,000 men to cross in a day.) Voltaire mocked these men, whom he called "*faiseurs de projets,*" amateurs who came up with pie-in-the-sky projects to revolutionize society.

Nevertheless, house numbers were a natural fit for an Enlightenment man like Guillauté. Assigning each house a number simultaneously advanced bedrock principles of the Enlightenment: rationality and equality. Cities should be easy to navigate, and people easy to find. Taxes could be collected, criminals found quickly. And a peasant's home was numbered the same way as an aristocrat's. The En*light*enment, whose purpose was to bring "light" from darkness, wanted the state to see its people—all of them.

Guillauté's book did not receive any lasting recognition and was not implemented by the police administration. We're not even sure if the king ever even saw it. But it remains a remarkable achievement, not just because his ideas were original, but also because his ideas very quickly began to seem so unoriginal. Few read his work, but, independently, complex street-addressing systems appeared all around the world. Guillauté saw himself as an inventor, but he was really a fortune-teller. He prophesied a new kind of government, a government that, for better or worse, cares where you live.

Is it any surprise, then, that so many rebelled against their new house numbers? In the late eighteenth century, as historian

Marco Cicchini describes, the city authorities in Geneva decided to start numbering things. They started by numbering people (particularly, for some reason, woodcutters), then carts, carriages, and horses got numbers, too. Later, the city sent two professional painters to keep order after an uprising, by writing street names on walls and numbers on houses.

On just one night, Genevans destroyed 150 numbers, even as the military patrolled the streets at night, looking for house-number defilers. The painters painted again. In court, some argued (sheepishly, I imagine) that they hadn't known they weren't allowed to erase their numbers. It wasn't just Geneva; across Europe, house numbers were defiled with excrement and hacked away at with iron bars. House numbering officials were beaten, sprayed with water, and run out of villages. At least one officer was murdered.

In the United States, many people feared the city directory employees who came to assign numbers to their homes. According to geographer Reuben Rose-Redwood, before the Civil War, southerners feared that the city directories were all part of a "Northern enterprise." The directory itself had to confirm that "no Northern men, either as printers, or otherwise, have had or have any connection with this publication." People were also leery in the North, where anyone even carrying a city directory was suspected of being a draft officer. Doors slammed in their faces.

Numbering is essentially dehumanizing. In the early days of house numbering, many felt their new house numbers denied them an essential dignity. Cicchini recounts how a sixty-one-year-old woman prosecuted for defiling her house number in Geneva told the court that it was enough to have the street name inscribed on her house; if authorities were to add "this number," she said, "it will seem to be an inquisition." A Swiss memoirist visiting Austria was "horrified to see numbers on the houses which appear to us a symbol of the hand of the ruler determinedly taking possession of the private individual."

To explain it to me, Anton Tantner goofily thumped his chest. "I am not a number, I am a *free man,*" he cried, quoting the British spy show *The Prisoner.* He paused. "This is also a song by Iron Maiden."

Destroying their house numbers was, for the powerless, akin to taking back their humanity. When men gouged out their teeth or cut off their thumbs to avoid military service, they were exercising the only power they had. Violence against themselves, violence against the house was, as Tantner writes, "all that was left in the face of the power of addressing wielded by the state." If they couldn't number you, if they couldn't conscript you, if they couldn't *see* you, they didn't own you—you really *were* a free man.

These were not unreasonable concerns. James Scott, who wrote up his ideas in the now-classic book *Seeing Like a State,* is a self-described "crude Marxist," deeply skeptical of the modern state. (He still remembers the chair he sat on when he read E. P. Thompson's nearly thousand-page tome *The Making of the English Working Class.*) Scott has argued that government plans to make their countries "legible" have often failed the very people they were supposed to help. Planners regularized cities, sweeping away the energizing irregularities of urban streets lauded by Jane Jacobs in *The Death and Life of Great American Cities.* Clearing slums for neatly organized boulevards displaced tens of thousands of working-class residents in nineteenth-century Paris, for example. The Tanzanian government's attempt to force millions of its citizens to settle in thousands of neatly planned villages unwittingly decimated agriculture in the country.

Scott describes how even seemingly harmless government decisions like requiring last names could have nefarious consequences. In the United States, federal officials openly despised Native American naming practices, which were often gender-neutral and fluid (Five Bears might become Six Bears, Scott points

out, after a successful hunt) and forced them to change names as part of a grander "civilizing project." Prussia allowed Jews to be citizens in 1812, in exchange for taking fixed surnames. An edict of 1833 required all Jews, not just those who were nationalized, to take surnames from a list the government chose for them, like Rubenstein and Bernstein. But soon after, in 1845, Jews were legally confined to a closed list of surnames, names they could not change, setting them up for effortless identification later by the Nazis. As historian Dietz Bering has said, "the Jews, for whom in 1812 the gates of the legal ghetto had been opened only half-heartedly and not even completely, were to be imprisoned again in another ghetto: one of names."

Naming roads was an obvious next step. "To follow the progress of state-making is, among other things, to trace the elaboration and application of novel systems which name and classify places, roads, people, and, above all, property," Scott has written. There is a road near his home in Connecticut that often goes by two different names. In Guilford, it is known as the Durham Road—because it leads to Durham. But people in Durham call it the Guilford Road because, for them, it leads to Guilford. They're useful names for those who live there, but for the state, they are a disaster. It's why one of the first steps of an imperial power is to rename the roads in a way they can understand—a way that is intelligible to them.

Scott often decries the local knowledge that is lost in schemes to make societies more legible, and yet, as he acknowledges, the government pursuit of legibility is often well-intentioned. Guillauté didn't see the police just as law enforcers—in fact, he lamented that everyone was too obsessed with laws and too little with good practices to prevent wrongdoing. In his utopic Paris, Guillauté tasked the police with overseeing street cleaning and lantern lighting, checking the safety of windows and balconies, inspecting vehicles, and visiting each house once a year

with an expert, who would advise on needed repairs. He had ideas, Birignani explains, about making wet-nursing healthier and fixing the design of Parisian roofs, which spilled water in the streets. (In the Bible he found a superior model—a parapet prescribed by Moses.) These public welfare ideas were already closely embraced by the French police, who saw themselves as managing more and more of the city. In this vision of surveillance—a word, one commentator has said, as French as "Crêpes Suzette"—the people needed an ever-watchful police force to secure their happiness.

Even in Maria Theresa's time, people soon relaxed their suspicions when they realized the benefits their house numbers brought them. Post got delivered; Mozart alone received mail at twelve different addresses in Vienna. The city was easier to navigate. The house numbers had other useful functions. As Tantner has described, in the winter of 1771, an advertisement was posted for a lost "Bolognese puppy, a male white all over and having blue eyes but with one lighter blue than the other and a small muzzle and a black nose," whose owner was eagerly waiting for him at No. 222 Bognergasse.

On a wet and warm day in May, I took a train and a bus to see Guillauté's original book at Waddesdon Manor, a great French-style château sitting incongruously outside an old market town in Buckinghamshire, England. Waddesdon Manor was built in 1889 by Baron Ferdinand de Rothschild as a weekend retreat, and it houses his excellent collections of French furniture and British portraits. It was one of the first houses in Britain to have electricity; allegedly, when Queen Victoria came to visit she spent ten minutes flipping the lights on and off. Her son, the future king Edward VII of England, was a friend of Baron Ferdinand's, and a guest in the house.

Rachel Jacobs, one of the curators of the extensive collection,

led me up a back staircase off what used to be the kitchens. The library sits in a part of the house once designated "the bachelors' apartments," for the many who came to Rothschild's lavish weekend parties. Now the room has the cozy feel of an English gentleman's lair, with floor-to-ceiling bookcases, Persian rugs, and green leather chesterfield sofas.

With Rachel, I pored over each thick page of Guillauté's book, made from rags, the finest paper of Guillauté's time. The wash drawings by Gabriel St. Aubin were bright and true. Guillauté included mock-ups of the neat, detailed forms the officers would fill out, and technical, complex renderings of what the Paperholder would look like, accompanied by drawings of the bewigged and stockinged clerks who would operate it. I expected it to look sinister; instead it looks dignified, even elegant.

Rachel took me on a tour around the château, and we headed for the Morning Room, where the Guillauté book usually lives. It was in this room that the weekend revelers would have lounged in a place that looks unfriendly to lounging, with its serious Gainsborough portrait, stiffly brocaded sofas, and gilded wallpaper. I pictured one of those carefree aristocrats, perhaps the Prince of Wales himself, pulling Guillauté's masterpiece at random off the shelf. Would he read it?

I was curious about Baron Ferdinand de Rothschild, who was born in Paris, educated in Vienna, and had plopped this outrageous French château in the middle of the English countryside. In his memoirs, he spoke of the origins of his surname in the Jewish ghetto of Frankfurt, whence his great-grandfather sent his five sons to the European capitals to create an international banking dynasty.

"I should say that my ancestors derived their name from the red shield—in German, Rothschild—which hung over the door of their house in Frankfort," he wrote. "This shield served the office of a sign at a time when houses were not yet numbered,

and when Jews, as a rule, had no surnames, and the family adopted it as their crest in 1819 when they were ennobled by the Emperor of Austria." That emperor was Francis II, Maria Theresa's grandson.

When I was in Vienna, Anton Tantner had interrupted our house numbering tour to warm up in Café Korb, Freud's old coffeehouse. There he told me how the house numbering exercise affected the lives of the people of the empire in unexpected ways. Joseph II, who helped run the Habsburg Empire alongside his mother, Maria Theresa, was deeply influenced by Enlightenment principles. He actively encouraged a dialogue between the military officers who were numbering the houses and the ordinary people they encountered. The military, who by then had walked much of the kingdom, diligently reported back on the conditions of the people's lives—their lack of education, their poor health, the terrible abuse they suffered at the hands of their landlords.

Over coffee, Tantner told me he sees a direct connection between these military reports from the empire and major government reforms Joseph II ordered, like ending serfdom and establishing free government education. As it turns out, Tanter found, the empire wasn't just finding and numbering its people; it was also listening.

# 6

## *Philadelphia*

WHY DO AMERICANS LOVE NUMBERED STREETS?

Once Manhattan was Mannahatta, a sylvan island where black bears, timber rattlesnakes, mountain lions and white-tailed deer roamed. So many tree frogs croaked that, as one naturalist wrote in 1748, it was "difficult for a man to make himself heard." Streams teemed with eels, porpoises danced in the sea, and migratory birds chattered in chestnut and tulip tree forests. A red maple swamp full of beavers sat in the middle of what is now Times Square. Manhattan once boasted more plant species than Yosemite, more birds than the Great Smoky Mountains National Park, and more ecological communities than Yellowstone, ecologist Eric Sanderson has explained. Sanderson has spent years imagining New York right before the "very faire and hot" day in 1609 when Henry Hudson sailed into the Muhheakunnuk River (we know it as today as the Hudson) in 1609.

Sanderson's Welikia Project (*Welikia* means "my good home" in Lenape, the language of the Native Americans who once lived there) is a digital nature guide to what New York looked like before Europeans arrived. When I type in my former address in the East Village, Welikia tells me that my street, now lined with tenement buildings and noodle bars, was once covered in American hornbeam trees, Virginia creepers, roundleaf greenbrier, black haw, sweet gum, and prairie fleabane, a name so wonder-

ful I won't look it up for fear that it's just grass. Sharp-shinned hawks and black-capped chickadees flew overhead. Some things haven't changed so much: the six animals that most likely wandered around East Ninth Street were all rodents.

But then Mannahatta became Manhattan. And by the eighteenth century, downtown Manhattan's population had rocketed—"Tell aw the poor Folk of your place, tha God has open'd a Door for their Deliverance," James Murray wrote home to a Presbyterian clergyman in Ireland. In just ten years, between 1790 and 1800, New York's population doubled. The city soon outgrew its streets, many of which had been laid out by private owners. Without central planning, the streetscape had developed in the same helter-skelter way that London's had. City officials couldn't get landholders to agree on any plan to bring order to the city.

So the state, in 1807, hired three men for the job: lawyer John Rutherford, surveyor Simeon De Witt, and politician Gouverneur Morris. I'll call them the commissioners. It took them four years to lay out the simplest plan: a grid. One hundred and fifty-five streets, intersecting with eleven major avenues at right angles. (Lower Manhattan, already organized along ancient paths, was left alone. Broadway—*Brede Weg,* in Dutch—too, was allowed to stay.)

Morris was the most colorful of the three men. A Founding Father ("We the People" were his words), he was rumored to have lost his lower leg jumping from his married lover's window. (It was actually amputated after a carriage accident. But another incident from his diary describes how, while living in Paris as minister to France, he took his married lover on his lap in full view at the Louvre, "and at the imminent Risque of Discovery by two Doors and one Window perform[ed] the Act.") His papers also detail his health (often poor) and his fishing expeditions, but they barely mention his work in revolutionizing his hometown's streetscape. On the raw, damp day he approved

the final version of the plan, Morris wrote simply: "Go to town on Business of the Comm[ission] to lay out Manhattan Island—Dine with Mr. Rutherford and execute the Maps—Much indisposed [from gout]."

The commissioners did explain their pragmatic rationale for adopting a grid. They "could not but bear in mind," they wrote, "that a city is to be composed principally of the habitations of men, and that strait-sided, and right-angled houses are the cheapest to build, and the most convenient to live in." Draw Notre Dame. Now try the Empire State Building. The logic holds up.

But Manhattan wasn't a clean sheet of paper. The commissioners' report does not mention the beaver dams or the ancient streams, or that the Lenape word *Mannahatta* probably meant "island of many hills." It does not mention topography at all. The miles of rivers and sandy beaches, the hundreds of hills and dozens of ponds—the grid did not care. Clement C. Moore, who owned all of what is now Chelsea, did not approve of the plan, which shot Ninth Avenue straight through his property. "These," he said of the commissioners, "are men who would have cut down the seven hills of Rome."

He wasn't alone in his objections. "These magnificent places are doomed," the poet Edgar Allan Poe wrote, unsurprisingly gloomy, from his rented farmhouse uptown. "In some thirty years, every noble cliff will be a pier and the whole island will be densely desecrated by buildings of brick, with portentous facades of brownstone." Much of Manhattan was still farmland. (During the Revolutionary War, George Washington rode through cornfields on his way to rally his troops against the British at the corner of 42nd Street and Fifth Avenue.) Yet the commissioners' plan included hardly any green space at all, explaining that "those large arms of the sea which embrace Manhattan island" meant that New Yorkers didn't need so many parks for fresh air.

Land was simply too valuable. (Central Park was only added to the plan in the 1850s.)

Twenty-year-old surveyor John Randel, hired to lay out the grid, was frequently arrested for trespassing (a former mayor had to bail him out when the commissioners were away) and had his stakes pulled up by angry residents. He axed through forests, fought off dogs, and was pelted with cabbages and artichokes, with entire families trying to kick him off their land. A farmer in the West Village sued him for destroying, among other things, "five thousand Beetes, five thousand Potatoe Hills, five thousand Carrots, five hundred Pinks, twenty thousand Strawberry bushes and plants," as well as five hundred highly coveted tulips. Randel, too, was an Enlightenment man, convinced he could force the landscape to obey his lines.

But can you create the greatest city in the world without destroying some Potatoe Hills? New York was going to be huge. As one New Yorker wrote, "Whoever wishes to see the process of city creation going on—fields converted into streets and lots, ugly cliffs into stately mansions, and whole rows of buildings supplanting cow pastures, may here be gratified." Many were more than gratified. Randel would years later write smugly that those who had tried to obstruct his work "have been made rich thereby." The new grid, with its right angles and plots of even sizes, made land easy to buy and sell. Economist Trevor O'Grady has estimated that between 1835 and 1845 the new plan added about 20 percent value to the land on the grid.

And for many New Yorkers, this economic potential alone justified the grid. As Pauline Maier has chronicled, New York was founded as an outpost of the Dutch West India Company for the sole purpose of making money. Indeed, the Dutch colonists, unlike the English Puritans, rather liked their homeland. The Dutch encouraged immigrants from all over to populate the city precisely because they didn't want to do it themselves. These

early New Yorkers were obsessed with accumulating wealth. The city was, Reverend John Sharpe wrote in 1713, "so conveniently Situated for Trade and the Genius of the people so inclined to merchandise that they generally seek no other Education for their children than writing and Arithmetick." He added that education beyond these basics had to be "forced upon them, not only without their seeking, but against their consent."

New York played the handsome jock to nerdy Boston, its closest rival. The Puritans had established Harvard only a few years after arriving. It would take New York seventy years to acquire even its own printing press, even though it was settled before Boston. Bostonian John Adams admired the elegance of New York; as Maier has colorfully described, his letters home during a visit to New York "inventoried lovingly" the breakfast table of his host—a "'rich plate, a very large silver coffee-pot, a very large silver tea-pot, napkins of the very finest materials.'" But he disliked New Yorkers. "'They talk very loud, very fast, and altogether,'" he noted, grumpily. "'If they ask you a question, before you can utter three words of your answer, they will break out upon you again, and talk away.'" Adams's hometown, for the most part, clung to its winding streets. But New York, with its mighty grid, would quickly surpass it.

After laying out the grid, the commissioners took another unusual step. Instead of naming the streets and avenues, they numbered them. The streets in the plan went from First Street to 155th, the avenues from First to Twelfth. The avenues in the part of the island that stuck out to the east in Lower Manhattan (near my old apartment in the East Village) were lettered A through D, later giving the neighborhood its nickname, Alphabet City.

Numbered streets are largely an American phenomenon. Today, every American city with more than a half million people has numerical street names. (Most have lettered streets, too.) According to census data, Second Street is the most common street name in America (some towns use Main instead of First Street),

and seven out of the ten of the most common street names in America are numbers.

But as geographer Jani Vuolteenaho has described, in Europe, numbers rarely appear on street signs. In Madrid, in 1931, in what is now called the Second Spanish Republic, someone sensibly suggested using numbers to avoid conflict over what to rename the streets. The city council dismissed the idea outright, explaining that numbered streets were not in the "the traditional Spanish spirit" that honored citizens "by giving their names to cities and villages." Even today, across Europe, instructions about street naming often include a rule rejecting the use of numbers. Estonia, Vuolteenaho points out, has banned them by law.

New York's commissioners mowed down farms and filled in rivers for its numbered streets. But European cities largely resisted them. Why?

In 1668, when William Penn was twenty-four years old, he was thrown into the Tower of London. Penn had joined the Religious Society of Friends, better known as the Quakers. The religion was effectively outlawed in England. Soon after becoming a Quaker himself, Penn wrote *The Sandy Foundation Shaken*, a book that some argued questioned the divinity of Christ. For this, he had been sent to the Tower.

In the walled fortress, he spent his days alone. (Sir Walter Raleigh, who spent more than twelve years in the Tower, at least got to bring his wife with him.) In his cramped room, Penn saw only his father and a bishop, both of whom pleaded with him to change his mind. "But as I told him," Penn later wrote, "the Tower was the worst argument in the world to convince me; for whoever was in the wrong, those who used force for Religion could never be in the right." Instead of writing a retraction, he wrote a foundational Quaker text, *No Cross, No Crown*, citing dozens of authors from memory. The Governor of the Tower of

London pitied him. "I vow Mr. Penn I am sorry for you, you are an Ingenious Gentleman, all the World must allow you, & do allow you that, & you have a plentifull Estate, why should you render your self unhappy by associating with such a simple People."

It was a good question. Penn's conversion to Quakerism was baffling. His father was a wealthy and well-respected admiral, a knight who had personally brought Charles II back from exile. And yet his young son had converted to Quakerism, a religion founded on the rejection of social hierarchy. (Originally called the "Children of Light" they adopted the nickname "Quakers" given them by their detractors, who saw them shake in worship.) Quakers believe that God appears to each person individually, without the need for intermediaries like priests or kings. Quakers also believed in modest and simple dress—one rule William Penn openly flouted by wearing a small wig after he lost all his hair to smallpox. And Quakers used "thee" and "thou," pronouns reserved only for intimates in the seventeenth century, for everyone, including the king.

In seventeenth-century England, Quakers lived their convictions at their peril. The younger Penn refused to remove his hat in the king's presence, so the king swept his own off, wittily telling Penn that "it is the custom of this place that only one man should remain uncovered at a time." The point was made, but Penn still refused to take off his hat.

Penn spent seven months and twelve lonely days in the Tower. And not long after his release, Penn again found himself in a London jail. He had returned to London from Ireland, where he had been managing his father's land, when he found that the Quaker meetinghouse on Gracechurch Street had been shut down by the police. He preached in the street instead. A police officer estimated that four or five hundred people had gathered around Penn and his fellow Quaker William Mead. The officer could not reach them, given "the people kicking

my Watchmen and my self on the shins." Ultimately, Penn and Mead were arrested.

At trial, the judge ordered the jury to convict them, but the jury refused. The judge then locked up the entire jury for a time "without meat, drink, fire and tobacco." When the jury delivered the same not guilty verdict for a fourth time, the judge left the bench but not before expressing his disgust with the Quakers, whom he called a "turbulent and inhumane sort of people." "Till now I never understood the reason of the policy and prudence of the Spaniards, in suffering the inquisition among them," the judge declared. "And certainly it will never be well with us, till something like unto the Spanish inquisition be in England." But ultimately, the judge had to accept their verdict, and the case would become a foundational text for the right of a jury to make up its own mind, no matter the evidence against the accused.

Penn would have been released quickly if he had paid an extra fine for refusing to take his hat off in the courtroom. (Hats would get Penn into trouble his whole life.) Though his father had grown ill, Penn refused to pay out of principle, and he begged his father not to pay it on his behalf. But eventually the fine was paid anyway and Penn arrived home just nine days before his father passed away.

Penn's father had beaten him when he converted, but over the years his son's passion had melted his resistance. "Let nothing in this world tempt you to wrong your conscience," he told him now. In addition to land and money, Penn inherited the benefit of a loan his father had made to the king in the amount of about £16,000. Instead of calling in the debt (which probably wouldn't have worked anyway; the king was broke), Penn negotiated a different prize: land in America. It was a win-win: the king could rid himself of the debt and William Penn, too, who could take his annoying Quaker friends with him. With his claim to 45,000 square miles of American land, Penn was

now the largest private landowner in England, apart from the king himself.

At the age of thirty-six, Penn could start over. He had been kicked out of Oxford for "non-conformist views," describing it as a place of "hellish darkness and debauchery," for which he was whipped by his father. He had traveled across Europe, sometimes twenty-four hours in one go, in the back of a bouncing cart, preaching in several languages, bailing some Quakers out of jail, and saving others from certain ruin. He had written books and pamphlets on the intricacies of religious doctrine, and been to prison six times. But he would no longer seek to save the Quakers in England. Instead, he would get them out of it. Admiral Penn, who had once turned his son out after his conversion, had provided in his will the Quakers' salvation.

Penn set out to conduct his "holy experiment" in the Americas. He wanted to call his densely forested colony "Sylvania," after the Latin word for woods, but the king insisted over his objections that he add "Penn" to the name—in honor of Penn's father. "Philadelphia," taken from the Greek for "brotherly love," would be Pennsylvania's flagship settlement. Penn commissioned Thomas Holme, a fellow Quaker and a widower who made the long trip to the new colony with his four children, as his surveyor general. In 1682, Penn directed Holme to lay out the new city. Penn's choice of design: a grid. "Be sure to settle the figure of the town so as that the streets hereafter may be uniform down to the water from the country bounds," he wrote. He imagined a geometrical pattern of intersecting streets, producing rectangular blocks. "Only let the houses be built in a line, or upon a line, as much as may be." Manhattan was still a village, its grid more than a hundred years away.

Penn couldn't name his own colony, but he could name the streets. Though it seems that Holme wanted to name some of the streets after people (including himself), Penn rejected the

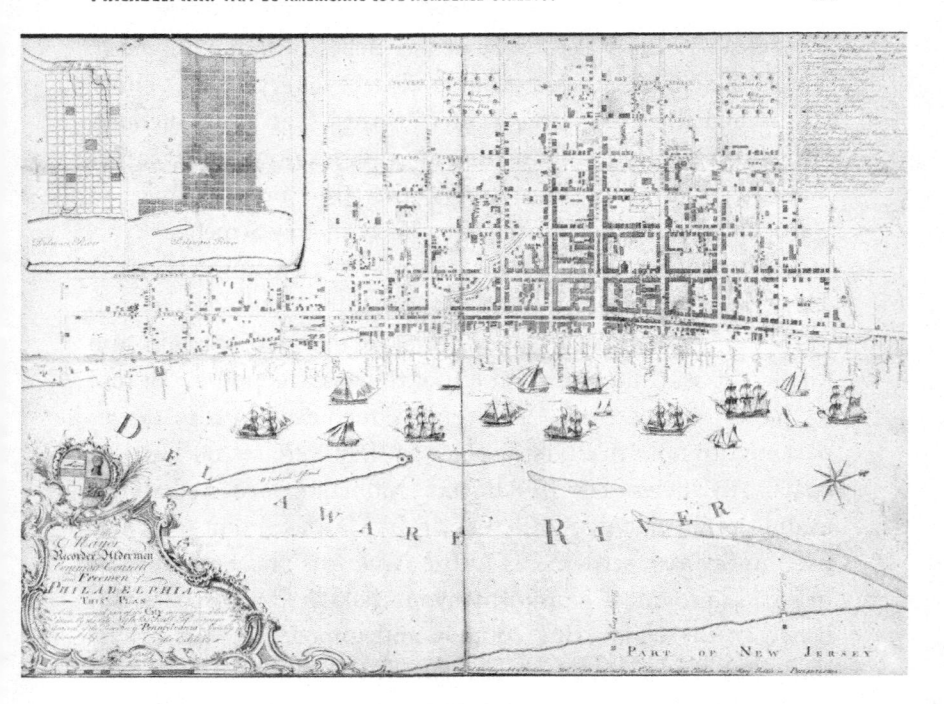

**AN EARLY MAP OF PHILADELPHIA**

idea as immodest. His alternative idea was probably inspired by Quaker practice. Quakers declined to use most of the names of the month in the Gregorian calendar because of their pagan origins; rather than January, February, for example, they said First Month, Second Month. (The months September through December, which were named after Latin numbers, were okay.) The same was true of the days of the week; Sunday School, for example, was "First Day School." In this fashion, Penn prescribed numbers as names for streets running north–south—Second Street, Third Street, Fourth Street—matching the rational, straight lines of the grid.

And so, William Penn, one of the earliest urban planners in America, also introduced numbered streets to America's cities. He named the cross streets after "things that Spontaneously Grow in the country," launching another fashion of tree names like Cherry and Chestnut Streets. The street poor Holme had wanted to name after himself became Mulberry Street.

Penn had hardly invented the gridded city, however. Peter Marcuse, a professor of urban planning, tells how Roman military camps often used closed grids, surrounded by walls and fortifications. (Marcuse is no fan of the grid; he points out that its name derives from "gridiron," a medieval torture device designed to hold martyrs in place as they were set on burning coals.) An ancient city in Pakistan, Mohenjo Daro, had a grid, as did the Greek city of Miletus. Grids, Marcuse points out, also used in Spanish settlements in the Americas and French cities in Africa, provided "a uniform layout that could easily be established in the conquering country and imposed on the colony some distance away." But in North America, it was Penn who popularized the grid as a tool of urban planning for different, and more peaceful, reasons.

Fast-forward to 1784, when Thomas Jefferson, having already drafted the Declaration of Independence, was faced with another seemingly impossible task—what to do with all the undeveloped land to the west that was now officially American. The new government was land rich but cash poor. Selling the land meant surveying it and dividing it into tidy parcels that could be described, bought, and sold from afar easily.

To do so, Jefferson, too, turned to the grid. America's new plains, lakes, mountains, and deserts were all to be mapped in a largely identical way. (Of course, the lands weren't really new: the government would spend much of the next century pushing Native Americans out of the grid's way.) The Land Ordinance

of 1785, inspired by Jefferson's ideas, instructed surveyors to draw lines running north and south at right angles, dividing the territory into thirty-six square mile townships. Lots were numbered, and the need for speed and efficiency meant that the streets were often numbered as well.

As historian Vernon Carstensen has described, surveyors ambitiously set out across the country to record millions of acres in precise squares—all, somehow, "on the curved surface of the earth." Some discharged their duties diligently. Others, whether from ineptitude, lack of proper tools, or drunkenness, drew squiggly lines. One reportedly measured the length of a buggy wheel with string, and then rested on a horse-drawn cart while he counted the rotations. But for the most part the land was laid out into neat parcels, with intersecting right angles. "The straight lines were spread over the prairies, the foothills, the mountains, over the swamps and deserts, and even over some of the shallow lakes," Carstensen has written. "Like bees or ants or other well-organized societies, Americans, once they fixed upon the rectangular survey, were inflexible in their devotion to the idea." Ultimately, the surveyors covered about 69 percent of land in the public domain in the Continental United States.

As in Manhattan, gridding the West converted the land into easily traded gambling chips. But Carstensen, who has closely chronicled the land survey, found in it a higher purpose. "No one will ever know how much the straight lines of the rectangular surveys contributed to the public peace during the Nineteenth Century," he wrote. In parts of the country where the map looked like a "crazy quilt," like Tennessee and Kentucky, disputes over land boundaries had led to murderous, generations-long feuds. But gridded lands did not become the subject of vendettas. "Those neat survey lines caused the polyglot country to be able to divide it better. Robert Frost has told

us that good fences make good neighbors. He might have told us that clean survey lines make for peaceful land settlement."

Grids vary in size and shape in every city. Some have rectangular blocks (Manhattan), some have square blocks (Houston), some have large blocks (Salt Lake City's are 660 by 660 feet, inspired by the Mormon founder's idea that plots should be large enough for urban farming), while others are small (Portland, Oregon's are only 200 by 200 feet). The parceled land, so often coupled with numbered streets, reflected America's image as an orderly, pragmatic, and *new* country. And because grids made navigation easy, the land was welcoming to the newcomers flooding in. People might feel so at home in New York, so ready to call themselves New Yorkers, because they never have to stand on a corner staring at a map like a despicable tourist.

A European country could hardly remake its landscape in this way. Michael Gilmore, who has rigorously documented America's obsession with straight lines, tells the story of Wolfgang Langewiesche, a German immigrant to the United States. A pilot, Langewiesche observed the "mathematical grillwork" of the country from the air. "To Langewiesche," Gilmore writes, "the landscape is like a sheet of graph paper in which are written out the basic principles of American identity." There were no walls, no castles, no cathedrals espousing a state religion. It was the opposite of the Old World, and a "diagram of the idea of Social Contract," Langewiesche concluded about the cities he saw from the sky. The grid is "a design for independent men."

It is, in a way, a fitting tribute to Penn, a man of radical and independent beliefs, who outright rejected European tradition in his new city. So it is all the more ironic that Penn probably got the idea for the grid from Englishmen.

\*    \*    \*

On the evening of September 2, 1666, the great diarist Samuel Pepys was sleeping when his servant, Jane, woke him and his wife to say a great fire was approaching. Pepys went back to bed. When he awoke again, he walked to the Tower of London and climbed high. "There I did see the houses at the end of the bridge all on fire, and an infinite great fire on this and the other side of the bridge." Pepys described pigeons "hovering about the windows and balconies until they burned their wings and fell down." The fire, which had started at a baker's home on Pudding Lane, tore through London and eventually destroyed about five-sixths of the city.

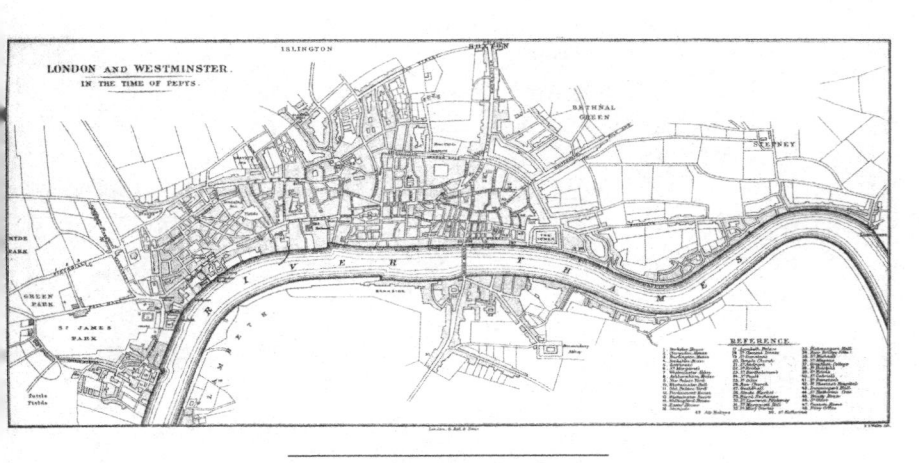

PEPYS'S LONDON, BEFORE THE GREAT FIRE

Pepys, who worked as a naval administrator, was both a colleague and neighbor of Admiral Penn, William Penn's father. (On the second evening of the fire, Pepys and Penn dug a hole together in the garden, where they buried their wine and Pepys's "Parmazan cheese" to protect it from the flames.) But Pepys, on

the whole, didn't seem to like the admiral much. On April 5, 1666, just before the fire occurred, Pepys's diary reads, "To the office, where the falsenesse and impertinencies of Sir W. Penn would make a man mad to think of." (Pepys also knew the young William Penn, who shows up in his diary several times as well. In December 1667, for example, Pepys notes briefly that the admiral's son is back from Ireland having "become a Quaker, or some very melancholy thing.")

The fire did not destroy the homes of Pepys and Penn, but by the time it had died down it had consumed eighty-seven churches, thirteen thousand houses, four hundred streets and

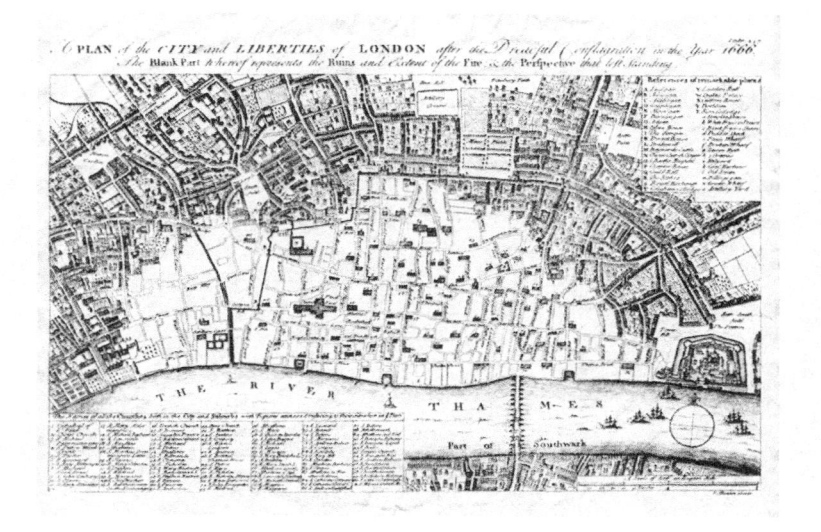

LONDON AFTER THE FIRE

London icons like St. Paul's Cathedral, Newgate Prison (where young Penn was once held), and one of the largest public toilets in Europe. Thousands of fire refugees camped in public parks.

King Charles II announced that he wanted an even more

beautiful London to rise again. Architects and designers raced to submit their plans. Almost all of the plans for a rebuilt London incorporated some form of grid. Robert Hooke, the polymath who built telescopes, helped discover the wave theory of light, suggested evolution, and opined that gravity "follows an inverse square law," soon added to his CV a new job as the main surveyor of London. He proposed a straightforward grid not so different from New York's. Cartographer Richard Newcourt suggested a grid cut with open squares, with churches nestled in the middle of each one. Christopher Wren, who would later rebuild fifty-two churches destroyed in the fire, including St. Paul's Cathedral, would have made London look Continental, with long avenues and splendid piazzas. But even his plan included, in part, a grid.

Valentine Knight, a captain (and a bit of a rogue, who once tried to burn down an inn and then had the nerve to fire a pistol at his widowed landlady when she put out the fire), also designed a city with a fairly straightforward grid. But Mr. Knight suggested that the king could charge for travel along the canals included in the plan. Clever idea, but any suggestion that the king might profit from the tragedy infuriated Londoners. Knight was thrown into prison.

In the end, London was too old a dog. People just wanted to rebuild, and do so quickly, and in just the way they remembered the city. Temporary structures were already being built on the old city plan. Nor was there money to compensate landowners—many of whom would have to cede their land to new roads—to redesign the streetscape. Though some streets would be widened or straightened, and new structures now required to be built of brick or stone, London did not look so different after the fire as it did before it.

Charles Hind, one of the curators for an exhibit about London's post-fire plans, told the *Guardian* that he admired

Wren's straightforward, practical design. "But personally I'm glad his scheme didn't get built. I think it would have still been essentially un-English to master plan on that scale. I rather like the higgledy-piggledy, piecemeal nature of London's development over the centuries." But to the European colonists, at least, America was a blank slate.

William Penn would have heard about the plans to reshape London. And Penn would have seen the devastation of the fire firsthand, and known, as Pepys did, that it was fueled in part by cramped quarters and disordered streets. Philadelphia would not repeat London's mistakes. It would have a grid.

Many critics have called grids ugly and plain, without the beauty of Paris's boulevards or charm of London's winding lanes. But the design was never supposed to be pretty. In his book chronicling the making of the Manhattan grid, Gerard Koeppel tells the story of a 1900 article from the *New York Herald* that asked five people how New York could be made more beautiful. Some suggested planting trees, for example, or building fountains. One of the New Yorkers was a Danish-born man, Niels Gron. "Before I came to this country, and in all the time I have been here," he said, "it never has occurred to me to think of New York as being beautiful." He expected New York to be powerful and magnificent, but not beautiful.

Indeed, Gron did not see how New York *could* be beautiful, given its democratic spirit. "The kind of beauty that makes Paris charming can only exist where private rights and personal liberty are or have been trampled on. Only where the mob rules, or where kings rule, so that there is at one time absolutely no respect for the property of the rich and at another time for the rights of the poor can the beauties of Paris be realized." Manhattan is dynamic, awesome, even "imageable," in Kevin Lynch's words—but not beautiful in the traditional sense. That

kind of beauty required the very concentration of power that America fought to reject.

Penn might have agreed; his new city, built on an extreme platform of rationality, was then only possible outside Europe. And his "holy experiment," which he promoted with pamphlets and road tours across England, the Netherlands, and Germany, successfully recruited thousands of new Americans. As Richard Dunn has described, Penn's advertisements pulled fifty ships full of immigrants into the Delaware River between 1682 and 1683 alone. And Philadelphia embraced members of all religions, not just Quakers. In 1750, Gottlieb Mittelberger, a German immigrant, wrote a list of those he found in Pennsylvania: "Lutherans, Reformed, Catholics, Mennonites or Anabaptists, Hernhunter or Moravian Brethren, Pietists, Seventh Day Baptists, Dunkers, Presbyterians, Newborn, Freemasons, Separatists, Freethinkers, Jews, Mohammadeans, Pagans, Negroes and Indians." But also listed were "many hundred unbaptized souls there that do not even wish to be baptized."

Penn's early Pennsylvania launched a tolerant, American kind of democracy, allowing that "any government is free to the people under it (whatever be the frame) where the laws rule, and the people are a party to those law[s]." (It's too bad "people" didn't include slaves or women; Penn himself was a slaveholder. Quakerism didn't formally disavow slavery until the 1770s, when Quakers became some of America's most ardent abolitionists.) By all accounts, Penn dealt reasonably fairly with the native Lenni-Lenape from whom he negotiated land, and in the peaceful Quaker way, did not fortify Philadelphia against attack. He wrote the native "kings" that he was "very sensible of the unkindness and injustice that has been too much exercised towards you by the people of these parts of the world" but he was "not such a man, as is well known in my

own country." "I am your loving friend," his letter concluded simply.

Penn seemed to live happily in America, but he was forced to return to England to manage his son's debts, investigate France's threats to the colony, and search out his financial manager, who had cheated him of his fortune. Like so many visionaries, Penn died penniless, infirm, and justifiably grumpy, having tried unsuccessfully to sell Pennsylvania to recoup his debts.

Still, Penn's ideas influenced Thomas Jefferson, who called Penn "the greatest lawgiver the world has produced, the first in either ancient or modern times who has laid the foundation of government in the pure and unadulterated principles of peace, of reason and right." In 1776, Jefferson was renting rooms in Philadelphia. It was there, in a small study off his bedroom, that he drafted the Declaration of Independence, on a portable desk he'd designed himself. The original building was torn down, but in 1975 it was rebuilt in the same spot close to the center of Philadelphia, and renamed "Declaration House."

You'll find its front door on 7th Street.

# 7

*Korea and Japan*

MUST STREETS BE NAMED?

"The streets of this city have no names." So wrote Roland Barthes, the French literary theorist, about his time in Tokyo. In the spring of 1966, Barthes had been invited to lecture in Japan. His topic was "the structural analysis of narrative." The lecture was an excuse to get to Tokyo. He was in his fifties, and already famous in France, perhaps the only country in the world where a literary theorist could be famous. He traveled to Japan, as one commentator has explained, "to relieve himself, for awhile at least, of the immense responsibility of being French."

Barthes was electrified by Tokyo's sheer differentness from Paris. "To live in a country where one doesn't know the language, and to live audaciously, outside tourist tracks, is the most dangerous of adventures," he wrote. If "I had to imagine a new Robinson Crusoe, I would not place him on a desert island, but in a city of twelve million people where he could decipher neither speech nor writing: that, I think, would be the modern form of Defoe's tale."

Being Robinson Crusoe, or even just being lost in a foreign city, sounds miserable to me. But Barthes was a semiotician, which means that he looked for meaning in everything. (If someone ever accused you of reading too much into things, then you might be a semiotician yourself.) In a place like Japan, where

everything seemed so different, Barthes was liberated from his own understanding. "Nothing pleased him more than the 'rustle' of a language he did not understand," Adam Shatz wrote in *The New York Review of Books*. "At last language was freed from meaning, from the referential property that he called 'stickiness' and converted into pure sound." Back in France, Barthes felt homesick for Japan. Years later, he wrote a book, a kind of travelogue, *L'Empire des Signes* (*The Empire of Signs*), which in part described his experiences traveling the streets of Tokyo.

Today, more than fifty years after Barthes's first trip to Japan, perhaps nothing about Tokyo infuriates Western tourists more than its lack of street names. (Only a small number of major streets are named.) Instead of naming its streets, Tokyo numbers its blocks. Streets are simply the spaces between the blocks. And buildings in Tokyo are, for the most part, numbered not in geographical order, but according to when they were built.

The absence of street names makes navigation challenging, even for people from Japan. To help people find their way, Tokyo is dotted with *kōban,* small buildings staffed with police officers familiar with the area and armed with detailed maps and thick directories. The fax machine persisted in Japan long after it had died out elsewhere in part because of the fondness for— and necessity of—sending maps. Barthes himself wrote that he would sometimes direct a taxi driver to a big red phone box to call the host for directions. Smartphone maps have revolutionized getting around Tokyo.

But hand-drawn maps were one of the delights of Barthes's time in Japan. "It is always enjoyable to watch someone write, all the more so to watch someone draw," he said. "From each occasion when someone has given me an address in this way, I retain the gesture of my interlocutor reversing his pencil to rub

out, with the eraser at its other end, the excessive curve of an avenue, the intersection of a viaduct."

David Howell, a professor of Japanese history at Harvard, explained to me over email that streets historically had never been named in Japan. Urban neighborhoods in the seventeenth century were broken into rectangular blocks (*chō*), and those owning property in the block had some responsibility for its governance. The block became the key unit for urban adminis-tration and geography, and a group of blocks would often share a name. Most neighborhoods had a shop, where newcomers could ask for directions. Samurai lived in walled compounds on bigger plots that were easy to find simply by asking, or by using one of the many maps in circulation.

"People seemed not to feel a need to fix unchanging iden-tifiers onto plots or structures," Howell told me. "I suppose because the blocks were small enough that it was easy to find things." Plot numbers were later added, and blocks were subdi-vided into further blocks. The Japanese never seemed to have a reason to change it.

The historical explanation helped me understand how the Jap-anese system came to be—but I still wondered why the Japanese seemed to find the block a useful way to organize space in the first place. Barrie Shelton, a professor of urban design who now lives in Japan, found a clue in an unusual source: his upbring-ing as a British schoolboy in a small city in postwar England. When Shelton was growing up in Nottingham, his teacher gave him a sheet of lined paper and taught him to write the alphabet. The goal was to write letters neatly along the straight line, and sometimes there were, he says, "even extra lines for the tops and tails of lower-case letters." That's the way that I learned to write in America, too, and it's how my five-year-old is learning today.

But Shelton was surprised when he found out how his wife,

Emiko, learned to write. Emiko is from Japan; her writing paper looked nothing like the paper both he and I remembered. Japanese has three different kinds of scripts, but the bulk of written Japanese uses kanji, characters borrowed from Chinese. Kanji are logograms—each character represents a word or idea. Though the character's shape may provide a clue to its meaning, for the most part kanji simply have to be memorized; they cannot be "sounded out."

And kanji are not written on lines. Instead, Emiko told Barrie how in Japan their paper did not have lines but dozens of square boxes. (The paper is called *genkō yōshi*, and is still used in Japanese schools today.) Each kanji acted independently; each was perfectly understandable on its own, unlike English letters, which make no sense unless they are put together in lines and read from left to right to make words. (English words must also be properly spaced—"redone" is entirely different from "red one.") Even reading all capital letters in English is exhausting, and reading more than a few words written vertically is painful. But Japanese can be read easily in a number of ways. The quill, Barthes pointed out, could "scratch away at the paper in one direction" but the Japanese brush could move any way it wanted.

Shelton, an expert in urban design, began to connect the differences in writing systems with the ways Westerners and the Japanese see their cities. Those who learned to write in English, Shelton reasoned, were trained to see lines. So Westerners fixated on streets—lines—and insisted on naming them. But in Japan, the streets themselves, as one commentator has said, "seem to have too little significance in the Japanese urban scheme of things to warrant the prestige that names confer." The Japanese, Shelton theorized, focused on area—or blocks.

"I shall recall an experience which, at the time, took me by surprise but offered some lasting insight," Shelton later wrote in his mind-bending book, *Learning from the Japanese City.*

"An old Japanese man drew me a map indicating some of his landholdings—of scattered plots of mixed shapes and sizes over complicated terrain. He started by drawing a number of his dispersed plots (house plot first working out from his obviously personal point of reference), after which he started to connect them by road and path." In his mind, the buildings were unconnected to the streets that they sat upon. "All I can say," Shelton added, "is that I have never seen a Westerner start drawing a comparable map with anything but streets and roads—lines."

These differences might also explain why Westerners haven't always appreciated the beauty of Tokyo's cityscape. When he first came to Tokyo, Shelton was "baffled, irritated, and even intimidated" by the city. Tokyo is disorienting because its design is so different from its Western counterparts. Shelton isn't the only one who has noticed this. Visitors have long lamented that it seems unplanned, with no major parks, squares, or vistas. Peter Popham, a journalist who lived in Tokyo, has said it can seem an "anarchic concrete jumble."

But to see the city only in this light, Popham continued, was to fail to see it at all. The sort of integrated city plan people are used to in places like New York and Paris is not a Japanese concept: such integration, Popham explains, is "a sort of beauty which the Japanese do not look to find." Instead, they had an "attachment to particular buildings and spaces in the city, taken one at a time, with their particular qualities of composure, style, wit, or charm." Navigating the city then becomes an entirely different experience. In Tokyo, Barthes wrote fondly, you must "orient yourself not by book, by address, but by walking, by sight, by habit, by experience." You could only repeat that same journey if you memorized it. To "visit a place for the first time," he wrote, "is thereby to begin to write it: the address not being written, it must establish its own writing."

Shelton's theory about the way the written words influence

us isn't just speculative; neuroscientists have, for example, shown that reading English and Japanese activate different parts of the brain. And researchers have long known that bilingual students with dyslexia can excel at reading character-based languages like Japanese and Chinese but struggle with even the most basic English. Even more interestingly, it seems we don't just use different parts of our brain to read different languages; the languages we read may also influence the way we *think*.

Cognitive scientist Lera Boroditsky decided to test this idea. In Pormpuraaw, a remote community in northern Australia, the Aboriginal community speaks a language that lacks words for "left" and "right." Instead, the Kuuk Thaayore use compass points to describe space. "There's an ant on your southeast leg," someone might say. "Move the cup to the north northwest a little bit." "Having their attention trained this way," Boroditsky writes, "equips them to perform navigational feats once thought beyond human capabilities." She once asked a five-year-old girl from the community to point north, and she did so immediately and accurately. Boroditsky asked conference rooms full of Ivy League scholars to do the same, and they could not. Most refused even to try.

In another study, Boroditsky and her collaborator, Alice Gaby, gave various subjects a set of pictures that, once placed in the right order, told a story—a man aging, for example, or a banana being eaten—and asked them to put the shuffled cards in order. English speakers arranged the pictures left to right, the same way the subjects read and write in their own language. Hebrew speakers would, on the other hand, organize the pictures in chronological order from right to left—the way *they* read and write. But the Kuuk Thaayore people arranged them in a pattern from east to west, a pattern that changed depending on the direction they were facing. If, for example, they were facing south, they placed the cards left to right. But if they were facing north, the order

was switched from right to left. So Shelton's theory, connecting language to the way we think about space, makes a lot of sense.

Japan isn't the only country to use blocks as the basic addressing unit. Before 2011, South Korea had a system similar to Japan's. Some streets, especially major ones, were named, but otherwise the addressing system was organized around blocks. The system was likely imported by the Japanese, who ruled Korea as a "protectorate" from 1910 until Japan's defeat in World War II, in 1945.

Korean culture suffered during the decades of Japanese rule. F. A. McKenzie, a journalist living in Korea during the occupation wrote of an encounter with an influential Japanese official. "The Korean people will be absorbed in the Japanese," the official predicted. "They will talk our language, live our life, and be an integral part of us. . . . We will teach them our language, establish our institutions and make them one with us."

In particular, the Japanese discouraged the use of the Korean writing system, known as hangul. Hangul was invented, some say single-handedly, by a fifteenth-century emperor, King Sejong. Before hangul, written Korean used Chinese characters, which Koreans called *hanja*. But Sejong recognized that the fit was awkward: "The speech sounds of our nation are different from those of China and are not confluent in writing," he wrote in 1443. "Thus, there are many among the ignorant peasants who, when they have something they wish to say, are ultimately unable to express their meanings. Taking pity on this, I have newly created twenty-eight letters, and simply wish for any and all to learn them with ease and use them at their convenience in daily life." He had retreated into study and emerged with a miracle, nearly losing his eyesight in the process.

Linguists have called hangul the world's greatest alphabet, which both North and South Koreans celebrate with a national holiday. It is exceptionally easy to read. Sejong wrote

of its letters that "a wise man can acquaint himself with them before the morning is over; a stupid man can learn them in the space of ten days." The alphabet is phonetic, with each character corresponding to a single sound: everything could now be written, wrote Sejong, even the "sound of the winds, the cry of the crane, the cackle of the fowl and the barking of the dogs." Even more amazingly, the shape of the letters look like the sounds they make. The letter ㄷ corresponds, for example, to the English letter *d*—and it simulates the tongue's position as it makes the sound. Hangul was largely banned during Japanese occupation, but in modern Korea, writing is almost exclusively done in hangul.

But the question is: do Koreans see in blocks, like the Japanese, or in lines, like English-speakers? While Hangul is alphabetic, like English, its "letters" are organized together in blocks to form syllables. The syllable blocks are then joined together to form words. The characters for "cat" look like this: ㄱㅗ ㅇㅑ ㅇ ㅣ. But put together in a block, they look like this: 고양이. Kids learn to write hangul in square boxes, too.

So Koreans have an alphabet like English speakers—but they write in blocks, like the Japanese. Might this explain something about their street addresses, too? For sixty-six years, Korea had kept the Japanese block addressing system. Still, given their addresses' colonial origins, it is not surprising that in 2011, the government announced that it was changing Korea's addresses, and adopting a more Western-style method of naming streets and numbering houses. The government vigorously promoted the new addressing system, giving out Bluetooth headphones to those who converted their street addresses through an online system. TV shopping companies offered gift certificates of $10 if people switched to the new system. Chungbuk province gave families with children bracelets engraved with the new street addresses.

But every Korean I spoke to informally said they didn't really use them. Cabdrivers convert the new addresses back into the old system, as do postmen. Of course, this reluctance may be temporary, a liminal period before the next generation grows up knowing no other way to address streets. Or it could be a sign that Koreans are still reading their city in blocks.

Shelton's theory didn't fit Korean hangul as neatly as it does Japanese kanji. So I decided to look for another explanation for why Koreans haven't embraced their new addresses at home. That was when I discovered *segyehwa*.

"Some months ago," Gi-Wook Shin, a Korean sociologist wrote in an article, "a Stanford freshman came to ask for help on his project on Korea." Shin thought the student was Korean American—both his English and Korean were perfect—but was surprised to learn that he had grown up in Korea. Even more surprisingly, he had gone to school in one of the least developed parts of the country. Shin was intrigued, and decided to go and see the school for himself. It turned out that Korean Minjok Leadership Academy (KMLA), which aspires to be Korea's answer to Eton, teaches almost every subject in English, and the kids also speak English outside the classroom. (On weekends they get a break.)

It makes sense that an ambitious Korean school would promote English; English is, not unreasonably, seen as the language of success in Korea. But the school also emphasized Korean national identity in equal measures. The school's curriculum mandates traditional music, sports, and Confucian ethics. All students at 6 a.m., Shin wrote, "gather in front of a traditional Korean building and bow deeply to their teachers, a ritual that a son is supposed to perform toward his parents every morning and evening to display his filial piety." All students must learn traditional instruments—the gayageum for girls, and the daegeum for boys. To be global leaders, the school's headteacher

writes, students have "to know first who they are and what they inherited, our source of pride and dignity."

Shin saw this as an example of "a larger trend that one can easily find in today's (South) Korea—the curious mixture of two seemingly contradictory forces, nationalism and globalization." Korea had long looked inward, rather than outward, both economically and culturally. But in 1994, the first civilian leader of Korea in thirty years, Kim Young-sam, introduced Korea to the concept of *segyehwa*—globalization.

Today, Korea is a global powerhouse, actively reaching for engagement with the West. And yet, despite the push for globalization, Korean culture on the whole remains deeply nationalistic. At the same time the country has been looking outward, Korean celebrations of Confucianism and Korean film and art have blossomed. The Korean government has called for festivals celebrating kimchi, ginseng, and martial arts. (Even American imports, like hip-hop and fast food, become fused with Korean culture. You can, apparently, order a double bulgogi pork burger with a side of chili sauce at McDonald's.)

"Globalization must be underpinned by Koreanization," President Kim once said. "We cannot be global citizens without a good understanding of our own culture and tradition. Globalization in the proper sense of the word means that we should march out into the world on the strength of our unique culture and traditional values." In this understanding, globalizing actually boosted, rather than detracted from, Korean national identity.

This understanding of what globalization means helped explain KMLA school, too. At KMLA, students reportedly recite every Monday morning in Korean: "English is only a method to introduce advanced culture in Korean way and to make Korea one of the most advanced countries in the world. Thus English is never the purpose of study." And yet, every day, they walk up a dormitory staircase with steps printed with the words: "Three

Months Is Not/Long Enough To Improve/Your English. Wasting/ Your Time for Speaking/Korean Is The Most Stupid/Thing You Could Do."

Could the school help explain the new street addresses? The new street names chosen for Korean streets, it seems, don't even try to reflect Korean culture. Michael Breen, an Englishman who lives in Korea, wrote that "The mammoth naming project could have inspired the nation had we been invited to participate." Over fourteen thousand streets in Seoul alone needed names. "You can imagine local communities opting to name this street after a famous local person or that one after the temple at the end of it. But, no. That would have annoyed bureaucrats to no end."

Instead, those bureaucrats devised a simple, logical, and boring way to name the streets. Five hundred large roads were named and the rest were numbered. A newspaper reported how Kim Hye-jung got lost looking for a friend in Incheon, confused because all of the streets had English jewel names like Ruby. "The street names made me think this was a jewelry district, but it was just an ordinary neighborhood," she said. "It makes no sense." City officials said they chose the jewel names to give "international" flair.

Perhaps so many of the new street names sound international because they aren't intended for locals at all. I already knew that Koreans have, for the most part, kept using the old address system. For now, the new street names have created parallel landscapes for insiders and outsiders. From the outside, Korea has made itself look more Western. But Koreans themselves perhaps value the old traditions. At least for now, they read their cities in blocks, not lines.

I couldn't stop thinking about Shelton's theories about Japanese writing. I had never seen kanji characters written before, so I decided to take a calligraphy class at the ITO Japanese School

in central London. There were two other students in the class. One, a Londoner, had become fascinated with Tokyo on a trip there in his twenties and now bantered with the teacher in easy Japanese. The other was an ink and brush artist. I was the only true beginner.

On neat scraps of Japanese newspaper, equipped with brushes and thick black ink, we practiced our sign for the day: flower. The strokes looked simple but were complex, seeming to involve just as much arm movement as wrist movement. Sometimes my lines did not go far enough after I'd finished a character, so I picked up the brush again to finish them off. That was the wrong move. "Comedy, comedy!" Tomo, my teacher, said, laughing over my shoulder at my inept attempts. Yes, she confirmed, each character did have to be square in the middle of the page, so I tried to center my flower as much as possible.

Tomo had trouble pronouncing my name—Deirdre. I couldn't blame her. It's an old-fashioned Irish name that breaks the rules of English. "What does it *mean*?" she asked me. It doesn't really mean anything, I told her. It's just the name of a woman in an ancient story, a myth. "What does your name mean?" I asked her. "Beautiful friend," she said, smiling. We settled on her writing out "Dee" for me to practice at home.

At the end of the class, while we cleaned our brushes and soaked up the leftover ink with newspaper, I told Tomo about Shelton's theory on Japanese street addresses. Her English was not perfectly fluent, but I think she understood. I then asked her which city she found easier to navigate: London or Tokyo?

"London," she told me, nodding vigorously. Definitely, London.

# POLITICS

# 8

## *Iran*

WHY DO STREET NAMES FOLLOW REVOLUTIONARIES?

Perhaps Pedram Moallemian's mother wanted a girl. His older brother was turning into a wild teenager, and she wasn't sure she could handle another boy like him. But Pedram was a shy, quiet child, who would disappear for hours, passing silently through the streets of Tehran on the red racer bike his father had given him. Pedram's family was wealthy (his father was probably Iran's largest manufacturer of children's clothes, he told me), but he liked seeing how the rest of Tehran lived.

Pedram probably found out that Bobby Sands had died on a hunger strike in Northern Ireland in 1981 the way he heard about everything back then: in the spirited chatter of the streets. Pedram told me that in those early years after the revolution, after the Shah had fled to Egypt, all anyone did was talk politics at home or at kiosks distributing books and pamphlets. No movies, no music, just politics. "We knew about everybody, all the revolutionaries everywhere." He and his friends rooted for the communists or the socialists like kids in other countries cheered for soccer teams. His brother quizzed him on the names of the foreign ministers of every country in the world.

When Pedram was just eight, a teacher brought him to a political rally. Pedram was hooked. Later, he would hang out with his mates, all around thirteen or fourteen, in a friend's carport

in a posh neighborhood, playing football and talking politics. Sometimes they grafittied the local streets or handed out flyers. Sometimes they got beat up. A lot of times they just talked. But after Bobby Sands died, Pedram told me, they decided they wanted to do something more, to take revenge on the British, who had imprisoned the hunger striker—and whose embassy happened to be just down the street.

First, the boys thought they might climb to the top of the embassy and replace the Union Jack with an Irish flag. But, as Pedram has said, if there was anywhere that sold an Irish flag in Tehran, his gang of teenagers couldn't find it. They tried making one with green, white, and orange stripes, but it looked too much like the Iranian flag and they didn't want to send the wrong message. Then they thought of hanging a white flag reading "IRA"—for Sands's Irish Republican Army—but on windless days it would have just hung like sad, dingy fabric. Most disturbingly, he said, they heard dogs barking on the other side of the embassy fence. They didn't like the sound of those dogs.

A new tactic. The boys sped to the hardware store on their bikes and bought strong powdered glue and white cardboard. Pedram told me he had always been good at graphics. Carefully, he and his friend traced out a new street sign in markers, with the name in Farsi at the top and in English at the bottom. With practice, he was able to mimic the signs perfectly. Pedram and his friends mixed the glue with water and pasted their new sign on top of the old street name, Winston Churchill Street. When Pedram came back a few days later, he said, other people had plastered over other old Churchill Street signs in the same way. He could tell that someone had tried to peel them off—a corner would be missing—but the glue was too strong.

A few months later, he knew they'd won, he's said, when he heard a woman hop in a taxi and say, "Take me to Bobby Sands

Street." The city soon made the name official. To avoid having to mention their revolutionary foe every time they gave the embassy's address, the British opened a new entrance on another street.

Why Bobby Sands? Sands, who had hardly ever left the six counties of Northern Ireland, might seem an unlikely hero for Iranians. He was a member of the Irish Republican Army (IRA), at the time engaged in an armed struggle against the British government. While the warring factions in Northern Ireland are often referred to as "Protestants" and "Catholics," the dispute has little to do with the finer points of Christian theology. It is instead a struggle over national and ethnic identity. At the end of Ireland's War of Independence in 1921, the peace treaty with the British called for the northern six counties of Ireland to remain in the United Kingdom of Great Britain and Northern Ireland. Protestants living in Northern Ireland generally want to stay in the United Kingdom. For the most part, Catholics, like Bobby Sands, do not and they often faced humiliating discrimination. The IRA's aim was to reunite Ireland by force, removing the six counties of Northern Ireland from the United Kingdom and transferring them to the Republic of Ireland.

When violence against British rule flared up in the early 1970s, the British interned IRA members at Long Kesh Detention Centre. They were allowed to wear their own clothes and were effectively treated as prisoners of war. But this Special Category Status was withdrawn in 1976; the prisoners were now to be treated as ordinary criminals. In retaliation, the prisoners in Long Kesh—now officially renamed the Maze Prison—wore nothing but thin blankets wrapped around their naked bodies. "If they want me to wear a uniform," leader Kieran Nugent said, "they'll have to nail it to my back." Others joined him on the blanket protest. As punishment, the wardens removed furniture

from the protesters' rooms, and they were fed tea without milk, a watery soup, and bread without butter.

Barred from exercising and denied visits with family unless they wore a prison uniform, they confined themselves to their cells for most of the day. When the prison refused to provide showers in their cells, they began a dirty protest, smearing their excrement along the walls. They smashed windows and slept on sponge mattresses covered in maggots. In the winter, they stood on Bibles to keep their feet from the freezing floors. At the same time, the IRA launched a campaign to assassinate prison staff, killing eighteen officers, many with young families.

In March of 1981 Bobby Sands embarked on a hunger strike. Wrapped in a light blanket, Sands began to refuse the food that was set before him three times a day: potatoes, fish, a ladle of peas, two slices of bread and butter, and a cup of tea. He smuggled out poems and portions of his diary. "I have this desire for brown wholemeal bread, butter, Dutch cheese and honey," he wrote. "Ha!! It is not damaging me, because, I think, 'Well, human food can never keep a man alive forever,' and I console myself with the fact that I'll get a great feed up above (if I'm worthy)." A month later, a member of parliament, a pub owner representing a mostly rural constituency in the west of Northern Ireland, died, leaving his seat open. From prison, Bobby Sands, his organs shutting down, ran for election to fill the vacancy and won 52 percent of the vote. By then, Sands, now going blind, had been on hunger strike for forty days.

On the sixty-sixth day of his hunger strike, as he lay on a sheepskin rug on top of a waterbed to protect his fragile bones, Sands died with his mother, Rosaleen, beside him. He was twenty-seven years old. Men with loudspeakers broadcast the news through the streets of Belfast. Margaret Thatcher, the hard-line British prime minister, was firm. "Mr. Sands was a convicted

criminal," she said. "He chose to take his own life. It was a choice his organisation did not give to many of their victims."

In Iran, Sands's death took on mythic proportions. Many Iranians hated the British as much as Sands did. In the 1920s, the British had helped put the first Shah, a dictator, into power. And then, in 1953, the British, alongside the American CIA, also helped engineer a coup against a new, democratically elected prime minister, Mohammad Mosaddegh. Mosaddegh had initiated the state takeover of the Anglo-Iranian Oil Company, now known as BP—British Petroleum.

Iranians never forgave the British. The most popular novel ever published in Iran, Iraj Pezeshkzad's *My Uncle Napoleon,* centers on a character who believes that the British have set out to ruin him. Some Iranians claimed Hitler was a British "stooge" and that the blitz bombing of London was staged by British intelligence. Even the rise of Islamic clerics in Iran was blamed on the British. "When you lift a mullah's beard, it says Made in England," was a common postrevolutionary joke in Iran. And Pedram told me that any time anything went wrong—the train was late, the car broke down—you heard a standard refrain: Blame the British.

Bobby Sands—a poet, a martyr, a mortal enemy of the British— fit the Iranian narrative perfectly. An Iranian ambassador purportedly exchanged gifts with the Sands family. A newspaper reported that Irish visitors to Iran were greeted at Tehran airport's passport control with an uncharacteristic smile, a raised fist, and the greeting: "Bobby Sands, no food. Welcome to Iran." Today Tehran is home to the perversely named Bobby Sands Burger Bar, greeting its customers with a picture of a boyish, dimple-cheeked Sands.

Pedram now lives in Toronto, where he was bracing for a snowstorm when we spoke. He texted me a faded picture of himself as a kid in Iran, with a solemn face and sticking-out

ears his mother tried to cover by growing out his hair. That heady period of open debate after the fall of the Shah had snapped shut in 1981. That was when Ayatollah Khomeini, who had returned to Iran after fifteen years in exile to lead the revolution, moved to crush his leftist rivals. The Revolutionary Courts sentenced hundreds of people to death every week. At Evin Prison, men were hanged from enormous cranes, then buried in unmarked graves. Pedram counted dozens of his school friends who were killed. After he was arrested himself, his parents sent him alone to live in Canada when he was just sixteen. He has not been back to Bobby Sands Street.

Pedram's story opens a door to the next chapter of street naming. Early street names were often descriptive—Church Street, Market Road, Cemetery Lane. Bobby Sands was not only a street name—it was also a monument. Modern street names do more than describe; they commemorate. To understand why, I had to travel back to a very different revolution, this one in eighteenth-century France.

In 1794, a young cleric named Henri Grégoire sat down in his rooms at 16, rue du Colombier to write a treatise on street names. Grégoire was an unusual priest. Shortly after being ordained, he had been called to a prison to administer the last rites to an eighty-four-year-old man, who had been jailed for drying a bit of salt himself to make a thin soup, thus avoiding the oppressive salt tax. Grégoire never forgot the monarchy's injustice to the poor, and he became an ardent revolutionary while remaining a faithful priest—a difficult task during a revolution openly hostile to the Catholic Church. But, as his biographer Alyssa Sepinwall describes, he saw the Revolution's principles of liberty, equality, and fraternity as completely consistent with the Gospels.

Grégoire championed religious tolerance, the rights of Jews, and universal male suffrage. Joining the Société des Amis des

Noirs (Society of the Friends of the Blacks), he later wrote a searing antislavery book refuting the supposed inferiority of Africans. The book included in-depth character studies of illustrious people of black descent. Thomas Jefferson declined to join the society when he was in Paris. (Later Jefferson would suggest that white blood was the only reason the African Americans Grégoire praised had achieved anything at all.)

But in 1794, Grégoire was focused on saving France. Toppling the monarchy was only one part of this agenda. The revolutionaries sought to reshape France entirely according to Enlightenment ideals, changing the calendar, the system of weights, even the clothes they wore. Alexis de Tocqueville, best-known for chronicling life in early America, examined the lists of the people's demands drawn up right before the Revolution.

"When I came to gather all the individual wishes," he wrote, "with a sense of terror I realized that their demands were for the wholesale and systematic abolition of all the laws and all the current practices in the country. Straightaway I saw that the issue here was one of the most extensive and dangerous revolutions ever observed in the world."

The revolutionaries' ideas were new, but Paris was, by then, very old. And the palaces, the churches, the streets themselves stank of the monarchy. As recounted in Priscilla Parkhurst Ferguson's extraordinary book, *Paris as Revolution,* some revolutionaries suggested razing Paris, dusting off their hands, and just *starting over.* But instead of demolishing Paris, they decided to rebadge it instead. Paris would simply wear new clothes, too. "Energies were not directed at things themselves so much as at the ways those things were conceived, perceived, and used," Ferguson writes. Rather than destroying the grand palaces, she describes, they simply transformed them into public buildings.

What they couldn't convert, they could rename. And that included themselves. Before the Revolution, French forenames

were largely restricted to Catholic control—which meant sticking to biblical and saints' names. (The nobility could, as in most everything else, get away with more flair.) But in September of 1792, just one day after the National Convention of France unanimously voted to abolish the monarchy, French people were handed a new right: the right to name their children—and themselves—whatever they wanted. Many chose new names with revolutionary zeal, such as Fleur d'Orange Républicaine, Lucius Pleb-Egal, and Simon la Liberté ou la Mort. Children were named La Loi (the law) and Raison (reason). It was this kind of creativity that would in 1803 spur Napoleon to come up with a closed list of *prénoms* (first names) that people could name their children. (The list was scrapped in 1993, though French courts have nevertheless rejected names like Joyeaux, Nutella, Strawberry, and MJ, after Michael Jackson.)

Naturally, the revolutionary passion for inventive naming extended to the streets. Is it surprising? To name something is to assert power over it; that's why God lets Adam name all the animals in Eden (and eventually, problematically) Eve, as well. Quickly after the Revolution, some streets were renamed. The street where Voltaire had died was named after him, for example, and la rue Princesse became rue de la Justice.

But these kinds of piecemeal changes failed to satisfy enlightened revolutionaries who desired a more rigorously rational approach. Paris's existing street names, as intellectual J. B. Pujoulx complained, were a "salmagundi." (I had to look this one up: it's like the French version of a chopped salad, with cooked meats, seafood, vegetables, fruit, leaves, nuts, and flowers and dressed with oil, vinegar, and spices.) How could they be made more like, say, a consommé?

Ferguson vividly describes how Pujoulx wanted to turn each street into a geography lesson—streets named for towns, with

the size of the street corresponding to the size of the town. (Some republicans creatively suggested renaming the sewers for royalist writers.) One Citoyen Chamouleau wanted to name every street in the country after a virtue, with names like rue de la Générosité and rue de la Sensibilité. "Thus the people will ever have virtue on their lips and soon morality in their hearts."

Grégoire was handed the task of planning the new street names. He studied street names around the world, from Pennsylvania to China. (He was impressed at how the Quakers had "imprinted their dignified character even on their streets.") In his seventeen-page report to the Comité de l'Instruction Publique, he set forth two criteria for new names. First, the names should be short and melodic. Second, he thought that "each name ought to be the vehicle of a thought or, rather, of a sentiment that reminds citizens of their virtues and duties." "Is it not natural," he wrote, "to go from the Place de la Révolution to the rue de la Constitution and on to the rue du Bonheur?"

Grégoire's proposal neatly synthesized different revolutionary philosophies. The Revolution championed equality and rationality, but it also sought regeneration—the idea that the state could be pure, freed from corrupting influence. The streetscape would teach, as Victoria Thompson has described, a kind of "revolutionary catechism."

But the revolutionaries never pulled off the rebranding. Imposing a utopian vision of Paris on a city that was so diverse was impossible, and Paris's street names remained—and remain—a salmagundi. Street names simply became "weathervanes in the political winds," changing with the politics and the regime changes. "The new city envisioned by the revolution," Ferguson writes, "was not to be."

The French Revolution nevertheless sparked a trend for rebranding streets to show off a new ideology. Around the world,

revolutionary governments kick off their regimes by changing the street names. Mexico City has more than five hundred streets named after Emiliano Zapata, the leader of its peasant revolution. In Croatia, the main street of Vukovar has changed names six times in the twentieth century, once with each change of state. Recently, Poland and Ukraine have passed laws ordering the "decommunization" of their streetscape. Russia has more than four thousand main streets named after Lenin alone. Together, they run 5,363 miles, which, as Gideon Lichfield points out, is longer than the distance from Moscow to Minneapolis.

A Spanish law requires changing all streets named after fascists—and cities are renaming them after women like Rosa Parks and Frieda Kahlo. And more recently, Sudanese pro-democracy protestors have changed the names of streets to those killed in the uprising that brought down the dictator Omar al-Bashir. "We are building a new Sudan with new names of the streets, and a new way of thinking," one of the lead protestors, Mohamed Hannen, has said.

In China, the Communist Party manipulated street names as part of a broader propaganda campaign. During the Cultural Revolution, street names were changed to names like "Red Guard Road" or the "The East Is Red Road." (Many of these streets reverted to their former names in later years.) Article IV of the Regulations on Mapping Place Names requires that streets "respect national unity" and that they must be changed when they "damage sovereignty and national dignity." Fascinatingly, the rules also forbid the use of streets named after people, living or dead, presumably because of the communist egalitarian ideal. (There are no Mao Zedong streets in China.) Shanghai's local regulations, which call for street names to "have healthy implications and be in line with social morality," could have been written by Grégoire himself.

China has used street names as a tool to keep ethnic minority

regions in check, as political scientist Jonathan Hassid has described. You would expect places that have their own languages and cultures to have more variation in street names, but Hassid found that the opposite is largely true; areas with a higher concentration of ethnic minorities largely have streets that sound *more* like those in Beijing than other areas. Street names became one more tool to keep the locals under control.

America's own revolution also knit together names and ideology. George Washington, who would give the capital city its name (though, apparently, he always called it Federal City) chose Pierre L'Enfant to design the city. L'Enfant was born in Paris, and studied art and architecture in France but had volunteered, like thousands of his compatriots, in the American revolutionary army. His plan for the new capital merged the ideals of American and European cities; Washington would have an American grid, but European avenues, circles, and squares. The streetscape would be ripe with symbolism—the Capitol, for example, was put on the hill, not the White House. Unlike in Britain, the president would not be king.

And then there were the street names. Washington, DC's street names are maniacally rational. Numbered streets run east to west, and lettered streets (A, B, C) north and south. (After W Street, the pattern starts again, with each name now two syllables—Adams, Bryant, etc.—and then at the end, restarting with three-syllable street names, Allison, Buchanan, etc.) The diagonal avenues that break up the grid were named for the states in the Union (fifteen of them, then), with the longest avenues given the names of the three largest states at the time, Massachusetts, Pennsylvania, and Virginia. Now every state in America has a street name in DC.

The American revolutionaries built their new capital city on a dry riverbank, a space, as least as far as the revolutionaries were concerned, that was entirely blank and completely silent.

And so they managed to realize the marriage of politics and space that France had so badly wanted, and so failed to achieve. It is apt, then, that Pierre L'Enfant, the city's French-born architect, preferred to call himself Peter.

I went to meet Danny Morrison, a close friend of Bobby Sands, at his home in west Belfast. As the director of publicity for Sinn Féin, the IRA's political wing, in the early 1980s, Morrison was one of the few men the British thought might be able to end the IRA's armed struggle. He worked in a butcher's shop and at bars while at school, but soon became involved in republican politics, and helped begin Radio Free Belfast with a transmitter he had built himself. Not long after, he was using his parents' house as an arms dump. Once, his father, also called Danny, was arrested in his name.

His sister had lent him money for his first typewriter to write short stories. But soon, he became the editor of the *Republican News*. Interned at Long Kesh prison, he would later serve eight years for kidnapping, a conviction that was later overturned. Today, Morrison is widely known for encouraging the IRA to move from a purely violent struggle to one that would also use politics to undermine the British. At Sinn Féin's annual party conference in 1981, he stood up on a whim to speak to his fellow delegates. "Who here," he asked, "really believes we can win the war through the ballot box? But will anyone here object if, with a ballot paper in this hand and an Armalite"—the IRA's chosen brand of gun—"in the other, we take power in Ireland?"

The immediate reaction to Morrison's idea was hostile: Martin McGuinness, the chief of staff of the IRA, allegedly said "Where the fuck did that come from?" But the IRA later pursued the political strategy laid out in Morrison's speech, ultimately

propelling McGuinness into government office as deputy first minister of Northern Ireland.

Morrison, no longer a member of the IRA, is now a full-time writer. Belfast is a different city from the one he grew up in. During the years of the Troubles, Belfast was full of army checkpoints and car bomb barriers. The city's Europa Hotel was once the most bombed hotel in Europe. But the IRA laid down its arms in 1997 and threw its weight behind the Good Friday Agreement. The Europa now has a bustling piano bar and lounge, the kind of restaurant that serves squash salad and roast hake, and the most powerful showers this side of the Atlantic. From its front door, you can take a black taxi Troubles tour to see the murals of Bobby Sands that still line the streets of Catholic neighborhoods.

Now in his sixties, Morrison greeted me at his front door, wearing slippers and a kind, slightly crooked smile. His home is red brick, with flowerpots spilling all over the front steps. Embroidered pillows lay on plaid sofas, family photos crowded tables, and the bookshelves that flank the fireplace were crammed with hardback books. I hadn't expected the home of the former IRA-man to be so marvelously cozy. In the kitchen, he offered me strong tea and Marks & Spencer biscuits coated with thick chocolate. When we moved into his front room to talk, his cats, Atticus and Ellie, followed us.

Morrison probably knew Bobby Sands as well as anyone else. It was Morrison who led the campaign to put Sands on the electoral ballot. The last time he saw Sands alive, he told me, was in December 1980. Sands had long greasy hair and a matted beard because of his no-wash protest. At the end of the visit, Morrison was banned from the prison, and the next time he saw Sands was in his coffin.

In Morrison's hatchback car, we drove past tree-lined streets,

Catholic schools, pubs, and corner shops down to Milltown Cemetery. Tourists from Cork recognized Morrison, who often wears a black fedora, and they shook his hand vigorously. At the grave, Sands's name is listed simply next to several others who died in the hunger strikes under the word "Volunteers." Morrison pointed out where he had been standing at another IRA funeral when a pro-British paramilitary, Michael Stone, attacked the mourners with hand grenades and guns. Stone killed three and injured dozens of others with bullets and shrapnel from headstones.

In 2008, Morrison heard that Jack Straw, then the foreign secretary of the United Kingdom, planned to ask the Iranian government to change the name of Bobby Sands Street. (It was in one of Morrison's books that I first came across Pedram's story that begins this chapter.) Morrison started a petition against the change that quickly received thousands of signatures. Most of the messages addressed to Iran read like this one, from Sean Clinton: "So are you going to let some English man tell you what to call your streets? If so why not just take down the Iranian flag and replace it with the English flag. Bobby Sands is a hero!!!" Others tried to strike a more culturally appropriate tone, like this one from John Clark. "FOR ALLAH'S SAKE KEEP BOBBY SANDS SIGN UP."

Another petitioner explained that he "recently saw a street sign in the St. Denis district of Paris: rue Bobby Sands. It's nice to see such things when you're abroad." And so I checked to see if he was right. In fact, five streets immortalize Sands in France, along with a few others around the world. And yet, for all the outrage of the Irish petitioners about Bobby Sands Street in Tehran, no street commemorates Sands in Ireland, north or south.

I had an idea why. My husband, Paul, is from Cookstown, in

the middle of Northern Ireland, about six miles from the edge of the district where Bobby Sands was elected MP. (My mother-in-law grew up in the same working-class Catholic neighborhood as Danny Morrison; her mother, like Sands, is buried in Milltown Cemetery.) Paul's school principal was a priest named Father Denis Faul, called Denis the Menace by the IRA, because he was able to convince families of later hunger strikers that the protest was a futile waste of human life. Cookstown has about ten thousand people, a long tree-lined main street, a thriving Saturday market, and five butchers. Paul's parents brought him home from the hospital to their house above one of those butchers' shops, the one his grandfather owned, where the windows were shattered more than twenty times by IRA bombs.

Today, Northern Ireland is largely peaceful—though the peace never feels fully secure—but Protestants and Catholics still largely live apart. "Peace walls," some three miles long, still separate Protestant and Catholic neighborhoods in Belfast, and more of these walls exist today than at the time of the Good Friday Agreement in 1998. About 90 percent of children in Northern Ireland still go to schools segregated by religion.

When you write a lot of articles about street names, editors tend to title them in homage to "Where the Streets Have No Name," after the U2 song. The song was inspired, in part, by Northern Ireland. Bono, the Irishman who wrote the lyrics, told a magazine: "An interesting story that someone told me once is that in Belfast, by what street someone lives on you can tell not only their religion but tell how much money they're making—literally by which side of the road they live on, because the further up the hill the more expensive the houses become." This is largely true in my husband's hometown. In one housing estate, streets salute the royal family with British-sounding names like Princess Avenue and Windsor Street, the streets often covered in red, white,

and blue bunting from end to end. Catholic estates tend to have Irish names, like Ratheen and Rathbeg, and Irish flags fly from telephone poles.

And yet, there is no Bobby Sands Street in Cookstown, or in any other town or city in Ireland, north or south. The principle he stood for—a united Ireland—is one that most Catholics in Northern Ireland agree with. But a majority of Catholics never accepted the violent tactics he and the IRA used. Almost three thousand people on both sides died in the Troubles. Many more were injured. At the peak of the hunger strikes, Joanne Mathers, a twenty-nine-year-old census taker, was shot dead on a doorstep because some IRA members believed the census was a tool to spy on them. And Bobby Sands, whose sweet name and dimpled face have been described as epitomizing the boy next door, was himself imprisoned for trying to bomb a furniture shop, after herding the staff into the basement.

Still it's not hard to see why he's a romantic icon. That someone so seemingly ordinary would be willing to starve himself to death for what he considered freedom is astonishing. (That nine other IRA men died in hunger strikes soon after him is even more mind-boggling.) So from afar, I can see how it is easy to admire Bobby Sands's fight against the British, especially in a world that the British so often made it their job to exploit. But at home, his heroism is not always obvious.

Would Bobby Sands, who did run for political office, after all, be satisfied with the peaceful resolution of the conflict? Danny Morrison had told me about hunger strikers who survived and later accepted the Good Friday Agreement. But Sands once wrote, "I shall not settle until I achieve liberation of my country, until Ireland becomes a sovereign, independent socialist republic." Sands's sister, Bernadette, has long said that Sands would not have been happy with the compromise. (A family friend told a newspaper, "Bobby was many things but he was not a dove.")

Bobby Sands didn't settle, and his revolution failed in its main objective; as least as I write, the northern six counties of Ireland remain in the United Kingdom of Great Britain and Northern Ireland. There is no Bobby Sands Street in Ireland because today's Ireland is not Bobby Sands's.

# 9

*Berlin*

WHAT DO NAZI STREET NAMES TELL US ABOUT
*VERGANGENHEITSBEWÄLTIGUNG?*

The first Jew Street Susan Hiller noticed was in Berlin. In 2002, she was living in Germany on an artist's fellowship when she found herself wandering in Mitte, looking between her map and the street signs. Glancing up, she noticed she had stumbled on to Judenstraße—Jews Street, not even Jewish Street—awful in its plainness. Hiller wasn't sure how to feel about it. Back at her apartment, she and her husband began searching maps of every town, village, and city in Germany. Together, they found Jew Roads, Jew Paths, and Jew Markets scattered across the country. Soon, she had a handwritten list of 303 streets named "Jew." She decided to visit every one of them.

Susan Hiller was then in her sixties, straight-backed and elegantly dressed, eyebrows arched in curiosity. She spoke with the accent of an American woman who has long lived among the British literati—think a throatier Katharine Hepburn. Hiller had trained as an anthropologist, doing fieldwork in Belize, Mexico, and Guatemala, but watching slides of African sculpture during a lecture, she suddenly realized that art was inherently irrational and mysterious. At that moment, she decided to "relinquish factuality for fantasy."

By the time she found Berlin's Jew Streets in 2002, Hiller was already a successful conceptual artist in London, where she had moved in her twenties. The *J Street Project* became her next

work of art. Over several years, she and her husband visited every single street in Germany named "Jew." They would travel for a week, two weeks, venturing where tourists do not usually go. Hiller asked experts if some of the Jews Streets were newly added after the war. "Absolutely not," they told her. New street names meant to honor Jews would be something more comfortable, like Anne-Frank-Straße. The Jew Streets were instead old, descriptive names—Church Street was where the church was, Jew Street was where the Jews lived. They had been changed during the Nazi era, and then changed back after the war as a sign of respect.

To her surprise, many Jew Streets were in the countryside. It had been easier, somehow, to imagine Jewish people in the bustling cities, so the ordinariness of the German landscape was striking. The street signs tracked the lives and movements of the Jewish people in Germany. Some streets were right in the center of town, where Jews would have had their shops. Others were remote, the last street in the city or the last stop on the train, when Jews were not allowed to live near the center. A local historian described how a synagogue sat on what is now a parking lot. Elsewhere, a resident told her obliquely that "rich people used to live here." In one town, an elderly woman explained that a Jewish school used to be on Judenstraße, but that afterward the street was named after a bridge over the river. Hiller pondered all the things "afterward" left out.

Willy Brandt, the future leader of West Germany, remembered the day the Nazis came into power in his hometown. "In Lübeck, on 20 March (1933), a large number of people were taken into so-called protective custody," he wrote in his memoirs. "Soon after began the renaming of streets."

A few months later, on December 17, 1933, a woman wrote a letter to her local newspaper, the *Frankfurter Volksblatt*.

"Please do me the great favor of seeing whether you could use your influence to change the name of our street, which is that of the Jew Jakob Schiff." The woman had joined the Nazi party, along with most of her neighbors. "When flags are flown," she continued, "the swastika flutters from every house. The 'Jakob Schiff' always gives one a stab to the heart."

The city commission sympathized, but Schiff, who had been born in Frankfurt, was a fantastically rich American private banker, who had donated a great deal of money to his birthplace. What if he demanded his gifts back? Eventually, Schiff's Jewishness outweighed his donations; Schiff Street was soon changed to Mummstraße, after the city's former mayor.

By 1933, nearly every single town in Germany had a street named after Hitler. (In 2004, Google accidentally reverted the old name of Theodor-Hauss-Platz, in Berlin's tony district of Charlottenburg, to its World War II name, Adolf-Hitler-Platz.) As Jewish street names changed, the map of where Jewish people were free to travel changed as well. The *Jewish Daily Bulletin* reported in September 1933 that "the municipality of Rothenberg which recently renamed its principal square Hitlerplatz, has decided that no Jew may set foot in the square that bears the sacred name of Hitler." By 1938, the Reich had stripped Jews of their citizenship, required them to register all assets with the state, and criminalized romantic relationships with any "Aryan." Jews had to change their middle names to Israel or Sarah. They could not go to beaches, cinemas, or concerts. Shops refused to sell food to Jewish people, starving families long before the concentration camps could.

And in that same year, it officially became illegal to have a street named "Jew." The composer Gustav Mahler lost his street name to Bach. Leopold Sonnemann, the first Jewish publisher of a Frankfurt newspaper, was erased from the map. The street named after Walther Rathenau, the first Jewish minister of for-

eign affairs, who was assassinated in 1922, went to Theodor Fritsch, author of *The Handbook of the Jewish Question*—also known as the "Anti-Semitic Catechism."

In Hamburg, the city created a list of 1,613 street names that were too Marxist or Jewish. The committee announced that "if the creation of a Hermann-Göring-Straße is also desired at this point, the opportunity might arise during the potential renaming of Hallerstraße and the respective subway stop." It didn't matter that Nicolaus Haller, the first person from a Jewish family elected to the Hamburg senate, had been baptized a Christian. A newspaper published a photo of an old man in rough workman's clothes removing the Hallerstraße sign.

The Nazi mayor of Hamburg tried to preserve the name of the "half-Jew" Heinrich Hertz, the physicist who discovered electromagnetic waves, but there were no exceptions. "Change all Jewish street names immediately and report the confirmed renaming to me no later than November 1, 1938," the Reich minister curtly ordered in reply to the mayor's request. The unit of energy named in the physicist's honor—the hertz—stayed the same, but the street sign now read Leipzigerstraße. As Jews disappeared from Germany, they were also disappearing from the street signs.

Street names are, in a way, the perfect propaganda tool. Saying them requires no thought or consideration, and, better yet, you are forced to use them every time you give directions, write your letters, or apply for virtually anything at all. The state can literally put words in your mouth. The Nazis understood this best of all. One lesson of Hitler's *Mein Kampf* is that people are forgetful and impressionable at the same time. Joseph Goebbels was Hitler's man tasked with making the Nazi message stick. "The task of a gifted propagandist," he wrote, "is to take that which many have thought and put it in a way that reaches everyone from the educated to the common man." A simple message, repeated in

the right context, could worm its way into the mind and feast forever. And what message is more simple than a street name?

In the UK National Archives, a sweeping glass and stone building on the edge of the Thames in west London, a clerk gave me a few thick files from the British forces in German territories after the war. "Denazification," was scrawled on the cover in red pen. Opening the pages on the plain Formica tables, I read stacks of papers from military headquarters all over Austria on the street name situation. I found one memo, typed on yellowing stationery, explaining how the British forces had replaced Nazi street names with their original names. Apart from Adolf-Hitler-Straße, most of the Nazi street names they were replacing sounded like ordinary names plucked from a German textbook: Hans Lanz, Michael Dietrich. But what caught my eye quickly was the name of the town these new streets had occupied: Judenburg.

I emailed the archives of Judenburg, today an old town of fewer than ten thousand people, to learn more. The town was, indeed, named after Jews, archivist Michael Schiestl wrote me. Judenburg literally means "Jews castle," a name based on the time in the eleventh century when it was a market town. Jews were featured in the coat of arms for the city before they were expelled in the fifteenth century. In the wake of Austria's annexation, letters poured in, demanding a name change. A city administrator, for example, wrote to Hitler asking "mein Führer" to liberate the town—"always a loyal guardian of the Nazi idea"—from its name.

Schiestl sent me a few others from his archives. Here's a sample:

*Brno, 25 March 1938*

*Dear sir!*
*It is well known that the first and most just German, your*
*Führer Adolf Hitler, justly hates everything that is related*
*to Jews or sounds Jewish. And of all things, your revered*

*city bears the repulsive name of Judenburg. I urge Your*
*Honor to convene a municipal general assembly as soon as*
*possible, and submit to all the prominent and authorita-*
*tive leaders of your city the proposal to change the previ-*
*ous name of the city of Judenburg to Adolfburg. . . .*
            *With reverence, Paul Andreas Müller,*
            *Kreutzgasse 23, Brno.*

And another:

                                    *Essen, 4 April 1938*
*To the mayor of the city Judenburg:*
*Filled with joy over the inspired creation of the "Greater*
*German Reich," I am trying to acquaint myself with your*
*area on the basis of the atlas.—Now I find with some*
*discomfort your city name "Judenburg"! . . . It would be*
*a contribution to banish everything that recalls Jews and*
*oppressors; the new name "Jubelburg," on the other hand,*
*could serve as an eternal reminder of the jubilation with*
*which Hitler was welcomed and celebrated in Austria on*
*12–13 March of '38. . . .*
            *with "Heil Hitler!"*
            *Hugo Motz*

Ultimately, citing the long history of the name, the towns-
people didn't want to change it, but said they would reconsider
after the war. They did remove the town's symbol, the head of a
Jewish man wearing a pointed hat, from the coat of arms.

But the Nazis did change the street names of Judenburg, if
not the town's name itself. Schiestl told me that the new street
names I'd found honored Nazis who had attempted a coup
against Austria's parliament before the Germans annexed Austria.
Germans glorified the "beautiful death" as a national myth,

and Goebbels wrote that a true Nazi must put ideals above all, "placing on the scales the most valuable commodity that a human being can offer when making a decision, the risking of one's life." Topping the list was Horst Wessel, a leader of Hitler's SA who was killed by communists in 1930, and whose name quickly began to grace both birth certificates and street signs in Germany. Wessel had grown up on Judenstraße, in Berlin.

But less than a month after Adolf Hitler swallowed a cyanide capsule in his air-raid bunker, the new Allied government composed of the Four Powers—America, Britain, France, and the Soviet Union—began to govern Germany. They found a lot to do. Almost 50,000 buildings were rubble. In Berlin alone, 53,000 children were lost or orphaned, others killed by tuberculosis and rickets, pellagra and impetigo. During an outbreak of dysentery in July 1945, 66 infants died for every 100 live births. With the knowledge of Stalin, mostly Russian troops raped an estimated 1/3 of Berlin women and girls (fathering between 150,000 and 200,000 babies in Germany alone), spreading typhus, syphilis, and gonorrhea. Even though the postwar German population was now smaller than before, four times as many people were dying per day after the war than during it.

And yet, on the first agenda of the first meeting of the new borough mayors of Berlin, on May 24, 1945, was street names. The German Communist Party combed through every street name and recommended 1,795 street name changes—out of an estimated 10,000 in Berlin. In theory, everyone agreed on the need for new names. But the differences in street-naming philosophies foreshadowed the wall that was soon to divide the city.

In December of 1949, Joseph Stalin turned seventy years old, and the East Berlin government had a special present in mind. As

Maoz Azaryahu has vividly chronicled, early in the morning of the 22nd, the signs for Frankfurter Allee were removed and thousands squeezed onto the street in a festival atmosphere. Men on motorcycles unveiled the new street names on cue, and workers marched carrying torches to the sound of the Berlin police orchestra playing German and Russian folk songs, national hymns of the GDR. Fireworks, Azaryahu writes, lit a colossal portrait of Stalin. Kurt Bartel, an East German writer, penned a poem for the occasion: "How can we thank Stalin?/ We give this street his name."

By this time, East and West Germany were firmly divided. In West Germany, obvious Nazi names were removed, and the names of some anti-Nazi activists were commemorated as well. But for the most part, the West was simply weary of denazification. The Nazi street names reverted to their previous names. West Berlin's streets after the war often sounded as if the war had never happened.

But the Soviet forces in the East weren't just interested in denazifying; they demanded revolution. Street names were a way of showing what East Germany had decided this new world order would look like. The Soviet zone commemorated anti-Nazi activists, like Hans and Sophie Scholl, siblings decapitated by the Gestapo for handing out anti-Nazi flyers. But the renaming soon became more radical. Artists, leftist philosophers, revolutionaries, communist martyrs all found their names on the East German streetscape. Later, members of the Stasi (the secret police), officers and guards killed along the Berlin Wall, built in 1961, earned street names.

But what would happen to these names after reunification? The wall had barely come down in 1989 when the fight began over Käthe Niederkirchner, the daughter of German socialists. She had trained as a seamstress but became increasingly

involved in communist activities before the rise of the Nazis, distributing leaflets and making raucous speeches. Arrested, she was expelled from Germany and fled to Moscow where she broadcast in German against the Nazis. In 1941, she parachuted over Poland and was on her way to Berlin when the Nazis caught her. Her passport, otherwise a perfect German replica, was missing a recently issued Nazi stamp. Arrested, tortured, and interrogated, she was sent to Ravensbrück concentration camp, where she was shot and killed by the SS.

The new parliament of the unified city government was placed in the building of the former Prussian Assembly—on East Berlin's Niederkirchner Street. The Christian Democrat Party, which led in the West, was adamant that the street name should be changed. If Niederkirchner had survived the Nazis, the senate president argued, she would now be a communist, and, by that logic, fighting against the very democracy they were trying to build. In the end, the Christian Democrats listed "Prussian Assembly Street" on their letterhead, while the address remained Niederkirchner Strasse on the correspondence of the left.

Across Germany, people wrote to the city government demanding that streets named in the East revert to their prewar nomenclature. Over the years, many East Germans supported the name changes. "With the return address Leninallee one is, even outside Berlin, still perpetually recognized as an Eastern Berliner—and who wants that?" one resident wrote. But others, sometimes turning out in the streets by the thousands, protested that officials were obliterating East German identity. By 1991, the Berlin Senate proposed renaming dozens of streets that celebrated communists, fighters of the Spanish Civil War, poets, novelists, or resistance members.

And for what? Hanna Behrend, a Jewish professor who had returned to East Germany after she fled the Nazis, wrote in a letter

to a friend in 1996: "We have no new address. The Berlin Senate saw fit to delete the name of the young antifascist Artur Becker who was killed by the Fascists in Spain and return to the name of Herr von Kniprode, knight of the German Order, one of the medieval robber gangs who 'rode eastwards' and 'conquered' Slavonic lands." The newly chosen names, replacing the communists on the streets, often seemed deliberately provocative— Karl-Marx-Platz, in Dresden, was renamed Palaisplatz (Palace Square) and Friedrich-Engels-Straße became Koenigstraße (King Street). The joining of East and West Germany was not a merger, as one anthropologist has argued, but a "corporate takeover."

Christiane Wilke, a law professor who was a child when the wall came down, moved to Berlin during a sabbatical, walking the same East Berlin streets that her mother had once played on. But when talking to her mother about places, subway stops, and streets, Christiane had to match the current names she encountered with the old ones that her mother knew the streets by. Danziger Straße? Torstraße?

Christiane also discovered that she and her hairstylist had both grown up in the same city, but she didn't recognize the new name of the school the stylist had attended. Nor did the hairdresser know what the old, East German name was. Their inability to translate between the names in their hometown left them "speechless," Christiane wrote. "We cannot talk about places that we have no common name for. Talking about cities, schools, and streets in East Germany, you have to translate between old, new, and very old." No street name dictionary could bridge the gap.

In 1951, a square in Dresden, in the former East Germany, had been named after Julius Fučík. Fučík was a journalist and a communist leader of the anti-Nazi resistance who was hanged by the Nazis. From a concentration camp, he wrote his memoirs

on 167 slips of scrap paper that sympathetic guards smuggled out. "You who outlive this time, do not forget," he wrote to his readers, "that those who fought the Nazis were not nameless heroes." They, too, had names, faces, longings, beliefs. The "suffering of the very least of them was not less than the suffering of the first whose name has been preserved."

"*Nota bene,*" historian Patricia Brodsky has written, "in 1991 Fucikplatz in Dresden has been renamed Straßburger Platz."

Conceptual artists seem drawn to street signs in Berlin. In 1993, Renata Stih and Frieder Schnock hung eighty signs on lampposts in a former Jewish district of Berlin, each stating a Nazi law. "Jews and Poles are not allowed to buy sweets," one read. "Jews are not allowed to own radios or record players." "Jews are not allowed to use telephones, or the subway." "Jews are no longer allowed to have household pets." "Jews may not receive academic degrees." Stih and Schnock deliberately placed the word "Jew" somewhere on each sign, to confront people afraid to even say the word in Germany. Workmen hanging the signs grumbled that the project was unnecessary until someone opened a window and called out "*Haut ab, Judenschweine!*" ("Go away, Jewish pigs!")

Stih and Schnock realized that near the site was a street name that had, before the war, been named after a Jewish man, Georg Haberland. How was this still possible? they wondered. They created a mock-up of a Haberland Straße sign and put it outside the house where Haberland lived.

So began a five-year political debate over the Haberland street name. The Green Party, according to Stih, said it didn't like Haberland, who was an investor, and presumably not worthy of the honor, they told *The New York Review of Books*.

Stih: Without knowing anything about him, they
said he was a bad guy and they said, "We can't name
it after an investor." After five years they finally
agreed to rename half the street Haberland Straße
and one half stayed Treuchtlinger Straße.

Schnock: The German solution.

In 1938, the Nazis changed one of Berlin's Judenstraßen in the
Spandau neighborhood to Kinkelstraße, named after a nineteenth-
century revolutionary. The street was returned to Judenstraße
in a ceremony in which right-wing protesters reportedly jeered
"Jews out" and "You Jews are to blame for everything." This was
in 2002, the same year Susan Hiller arrived in Berlin.

A year or so before she died of pancreatic cancer, in 2019, Hiller
sent me the sixty-seven-minute film she produced of the Jew
Streets, shown alongside her photographs of the streets in art mu-
seums around the world. It is an hour long, and mesmerizing, even
though there is almost no dialogue and no action beyond clocks
ticking, old men walking with canes, trucks blowing past street
signs. In Hiller's film, modern life continues as usual on the Jew
Streets. People run errands, workmen's vans glide past, a man's hat
is blown off by the wind, children dawdle. Most heart-wrenching
were the Judenpfade ("Jews' paths") or Judenwege ("Jews' lanes"),
Hansel-and-Gretel-like wooded paths beaten in a time when Jews
were not allowed to walk through the city but had to go around
it. And I was startled every time a sign for Judengasse appeared—
even though I knew by then that *gasse* in German simply means a
narrow street. But, as Hiller pointed out, the signs are disturbing,
but taking them down would be even more disturbing.

Much of Hiller's work is about ghosts. One of her exhibits
at the Tate Britain in London played the eerie stories of people
who had near-death experiences. ("If we don't think that is

interesting, then we are very boring," she's said.) The *J Street Project* is a story about ghosts, too. Ordinary life continues on the Jew Streets, even though Jews were so long deprived of ordinary life and, eventually, of life itself. "When I had completed my journey," she wrote, "it seemed to me as if those hundreds of signs made up a chorus calling out emphatically, over and over again, the name of what is gone forever."

Berlin has one of the most tumultuous histories of any city in the world, leaping from the Prussians to the Weimar Era to the Nazis to the Cold War in less than a century. Street names have, as Dirk Verheyen puts it, "been both substance and metaphor of Berlin's struggle with identity." Most recently protests spurred the city to change the names of the streets in the city's *Afrikanisches Viertel,* or "African quarter," where in the years before World War I, an animal and human zoo was planned (but never opened). The names commemorate men who participated in the enslavement, rape, and torture of Africans in German colonies. In 2018, the German government decided to change them to the names of African liberation activists who fought against the Germans.

The more I read about German street names, the more I came across this word, a word that reminds me why I avoided German in school: *Vergangenheitsbewältigung.* It's made up of two ideas—"the past" and "the process of coming to terms or coping." It's a word that is very German, and is often used to describe the nation's reckoning with its Nazi past and the German division during the Cold War. But its meaning is universal. We all have the need to confront the past, memorialize it, struggle with it, do *something* with it. That something often involves street names.

What strikes me most about *Vergangenheitsbewältigung* isn't so much that such a word exists, but that built into the word itself is the *process* of working through the past. Can the past ever be worked through? it seems to ask. Does *Vergangenheitsbewältigung* ever end?

RACE

# 10

## *Hollywood, Florida*

WHY CAN'T AMERICANS STOP ARGUING ABOUT CONFEDERATE
STREET NAMES?

For two and a half years, Benjamin Israel, an African American Orthodox Jew, attended every meeting of the Hollywood, Florida, city council to talk about street names. (Every
meeting, he corrected me, apart from when he was too "laid
low" by lung cancer treatments to make it.) Israel had grown
up on Amsterdam Avenue in Harlem during the terrible years
of New York's drug epidemics. His father, who was Jewish, had
fled religious persecution in Ethiopia. Eventually he made it to
New York on a merchant ship, and met Israel's mother.

His mother worked as a maid to support them. After school,
Israel had to clean up after the addicts who used the foyer of
his building as a toilet. Still, he loved Manhattan, but when his
bronchitis got worse, his uncle took him to Florida for a week's
vacation. He could breathe and he never left. Soon, he settled in
Hollywood, a medium-size city between Fort Lauderdale and
Miami. Israel trained in carpentry, and found a house close
enough to a synagogue that he could walk there on the Sabbath.

Now Hollywood is his home. At every city commission meet-
ing, Israel, his hair growing white under his yarmulke, made the
same point. The town's Confederate street names had to change.
Three names in particular: Lee Street, after Robert E. Lee; Forrest
Street, after Nathan Bedford Forrest; and Hood Street, after John
Bell Hood. All three streets ran through Liberia, the historic

black district of Hollywood. The city commission gave Israel three minutes to speak each time, and his passionate speeches were often sandwiched between residents complaining about slow traffic or Airbnb regulations.

Hollywood, Florida, wasn't so much founded as conjured. Joseph Young, a developer, had panned for gold with his father in the Yukon; he didn't find any, but in California he discovered real estate, which was almost the same thing. As his biographer Joan Mickleson has described, in January of 1920, at the age of thirty-eight, he came to a scrubby patch of land north of Miami, to find yet another fortune. The land, wedged between two farm towns, and covered in palmetto, jack pines, and marshes, did not, at first, look promising.

But it didn't matter. Young drew up elaborate plans for the new city, unironically based on George-Eugène Haussmann's redesign of Paris, with wide streets, circles and boulevards, and lakes deep enough for yachts. (Young claimed he didn't call Hollywood after the California city; he simply liked the name.) In just five years, the town had a railway station, a country club, a department store, and an ice plant.

It was the 1920s, and the United States was the richest country in the world. Americans brimmed with pensions, paid holidays, and new automobiles. Florida was hot, but the rest of the country was brutally cold. In 1920, a seventy-two-hour blizzard covered New York with almost eighteen inches of snow. Soldiers from the Army's Chemical Warfare Service used flamethrowers to melt the ice. In Boston, almost seventy-four inches of snow fell on the city the same year.

In search of paradise, Americans rushed to Florida, often driving down in the brand new cars now so widely available. Speculators often flipped empty lots before any money was even put down. The *Miami Herald* was the heaviest newspaper in

the country, full of advertisements for land. Two-thirds of all Florida real estate was sold by mail to people who had never even been there. Still, Joseph Young chartered twenty-one "no obligation" buses from Boston and New York to Hollywood.

Young, who was not from the South, was by all accounts not a racist man. But when the Ku Klux Klan was reborn in the years following 1915, its strongest and most violent branch was in Florida. On the day of the 1920 presidential election, just a few months after Young bought the land for Hollywood, the KKK in Ocoee, Florida, murdered almost 60 African Americans. Ocoee's surviving black community hid in the marshes, while Julius "July" Perry hung from a telephone pole, next to a sign: "This is what we do to niggers who try to vote." Floridians lynched at least 161 blacks between 1890 and 1920—a rate three times higher than Alabama, and twice as high as Mississippi, Georgia, and Louisiana. Florida's state constitution disenfranchised black people and forbade white teachers from teaching them.

Jim Crow laws also forbade black people from living next to white people. So in 1923, Young built a separate town for the black residents, one he called Liberia, a city black people could run themselves. On the plans for the city, Liberia is forty square blocks and has boulevards, a large round park, and a hotel. Young donated land for schools and churches. He named the streets after cities with prominent black populations, like Atlanta, Raleigh, and Charlotte, and named the park Dunbar, after the African American poet Paul Laurence Dunbar.

But Young's vision for Liberia was never realized. He ran out of money after a 1926 hurricane decimated Hollywood. Black residents lived in substandard housing, often in crowded tents. And soon after, Young's street names were mysteriously changed throughout the city. In Liberia, three streets named to honor cities with robust black communities—Louisville, Macon, and

Savannah—were renamed after Confederate generals who had fought to keep blacks enslaved.

Benjamin Israel told me that the street named after Nathan Bedford Forrest bothered him the most. He told the commissioners that, too. Sometimes the commissioners were supportive of his ideas. Sometimes he could feel their condescension. One told him that maybe they could just take an *r* out of Forrest to make it Forest Street.

"Why not stab me in the back and take the knife out just a little?" Israel asked him.

Nathan Bedford Forrest was a slave trader. He sold thousands of black slaves out of a "Negro Mart" in downtown Memphis, often advertising that his merchandise came "directly from Congo." A newspaper describes him whipping a slave stretched out between four men. Another time, Forrest whipped a naked woman with a "leather thong dipped in salt water." At the start of the Civil War, Forrest enlisted as a private; he ended the war as a general. According to historian Charles Royster, "he was a minor player in some major battles, and a major player in minor battles."

One of his most notorious victories came at Fort Pillow, a Union garrison Forrest had decided to attack for supplies. The Union forces holding the fort included a large number of African American soldiers. Some had been Forrest's former slaves. Forrest and his three thousand men singled out the black troops for particularly vicious attacks, refusing to accept their offers of surrender.

"The slaughter was awful," a Confederate sergeant wrote. "Words cannot describe the scene. The poor deluded negroes would run up to our men, fall upon their knees and with uplifted arms scream for mercy but they were ordered to their feet and then shot down." One black soldier pled for his life to a Confederate soldier chasing him. "God damn you, you are

fighting against your master," the soldier said. The soldier then raised his gun and shot him. A Confederate newspaper confirmed that "the whites received quarter, but the negroes were shown no mercy." Forrest himself wrote that the river was dyed with blood for two hundred yards. "It is hoped that these facts will demonstrate to the Northern people that Negro soldiers cannot cope with Southerners. We still hold the fort." In the end, 69 percent of the white Union troops survived—compared with only 35 percent of the black soldiers. The surviving black soldiers were captured into slavery.

Unsurprisingly, losing the war didn't change Forrest's mind about black people, and he soon became the KKK's first grand wizard. Forrest defended the Klan in Congress in 1871, arguing that negroes were being "insolent" and ladies were "ravished." The KKK had simply been formed to "protect the weak." As Michael Newton has described, on his way out of the hearing, a journalist stopped Forrest. "With a wink, the grand wizard told him, 'I lied like a gentleman.'" Black people's post–Civil War hopes, which had, as Newton explained, manifested themselves so energetically in new schools, self-improvement groups, and civic organizations, were soon crushed.

None of this history is remotely secret. None of this history is even much contested anymore. And it's why, Israel told me, Forrest Street particularly bothered him. I had to agree. I couldn't understand why anyone in modern America would want to commemorate him.

And then I remembered Shelby Foote.

I first came across Nathan Bedford Forrest, like many of my generation, in Ken Burns's 1990 documentary, *The Civil War*. When I was in fifth grade, watching the nine-part documentary every night was my homework. The series told the story of the Civil War through old photos, letters read aloud by actors, and appearances by historians. The haunting fiddle tune,

"The Ashokan Farewell," that played behind the most poignant scenes became, perhaps, the first earworm song sprung from a documentary. (The music was actually written in 1982 by Jay Ungar, a Jewish man from the Bronx, as a summer camp farewell song.) The program was a huge hit, attracting more than forty million viewers—the largest-ever audience for PBS.

Of the talking head experts interviewed in the documentary, none was so prominent as Shelby Foote. Foote was a novelist before he became an historian, spending twenty years handwriting his three-volume history of the Civil War. He was what my grandmother would call "a character": he drank whiskey and wrote with a dip pen, complaining that he could no longer find blotters. In the documentary, he often paused to look away from the camera, as if he were turning over events in his mind's eye. And then he drew out the scene in what one obituary (Foote died in 2005) called, "a mellow, sippin'-whisky Mississippi accent." (His accent often draws alimentary comparisons; one commentator described it as "molasses over hominy"; another "as thick and sweet as Tupelo honey.") Foote appeared in the documentary eighty-nine times.

Foote kept a portrait of Nathan Bedford Forrest on his wall, and claimed that "Forrest is one of the most attractive men who ever walked through the pages of history." In the documentary, he described how Forrest had "thirty horses shot out from under him in the course of the war," but that "he'd killed thirty-one men in hand-to-hand combat." In his telling, Forrest becomes an almost sympathetic figure. In an interview, Foote described how at sixteen, Forrest had to raise six brothers and sisters when his father died. "He became a slave trader," Foote said, "because that was a way of making enough money to support all those people and to get wealthy." Burns's camera often lingered on photographs of Forrest, a handsome man with thick hair and a frosty stare.

Foote was hardly the first to lionize him. After the war, people began to think of Forrest, now the leader of the KKK, as one of the great heroes of the South, a man they could look up to without shame. A twenty-foot-tall statue of Forrest went up in Memphis, and his body was exhumed to join it in a park that bore his name. Across the country, thousands of monuments were raised to southern Civil War veterans, as part of the "Lost Cause," the idea that the Civil War was fought over everything but slavery. (Never mind that slavery was directly protected by the Confederate Constitution; never mind that the vice president of the Confederacy said that it "was the immediate cause of the late rupture and present revolution.") There were, according to historian James Loewen, more monuments to Forrest in the state than anyone else in its history—including Tennessean President Andrew Jackson.

A street name is a kind of monument, too; in the South, more than a thousand streets bear the names of Confederate leaders. But it's not just the South. Streets on an army base in Brooklyn are named after Generals Stonewall Jackson and Robert E. Lee. Ohio, a Union State, has three streets named after Confederate generals; Pennsylvania, another Union State, has two. A district in Alaska, along the Bering Sea in an area that is 95 percent Alaska Native, was until recently named after Wade Hampton, one of the South's largest slaveholders, a lieutenant of the Confederate cavalry, and later, governor of South Carolina. So it's not just about the vanquished honoring their heroes. America seemed to want to celebrate the Confederacy even though the Confederates had fought to destroy America itself. Why?

In July 1913, almost 50 years after the Confederate surrender, more than 50,000 veterans from 48 states arrived in Gettysburg, Pennsylvania, for a reunion. The Battle of Gettysburg, a Union

victory, was a turning point in the war. More than 40,000 men died in the battle. To house and feed the returning veterans, a 280-acre camp was built, serving 688,000 meals made by 2,170 cooks, using more than 130,048 pounds of flour. Five hundred electric lights lined the nearly 50 miles of battlefield.

As exquisitely told by historian David Blight, the gathering of soldiers from both sides of a bloody affair was soaked in the language of reconciliation. Men looked for the soldiers who had shot them in battle. One former Union and one former Confederate apparently went to a local hardware store and bought a hatchet, literally burying it in the fields. Far from contentious, the reunion portrayed the Civil War as strengthening the United States.

Again, it wasn't just a story from the Deep South. At the time of the reunion, Blight notes, *The Washington Post* wrote that to the extent slavery was a "moral principle," the "burden of responsibility should be shouldered by the North for its introduction." The *San Francisco Examiner* proclaimed that "we know that the great war had to be fought, that it is well that it was fought, a necessary, useful, splendid sacrifice whereby the whole race of men has been unified." *The New York Times* hired Helen Longstreet, the widow of a Confederate general, to report romantic conversations between the former foes at the reunion.

The grand reconciliation story left out obvious players in the Civil War: former slaves. Although black people had long come to Gettysburg for their own reunions, their presence there was barely tolerated, and their trips lambasted in the newspapers. (Papers criticized the black tourists, calling their celebrations a "scene of general debauch" with headlines like "Gettysburg Witnesses Annual Orgy.") There is no evidence that a single black soldier attended the 1913 reunion. As Blight points out,

just a week after he spoke at the Gettysburg Reunion, President Wilson ordered separate bathrooms for blacks and whites working in the Treasury Department.

The North and South hadn't always been quite so united on Civil War memory. During Reconstruction, the period following the Civil War, many Northerners looked down on the former rebels with the expected enmity of former foes, and they were often optimistic about the future of African Americans. But that changed, as historian Nina Silber has written, when, "increasingly, northern whites bowed to the racial pressures of reunion." Northerners began to "overlook the history of American slavery, and came to view the southern blacks as a strange and foreign population," while at the same time adopting a tender attitude toward the idea of Southern manliness. These changing attitudes eased Northerners into accepting Jim Crow as one of their own.

"In America, we reconciled the nation and the decades following the American Civil War on the backs of the former slaves, at the cost of racial justice," David Blight has eloquently argued in an interview about his work. The Jim Crow system that arose in the South ultimately with the complicity of the North, "was," he added, "part and parcel of the way Americans were putting themselves back together in the wake of the Civil War."

It wasn't that the North and South left the suffering of black people out of the Civil War narrative; instead they made that suffering its foundation.

At the Hollywood city commission meetings, Israel's point about Forrest and the street names never changed, but he came up with different ways to say it. Sometimes he talked about the Civil War; sometimes he read aloud from the Gettysburg Address. He told them how Lee, Forrest, and Hood wanted to

destroy the very government the commissioners had pledged allegiance to. At other times he raged about the "cruel joke" of renaming streets in a black neighborhood after Confederate generals.

But many still seemed to be confused about why anyone would think of changing the names now. One resident, who owned Lee Street Apartments, stood in front of a sign for her building, talking to a reporter. "This history took place two hundred years ago," she said. "So what's wrong?"

In the 1920s, French philosopher and sociologist Maurice Halbwachs began to argue that history was dead. "Proper names, dates, formulas summarizing a long sequence of details, occasional anecdotes or quotations," he wrote, were "as brief, general, and scant of meaning as most tombstone inscriptions. History instead resembles a crowded cemetery, where room must constantly be made for new tombstones."

But memory—memory is alive. And more than that, it is social. Memories do not exist in "some nook of my mind to which I alone have access," Halbwachs wrote. "During my life," (a life cut short by his murder at Buchenwald), "my national society has been theater for a number of events that I say 'I remember,' events that I know only from newspapers or the testimony of those directly involved. Those events occupy a place in memory of the nation, but I myself did not witness them." From these ideas, he coined the concept "collective memory," a kind of shared store of memories that shape group identity.

Pierre Nora, who has written extensively on collective memory in France, has argued that before the nineteenth century we didn't need objects to remember the past. Memory was engrained in local cultures, habits, and customs. But as the great changes of the twentieth century seemed to speed up history, and as memory became more removed from everyday experience,

we began to feel a powerful urge to hold memories not just in our minds but in specific things and places—like monuments and street names. We want our lives to be predictable, and predictability requires a "narrative link" between the present and the past that reassures us that everything is as it should be. We salt away our memories, bronze them in parks, and tattoo them on street signs to try to force our future societies to be more like our past ones.

So memorializing the past is just another way of wishing about the present. The trouble is that we don't always share the same memories. And not everyone has an equal opportunity to enshrine their group's memory on the landscape. As the novelist Milan Kundera has said, "The only reason people want to be masters of the future is to change the past. They are fighting for access to the laboratories where photographs are retouched and biographies and histories rewritten." The growth of the Civil War monuments peaked twice: first, in the early twentieth century, when Jim Crow laws were being made, and then again in the 1950s and '60s when the laws were being challenged. "These statues were meant to create legitimate garb for white supremacy," historian James Grossman has said. "Why would you put a statue of Robert E. Lee or Stonewall Jackson in 1948 in Baltimore?" The street names in Hollywood themselves were likely changed at the peak of the KKK's dominance.

But memory can change. The myth of a grand reconciliation, already chipped, has begun to shatter. In 2015, Dylann Roof killed nine African American parishioners in a Charlestown church with the aim of igniting a race war. (The church was on Calhoun Street, named after the great hero of the Confederates, John C. Calhoun, a man who believed that slavery was a "positive good.") A series of high-profile police killings of African Americans helped fuel the Black Lives Matter movement. Donald Trump's election galvanized it further.

Monuments to Confederate heroes became a physical testament of the absurdity of the Lost Cause, and the growing awareness of deeply systemic racism. The mayor of New Orleans, Mitch Landrieu, who removed all of New Orleans' Confederate memorials, explained that they "purposefully celebrate a fictional, sanitized Confederacy; ignoring the death, ignoring the enslavement, and the terror that it actually stood for." Dozens of cities announced that they, too, were removing their Confederate statues. The statue of Forrest in his hometown of Memphis was taken down in 2017; his park has since been renamed Health Sciences Park, after the organization that manages it.

In Hollywood, the city commission soon became more interested in Benjamin Israel's argument. At a special workshop about the street names, the question was raised of who would pay for the changes. Technically, each name change cost $2,000. Laurie Schecter, who had grown up in Hollywood and now runs a small hotel, raised her hand and said she would pay the fees. (Schecter, who applied for the name change alongside activist Linda Anderson, would ultimately pay more than $20,000 to the city in connection with the street names, including paying for the new signs.)

When the commission debated the proposed changes, hundreds of supporters gathered outside. Counter-protesters waved Confederate flags at the crowd, shouting "Trump! Trump! Trump!" Florida State representative Shevrin Jones said he was told "to go back to where I came from," called the n-word and a "monkey." A white supremacist was arrested for charging the crowd with a flagpole. "You are a cancer on the face of the earth," he shouted at one protester. "All Jews are!"

But defenders of Confederate street names rarely use overtly racist rhetoric. The legacy of Civil War memory is far more complicated than that. In a streaming feed of the hearings on the street names, I watched residents speaking for and against

the change for several hours. Many argued that the names were racist; others just saw them as a neutral fact, a kind of physical history lesson. (Forrest Gump's mother apparently fell into this camp; the film's character was strangely named for Nathan Bedford Forrest, to remind him that "sometimes we all do things that, well, just don't make no sense.") Some thought the question should be put to a vote of people who lived on the streets. Another group groused about changing their addresses on their bills and IDs—even though changing the address would take fewer hours than, say, waiting in line to speak at the meeting.

For others, keeping the Civil War history on the signs was a way of clinging to a heritage they believed was romantic—it was part of their collective memory, a heritage they felt they could admire while still rejecting the evils of slavery. It reminded me of an interview I saw Shelby Foote give once from his cozy study in Memphis. The interviewer closed by reading out an audience question about his "lovely voice."

"People always talk about southern voices," Foote told him, chuckling. "It all comes out of our having had what we called colored nurses when we were growing up. We get this from the blacks. That's where it all comes from . . . I realized by the time I was twenty-one years old that every morsel of food I ever ate, every piece of fabric I ever had on my back, every hour of education, it came out of black labor." His nurse, Nellie Lloyd, had meant more to him than his mother, or his aunts and uncles put together. "It's all the black experience . . . That's what the Delta was. I was raised in a black society," he continued. "They weren't running it, but they were doing it."

I thought it a telling statement by the man who worshipped Nathan Bedford Forrest. Foote somehow thought he could honor both the black people who toiled for his every need and the man who sought to enslave and murder their ancestors. That he was able to reconcile these two ideas in his mind

seemed a metaphor for the Civil War memory debate, a metaphor reflected in the speeches of residents of Hollywood who defended the street names.

One woman who spoke at the Hollywood meeting said, "We must take care of our children and tell them of our history. Teach them how to forgive, how to love, how to have compassion, how to show empathy. Tearing down the names of Hood and Lee, that don't change nothing. It doesn't change character."

She got that right. By itself, a name change certainly doesn't change character. But it might signal a changing memory. In 2018, the new signs went up: Liberty Street, Freedom Street, and Hope Street.

When I was reading up on Confederate street names, I came across an article about a seventeen-year-old girl at East Chapel Hill High School, in my hometown in North Carolina. On Instagram, she posted a picture of herself and another student waving Confederate battle flags. The caption read "South Will Rise." They had taken a trip to Civil War battlegrounds with their teacher for a history course, and had just completed a re-enactment of Pickett's Charge, the ill-fated Confederate assault against the Union soldiers that came to symbolize the beginning of the end of the Civil War. After the student posted the picture, one commenter wrote "Already Bought my First Slave." In response to criticism from fellow students and their parents, the flag-waving student posted an apology that sounded more like Lost Cause rhetoric. "I'm proud to be part of my state and I'm sorry my photo was so offensive but I find it appropriate in that I'm honoring heroes who fought to protect their homes and families."

I remember the annual Civil War trip. I went on it myself when I was in high school in Chapel Hill, more than twenty years ago. I reenacted Pickett's Charge at Gettysburg, too. (I had

a different teacher.) We were away for three days, traveling over potholed roads and highways. I remember one student waving a Confederate flag, and sometimes taping it to the window of the bus as we bumped along the back roads to the battlefields. I didn't think my teacher knew, but I still didn't say anything. As far as I can remember, I was the only African American on that trip.

I was reminded of this trip when I spoke to Kevin Biederman, who sits on the Hollywood commission. We spoke shortly before the commission had to vote on the street name changes. Commissioner Biederman told me he decided to walk Lee, Hood, and Forrest streets, trying to drum up support for the street name changes. One white family told him how they didn't want the names to change, and that their neighbor, a black man, didn't want them to change either. Their neighbor was just across the street, and they called him over to talk. He told Biederman how he worked two jobs and didn't have the time to change his address on his ID and bills.

But after Biederman said goodbye and walked away, the black neighbor came back to find him, and shook his hand vigorously. "Thank you for all you're doing here," he told him. He just hadn't wanted to make any trouble with his neighbors.

And that's what I was doing on my Civil War school trip all those years ago, I suppose. Not making any trouble with my neighbors. At the time, it seemed like the only thing to do.

# 11

## *St. Louis*

WHAT DO MARTIN LUTHER KING JR. STREETS REVEAL ABOUT
RACE IN AMERICA?

In April 1957, Martin Luther King Jr. traveled to St. Louis to give a speech. He'd had a busy year. The bus boycott in Montgomery was a roaring success. The Supreme Court had formally declared bus segregation unconstitutional. In March, King had made the long trip to Ghana with his wife to celebrate its newfound independence from Britain. Only twenty-eight years old, King had, reluctantly, become the face of the civil rights movement.

Eight thousand people gathered in Kiel Center, St. Louis University's basketball arena, to hear him speak. "It's good to be in St. Louis," King began, and he congratulated the city on its progress in race relations. Lunch counters had been integrated. "Certainly the cities in the Deep South have a great deal to learn from a city like St. Louis," he said. Integration had happened "without a lot of trouble," even "smoothly and peacefully."

The crowd punctuated King's words with their own, calling out "yes," "go ahead," or "amen" after nearly every sentence.

But he didn't let the crowd off easily. King said the community needed individuals who would "lead the people who stand today amid the wilderness of the promised land of freedom and justice."

"Yes, yes, yes!" the audience called back.

"This," King told the crowd, "is the challenge of the hour."

\* \* \*

For the first few years of his life, Melvin White lived along Dr. Martin Luther King Drive (MLK) in St. Louis. In the 1940s, the neighborhoods surrounding Franklin and Easton Avenues— they joined to become MLK in 1972—had been largely working-class German and Italian, and the streets were lined with stalls selling flowers and vegetables, crates of chicken and geese, her-ring and dill. But by the time Melvin was a boy, MLK Drive was at the heart of the African American community, with black shoppers thronging the new J.C. Penney and commuters hang-ing off streetcars that ran straight down the wide boulevard.

But that was a long time ago. The J.C. Penney is long shut and shuttered, used now for storage. A few businesses seem to do a steady trade—liquor stores, corner shops, a soul food restaurant with pork chops and banana pudding on display—but there aren't many of them. Drugs and prostitution thrive in corners and alleys that once functioned as loading docks for bustling businesses. Today, thieves chip away at decaying mansions in broad daylight, stealing the red bricks for houses in Houston and Charlotte.

Melvin's life changed one day when he was driving through St. Louis on Delmar Boulevard, about a mile and a half away from MLK Drive. When he was a kid, Delmar was no differ-ent from MLK Drive, really—just another emptied-out street that white people had fled. But driving down Delmar that day, Melvin seemed to see it as it was for the first time. Gone were the gangs, the dealers, the broken windows. The street was lined with busy restaurants, lively music venues, and a three-screen art house movie theater. Delmar's businesses—a sneaker bou-tique, a Mexican-Korean fusion burrito restaurant—now cater to the tastes of affluent tourists and hipsters. The American Plan-ning Association had named Delmar one of the ten best streets in the country.

Melvin, who is African American, trim and handsome, with wire-rimmed glasses and a gold front tooth, kept driving on Delmar, but his mind was on MLK. While Delmar's fortunes had risen, he realized, MLK's had capsized. Melvin was a night shift postal worker, and his colleagues were afraid to deliver mail on the street. He knew the old Chris Rock joke well: If you find yourself on a street named after Martin Luther King, run! But Melvin hadn't really thought before about what that meant for MLK's legacy. It struck Melvin that a street named after such a man should look a lot more like Delmar and a lot less like a punch line.

The post office had given Melvin a good living—a government job is the gold standard of respectability in this neighborhood. But sorting mail in the early hours of the morning, he worried that the job was deadening him. He and his cousin Barry would often talk about what might be out there for them, something greater. Sometimes Melvin couldn't sleep, thinking about it.

And then suddenly, here it was, laid out before him. "It hit me so hard," he told me, as we rode along Delmar in a sturdy Honda. We passed a restaurant that bottled its own root beer, and a couple of women in yoga pants pushing strollers. People in the neighborhood say you'll find Delmar ten degrees cooler than MLK in the scorching summers because of the leafy trees that line the boulevard.

"Why couldn't MLK be more like Delmar?" Melvin asked himself. And why shouldn't he be the one to make it happen?

It's not a coincidence that you will find most Confederate-named streets *and* most streets honoring Martin Luther King in the South, where the majority of the nation's black people still live. When King died in 1968, black communities clamored to change their streets to his name. (It took Haarlem, in the Netherlands, only a week to name a street after him;

one appeared in Mainz, West Germany, in three weeks. Still, an MLK street didn't appear in Atlanta, MLK's birthplace, for eight years.) Nearly nine hundred streets in the United States are named after Martin Luther King Jr. There are MLK streets in Senegal, Israel, Zambia, South Africa, France, and Australia, too.

In the United States, a proposal to name a street after King has sometimes ignited a race war. A 1993, in Americus, Georgia, a white fire official said he supported naming half of a street for King, so long as the other half could be named for James Earl Ray, his assassin. In Miami-Dade County, Florida, Martin Luther King Jr. signs were painted over with "General Robert E. Lee." In 2002, a motorist mowed down newly erected MLK street signs in Mankato, Minnesota, while shouting racist epithets. In 2005 in Muncie, Indiana, a county employee allegedly said that the street name proponents were "acting like niggers." The Department of Justice had to send in a mediator who worked with local citizens for *three months*.

Fights have erupted even in cities that we now consider progressive. Austin's King Street was born in 1975 only after J. J. Seabrook, president emeritus of the historically black Huston-Tillotson University, died of a heart attack while passionately appealing for the change. Emma Lou Linn, a white council member, attempted to save his life; a widely published photograph of her administering CPR at the podium sent death threats her way. In 1990, in Portland, Oregon, fifty thousand people signed a petition against renaming a street after Martin Luther King. Dozens of people heckled outside the renaming ceremony. A judge declared a planned public vote on the street name illegal.

Segregation meant that African Americans often lived in their own neighborhoods, so MLK streets quickly became associated with black communities. Jonathan Tilove, a journalist who photographed many of America's nine hundred MLK

streets, titled his book *Along Martin Luther King: Black America's Main Street.* "If you're new to the area and want to find the African American community," Lamont Griffiths, who runs a barbershop on MLK Boulevard in downtown Raleigh, told a reporter, "all you have to do is ask: Where's the Martin Luther King Junior Street?"

The headquarters of Melvin's nonprofit—Beloved Streets of America—is located on MLK Drive, which stretches more than seven miles from the Mississippi River in downtown St. Louis to the western edge of the city. When I arrived, Melvin's cousin Barry and his press officer, Andre, a childhood friend, opened up the thick metal grates that guard the building. Inside, the office looked like a school classroom during Black History Month, plastered with black-and-white photographs of Martin Luther King in various poses—thinking, marching, preaching, speaking. A quote wound around the room: "Life's most persistent and urgent question is, 'What are you doing for others?'"

A professionally drawn banner had been thumbtacked to the wall, a master plan of Melvin's vision for MLK Drive. "MLK stands for Materials, Labor, Knowledge," he told me, and pointed at projected images on the plan—new buildings, sports facilities, pedestrian walkways, public art. Right after he had his vision on Delmar (a vision, he told me, not a dream, because he can *see* it), Melvin put together a rough draft of his plan for MLK. For the first time, he went to the kind of networking events where people traded business cards. He figured out how he could lease property on the street cheaply from the city.

Melvin and Barry drove to MLK streets across the country—staying with a friend in Detroit and cutting through Gary, Indiana, on their way to Chicago. Every time Melvin went

somewhere—on vacation with a lady in Miami, at a wedding in Philadelphia—he took pictures of MLK streets with a hand-held camera and posted the shaky images on a simple website.

And then Melvin began to appear in the media, quietly spreading the word on grainy community television. He worked his way up to St. Louis public radio. Soon, he learned that people were sitting around, waiting to be asked to help. Professors, ministers, bankers, and college students called the cell number he gave out at appearances. When Melvin had trouble completing the thick stack of paperwork needed to make his nonprofit legal, he convinced a law firm in the tallest building in St. Louis to fill it out for free. Initially, he had chosen the name United Vision, but people kept asking about eyeglasses. Eventually he settled on Beloved Streets of America, after King's vision of a "beloved community," a place where God's creatures could coexist in love and peace.

To make plans for his proposed Legacy Park on the ragged lot across the street from the Beloved Streets office, Melvin cold-called until an eighty-year-old architect agreed to help. When the architect died, Melvin picked up the phone again. This time, the first person who answered was Derek Lauer. Lauer has spent much of his career drawing intricate proposals for multimillion-dollar contracts; for Melvin, he works for free.

For eight months in a row, Beloved Streets hosted community days on the proposed site of Legacy Park, handing out clothes, pancake breakfasts, and toys at Christmas, with soul music blasting from the open windows of a Jeep. Washington University donated food from its dining halls, and volunteers waved handwritten signs written in Day-Glo ink to cars passing by. Melvin has grand plans for the back end of the Beloved Streets building, now a vast, loftlike space with paint peeling from the walls in foot-long sheets. Just a week before I came, Melvin told me a man had overdosed in the room. The cement

floor was broom clean; Melvin explained that he and a few friends had removed years of debris, throwing away garbage, needles, and condoms.

It's here that Melvin plans a massive indoor hydroponic organic farm, where vegetables will grow without soil. "We're going to grow lettuce, baby corn, squash, carrots, tomatoes," Barry told me. "Whatever you need." He paused for a second. "I don't know if we can grow bananas. Can we grow bananas?"

Incredible is one way to describe the plan, but Melvin is a persuasive man. In a single afternoon, Lauer wrote a grant for the project, winning $25,000 to help build the machinery. Washington University agreed to buy every piece of lettuce they could produce, helping to pay the otherwise prohibitive electricity bills.

Melvin showed me upstairs, to the rooms he plans on redoing for his employees to live in. In realtor-speak, the building has "good bones"—pocket doors; high, arched doorways; twelve-foot tall ceilings. Squatters had just moved out. The windows had long since shattered, and clean sunlight spilled into the room. Trash filled the rooms—a curiously sagging mattress, a long curly hair extension, a child's purple backpack. Spray-painted on the wall was a message: "Hustlers, Go Harder or Go Home."

Despite its blight, MLK is still an important street for the black community, even those who long ago moved away to the suburbs. A few days after I left St. Louis, Michael Brown was shot and killed by a white police officer in Ferguson, just a couple of miles away, and not far from where Melvin grew up. The shooting triggered nationwide protests, and the outrage helped fuel the growth of the Black Lives Matter movement. Michael Brown's funeral took place in a largely black megachurch, on Martin Luther King Jr. Drive. The funeral procession passed right by Melvin's office.

*   *   *

The story of St. Louis tracks Melvin's own. His mother came
to the city from Tennessee during the Great Migration, when
millions of African Americans moved out of the South. She got
a good government job, also at the post office. Like many other
black migrants, she lived in the city itself. But soon she swept
her three boys away to the suburbs. When the family moved
out to the inner St. Louis suburbs in the seventies, their neighbors were mostly white. But as whites pushed out farther, black
people followed them, as far as their money would take them.
In just a few years, the suburbs were as segregated as the inner
city. Melvin shook his head as he told me how the white people
had emptied out. "I went from being called a nigger, to growing
up where there's nothing but black people."

Melvin's family story is part of the grander sweep of St. Louis's
story, a story that Colin Gordon, the author of *Mapping Decline,*
calls "famously tragic." In 1945, J. D. Shelley, a black father of
five from Mississippi, bought a modest brick row house off what
is now MLK Drive in St. Louis. The neighborhood association sued; a covenant on the house forbade the sale to anyone
"not wholly of the Caucasian race or to persons of the Negro
or Mongolian race." The Supreme Court found the covenants
unconstitutional in 1948, but the street only became more segregated as whites fled.

St. Louis, still one of the most segregated cities in America,
was, Gordon argues, the product of racial restrictions and failed
city policies that isolated and marginalized St. Louis's black
community. Newspapers listed properties for African Americans under a separate section—"for colored." The "colored" sec-
tions of the city shrank, cramming multiple generations into
single-family homes. A 1948 real estate manual warned of home
buyers likely to instigate blight, lumping together into one category boot-leggers, call girls, and "a colored man of means who

was giving his children a college education and thought they were entitled to live amongst whites."

The hospital, the neighborhood's economic engine, closed. Government policies excluding African Americans from low-interest loans kept black feet off property ladders. Black neighborhoods were demolished as part of a policy of "urban renewal." When he was a child in the 1960s, city alderman Sam Moore, whose ward covers large parts of MLK, moved with his seventeen siblings to a three-room apartment. Their spacious house in Mill Creek Town had been deemed "blight."

As I write, the St. Louis suburb of Ladue, which is 87 percent white, has a median household income of $203,250. About seven miles away, the zip code around MLK Drive is 94 percent black, and the neighborhood's median income is about $27,608. "It's ironic," Professor Derek Alderman, a geographer who frequently writes about MLK streets, told me, "that we have attached the name of one of the most famous civil rights leaders of our time to the streets that speak to the very need to continue the civil rights movement."

I've followed Melvin for years, calling him up every so often to see how he's doing. Often things weren't going according to plan. Progress on the park has been sluggish. Delays plagued him, like when he couldn't fix the toilet in his office. He sank several thousand dollars of his own money into Beloved Streets and struggles to raise more. He had to go on disability from the post office because his hands were wrecked from sorting mail. Over Christmas one year, thieves stripped the building's bright green awning and lights.

But Melvin is a long-term guy, still going a decade after he began. His sincerity draws allies. Conversations about him often begin, "Well, I like Melvin." And he's attracting attention from high places. A class from the Harvard Graduate School

of Design, led by Daniel D'Oca, flew to St. Louis and designed projects for the street. Melvin critiqued the students' midterms and finals as Harvard's guest. (Other critics included DC's director of planning, and a class of uncompromising fifth graders.) Afterward, Melvin celebrated with students at a party in a yellow clapboard house in Harvard Square. He hadn't even known Harvard was near Boston.

In 2018, shortly before Thanksgiving, Melvin stood in front of a podium in a sunny room in the Reginald Lewis building at Harvard Law School. Now he had expanded his mission and was joining other cities to take the project national. Brandon Cosby, one of his new partners, runs Indianapolis's Flanner House, a community center that serves a largely African American community along the city's MLK street.

Presenting at Harvard after Melvin, Cosby told the audience about a city farming project Flanner House runs that takes kids who have been, as he says, "pushed out, kicked out, or dropped out" of school. The kids negotiate contracts with vendors. After they finished one sale, a young man leaned over and whispered in his ear, "Did you know that you just made a deal to sell basil for more than you can sell weed?"

"That's the idea," Cosby whispered back.

The longer I knew Melvin, the bigger his ideas got. He had long ago realized that the problems of MLK streets weren't just about literally cleaning the streets. But even with the Harvard successes, it was hard to see how Melvin kept going. As his critics point out, St. Louis's MLK Street hadn't gotten much better, no matter how many cleanups he did, how many toys he gave away, how much help he got from Harvard. But perhaps the speed of visible progress wasn't his only measure of success. Maybe he had succeeded simply by caring.

I think King would have liked Melvin, an ordinary citizen

trying to make the world better in whatever way he could. King was an ordinary man himself and a reluctant leader. He panicked at being called to such service at a young age. He saw his work as inspiring people to organize in their own communities. King's struggle was not a lonely one—he was part of thousands of ordinary people struggling and suffering and fighting for change.

But King, I imagine, wouldn't care that his streets were in low-class areas. He championed the poor, and he would not be ashamed to have his name linked with the very people he gave his life for. It's hard to imagine that he would want to drink coffee out of a chemistry beaker, or choose from twelve different kinds of macaroni and cheese, as I saw people do on Delmar. It's the underlying poverty, the despair, the kids kicking dust in the empty lots that would rouse him to action.

St. Louis's MLK's decline is real, and it's one reason why MLK streets have become a code name for a certain kind of urban, black decline. This is why so many protesting businesspeople say with a straight face that the name is "bad for business." This is also why the Chris Rock joke is funny. But it's hard to know how much the negative reputation of MLK streets is deserved. Some researchers have found real wealth differences between those who live in neighborhoods with MLK streets and those who don't. But another study found that statistically MLK streets weren't any economically worse off than other Main Streets in the United States. There are more gift shops than bail bondsmen on MLK streets, more insurance companies than liquor stores.

But does it really matter if the reputation is deserved? It might just be that MLK streets will always be perceived as bad, no matter how nice they are now, or how nice they will become. Never mind that many MLK streets run through commercial districts and college towns, pass through posh white neighbor-

hoods, or circle government capitals. For many people, a street named after Martin Luther King can only be a black street. And for them, a black street will always be a bad street. No parks, no boutiques, no evidence to the contrary will ever make them feel any differently.

# 12

## South Africa

**O**kay, well it's quite dramatic," Franny Rabkin told an oral historian in 2010. "I was actually born in prison. My parents were in the underground for the South African Communist Party and the ANC and they were arrested when my mom was pregnant with me." It was the autumn of 1976. The African National Congress, or the ANC, had been fighting for more than sixty years against apartheid, the legalized segregation of races in South Africa. Apartheid forced black Africans and "colored people" into reserves and townships, cabined them to primitive schools, brazenly stole their land, and largely restricted them to menial occupations. Just a few months before Franny's parents were arrested, South African troops had killed or wounded hundreds of students protesting in Soweto, a township outside Johannesburg. When the Rabkins were sentenced by an apartheid court, they raised their closed fists in a black power salute to the courtroom audience.

Franny's mother, Susan Rabkin, was held in Pollsmoor Maximum Security Prison outside Cape Town for ten days after her baby was born before they were deported to the UK. (Franny is white, and her mother was born in England.) A couple of years later, they left for Mozambique to work for the ANC in exile. Franny's father served seven years in prison—the prosecutor had demanded the death penalty—before he died at an ANC training camp in Angola when he was only thirty-seven.

In 1990, when Nelson Mandela, the ANC's leader, was released from the very prison where she was born, thirteen-year-old Franny flew home to South Africa wearing a Che Guevara hat with a red star on it. Eventually she became a lawyer and worked on the new, postapartheid Constitutional Court of South Africa in 2001 as a judicial clerk. The Constitutional Court is comprised of black judges who had suffered under apartheid, and white judges, who presumably benefited, even if they hadn't supported it. But amazingly, she saw no real pattern in the ways they voted. They did not split along political lines, the way justices often do on the American Supreme Court. Somehow, the judges had found ways to bridge their histories, and the court had over the years ruled unanimously to abolish capital punishment and uphold the right to gay marriage.

But one case shook Franny's belief in the court's spirit of harmony. "I don't think the cases are bad law, but I have never seen such a biting exchange between justices of the highest court," she wrote later, after she had become a journalist.

The case was, unsurprisingly, about street names. In 2007, Pretoria, the administrative capital of South Africa, had proposed changing twenty-seven names in the center of the town. (A debate over the name of the city itself continues; it remains an open question whether to call it Pretoria or Tshwane, the name of the greater metropolitan area.) Under apartheid, many of the street names were in the Afrikaans language, or honored Afrikaners, whose government had largely designed and implemented apartheid. The government hadn't even bothered to give many of the nonwhite areas street names at all; even today, thousands of streets are unnamed in the country. One black South African election official told me how growing up he had a cousin who had an address—which made him seem very "glamorous."

Many of the proposed street names commemorated ANC struggle heroes. But AfriForum, an organization that describes itself as a "civil rights" group for Afrikaners, objected to the changes. Some members of (the unfortunately named) "AfriForum Youth" replaced some of the new signs with the old street name in English, Afrikaans, and Sesotho. Blessing Manale, a spokesperson for Tshwane, told news cameras that he woke up on Monday morning to find the old name back on the signs. It was nothing more than "nostalgia," he said, "racist nostalgia."

AfriForum brought a lawsuit seeking to stop the city from removing the old names. Broadly, the thrust of its argument was that the city had not given residents proper notice of the changes and a chance to comment on them. And there was a technical matter of whether the dispute even belonged in the Constitutional Court at all. But the case involved much more than a technicality. Instead, it seemed to question how much Afrikaners were truly South African.

But before I get to the case itself, I want to talk about another young South African. Mogoeng Mogoeng tells two stories to illustrate what it was like to grow up as a black child in apartheid South Africa. In one, he was herding cattle and sheep with his grandfather in a village called Koffiekraal. The police pulled up and demanded his grandfather's identity document, a kind of local passport that controlled where blacks like his grandfather were allowed to go within South Africa. People often called it a *dompas*—or dumb pass. His grandfather's dompas was at home, just a few kilometers away, and he pleaded with them to let him get it. But instead the police dragged him to the nearest police cells, and left the small boy behind. The helplessness of his grandfather, his hero, baffled him. Crying, Mogoeng walked home alone.

The second story is about Mogoeng's mother, who worked as

a domestic laborer in Florida, near Johannesburg. (His father worked in the mines.) "She worked for the family called the Stofbergs," he's said, "and they had a son my age known as Gordon. I admired what Gordon had, and my mother and father kept on reminding me, that at some stage I said, I want to be just like Gordon." It wasn't that he wanted to be white, he added quickly, he was happy being black, but he wanted to reach the "same station in life" as Gordon and his parents.

But he has reached an even higher one. Shortly after hearing about the street names case, I watched Mogoeng Mogoeng, now the chief justice of the Constitutional Court of South Africa, on my computer screen. The courtroom is unusual, a place that radiates the spirit of reconciliation. The building, once the site of a notorious prison, is built around the theme "justice under a tree," alluding to the tradition of wise men mediating disputes in villages. An old stairwell from the prison's trial block remains, and bricks from the prison are mixed with the new ones. The justices do not sit above the audience, and though the windows behind them are high above them, outside they are at ground level. Watching the courtroom, you see a steady stream of feet walk above their heads outside. At all times, judges are reminded that they are not above the law.

Chief Justice Mogoeng, dressed in the deep green robe and ruffled white collar of the court, began to deliver his decision on the street name case. His decision opened, unusually, with an elementary history of apartheid. "South Africa," he read aloud from the judgment, "is literally the last African country to be liberated from the system that found nothing wrong with the institutionalized oppression of one racial group by another for no reason but the color of their skin, shape of their nose, or texture of their hair." Black people were seen as lazy and stupid. Unsurprisingly, there were no cities, towns, streets, or institutions

recognizing black people's leaders, or their traditions and history. Was it so wrong that the street names reflected the new reality? AfriForum's case against the decision was, he wrote sharply, "extremely weak."

Eight of his fellow justices agreed. They were all black. Two of the justices disagreed. They were also the only two white justices on the case. Justice Johan Froneman grew up on a farm, where his family employed women just like Mogoeng's mother. (In other words, he was Gordon.) Justice Edwin Cameron, a progressive, gay, HIV-positive activist, was sent away to an orphanage when his father, "a catastrophic alcoholic," and his mother couldn't support the family. But he attended exclusively white schools and eventually won a Rhodes Scholarship. The two justices' childhoods were perhaps as different as white South Africans' could be, but, at least in this case, their opinion was the same.

AfriForum hadn't done anything wrong in challenging the new names, Justice Froneman wrote. The South Africa Constitution guaranteed that all minorities must "feel included and protected." Do "white Afrikaner people and white South Africans have no cultural rights that pre-date 1994, unless they can be shown not to be rooted in oppression?" Justice Froneman asked. "How must that be done? Must all organisations with white South Africans or Afrikaners as members now have to demonstrate that they have no historical roots in our oppressive past? Who decides that, and on what standard?" Were Afrikaners now simply "constitutional outcasts?"

A few street names had managed to distill the anxieties of postapartheid South Africa. Pre-apartheid South Africa does not look that different from the country today; in fact, by some measures, South Africa is the most unequal nation in the world. Just a tenth of the population, nearly all white, owns 90 percent of the nation's wealth. The net worth of 80 percent of South

Africans (mostly black) is zero. Geographically, economically, and emotionally, it is almost as if apartheid never ended.

At the same time, Afrikaners are a small minority in South Africa—only about 5 percent or so of the population. And though many had committed unspeakable acts against their countrymen, their ancestors had come to South Africa only about thirty years after the *Mayflower* landed in Plymouth. Afrikaners were still very much *there,* and, for the most part, had no plans to leave, and nowhere in particular to go. Other historical villains had been able to assimilate, even when their crimes had been more depraved. The Confederates became Americans again. The Nazis returned to being German. The question became whether the Afrikaners could simply become South African.

I could have started this chapter in February 1960, when the British Prime Minister Harold Macmillan threw up right before giving a speech in Cape Town. (This was a man who, wounded in the thigh and pelvis during World War I, hid in a trench for ten hours taking morphine and reading Aeschylus's *Prometheus Bound* in Greek.) Macmillan was on a six-week grand tour of Africa. For more than a hundred years, the British Empire had championed European rule in Africa. But now, as Frank Myers has described, the demands of the Empire were too great, and the evils of colonialism more pressing. After World War II, the British had loosened up on African nations with only small white populations, like the Gold Coast (Ghana) and Nigeria, where conflicts between blacks and whites would be minimized. But for countries like Rhodesia (now Zimbabwe) and South Africa, ruled by powerful white minorities, the British had backed white rule. But this was soon to change.

In the dark, wood-paneled dining room of parliament, the walls covered in paintings celebrating South African's independence,

Macmillan's hands shook as he turned the pages in front of him. In his clipped Etonian accent, he began by admiring the country's "farms and its forests, mountains and rivers, and the clear skies and wide horizons of the veldt," but the speech soon adopted a foreboding tone.

"The wind of change is blowing through this continent," he said, "and, whether we like it or not, this growth of national consciousness is a political fact. We must all accept it as a fact, and our national policies must take account of it." As for South Africa, "frankly that there are some aspects of your politics" which make it impossible for Britain to give its full support, without being "false to our own deep convictions about the political destinies of free men." Britain would not accept apartheid. People began to call it the "Wind of Change" speech. A better name might have been "End of Empire."

Hendrik Verwoerd, the prime minister of South Africa, hadn't been warned of what Macmillan was going to say, despite his secretaries frantically asking Macmillan for a copy of the speech beforehand. The occasion was supposed to be celebratory, the fiftieth anniversary of the union, and flags were flying throughout the country. He stood to reply.

Uncharacteristically, Verwoerd first bumbled, sputtering a bit over his words. His roughly tailored clothes and stocky figure contrasted with Macmillan's, whom one reporter described as "lean Edwardian and carelessly elegant." But he soon mounted a sharp, impromptu reply. "We have problems enough in South Africa without you coming to add to them by making such an important statement and expecting me to thank you in a few brief words." Then he began to defend apartheid policies without ever using the word itself. "The tendency in Africa for nations to become independent and, at the same time, the need to do justice to all, does not only mean being just to the black man of Africa, but also being just to the white man of Africa,"

he said. Verwoerd made it clear that the whites, whom he said "had brought civilization," would rule their own land, "our only motherland"; the blacks could rule their own territory, the territory the whites had confined them to.

Telegrams congratulated Verwoerd on his defiant response. Far from weakening apartheid, Macmillan's speech seemed to have strengthened it. About a month after his speech, police killed sixty-nine Africans protesting peacefully against the pass law in the township of Sharpeville. The government banned all protests and criminalized anti-apartheid groups like the Pan Africanist Congress and the African National Congress. (The United Nations condemned the killings. The Mississippi legislature, on the other hand, praised the South African government "for its steadfast policy of segregation and the staunch adherence to traditions in the face of overwhelming external agitation.") The next year, white South Africans voted to sever ties with the Commonwealth. Verwoerd Airport, Verwoerd Hospital, Verwoerd schools, and of course Verwoerd streets, spread across the country.

On the night of the speech, Macmillan wrote in his diary. "I had to comfort those of British descent; inspire the Liberals; satisfy Home Opinion; and yet keep on good terms—at least outwardly—with the strange caucus of Afrikaner politicians who now control this vast country."

Who were these strange politicians? Verwoerd had once been a brilliant student, and later held professorships in both sociology and psychology. He had toured Harvard and probably Yale before leaving academia for journalism and later, politics. His manner and appearance were hardly monstrous. "To meet, Dr. Verwoerd seemed a man of unusual gentleness," Anthony Sampson wrote in *Life* magazine. "He was tall, with a tubby face, turned-up nose and direct gray eyes. Only in repose could you see the stern lines of his mouth, the strain in his eyes.

He spoke in a soft, schoolmasterly way, as if reassuring anxious students, and he smiled with cherubic innocence, which seemed to say, 'It's all so simple.'"

And for Verwoerd, who was assassinated in 1966, it *was* so simple. Segregation, a practice in South Africa since the first European set foot ashore, soon became enshrined in law. Verwoerd, who became minister of native affairs, and later prime minister, soon wrote his vision of apartheid into law in a series of statutes with Orwellian titles and Orwellian consequences. The Bantu Education Act limited black South Africans to remedial schools. The Population Registration Act created a national list of residents classified by race. The Bantu Building Workers Act allowed black people to be trained in the building trade but forbade them to work in white areas. The point of the Prohibition of Mixed Marriages Act was obvious. (The minister of the interior noted that thirty American states had the same kinds of laws.) Future prime minister D. F. Malan said, "I do not use the term 'segregation' because it has been interpreted as a fencing off, but rather 'apartheid,' which will give the various races the opportunity of lifting themselves on the basis of what is their own." Racism was repackaged as empowerment.

The Afrikaners, many of whom had come to South Africa under the Dutch East India Company, had themselves started off poor and marginalized. In the nineteenth century, the British came and, as the British so often did, took over. They looked down upon the Afrikaners as savages, denigrated their language, and took away much of their political autonomy. But on a plus note, they also abolished slavery, which fueled Afrikaners' resentment. Dressed in short "dopper" coats and bonnets, the pioneers—or "Voortrekkers"—headed for the interior in loaded ox-pulled wagons. Between 1835 and 1846, about 15,000 Afrikaners left in the "the Great Trek," waging bloody battles with tribes they came across—the Zulu, the Basotho, the Tswana,

and the Ndebele to name a few. They abolished slavery in name, but captured what they called "apprentices"—sometimes, as one German missionary said, "wagonloads of children"—to labor for them.

But they couldn't get far away enough from the British, especially when rich reserves of diamonds and then gold were found in their territory. The British and Boers (the Afrikaner word for "farmer") clashed in two wars, where the British, outmatched by guerrilla warfare, burned farms, slaughtered cattle, and put women and children in concentration camps (a term the war arguably coined). Around 26,000 Boers died in the camps, mostly children, as well as thousands of black and "colored" Africans. Lord Kitchener, responsible for the concentration camps, called Afrikaners uncivilized, "savages with only a thin white veneer."

Following the war, Afrikaners had been forced off farms and into cities, where, considerably poorer than the English whites, many slipped into poverty. Researchers from the Carnegie Commission toured southern Africa in a Model T Ford and ultimately issued a five-volume report, *The Poor White Problem in South Africa*. Published in 1932, the report's suggestions spurred the government to alleviate poverty in white communities—which ultimately would come only to the detriment of black Africans. Some have argued that the commission's report in Verwoerd's hands served as a kind of "blueprint" for apartheid.

The wars had bolstered Afrikaners' central and driving ideology: they were survivors, a chosen people. When the National Party, an ethnic Afrikaner organization won by a narrow margin in 1948, it enshrined Afrikaner superiority over the native Africans as part of its survival tenet. "Like the Jews in Palestine and the Muslims in Pakistan," one Afrikaner apologist, Piet Cillié, wrote in 1952, "the Afrikaners had not fought themselves

free from British domination only to be overwhelmed by a majority of a different kind. Eventually we shall give that majority its freedom, but never power over us." Black Africans "will not get more rights if that means rights over and in our lives."

Mandela thought that understanding the Afrikaner was crucial to winning him over to the cause. One of his fellow prisoners, Mac Maharaj, told him that Afrikaans was "the language of the damn oppressor." But Mandela was insistent they learn it. "We are in for a protracted war," he told him. "You can't dream of ambushing the enemy if you can't understand the general commanding the forces." In prison, Mandela studied Afrikaans through correspondence courses. A friendly prison guard corrected his simple essays on topics like "a day at the beach." (Mandela wrote about his prison work of hauling seaweed on Robben Island and hanging it to dry to be made into fertilizer— perhaps not the kind of essay the examiners envisioned.) Eventually, he passed his exams.

Mandela once told a story to a reporter to explain the difference between the English in South Africa and the Afrikaner, one he said had been passed down by his elders. If a black man came to the door of an English family and asked for food, Mandela said, the woman of the house might invite him in and then give him a slice of toast so thin "the sun could shine through it" and a weak cup of tea. But if he went to the home of an Afrikaner instead, the woman of the house would shout at him for trying to come in through the front door, and tell him to meet her in the back. She would never invite him inside, but she would hand over thick-sliced bread covered in peanut butter and jam, a jug of hot, sweet coffee, and a bag of leftovers to take home to his family.

I like this story, which Kajsa Norman vividly recounts in her exploration of Afrikaner identity, *Bridge Over Blood River*. It says a lot about Afrikaners and a lot about Nelson Mandela, too.

(It probably says something about the English as well.) Mandela didn't think that the Afrikaners were inherently bad; he knew they were simply afraid. And it was this fear, this insecurity, this almost religious commitment to racism, that led to apartheid, the killing of thousands of people, and to his own nearly twenty-seven years of imprisonment. After Mandela's release, the question was only whether the Afrikaner could finally let the black man in through the front door.

When Mandela became president in 1994, he held his hand over his heart for the national anthem in Afrikaans, too. During his inauguration speech, dressed in an uncharacteristically simple, three-piece blue suit, as South Africans danced, he spoke of a "rainbow nation." Most black South Africans rooted for the opposition when the all-white national rugby team played. But when South Africa won the World Cup on home turf, Mandela presented the trophy wearing the team's jersey and hailed the springbok, a kind of antelope and long-standing Afrikaner symbol. He dined with Verwoerd's widow eating koeksisters, a braided doughnut covered in a sticky sauce, in the all-white town where she lived. They spoke, naturally, in Afrikaans.

Under Mandela's presidency, surprisingly few apartheid-era names were changed. The government set up a Truth and Reconciliation Commission instead of trials, to provide an opportunity for confession without punishment, and testimony without fear. But Mandela sometimes opposed the renaming of streets, airports, and monuments associated with the Afrikaners who imprisoned him. He expressed reservations at renaming the Verwoerd Dam for Nobel Prize Winner Chief Albert Luthuli, conscious of changing an Afrikaner politician's name to that of an ANC member. Mandela also told a newspaper in 1994 that he was "disturbed" that the parliamentary Verwoerd

Building name had been changed, in part, because Verwoerd's grandson and his wife were now ANC members.

"However much [the younger generation of Verwoerds] disliked apartheid," he explained, "that is still their beloved grandfather and we can't be insensitive and just single them out." Mandela did add that there would be changes, some of which would "upset part of the community," but, for the most part, he approached name changes carefully. Most new regimes want to rebrand the landscape to cast away the past, to show how radically the world has changed. Mandela took the opposite approach. Keeping the old names was, perhaps, a tactic to make the revolution seem less revolutionary, the peace less fragile.

Thabo Mbeki, Mandela's successor as president, pushed for more changes. The South African Geographical Names Council, established in the Truth and Reconciliation Commission, had already changed over eight hundred names. (Over four hundred place names included the racial slur, *kaffir*.) Street names across the country began to change as well, with cities often changing dozens of names at once. Over a hundred streets were renamed in Durban alone; soon after, many were spray-painted or destroyed.

Even black and "colored" South Africans didn't always approve of the changes. Many South Africans complained that the new street names skewed heavily toward the ANC and its heroes. The Inkatha Freedom Party (IFP), a largely Zulu party, marched to protest the renaming of Mangosuthu Highway (named after the IFP's leader) to Griffiths Mxenge Highway, commemorating an ANC activist. Others questioned why roads in Durban should be named after Che Guevera, who had no links to South Africa, and complained that Gandhi's new street was "sleazy," squarely in the red light district of the city.

And most controversially, the ANC insisted on renaming

a road after Andrew Zondo, a teenage boy who had set off a bomb in a shopping center that killed five, including a small child. (He later told the court he tried to phone in a warning, but all the phones at the post office were in use.) The victims' families wept when they heard about Andrew Zondo Road. But for many, Zondo, who was in the ANC, was a freedom fighter, reacting against the brutality and police killings the only way he knew how.

But unlike Andrew Zondo Road, the new street names proposed in Tshwane (Pretoria) don't commemorate especially divisive figures. Jeff Masemola was a teacher and anti-apartheid activist who was the longest-serving political prisoner in South Africa. Johan Heyns was an Afrikaner minister who rejected the idea that apartheid was God's will and openly supported mixed marriages. He was assassinated at his home in Pretoria, with a single bullet shot through his neck, while he played cards with his wife and grandkids. Stanza Bopape was a young activist killed by the police during electric shock torture, his body dumped in a river full of crocodiles. The name he replaced? Church Street.

I called up Werner Human, a lawyer for AfriForum, to find out why names honoring such obviously worthy South Africans merited a Constitutional Court case. Human was the proud father of a new baby, and we chatted unoriginally about sleep. When we began to talk about the case, he started by telling me how much he respected the court. Still, he felt strongly that the Afrikaans street names should remain. After a while I realized that we weren't talking about the case or even street names anymore. So I asked him how difficult it was to be an Afrikaner in South Africa.

He paused. "There is a climate of animosity towards Afrikaners," he told me. "Awful and outrageous things are being said about us just for defending this case." Many were afraid to say

they were Afrikaans. "We fight for a place in the sun, not for *the* place in the sun," he told me. "I don't know any of my friends, or the circles I move in, who deny that apartheid was morally wrong." If he wanted to have a legitimate place in society, he told me, he *had* to acknowledge that wrong. "We are saying that this isn't the only way we could be defined. Not everything that happened before 1994 was bad."

I enjoyed talking to Werner, even if I didn't always agree with him. I thought that his respect for the court was sincere— he refused, for example, to criticize any of the justices in the case. What he hoped most was that his son would have places to speak his language, that he could be proud of his heritage, while acknowledging the wrongs of the past. Still, our thoughtful conversation surprised me because many in South Africa regard AfriForum as deeply racist.

It seems not everyone in the organization acknowledges the evils of apartheid; in their papers to the court, for example, Afri-Forum referred to "so-called apartheid," to the fury of all the justices. A recent documentary funded by AfriForum featured a commentator who said that calling Verwoerd the "architect of apartheid" was "simplistic"—he was, rather, a "philosopher," with "an ideal he wanted to reach." Kallie Kriel, the CEO of AfriForum, has argued that apartheid was not a "crime against humanity," even if he felt it was wrong.

After Elmien du Plessis, a law professor, challenged Afri-Forum's position that the murders of white farmers in South Africa were akin to "ethnic cleansing," Ernst Roets, the organization's deputy CEO, posted a thirty-one-minute-long diatribe on YouTube, arguing forcefully that she mischaracterized their position. At the end of the video, Roets quoted Holocaust survivor Victor Klemperer. Klemperer, Roets said, wrote that if the tables were turned after the Holocaust he would have "all the intellectuals strung up, and the professors three feet higher than

the rest; they would be left hanging from the lampposts for as long as was compatible with hygiene." (Roets did not give the context for the quote; Klemperer himself was a professor, and he chastised academics above all others for trading reason for Hitler.) Roets filmed the video in the early hours of the morning in Washington DC, where he was drumming up support from conservative American politicians. (Donald Trump has tweeted on AfriForum's behalf.)

Roets denied that he was advocating violence, but after the video was published, du Plessis received a barrage of threats, including from a caller who said, "You're next." When I called up du Plessis, I asked whether she herself was Afrikaans. I could almost see her grimace over the phone. "As much as I will admit to it," she said, at last, laughing. She abhorred the gruesome violence and torture that the farmers had suffered, but argued that their pain should not be singled out as somehow different from the gruesome violence that affected black South Africans every day.

As for AfriForum, du Plessis told me, "it is difficult for them to accept that they aren't in power—if we give up the street names now, what's going to be next? Even the statistics on farm murders seem to be about something else. They are afraid of being sidelined." She struggled with a complicated pride for her mother language in particular. "How do we remember and say the past happened," she asked, "without looking as if we are celebrating our past?"

In 1652, Jan van Riebeeck, the Afrikaners' equivalent of Christopher Columbus, landed in what is now Cape Town. Like Columbus, he forged trade links with Europe and terrorized the people he found there. In 2008, the city of Potchefstroom (or "Potch") decided to rename Jan van Riebeeck Street after Peter Mokaba, a young activist and struggle hero. Unlike Mandela,

Mokaba refused to offer the whites an easy redemption. During apartheid, Mokaba advocated for a more radical, even violent, fight against white domination, and is remembered for the slogan "Kill the farmer, kill the Boer"—now banned in South Africa as hate speech.

Soon after the renaming, new signs for Peter Mokaba Street in Potch were spray-painted black and dumped in the Vaal River. Anthropologists Andre Goodrich and Pia Bombardella interviewed Afrikaner residents who had crafted their own Van Riebeeck street signs on their private property. "The only objection I have with these new streets," one resident said, "is that I don't know where the hell I am, you know." Another explained that small children get lost now and "the parents must go and search for those children until who knows how late at night, and only very few find them."

Here's an excerpt from another conversation Goodrich and Bombardella reported:

> Resident: Now if you walk or if you ride a bike, and you lived for long in this area, and you go away, and now you come back, you get lost, you don't know where you should go to.
>
> Interviewer: Is that your own experience?
>
> Resident: Yes.
>
> Interviewer: You are now lost in your home town?
>
> Resident: Yes.

Taken literally, the researchers wrote, these claims are "quite unbelievable." People aren't navigating by street names in towns they've lived in their whole lives. They're traveling by feel, by landmarks, by muscle memory. How can changing a few signs make people lost in their own hometown?

But the first definition of "lost" in the *Oxford English Dictionary* is not navigational. Instead, "lost" refers to something "that has perished or been destroyed; ruined, esp. morally or spiritually; (of the soul) damned." It wasn't that the Afrikaners couldn't find their way home; maybe they couldn't find their way *home*. They "have lost their bearings," Goodrich and Bombardella wrote of their subjects, "their sense of belonging, their place in the world." The white residents of Potchefstroom feared that a new generation of Afrikaner children was being raised "without a symbolic order to provide bearings and a sense of belonging."

But black South Africans have been lost much longer. In Potchefstroom itself, almost all of the black population live in a township, with the whites living in the city—an informal segregation not so different from apartheid. Today, unsurprisingly, many believe that the revolution in South Africa has barely begun. Mandela, long lionized as a peacemaker around the world, is now criticized for giving too much away. Movements for proposals he rejected, like land reparations, are growing again. In 2018, the ANC passed a resolution to draft legislation allowing the transfer of land from whites to blacks without compensation. As I write, the South African parliament is considering a constitutional change to allow this to happen.

But land alone may not be enough. The tension rises every year as conditions worsen. In August of 2019, the army entered a neighborhood in Cape Town to quell an eruption of gang violence that killed almost two thousand people in seven months. Riots broke out when two white farmers pushed a fifteen-year-old boy, Matlhomola Mosweu, off a moving truck, killing him. (He had been accused of stealing sunflowers.) In 2018, two children drowned in pit toilets in Cape Town, the only sanitation for hundreds of thousands of poor black students. Students have led mass demonstrations against the rise in school fees, calling

for more black faculty members, a less Eurocentric curriculum, and repeals of dress codes that forbid braids, cornrows, and dreadlocks.

Philosopher Henri Lefebvre has said that "A revolution that does not produce a new space has not realized its full potential." If Mandela didn't want to change names because he didn't want to make it too obvious a revolution had happened—well, in that respect, he might have succeeded too well.

After the street names case, I began to follow the Constitutional Court of South Africa. And another case soon came up that reminded me of the fight over Pretoria's street names. The South African constitution provides that every South African should be taught in their preferred language, but only if it is "reasonably practicable." The University of the Free State had decided to stop teaching in Afrikaans. Teaching parallel classes in Afrikaans, the university argued, was stoking racial tensions between the students.

Again, AfriForum sued.

Jacob Dlamini is now a history professor at Princeton, but he grew up in a South African township. Afrikaans, he's written, "was the guttural language of orders and insults; of Bantu education; the language that had had children up in arms in 1976 as they took to the streets to protest being forced to learn everything from mathematics to science in Afrikaans. It did not help the political cause of Afrikaans among black South Africans," he added, "that it was the language through which they were supposed to learn that there were stations in life above which they could not rise."

But. "Truth be told," he wrote, "the relationship between black people and Afrikaans was more complicated than this." For many black people, Afrikaans "rolls off the tongue a lot easier than does English." It was the language of "hipness, jazz,

and urban blacks," the language of colloquial expression, the language "in which old men rib each other: *'Jy's nog a laaite!'* ('You're still a kid!')."

Afrikaans is also the language of nostalgia. "Could it be," Dlamini asks, "that in using Afrikaans to express our deep longing for the past, for the homes we have lost or might have lost, black South Africans might be forcing Afrikaans to speak of its origins in the kitchens or the slave quarters in the Cape?" Black South Africans could use Afrikaans while rejecting the "white supremacist ideology of those who claimed Afrikaans, despite history, as a white man's language." And yet it is a language Dlamini, a black man, long denied he spoke at all.

In the Constitutional Court, the case on Afrikaans at the University of the Free State was again split along racial lines. The black justices rejected AfriForum's claim, pointing out that the university had said that the language was leading to racially segregated classrooms. "The University is in effect saying that President Mandela's worst nightmares have come to pass," Justice Mogoeng this time said. "The use of Afrikaans has unintentionally become a facilitator of ethnic or cultural separation and racial tension." Continuing teaching in Afrikaans would "leave the results of white supremacy not being redressed but kept alive and well."

In a minority opinion, the three white justices on the case, again led by Justice Froneman, disagreed. They were not yet convinced of the connection between racial tensions on campus and the classes in Afrikaans, and argued the court should have asked for more evidence from the university that teaching in the language led to discrimination.

But the minority opinion didn't end there. After he had finished reviewing the technical arguments of the case in English, Justice Froneman began to write in Afrikaans. Now he was addressing his own community. He told them that the majority

opinion reflected the view that, as long as Afrikaans appears to remain "exclusive and race-bound," it could not claim the "guarantee" of the Constitution. AfriForum's papers to the court, which made no mention of unequal treatment or the language rights of others, "entrenched the caricature of Afrikaners as intransigent and insensitive to the needs of others." Afrikaans was a language that was also used in the liberation struggle, a language today spoken by more brown people than white. Afrikaans was not apartheid.

When Hermann Giliomee, the great South African historian, asked the Afrikaans writer Jan Rabie about the future of the language, Rabie said only, *"Allesverloren"*—"All is lost."

*"Is alles verlore vir Afrikaans?"* Justice Froneman pleaded in his dissent. "Is all lost for Afrikaans?"

# CLASS AND STATUS

# 13

*Manhattan*

HOW MUCH IS A STREET NAME WORTH?

In 1997, Donald Trump threw a black-tie bash for his new building bordering Columbus Circle and Central Park West, on the Upper West Side of Manhattan. "This is the most successful condominium tower ever built in the United States, did you hear me say that earlier?" he told a journalist. His own apartment was a nine-thousand-square-foot glass box in the sky. ("Nobody has ever seen a room this big, with this high a ceiling, with this much glass.") Trump's divorce lawyer came to the party, but Marla Maples, whom Trump had separated from, stayed home. The tower had been built into the skeleton of an old office building, swaddled in bronze reflective glass. "It looks cheap." "It's Miami Beach." "It's really awful." "Why didn't you warn us?" angry New Yorkers asked Herbert Muschamp, *The New York Times*'s architectural critic. Muschamp himself called it a 1950s skyscraper "in a 1980s gold lamé party dress."

The building's advertising was a mishmash of half-truths. Trump did not actually own the whole building; the General Electric Pension Trust did. Trump said the building had fifty-two floors when it only had forty-four; he had invented a new math that determined how many floors his buildings would have if each floor had "average" ceiling height. The fact that the extra floors don't actually exist didn't seem to matter. Trump's math has since become common among New York developers.

And then there was the address. The new building's address wasn't exactly a lie, but it wasn't the original one the city had issued. Instead, Trump's development company had asked the city to change the building's address from 15 Columbus Circle to 1 Central Park West. (Columbus Circle was then little more than a polluted traffic magnet.) Ads for the building described it as "the most important new address in the world."

But Trump's wasn't the only 1 Central Park West for long. A few years later, Time Warner built a tower behind Trump's, naming it One Central Park—even though its address was really 25 Columbus Circle.

Trump's face went from orange to red. "We are on Central Park West," he told the *New Yorker.* "Our address is No. 1 Central Park West. They are not on Central Park, although they advertise that they are." Trump's building obstructed their views over the great park.

Trump unfurled a giant banner high on the side of his building, directly facing the rival building. "Your views aren't so great, are they? We have the *real* Central Park views and address. Best Wishes, The Donald." For perhaps the first and only time, the *New Yorker* printed the words: "Trump has a point."

"Perhaps the most misunderstood concept in all of real estate is that the key to success is location, location, location," Trump (or, perhaps, his coauthor) wrote in *The Art of the Deal,* in 1987. "Usually that's said by people who don't know what they're talking about." You don't need the best location, just the best deal. "Just as you can create leverage, you can enhance a location, through promotion and through psychology."

But this kind of real estate "psychology" wasn't a new idea. By the time Trump began to develop his first buildings in the 1970s, New Yorkers had already been bullshitting street names for more than a hundred years.

\* \* \*

In the 1870s, landlords on the Upper West Side of Manhattan got together to talk about street names. The West Side was filled with slums, or "Shantytowns." Crudely built wooden or mud shacks housed immigrant families, who grew vegetables on the land and raised goats for milk. The men often labored nearby, and the women sorted trash, looking for rags and valuables they could sell. The landlords, who never visited unarmed, found that traditional methods of eviction weren't always successful. In one case, as *The New York Times* reported, "a Deputy Marshal, wandering about Eighty-first Street serving papers, was seized, and a milk-can, half filled, was turned over his head like a hat." As Reuben Rose-Redwood vividly describes, uptown landlords, gathered together as the West Side Association, began to look for less conventional weapons to attract a "better class" to their neighborhood slums.

Street names were an early tool for gentrification. "We all know how it is, that any name, good or bad, once fastened to a locality, is pretty sure to stick," A. W. Colgate told the West Side Association. "We should also remember that good names cost no more than bad ones, and that the only way to avoid the bad, is to be beforehand with the good." Shantytown residents were going to leave the place with low-class names that would tarnish street signs forever. "Witness in London," he said, "Rotten row, Hog lane, Crabtree street, Peacock street, Shoe lane, and others equally as absurd, which had their origin in this way, and which generally retain their homely names even though their neighborhoods become aristocratic."

"Hog Lane" wasn't such an outlandish prediction. What used to be known as Dutch Hill was already called Goat Hill. There were five pigs for every person in New York. Charles Dickens was astounded by the sheer number of "portly sows" that roamed the streets of New York. "They are the city scavengers,

these pigs," he wrote admiringly. "Ugly brutes they are; having, for the most part, scanty brown backs, like the lids of old horse-hair trunks: spotted with unwholesome black blotches."

To stop the unsavory streets from turning into unsavory street names, the West Side Association took action. Manhattan's streets and avenues, now laid out in a grid, had numbers for names. But the landlords were not aiming for the equality numbers promised; quite the opposite. Edward Clark, the president of the Singer Sewing Machine Company, was a major local landowner and a member of the association. In addition to advocating for forward-thinking development of a mix of suitable tenements, apartments, and single-family houses, he proposed that the names of the numbered avenues be changed. He thought that "the names of the newest states and territories have been chosen with excellent taste," and suggested Montana Place for Eighth Avenue, Wyoming Place for Ninth Avenue, Arizona Place for Tenth Avenue, and Idaho Place for Eleventh Avenue.

Clark's colleagues, however, were deaf to his all-American suggestions. In 1880, Eleventh Avenue was christened West End Avenue after a long-fashionable district in London, and Central Park West became the new name of Eighth Avenue in 1883. Finally, in 1890, Ninth Avenue became Columbus, and Tenth became Amsterdam. The western-name-loving Clark had to be content with naming his new luxury apartment building at Central Park West and 72nd Street the Dakota.

It was a kind of hollowed-out *Field of Dreams* policy. If you want a posh street, give it a posh name. It's no accident that Central Park West is an expensive address; the name was specifically chosen to *be* expensive.

More than a hundred years later, in 2008, the clean-shaven brothers and property developers William and Arthur Zecken-

dorf finished their building on 15 Central Park West, not far away from Trump's. The Zeckendorfs demolished the old Mayflower Hotel to make way for their building, and they purportedly had to pay the last rent-controlled tenant, a bachelor and recluse, more than $17 million for his 350-square-foot room. The investment paid off. Fifty-four stories high, 15 Central Park West sold out long before it was even built. Prices were raised nineteen times. Architecture critic Paul Goldberger at the time called it "the most financially successful apartment building in the history of New York."

In 2016, the Zeckendorfs turned to a new project, this one on the Upper East Side. New York City regulations limit building heights, but developers can buy the air rights from a nearby site that is not using its allowance. The Zeckendorfs paid Park Avenue's Christ Church $40 million for seventy thousand square feet of air rights to build what one real estate agent called a "Viagra" building—tall and straight. But the deal with Christ Church wasn't just about making the building taller. The Zeckendorfs also promised an annual payment of $30,000 to the church for one hundred years in exchange for one simple thing: its address. The Zeckendorfs' new mega building, 520 Park Avenue, does not even have frontage on Park Avenue; it is actually on East 60th Street, 150 feet west of that avenue.

How is this possible? In New York, even addresses are for sale. The city allows a developer, for the bargain price of $11,000 (as of 2019), to apply to change the street address to something more attractive. (Cashier's check or money order only, please.) The city's self-named vanity address program is an unusually forthright acknowledgment that addresses—rather than just locations—can be sold to the highest bidder. In the early years of the program, vanity addresses were granted with little regard to whether they made any sense. Circling around Madison Square Garden and Penn Station, the numbers of Penn Plaza

addresses, in order, are 1, 15, 11, 7, and 5. You can't even reach the atrium of 237 Park Avenue from Park Avenue, because it's actually on Lexington. No one would describe 11 Times Square as being anywhere close to Times Square. (Times Square is itself a kind of vanity address, having been renamed from Longacre Square in 1904 when *The New York Times* moved there.) But there's a good reason. An apartment on Park Avenue or Fifth Avenue can cost 5 to 10 percent more than an equivalent property on nearby cross streets.

The formal vanity street address program exploded in the time of borough president (and later mayor) David Dinkins, when the city was trying to attract more development. Basically, if the post office didn't care, it was okay with the city. (If the post office did care, it was probably okay with the city, too.) Some international buyers may be fooled, but even many New Yorkers, well aware that they won't actually live on Park Avenue, are still willing to pay to say that they do.

I requested a list of vanity street names from the borough of Manhattan. Some of the specially designated addresses were obviously desirable, either because of the fashionable street name or the nice round number. There are the 1s (1 Times Square, 1 World Financial Center, 1 Columbus Place); the 1 plazas (1 Haven Plaza, 1 Liberty Plaza, 1 Police Plaza); the Avenues, Squares, and Circles (400 Fifth Avenue, 4 Times Square, 35 Columbus Circle). Some corner buildings puzzlingly choose to locate their entrance on what sounds like the less fancy street. (This does not necessarily require a vanity address change.) For example, a condo building, the Lucida, uses 151 East 85th Street as its address instead of Lexington Avenue because, apparently, it sounds more chic. Another apartment building chose an address on East 74th Street rather than Madison Avenue because the developer wanted to make it sound like a more "boutique-type property."

Even before the vanity address program, as Andrew Alpern describes, developers had named their buildings to boost their images. They borrowed grand English names: Berkeley, Blenheim, Carlyle, Westminster, Windsor, and even Buckingham Palace. Then the Continental names: Grenoble, Lafayette, Versailles, Madrid, El Greco, the Venetian. And then the Native American names closer to home: the Dakota, the Wyoming, and the Idaho. But now developers could change their buildings' addresses, too.

Vanity addresses seem like a cheap way to increase the value of real estate, but they can cost more than money. Police and firemen might struggle to find a building with a Fifth Avenue address that is not actually on Fifth Avenue (one problem Manhattan and rural West Virginia share). In Chicago, where a similar program allowed developers to manipulate addresses, thirty-one-year-old Nancy Clay died in an office fire when firefighters didn't realize that One Illinois Center was actually on the less grandly named East Wacker Drive.

I went to visit the Manhattan Topographical Bureau, tucked away in a small corner of the David N. Dinkins Manhattan Municipal Building's million square feet of offices. There, Hector Rivera works in a windowless room filled with hundreds of the city's maps, including John Randel's maps of the then-newly gridded city. Rivera grew up in New York in the Frederick Douglass Houses, a series of subsidized houses in upper Manhattan. In high school, he won an internship in the Borough President's office and never left; by now he has spent half his life in his office, curating the maps, managing house numbers, visiting building sites, and fielding questions about the streetscape. When developers want to build new buildings, it's Rivera who researches the history of the street, to make sure, as he puts it, your shovel isn't going to hit a skull.

Rivera takes great pride in the orderly numbering of houses

in his hometown, and later he showed me the complex systems he has created to manage the databases. Files on every street in the city are meticulously sorted in drawers in the Map Room. Hector only helps administer the vanity address program; the borough president is the one who actually has to approve the change. But it's obvious vanity addresses aren't Hector's ideal. "Of course, you get more money per square foot," he told me, "but, yeah, it doesn't make sense if you spend three million dollars on a place an ambulance can't find if you have a heart attack." Still, he had a stack of applications for vanity addresses on his desk.

All around us in Manhattan, cranes hovered, adding millions of square feet to the city's skyline. I told Hector it must be hard keeping up with the developers. "It's New York," he told me with a half-smile. "Everything always changes."

Street names can add or subtract value all over the world. At Sacred Heart College in Geelong, Australia, high school students came up with a useful research project, identifying twenty-seven streets in Victoria with goofy names ("Butt Street," "Wanke Road," "Beaver Street.") Having pored over details from the Australian Bureau of Statistics, they found that property on these streets costs 20 percent less than adjacent streets—on average, about $140,000 in savings on a Melbourne house in the median price range.

It's not just the street's first name that matters. In the UK, addresses ending in "Street" fetched less than half of those that ended with "Lane." "Is it the association of the word street—street urchins and streetwalkers?" Richard Coates, a professor of linguistics, asked in the *Guardian*. "You don't get avenue urchins, do you?" Disturbingly, houses on roads named "King" or "Prince" were also worth more than those on "Queen" or "Princess." A UK property website spokesman summed it up: "The saying goes that the three most important factors in buy-

ing a house are location, location, location; our research shows
that even the road name you choose can make a difference to
how much you can expect to pay when finding a property."

Some street names are valuable, of course, because of what
the street name says about the street itself. Real estate property experts Spencer Rascoff and Stan Humphries pointed
out that homes on Washington Street are more likely to be
older than those on Washington Court. ("Courts," "Circles,"
and "Ways" were popular in the United States in the 1980s.) If
you live on a boulevard, you probably have a lot of neighbors;
if you live on a lane, you probably don't. Homes on streets
containing "Lake" are worth about 16 percent more than the
national median, probably because, yes, they are near a pic-
turesque lake.

The evil genius of Manhattan's vanity addresses is that you
don't even need the actual lake to get the Lake Street address.
It was a lesson socialite Martha Bacon would have to learn the
hard way.

In 1897, Robert and Martha Bacon moved into a house on the
corner of Park Avenue and 34th Street in Murray Hill. Their
Gothic Revival cottage, built by an old Dutch family, the Ten
Eycks, was red brick, with Hansel-and-Gretel trim and a high
stoop. The house was eventually sold to a variety of distinguished figures, including a shipbuilder, paper merchant, and
the president of the American Association of Genito-Urinary
Surgeons (who had written an article with a toe-curling name,
"The Curability of Urethral Stricture by Electricity"). When
Robert Bacon and his wife, Martha, purchased the house, he
was the right-hand man to J. P. Morgan (and later assistant
secretary of state), and a prep legend. A football player, rower,
sprinter, and boxer, Bacon was wildly popular in his class at
Harvard, which, Michael Isenberg points out "contained no

Boston Irish, no blacks, no Italians, no Swedes, no Latin Americans, no Jews." The Harvard Class of 1880 was thereafter known as "Bacon's Class."

Buying up the adjoining row houses, the Bacons expanded the cottage on Park Avenue to build a grand home, decorating it with stained glass and carved paneling. Martha had long taken on her social duties with gusto, appearing at costume balls at Delmonico's, dancing with Teddy Roosevelt, hosting dinners at the Waldorf Astoria. In a picture taken with Mrs. Vanderbilt, Martha wears a hat made from the raised wings of a bird.

ANNE VANDERBILT AND MARTHA BACON

In the directory, the Bacons proudly listed their address: 1 Park Avenue.

Park Avenue hadn't always been fancy. It hadn't always been Park. Initially, when the grid was devised, it was plain old Fourth Avenue. Like much of Manhattan, it had been wooded; roads were cut in the seventeenth century through primeval forests. But by the nineteenth century, the street was smoky and dirty, with railroad tracks stretching down the middle, and factories, breweries, and saloons lining the roads. (A newspaper reported workmen contracting cholera from eating green apples they picked along what is now Park.) But once the railroads (which had once been pulled by horses) were moved underground, the street became increasingly appealing. This section

of Fourth Avenue had been ambitiously renamed Park in 1888, when coal smoke still filled the air, but a decade later it finally began to suit its name, the sunken tracks filled with greenery and flowers. By the time the Bacons moved in, it was already a desirable address.

During the Gilded Age, so named by Mark Twain for the thin veneer of gold painted over the nation's severe social problems, wealthy New Yorkers began to move farther uptown, away from the crowds and the cholera. America lacked the hereditary aristocracy of Europe, so New York found itself creating its own elite criteria. Four hundred names, roughly the number of people who could reasonably fit in Caroline Astor's Fifth Avenue ballroom, defined the true upper crust of the city. (The Empire State Building now sits where her mansion stood.) Appearances meant everything—and that included addresses. Gothic mansions and turreted châteaus made of limestone and brick began to line "Millionaire's Row" on Fifth Avenue.

The Bacons' lives proceeded in the usual way for new aristocracy of the time. Robert Bacon became Theodore Roosevelt's secretary of state, and then the U.S. ambassador to France. There, Martha Bacon raised more than $2 million for the American Ambulance Service. Her daughter Martha Beatrix married the future head of J. P. Morgan, wearing a gown made of old point lace, and, *The New York Times* saw it fit to point out, "a short string of superb pearls," and carrying a bible instead of a bouquet. Another son followed his father's footsteps to work for J. P. Morgan. Robert Bacon died from blood poisoning from an operation soon after the war. But Martha remained peacefully at No. 1 Park Avenue, alone, the *Times* pointed out, "except for nine servants."

Until, in 1924, peeping out of her large window, Martha might have seen Henry Mandel, pacing the lot with his architect. Mandel had bought the old horse car stables just down the street from Martha's house and planned to construct an office

building. The new building was technically on Fourth Avenue, but well-connected Mandel had convinced the city aldermen to extend Park Avenue two blocks to the south—which now made his building One Park Avenue.

If New York had ever seen anyone like Donald Trump before, it was probably Henry Mandel. Like Trump, Mandel had built his career on his father's. Fred Trump made his fortune building sturdy middle-class housing in Brooklyn and Queens. Henry Mandel's father had built tenements for the immigrants flooding in via Ellis Island. But the younger Mandel sought out a loftier clientele.

In the time of Mandel, apartment buildings—sometimes called "French Flats"—were already rising around Manhattan, usually five- or six-story walk-ups. Traditionally, the truly wealthy, like the Bacons, wanted their own front doors. The poor lived in tenements. But the city's growing middle class—the bookkeepers, artists, editors, clergymen—couldn't afford houses. This was the market Mandel *fils* targeted. After buying an entire block in Chelsea, Mandel built what was then the largest apartment building in the world, called London Terrace. It was a Tuscan sprawl spanning a whole city block with 14 buildings, over 1,600 apartments, an Olympic-size swimming pool (where the NYU swim team practiced), restaurants, an acre of gardens, a children's play yard, and a gym. The doormen looked just like London bobbies. Mandel advertised his buildings heavily, setting up a shop with replica apartments, complete with furniture and appliances, on Fifth Avenue and 36th Street. He even built parts of the exterior facade so that "Mrs. Prospect Can Select Her Apartment Just as She Would Select Her Car."

The rich, too, were abandoning their homes for luxury apartments, as income taxes and the dwindling availability of servants made palatial living in the city impractical; by the early twentieth century almost no one was building private houses

anymore. But Martha Bacon was not leaving 1 Park Avenue, nor would she hand her address over to Mandel without a fight. The Park Avenue Social Bulletin lamented the "injustice done to Mrs. Bacon in an attempt to take from her the 'No. One' on the property at 34th Street and Park Avenue, which had been hers for 30 years," calling the extension of Park Avenue to include Mandel's address a "glaring piece of class legislation." In another press release, Bacon's supporters said that "Henry Mandel is the business invader of Park Avenue and that his business operation is threatening to commercialize this famous thoroughfare." For better or worse, Martha Bacon had become the keeper of old Park Avenue.

Mandel was never going to be popular among the Park Avenue elite. He had arrived in New York from Ukraine as a small boy, but was quickly becoming one of the most prolific—and richest—developers in the city. But more important, he was Jewish at a time when Jews—especially non–German Jews—could not mingle with the mainstream socialite crowd, no matter how wealthy they were. This was true even though Jewish developers had built some of the most iconic buildings in the city, making money from real estate when other white-collar jobs were closed to them.

Mandel trumped Martha; her campaign failed, her legal case to keep her address denied in New York's highest court. "A rose by any other name would smell something awful, and a residence by any other number may be most malodorous," *The New York Times* wrote about the feud. Bacon's case "is that of the noble Roman. Better first almost anywhere than second on Park Avenue." Martha Bacon's home officially became number 7, though she never changed her address in the telephone directory. The address sign on her house simply read "Park Avenue at 34th Street N.E."

Before long, the houses around her were razed. Developers

tried to buy her out, but she refused, and they were forced to build awkwardly around the gingerbread mansion. "On the northeast corner of Thirty-fourth Street," the *New Yorker* wrote in 1925, "Mrs. Robert Bacon holds a citadel comprising her own house and three brownstone fronts which she will not surrender." She had not "sold out to the barbarians. Drills rattle against steel girders, and the dust of commerce rises from the torn field; but the gallant old guard will not yield to the montanic cliffs now wedged between the castles of New York's golden age." But after she died in 1940, her citadel was demolished and turned into rectangles of steel and concrete.

Developers like Trump would take Mandel's ideas a step further, promoting grossly opulent luxury apartments, courting

MARTHA BACON'S HOUSE ENGULFED BY A SKYSCRAPER

the gold collars, the tech tycoons, the billionaires you've never heard of. And like Mandel, Trump's strength was marketing. In the sales office for his Central Park West building, you could walk through a sample kitchen and bathroom, admiring the granite counters, the recessed lighting. And if you so desired,

you could stay and watch a promotional video where Trump tries to sell you an apartment, Frank Sinatra's "New York, New York" playing in the background, even though Sinatra had allegedly once told Trump to go fuck himself.

And of course, both Mandel and Trump knew the best marketing tool of all was an address. Henry Mandel lived in a time before the vanity address. He didn't even have to buy a Park Avenue address; the city brought one to him.

After he won his battle with Bacon, Mandel continued to build offices and apartments all over the city. In his private life, too, he presaged Trump by leaving his wife for his mistress. Soon after, the Depression struck. He lost almost everything, and owed more than $14 million. (His wife claimed "alienation of affections" and sued his second wife for $500,000.) When he couldn't pay alimony, the judge sent Mandel to jail for two months. He died penniless. Trump, on the other hand, would go on to win the greatest address of all.

Right before Trump opened that new building on Central Park West, he'd been through hard times, too. His companies had already declared bankruptcy twice. He'd had a very public affair and divorce. But it was as if it hardly mattered. His building at 1 Central Park West helped cement his role in the New York luxury condo market, a market that has blasted records in the last decade. From there, he played one part in creating the billionaire's paradise that is Manhattan, a city unapologetic about pure, unbridled greed masquerading as luxury. (The four highest-paid hedge-fund managers made $3.5 million in 2017—per day.) Real estate kings like Mandel had helped make Martha Bacon and her Gilded Age life a quaint memory, but it was modern developers, including Trump, who shamelessly sought to send the bankers, the plutocrats, and the .01 percent quite literally to the heights of the city.

*   *   *

My mother grew up poor in New York, mostly in the Bronx, Brooklyn, and Harlem, in the sixties and seventies. New York was a completely different place. "Get the hell out of my face," my then ten-year-old mother was taught to tell any stranger who came near her. Heroin was sold in $2 to $3 bags, pimps ran Times Square, graffiti covered every subway car. She never learned to swim because the pools were full of pedophiles; she never learned to ride a bike because the parks were filled with drug dealers.

In 1975, the city had so little cash on hand that lawyers had prepared a petition for bankruptcy in the State Supreme Court. (Bankruptcy was averted only when the unions agreed to back the city's loans with their retirement funds.) In 1980, there were 1,814 homicides in New York, roughly six times today's number, even though the population has grown by almost a million and a half. The city was again on the brink of bankruptcy. My mother would have longed to live on Park Avenue. But, all the same, she would always tell me, as we visited her old neighbors in giant housing estates uptown, "No matter where you are in Manhattan, you're always a block from hell."

But that's not true anymore. Developers fight to build even higher towers, with more awesome views, bigger pools, more sophisticated gyms, grander private screening rooms, and more extravagant children's play spaces complete with ball pits and fake farmers markets. The Zeckendorfs, the developer brothers, conducted a "psychographic study" of the high-end market to see what they were looking for in a new building. (The answer: limestone. The Zeckendorfs' Central Park West building now has 87,000 pieces of it.) One new building boasts "en suite parking"—a separate elevator for your car.

There aren't many spots left in hell anymore. As I write, in 2019 the median sales price for a condo in Hell's Kitchen is $1,160,000. "Well, I sure don't have nostalgia about being

mugged," director John Waters told *The New York Times* in an article about the city in the 1970s. "But I do get a little weary when I realize that if anybody could find one dangerous block left in the city, there'd be a stampede of restaurant owners fighting each other off to open there first. It seems almost impossible to remember that just going out in New York was once dangerous."

In a way, today's limestone-loving classes have gilded New York even more than Martha Bacon's elite, with their costume balls and dinners at Delmonico's, ever did. "Manhattan is theirs," architecture critic Aaron Betsky has said. "We just get to admire it." I wonder if there's any need for vanity addresses anymore. Now, it seems to me, every street in Manhattan might as well be Park Avenue.

# 14

*Homelessness*

HOW DO YOU LIVE WITHOUT AN ADDRESS?

ike Manhattan, New Haven is a grid city. Founded by Puritans escaping persecution, the new settlement was based not on Philadelphia, but on the ideal city of the Levites, as described in Numbers 35:1–6. The Puritans neatly laid the streets in a four-by-four grid, the dimensions taken from Ezekiel 45:2, with its central meetinghouse copied from Exodus 26. The block in the middle became the New Haven Green, a place for worship and fresh air, where the captives who had overthrown the slave ship *La Amistad* would one day be taken for their exercise breaks.

The Puritans also designed the green to hold the number of people who would be saved in the Second Coming (144,000, they thought, about the population of Dayton or Pasadena). Today, it sometimes feels that it holds about the number of homeless people the postindustrial city has left behind. On any given day, under the Gothic shadow of Yale University, homeless people use the green as a place to spend their days.

It was here, nearly four hundred years after the Puritans arrived, that Sarah Golabek-Goldman, a first-year law student at Yale, found herself looking for homeless people to talk to. She'd had an alarming experience in a Starbucks during a blizzard not long before. Starbucks was like any other café in any other college town around exams, packed with students hunched

over laptops and textbooks, nursing the same latte all after-noon. Sarah was prepping for her contracts law school exam, her casebooks spread around a table. In from the snowstorm came a woman with frizzled white hair and lots of stuffed plas-tic bags. She sat down without buying a drink. Sarah glanced up as a police officer began to yell at the woman to leave; when Sarah rushed over to buy her a cup of coffee to pay for her seat, the woman fled. "Yale students don't understand," the officer shouted at Sarah, as she ran out the door after the woman. Sarah lost her in the blinding snow.

Before Yale, Sarah had worked on civil rights matters, and filmed a documentary that aired on PBS about finding her grandmother's grave in a cemetery destroyed by the Nazis. Sarah is idealistic, but she is also practical. She didn't really know what homeless people actually needed. So she began to do what a child aiming for schools like Yale had probably always done: her homework.

Standing alone in the New Haven Green, she wasn't even sure at first who was homeless. She started by looking out for people with a lot of bags, a bit like the lady she'd seen in Star-bucks. Explaining that she was researching the homeless, either the person would respond to her questions or they would some-times direct her to someone he or she knew was homeless. She later conducted dozens of interviews with both homeless people and service providers in New Haven; Washington, DC; and Los Angeles, and undertook a national survey with the help of a homelessness organization.

Almost immediately, she discovered that a lot of her assump-tions about homelessness were wrong. She had thought that finding adequate shelter in New Haven would be the biggest prob-lem. People on the Green did suffer from a lack of clean places to stay, especially during the bitter winters, and they also mentioned police harassment and deficient mental health treatment. But

those problems paled in comparison to what they really needed. And what they really needed, they told her, was an address.

By definition, homeless people don't have homes. But an address is not a home. An address, today, is an identity; it's a way for society to check that you are not just a person but the person you say you are. How many times have I been asked to show proof of address to register a child in school, to vote, to open a new account? It's not for the bank manager to come and meet me at the door. In the modern world, in short, you are your address.

Lots of people claim to want to go off grid forever, to seek out their own version of #vanlife. But the people Sarah interviewed desperately wanted to be on the grid with all that the grid entails: homes, bills, bank accounts—in essence, everything required for modern life. Most of all, they wanted jobs, and jobs required addresses. One man told her, "I used to work but now I don't have an address." Sarah discovered evidence showing many homeless people are especially hard workers because they are so grateful for the work.

Sarah, by then close to graduating with degrees from both Yale's business and law schools, began collecting applications for jobs at Starbucks, Macy's, JCPenney, the Gap. Again and again she found that every job application asked for an address even though employers would likely contact applicants by phone or email. Several applications stated that a background check might investigate the applicant's "mode of living."

Back in Los Angeles, where she grew up, Sarah interviewed low-wage employers. At Pizza Hut, one employee explained that there are "not many requirements" to work there. But "you need to be at the same address for a few years. Homeless people wouldn't get a job here, which is sad because they want to help themselves." The owner of a Denny's restaurant told her that he asked for potential employees' addresses because he wanted to

see "whether their roots are planted. I wouldn't hire a home-less person because he would be smelly and dirty. I sympa-thize with their plight, but in some cases it is their choice not to have a home." An owner of a small business told Sarah that he would "never hire a homeless person because I work with little children and their parents. They won't be impressed if they see that one of my employees is unkempt, smelly, a drug addict, alcoholic, and mentally ill."

The employers' blatant discrimination is based in part on mistaken views of who the homeless really are. Dennis Cul-hane, now a professor at the University of Pennsylvania, was a grad student when he lived in a shelter for several weeks for research. When he returned to that shelter months later, he re-alized that a lot of people he knew weren't there anymore—they had struggled through a difficult time and had been living in the shelter only temporarily. Only about a tenth were chroni-cally homeless.

Today, we know that while the incidence of mental health and addiction is higher in the homeless population, many more have simply fallen on hard times. (Severe mental illness is also more visible in people who live on the streets, rather than in their cars or on friends' sofas.) Families with children make up a third of the homeless population. And many people without permanent homes are already working; in no state in America today can anyone afford a two-bedroom apartment on a minimum-wage salary.

But stereotypes of drug abuse and lawlessness remain. Homelessness is deeply stigmatizing. Erving Goffman, one of the twentieth century's most influential sociologists, spent years thinking and writing about stigmas and those who live without social acceptance: the disabled, addicts, the mentally ill. He de-scribed stigma as a "spoiled identity." Interviewed for a study on homelessness influenced by Goffman's work, a young man

said that the hardest thing about living on the street "has been getting used to the way people look down on street people. It's real hard to feel good about yourself when almost everyone you see is looking down on you." When ordinary participants in a study were shown images of homeless people, their brain activity suggested that they saw the homeless as "less than human, or dehumanized."

Goffman described how some people seek to avoid stigma by trying to become "normal"—a person stigmatized for a facial deformity, for example, might undergo plastic surgery. For the homeless, one obvious way of managing stigma is to acquire some form of street address, which means not having to identify as homeless to the doctor or to a prospective employer. And this need for a positive identity is essential. Psychologist Abraham Maslow theorized that people need to satisfy their basic needs first—shelter, food, water, etc.—before they could fulfill their psychological and self-fulfillment needs. But this sequence may not be so straightforward: What if people struggling with homelessness need a positive identity *before* getting out of poverty?

In a classic study, researchers at the University of Texas found that homeless people find many ways to adapt to their situation—distancing themselves from other homeless people (not like "them"), embracing their status (as a "bum" or "tramp" or "hippie tramp"), or even telling fantastical stories about their lives. One homeless man, just before going to sleep on the concrete floor of a converted warehouse, told an interviewer, "Tomorrow morning I'm going to get my money and say 'Fuck this shit.' I'm going to catch a plane to Pittsburgh tomorrow night, I'll take a hot bath and have a dinner of linguine and red wine in my own restaurant and have a woman on my arm." Seen later, he said his money was "tied up in a legal dispute." Another

bragged about patrolling the border between Alaska and Siberia (there is no such border) and of trading vodka with the Russian guards. The stories were not (necessarily) symptoms of a mental health disorder; they were one way of salvaging a positive identity in the most degrading of circumstances.

This is one reason why homeless people don't have a certain look. They don't always look dirty, or smell bad. Many pass for sheltered—by couch surfing, using gas station bathrooms, and pouring quarters into laundromats. They spend their days in libraries and train stations rather than on the street, and might distance themselves from other homeless people. A study of homeless kids told how they would only take stylish clothes from the donation bins, and would even refuse winter coats if they weren't hip enough. In one conversation researchers recorded, a girl, Rosina, tells her friends Shelley and Linda that she hated the kid at their shelter who slept "three cots" away from hers.

> Shelley: Sssh, be quiet, someone will hear you and then people will know we are homeless.
>
> Rosina: I don't care.
>
> Shelley: I do.
>
> Linda: So do I. You should say that you don't like Jamal who lives three houses down—that way people will think you are talking about a kid in your neighborhood.

You can say you live three houses down—but you can't give that house's address. And passing without an address is tough. You might be able to use a friend's address, or a family member's—though many people without a home don't have this

kind of social support. Or you could use a shelter address—but these won't fool employers either. "Ella T. Grasso Boulevard?" employers asked one applicant in New Haven. "Where do you live? Isn't that a business district?" "I knew what they were getting at," this person explained to Sarah. "But it's the only place I know that is livable. And then they thank you for your time."

The postal service will receive and hold mail addressed to your name, if you send it to general delivery. (In many countries, this is called poste restante, and it dates back to the earliest days of the postal service.) Ronald Crawford told a reporter that he loves the junk mail he receives, which he picks up at the general delivery window of New York's main post office. "I have something with my name on it and I'm recognized, you know, so I kind of appreciate it." But the postal service doesn't offer what the homeless really need—a way to pass as not homeless.

Sarah's solution: ban the address. Or, rather, ban employers from asking for it before giving a job offer. Employers contact applicants by phone or email—what did they need the address for anyway? Simply taking that line off the application would stop discrimination—and perhaps give homeless people the confidence to apply.

Banning questions on an application form is not a new idea. Dorsey Nunn was sentenced to life in prison in 1969. When he was released after twelve years, he started an organization advocating for former prisoners. One of the innovations he pushed was advising employers to "ban the box"—the question asking if the applicant had been convicted of a crime. What if employers only asked the question after they had reviewed the application? Nunn traveled across the country to sell his idea. When Walmart took the box off its form, other businesses—Target, Bed Bath & Beyond, Starbucks—followed. Thirteen states have banned the box for all employers. Now more than two hundred

million Americans live in places where asking about criminal history at the initial application stage is limited by law. Sarah's adoption of this approach for the homeless makes sense. If employers can't ask about your address, they can't know if you're homeless. It's a cheap, straightforward answer to a complicated, expensive problem.

The only option better than banning the address would be making sure every person has one. And then I found someone who figured out how to do it.

An ocean away from New Haven, on a sunlit terrace café in Hammersmith, London, Chris Hildrey told me his genius idea. Chris is in his mid-thirties; he looks younger, with his cropped hair and boyish face. When he was eighteen, he got the highest score in the country on his A-level course in design. Today, he is already an accomplished architect. When I first met him in 2018, he was redesigning the grand entrance of London's Museum of Natural History, only about a mile away from where we sat.

Since Chris started out as an architect, London has been in the middle of an epic housing crisis. House prices have shot up (prices in my own borough of Hackney rose almost 600 percent in twenty years) and no one has built enough affordable housing. Still, unlike other cities I've lived in, London is remarkable in that the poor and the rich often live incredibly close together. Houses in my neighborhood listed for £1.5 million sit next to vast public housing apartment buildings. Grenfell Tower, a mostly working-class council estate where seventy-two people died in a 2017 fire, stood in one of London's wealthiest boroughs, Kensington and Chelsea—where the *average* property price in 2019 was £1.77 million.

Of course, the ideal solution to homelessness would just be to give everyone houses. Utah reduced its homeless rate by

91 percent over a decade by giving the homeless free or cheap housing. In the UK, however, homelessness has been rising for several years, linked to a period of conservative welfare cuts. From 2010 to 2018, the number of homeless "rough sleepers" in the UK rose by 165 percent.

As the housing crisis heated up, the government started to require private developers to include a certain amount of affordable housing in their buildings. Chris told me how developers create luxurious lobbies and atria for their full-price apartments, but build separate entrances for the affordable housing—"poor doors," they called them. In Fitzrovia, luxury flats developed from a former workhouse have their own entrance and courtyard; flats built as affordable housing enter through a public alley. One developer only allowed children from the full-price apartments to play on the playground. Other investors simply buy their way out of the obligation to include affordable housing. Architects don't have much say in these decisions, so the lack of affordable housing was not a problem that could be solved by better design or squeezing out more space. Developers simply wanted to build for rich people. "If the only tool I have against homelessness is building more buildings," Chris told me, "it's not going to be very effective."

Other innovations could make the lives of the homeless easier. Designers have suggested mounting pods on the outsides of buildings in New York, 3-D-printing apartments, and building temporary sleeping pods out of timber. But a shelter worker told Chris, "Don't build a better tent." He decided he didn't just want to make the lives of the homeless easier or, worse, more palatable for others. Like Sarah, he began to ask questions, cold-calling shelters and interviewing officials. And, like Sarah, he arrived at the same conclusion. The lack of a home address was crushing people's chances of ever getting a home again.

On his computer, Chris pulled up a list of all the things you

can't do without an address: get an ID card, a passport. You can't get a marriage license without a street address, nor, in the UK, can you use a post office box. Credit agencies use them to give your credit score. To inform patients of their appointment dates, the National Health Service sends out letters. I knew this firsthand: I've missed NHS appointments I didn't know about, simply because I hadn't paid attention to my mail. And while you can technically vote without a street address, you will struggle to obtain the forms of identification you need to prove your eligibility.

To receive unemployment benefits—known as "Jobseeker's Allowance" in the UK—the applicant must turn up in person at a Jobcentre. Jobcentres, too, still issue their appointment letters by mail. If you miss an appointment after a letter was sent out, you can be sanctioned by losing your benefits, Chris told me, for between four weeks and *three years*. A man who went to his dying mother's bedside was deprived of his benefits, even though he told the Jobcentre in advance. A man who missed an appointment because his baby had been stillborn was reportedly sanctioned. A man who had a heart attack during a work capability assessment: sanctioned. One recent study found that 21 percent of people using homelessness services had become homeless because of sanctions.

Chris quickly realized that, even as an architect, he couldn't just build homes for the homeless. But perhaps he could give them addresses instead. His first thought: put letter boxes on the back of street signs so the homeless could use them to receive mail. ("It was a terrible idea," he told *Wired*. "I'm a designer, I'm used to making things.") But on a trip to a Royal Mail Sorting office, he had an epiphany while watching workers forward mail from an old address to a new one. An address does not have to be connected to an actual home. If you write to Santa Claus in early December, sending it to Santa's Grotto, Reindeerland,

postcode XM4 5HQ, he'll send you a reply. Reindeerland apparently (and disappointingly) is in Belfast. If Santa can have a fake
address, why can't the homeless?

The Royal Mail handed Chris a list of all of the addresses in
the entire UK. He quickly began to analyze it, pulling out numbers and statistics. He discovered that, of streets in the UK that
are numbered as high as 14, 34 percent (and 74 percent in Birmingham!) superstitiously do not have houses with the number
thirteen—could he give these unlucky numbers to the homeless? But the Royal Mail's forwarding system doesn't work that
way. For everyone but Santa the address has to be real.

He could tell I was having trouble wrapping my head around
the idea. So he handed me another analogy. We used to have
landlines. We were used to calling a place. Now we rarely call
places; we call people. (I realized he was right when I gave up
trying to teach my clueless five-year-old outdated phone eti-
quette: "Excuse me, is so-and-so there?" I couldn't imagine
when she'd use it.) Why should an address be any different?

Then it struck Chris: Why not allow the homeless to use the
addresses of empty houses? It is a strange fact that in England,
a country with soaring house prices and a housing short-
age, more than 200,000 houses sit empty for more than six
months—and at least 11,000 are unoccupied for more than ten
years. In Kensington and Chelsea, more than 1,600 homes are
empty—owned by Ukrainian oligarchs, offshore companies,
foreign royalty, and even Michael Bloomberg (a £16-million
seven-bedroom period mansion, if you're wondering). In 2019,
over £53 billion worth of property sat empty in England—over
216,000 homes. Sometimes the reasons for the empty homes are
the usual ones—someone has gone into a nursing home or va-
cated for extensive renovations. But for many investors, London
houses are Georgian-brick bank accounts.

Chris looked amused when I asked him whether the home-

owners would mind. He told me that people always asked him of the homeless, "How will they get in?" But they don't get in at all—the address is just a place marker. You own your home, not the address. Even if you move back in, it wouldn't matter if someone else was using your mailing address. In fact, there's no reason you couldn't do this with occupied houses as well—but that, he told me, would be too radical a change. People might not understand that there is no risk to them, and complain.

Chris pulled up a spreadsheet on his laptop and showed me how the scheme would work. The homeless person receives an address of an empty home, and then enters it in an online database where she wanted her mail forwarded—to a shelter, a friend's house, etc. The post office would then redirect the mail to that location. An employer would never have to know the homeless person didn't actually live at her assigned address.

Both Sarah and Chris had zeroed in on a dilemma for people who find themselves homeless. Do you accept it or deny it? Accepting homelessness can be a good thing. You can get support from others, access help, find a shelter. But accepting homelessness can be dangerous, too. Thinking that you are temporarily without a home implies that you will have a home in the future. Adopting the view that homelessness is a long-term status, rather than a temporary condition, can lead to despair. It's one reason I'm told many who qualify for homeless services don't accept them; to stop being homeless, you often have to find ways to pretend, sometimes even to yourself, that you aren't. The fiction of having a home might just be the first step to getting one.

After I spoke to Chris, I took the tube to go see One Hyde Park in Knightsbridge, one of London's most decadent new developments. I'd heard a lot about One Hyde Park, the site of the most expensive apartment sold in London, a £160 million penthouse. From the outside, it looks like an upmarket Hilton,

but inside, it houses sauna rooms, an ozone swimming pool, a golf simulator, a squash court, room service, and personal panic rooms—all for the bargain price of £7,000 per square foot. One was advertised in 2019 for rent—at £40,000 *a week.*

A majority of the apartments are used as second, third, or fourth homes, and they sit completely empty. Walk past the building at night, journalist John Arlidge has written, and it's dark. "Not just a bit dark—darker, say, than the surrounding buildings—but black dark. Only the odd light is on. . . . Seems like nobody's home." I stared at one of the uniformed guards in his bowler hat (trained, apparently, by the British Special Forces) and he stared back at me.

Chris is now working with a council in London to pilot his brilliant idea. If the project ever kicked off on a grander scale, someone in the city who lost their home might have an address at One Hyde Park, too. I liked the subversive nature of it, the idea that a homeless person could have the Knightsbridge address a billionaire had paid so lavishly for. Why not give it to someone who can use it? The home may be empty, but an address never need be.

## Conclusion

In September 1905, Daniel Burnham revealed his new plan for the city of San Francisco at the St. Francis Hotel. Burnham was already one of the world's most famous urban planners and architects. He had designed the "White City" at Chicago's Columbian Exposition (1893), an exhibit of more than 150 neoclassical buildings, with facades crafted from plaster of Paris, spray-painted white and lit by 100,000 electric bulbs. About 30 million people—a number equal to a third of the U.S. population—visited Burnham's creation. Although it was little more than a collection of "decorated sheds," many left the White City in tears of awe.

Burnham's plan for San Francisco was well received. But in April 1906, an earthquake struck the city, killing 3,000 people and leveling 80 percent of its buildings. Most of the copies of Burnham's plan, which had been stored in City Hall, were lost. He traveled to the city to drum up new interest in the plan, but San Francisco simply wanted to rebuild, not reinvent.

On the long train trip back home to Chicago, Burnham sat next to Joseph Medill McCormick. McCormick was the publisher of the *Chicago Tribune,* and a member of the city's Commercial Club. McCormick told Burnham to turn his attention to creating a grand plan for Chicago. Burnham told him it would be an "enormous job" and he would have to think about it. Back in Chicago, other members of the Commercial Club cornered him

to convince him to take on the role. "I am now ready whenever you are," he finally told them. From his penthouse office opposite the Art Institute of Chicago, he devoted the next years to designing an elaborate plan to make Chicago a "Paris on the Prairie."

It was a plan for a city that desperately needed one. In the second half of the nineteenth century, Chicago had grown more quickly than any other city in the Western world. The city had begun as a small trading post with the Native Americans, but its rich soil, railway network, and strategic location on the shores of Lake Michigan drew businesses—and immigrants, trainloads of immigrants—from all over the world. But it was ugly, a city of sewage-filled alleys, muddy shores, and belching smokestacks. The reek of the slaughterhouses, where four hundred million livestock were butchered between 1865 and 1900, wafted downtown. Upton Sinclair's book *The Jungle* had recently exposed the stockyards' foul practices. "They use everything about the hog except the squeal," he wrote.

Burnham's committee to design a new Chicago met hundreds of times, before publishing a 164-page book, complete with gorgeous illustrations of the new Chicago. The plan made big-shouldered Chicago look positively European, calling for new and grand diagonal streets, public parks, municipal piers, and a vast city lakefront. "Make no little plans, they have no magic to stir men's blood," Burnham is famous for having (probably) said. His big plans for Chicago would have rendered the city virtually unrecognizable.

Just a few years before the *Plan of Chicago* was published, a very different sort of Chicagoan embarked on his own city improvement plan. Edward P. Brennan was intimately familiar with the absurdity of Chicago streets from his work as a grocery deliveryman and bill collector. As Patrick Reardon has described, one summer Brennan brought a bundle of maps with him on vacation to Paw Paw, Michigan, with the intention of

sorting out the messy streetscape. Chicago had annexed surrounding towns—the city grew by 125 square miles in 1889 alone—and the resulting duplicate names and incoherent numbering systems had never been harmonized. Reardon points out that Schuyler Colfax (who, you probably won't remember, was Ulysses S. Grant's first vice president) had no fewer than five Chicago streets named after him.

With help from a second cousin who was a city alderman, Brennan became almost a one-man organizer of Chicago's streetscape. His plan was coolly logical. Even numbers for buildings on the west and north sides of streets; odds on the east and south sides. Numbers would increase by eight hundred every mile, making it easy to figure out where any given number was on a long street. Duplicate street names would be eliminated, preferably by choosing a new name with historical or literary importance. Broken-link streets, single streets with several different names, would now have just one. In one letter to the city alderman, Brennan wrote, "So let us go forward with the spirit that built the World's Fair, correct our error and present the people of Chicago with a perfect house numbering plan."

Daniel Burnham had wanted Chicago to look Roman. Edward Brennan envied how Rome set a navigational focal point for the empire. In a 1936 newspaper interview, Brennan said, "I recall the old saying, 'All roads lead to Rome.' It seemed to me that it could be brought down to date and made to apply locally by rewriting it to 'All streets lead to State and Madison Streets.'" State and Madison would become the intersection where all numbers in the city began.

The city council ultimately adopted Brennan's plan. Beefy address directories appeared, and postcard sellers ran a booming business as people used the mail to announce their new addresses. Western Union, Riddiford Brothers Janitors' Supplies, and Marshall Field's department store wrote letters

commending Brennan's efforts; Brennan diligently pasted these into his scrapbooks.

In 2009, the centennial of Daniel Burnham's plan was commemorated through a three-state celebration with the theme "Bold Plans and Big Dreams." Dozens of events were held in Burnham's honor. To mark the occasion, world-famous architects Zaha Hadid and Ben van Berkel designed architectural pavilions in the grand Millennium Park. Composer Michael Torke's *Plans,* an orchestral and choral work based on Burnham's words, premiered in the park. Fifth graders designed a living map of the city. Today, Chicago has a Burnham Harbor, a Burnham Library, a Burnham Park, a Burnham Center, and a Burnham Avenue. The American Planning Association hosts an annual Daniel Burnham Forum on Big Ideas.

But today only a few recognize the incredible civic achievements of Edward Brennan, whose plan was implemented the same year Burnham's was published. He often appears as a footnote in Chicago's public history, his name preserved on the cityscape in an obscure two-block residential street named South Brennan Avenue and an honorary designation at State and Madison.

Burnham is now widely known for spurring the City Beautiful movement that inspired urban planning for decades. But before Chicago could be beautiful, it had to be organized. In 1908, the year before Brennan's plan for the streets was implemented, the superintendent for post office delivery in Chicago gave a speech, lamenting the 125 towns within city limits with their own street names and numbers, and the more than 500 duplicate street names. Later, he would ask "What is the use of spending large sums in beautifying the city when one cannot find one's way about it?"

Still, history likes big plans and it likes big men. Burnham was a tall, athletic man, with bright blue eyes, a dramatic red mustache, and immaculate tailored suits he imported from

London. One of his employees called him "the handsomest man I ever saw." A kind of New World aristocrat, he was an eighth-generation American, his first American ancestor arriving in Ipswich, Massachusetts in 1635. By the time he had devised the *Plan of Chicago,* he had left the city. Unable to picture his five children playing on the city's filthy streets, he had moved to Evanston, and lived in a sixteen-room house.

Edward Brennan, on the other hand, was Irish-American, and lived in Chicago with his wife and three daughters, who would run around the corner every evening to meet him as he came home from work. A surviving black-and-white picture shows a slight, dapper man with dark-rimmed glasses, a pocket watch, and a pinstriped suit. Both Burnham and Brennan donated their time to the cause, but Burnham, a rich man, could more easily afford to do so. Burnham worked alongside a slew of paid draftsmen and architects. Brennan, who attended over six hundred City Hall meetings, toiled tirelessly, unpaid, and largely alone for many years on what Andrew Oleksiuk has called the city's "invisible architecture."

Class might account for their relative renown. Burnham's plan appealed to elite sensibilities, and has been criticized for neglecting the needs of the swelling working classes in favor of an abstract beauty. His plan succeeded in some respects—his ideas about orienting Chicago toward its waterfront, for example, dramatically impacted the cityscape. But, in the end, Burnham's plan was not fully implemented, enthusiasm for some of his grand plans waning during the Depression.

Brennan's system for the streets, however, worked for everyone, especially working-class deliverymen and postal workers. At the time, the city publicly praised the tidiness and efficiency of Brennan's system, noting, "There are now fewer street names in Chicago than in any other city in the country of even one-half the area of Chicago."

I suspected that we are no different now, celebrating what we see to be beautiful and neglecting the value of invisible infrastructure. I decided to search out today's Edward Brennans so I could give them the credit they deserve. They were not quite who I expected them to be.

To understand the future of addressing, let me introduce you to a South African doctor named Coenie Louw. In his early years, Dr. Louw worked as a general practitioner in a government clinic, where he sometimes saw 120 patients before one o'clock. He admits that the mundane task of handing out prescriptions often drained him, and he felt there was a better way to tackle the health crises he saw in his office every day. Eventually he founded an organization called Gateway Health Institute, to tackle health issues in underserved parts of South Africa.

One of Gateway Health's projects focuses on maternal care. Dr. Louw told me a doctor might find himself doing a C-section at a rural clinic when the woman should have been sent to a major hospital. The government has admitted it only has about a third of the ambulances it really needs. Some women in villages have been taken in for their deliveries in wheelbarrows. Even if a pregnant woman could manage to telephone an ambulance or a taxi, she had no way of telling the driver how to get to her. In much of apartheid South Africa, as I already knew, there were no street names or numbers, particularly in the townships which were often simply called Blocks and were unmapped. It is not so different today. Dr. Louw was searching for a solution when he came across what3words.

What3words is a start-up addressing system. The founder, Chris Sheldrick, is from Hertfordshire in the south of England. "Every day people struggle with the problem of addressing," he's said recently in a TED Talk. He used to work in the music business, helping organize festivals and concerts. (He had been a musician

himself, before he punched through a window in a sleepwalking accident, severing tendons and an artery.) Sheldrick noticed that musicians and production companies were always getting lost looking for gigs—turning up, for example, an hour north of Rome instead of an hour south, or at the wrong wedding entirely.

Even when he had the right address, it didn't always lead to the right place. "I regularly had to get thirty musicians and truck drivers to show up at the back entrance of a stadium," Sheldrick has said, but the GPS system would take him to the side entrance instead. Other locations—like a field—had no address at all.

Sheldrick thought it was a problem he could tackle. With a mathematician friend, a fellow chess-player from Eton, he came up with an ingenious idea—divide the world into squares, 3 meters by 3 meters. Instead of using coordinates, they decided to use words, which are easier to remember than a string of numbers. Three words per square: 40,000 words, 64 trillion 3-word combinations.

And so what3words was born. Every spot on the world's surface now has its own what3words address. It's easy to look up on the company's website or on its free app. The middle of the Taj Mahal is at doubt.bombard.alley. The Eiffel Tower is at daunt ing.evolves.nappy. What3words can lead you to places without traditional addresses. The middle of the White House Rose Garden is army.likes.jukebox. The playground slide my kids love to career down is at shot.pokers.clock.

The uses of the technology are endless. Want to find your friends sitting under a tree for a picnic? Use a what3words address. Need to pin exactly where on a sidewalk you took that picture? Or find your Airbnb tree house in Costa Rica? What3words can help with that, too. The technology has more serious uses. The Rhino Refugee Camp in Uganda is using what3words to help people find their way to the camp's churches, mosques, markets, and doctors' office. The Mongolian postal service is using the addresses to send

mail to nomadic families. And Dr. Louw now uses the three words to find patients in the townships of South Africa.

In the UK, emergency services have begun to embrace the technology as well. Police in Humberside found a woman who had been sexually assaulted and taken to an unknown place by helping her locate her three-word address using her phone's GPS. They rushed to her quickly—and arrested her attacker. And the BBC reported how the words "weekend," "foggy," and "earphones" helped police track down a mother and her child after a car accident. Sam Sheppard, who works with Avon and Somerset police, put it this way. "We are moving away from the old style questioning—'Where have you come from?', 'Where are you going?', 'What can you see?' et cetera. These questions take time and aren't always that accurate."

I went to go and see what3words for myself, in its stylish office in west London. The company's marketing head, Giles Rhys Jones, in a backward cap and red thermal shirt, met me in the café on the ground floor of the building, wheeling his bike in from the damp cold. The operation skews young and idealistic, but the work it does is painstaking and complex. What3words is now in thirty-six languages, including Bengali, Finnish, Tamil, Thai, Afrikaans, and Zulu.

Giles took me to see Jamie Brown, a kind-faced young linguist with reddish hair knotted in a loose bun, who helps to translate the map into other languages. It's not just a matter of translating the existing word map into the new language. Instead, what3words hires native speakers, often culled from linguistics programs at London universities, to speak each word out loud to rule out homophones that would be confusing—blue and blew, for example. The advisers also sift out rude words or slang. (The word "tortoise" doesn't appear in the Bengali list because some people think it's bad luck to have one in your house.) They weed out words that don't work; *Rechtsschutzversicherungsge-*

*sellschaften,* for example, meaning "insurance companies providing coverage for legal expenses" is too long for an address whose selling point is brevity. And they make sure that every word is unique to all editions of the map—*barn,* the Norwegian word for "child," can't be used in the Norwegian map because "barn" already appears in the English-language version.

Eventually the linguists cleverly whittle down the list of words. And then the most familiar words are allocated to places on the map where speakers of the language are most likely to live. On the French map, the word *chat* ("cat") is likely to form part of a what3words address in Paris, or perhaps Montreal. On the Korean map, the word for cat will appear most often in Seoul. Less common and more complicated three-word addresses were put in the Arctic (ultimatum.deadliness.comically in the English version) or in an Afghanistan desert (capabilities .concurrency.rudimentary).

I had expected to find those tackling the future of addressing to be more like the army of experts I'd interviewed—nerdy geographers, tweedy historians, and experienced bureaucrats. I hadn't expected that addresses, too, would be revolutionized by the young, the hip, the technically advanced. And it's not just what3words. Google has devised Plus Codes that use a string of numbers and letters to provide an address for any spot in the world. Plus Codes, which are derived from longitude and latitude coordinates, are about the length of a phone number. But the length can also be shortened when combined with a place name. So my regular spot at the British Library becomes GVHC+XW Kings Cross, London. Addressing the Unaddressed, the nonprofit addressing Kolkata's slums that I visited in chapter 1, is now using Google's technology to finish the addressing project in India—to extraordinary success.

Facebook has gotten into the addressing game as well. Teaming up with MIT researchers, Facebook has created a deep-learning

algorithm to scan satellite images and use the pixels to find roads in areas that lack traditional street addresses. The algorithm then "[takes] those pixels and [stitches] them together into a network of roads which [can] then be analyzed and split into quadrants." (I'm not sure what that means, but it sounds impressive.) Then the streets are numbered and lettered in a rational fashion, much like many American streets—First, Second, etc. The scientists called their algorithm Robocodes.

Digital addresses have the potential to revolutionize e-commerce around the globe. In much of the unaddressed world, the problem is not shipping the item from, say, China, to Tanzania. The problem, instead, is what logisticians call the "last mile"—more specifically that the last stretch of delivery can sometimes make up half the total delivery cost.

Andrew Kent, an American living in Uganda, was able to get his credit card from the United States in just 2.5 days. But "after traveling 8,000 miles from Omaha to Kampala," he wrote, "the credit card couldn't travel the final 3 miles from the DHL office to my house—because my house didn't have an address. I had to go to the office and pick it up." When he moved to Rwanda, he had to give the same kind of winding directions he always gave, directing drivers to a club called the Rosty (the new Rosty, he always specified, not the old one). But he always ended his directions the same way millions do every day: "I'll come outside and find you."

E-commerce is growing rapidly in many parts of Africa. In Nigeria, for example, Jumia is vying to be Africa's Amazon, selling everything from generators to perfume to cornflakes. Delivery start-ups compete to send drivers on motorcycles to deliver packages all over Lagos. Because addresses are hard to find, deliverymen often need to call clients for further directions. But as Kent adds, phone calls are expensive: a single call might cost 40 cents, a pretty deep cut, he points out, into a pizzeria's profit on a $7 order.

I knew by now how damaging it is not to have an address. Digital addresses can make these problems disappear. And these new addresses offer a quick and easy solution to a problem many governments are not tackling effectively. The World Bank has produced *Street Addressing and the Management of Cities,* a free, comprehensive course for city officials on street addressing infrastructure. It is basically Street Addressing 101, run by the experienced experts I expected to find tackling this problem today. The course is excellent—both clear and thorough. Still, I suspected it would be difficult for a growing city without a decent budget and qualified staff to implement its lessons. The steps are many and complex. You need to conduct a "feasibility study." You have to create a base map, hopefully with the help of a surveyor, cartographer, or an architect. You need to inventory the streets to discover all the current roads, their condition, their names, and their numbering systems, if any. And that's before you've named a single street.

Eventually, you also have to choose a codification system, select a naming ideology, and learn how to divide the city into address zones. You have to decide how to number each house—should it be sequential, metric, or decametric? And what counts as a house, anyway? The course exhausted me, and I wasn't even doing anything except taking notes at my kitchen table. And then, of course, there's no guarantee that residents will even choose to use the addresses you assign.

Finding people is a problem the Enlightenment was poised to solve, and yet it's still a problem that so often defeats us today. These new technological solutions seem like the easy answer. So why can't I get more excited about them?

The first problem, unsurprisingly, is money. What3words is out to get rich from its clever invention, and has raised tens of millions of dollars in start-up funding. This isn't in itself a bad thing—coming up with the three-word addresses is a lot

of work—but it's unfortunate that in an age when data matters more than ever, the new digital addresses are bound up in patents. You can't find out your own what3words address, or any of your neighbors' addresses, without asking what3words's app or website. And even though what3words told me it isn't trying to replace traditional addresses, they do have the potential to become the official addresses in places like Mongolia, whose postal systems have adopted the system. The company has promised that the app and website will always be free, but I'm not sure I want a young start-up's software to be the only place I can find out where I am.

Google has impressively made its data open source, unlike what3words. Still, it's Google, one of the richest and most powerful companies in the richest and perhaps the most powerful country the world has ever known. If nothing else, their Plus Codes pull people online and toward Google products. I can't quite see how Facebook can monetize addressing streets, but at this point, I wouldn't put it past them to figure it out.

But my resistance is probably less logical than that. I would miss addresses. The house where I grew up first had only a rural post office number, Route 7, Box 663A. I liked writing that down on my school forms. Later it got a formal house number on Old Lystra Road. I liked that, too, even though I still have no idea what a Lystra is, or an old one. But I'm not so sure how I feel about baked.crumbling.necks, its what3words address.

At first, I thought clinging to our current system was just nostalgia. But it's more than that; it is, perhaps, a symptom of the modern condition. We don't know what the near future is going to look like—technologically or politically. Change seems to come more outrageously every year. And the more things change, the more we feel the need to anchor ourselves to the past. Street addresses have become one way to remember.

And remembering is one thing digital addresses cannot do.

Zaatari refugee camp in Jordan, at the edge of Syria, houses almost eighty thousand refugees, with thirty-two schools and fifty-eight community centers. By some estimates, it is Jordan's fourth largest city. But it was only in 2016 that it got street names: Basil Street, Olive Street, Anise Street, Zaytoun Street. "The street names are civilized ones, and they remind the individual of his country, and now an individual has an address. We used to live in a neglected area and now we have an address," one refugee, Abu Ismail, told Reuters. "Where do you live? In this specific street. Thank God, I now have an actual address."

Of course, if this book has taught me anything, people don't always unite around street names. Digital addresses bypass arguments over the meaning of street names. But I like the arguments. Arguments are what divide communities, but they are also what constitutes them *as* communities.

And digital addresses don't make communities. In a way, they can divide them. Your neighbor's what3words address is completely unrelated to yours. You can't learn her address from looking at her house—you have to ask an app, a third party. You can't ask anyone on the street for directions. And, as Graham Rhind, an addressing expert, told me, digital addresses like what3words "don't provide any link between our mental maps and addressing, and removing that link stops addressing being effective. There is no relationship between horse.town.faster and what I experience when I traverse through my world." Digital addresses create a world in which we all exist as dots on a map, each our own island, named by a corporation. And they can also create a world where, as open data expert Terence Eden points out, the address for an Auschwitz camp is grouchy.hormone.elevating.

Still, I admire companies like what3words, who are at least trying to solve some of the problems of address-lessness. I admire the Google Plus Codes and their open data even more, and I am rooting for their work in India. I know firsthand the

potential of these new addresses to allow millions of people access to services I used to take for granted—banking, voting, deliveries. And if I were a hostage speeding along to destination unknown, I would want the police to race to their what3words app to find me. Digital addresses will make life easier. But I don't see them making it any richer.

In writing this book, I have often relied on the works of brilliant academics who have devoted their careers to answering the questions this book asks. One of these experts is Professor Maoz Azaryahu, a cultural geographer who has written widely on street naming. I called him up one day. He was in his office at the University of Haifa, in Israel, and we had already been talking for an hour when I told him my dilemma. Digital addresses should be a happy ending for this book. So why do I feel so sad?

From my office in London, I could almost see his brows furrow across the Mediterranean. "We don't talk about Karl Marx," he said. "But we will talk about Karl Marx Street." Arguing about street names has become a way of arguing about fundamental issues in our society at a time when doing so sometimes feels impossible. How often are we called to take a stand and decide who we are as a community? We lose something of ourselves if we don't keep up the relentless, argument-riddled, community-based work of mapping and naming the places where we live. We should keep talking about Karl Marx Street.

History is probably against me. This isn't the first time we have revolutionized the ways we find each other. But in the eighteenth century, residents protested violently when officials marched through their villages painting numbers on their homes with that thick ink made from oil and boiled bones. The people understood the new numbers meant that they could now be found, taxed, policed, and governed, whether they liked it or not. They understood that addressing the world is not a neutral act.

Do we?

## Acknowledgments

This book would not be possible without the many scholars whose ideas have illuminated its pages. I especially thank Reuben Rose-Redwood, Derek Alderman, Maoz Azarahyu, and Anton Tantner, whose research, assistance, and support are evident throughout this book. Rose-Redwood in particular led me to West Virginia at the start of my journey, and I have always been grateful for his fine work and enthusiasm to answer all address-related questions. I also wish to thank James Scott and the late Priscilla Parkhurst Ferguson, whose mind-blowing books (*Seeing Like a State* and *Paris as Revolution,* respectively), transformed how I view the world.

I'd also like to thank the many others who read, edited, assisted, or in any way helped make this book possible, especially Sina Akbari, Andrew Alpern, Kevin Birmingham, Ed Charlton, Serena Coetzee, Rebecca Richman Cohen, Bryan Di Salvatore, Rosalind Dixon, Stuart Elden, Daniel Farbman, Rachel Faulkner-Gurstein, Katherine Flynn, Declan Forde, Ralph Frerichs, David Garrioch, Rishi Gulati, Paul Hughes, Bruce Hunt, David Kilburn, Tom Koch, Eric Idsvoog, Louisa Jacobs, Sarah Stewart Johnson, Kate Julian, Ha Ryong Jung, Bernard Keenan, Leah Kronenberg, Howard Lee, Paul MacMahon, David Madden, Hannah Marriott, Colin Marshall, Peter Masters, Adele Nicholas, Hillary Nye, Brian O'Neill, Nichola O'Neill, Jessica Reed,

Krista Reynen, Jan Schütte, Elaine McMillion Sheldon, Christina Thompson, Ian Tomb, Trina Vargo, Peter Wells, and Ellen Wiles. Thanks in particular to Ritush Dalmia, Martina Plaschka, and Chris Shin for all of their translation assistance.

All mistakes are, of course, my own.

Special thanks to my agent Laurie Abkemeier, who had faith in this book when it was nothing more than a vague idea. Thanks to Anna deVries, my tireless editor, and the rest of the brilliant crew at St. Martin's Press, especially Alex Brown, Michelle Cashman, Dori Weintraub, and the copyediting and proofreading team. Also thanks to Rebecca Gray and the superb Profile Books staff, who supported the book so enthusiastically in London.

Thanks to my fantastically supportive parents, Allen and Deirdre Mask, who gave me life and then made it fun. And thanks to the rest of my family: Bryan Batch, Alton Williams, Kenny Batch, Kaleah Smith, Sydney Batch, Patrick Williams, Allen Mask, Carly Mask, Alex Mask, Anderson Shackleford, Skip Batch, Fay Batch, Julia Batch, Taylor Batch, Dakota Batch, Aaron Batch, Lloyd Vance, Jeanne Mask, Ken Mask, my grandmothers Jean Vance and Gloria Mask, and my nephews and niece.

And to my MacMahon family: Claire MacMahon, Marc Height, Grainne MacMahon, Christopher Collins, and especially, Maura MacMahon, who, more than anyone else, I would have loved to have read this book.

Thanks so much for the infinite wisdom of Danny Parker and Nina Gershon, who let me give my daughter her name. Barbara Stoodley, Claudine Noury, Amena Subratie, and Shakira Subratie, thank you for taking such terrific care of my kids. Una and Kieran Martin, thank you for my Belfast writing retreat. Alice Morgan stepped up when I really needed her. Margo Strucker and Susie Flug-Silva, thank you for being there every day for more than twenty years, often across an ocean. Brian MacMahon,

this would not have been possible without you; I wish I could find something better to say than thank you again, but thank you so much again.

And for the staff of the British Library, who always helped with my eclectic requests without raising an eyebrow.

And, of course, thanks to Maeve and Nina, whose delightful presence often distracted me from this book, in the best way possible.

# Notes

## EPIGRAPH

vii  Willy Brandt, *Links und Frei: Mein Weg 1930–1950*, trans. Maoz Azaryahu (Hamburg: Hofmann und Campe, 1982), 80.

## INTRODUCTION: WHY DO STREET ADDRESSES MATTER?

1  **In some years, more than 40 percent:** The 40 percent figure dates to a time when legislators voted on honorary street names one at a time. In recent years, the City Council has grouped street-naming measures, voting twice yearly for dozens of new names. See Reuben S. Rose-Redwood, "From Number to Name: Symbolic Capital, Places of Memory and the Politics of Street Renaming in New York City," *Social & Cultural Geography* 9, no. 4 (June 2008): 438, https://doi.org/10.1080/14649360802032702.

1  **little more than a Dutch trading station:** For more see Sanna Feirstein, *Naming New York: Manhattan Places and How They Got Their Names* (New York, NY: NYU Press, 2000).

1–2  **Recently, the city council approved:** Devin Gannon, "City Council Votes to Name NYC Streets after Notorious B.I.G., Wu-Tang Clan, and Woodie Guthrie," 6sqft, Dec. 27, 2018, https://www.6sqft.com/city-council-votes-to-name-nyc-streets-after-notorious-b-i-g-wu-tang-clan-and-woodie-guthrie/.

2  **"antiwhite. Don't limit my antis to just one group of people":** Marc Santora, "Sonny Carson, 66, Figure in 60's Battle for Schools, Dies," *New York Times*, Dec. 23, 2002, https://www.nytimes.com/2002/12/23/nyregion/sonny-carson-66-figure-in-60-s-battle-for-schools-dies.html.

2  **"there's probably nobody":** Frankie Edozien, "Mike Slams Sonny Sign of the Street," *New York Post,* May 29, 2007, https://nypost.com/2007/05/29/mike-slams-sonny-sign-of-the-street/.

2  **"assassination":** Azi Paybarah, "Barron Staffer: Assassinate Leroy Comrie's Ass," *Observer,* May 30, 2007, https://observer.com/2007/05/barron-staffer-assassinate-leroy-comries-ass/.

3  **"We might go street-name-changing":** David K. Randall, "Spurned Activists 'Rename' a Street," *City Room* (blog), *New York Times,* June 17, 2007,

https://cityroom.blogs.nytimes.com/2007/06/17/spurned-activists-rename
-a-street/.

3  **"Why are leaders of the community"**: "Sonny Side of the Street? No Honoring
   a Racist," *New York Post,* June 3, 2007, https://nypost.com/2007/06/03/sonny
   -side-of-the-street-no-honoring-a-racist/.

7  **"We don't know where that stuff is at"**: Reuben Rose-Redwood, "With Numbers in Place: Security, Territory, and the Production of Calculable Space,"
   *Annals of the Association of American Geographers* 102, no. 2 (March 2012):
   312, DOI:10.1080/00045608.2011.620503.

8  **A farmer in neighboring Virginia:** Ibid., 307.

8  **"All they had to do"**: WVVA TV, "911 Misconceptions Uncovered," Sept. 10,
   2010.

9  **"Addressing isn't for sissies"**: Rose-Redwood, "With Numbers in Place," 311.

9  **"How bad did he need that address?"**: Ibid.

10 **Carpet shops, supermarkets, and furniture stores:** Simon Rogers, "Data Journalism Reading the Riots: What We Know. And What We Don't," *Datablog:
   UK Riots 2011, Guardian,* Dec. 9, 2011, https://www.theguardian.com/news
   /datablog/2011/dec/09/data-journalism-reading-riots.

11 **"human ornaments"**: Sukhdev Sandu, "The First Black Britons," BBC History, accessed Sept. 16, 2019, http://www.bbc.co.uk/history/british/empire
   _seapower/black_britons_01.shtml.

11 **By some estimates, the British carried:** "British Transatlantic Slave Trade Records: 2. A Brief Introduction to the Slave Trade and Its Abolition," National Archives, accessed June 23, 2019, http://www.nationalarchives.gov.uk/help-with
   -your-research/research-guides/british-transatlantic-slave-trade-records/.

12 **"I am in a very distressed"**: This deathbed account is described in detail in
   Kevin Belmonte, *William Wilberforce: A Hero for Humanity* (2002; repr.,
   Grand Rapids, MI: Zondervan, 2007), 333.

12–13 **"That boy's finger does not"**: Kate Phillips, "G.O.P Rep Refers to Obama as
   'That Boy,'" *New York Times,* April 14, 2008, https://thecaucus.blogs.nytimes
   .com/2008/08/14/gop-rep-refers-to-obama-as-that-boy.

13 **After I wrote about West Virginia:** Deirdre Mask, "Where the Streets Have
   No Name, *Atlantic,* Jan./Feb. 2013, https://www.theatlantic.com/magazine
   /archive/2013/01/where-the-streets-have-no-name/309186/.

## 1. KOLKATA: HOW CAN STREET ADDRESSES TRANSFORM THE SLUMS?

18 **The traffic in Kolkata is so terrible:** "Kolkata Traffic Worsens Despite Effort to
   Calm Drivers with Music," "CitiSignals," Citiscope, Sept. 1, 2015, http://archive
   .citiscope.org/citisignals/2015/kolkata-traffic-worsens-despite-effort-calm
   -drivers-music.

19 **"I had to muster up every strength"**: Ananya Roy, *City Requiem, Calcutta:
   Gender and the Politics of Poverty* (Minneapolis: University of Minnesota Press,
   2003), 111.

20 **"introducers"**: Padmaparna Ghosh, "The World's Biggest Biometric ID Project Is Letting People Fall Through the Cracks," Quartz India, April, 4, 2018,

https://qz.com/india/1243565/the-worlds-biggest-biometric-id-project-is
-letting-people-fall-through-the-cracks/.

21 **In the late eighteenth century Alexander Macrabie:** Simon Winchester, *Simon Winchester's Calcutta* (London: Lonely Planet, 2004), 41.

21 **The population of Calcutta:** Nitai Kundu, "The Case of Kolkata, India: Understanding Slums: Case Studies for the Global Report on Human Settlements 2003," 4, https://www.ucl.ac.uk/dpu-projects/Global_Report/pdfs/Kolkata.pdf.

22 **"I do not understand these papers":** Richard Harris and Robert Lewis, "Numbers Didn't Count: The Streets of Colonial Bombay and Calcutta," *Urban History* 39, no. 4 (Nov. 2012): 653.

22 **"did not simply resist comprehension":** Harris and Lewis, "Numbers Didn't Count," 657.

22–23 **"We are concerned that studying squatters":** Roy, *City Requiem*, 27.

23 **The British occasionally razed slums:** W. Collin Schenk, "Slum Diversity in Kolkata," *Columbia Undergraduate Jorunal of South Asian Studies* 1, no. 2 (Spring 2010): 108, http://www.columbia.edu/cu/cujsas/Volume%20I/Issue%20II/W%20 Collin%20Schenk%20-%20Slum%20Diversity.pdf.

23 **"nuisance":** See, for example, D. Asher Ghertner, *Rule by Aesthetics: World-Class City Making in Delhi* (New York, NY: Oxford University Press, 2015).

24 **I failed to find words to describe the poverty:** Frederic C. Thomas, *Calcutta Poor: Inquiry into the Intractability of Poverty* (1997; repr., New York: Routledge, 2015), 1.

24 **"I shall always be glad":** Ibid., 3.

25 **bamboo ladders:** "Locals Spot Fire, Rush to Rescue," *Hindustan Times,* Dec. 10, 2011, https://www.hindustantimes.com/kolkata/locals-spot-fire-rush-to-rescue /story-QbXQD75LOxRw7nuEWefJ8O.html.

27 **"begin at the beginning":** Catherine Farvacque-Vitković et al., *Street Addressing and the Management of Cities* (Washington, DC: World Bank, 2005), 2.

28 **Researchers found a positive correlation:** Universal Postal Union, *Addressing the World—An Address for Everyone* (White Paper, Switzerland, 2012), 43, http:// news.upu.int/fileadmin/user_upload/PDF/Reports/whitePaperAdressingEn.pdf.

30 **"A citizen is not an anonymous entity lost in the urban jungle":** Farvacque-Vitković et al., *Street Addressing,* 21.

35 **tobacco-like gutka:** "Howrah Bridge Pillars Get Protective Cover against Gutka Sputum," Hindu BusinessLine, May 2, 2013, https://www.thehindubusinessline .com/news/national/howrah-bridge-pillars-get-protective-cover-against-gutka -sputum/article23107406.ece.

## 2. HAITI: COULD STREET ADDRESSES STOP AN EPIDEMIC?

36 **The son of a coal yard laborer:** Spence Galbraith, *Dr John Snow (1813–1858): His Early Years: An Account of the Family of Dr John Snow and His Early Life* (London: Royal Institute of Public Health, 2002), 49. Several other books have also explored Snow's investigations in great detail. See, for example, Sandra Hempel, *The Strange Case of the Broad Street Pump: John Snow and the Mystery of Cholera* (Berkeley: University of California Press, 2007) and Steven

Johnson, *The Ghost Map: The Story of London's Most Terrifying Epidemic—and How It Changed Science, Cities, and the Modern World* (New York: Riverhead Books, 2006).

36  **"blessed chloroform"**: Paul G. Barash et al., *Clinical Anesthesia* (Philadelphia, PA: Lippincott, Williams, & Wilkins, 2009), 6.

37  **"victims had roughly a one in two chance"**: Richard Barnett, "John Snow and Cholera," Sick City Project, March 11, 2013, https://sickcityproject.wordpress .com/2013/03/11/john-snow-and-cholera/.

38  **"various substances which had passed through"**: John Snow, *On the Mode of Communication of Cholera* (London: John Churchill, 1855), 15–20.

38  **"The poor were dying"**: Johnson, *The Ghost Map*, 147–48.

39  **"make the tropics livable for white men"**: G. C. Cook, "Early History of Clinical Tropical Medicine in London," *Journal of the Royal Society of Medicine* 83, no. 1 (Jan. 1990): 38–41.

39  **"a great heap of turds"**: Samuel Pepys, *The Diary of Samuel Pepys,* vol. 1, *1660* (Berkeley: University of California Press, 2000).

39  **By the 1850s, Soho was a slum**: Richard Barnett, "John Snow and Cholera."

40  **"Well, sir"**: Sandra Hempel, *The Strange Case of the Broad Street Pump: John Snow and the Mystery of Cholera* (Berkeley: University of California Press, 2007), 28.

40  **"The most terrible outbreak"**: Snow. *On the Mode*, 5.

40  **In 1837, the General Register Office**: D. E. Lilienfeld, "Celebration: William Farr (1807–1883)—An Appreciation on the 200th Anniversary of His Birth," *International Journal of Epidemiology* 36, no. 5 (October 2007): 985–87. DOI: 10.1093/ije/dym132.

41  **"Diseases are more easily prevented"**: William Farr, "Letter to the Registrar-General, from William Farr, Esq.," in *First Annual Report of the Registrar-General on Births, Deaths, and Marriages in England in 1837–8* (London: HMSO, 1839).

42  **"If the mortality in the workhouse"**: Snow, *On the Mode*, 42.

42  **man from Brighton**: "Dr. Snow's Report," in *Report on the Cholera Outbreak in the Parish of St. James, Westminster, During the Autumn of 1854* (London: J. Churchill, 1855), 106.

42  **percussion-cap factory**: S. P. W. Chave, "Henry Whitehead and Cholera in Broad Street," *Medical History* 2, no. 2 (April 1958): 96.

43  **his research only seemed to prove**: Ibid., 97.

43  **Toward the end of his investigation**: You can see a copy of the original death certificate on Ralph Frerichs's website, which is a treasure trove of information about John Snow and cholera, https://www.ph.ucla.edu/epi/snow/html.

43  **"Slowly, and may I add, reluctantly"**: Chave, "Henry Whitehead and Cholera in Broad Street," 95.

44  **The publication cost Snow over £200**: Samantha Hajna, David L. Buckeridge, and James A. Hanley, "Substantiating the Impact of John Snow's Contributions Using Data Deleted During the 1936 Reprinting of His Original Essay *On the Mode of Communication of Cholera*," *International Journal of Epidemiology* 44, no. 6 (Dec. 2015): 1794–99.

44   **the source of salmonella in cream custards:** Tom Koch, *Disease Maps: Epidemics on the Ground* (Chicago: University of Chicago Press, 2011), 29.

44–45   **The cholera map presented cholera as a single disease for the first time:** *Disease Maps: Epidemics on the Ground* (Chicago: University of Chicago Press, 2011) and *Cartographies of Disease: Maps, Mapping, and Medicine* (Redlands, CA: ESRI Press, 2005), 104.

46   **hardly the first to use maps:** Tom Koch, "The Map as Intent: Variations on the Theme of John Snow," *Cartographica* 39, no. 4 (Winter 2004): 6.

49   **Men called *bayakou*:** Jonathan M. Katz, "Haiti's Shadow Sanitation System," *New Yorker,* March 12, 2014, https://www.newyorker.com/tech/annals-of-technology /haitis-shadow-sanitation-system.

49   **"Where there are snakes":** Paul Fine et al., "John Snow's Legacy: Epidemiology Without Borders," *Lancet* 381 (April 13, 2013): 1302.

50   **That task fell to Renaud Piarroux instead:** For a full description of Piarroux's work in Haiti, see Ralph R. Frerichs, *Deadly River: Cholera and Cover-Up in Post-Earthquake Haiti (The Culture and Politics of Health Care Work)* (Ithaca, NY: ILR Press, 2017).

51   **private contractor:** Jonathan M. Katz, "In the Time of Cholera," *Foreign Policy,* Jan. 10, 2013, https://foreignpolicy.com/2013/01/10/in-the-time-of-cholera/.

52   **"kaka":** Katz, "In the Time of Cholera."

52   **"focused on treating people":** Randal C. Archibold, "Officials in Haiti Defend Focus on Cholera Outbreak, Not Its Origins," *New York Times,* Nov. 17, 2010, https://www.nytimes.com/2010/11/17/world/americas/17haiti.html.

52   **"a good use of resources":** Ibid.

53   **was closely related to:** Chen-Shan Chin et al., "The Origin of the Haitian Cholera Outbreak Strain," *New England Journal of Medicine* 364, no. 1 (Jan. 2011): 33–42.

53   **publishing an editorial:** "As Cholera Returns to Haiti, Blame Is Unhelpful," *Lancet Infectious Diseases* 10, no. 12 (Dec. 1, 2010): 813, https://www.thelancet.com /journals/laninf/article/PIIS1473-3099(10)70265-6/fulltext.

53   **The UN only accepted blame grudgingly:** Somini Sengupta, "U.N. Apologizes for Role in Haiti's 2010 Cholera Outbreak," *New York Times,* Dec. 1, 2016, https://www.nytimes.com/2016/12/01/world/americas/united-nations-apology -haiti-cholera.html.

53   **Genetic testing has confirmed:** Koch, *Disease Maps*; *Cartographies of Disease.*

54   **"time will arrive":** "Dr John Snow and Reverend Whitehead," Cholera and the Thames, accessed Sept. 26, 2019, https://www.choleraandthethames.co.uk /cholera-in-london/cholera-in-soho/.

54   **John Snow got something wrong about cholera:** Sandra Hempel makes a similar point at the end of her book, *The Strange Case of the Broad Street Pump: John Snow and the Mystery of Cholera.* Citing a longer version of Whitehead's quote, she points out that John Snow thought he would be forgotten to history. In that respect, he was also wrong about his research.

55   **"Many people want to help":** Chris Michael, "Missing Maps: Nothing Less than a Human Genome Project for Cities," *Guardian,* Oct. 6, 2014, https://

www.theguardian.com/cities/2014/oct/06/missing-maps-human-genome
-project-unmapped-cities.

## 3. ROME: HOW DID THE ANCIENT ROMANS NAVIGATE?

59   **The main arterial roads:** Alan Kaiser, *Roman Urban Street Networks: Streets and the Organization of Space in Four Cities* (New York: Routledge, 2011), 100–5.

59   **But while we know some streets had names:** Jeremy Hartnett, *The Roman Street: Urban Life and Society in Pompeii, Herculaneum, and Rome* (New York: Cambridge University Press, 2017), 33.

59   **A note on a slave's collar:** Claire Holleran, "The Street Life of Ancient Rome," in *Rome, Ostia, Pompeii: Movement and Space,* eds. Roy Lawrence and David J. Newsome (Oxford: Oxford University Press, 2011), 247.

59   **"road from the alley" . . . "this one should":** Roger Ling, "A Stranger in Town: Finding the Way in an Ancient City," *Greece & Rome* 37, no. 2 (Oct. 1990): 204–14, DOI:10.1017/S0017383500028965.

60   **A *pons*—or bridge:** All of these examples come from Alan Kaiser's brilliant book, *Roman Urban Street Networks*, 36–46.

60   **"have been suggesting she is not behaving":** Ibid., 40.

60   **Romans were known for their gridded provincial towns:** Holleran, "The Street Life of Ancient Rome," 246–47.

60   **Ordinary people would:** Ibid., 247.

61   **Rome had about a million people:** Ibid., chapter 11.

61   **"There seems to be a simple and automatic pleasure":** Kevin Lynch; Joint Center for Urban Studies, *The Image of the City* (Cambridge, MA: MIT Press, 1960), 93.

61   **"would seem well formed":** Ibid., 10.

62   **"reveals to us how closely it is":** Ibid., 4.

62   **"talk about these things":** Henry Ellis, "Revisiting *The Image of the City*: The Intellectual History and Legacy of Kevin Lynch's Urban Vision" (bachelor's thesis, Wesleyan, 2010), 102.

62   **"Boston . . . is a city":** Lynch, *The Image of the City,* 22.

62   **"We say the cows laid out Boston":** Matthew Reed Baker, "One Question: Are Boston's Streets Really Paved over Cow Paths?" *Boston Magazine,* March 6, 2018, https://www.bostonmagazine.com/news/2018/03/06/boston-streets-cow-paths.

63   **"This is really one":** Lynch, *The Image of the City,* 29.

63–64   **Los Angeles interviewees described:** Ibid., 40–41.

64   **"Despite a few remaining puzzles":** Ibid., 3.

64   **Districts, too, were distinct:** Simon Malmberg, "Finding Your Way in the Subura," *Theoretical Roman Archaeology Journal* (2008): 39–51, DOI:10.16995 /TRAC2008_39_51.

64   **Each *vicus* also had police:** Simon Malmberg, "Navigating the Urban Via Tiburtina," in *Via Tiburtina: Space, Movement and Artefacts in the Urban Landscape,* eds. H. Bjur and B. Santillo Frizell (Rome, Italy: Swedish Institute in Rome, 2009), 67–68.

64   **"Ancient patrons sought":** Diane G. Favro, *The Urban Image of Augustan Rome* (New York: Cambridge University Press, 1996), 10.

65 **"I explored therefore"**: Kaiser, *Roman Urban Street Networks,* 8.

65 **statues were once garishly painted**: Margaret Talbot, "The Myth of Whiteness in Classical Sculpture," *New Yorker,* Oct. 22, 2018, https://www.newyorker.com /magazine/2018/10/29/the-myth-of-whiteness-in-classical-sculpture.

65 **The smell of freshly oiled bodies**: Eleanor Betts, "Towards a Multisensory Experience of Movement in the City of Rome," in *Rome, Ostia, Pompeii,* 123, https:// www.oxfordscholarship.com/view/10.1093/acprof:osobl/9780199583126.001 .0001/acprof-9780199583126-chapter-5.

66 **The shouts of street vendors**: Malmberg, "Navigating the Urban Via Tiburtina," 66.

66 **the screams of a customer**: Ibid., 66.

66 **"Who but the wealthy get sleep in Rome"**: Juvenal, satire 3, in *Satires,* trans. G. G. Ramsay (1918), http://www.tertullian.org/fathers/juvenal_satires_03.htm.

66 **Eleanor Betts imagines**: Betts, "Towards a Multisensory Experience of Movement in the City of Rome," 121

66 **"To most Romans it was probably inconceivable"**: Malmberg, "Navigating the Urban Via Tiburtina," 62.

67 **"We clearly don't have"**: Kate Jeffery, "Maps in the Head: How Animals Navigate Their Way Around Provides Clues to How the Brain Forms, Stores and Retrieves Memories," *Aeon,* accessed June 19, 2019, https://aeon.co/essays/how -cognitive-maps-help-animals-navigate-the-world.

67 **In a 1957 paper**: William Beecher Scoville and Brenda Milner, "Loss of Recent Memory after Bilateral Hippocampal Lesions," *Journal of Neurology, Neurosurgery & Psychiatry* 20, no. 1 (Feb. 1957): 11–21.

67 **"like waking from a dream"**: Larry R. Squire, "The Legacy of Patient H.M. for Neuroscience," *Neuron* 61, no. 1 (Jan. 2009): 6–9, DOI:10.1016/j.neuron.2008.12.023.

68 **People retracing routes they'd walked in London**: Amir-Homayoun Javadi, Beatrix Emo, et al., "Hippocampal and prefrontal processing of network topology to simulate the future," *Nature Communications,* 8, (March 2017), https:// www.nature.com/articles/ncomms14652.

68–69 **"If you think about the brain as a muscle"**: Mo Costandi, "The Brain Takes a Guided Tour of London," *Scientific American,* March 21, 2017, https://www .scientificamerican.com/article/the-brain-takes-a-guided-tour-of-london/.

69 **"For some reason"**: Kate Jeffery; "How Cognitive Maps Help Animals Navigate the World," *Aeon,* Jan. 25, 2017, https://aeon.co/essays/how-cognitive-maps -help-animals-navigate-the-world.

69 **"But the figure of speech"**: Nicholas Carr, *The Glass Cage: Automation and Us* (New York: Norton, 2014), 132.

69 **"To recall the text"**: Favro, *The Urban Image of Augustan Rome,* 10.

70 **"specific training"**: Ibid., 7.

70 **"A beautiful and delightful city"**: Lynch, *The Image of the City,* 2.

70 **Few American cities**: Ibid.

70–71 **conversation between two men**: Many thanks to Simon Malmberg for his translation assistance.

70–71 **"Do you know the portico"**: Terence, *The Brothers,* 574–87.

## 4. LONDON: WHERE DO STREET NAMES COME FROM?

73 **they found more than a dozen:** Richard Holt and Nigel Baker, "Towards a Geography of Sexual Encounter: Prostitution in English Medieval Towns," in *Indecent Exposure: Sexuality, Society, and the Archaeological Record,* ed. Lynne Bevan (Glasgow: Cruithne Press, 2001), 213.

73 **Honey Lane . . . Fish Street Hill:** Sejal Sukhadwala, "How London's Food and Drink Streets Got Their Names," Londonist, May 19, 2017, https://londonist .com/2016/06/how-london-s-food-and-drink-streets-got-their-names.

74 **"offal pudding":** "Pudding Lane," Placeography, Map of Early Modern London, https://mapoflondon.uvic.ca/PUDD1.htm.

74 **Amen Corner, the story goes:** "From Amen Court to Watling Street: More Ingoldsby-Related Streets," Street Names, https://thestreetnames.com/tag/amen -corner/.

74 **Knightrider Street in central London:** "Knightrider Street," Placeography, Map of Early Modern London, https://mapoflondon.uvic.ca/KNIG1.htm.

74 **Birdcage Walk housed:** "Artillery Gardens in Spitalfields," London Remembers, https://www.londonremembers.com/subjects/artillery-gardens-in-spitalfields.

74 **"In shops, perhaps":** Holt and Baker, "Towards a Geography of Sexual Encounter," 208.

75 **results of a survey:** "Attitudes to Potentially Offensive Language and Gestures on TV and Radio: Research Report," Ofcom, Sept. 2016, https://www.ofcom .org.uk/__data/assets/pdf_file/0022/91624/OfcomOffensiveLanguage.pdf.

75 **I could hardly understand:** Ibid., 44.

75 **"Crotch Crescent":** "Oxford's Crotch Crescent Named 5th Most Embarrassing Street in England," JACKfm, accessed June 24, 2019, https://www.jackfm .co.uk/news/oxfordshire-news/oxfords-crotch-crescent-named-5th-most -embarrassing-street-in-england/.

75 ***Rude Britain:*** Rob Bailey and Ed Hurst, *Rude Britain: 100 Rudest Place Names in Britain* (London: Boxtree, 2005).

76 **world's biggest city:** Judith Flanders, *The Victorian City: Everyday Life in Dickens' London* (New York: St. Martin's Press, 2014), 10.

76 **two hundred miles of streets:** Ibid., 60.

76 **"In 1853":** Ibid., 58.

76 **"Do all builders":** "London Street Names," *Spectator,* Jan. 23, 1869, 12–13, http://archive.spectator.co.uk/article/23rd-january-1869/13/london-street -names-london-street-names.

77 **"Let the streets be called":** *Punch,* July–Dec. 1849, quoted in "Sanitary Street Nomenclature," Victorian London, http://www.victorianlondon.org/health /sanitary.htm.

77 **where the pupils governed:** P. W. J. Bartrip, "'A Thoroughly Good School': An Examination of the Hazelwood Experiment in Progressive Education," *British Journal of Educational Studies* 28, no. 1 (Feb. 1980): 48–49.

77 **Yet by the time he was in his forties:** Duncan Campbell-Smith, *Masters of the Post: The Authorized History of the Royal Mail* (London: Allen Lane, 2011), 124.

78   "someone convinced that a vocation lay in wait": Ibid.

78   pay for the postage: Rowland Hill and George Birkbeck Hill, *The Life of Sir Rowland Hill and the History of Penny Postage* (London: Thos. De La Rue, 1880), 53.

79   William Dockwra, a private merchant: Eunice Shanahan and Ron Shanahan, "The Penny Post," The Victorian Web, accessed Nov. 21, 2019, http://www.victorianweb.org/history/pennypos.html.

79   "the new and important character": Rowland Hill, *Post Office Reform: Its Importance and Practicability* (London: Charles Knight, 1837), 8.

79   "sentence of banishment": William Ashurst, *Facts and Reasons in Support of Mr. Rowland Hill's Plan for a Universal Penny Postage* (London: H. Hooper, 1838), 107.

79   "If a law were passed": Ibid., 1.

79–80   "recognized that small measures": Catherine J. Golden, *Posting It: The Victorian Revolution in Letter Writing* (Gainesville: University of Florida Press, 2009), 27.

80   one published in the latest Dickens sensation: Campbell-Smith, *Masters of the Post*, 130.

80   so many people wanted to mail: Ibid., 128.

80   "Every mother in the kingdom": Samuel Laing, *Notes of a Traveller, on the Social and Political State of France, Prussia, Switzerland, Italy, and Other Parts of Europe, during the Present Century* (London: Longman, Brown, Green, and Longmans, 1842), 174–75.

80–81   "For delivery in town": Edward Mogg, *Mogg's New Picture of London and Visitor's Guide to it Sights* (London: E. Mogg, 1844), quoted in Victorian London, accessed June 19, 2019, https://www.victorianlondon.org/communications/dickens-postalregulations.htm.

81   "the best, perhaps of his life": James Wilson Hyde, *The Royal Mail: Its Curiosities and Romance* (Edinburgh and London: William Blackwood and Sons, 1885), xi, http://www.gbps.org.uk/information/downloads/files/historical-studies/The%20Royal%20Mail,%20its%20Curiosities%20and%20Romance%20(1885)%20-%20James%20Wilson%20Hyde.pdf.

81   "My dear Ant Sue": Ibid., 194.

81   "This for the young girl": Ibid., 193.

81   To my sister Jean: Ibid., 194.

82   A letter to Mr. Owl O'Neill: Ibid., 195.

82   three hundred postal workers: "Where Do Missing Letters Go?," BBC News, March 20, 2001, http://news.bbc.co.uk/1/hi/uk/1231012.stm.

82   "aircraft hangar-sized room": Natasha Mann, "People Send the Funniest Things," *Guardian,* Jan. 25, 2003, https://www.theguardian.com/uk/2003/jan/27/post.features11.

82   artist Harriet Russell: Harriet Russell, *Envelopes: A Puzzling Journey through the Royal Mail* (New York: Random House, 2005).

82   processed about seven million items: James H. Bruns, "Remembering the Dead," Smithsonian National Postal Museum *EnRoute* 1, no. 3 (July–Sept. 1992),

accessed June 24, 2019, https://postalmuseum.si.edu/research/articles-from-enroute/remembering-the-dead.html.

82 **retired clergymen:** Ibid.

82 **Patti Lyle Collins:** Ibid.

82–83 **husband died . . . private institutions:** Kihm Winship, "The Blind Reader," Faithful Readers, Aug. 16, 2016, https://faithfulreaders.com/2016/08/16/the-blind-reader/.

83 **"Isabel Marbury":** Bruns, "Remembering the Dead."

83 **"the Island":** Ibid.; Bess Lovejoy, "Patti Lyle Collins, Super-Sleuth of the Dead Letter Office, Mental Floss, Aug. 25, 2015, http://mentalfloss.com/article/67304/patti-lyle-collins-super-sleuth-dead-letter-office.

83 **"while many cities had 'Maryland' streets" . . . "Jerry Rescue Block":** *Ladies' Home Journal*, Sept. 1893, quoted in Winship, "The Blind Reader."

83 **"of great importance to the Post Office Service":** "Sir Rowland Hill KCB, FRS and the General Post Office," maps.thehunthouse, https://www.maps.thehunthouse.com/Streets/Metropolitan_Boroughs.htm.

83–84 **"knows how dullwitted":** "London Street Names. London Street Names," *Spectator* Archive, Jan. 23, 1869, 12, http://archive.spectator.co.uk/article/23rd-january-1869/13/london-street-names-london-street-names.

84 **"sheer wantonness":** Tom Hughes, "Street Fighting Men," Marylebone Village, https://www.marylebonevillage.com/marylebone-journal/street-fighting-men.

84 **"special egalitarian glee":** Ibid.

84 **Yet changing street names:** Bruce Hunt, "London Streets Lost to the Blitz," https://www.maps.thehunthouse.com/eBooks/London_Streets_lost_to_the_Blitz.htm. Bruce Hunt has rigorously detailed the London streetscape before and after the Blitz. For more, see his comprehensive website, http://www.maps.thehunthouse.com.

84 **Streetlights were snuffed:** Felicity Goodall, "Life During the Blackout," *Guardian*, Nov. 1, 2009, https://www.theguardian.com/lifeandstyle/2009/nov/01/blackout-britain-wartime.

84 **"if anyone asked the way":** Jean Crossley, "A Middle Class War 1939–1947," unpublished private papers of Mrs. J. Crossley, Imperial War Museum, 1998, 20.

85 **two were dropped:** Laura Reynolds, "Why Is There No NE or S London Postcode District?" Londonist, Aug. 2015, https://londonist.com/2015/08/why-is-there-no-ne-or-s-london-postcode-district.

85 **almost twenty years:** Niraj Chokshi, "The Bounty ZIP Codes Brought America," *Atlantic,* April 23, 2013, https://www.theatlantic.com/technology/archive/2013/04/the-bounty-zip-codes-brought-america/275233/.

85 **Moon was Republican:** Douglas Martin, "Robert Moon, an Inventor of the ZIP Code, Dies at 83," *New York Times,* April 14, 2001, 36, https://www.nytimes.com/2001/04/14/us/robert-moon-an-inventor-of-the-zip-code-dies-at-83.html.

85 **"Zip! Zip!"** Smithsonian NPM, "Swingin' Six Zip Code Video," YouTube, Nov. 2, 2011, https://www.youtube.com/watch?v=QIChoMEQ4Cs.

85 **$9 billion:** Chokshi, "The Bounty ZIP Codes Brought America."

86  **Costkea Way:** Nick Van Mead, "Where the Streets Have New Names: The Airbrush Politics of Renaming Roads," *Guardian,* June 28, 2016, https://www.theguardian.com/cities/2016/jun/28/streets-new-names-airbrush-politics-renaming-roads.

86  **Streets in Chinatown in San Francisco:** William J. Hoy, "Chinatown Devises Its Own Street Names," *California Folklore Quarterly* 2, no. 2 (1943): 71–75, DOI:10.2307/1495551.

86–87  **Immigrants from different regions in China:** Devin Gannon, "Chinese Immigrants Use Slang Names and Maps to Navigate the Streets of NYC," 6sqft, Aug. 14, 2017, https://www.6sqft.com/chinese-immigrants-use-slang-names-and-maps-to-navigate-the-streets-of-nyc/.

87  **really were more religious:** Daniel Oto-Peralías, "What Do Street Names Tell Us? The 'City-Text' as Socio-cultural Data," *Journal of Economic Geography* 18, no. 1 (Jan. 2018): 187–211.

87  **identify as Christian:** Daniel Oto-Peralías, "What Do Street Names Tell Us? An Application to Great Britain's Streets," *Journal of Economic Geography,* accessed June 20, 2019, https://papers.ssrn.com/sol3/papers.cfm?abstract_id=3063381.

87  **five most popular names:** Marek Kępa, "Poland's Most Popular Street Names: An Adventure in Statistics," Culture.Pl, Jan. 17, 2018, https://culture.pl/en/article/polands-most-popular-street-names-an-adventure-in-statistics.

87  **"Karma Way":** Jaspar Copping, "England's Changing Street Names: Goodbye Acacia Avenue, Welcome to Yoga Way," *Telegraph,* March 28, 2010, https://www.telegraph.co.uk/news/newstopics/howaboutthat/7530346/Englands-changing-street-names-goodbye-Acacia-Avenue-welcome-to-Yoga-Way.html.

87  **2.6 percent:** Oliver Gee, "'Sexist' Paris Streets Renamed in Feminist Stunt," The Local, Aug. 26, 2015, https://www.thelocal.fr/20150826/paris-neighbourhood-gets-a-feminist-makeover.

88  **"For self-conscious long-time locals":** Doreen Massey, "Places and Their Pasts," *History Workshop Journal* 39 (Spring 1995): 187, https://www.jstor.org/stable/4289361.

89  **Black Country:** "Black Country Geology," Geology Matters, http://geologymatters.org.uk/the-black-country/.

## 5. VIENNA: WHAT CAN HOUSE NUMBERS TEACH US ABOUT POWER?

91  **A historian at the University of Vienna:** Anton Tantner, "Gallery of House Numbers," accessed Sept. 27, 2019, https://homepage.univie.ac.at/anton.tantner/housenumbers/exhibition.html.

91  **"The great enterprise":** Anton Tantner, "Addressing the Houses: The Introduction of House Numbering in Europe," *Histoire & Mesure,* 24, no 2. (Dec. 2004), 7. For more, see Anton Tantner, *House Numbers: Pictures of a Forgotten History,* trans. Anthony Mathews (London: Reaktion Books, 2015).

92  **Charles VI, the Holy Roman Emperor, went hunting:** Edward Crankshaw, *Maria Theresa* (New York: Viking Press, 1970), 3. The historical website The World of the Hapsburgs provides a terrific overview of all the Hapsburgs. "Maria

Theresa—the Heiress," The World of the Hapsburgs, accessed June 20, 2019, https://www.habsburger.net/en/chapter/maria-theresa-heiress.

92   **A Prussian emissary:** The World of the Hapsburgs, "Maria Theresa in the Eyes of Her Contemporaries," https://www.habsburger.net/en/chapter/maria-theresa-eyes-her-contemporaries.

92   **Maria Theresa sewed his shroud:** Michael Yonan, "Conceptualizing the Kaiser-inwitwe: Empress Maria Theresa and Her Portraits," in *Widowhood and Visual Culture in Early Modern Europe* (Burlington: Ashgate Publishing, 2003), 112.

95   **Tantner told me that:** For more details on house numbering, Tantner has written a comprehensive article as well as an excellent book: Tantner, *House Numbers*; Tantner, "Addressing the Houses," 7–30.

95   **The wordless signs:** "The Signs of Old London," Spitalfields Life, Oct. 5, 2011, http://spitalfieldslife.com/2011/10/05/the-signs-of-old-london/.

96   **The new London house numbers:** Kathryn Kane, Regency Redingote: Historical Snipets of Regency England, Feb. 10, 2012, https://regencyredingote.wordpress.com/2012/02/10/on-the-numbering-of-houses/.

96   **"On arriving at a house":** "Review of the First Report of the Postmaster-General, on the Post Office," *London Quarterly Review,* 1855, quoted in Kate Thomas, *Postal Pleasures: Sex, Scandal, and Victorian Letters* (New York: Oxford University Press, 2012), 20.

96   **gather blackberries:** Milton Esterow, "Houses Incognito Keep Us Guessing as They Did in New York of 1845," *New York Times,* Jan. 24, 1952, https://timesmachine.nytimes.com/timesmachine/1952/01/24/93344794.html?pageNumber=29.

96   **"in a regular state":** Ibid.

96   **"Fifteen years":** Ibid.

96   **"the best governed city in the world":** Mark Twain, *The Chicago of Europe, and Other Tales of Foreign Travel,* ed. Peter Kaminsky (New York: Union Square Press, 2009), 197–98.

98   **"a thorn in the side of states":** James C. Scott, *Seeing Like a State: How Certain Schemes to Improve the Human Condition Have Failed* (New Haven: Yale University Press, 1998), 1–2.

98   **"The premodern state":** Ibid., 2.

98   **"largely a machine for extraction":** Ibid., 88.

98   **"there was more than a little irony in their claim":** Ibid.

99   **"It had to create citizens":** Edwin Garner, "Seeing Like a Society: Interview with James C. Scott, *Volume* 20 (July 20, 2008), http://volumeproject.org/seeing-like-a-society-interview-with-james-c-scott/.

99   **China's Qin Dynasty had:** Scott, *Seeing Like a State,* 65.

99   **had one of only eight names:** James C. Scott et al., "The Production of Legal Identities Proper to States: The Case of the Permanent Family Surname," *Comparative Studies in Society and History* 44, no. 1 (Jan. 2002): 8.

100  **Historian Daniel Lord Smail:** Daniel Lord Smail, *Imaginary Cartographies: Possession and Identity in Late Medieval Marseille* (Ithaca: Cornell University Press, 2000), 188.

100-1 **"There was no template in 1407":** Ibid., 189.

101 **"The use of the address":** Ibid., 192.

101 **Jacques François Guillauté:** Cesare Birignani and Grégroire Chamayou have both given excellent accounts of Guillauté's work. See Cesare Birignani, "The Police and the City: Paris, 1660–1750" (doctoral dissertation, Columbia University, 2013), DOI:10.7916/D87P95K6 and Grégoire Chamayou, "Every Move Will Be Recorded," MPIWG, accessed Sept. 17, 2019, https://www.mpiwg-berlin.mpg.de/news/features/features-feature14.

101 **The papers would be kept:** Chamayou, "Every Move Will Be Recorded."

101 **Operated by foot pedals:** Ibid.

102 **"It will be possible":** Ibid.

104 **to start numbering things:** Marco Cicchini, "A New 'Inquisition'? Police Reform, Urban Transparency and House Numbering in Eighteenth-Century Geneva," *Urban History* 39, no. 4 (Nov. 2012): 617, DOI:10.1017/S0963926812000417.

104 **Genevans destroyed 150 numbers:** Ibid., 620.

104 **At least one officer:** Tantner, "Addressing the Houses: The Introduction of House Numbering in Europe," 16.

104 **"Northern enterprise," "no Northern men":** *Charleston City Directory* (1860), quoted in Reuben Skye Rose-Redwood, "Governmentality, the Grid, and the Beginnings of a Critical Spatial History of the Geo-Coded World" (doctoral dissertation, Pennsylvania State University, Feb. 10, 2006), https://etda.libraries.psu.edu/catalog/6981.

104 **"this number," she said:** Françoise Jouard, "Avec ce numero, 'il lui semblera etre dans une inquisition," *AEG* (Oct. 1782): 13967, quoted in Marco Cicchini, "A New 'Inquisition'?"

104 **"horrified to see":** Tantner, *House Numbers,* 24.

105 **"all that was left in the face of the power":** Ibid., 25.

105 **deeply skeptical of the modern state:** Jennifer Schuessler, "Professor Who Learns from Peasants," *New York Times,* Dec. 4, 2012, https://www.nytimes.com/2012/12/05/books/james-c-scott-farmer-and-scholar-of-anarchism.html.

105 **He still remembers the chair:** Peer Schouten, "James Scott on Agriculture as Politics, the Danger of Standardization and Not Being Governed," Theory Talks, May 15, 2010, http://www.theory-talks.org/2010/05/theory-talk-38.html.

105 **Clearing slums for neatly organized boulevards:** Scott, *Seeing like a State,* 223–26.

105 **to force millions of its citizens:** Ibid., 223.

105 **federal officials openly despised:** James C. Scott, John Tehranian, and Jeremy Mathias, "The Production of Legal Identities Proper to States: The Case of the Permanent Family Surname," *Comparative Studies in Society and History* 44, no. 1 (2002): 18–29.

106 **"the Jews, for whom in 1812":** Dietz Bering, *The Stigma of Names: Antisemitism in German Daily Life, 1812–1933,* trans. Neville Plaice (Ann Arbor: University of Michigan Press, 1991), 15, quoted in Scott et al., "The Production of Legal Identities," 17.

106: **"To follow the progress of state-making":** James Scott, "The Trouble with the View from Above," *Cato Unbound* (Sept. 10, 2010), https://www.cato-unbound.org/print-issue/487.

107 **as French as "Crêpes Suzette":** The Vocabularist, "The Very French History of the Word 'Surveillance,'" *Magazine Monitor* (blog), BBC, https://www.bbc.co.uk/news/blogs-magazine-monitor-33464368.

107 **"Bolognese puppy, a male white":** Tantner, *House Numbers,* 32.

108–9 **"I should say that my ancestors":** Baron Ferdinand de Rothschild, *Reminiscences,* July 1887, Windmill Hill Archive, Waddesdon Manor, inv. no. 177.1997, quoted in Dora Thornton, "Baron Ferdinand Rothschild's Sense of Family Origins and the Waddesdon Bequest in the British Museum," *Journal of the History of Collections* 31, no. 1 (March 9, 2019): 184, DOI:10.1093/jhc/fhx052.

## 6. PHILADELPHIA: WHY DO AMERICANS LOVE NUMBERED STREETS?

110 **Once Manhattan was Mannahatta:** Jim Dwyer, "The Sounds of 'Mannahatta' in Your Ear," *New York Times,* April 25, 2017, https://www.nytimes.com/2017/04/25/nyregion/the-sounds-of-mannahatta-in-your-ear.html.

110 **A red maple swamp:** Peter Miller, "Before New York," *National Geographic* (online), Sept. 2009, https://www.nationalgeographic.com/magazine/2009/09/manhattan/.

110 **Manhattan once boasted more plant species:** Eric W. Sanderson, *Mannahatta: A Natural History of New York City* (New York, NY: Harry N. Abrams, 2013), 21.

110 **Sanderson's Welikia Project:** "Welikia Map," Welikia: Beyond Mannahatta, accessed June 15, 2019, https://welikia.org/explore/mannahatta-map/.

111 **"Tell aw the poor Folk":** Pauline Maier, "Boston and New York in the Eighteenth Century," *Proceedings of the American Antiquarian Society; Worcester, Mass.* 91, no. 2 (Jan. 1, 1982): 186.

111 **It took them four years:** Gerard Koeppel, *City on a Grid: How New York Became New York* (Boston: Da Capo Press, 2015), 128.

111 **he took his married lover on his lap:** Thomas Foster, "Reconsidering Libertines and Early Modern Heterosexuality: Sex and American Founder Gouverneur Morris," *Journal of the History of Sexuality* 22, no. 1 (Jan. 2013): 76.

111 **His papers also detail his health:** "The Commissioners, The 1811 Plan," The Greatest Grid: The Master Plan of Manhattan 1811–Now, accessed June 15, 2019, http://thegreatest-grid.mcny.org/greatest-grid/the-commissioners.

112 **"Go to town":** Ibid.

112 **"cut down the seven hills of Rome":** Ibid.

112 **"These magnificent places are doomed":** Marguerite Holloway, *The Measure of Manhattan: The Tumultuous Career and Surprising Legacy of John Randel Jr., Cartographer, Surveyor, Inventor* (New York: Norton, 2013), 146.

112 **During the Revolutionary War:** Dorothy Seiberling, "The Battle of Manhattan," *New York,* Oct. 20, 1975, http://socks-studio.com/2015/07/16/the-battle-of-manhattan-reliving-the-1776-revolution-in-the-city-of-today/.

113 **Twenty-year-old surveyor John Randel:** Holloway, *The Measure of Manhattan,* 60.

113 **He axed through forests:** Sam Roberts, "Hardship for John Randel Jr., Street Grid's Father," *New York Times,* March 20, 2011, https://www.nytimes.com /2011/03/21/nyregion/21randel.html.

113 **A farmer in the West Village sued him:** Holloway, *The Measure of Manhattan,* 61.

113 **Randel, too, was an Enlightenment man:** Ibid.

113 **"Whoever wishes to see":** Edward K. Spann, "The Greatest Grid: The New York Plan of 1811," in *Two Centuries of American Planning,* ed. Daniel Schaffer (Baltimore, MD: John Hopkins University Press, 1988), 27.

113 **"have been made rich thereby":** Jason M. Barr, *Building the Skyline: The Birth and Growth of Manhattan's Skyscrapers* (New York: Oxford University Press, 2016), 1.

113 **Economist Trevor O'Grady has estimated:** Trevor O'Grady, "Spatial Institutions in Urban Economies: How City Grids Affect Density and Development" (partial submission for doctoral dissertation, Harvard University, Jan. 2014), 4, https://scholar.harvard.edu/files/ogrady/files/citygrids.pdf.

113 **The Dutch encouraged immigrants:** Maier, "Boston and New York in the Eighteenth Century," 185.

114 **"so conveniently Situated for Trade" . . . "forced upon them":** Ibid., 190.

114 **as Maier has elegantly described:** Ibid., 192.

114 **Today, every American city:** Reuben Rose-Redwood and Lisa Kadonaga, "'The Corner of Avenue A and Twenty-Third Street': Geographies of Street Numbering in the Untied States," *The Professional Geographer,* vol 68, 2016–Issue 1, https://www.tandfonline.com/doi/full/10.1080/00330124.2015 .1007433.

115 **Even today, across Europe:** Jani Vuolteenaho, "Numbering the Streetscape: Mapping the Spatial History of Numerical Street Names in Europe," *Urban History* 39, no. 4 (Nov. 2012): 662. DOI:10.1017/S0963926812000442.

115 **In Madrid, in 1931:** Ibid., 678.

115 **Estonia . . . has banned them by law:** Ibid.

115 **citing dozens of authors:** John Bruce, "VIII.—Observations upon William Penn's Imprisonment in the Tower of London, A.D. 1668 With Some New Documents Connected Therewith, Communicated by Robert Lemon, Esq., F.S.A," *Archaeologia* 35, no. 1 (1853): 90, DOI:10.1017/S0261340900012728.

116 **"I vow Mr. Penn I am sorry for you":** Thomas N. Corns and David Loewenstein, *The Emergence of Quaker Writing: Dissenting Literature in Seventeenth-Century England* (London: Frank Cass, 1995), 116.

116 **The younger Penn refused to remove his hat:** Mary Maples Dunn, "The Personality of William Penn," *Proceedings of the American Philosophical Society* 127, no. 5 (Oct. 14, 1983): 317.

116 **Penn spent seven months and twelve lonely days:** Bruce, "VIII.—Observations upon William Penn's Imprisonment in the Tower of London," 90.

116–17 **"the people kicking my Watchmen":** John A. Phillips and Thomas C. Thompson, "Jurors v. Judges in Later Stuart England: The Penn/Mead Trial and Bushell's Case" *Law & Inequality: A Journal of Theory and Practice* 4, no. 1 (1986): 197.

117 **"without meat":** Ibid.

117 **"turbulent and inhumane" . . . "And certainly it will never be well":** Ibid.

117 **Penn would have been released:** Ibid.

117 **It was a win-win:** Michael J. Lewis, *City of Refuge: Separatists and Utopian Town Planning* (Princeton, NJ: Princeton University Press, 2016), 81.

118 **"hellish darkness":** Dunn, "The Personality of William Penn," 316.

118 **He had traveled across Europe:** Ibid.

118 **Penn commissioned Thomas Holme:** John William Reps, "William Penn and the Planning of Philadelphia," *Town Planning Review* 27, no. 4 (April 1956): 404, https://journals.psu.edu/pmhb/article/viewFile/30007/29762.

118 **"Be sure to settle":** Ibid., 403.

118 **"Only let the houses":** Ibid., 80–84.

119 **idea was probably inspired by Quaker practice:** Priscilla Parkhurst Ferguson, *Paris as Revolution: Writing the Nineteenth-Century City* (Berkeley: University of California Press, 1994), 32.

120 **became Mulberry Street:** "Holme," in *Colonial and Revolutionary Families of Pennsylvania,* vol. 1, ed. John W. Jordan (1911; repr., Baltimore: Genealogical Publishing for Clearfield Co., 2004), 344.

120 **tells how Roman military camps often used closed grids:** Peter Marcuse, "The Grid as City Plan: New York City and Laissez-faire Planning in the Nineteenth Century," *Planning Perspectives* 2, no. 3 (Sept. 1, 1987): 293, DOI:10.1080 /02665438708725645.

121 **surveyors ambitiously set out across the country:** Vernon Carstensen, "Patterns on the American Land," *Publius: The Journal of Federalism* 18, no. 4 (Jan. 1988): 31, DOI:10.1093/oxfordjournals.pubjof.a037752.

121 **"The straight lines were spread over the prairies":** Ibid.

121 **"No one will ever know":** Ibid.

122 **tells the story of Wolfgang Langewiesche:** Michael T. Gilmore, *Surface and Depth: The Quest for Legibility in American Culture* (New York: Oxford University Press, 2003), 25–26.

123 **"hovering about the windows and balconies":** Samuel Pepys, *The World of Samuel Pepys: A Pepys Anthology,* eds. Robert Latham and Linnet Latham (London: HarperCollins, 2010), 155.

124 **it had consumed eighty-seven churches:** Matthew Green, "Lost in the Great Fire: Which London Buildings Disappeared in the 1666 Blaze?," *Guardian,* Aug. 30, 2016, https://www.theguardian.com/cities/2016/aug/30/great-fire-of -london-1666-350th-anniversary-which-buildings-disappeared.

125 **then had the nerve to fire a pistol:** Mark S. R. Jenner, "Print Culture and the Rebuilding of London after the Fire: The Presumptuous Proposals of Valentine Knight," *Journal of British Studies* 56, no. 1 (Jan. 2017): 13, DOI:10.1017/jbr .2016.115.

126 **"But personally I'm glad":** Adam Forrest, "How London Might Have Looked:

Five Masterplans after the Great Fire," *Guardian,* Jan. 25, 2016, https://www
.theguardian.com/cities/2016/jan/25/how-london-might-have-looked-five
-masterplans-after-great-fire-1666.

126 **"Before I came to this country":** Koeppel, *City on a Grid,* 215–16.

127 **Penn's advertisements pulled fifty ships:** Richard S. Dunn, "William Penn
and the Selling of Pennsylvania, 1681–1685," *Proceedings of the American Philosophical Society* 127, no. 5 (1983): 322.

127 **"Lutherans, Reformed":** Michael T. Gilmore, *Surface and Depth,* 22.

127 **"any government is free to the people under it":** William Penn, Frame of
Government, April 25, 1682.

128 **Like so many visionaries:** Hans Fantel, *William Penn: Apostle of Dissent* (New
York: William Morrow & Co., 1974), 254–56.

128 **"the greatest lawgiver":** Letter, "Thomas Jefferson to Peter Stephen Dupon-
ceau," Nov. 16, 1825, https://rotunda.upress.virginia.edu/founders/default.
xqy?keys=FOEA-print-04-02-02-5663.

## 7. KOREA AND JAPAN: MUST STREETS BE NAMED?

129 **"The streets of this city have no names":** Roland Barthes, *Empire of Signs,*
trans. Richard Howard (1982, repr. New York: Hill and Wang), 33.

129 **"the structural analysis of narrative":** Colin Marshall, "Ways of Seeing Japan: Roland Barthes's Tokyo, 50 Years Later," *Los Angeles Review of Books,*
Dec. 31, 2016, https://lareviewofbooks.org/article/ways-seeing-japan-roland
-barthess-tokyo-50-years-later/.

129 **"to relieve himself":** Anatole Broyard, "Empire of Signs," *New York Times,*
Nov. 10, 1982, https://timesmachine.nytimes.com/timesmachine/1982/11/10
/020710.html?pageNumber=85cite.

129 **"To live in a country":** Roland Barthes, "Digressions" in *The Grain of the Voice*
(Evanston, IL: Northwestern University, 2009), 122.

129 **"I had to imagine":** Ibid.

130 **"At last language was freed":** Adam Schatz, "The Mythologies of R.B.," *New York
Review of Books,* June 7, 2018, https://www.nybooks.com/articles/2018/06/07
/mythologies-of-roland-barthes/.

130 **Streets are simply the spaces between the blocks:** Derek Sivers has explained
this well. See Derek Sivers, "Japanese Addresses: No Street Names. Block Numbers," June 22, 2009, https://sivers.org/jadr.

130–31 **"It is always enjoyable":** Barthes, *Empire of Signs,* 34.

131 **"even extra lines":** Barrie Shelton, *Learning from the Japanese City: Looking
East in Urban Design* (London: Routledge, 2012), 16.

132 **"seem to have too":** Peter Popham, *Tokyo: The City at the End of the World* (New
York: Kodansha International (Distributed in the U.S. through Harper & Row),
1985), 48.

132–33 **"I shall recall an experience":** Ibid., 48–49.

133 **"All I can say":** Shelton, *Learning from the Japanese City,* 48–49.

133 **"anarchic concrete jumble":** Ibid., 181.

133  **"attachment to particular buildings":** Ibid.

133  **"orient yourself"** . . . **"visit a place":** Barthes, *Empire of Signs,* 36.

134  **activate different parts of the brain:** Augusto Buchweitz, Robert A. Mason, Mihoko Hasegawa, and Marcel A. Just, "Japanese and English Sentence Reading Comprehension and Writing Systems: An fMRI Study of First and Second Language Effects on Brain Activation," *Bilingualism: Language and Cognition* 12 (Jan. 28, 2009): 141–51, DOI:10.1017/S1366728908003970.

134  **struggle with even the most basic English:** Linda Himelstein, "Unlocking Dyslexia in Japanese," *Wall Street Journal* (online), July 5, 2011.

134  **Kuuk Thaayore:** Lera Boroditsky, "How Does Our Language Shape the Way We Think?" *Edge,* June 11, 2009, https://www.edge.org/conversation/lera_boroditsky -how-does-our-language-shape-the-way-we-think.

134  **Ivy League scholars:** Lera Boroditsky, "How Language Shapes Thought," *Scientific American,* Feb. 2011, https://www.scientificamerican.com/article/how -language-shapes-thought/.

134  **In another study:** Boroditsky, "How Does Our Language Shape the Way We Think."

135  **Japan isn't the only:** Colin Marshall has also applied Barrie Shelton's ideas to the Korean city. See, for example, Colin Marshall, "Learning from the Korean City," *The Korea Blog, Los Angeles Review of Books,* March 6, 2016, http://blog .lareviewofbooks.org/the-korea-blog/learning-korean-city/.

135  **"The Korean people":** F. A. McKenzie, *The Tragedy of Korea* (London: Hodder, 1908), 145.

135  **Hangul was invented:** Ki-Moon Lee, "The Inventor of the Korean Alphabet," in *The Korean Alphabet: Its History and Structure* (Honolulu: University of Hawaii Press, 1997), 11–31.

135  **"The speech sounds"** . . . **"Thus, there are many":** Ibid., 27.

136  **"a wise man can"** . . . **"sound of the winds":** Young-Key Kim-Renaud, *The Korean Alphabet: Its History and Structure* (Honolulu: University of Hawaii Press, 1997), 3.

137  **"Some months ago":** Shin, "The Paradox of Korean Globalization" (research paper, Stanford University, January 2003), 5, http://citeseerx.ist.psu.edu/view-doc/download?doi=10.1.1.194.7598&rep=rep1&type=pdf.

137  **"gather in front":** Ibid.

138  **"to know first who they are":** "From the Headmaster," KMLA, accessed Sept. 27, 2019, http://english.minjok.hs.kr/contents/about.php?id=2.

138  **"Globalization must be underpinned":** Hijoo Son, "Paradox of Diasporic Art from There: Antidote to Master Narrative of the Nation?" *Journal of Korean Studies* 17, no. 1 (Spring 2012): 167.

138  **"English is only a method":** John Finch and Seung-kyung Kim, "Thinking Locally, Acting Globally: Redefining Traditions at the Korean Minjok Leadership Academy," *Korean Studies* 33 (2009), 129.

138–39  **"Three months is not":** Ibid., 129.

139  **"The mammoth naming project"** . . . **"You can imagine":** Michael Breen, *The New Koreans: The Story of a Nation,* 1st ed. (New York: Thomas Dunne Books/ St. Martin's Press, 2017), 33.

139 **Five hundred large roads:** Ibid.

139 **"The street names" . . . "international" flair:** National/Politics, "Foreign Street Names Baffle Koreans," *The Chosunilbo,* Jan. 28, 2014, http://english.chosun.com/site/data/html_dir/2014/01/28/2014012801759.html.

## 8. IRAN: WHY DO STREET NAMES FOLLOW REVOLUTIONARIES?

143 **Pedram Moallemian:** You can read more about Moallemian's story in a collection of essays about the Hunger Strikes: Pedram Moallemian, "The Night We Named Bobby Sands Street," in *Hunger Strike: Reflections on the 1981 Hunger Strike,* ed. Danny Morrison (Dingle, Ireland: Brandon, 2006), 131–34.

145 **"If they want me to wear a uniform":** Laura Friel, "Kieran Nugent Dies: The First H Block Blanket Man," *An Phoblacht,* May 11, 2000, https://www.anphoblacht.com/contents/6211.

146 **"I have this desire for brown wholemeal bread":** Bobby Sands, "Thursday 5th," in *The Diary of Bobby Sands* (Dublin, Ireland: Sinn Fein, 1981), https://www.bobbysandstrust.com/writings/prison-diary.

146–47 **"Mr. Sands was a convicted criminal":** Conor Macauley, "Bobby Sands Anniversary Marked Politicisation of Republicans," BBC News, May 5, 2011, https://www.bbc.com/news/uk-northern-ireland-13287848.

147 **"Bobby Sands, no food. Welcome to Iran":** Herve Armoric and Stefan Smith, "British Pressure on Tehran to Change Street Name Resented," *Business Recorder,* Jan. 26, 2004, https://fp.brecorder.com/2004/01/20040126194760/.

148 **That heady period of open debate:** David Greason, "Embracing Death: The Western Left and the Iranian Revolution, 1978–83," *Economy and Society* 34, no. 1 (Feb. 2005): 117.

148 **In 1794, a young cleric named Henri Grégoire:** Alyssa Goldstein Sepinwall, *The Abbé Grégoire and the French Revolution: The Making of Modern Universalism* (Berkeley: University of California Press, 2005), 130.

149 **illustrious people of black descent:** Ibid.

149 **Later Jefferson would suggest:** Ibid., 95.

149 **"When I came to gather all the individual wishes":** Alexis de Tocqueville, *The Ancien Régime and the Revolution,* trans. Gerald Beran (New York: Penguin, 2008), 145.

149 **"Energies were not directed at things themselves":** Priscilla Parkhurst Ferguson, *Paris as Revolution: Writing the Nineteenth-Century City* (Berkeley: University of California Press, 1994), 12–13.

149–50 **French forenames were largely restricted:** Roderick Munday, "The Girl They Named Manhattan: The Law of Forenames in France and England," *Legal Studies* 5, no. 3 (Nov. 1985): 332.

150 **French people were handed a new right:** Ibid.

150 **The list was scrapped in 1993:** "The French Baby Names the Law Wouldn't Allow," *Local,* Nov. 18, 2016, https://www.thelocal.fr/20161118/french-baby-names-banned-nutella-renault.

150–51 **Ferguson vividly describes how Pujoulx:** Ferguson, *Paris as Revolution,* 23.

151 **"Thus the people will ever have virtue on their lips":** Ibid., 27.

151  **"imprinted their dignified character even on their streets":** Ibid., 32.

151  **he set forth two criteria for new names:** Ibid., 27–28.

151  **"Is it not natural":** Ibid., 23.

151  **"revolutionary catechism":** Victoria Thompson, "'Telling Spatial Stories': Urban Space and Bourgeois Identity in Early Nineteenth-century Paris," *Journal of Modern History* 75, no. 3 (Sept. 2003): 534.

151  **"The new city envisioned by the revolution":** Ferguson, *Paris as Revolution,* 23.

152  **Mexico city has more than five hundred streets:** Ken Ellingwood, "Mexico City: A Sea of Juarez Streets," *Los Angeles Times,* March 17, 2008, https://www.latimes.com/travel/la-trw-streetnames17mar17-story.html.

152  **In Croatia, the main street:** Laura Šakaja and Jelena Stanić, "Other(ing), Self(portraying), Negotiating: The Spatial Codification of Values in Zagreb's City-Text," *Cultural Geographies* 18, no. 4 (Oct. 2011): 510.

152  **Russia has more than four thousand main streets:** Gideon Lichfield, "Russia Has More than 5,000 Streets Named for Lenin, and One Named for Putin," Quartz, June 10, 2015, accessed June 24, 2019, https://qz.com/424638/russia-has-more-than-5000-streets-named-for-lenin-and-one-named-for-putin/.

152  **"We are building a new Sudan":** Zeinab Mohammed Salih, "Sudanese Campaigners 'Rename' Streets After Protestors Killed in Uprising," *Guardian,* Sept. 2, 2019, https://www.theguardian.com/world/2019/sep/02/sudanese-campaigners-rename-streets-after-protesters-killed-in-uprising.

152  **In China, the Communist Party:** Jonathan Hassid, "Place Names, Symbolic Power and the Chinese State" (Paper, Iowa State University, Social Science Research Network, Aug. 1, 2013), 7, https://papers.ssrn.com/abstract=2308814.

152  **During the Cultural Revolution, street names were changed:** Ibid., 7.

152  **"respect national unity" and "national dignity":** Ibid., 7–8.

152  **"have healthy implications":** Ibid., 8.

153  **chose Pierre L'Enfant to design the city:** "What Is the District of Columbia? What Does D.C. Stand For?" *Ghosts of DC,* July 24, 2013, https://ghostsofdc.org/2013/07/24/washington-dc-district-of-columbia/.

153  **Washington, DC's street names are maniacally rational:** Matt Johnson, "Here's Why DC's Streets Have the Names They Do," Greater Greater Washington, July 5, 2016, https://ggwash.org/view/42103/heres-why-dcs-streets-have-the-names-they-do.

154  **preferred to call himself Peter:** Benjamin Forgey, "L'Enfant's Plan Also Included a Peter Principle," *Washington Post,* Aug. 30, 2003, https://www.washingtonpost.com/archive/lifestyle/2003/08/30/lenfants-plan-also-included-a-peter-principle/e9ee260b-74bb-4ffe-96cd-7e2c22529458/?utm_term=.76f957fb28e6.

154  **using his parents' house as an arms dump:** "Interview: Danny Morrison: There's an Inner Thing in Every Man," *An Phoblacht,* Dec. 14, 2006, https://www.anphoblacht.com/contents/16190.

154  **"What the fuck did that come from?":** Kevin Bean, *The New Politics of Sein Fein* (Liverpool University Press, 2007), 63.

156 **In 2008, Morrison heard:** Petition, "To His Excellency Hojjatoleslam Sayed Mohammad Khatami, President of Iran," https://www.bobbysandstrust.com/wp-content/uploads/2008/10/iranian-petition.pdf.

156 **"FOR ALLAH'S SAKE":** Ibid.

157 **"Peace walls":** "Will NI's Peace Walls Come Down by 2023 to Meet a 10-Year Target?," BBC News, May 3, 2018, https://www.bbc.co.uk/news/uk-northern-ireland-43991851.

157 **"An interesting story":** Brian Wawzenek, "U2 Gets Cinematic on 'Where the Streets Have No Name': The Story Behind Every 'Joshua Tree' Song," *Diffuser,* Feb. 28, 2017, https://diffuser.fm/u2-where-the-streets-have-no-name/.

158 **"I shall not settle":** Bobby Sands, "The Birth of a Republican," *Republican News,* Dec. 16, 1978.

158 **"Bobby was many things":** Henry McDonald, "Republicans Feud over Hunger Striker's Legacy," *Observer,* March 18, 2001, https://www.theguardian.com/uk/2001/mar/18/northernireland.northernireland.

## 9. BERLIN: WHAT DO NAZI STREET NAMES TELL US ABOUT *VERGANGENHEITSBEWÄLTIGUNG?*

160 **In 2002, she was living in Germany on an artist's fellowship:** Susan Hiller, *The J Street Project,* Contemporary Jewish Museum, YouTube, https://www.youtube.com/watch?v=594aCcLjHgs. For more on the origins of Hiller's project, also see: Susan Hiller, *The J. Street Project, 2002–2005* (Warwickshire, UK: Compton Verney; Berlin Artists-in-Residence Programme/DAAD, 2005).

160 **"relinquish factuality for fantasy":** Susan Hiller, ed., *The Myth of Primitivism: Perspectives on Art* (1991; repr., Abingdon, UK: Routledge, 2006), 1–2.

161 **"rich people used to live here":** Contemporary Jewish Museum, "Susan Hiller," YouTube video, 9:00, posted Sept. 4. 2009, https://www.youtube.com/watch?v=594aCcLjHgs.

161 **"a large number of people were taken":** Willy Brandt, *Links und Frei: Mein Weg 1930–1950* (Hamburg: Hofmann und Camp), 81, quoted in Maoz Azaryahu, "Renaming the Past in Post-Nazi Germany: Insights into the Politics of Street Naming in Mannheim and Potsdam," *Cultural Geographies* 19, no. 3 (July 2012): 385, DOI:10.1177/1474474011427267.

162 **"Please do me the great favor":** Saul Friedländer, *Nazi Germany and the Jews,* vol. 1, *The Years of Persecution, 1933–1939* (London: Weidenfeld and Nicolson, 1997), 229–30.

162 **In 2004, Google accidentally reverted the old name:** Associated Press, "Google Apologises over Reviving Adolf-Hitler-Platz in Berlin," *Guardian,* Jan. 10, 2014, https://www.theguardian.com/technology/2014/jan/10/google-apologises-hitler-platz-berlin.

162 **"the municipality of Rothenberg":** "Reich Town Forbids Jews to Walk on Hitlerplatz," *Jewish Daily Bulletin,* Sept. 3, 1933, http://pdfs.jta.org/1933/1933-09-03_2638.pdf?_ga=2.169184673.1804865581.1566613708-866652241.1566613708, available at Jewish Telegraphic Agency Archive, accessed June 16, 2019, https://www.jta.org/1933/09/03/archive/reich-town-forbids-jews-to-walk-on-hitlerplatz.

163 **"if the creation of a Hermann-Göring-Straße is also desired":** Ingeborg Grolle, "Renaming of Hamburg Streets under National Socialism: Hallerstraße," trans. Insa Kummer, Key Documents of German-Jewish History, Sept. 22, 2016, https://jewish-history-online.net/article/grolle-renaming-streets.

163 **A newspaper published a photo of an old man:** Ibid.

163 **"Change all Jewish street names immediately":** Ibid.

163 **"The task of a gifted propagandist":** Joseph Goebbels, "Einsatz des Lebens," *Der Angriff*, April 19, 1929, quoted in English in Jesús Casquete, "Martyr Construction and the Politics of Death in National Socialism," *Totalitarian Movements and Political Religions* 10, no. 3–4 (Sept. 2009): 274, https://www.academia.edu/918222/Martyr_Construction_and_the_Politics_of_Death_in_National_Socialism.

164–65 **"Dear sir!":** Many thanks for the assistance of Martina Plaschka and Eric Idsvoog in translating these letters.

166 **"placing on the scales the most valuable commodity":** Goebbels, "Einsatz des Lebens," 274.

166 **Topping the list was Horst Wessel:** Jesús Casquete, "Martyr Construction and the Politics of Death in National Socialism," *Totalitarian Movements and Political Religions* 10, no. 3–4 (Sept. 2009): 274, https://www.academia.edu/918222/Martyr_Construction_and_the_Politics_of_Death_in_National_Socialism.

166 **Wessel had grown up on Judenstraße:** Daniel Siemens, *The Making of a Nazi Hero: The Murder and Myth of Horst Wessel*, trans. David Burnett (London: I. B. Tauris, 2013), 24.

166 **53,000 children were lost:** Tony Judt, *Postwar: A History of Europe Since 1945* (London: Vintage, 2010), 21.

166 **rickets, pellagra and impetigo:** Ibid., 19–26.

166 **66 infants died:** Ibid., 22.

166 **Russian troops raped:** Hsu-Ming Teo, "The Continuum of Sexual Violence in Occupied Germany, 1945–49," *Women's History Review* 5, no. 2 (1996): 191, https://www.tandfonline.com/doi/pdf/10.1080/09612029600200111.

166 **four times as many people were dying:** Lara Feigel, *The Bitter Taste of Victory: Life, Love, and Art in the Ruins of the Reich* (London: Bloomsbury, 2016), 105.

166 **on the first agenda of the first meeting:** Maoz Azaryahu, "Street Names and Political Identity: The Case of East Berlin," *Journal of Contemporary History* 21, no. 4 (Oct. 1, 1986): 583–84, DOI:10.1177/002200948602100405.

166 **recommended 1,795 street name changes:** Dirk Verheyen, "What's in a Name? Street Name Politics and Urban Identity in Berlin," *German Politics & Society* 15, no. 3 (Fall 1997): 49.

166–67 **As Maoz Azaryahu has vividly chronicled:** Azaryahu, "Street Names and Political Identity," 588–89.

167 **Men on motorcycles unveiled the new street names on cue:** Ibid., 594–597.

167 **lit a colossal portrait of Stalin:** Ibid., 589.

167 **Kurt Bartel, an East German writer:** Ibid., 588.

167 **Later, members of the Stasi (the secret police):** Ibid., 600.

167  **But what would happen to these names after reunification?**: For more on
Berlin street names, see Brian Ladd, *The Ghosts of Berlin* (Chicago, IL: University of Chicago Press, 2018).

168  **Niederkircher Street:** Patricia Pollock Brodsky, "The Power of Naming in the
Postunification Attack on the German Left," *Nature, Society, and Thought* 14,
no. 4 (Oct. 2001): 425; Imre Karacs, "Berlin's Street signs take a right turn,"
*The Independent*, Dec. 18, 1995, https://www.independent.co.uk/news/world
/berling-street-signs-take-a-right-turn-1526146.html.

168  **"With the return address Leninallee":** Brian Ladd, *The Ghosts of Berlin: Confronting German History in the Urban Landscape* (Chicago: University of Chicago Press, 1997), 209.

168  **By 1991:** Brodsky, "The Power of Naming in the Postunification Attack on the
German Left," 425.

169  **"We have no new address":** George Katsiaficas, ed., *After the Fall: 1989 and the
Future of Freedom* (New York: Routledge, 2013), 88.

169  **often seemed deliberately provocative:** Brodsky, "The Power of Naming in
the Postunification Attack on the German Left," 425.

169  **"corporate takeover":** John Borneman, *After the Wall: East Meets West in the
New Berlin* (New York: Basic Books, 1991), vii.

169  **"We cannot talk about places that we have no common name for":** Christiane
Wilke, "Making Sense of Place: Naming Streets and Stations in Berlin and Beyond," *Public Seminar* (blog), Jan. 22, 2014, http://www.deliberatelyconsidered
.com/2012/03/making-sense-of-place-naming-streets-and-stations-in-berlin
-and-beyond/.

169–70  **he wrote his memoirs on 167 slips of scrap paper:** Peter Steiner, "Making a
Czech Hero: Julius Fučík Through His Writings," *Carl Beck Papers in Russian
and East European Studies*, no. 1501 (Sept. 2000): 8, https://carlbeckpapers.pitt
.edu/ojs/index.php/cbp/article/view/86/87.

170  **"Nota bene":** Brodsky, "The Power of Naming in the Postunification Attack on
the German Left," 431.

170  **Renata Stih and Frieder Schnock hung eighty signs:** Ian Johnson, "'Jews
Aren't Allowed to Use Phones': Berlin's Most Unsettling Memorial," *New York
Review of Books*, June 15, 2017, https://www.nybooks.com/daily/2013/06/15
/jews-arent-allowed-use-telephones-berlin-memorial/.

170  **"Haut ab, Judenschweine!":** Ibid.

171  **"We can't name it":** Ibid.

171  **jeered "Jews out" and "You Jews are to blame for everything":** John Rosen-
thal, "Anti-Semitism and Ethnicity in Europe," *Policy Review*, Oct. 2003, 17–38.

171–72  **"If we don't think that is interesting":** Kate Kellaway, "Susan Hiller, 75: 'Self-
Doubt Is Always Present for Artists,'" *Guardian*, Nov. 15, 2015, https://www
.theguardian.com/artanddesign/2015/nov/15/susan-hiller-interview-self
-doubt-is-always-present.

172  **"When I had completed my journey":** Hiller, *The J. Street Project*, 7.

172  **"been both substance and metaphor":** Verheyen, "What's in a Name?" 45.

172 **"the past" and "the process of coming to terms or coping":** Lagenscheidt online German-English dictionary, https://en.langenscheidt.com/german-english
/vergangenheitsbewaeltigung.

## 10. HOLLYWOOD, FLORIDA: WHY CAN'T AMERICANS STOP ARGUING ABOUT CONFEDERATE STREET NAMES?

176 **Joseph Young, a developer:** Joan Mickelson, *Joseph W. Young, Jr., and the City Beautiful: A Biography of the Founder of Hollywood, Florida* (Jefferson, NC: McFarland, 2013), 7.

176 **The land, wedged between two farm towns:** Ibid., 46.

176 **seventy-four inches of snow:** Angela Fritz, "Boston Clinches Snowiest Season on Record amid Winter of Superlatives," *Washington Post,* March 15, 2015, https://www.washingtonpost.com/news/capital-weather-gang/wp/2015/03/15 /boston-clinches-snowiest-season-on-record-amid-winter-of-superlatives/ ?utm_term=.f58dd7a4e36c.

176–77 **The *Miami Herald* was the heaviest newspaper in the country:** Nixon Smiley, *Knights of the Fourth Estate: The Story of the Miami Herald* (Miami, FL: E. A. Seeman, 1974), 54.

177 **two-thirds of all Florida:** Mehmet Odekon, *Boom and Busts: An Encyclopedia of Economic History from the First Stock Market Crash of 1792 to the Current Global Economic Crisis* (Abingdon, UK: Routledge, 2015), 283.

177 **Joseph Young chartered twenty-one "no obligation" buses:** Mickelson, *Joseph W. Young, Jr., and the City Beautiful,* 108.

177 **Floridians lynched at least 161 blacks between 1890 and 1920:** Michael Newton, *The Invisible Empire: The Ku Klux Klan in Florida* (Gainesville: University Press of Florida, 2001), 33.

177 **He named the streets after cities with prominent black populations:** Joan Mickelson, *A Guide to Historic Hollywood: A Tour Through Place and Time* (Charleston, SC: History Press Library Editions, 2005), 201.

177 **He ran out of money after a 1926 hurricane:** Ibid.

178 **sold thousands of black slaves out of a "Negro Mart":** Emily Yellin, "A Confederate General's Final Stand Divides Memphis," *New York Times,* July 19, 2015, https://www.nytimes.com/2015/07/20/us/a-confederate-generals-final-stand-divides-memphis.html.

178 **whipping a slave stretched out between four men:** Timothy S. Huebner, "Confronting the True History of Forrest the Slave Trader," *Commercial Appeal,* Dec. 8, 2017, https://eu.commercialappeal.com/story/opinion/contributors /2017/12/08/confronting-true-history-forrest-slave-trader/926292001.

178 **"leather thong dipped in salt water":** Mark Potok, "A Different Kind of Hero," *Intelligence Report,* Southern Poverty Law Center, Dec. 21, 2004, https://www .splcenter.org/fighting-hate/intelligence-report/2004/different-kind-hero.

178 **"a minor player in some major battles":** Charles Royster, "Slave, General, Klansman," *Atlantic Monthly* 271 (May 1993): 126.

178 **"Words cannot describe":** William J. Stier, "Nathan Bedford Forrest," *Civil War Times,* Dec. 1999.

179  **"the whites received quarter":** Will Hickox, "Remember Fort Pillow!" *Opina-tor* (blog), *New York Times*, April 11, 2014, https://opinionator.blogs.nytimes.com/2014/04/11/remember-fort-pillow/.

179  **"It is hoped that":** Ibid.

179  **black soldiers were captured into slavery:** Ibid.

179  **"insolent":** Government Printing Office, Report of the Joint Select Committee to Inquire into the Condition of Affairs in the Late Insurrectionary States. Made to the Two Houses of Congress, Feb. 19, 1872 (Washington, DC: Government Printing Office, 1872).

179  **"protect the weak":** Ibid.

179  **As Michael Newton has described:** Newton, *The Invisible Empire*, 8.

179  **Black people's post–Civil War hopes:** Ibid.

180  **as a summer camp farewell song:** Megan Garber, "'Ashokan Farewell': The Story Behind the Tune Ken Burns Made Famous," *Atlantic*, Sept. 25, 2015, https://www.theatlantic.com/entertainment/archive/2015/09/ashokan-farewell-how-a-20th-century-melody-became-an-anthem-for-the-19th/407263/.

180  **wrote with a dip pen:** Dan Piepenbring, "Tools of the Trade," *Paris Review,* Nov. 17, 2014, https://www.theparisreview.org/blog/2014/11/17/tools-of-the-trade/.

180  **"Forrest is one of the most":** Ta-Nehisi Coates, "The Convenient Suspension of Disbelief," *Atlantic,* June 13, 2011, https://www.theatlantic.com/national/archive/2011/06/the-convenient-suspension-of-disbelief/240318/.

180  **"He became a slave trader":** Coates, "The Convenient Suspension of Disbelief."

181  **"immediate cause of the late rupture":** Jamelle Bouie and Rebecca Onion, "Slavery Myths Debunked," *Slate,* Sept. 29, 2015, https://slate.com/news-and-politics/2015/09/slavery-myths-seven-lies-half-truths-and-irrelevancies-people-trot-out-about-slavery-debunked.html.

181  **But it's not just the South:** Southern Poverty Law Center, "Whose Heritage?: Public Symbols of the Confederacy," 2016, https://www.splcenter.org/sites/default/files/com_whose_heritage.pdf.

181  **was until recently named after Wade Hampton:** Lisa Demer, "In Western Alaska, a Push to Rename District That Honors Slave-Owning Confederate General," *Anchorage Daily News,* April 25, 2015, https://www.adn.com/rural-alaska/article/upset-growing-over-western-alaska-area-named-confederate-general-and-slave-owner/2015/04/26/.

182  **To house and feed the returning veterans:** David W. Blight, *Race and Reunion: The Civil War in American Memory* (Cambridge, MA: Belknap Press of Harvard University Press, 2001), 382–83.

182  **it wasn't just a story from the Deep South:** David W. Blight, *Beyond the Battlefield: Race, Memory, and the American Civil War* (Amherst: University of Massachusetts Press, 2002), 140–42.

182  **Papers criticized the black tourists:** James P. Weeks, "A Different View of Gettysburg: Play, Memory, and Race at the Civil War's Greatest Shrine," *Civil War History* 50, no. 2 (June 2004): 175–91.

183  **"increasingly, northern whites":** Nina Silber, *The Romance of Reunion:*

*Northerners and the South, 1865–1900* (Chapel Hill: University of North Carolina Press, 1993), 124.

183  **"In America, we reconciled the nation":** David W. Blight on the Civil War in American History, video, minute 9:00, https://www.hup.harvard.edu/catalog .php?isbn=9780674008199.

184  **"This history took place two hundred years ago":** Patricia Mazzei and Alexandria Bordas, "In South Florida, Black Residents Live on Confederate Streets. They're Sick of It," *Miami Herald,* June 29, 2017, https://www.miamiherald .com/news/local/community/broward/article158904359.html.

184  **"Proper names, dates, formulas summarizing":** Maurice Halbwachs, *The Collective Memory* (New York: Harper & Row, 1980), 52.

184  **Pierre Nora, who has written extensively:** Pierre Nora, "Between Memory and History: *Les Lieux de Mémoire,*" *Representations* (Spring 1989), https:// www.jstor.org/stable/2928520?seq=1#page_scan_tab_contents.

185  **"narrative link":** Nikosz Fokasz and Ákos Kopper, "The Media and Collective Memory Places and Milieus of Remembering," paper presented at Media, Communication and Cultural Studies Association 2010, http://www .lse.ac.uk/media%40lse/events/MeCCSA/pdf/papers/FOKASZ%20and%20 KOPPER%20-%20MEDIA%20AND%20COLLECTIVE%20MEMORY%20 -%20MECCSA%202010%20-%20LSE.pdf.

185  **"The only reason people want to be masters of the future":** Milan Kundera, "Part One: Lost Letters," in *The Book of Laughter and Forgetting* (New York: Alfred A. Knopf, 1979), 22.

185  **The growth of the Civil War monuments:** Miles Parks, "Confederate Statues Were Built to Further a 'White Supremacist Future,'" NPR, Aug. 20, 2017, https://www.npr.org/2017/08/20/544266880/confederate-statues-were-built -to-further-a-white-supremacist-future.

185  **"Why would you put a statue of Robert E. Lee":** Ibid.

185  **"positive good":** Clyde N. Wilson, "John C. Calhoun and Slavery as a 'Positive Good': What He Said," Abbeville Institute, June 26, 2014, https://www .abbevilleinstitute.org/clyde-wilson-library/john-c-calhoun-and-slavery-as -a-positive-good-what-he-said.

186  **Dozens of cities:** Confederate Monuments Are Coming Down Across the United States. Here's a List," *New York Times,* Aug. 28, 2017, https://www.nytimes.com /interactive/2017/08/16/us/confederate-monuments-removed.html.

186  **Florida State representative Shevrin Jones said:** Patricia Mazzei, "Black Lawmaker: I Was Called 'Monkey' at Hollywood Protest to Change Confederate Street Signs," *Miami Herald,* June 21, 2017, https://miamiherald.typepad.com /nakedpolitics/2017/06/black-lawmaker-i-was-called-monkey-at-hollywood -protest-to-change-confederate-street-signs.html.

186  **"You are a cancer on the face of the earth":** Jerry Iannelli and Isabella Vi Gomas, "White Supremacist Arrested for Charging Crowd at Hollywood Confederate Street-Name Protest Updated," *Miami New Times,* Aug. 30, 2017, https://www .miaminewtimes.com/news/white-supremacist-arrested-at-hollywood-florida -confederate-street-sign-protest-9631690.

187 **"People always talk about southern voices":** "In Depth with Shelby Foote," CSPAN, user created clip, https://www.c-span.org/video/?c4500025/shelby-footes-accent.

188 **"We must take care of our children":** Paul Bois, "Florida City Votes to Remove Confederate Street Names," *Dailywire,* Sept. 1, 2017, https://www.dailywire.com/news/20536/florida-city-council-removes-confederate-street-paul-bois.

188 **I came across an article:** "Debate Continues over Controversial Instagram Photo," WRAL.com, May 9, 2015, https://www.wral.com/chapel-hill-parents-students-demand-action-over-controversial-instagram-photo/14631007/.

## 11. ST. LOUIS: WHAT DO MARTIN LUTHER KING JR. STREETS REVEAL ABOUT RACE IN AMERICA?

190 **"the challenge of the hour":** Martin Luther King Jr., "A Realistic Look at the Question of Progress in the Area of Race Relations," address delivered at St. Louis Freedom Rally, April 10, 1957, Martin Luther King Jr. Papers Project, https://swap.stanford.edu/20141218225503/http://mlk-kpp01.stanford.edu/primarydocuments/Vol4/10-Apr-1957_ARealisticLook.pdf.

191 **streets were lined with stalls:** Federal Writer's Project, *A WPA Guide to Missouri: The Show-Me State* (San Antonio, TX: Trinity University Press, 2013).

193 **Still, an MLK street didn't appear:** Wendi C. Thomas, "Where the Streets Have MLK's Name," *National Geographic,* April 2018, https://www.nationalgeographic.com/magazine/2018/04/martin-luther-king-streets-worldwide/.

193 **"General Robert E. Lee":** Derek H. Alderman, "Naming Streets for Martin Luther King Jr.: No Easy Road," in *Landscape and Race in the United States,* ed. Richard H. Schein (New York: Rutledge, 2006), 229.

193 **while shouting racist epithets:** Ibid., 227.

193 **"acting like niggers":** Matthew L. Mitchelson, Derek H. Alderman, and E. Jeffrey Popke, "Branded: The Economic Geographies of Streets Named in Honor of Reverend Dr. Martin Luther King, Jr.," *Social Science Quarterly* 88, no. 1 (March 2007): 121.

193 **J. J. Seabrook:** *New York Times* Obituaries, "Dr. J.J. Seabrook," *New York Times,* May 3, 1975, https://www.nytimes.com/1975/05/03/archives/dr-jj-seabrook.html.

193 **Emma Lou Linn:** Michael Barnes, 'The Truly Remarkable life of Austin's Emma Lou Linn," *Austin American-Statesman,* Dec. 13, 2014, https://www.statesman.com/article/20141213/NEWS/312139699.

193 **In 1990, in Portland, Oregon:** Richard H. Schein (ed.), *Landscape and Race in the United States* (London, UK: Routledge, 2006), 226.

194 *Along Martin Luther King:* Jonathan Tilove, *Along Martin Luther King: Travels on Black America's Main Street* (New York, NY: Random House, 2003).

194 **"If you're new to the area":** Demorris Lee, "MLK Streets Racially Divided: Some Roads Named after King Go Only through Black Areas," *News and Observer* (Raleigh, NC), Jan. 19, 2004.

197 **"famously tragic":** Frank Kovarik, "Mapping the Divide," *St. Louis,* Nov. 24, 2018, https://www.stlmag.com/Mapping-the-Divide/.

197 **"not wholly of the Caucasian race":** Colin Gordon, *Mapping Decline: St. Louis and the Fate of the American City* (Philadelphia: University of Pennsylvania Press, 2008), 81.

197–98 **"a colored man of means":** Ibid., 83.

198 **median household income of $203,250:** "Zip Code Tabulation Area in St. Louis city, MO-IL Metro Area, Missouri, United States, 63113," Census Reporter, accessed June 22, 2019, http://censusreporter.org/profiles/86000US63113-63113/.

200 **There are more gift shops than:** Matthew L. Mitchelson, Derek H. Alderman, and E. Jeffrey Popke, "Branded: The Economic Geographies of Streets Named in Honor of Reverend Dr. Martin Luther King, Jr.," *Social Science Quarterly* 88, no. 1 (March 2007): 140, DOI:10.1111/j.1540-6237.2007.00450.x.

## 12. SOUTH AFRICA: WHO BELONGS ON SOUTH AFRICA'S STREET SIGNS?

202 **"Okay, well it's quite dramatic":** Constitutional Court Oral History Project, Jan. 13, 2012 (Johannesburg, South Africa: Historical Papers Research Archive), http://www.historicalpapers.wits.ac.za/inventories/inv_pdfo/AG3368/AG3368 -R74-001-jpeg.pdf.

203 **"I don't think the cases":** Franny Rabkin, "Law Matters: Judges' Claws Come out in Pretoria Street Name Case," *Business Day,* Aug. 2, 2016, https://www .businesslive.co.za/bd/opinion/columnists/2016-08-02-law-matters-judges -claws-come-out-in-pretoria-street-name-case/.

203 **changing twenty-seven names:** News24Wire, "Tshwane Can Replace Apartheid Era Street Names with Struggle Heroes," BusinessTech, July 22, 2016, https://businesstech.co.za/news/government/130982/tshwane-can-replace -apartheid-era-street-names-with-struggle-heroes/.

204 **"racist nostalgia":** Ibid.

204 **Mogoeng Mogoeng tells two stories:** Constitutional Court Trust Oral History Project, Mogoeng Mogoeng, Feb. 2, 2012 (Johannesburg, South Africa: Historical Papers Research Archive, 2014), http://www.historicalpapers.wits.ac.za /inventories/inv_pdfo/AG3368/AG3368-M57-001-jpeg.pdf.

205 **"same station in life":** Mogoeng Mogoeng.

205 **On the ceiling beams:** "Celebrating the South African Constitutional Court," Brand South Africa, Nov. 23, 2017, https://www.brandsouthafrica.com/people -culture/democracy/celebrating-the-constitutional-court. Ibid.

205 **"is literally the last African country to be liberated from the system":** *City of Tshwane Metropolitan Municipality v AfriForum and Another* [2016] ZACC 19, http://www.saflii.org/za/cases/ZACC/2016/19.html.

206 **"a catastrophic alcoholic":** Celia W. Dugger, "In South Africa, a Justice Delayed Is No Longer Denied," *New York Times,* Jan. 23, 2009, https://www .nytimes.com/2009/01/24/world/africa/24cameron.html.

206 **"constitutional outcasts?":** *City of Tshwane Metropolitan Municipality v AfriForum and Another.*

206 **owns 90 percent of the nation's wealth:** *South African Human Rights Commission, Equality Report, 2017/18,* 20, https://www.sahrc.org.za/home/21/files /SAHRC%20Equality%20Report%202017_18.pdf.

206–7 **The net worth of 80 percent of South Africans:** Peter S. Goodman, "End of Apartheid in South Africa? Not in Economic Terms," *New York Times,*

Oct. 24, 2017, https://www.nytimes.com/2017/10/24/business/south-africa -economy-apartheid.html.

207 **hid in a trench for ten hours taking morphine:** Ferdinand Mount, "Too Obviously Cleverer," reviews of *Supermac: The Life of Harold Macmillan,* by D. R. Thorpe, and *The Macmillan Diaries,* vol. 2, *Prime Minister and After 1957–66,* ed. Peter Catterall, *London Review of Books* 33, no. 17 (Sept. 8, 2011), https:// www.lrb.co.uk/v33/n17/ferdinand-mount/too-obviously-cleverer.

207 **the British had loosened up on African nations:** Frank Myers, "Harold Macmillan's 'Winds of Change' Speech: A Case Study in the Rhetoric of Policy Change," *Rhetoric & Public Affairs* 3, no. 4 (Jan. 2000): 556.

207–8 **In the dark, wood-paneled:** Martha Evans, *Speeches That Shaped South Africa: From Malan to Malema* (Cape Town, South Africa: Penguin Random House South Africa, 2017), 32; Saul Dubow, "Macmillan, Verwoerd, and the 1960 'Wind of Change' Speech," *Historical Journal* 54, no. 4 (Dec. 2011): 1097.

208 **"farms and its forests, mountains and rivers":** Evans, *Speeches That Shaped South Africa,* 32.

208 **occasion was supposed to be celebratory:** Ibid.

208 **"lean Edwardian and carelessly elegant":** Ibid., 32.

209 **"for its steadfast policy":** Mississippi Laws 1960, ch. 519, House Concurrent Resolution no. 67.

209 **"I had to comfort those of British descent":** Dubow, "Macmillan, Verwoerd, and the 1960 'Wind of Change' Speech," 1107.

209 **He had toured Harvard and probably Yale:** Roberta Balstad Miller, "Science and Society in the Early Career of H. F. Verwoerd," *Journal of Southern African Studies* 19, no. 4 (Dec. 1993): 640.

209–10 **"To meet, Dr. Verwoerd seemed a man of unusual gentleness":** Anthony Sampson, "The Verwoerd Assassination," *Life,* Sept. 16, 1966, 42.

210 **The minister of the interior noted:** Hermann Giliomee, "The Making of the Apartheid Plan, 1929–1948," *Journal of Southern African Studies* 29, no. 2 (June 2003): 378.

210 **"I do not use the term 'segregation'":** Ibid., 374.

210–11 **waging bloody battles with tribes they came across:** Martin Meredith, *Diamonds, Gold, and War: The British, the Boers, and the Making of South Africa* (New York: Public Affairs, 2007), 6–8.

211 **"wagonloads of children":** Ibid., 7.

211 **concentration camps:** Ibid., 8–10.

211 **"savages with only a thin white veneer":** Jonas Kreienbaum, *A Sad Fiasco: Colonial Concentration Camps in Southern Africa, 1900–1908,* trans. Elizabeth Janik (New York: Berghahn Books, 2019), 39.

211 **Researchers from the Carnegie Commission:** Francis Wilson, interview by Mary Marshall Clark, session 2, Aug. 3, 1999, http://www.columbia.edu/cu/lweb /digital/collections/oral_hist/carnegie/pdfs/francis-wilson.pdf.

211 **which ultimately would come only to the detriment of black Africans:** "First Inquiry into Poverty," Special Feature: Carnegie in South Africa, Carnegie

Corporation Oral History Project, Columbia University Libraries Oral History Research Office, accessed June 21, 2019, http://www.columbia.edu/cu/lweb /digital/collections/oral_hist/carnegie/special-features/.

211 **that the commission's report in Verwoerd's hands:** "Carnegie Corporation in South Africa: A Difficult Past Leads to a Commitment to Change," *Carnegie Results*, Winter 2004, https://www.carnegie.org/media/filer_public/f3/54 /f354cbf9-f86c-4681-8573-c697418ee786/ccny_cresults_2004_southafrica .pdf; Jeremy Seekings, "The Carnegie Commission and the Backlash Against Welfare State-Building in South Africa, 1931–1937," Centre for Social Science Research, CSSR Working Paper 159, May 2006, http://www.uct.ac.za /sites/default/files/image_tool/images/256/files/pubs/wp159.pdf.

211–12 **"Like the Jews in Palestine and the Muslims in Pakistan":** Giliomee "The Making of the Apartheid Plan," 386.

212 **"the language of the damn oppressor":** Mike Wooldridge, "Mandela Death: How He Survived 27 Years in Prison," BBC News, Dec. 11, 2013, https://www .bbc.co.uk/news/world-africa-23618727.

212 **A friendly prison guard corrected his simple essays:** Christo Brand with Barbara Jones, *Mandela: My Prisoner, My Friend* (London: John Blake, 2004), 42.

212 **Mandela once told a story:** Kajsa Norman, *Bridge over Blood River: The Rise and Fall of the Afrikaners* (London: Hurst, 2016), 248–49.

213 **expressed reservations at renaming the Verwoerd Dam:** Elwyn Jenkins, *Falling into Place: The Story of Modern South African Place Names* (Claremont, South Africa: David Philip Publishers, 2007), 127.

214 **"However much [the younger generation]":** Ibid.

214 **The South African Geographical Names Council:** Mcebisi Ndletyana, "Changing Place Names in Post-Apartheid South Africa: Accounting for the Unevenness," *Social Dynamics* 38, no. 1 (2012), DOI:10.1080/02533952.2012 .698949.

214 **many were spray-painted or destroyed:** "Durban's New Street Names Vandalised," *Sunday Tribune,* Aug. 24, 2008.

214 **"sleazy":** [James Duminy, "Street Renaming, Symbolic Capital, and Resistance in Durban, South Africa," *Environment and Planning D: Society and Space* 32, no. 2 (Jan. 2014): 323.]

215 **his body dumped in a river full of crocodiles:** "Johannes Maisha (Stanza) Bopape," South African History Online, Feb. 17, 2011, https://www.sahistory .org.za/people/johannes-maisha-stanza-bopape.

216 **"an ideal he wanted to reach":** Gareth van Onselen, "AfriForum's Disgraceful and Immoral Documentary," BusinessLIVE, March 13, 2019, https://www .businesslive.co.za/bd/opinion/columnists/2019-03-13-gareth-van-onselen -afriforums-disgraceful-and-immoral-documentary/.

216 **"crime against humanity":** "'Apartheid Not a Crime against Humanity': Kallie Kriel AfriForum," *Eusebius McKaiser Show,* Omny.FM, published May 14, 2018, https://omny.fm/shows/mid-morning-show-702/apartheid-was-not-a -crime-against-humanity-kallie.

216–17 **"all the intellectuals strung up":** Afriforum, "Farm murders: Feedback from

Washington—setting the facts straight," YouTube video, 31:10, posted May 5, 2018, https://www.youtube.com/watch?v=ZIn7f8bg51.

218 **Anthropologists Andre Goodrich and Pia Bombardella:** Andre Goodrich, and Pia Bombardella, "Street Name-Changes, Abjection and Private Toponymy in Potchefstroom, South Africa," *Anthropology Southern Africa* 35, no. 1–2 (Jan. 2012): 20–30.

218 **Here's an excerpt:** Ibid., 26.

219 **first definition of "lost":** *Oxford English Dictionary,* s.v. "Lost," accessed Sept. 4, 2019, https://www.oed.com/view/Entry/110417.

219 **In August of 2019:** Jason Burke, "South African Army Sent into Townships to Curb Gang Violence, *Guardian,* July 19, 2019, https://www.theguardian.com /world/2019/jul/19/south-african-army-townships-gang-violence.

219 **Riots broke out:** Norimitsu Onishi, "White Farmers Are Jailed in South Africa for Killing Black Teenager," *New York Times,* March 6, 2019, https://www .nytimes.com/2019/03/06/world/africa/south-africa-white-farmers-black -teenager.html.

219 **two children drowned in pit toilets:** Kimon de Greef, "After Children Die in Pit Toilets, South Africa Vows to Fix School Sanitation," *New York Times,* Aug. 14, 2018, https://www.nytimes.com/2018/08/14/world/africa/south-africa -school-toilets.html.

220 **"A revolution that does not produce":** Henri Lefebvre, *The Production of Space,* trans. Donald Nicholson-Smith (Oxford: Blackwell, 1991), 54.

220 **"was the guttural language of orders and insults":** Jacob Dlamini, *Native Nostalgia* (Sunnyside, South Africa: Jacana Media, 2009), 137.

220 **"Truth be told":** Ibid.

221 **"white supremacist ideology of those who claimed Afrikaans":** Ibid., 144.

221 **"The University is in effect saying":** *AfriForum and Another v. University of the Free State* [2017] ZACC 48, http://www.saflii.org/za/cases/ZACC/2017/48.pdf.

222 *"Is alles verlore vir Afrikaans?":* *AfriForum and Another v. University of the Free State.*

## 13. MANHATTAN: HOW MUCH IS A STREET NAME WORTH?

225 **"This is the most":** Phoebe Hoban, "Trump Shows Off His Nest," *New York Times,* May 25, 1997, https://www.nytimes.com/1997/05/25/style/trump-shows -off-his-nest.html.

225 **"It looks cheap":** Herbert Muschamp, "Architecture View; Going for Gold on Columbus Circle," *New York Times,* Nov. 19, 1995, https://www.nytimes.com /1995/11/19/arts/architecture-view-going-for-the-gold-on-columbus-circle .html.

225 **Muschamp himself called it a 1950s skyscraper:** Herbert Muschamp, "Trump Tries to Convert 50's Style Into 90's Gold; Makeover Starts on Columbus Circle Hotel," *New York Times,* June 21, 1995, https://www.nytimes.com/1995 /06/21/nyregion/trump-tries-convert-50-s-style-into-90-s-gold-makeover -starts-columbus-circle.html.

225 **the General Electric Pension Trust did:** David W. Dunlap, "Former Gulf and

Western Building to Be a Luxury Apartment Tower," *New York Times,* March 23, 1994, https://www.nytimes.com/1994/03/23/nyregion/former-gulf-and-western -building-to-be-a-luxury-apartment-tower.html.

225  **Trump said the building had fifty-two floors:** Vivian Yee, "Donald Trump's Math Takes His Towers to Greater Heights," *New York Times,* Nov. 1, 2016, https:// www.nytimes.com/2016/11/02/nyregion/donald-trump-tower-heights.html.

226  **asked the city to change the building's address:** Letter from Office of the President of the Borough of Manhattan, to 15 Columbus Circle Associates, June 7, 1989, and letter to Robert Profeta, agent for the owner, One Central Park West Associates, Sept. 7, 1995, http://www.manhattantopographical.com /addresses/15%20Columbus%20Circle.pdf.

226  **"the most important new address in the world":** Ben McGrath, "Room Without a View," *New Yorker,* Nov. 24, 2003, https://www.newyorker.com /magazine/2003/11/24/room-without-a-view.

226  **"We are on Central Park West":** Ibid.

226  **"Perhaps the most misunderstood concept in all of real estate":** Donald Trump and Tony Schwartz, *Trump: The Art of the Deal* (New York: Random House, 1987), 54–55.

227  **In the 1870s, landlords on the Upper West Side of Manhattan:** Reuben S. Rose-Redwood, "From Number to Name: Symbolic Capital, Places of Memory and the Politics of Street Renaming in New York City," *Social & Cultural Geography* 9, no 4 (June 2008): 438, https://www.tandfonline.com/doi/abs/10.1080 /14649360802032702?journalCode=rscg2.

227  **Crudely built wooden or mud shacks:** Catherine McNeur, "The Shantytown: Nineteenth-Century Manhattan's 'Straggling Suburbs,'" *From the Stacks* (blog), New-York Historical Society, June 5, 2013, http://blog.nyhistory.org /the-shantytown-nineteenth-century-manhattans-straggling-suburbs/.

227  **As Reuben Rose-Redwood vividly describes:** Rose-Redwood, "From Number to Name," 438–42.

227  **"We all know how it is":** Ibid., 439–40.

227–28  **Charles Dickens was astounded by the sheer number:** Charles Dickens, *American Notes for General Circulation,* vol. 1 (London: Chapman & Hall, 1842), 205, 207.

229  **and they purportedly had to pay the last rent-controlled tenant:** Michael Gross, "Hotel Hermit Got $17M to Make Way for 15 Central Park West," *New York Post,* March 2, 2014, https://nypost.com/2014/03/02/hotel-hermit-got-17m -to-make-way-for-15-central-park-west/.

229  **Fifty-four stories high:** Paul Goldberger, "Past Perfect," *New Yorker,* Aug. 20, 2007, https://www.newyorker.com/magazine/2007/08/27/past-perfect-2.

229  **"the most financially successful apartment building in":** Ibid.

229  **called a "Viagra" building:** Charles V. Bagli, "$40 Million in Air Rights Will Let East Side Tower Soar," *New York Times,* Feb. 25, 2013, https://www.nytimes .com/2013/02/26/nyregion/zeckendorfs-pay-40-million-for-park-avenue -churchs-air-rights.html.

229  **for one simple thing: its address:** Jessica Dailey, "Zeckendorfs Buy Air Rights,

Address from Park Ave. Church," Curbed New York, March 3, 2014, https://ny
.curbed.com/2014/3/3/10137320/zeckendorfs-buy-air-rights-address-from
-park-ave-church.

229 **for the bargain price of $11,000:** "Addresses and House Numbers," Office of
the President of the Borough of Manhattan, http://www.manhattanbp.nyc.gov
/downloads/pdf/address-assignments-v-web.pdf.

299–30 **Circling around Madison Square Garden:** Clyde Haberman, "A Nice Address, but Where Is It Really?" *New York Times,* March 22, 2010, https://www
.nytimes.com/2010/03/23/nyregion/23nyc.html.

230 **reach the atrium of 237 Park Avenue:** Ibid.

230 **An apartment on Park Avenue or Fifth Avenue:** Joanne Kaufman, "A Park
Avenue Address, Not Exactly," *New York Times,* Feb. 13, 2015, https://www
.nytimes.com/2015/02/15/realestate/a-park-avenue-address-not-exactly
.html.

230 **The formal vanity street address program exploded:** Reuben S. Rose-Redwood,
"Governmentality, the Grid, and the Beginnings of a Critical Spatial History of
the Geo-Coded World" (PhD thesis, Pennsylvania State University, May 2006),
https://etda.libraries.psu.edu/files/final_submissions/5324, 197–201.

230 **Some international buyers may be fooled:** Kaufman, "A Park Avenue Address, Not Exactly."

230 **because, apparently, it sounds more chic:** Ibid.

230 **"boutique-type property":** Ibid.

231 **developers had named their buildings to boost their images:** Andrew Alpern, *Luxury Apartment Houses of Manhattan: An Illustrated History* (New
York: Dover, 1993), 3–5.

231 **Nancy Clay died in an office fire:** Joseph A. Kirby, "City Goes After Vanity Addresses," *Chicago Tribune,* April 13, 1995, https://www.chicagotribune
.com/news/ct-xpm-1995-04-13-9504130068-story.html.

231 **your shovel isn't going to hit a skull:** "Odd Jobs: Manhattan Map Keeper,"
Wall Street Journal video, Nov. 1, 2010, https://www.wsj.com/video/odd-
jobs-manhattan-map-keeper/8A5E1921-3D07-4BE7-9900-5C3A5765749A.html.

232 **property on these streets costs 20 percent less than adjacent streets:** Simon
Leo Brown, "House Prices Lower on Streets with Silly Names, High School
Students Find," ABC News, Nov. 27, 2017, https://www.abc.net.au/news/2017
-11-27/house-prices-lower-on-streets-with-silly-names/9197366.

232 **"You don't get avenue urchins, do you?":** Harry Wallop, "'If It Had a Lovely,
Posh Name, It Might Have Been Different': Do Street Names Matter?" *Guardian,* Oct. 22, 2016, https://www.theguardian.com/society/2016/oct/22/street
-names-matter-property-values.

232 **houses on roads named "King" or "Prince":** "What's in a Street Name? Over
£600k If You Live on a 'Warren,'" Zoopla, accessed June 17, 2019, https://www
.zoopla.co.uk/press/releases/whats-in-a-street-name-over-k-if-you-live-on-a
-warren/.

232–33 **A UK property website spokesman summed it up:** Ibid.

233 **homes on Washington Street are more likely to be older:** Spencer Rascoff and

Stan Humphries, "The Secrets of Street Names and Home Values," *New York Times*, Jan. 24, 2015, https://www.nytimes.com/2015/01/25/opinion/sunday /the-secrets-of-street-names-and-home-values.html?_r=0.

233 **If you live on a boulevard:** Ibid.

233 **Homes on streets containing "Lake":** Ibid.

233 **Their Gothic Revival cottage, built by an old Dutch family:** Tom Miller, "The Lost Ten Eyck House—Park Avenue and 34th Street," "Daytonian in Manhattan," *Daytonian* (blog), Feb. 13, 2017, http://daytoninmanhattan .blogspot.com/2017/02/the-lost-ten-eyck-house-park-avenue-and.html . Miller's fantastic blog details the history of the house at length.

233 **The house was eventually sold:** Ibid.

233–34 **"contained no Boston Irish":** Michael T. Isenberg, *John L. Sullivan and His America* (1988; repr., Champaign: University of Illinois Press, 1994), 40.

234 **Harvard Class of 1880:** Ibid.

234 **Buying up the adjoining row houses:** Andrew Alpern and Seymour Durst, *Holdouts!: The Buildings That Got in the Way* (New York: Old York Foundation, 2011), 128; Miller, "The Lost Ten Eyck House."

234 **through primeval forests:** Francis Collins, *The Romance of Park Avenue: A History of the Growth of Park Avenue from a Railroad Right of Way to the Greatest Residential Thoroughfare in the World* (1930; repr., Ann Arbor: University Microfilms International, 1989), 102.

234 **But by the nineteenth century:** Ibid., 104.

234 **workmen contracting cholera from eating green apples:** Ibid., 102.

235 **The New York Times saw it fit to point out:** "Country Wedding for Martha Bacon; Daughter of Ex-Ambassador Marries George Whitney in Quaint Church at Westbury," *New York Times*, June 3, 1914, https://www.nytimes .com/1914/06/03/archives/country-wedding-for-martha-bacon-daughter-of -exambassador-marries.html.

235 **"except for nine servants":** Christopher Gray, "History Lessons by the Numbers," *New York Times*, Nov. 7, 2008, https://www.nytimes.com/2008/11/09 /realestate/09scape.html.

236 **Mandel had convinced the city aldermen to extend Park Avenue:** Ibid.

236 **Fred Trump made his fortune building:** Emily Badger, "How Donald Trump Abandoned His Father's Middle-Class Housing Empire for Luxury Building," *Washington Post*, Aug. 10, 2015, https://www.washingtonpost.com/news/wonk /wp/2015/08/10/the-middle-class-housing-empire-donald-trump-abandoned -for-luxury-building/.

236 **But the younger Mandel sought out a loftier clientele:** Christopher Gray, "Streetscapes/Seventh Avenue Between 15th and 16th Streets; Four 30's Apartment Buildings on 4 Chelsea Corners," *New York Times*, May 23, 2004, https://www.nytimes.com/2004/05/23/realestate/streetscapes-seventh-avenue -between-15th-16th-streets-four-30-s-apartment.html.

236 **sometimes called "French Flats":** Elizabeth C. Cromley, *Alone Together: A History of New York's Early Apartments* (Ithaca, NY: Cornell University Press, 1990), 62.

236 **spanning a whole city block:** Tom Miller, "The 1931 London Terrace Apartments," *Daytonian in Manhattan* (blog), June 30, 2010, http://daytoninmanhattan .blogspot.com/2010/06/1931-london-terrace-apartments.html.

236 **looked just like London bobbies:** Ibid.

236 **setting up a shop with replica apartments:** Gray, "Streetscapes/Seventh Avenue Between 15th and 16th Streets."

236 **The rich, too, were abandoning their homes:** Andrew Alpern, *Historic Manhattan Apartment Houses* (New York: Dover, 1996), vi.

236 **almost no one was building private houses:** Cromley, *Alone Together*, 4.

237 **This was true even though Jewish developers:** Andrew S. Dolkart, "Abraham E. Lefcourt and the Development of New York's Garment District," in *Chosen Capital: Jewish Encounters with American Capitalism* (New Brunswick, NJ: Rutgers University Press, 2012), eds. Rebecca Kobrin et al.

237 **"A rose by any other name":** "Number One Park Avenue," *New York Times,* Feb. 10, 1925, http://timesmachine.nytimes.com/timesmachine/1925/02/10 /101984245.html.

238 **"Mrs. Robert Bacon holds a citadel":** "On the southeast corner of Thirty-fourth Street," "Siege," Talk of the Town, *New Yorker,* Oct. 17, 1925, https:// www.newyorker.com/magazine/1925/10/17/siege.

238 **In the sales office for his Central Park West building:** Robin Pogrebin, "52-Story Comeback Is So Very Trump; Columbus Circle Tower Proclaims That Modesty Is an Overrated Virtue," *New York Times,* April 25, 1996, https:// www.nytimes.com/1996/04/25/nyregion/52-story-comeback-so-very-trump -columbus-circle-tower-proclaims-that-modesty.html.

239 **though Sinatra had allegedly once told Trump:** Natasha Salmon, "Frank Sinatra Told Donald Trump to 'go f*** himself,' New Book Reveals," *Independent,* Oct. 8, 2017, https://www.independent.co.uk/news/world/americas/frank -sinatra-donald-trump-new-book-f-himself-revealed-casino-a7988666.html.

239 **His wife claimed "alienation of affections":** "Mrs. B. W. Mandel Sues; Accuses Realty Man's Present Wife of Breaking Up Home," *New York Times,* May 23, 1933, https://timesmachine.nytimes.com/timesmachine/1933/05/23/99910229.html.

239 **When he couldn't pay alimony:** "Henry Mandel Freed; Alimony Slashed; Court Reduces Payments by Builder From $32,500 to About $3,000 a Year," *New York Times,* July 8, 1933, https://www.nytimes.com/1933/07/08/archives /henry-mandel-freed-alimony-slashed-court-reduces-payments-by.html.

239 **The four highest-paid hedge-fund managers:** Robert Frank, "These Hedge Fund Managers Made More than $3 Million a Day Last Year," CNBC, May 30, 2018, https://www.cnbc.com/2018/05/30/these-hedge-fund-managers-made-more -than-3-million-a-day-last-year.html.

240 **Bankruptcy was averted:** Ralph Blumenthal, "Recalling New York at the Brink of Bankruptcy," *New York Times,* Dec. 5, 2002, https://www.nytimes.com/2002 /12/05/nyregion/recalling-new-york-at-the-brink-of-bankruptcy.html.

240 **conducted a "psychographic study":** Arthur Lubow, "The Traditionalist," *New York Times,* Oct. 15, 2010, https://www.nytimes.com/2010/10/17/magazine /17KeyStern-t.html.

240　**"en suite parking"**: Kevin Baker, "The Death of a Once Great City," *Harper's*, July 2018, https://harpers.org/archive/2018/07/the-death-of-new-york-city -gentrification/.

240　**a condo in Hell's Kitchen is $1,160,000**: Warburg Realty "Market Snapshot— Hell's Kitchen," May 15, 2019, warburgrealty.com/nabes/market.snapshot .hells.kitchen.

241　**"But I do get a little weary"**: Edmund White, "Why Can't We Stop Talking About New York in the Late 1970s?" *New York Times*, Sept. 10, 2015, https:// www.nytimes.com/2015/09/10/t-magazine/1970s-new-york-history.html.

241　**"Manhattan is theirs"**: 'Aaron Betsky, "Manhattan Is Theirs, We Just Get to Admire It," *Dezeen*, Nov. 15, 2015, https://www.dezeen.com/2015/11/15/opinion -aaron-betsky-manhattan-new-york-skyscrapers-iconic-skyline-capitalist -jerusalem/.

## 14. HOMELESSNESS: HOW DO YOU LIVE WITHOUT AN ADDRESS?

242　**the ideal city of the Levites**: Michael J. Lewis, *City of Refuge: Separatists and Utopian Town Planning* (Princeton, NJ: Princeton University Press, 2016), 79–80.

245　**"never hire a homeless person"**: Sarah Golabek-Goldman, "Ban the Address: Combating Employment Discrimination Against the Homeless," *Yale Law Journal* 1801, no. 6 (2017): 126, https://www.yalelawjournal.org/note/ban-the -address-combating-employment-discrimination-against-the-homeless.

245　**Only about a tenth were chronically homeless**: Malcolm Gladwell, "Million-Dollar Murray," *New Yorker*, Feb 5, 2006, http://archives.newyorker.com/?i =2006-02-13#folio=100.

245　**Families with children**: US Interagency Council on "Homelessness in America: Focus on Families with Children," Sept. 2018, https://www.usich .gov/resources/uploads/asset_library/Homeslessness_in_America_Families _with_Children.pdf.

245　**in no state in America today can anyone afford**: "How Much Do You Need to Afford a Modest Apartment in Your State," Out of Reach 2019, National Low Income Housing Coalition, accessed June 18, 2019, https://reports.nlihc.org/oor.

246　**"everyone you see is looking down on you"**: David A. Snow and Leon Anderson, "Identity Work Among the Homeless: The Verbal Construction and Avowal of Personal Identities," *American Journal of Sociology* 92, no. 6 (May 1987): 1340.

246　**"less than human, or dehumanized"**: Lasana T. Harris and Susan T. Fiske, "Dehumanizing the Lowest of the Low: Neuroimaging Responses to Extreme Out-Groups," *Psychological Science* 17, no. 10 (Oct. 2006): 847–53, DOI:10.1111 /j.1467-9280.2006.01793.x.

246　**In a classic study**: Snow and Anderson, "Identity Work Among the Homeless," 1355.

246　**"Tomorrow morning I'm going to get my money"**: Ibid., 1362.

247　**trading vodka with the Russian guards**: Ibid., 1360.

247　**In one conversation**: Anne R. Roschelle and Peter Kaufman, "Fitting In and

Fighting Back: Stigma Management Strategies among Homeless Kids," *Symbolic Interaction* 27, no. 1 (Winter 2004): 34–35.

248 **"But it's the only place I know":** Golabek-Goldman, "Ban the Address."

248 **"I have something with my name on it":** Sean Alfano, "Home Is Where the Mailbox Is," *CBS Evening News with Norah O'Donnell,* March 24, 2006, https:// www.cbsnews.com/news/home-is-where-the-mailbox-is/.

248 **Thirteen states have banned:** Beth Avery, "Ban the Box: U.S. Cities, Counties, and States Adopt Fair Hiring Policies," NELP, July 1, 2019, https://www.nelp .org/publication/ban-the-box-fair-chance-hiring-state-and-local-guide.

249 **600 percent in twenty years:** Prudence Ivey, "Top Borough: Hackney House Prices See Highest 20-Year Rise in UK, Boosted by Tech Sector and New Homes Building," *Evening Standard,* June 6, 2018, https://www.homesandproperty .co.uk/property-news/hackney-house-prices-see-highest-20year-rise-in-uk -boosted-by-tech-sector-and-new-homes-building-a121061.html.

250 **"rough sleepers":** Ministry of Housing, Communities & Local Government, "Rough Sleeping Statistics Autumn 2018, England (Revised)," Feb. 25, 2019, https://assets.publishing.service.gov.uk/government/uploads/system /uploads/attachment_data/file/781567/Rough_Sleeping_Statistics_2018 _release.pdf.

250 **"poor doors":** Tom Wall and Hilary Osborne, "'Poor Doors' Are Still Creating Wealth Divide in New Housing," *Observer,* Nov. 25, 2018, https://www .theguardian.com/society/2018/nov/25/poor-doors-developers-segregate-rich -from-poor-london-housing-blocks.

251 **A man who missed an appointment:** Patrick Butler, "Benefit Sanctions: The 10 Trivial Breaches and Administrative Errors," *Guardian,* March 24, 2015, https:// www.theguardian.com/society/2015/mar/24/benefit-sanctions-trivial-breaches -and-administrative-errors.

251 **A man who had a heart attack:** Julia Rampen, "A Kebab with Debbie Abrahams: 'My Constituent Was Sanctioned for Having a Heart Attack,'" *New Statesman,* Nov. 28, 2016, https://www.newstatesman.com/politics/staggers /2016/11/kebab-debbie-abrahams-my-constituent-was-sanctioned-having -heart-attack.

251 **"It was a terrible idea":** Rowland Manthorpe, "The Radical Plan to Give Every Homeless Person an Address," *Wired UK,* March 14, 2018, https:// www.wired.co.uk/article/proxy-address-design-museum-homelessness.

252 **For everyone but Santa:** Ibid.

252 **unoccupied for more than ten years:** Sophie Smith, "Number of Empty Homes in England Rises for the First Time in a Decade," *Telegraph,* May 10, 2018, https://www.telegraph.co.uk/property/uk/number-empty-homes-england-rises -first-time-decade/.

252 **In Kensington and Chelsea:** Peter Walker and David Pegg, "Huge Number of Empty Homes near Grenfell 'Simply Unacceptable,'" *Guardian,* Aug. 2, 2017, https://www.theguardian.com/uk-news/2017/aug/02/revelations-about-empty -homes-in-grenfell-area-simply-unacceptable.

252  **£53 billion worth of property:** David Batty, Niamh McIntyre, David Pegg, and Anushka Asthana, "Grenfell: Names of Wealthy Empty-Home Owners in Borough Revealed," *Guardian,* Aug. 2, 2017, https://www.theguardian.com /society/2017/aug/01/names-of-wealthy-empty-home-owners-in-grenfell -borough-revealed.

253  **The fiction of having a home:** For more, see Randall E. Osborne, "I May Be Homeless But I'm Not Helpless: The Costs and Benefits of Identifying with Homelessness," *Self & Identity* 1, no. 1 (2002): 43–52.

253  **£160 million penthouse:** Batty, McIntyre, Pegg, and Asthana, "Grenfell: Names of Wealthy Empty-Home Owners in Borough Revealed."

254  **A majority of apartments:** John Arlidge, *Sunday Times,* quoted in Nicholas Shaxson, "A Tale of Two Londons," *Vanity Fair,* March 13, 2013, https://www .vanityfair.com/style/society/2013/04/mysterious-residents-one-hyde-park -london.

254  **"British Special Forces":** Nicholas Shaxson, "The Shadowy Residents of One Hyde Park—And How the Super-Wealthy Are Hiding Their Money," *Vanity Fair,* April 2013, https://www.vanityfair.com/style/society/2013/04/mysterious -residents-one-hyde-park-london.

254  Ibid.

## CONCLUSION. THE FUTURE: ARE STREET ADDRESSES DOOMED?

255  **new plan for the city of San Francisco:** Gary Kamiya, "SF's Lost Opportunity to be Reborn as 'Paris, with Hills,'" *San Francisco Chronicle,* Oct. 27, 2017, https://www.sfchronicle.com/bayarea/article/SF-s-lost-opportunity-to-be -reborn-as-Paris-12312727.php.

255  **About 30 million people:** Denis McClendon, "The Plan of Chicago: A Regional Legacy," Burnham Plan Centennial, Chicago Community Trust, http:// burnhamplan100.lib.uchicago.edu/files/content/documents/Plan_of_Chicago _booklet.pdf.

255  **Burnham sat next to Joseph Medill McCormick:** Carl Smith, *The Plan of Chicago: Daniel Burnham and the Remaking of the American City* (Chicago: University of Chicago Press, 2006), 68.

256  **"I am now ready whenever you are":** Ibid.

256  **"Paris on the Prairie":** Dena Roché, "Paris of the Prairie: Exploring Chicago's Rich Architectural Past and Present," *Iconic Life,* accessed Sept. 14, 2019, https:// iconiclife.com/chicagos-architectural-past-and-present.

256  **The city had begun as a small trading post:** "How Chicago Lifted Itself Out of the Swamp and Became a Modern Metropolis," *Zócalo Public Square* (blog), Oct. 11, 2018, https://www.zocalopublicsquare.org/2018/10/11/chicago-lifted- swamp-became-modern-metropolis/ideas/essay/.

256  **The reek of slaughterhouses:** Union Stock Yard & Transit Co., Encyclopedia of Chicago, accessed Sept. 4, 2019, http://www.encyclopedia.chicagohistory .org/pages/2883.html.

256  **bundle of maps:** Patrick T. Reardon, "Who Was Edward P. Brennan? Thank Heaven for Edward Brennan," *The Burnham Plan Centennial,* Nov. 23, 2009,

http://burnhamplan100.lib.uchicago.edu/node/2561. (Also *Chicago Daily News,* Oct. 2, 1936.)

257 **Chicago had annexed surrounding towns:** "Annexation," Encyclopedia of Chicago, accessed Sept. 4, 2019, http://www.encyclopedia.chicagohistory.org /pages/53.html.

257 **Reardon points out:** Patrick T. Reardon, "Who Was Edward P. Brennan? Thank Heaven for Edward Brennan."

257 **With help from a second cousin:** Chris Bentley and Jennifer Masengarb, "The Unsung Hero of Urban Planning Who Made It Easy to Get Around Chicago," WBEZ91.5Chicago, May 20, 2015, https://www.wbez.org/shows/wbez -news/the-unsung-hero-of-urban-planning-who-made-it-easy-to-get-around -chicago/43dcf0ab-6c2b-49c3-9ccf-08a52b5d325a.

257 **Duplicate street names:** Patrick T. Reardon, "A Form of MapQuest Back in the Day," *Chicago Tribune,* Aug. 25, 2015, https://www.chicagotribune.com /opinion/ct-xpm-2013-08-25-ct-perspec-0825-madison-20130825-story .html.

257 **"So let us go forward":** Bentley and Masengarb, "The Unsung Hero."

257 **"I recall the old saying":** Karen Craven, "Agnes Brennan, 'Answer Lady,'" *Chicago Tribune,* May 21, 1999, https://www.chicagotribune.com/news/ct-xpm -1999-05-21-9905210343-story.html.

258 **Bold Plans and Big Dreams:** "The Burnham Plan Centennial," accessed Sept. 15, 2019, http://burnhamplan100.lib.uchicago.edu/.

258 **Today, Chicago has a Burnham Harbor:** Bentley and Masengarb, "The Unsung Hero."

258 **The American Planning Association:** Ibid.

259 **"handsomest man":** Thomas S. Hines, *Burnham of Chicago: Architect and Planner,* 2nd ed. (University of Chicago Press, 2009), 3.

259 **New World aristocrat:** Ibid.

259 **sixteen-room house:** Smith, *The Plan of Chicago,* 58.

259 **Edward Brennan, on the other hand:** Patrick T. Reardon, "Adelaide Brennan, 1914–2014," *Chicago Tribune,* April 1, 2014, https://www.chicagotribune.com /news/ct-xpm-2014-04-01-ct-adelaide-brennan-obituary-met-20140401-story .html.

259 **600 town hall meetings:** Reardon, "Adelaide Brennan, 1914–2014."

260 **"There are now fewer street names in Chicago":** Chicago City Council, "The Proceedings of the Chicago City Council," April 21, 1937.

260 **taken in for their deliveries in wheelbarrows:** Tim Adams, "The GPS App That Can Find Anyone Anywhere," *Guardian,* June 23, 2018, https://www .theguardian.com/technology/2018/jun/23/the-gps-app-that-can-find-anyone -anywhere.

260 **"Every day people struggle":** "Chris Sheldrick: A Precise, Three-Word Address for Every Place on Earth," TED Talk, accessed Sept. 14, 2019, https://ted2srt.org /talks/chris_sheldrick_a_precise_three_word_address_for_every_place_on _earth.

260–61 **He had been a musician himself:** Tim Adams, "The GPS App That Can Find

Anyone," *Guardian,* June 23, 2018, https://www.theguardian.com/technology/2018/jun/23/the-gps-app-that-can-find-anyone-anywhere.

261 **getting lost looking for gigs:** "How what3words Is 'Addressing the World,'" MinuteHack, July 12, 2016, https://minutehack.com/interviews/how-what3words-is-addressing-the-world.

261 **"I regularly had to get":** Lottie Gross, "Lost? Not Anymore," Adventure.com, Sept. 26, 2018, https://adventure.com/what3words-map-navigation-app/.

261 **take him to the side entrance instead:** "Our Story," what3words, accessed Sept. 14, 2019, https://what3words.com/our-story.

261 **Rhino Refugee Camp:** "Improving Living Conditions in Rhino Refugee Camp, Uganda," what3words, accessed Sept. 14, 2019, https://what3words.com/news/humanitarian/how-what3words-is-being-used-to-address-refugee-settlements-in-uganda.

262 **"weekend," "foggy," and "earphones":** Jane Wakefield, "Three-Unique-Words 'Map' Used to Rescue Mother and Child," BBC News, March 26, 2019, https://www.bbc.co.uk/news/technology-47705912.

262 **"These questions take time":** Ibid.

263 **"insurance companies providing coverage":** Jamie Brown, "What Is a Word?" Medium, Feb. 20, 2019, https://medium.com/@what3words/what-is-a-word-9b7532ed9369.what3words.

263 *barn,* **the Norwegian word:** Victoria Turk, "What3words Changed How We Mapped the World. And It Didn't Stop There," *Wired,* Aug. 18, 2018, https://www.wired.co.uk/article/what3words-languages-translation-china-launch.

263 **Less common and more complicated:** David Rocks and Nate Lanxon, "This Startup Slices the World Into 58 Trillion Squares," *Bloomberg Businessweek,* Aug. 28, 2018, https://www.bloomberg.com/news/features/2018-08-28/mapping-startup-aims-to-disrupt-addresses-using-three-word-system.

263 **Google has devised Plus Codes:** "Addresses for Everyone," Plus Codes, accessed Sept. 15, 2019, https://plus.codes/.

264 **"split into quadrants":** A. J. Dellinger, "Facebook and MIT Tap AI to Give Addresses to People Without Them," *Engadget,* Nov. 30, 2018, https://www.engadget.com/2018/11/30/facebook-mit-assign-addresses-with-ai/.

264 **The problem, instead:** Martin Joerss, Jürgen Schröder, Florian Neuhaus, Christoph Klink, and Florian Mann, *Parcel Delivery: The Future of the Last Mile* (New York: McKinsey, 2016), 6, https://www.mckinsey.com/~/media/mckinsey/industries/travel%20transport%20and%20logistics/our%20insights/how%20customer%20demands%20are%20reshaping%20last%20mile%20delivery/parcel_delivery_the_future_of_last_mile.ashx.

264 **"I'll come outside and find you":** Andrew Kent, "Where the Streets Have No Name: How Africa Could Leapfrog the Humble Address and Lead the World in GPS-Based Shipping," Afrikent, Oct. 26, 2015, https://afrikent.wordpress.com/2015/10/26/where-the-streets-have-no-name-how-africa-could-leapfrog-the-humble-address-and-lead-the-world-in-gps-based-shipping/.

264 **phone calls are expensive:** Ibid.

267 **Zaatari refugee camp:** UN High Commission for Refugees, "Zaatari Refugee Camp—Factsheet, February 2019," Reliefweb, March 25, 2019, https://reliefweb.int/report/jordan/zaatari-refugee-camp-factsheet-february-2019.

267 **"Where do you live?":** "Zaatari Street Names Give Syrian Refugees a Sense of Home," Reuters, March 21, 2016, https://www.orient-news.net/en/news_show/106715/0/Zaatari-street-names-give-Syrian-refugees-a-sense-of-home.

268 **Auschwitz camp:** @edent, "Why Bother with What Three Words?" *Terence Eden's Blog,* March 28, 2019, https://shkspr.mobi/blog/2019/03/why-bother-with-what-three-words.

# Index